A HORA TERNA DO CREPÚSCULO

Paris nos anos 1950, Nova York nos anos 1960:
Memórias da era de ouro da publicação de livros

A HORA TERNA DO CREPÚSCULO

Paris nos anos 1950, Nova York nos anos 1960: Memórias da era de ouro da publicação de livros

RICHARD SEAVER

TRADUÇÃO
Cid Knipel

BIBLIOTECA AZUL

Texto fixado conforme as regras do novo Acordo Ortográfico da Língua Portuguesa
(Decreto Legislativo nº 54, de 1995).

Título original:
The Tender Hour of Twilight: Paris in the '50s, New York in the '60s: a memoir of publishing's golden age by Richard Seaver

Editor responsável: Alexandre Barbosa de Souza
Editor assistente: Juliana de Araujo Rodrigues
Preparação: Iuri Pereira
Revisão: Maria Fernanda Alvares
Capa: Delfin [Studio DelRey]
Diagramaçao: Negrito Produção Editorial
Foto de capa: Mary Ellen Mark
Índice remissivo: Luciano Marchiori

1ª edição, 2013

CIP-BRASIL. CATALOGAÇÃO NA PUBLICAÇÃO
SINDICATO NACIONAL DOS EDITORES DE LIVROS, RJ

S447h
Seaver, Richard, 1926-2009
A hora terna do crepúsculo: Paris nos anos 1950, Nova York nos anos 1960: memórias da Era de Ouro da publicação de livros / Richard Seaver; tradução Cid Knipel. – 1. ed. – São Paulo: Globo, 2013.

il.
Tradução de: The tender hour of twilight: Paris in the '50s, New York in the '60s: a memoir of publishing's golden age
ISBN 978-85-250-5563-7

1. Seaver, Richard, 1926-2009. 2. Livros – Indústria – Estados Unidos. 3. Livros – Indústria – França. 4. Editoração. 5. Editores e edição. I. Título.

13-05601 CDD: 070.5
CDU: 655.42

Direitos de edição em língua portuguesa para o Brasil
adquiridos por Editora Globo S.A.
Av. Jaguaré, 1485 – 05346-902 – São Paulo – SP
www.globolivros.com.br

Para Jeannette, minha amada,
sem cuja persistência, incentivo, paciência,
resistência à minha resistência
e amor duradouro
este livro nunca teria existido

e

para Nathalie, Alexander e Nicholas,
as luzes de minha vida

Lembro de certas coisas exatamente como eram. Apenas um pouco desbotadas pelo tempo, como moedas no bolso de um terno esquecido... O copioso passado nos invade e desaparece. Só que nele, em algum lugar, como diamantes, existem fragmentos que se recusam ao desgaste. Quando ousamos peneirá-los e juntá-los, descobrimos o propósito verdadeiro.

— James Salter, *A Sport and a Pastime*

SUMÁRIO

Segunda parte – Nova York, anos 1960

APRESENTAÇÃO

Richard Seaver, eminente redator, editor e tradutor, atuou na indústria editorial americana entre os anos 1920 e 1950, período privilegiado em comparação ao presente. Embora o tenha acompanhado por uma década ou mais, ele levou adiante o legado de várias editoras fundadas naquele momento que refletiam o gosto e o caráter de seus proprietários. Os escritores podiam encontrar um lugar para dormir, se necessário, no escritório da editora, e alguns chegavam a receber remuneração mensal.

Seaver se formou pela Universidade da Carolina do Norte, lecionou latim em uma escola preparatória em Connecticut e foi estudar na Sorbonne, em Paris, nos primeiros anos do pós-guerra. Ali editou, com amigos, uma revista literária chamada *Merlin* e descobriu, lendo-o no original em francês e arrebatado pela simplicidade e pelo espanto, Samuel Beckett, de quem foi amigo até a morte do dramaturgo, além de editor.

Em 1953, por volta do fim da Guerra da Coreia, foi convocado para a Marinha e serviu em uma viagem de cruzeiro como oficial de engenharia. Quando o encontrei pela primeira vez, em Paris em 1961, ele era editor sênior na Grove, mas ainda parecia um oficial da Marinha, competente e firme. Uma vez perguntei a ele o que sabia de engenharia.

"Nada", respondeu simplesmente.

Em Paris, ele e sua esposa eram glamorosos *sans effort*. Parecia que conheciam todos na cidade.

Em Nova York, iniciou sua carreira editorial na George Braziller e, logo depois, foi para a Grove Press, onde permaneceu onze anos turbulentos e importantes, de 1959 a 1970, tornando-se editor-chefe.

A Grove Press começou publicando autores e pensadores políticos europeus de vanguarda, entre eles, Beckett. A literatura americana, e também a estrangeira, havia muito se encontrava sob restrições morais, como mostrou a rápida retirada de circulação pela Doubleday, em 1900, do romance realista de Theodore Dreiser, *Sister Carrie*, porque a sra. Doubleday o achou detestável – a heroína vivia em pecado com um homem e reincidia no erro. Livros considerados realmente obscenos não podiam ser publicados nos Estados Unidos ou trazidos para o país. Isto incluía *O amante de Lady Chatterley*, de D. H. Lawrence, impresso secretamente em Florença, na Itália, em 1928, e proibido na Inglaterra e nos Estados Unidos. Sua tese de que o indivíduo se realiza plenamente apenas quando corpo e alma florescem não era sensacional, mas suas cenas de sexo, com sua franqueza e o uso da palavra proibida "foda", condenavam o livro à clandestinidade.

Havia, porém, uma linha de falha em crescimento. Seis anos depois de *Lady Chatterley*, em 1934, o notável *Trópico de Câncer*, de Henry Miller, era publicado pela Obelisk Press na França. Escrito na Paris dos anos da Depressão, quando o franco não valia quase nada e um dólar pagava um jantar regado a vinho, era uma visão das profundezas, fervilhando de sexo e vida, e pouco a pouco adquiriu reputação lendária. Seu impacto cresceu depois da guerra. Universitárias que voltavam da França o contrabandeavam entre as roupas. A alfândega o confiscava. Mas, no caso de editores, a reação foi muito pior: Jacob Brussel, que ousou publicá-lo em Nova York em 1940, cumpriu pena de três anos de prisão.

Pouco depois da chegada de Seaver, a Grove Press audaciosamente publicou *Lady Chatterley*, seguido de *Trópico de Câncer*. Estes não foram os primeiros livros a desafiar, de uma forma ou de outra, as leis em vigor, mas, ao lado de *Fanny Hill*, foram pontas de lança nas batalhas judiciais. A década da revolução cultural e sexual estava próxima, e o veredicto de um tribunal federal de apelação de que *Lady Chatterley* não era obsceno foi decisivo.

Com Seaver, chegava uma nova onda: *Almoço nu*, de William Burroughs, em 1962, *Nossa senhora das Flores*, de Jean Genet, em 1963, *Noites violentas no Brooklyn*, de Hubert Selby, em 1964, e *História de O*, em

1965, contribuíram significativamente para moldar a sensibilidade moderna para a arte e o sexo. Em seguida, a Grove publicou escritores políticos importantes como Malcolm X, Frantz Fanon e Régis Debray. Ao longo dos anos, o próprio Seaver traduziu mais de cinquenta livros do francês para o inglês, incluindo trabalhos de Marguerite Duras, André Breton e Marquês de Sade. A pintura e a escultura contemporâneas, e até a dança, não existiriam sem a literatura que as prenunciava.

Uma editora é conhecida por seus escritores e na Grove, depois na Viking e Holt, Rinehart and Winston e, nos últimos vinte anos de sua vida, na Arcade, que Seaver fundou e administrou com sua esposa, Jeannette, os autores eram geralmente distintos e significativos, muitas vezes estrangeiros e, às vezes, pouco conhecidos, como Andreï Makine e Ismail Kadare, embora entre eles também estivessem Harold Pinter, Octavio Paz e John Berger. Havia possíveis laureados com o Nobel, mas as vendas eram modestas.

Como convém a um editor e tradutor, Seaver tinha um temperamento equilibrado e era discreto – embora qualquer um parecesse ser, se comparado a Brendan Behan, que literalmente invadiu a vida de Seaver em Paris –, e foi melhor ser discreto na violenta Convenção Democrática de 1968 em Chicago, onde Seaver e sua esposa tentavam servir de guia a um Jean Genet em situação ilegal em meio às investidas policiais e ao caos geral.

Muita coisa mudou radicalmente na cultura americana depois de 1950, quando se acreditava que *Lady Chatterley* era um perigo moral para a sociedade e que Burroughs e Allen Ginsberg eram leprosos. Tudo isso e muito mais está nas páginas esclarecedoras desta biografia, bem como o caráter, o charme e a integridade típicos da Nova Inglaterra de Richard Seaver em sua longa e marcante vida literária – e também pessoal.

James Salter

PREFÁCIO

Quem conheceu Dick Seaver sabe que ele foi um homem de excepcional modéstia, apesar de seu elevado status no mundo editorial e literário. Foi necessário um incansável assédio de sua família para convencê-lo a registrar para a história literária os anos extraordinários que passou em Paris e Nova York nas décadas de 1950 e 1960. Quando Dick finalmente começou a escrever suas memórias, ele o fez nos interstícios roubados de uma vida atribulada, tarde da noite ou, de vez em quando, nos fins de semana. Ele insistia que escrevia para si mesmo, sem a pretensão de publicar. Meu marido por muitas décadas, este homem notável dedicou sua longa carreira a descobrir, ler, editar e promover novas vozes. Ele amava seu trabalho. Notei, porém, que, quando se debruçou sobre a séria atividade de redigir suas memórias, a cada vez que saía de seu gabinete declarava o quanto estava feliz e estimulado por voltar a escrever. Aquilo parecia realizá-lo de um modo que eu nunca havia visto. No começo, na Paris dos anos 1950, Dick escrevera romances e poesia, para não falar em sua tese de trezentas páginas sobre James Joyce e o monólogo interior. Descobrir Beckett, porém, foi para Dick um acontecimento arrebatador, uma espécie de explosão intelectual. Isto repentinamente o freou. Daí em diante, era como se ele se sentisse incapaz de procurar sua própria escrita. Sua musa se calou.

Assim, tantos anos depois, quando ele finalmente se pôs a datilografar em sua velha Royal Standard, foi para mim maravilhoso testemunhar a alegria desencadeada. Na época, tive a chance de mostrar a Dick minhas correções, à medida que ele me passava uma a uma as páginas que fluíam de sua memória. Ele aprovava, incentivava-me a continuar e prometia retocar mais tarde.

Alguns dias antes de sua morte inesperada, estávamos em uma mostra de Van Gogh no Museu de Arte Moderna em Nova York, e, por acaso, Dick deparou com uma carta de Van Gogh ao irmão Theo. Nela, o pintor citava a frase poética de Émile Zola, "a hora terna do crepúsculo", referindo-se às pinturas em que estava trabalhando. Dick anunciou que havia encontrado seu título. Empenhei-me tanto para guardá-lo que, por algum motivo, não conseguia recordar aquelas palavras. Revirei céu e terra. Quase tinha perdido a esperança quando nossa filha, Nathalie, descobriu uns rabiscos de Dick em seu talão de cheques, no paletó que ele vestira naquele dia no MoMA.

Na mesa de Dick, eu contemplava as novecentas páginas do manuscrito que ele não teve a chance de retocar. Depois de lê-las, revivendo tantas memórias, e com a cabeça girando, compartilhei o manuscrito com alguns amigos literatos que generosamente se dedicaram a sua leitura e fizeram sugestões. Todos concordamos que o manuscrito precisava ser cortado. Uma tarefa assustadora. Foi aí que entrei, na ponta dos pés.

No curso dos muitos meses seguintes, pus-me a honrar os desejos de meu marido, concedendo a mim mesma permissão para efetuar discreta cirurgia editorial em seu manuscrito. A voz de Dick, com seu humor, modéstia e ternura, mostrava o caminho e me orientava.

Mas só me senti aliviada quando Jonathan Galassi, editor da Farrar, Straus and Giroux, que Dick apreciava e admirava, entusiasticamente adquiriu os direitos de publicação do livro. Saber que Jonathan gostara de suas memórias e estava ávido para publicá-las teria sido para Dick motivo de orgulho e profunda alegria. Quanto ao editor da FSG, Sean McDonald, estava tudo de volta à família. Sean viera trabalhar em nossa editora, a Arcade, recém-saído da faculdade. Dick tinha a mais alta consideração por ele e Sean foi por vários anos um dos principais editores da Arcade. Dick saudaria Sean como seu editor com um amplo sorriso. Juntos demos sentido a tudo.

Espero que o leitor seja transportado a um tempo mágico de descoberta literária, um tempo em que grandes vozes surgiram nos EUA e na França. E espero que a voz de Dick, em sua hora terna do crepúsculo, possa ressoar com vocês todos como ressoou para mim durante os extraordinários 55 anos que vivemos juntos.

JEANNETTE SEAVER

INTRODUÇÃO

A MEMÓRIA como gênero literário tem hoje uma reputação um pouco dúbia, matizada por acusações de exagero, manipulação, falsidade ou semiverdade, quando não é entendida como uma completa fraude, em especial desde o desmascaramento, anos atrás, do ostensivamente ficcional *A Million Little Pieces*, de James Frey. O pecado básico de Frey, talvez o único, foi não assumir previamente que, em favor do ritmo, enredo, tensão dramática e tudo o mais, ele tinha condensado aqui, combinado ali, inventado em vários lugares, para atrair e agradar o leitor. Tivesse sido apresentado como ficção, o livro não teria levantado sequer uma sobrancelha, muito menos uma tempestade. Mas teria vendido como ficção? Uma parte importante de sua atração era a presença palpável do autor, caído e alçado, o pecador redimido. É quase certo que, não tivesse o livro obtido sucesso tão fenomenal, as invenções conscientes do autor nunca teriam vindo à luz. Ele estava errado, é verdade, mas eu me pergunto se o castigo foi proporcional ao crime. No entanto, não vá o leitor concluir que esta tépida defesa do sr. Frey – a quem não conheço – deva ser tomada como desculpa para quaisquer falhas em meu próprio livro. Mas admito que sua *opus*, surgida quando eu já tinha avançado bastante na minha, levou-me a reconsiderar o caráter do gênero que chamamos de memória.

O livro de memórias é um olhar retroativo sobre a vida e o tempo de alguém pela lente inevitavelmente refringente do passado. Contei muitas vezes ao longo dos anos as histórias que registro aqui, e asseguro que as versões mais recentes diferem das originais em inúmeros sentidos. Até de narrativa para narrativa, separadas por apenas algumas semanas ou meses, os relatos se alteram, sutilmente influenciados pela reação dos ouvintes e pelo próprio esmaecer da memória do narrador.

Lembro de ter assistido nos anos 1960 uma adaptação teatral do *Ulisses* de Joyce estrelada por Zero Mostel. Tendo previamente lido a peça, fui para a noite de estreia e fiquei maravilhado com o cuidado e a perfeição com que o ator se atinha ao texto. Algumas semanas depois fui novamente e, dessa vez, notei várias divergências, em sua maioria muito intrigantes e provocativas, mas que claramente não eram Joyce. O público daquela noite foi até mais entusiasta que o da apresentação anterior. Duvidando de mim mesmo, fui para casa e reli o texto de Joyce, o que confirmou que Zero realmente estava improvisando. Vi a peça uma terceira vez, próxima de seu anunciado encerramento, e agora Joyce havia sido praticamente substituído por Mostel. Se questionado, tenho certeza que o ator teria manifestado desconhecimento: claro que ele ainda estava interpretando Joyce. Suspeito que ele estava se adaptando às reações da plateia, e, quando uma palavra ou frase improvisada provocava o riso ou o aplauso, ele a inseria e edulcorava. Eu entendo Zero.

Tudo isso pode soar como apologia para os pecados que virão, e é. Por certo é possível verificar fatos e números a partir de registros antigos, podem-se consultar colegas e amigos que lá estavam, que irão confirmar, esclarecer ou refutar sua versão. Mas eles estão tão afastados do evento quanto você e as memórias deles frequentemente são tão defeituosas quanto as suas. O tempo não é gentil com a mente atribulada, a cada dia enchendo-a com os detritos do momento, como sedimentos na foz de um rio, lentamente cobrindo os níveis antigos e astutamente reconstituindo o terreno.

Permitam-me dizer, portanto, não a título de desculpa, mas como justa advertência, que procurei contar essas histórias tais como aconteceram, de modo acurado e imparcial, e se errei ou a memória me traiu, a culpa deve ser imputada aos genes irlandeses que minha esposa tem encontrado ao longo dos anos. O leitor deve saber, também, que em alguns casos raros mudei o nome de um personagem, seja para preservar a privacidade seja porque nem eu nem ninguém que conheci conseguiu se lembrar do nome da pessoa. Existem no livro dois longos episódios que foram sonhados, não vividos, e deixo ao leitor a tarefa de descobri-los. Tenho certeza de que as razões serão evidentes por si mesmas.

O leitor também deve ser alertado que recorri o tempo todo ao diálogo. Os diálogos são aproximados, embora acurados em tom e teor e, sempre que possível, verificados com os interlocutores.

Nunca tive a intenção de tornar público este trabalho. De fato, resisti durante muito tempo, mesmo quando, depois de ouvir um fragmento, uma anedota presumivelmente engraçada emergindo do passado, um incidente revelando uma faceta adicionada a uma pessoa ou personagem já conhecida, meu ouvinte paciente reagira dizendo: "Você deve realmente escrever sobre isto". Quando eu protestava que minha vida era ordinária comparada com a de tantos outros, os espiritualizados e os grandes amantes e realizadores que diariamente honram as primeiras páginas da imprensa mundial, a resposta muitas vezes era: "Mas Paris nos anos 1950 era especial, e sua presença na Grove nos anos 1960 mudou o mundo". Jeannette era a primeira a concordar, mas ela era claramente parcial. Ao longo dos anos, quando outros fizeram coro a sua insistência, inclusive o homem que eu mais admirava na época na vida editorial britânica, meu amigo Matthew Evans, ex-presidente da Faber and Faber e agora Lorde Evans de Temple Guiting, um Trabalhista, resolvi avançar, fazer uma tentativa. Não seria, disse a mim mesmo, uma jornada muito longa. Um ano talvez, não mais.

Agora, oito anos depois, percebi o quanto eu havia fantasiado. Para falar a verdade, eu tinha outras preocupações, outras demandas. Uns dez anos antes, Jeannette e eu havíamos iniciado nossa própria editora, uma loucura aos olhos da maioria. Uma iniciativa gigantesca. Cada dia tinha seus desafios, muitas vezes parecendo insuperáveis; cada dia suas recompensas. Cometemos nossa cota de enganos – sem dúvida, excedemos nossa cota –, pois inicialmente nos concentrávamos em grande medida em trabalhos estrangeiros, enquanto este país se voltava cada vez mais para o interior, em larga medida alheio ao que o mundo além de nossas fronteiras estava fazendo, pensando e escrevendo. Mesmo assim, publicamos dezenas de bons autores, muitos deles pouco conhecidos na época, fizemos amizades no mundo inteiro, conseguimos sobreviver contra todas as previsões. Mas a luta deixava pouco tempo para escrever: noites e fins de semana, uma ou outra manhã. Quando, desanimado, eu fraquejava, Jeannette logo citava uma dúzia de pessoas que trabalhavam em tempo integral, escreviam *e* publicavam. Assim, como um velho cavalo de tração, eu colocava os arreios e seguia arando. Sempre que o fazia, descobria que amava aquilo. O mais gratificante era a resposta da mente às constantes sondagens: as lembranças procuradas vinham à tona, muitas vezes com surpreendente clareza e colorido. Da massa escura incipiente de material armazenado, arquivado e esquecido, revivi momentos, muitos deles acalentados, pois do contrário teriam se perdido para sempre.

Mas isso é divagação.

A primeira, receio, de muitas.

RWS

Nova York, 2008

Primeira parte

PARIS, ANOS 1950

Jeannette e Richard Seaver; Richard Seaver; Alexander Trocchi e Richard Seaver; Richard Seaver, James Baldwin e Herbert Gold

1

NOS CAFÉS EM SAINT-GERMAIN

No final de uma manhã radiante em 1952 quando, após intermináveis semanas de inverno sombrio e inflexível, o sol finalmente se insinuara pela renitente cortina cinza que havia se aglutinado em Paris, eu estava sentado no terraço do Café Royal em Saint-Germain-des-Prés, fingindo ler o jornal mas, na verdade, observando o mundo, via passar uma corrente constante de franceses, um ou outro turista – tão óbvios que eram identificados na multidão até pelo famoso mendigo gigante chamado, apropriadamente, Petit Jésus, curvando-se numa mesura exagerada à porta da igreja do outro lado da praça, a boina mole estendida para receber a ocasional oferenda – e as garotas parisienses, subitamente na rua em pleno vigor, graciosas e atrevidas em suas batas e blusas floridas, as saias rodadas, as pernas altivas. Depois de sete meses monótonos de hibernação, elas pareciam ter desabrochado por completo durante a noite, em uma mescla de cores primárias, proclamando que o inverno estava, por fim e irrevogavelmente, encerrado. Cada passante vistosa, putinha ou deusa das flores, só esperando para ser apanhada.

Estava saboreando meu *café crème* quando ouvi uma voz masculina e melodiosa, com sua cadência sul-africana. "Por que você está balançando a cabeça?"

"Patrick!", disse eu, acenando para a cadeira vazia à minha frente. "Você me pegou ruminando."

"Ruminando o cacete! Você estava devorando cada moça parisiense que passava. Estou observando você há vários minutos. Enfim, eu queria encontrá-lo. Tem alguém que quero que conheça. Um escritor chamado Alex Trocchi. Ele tem uma nova revista."

"*Merlin*", disse eu. "Eu a vi na banca do outro lado da rua."

"Trocchi leu seu trabalho em *Points* e quer conhecer você. Quando seria uma boa hora?"

Encolhi os ombros e olhei meu relógio. Onze e trinta. "Que tal agora?"

"Não sei bem se eles já estão acordados", disse ele.

"Eles?"

"Ele vive com uma garota maravilhosa. Uma americana chamada Jane Lougee. Filha de um banqueiro de Limerick, Maine."

"Ah", disse eu. "Onde sir Trocchi e miss Limerick moram?"

"Mais ou menos a uns vinte minutos daqui. No Hôtel Verneuil."

Patrick Bowles, um sul-africano branco que não suportava viver em sua pátria torturada, assolada pelo *apartheid*, tinha fugido para Londres havia cerca de um ano. Apavorado pelo clima, logo atravessou o Canal para Paris, apenas para descobrir que o tempo aqui não era tão melhor assim, embora o ambiente geral fosse bem mais animador. Com cerca de 25 anos, Patrick tinha uma beleza clássica: sob uma farta cabeleira castanha estendia-se uma testa alta e proeminente, um nariz reto como flecha, lábios sensuais carnudos e um queixo firme. Havia nele tranquilidade e suavidade que brotavam de um equilíbrio interno que poucos possuíam – ou pelo menos poucos que eu conhecia. Como a maioria de nós na Rive Gauche, ele levava uma existência apressada escrevendo um artigo para jornal aqui, uma resenha de livro acolá, um conto ou poema em uma das revistas literárias (cujo pagamento dava para uma refeição no Raffy's da esquina), ou, ganhando mais, lecionando inglês no Berlitz (se valia para Joyce, vale para nós!) ou, ainda melhor, dando aulas de inglês para jovens damas parisienses afluentes, cujos pais percebiam que nesse admirável mundo novo pós-guerra sua amada língua materna teria que ceder lugar, um pouquinho que fosse, ao invasivo inglês, para que sua prole sobrevivesse e prosperasse. E havia um pequeno estipêndio vindo de casa, onde quer que fosse, um presente tateante de pais preocupados que imaginavam sua cria rebelde totalmente desprovida em Paris, vivendo pouco acima, ou até ligeiramente abaixo, da imaginada linha da fome. Patrick e eu compartilhávamos outro traço: ambos usávamos exclusivamente a fiel bicicleta e, em nossos anos parisienses, percorremos milhares de quilômetros, não só na própria Paris, mas para ir e voltar do trabalho. Por cerca de um ano ganhei parte de meu pão de cada dia lecionando inglês para comissárias da Air France duas vezes por semana. O prazer era todo meu, já que a maior parte delas fora escolhida tanto por sua beleza estonteante e formas bem torneadas como por sua personalidade ou amabilidade. Até esses anos do pós-guerra, os franceses nunca haviam admitido para si mesmos que sua língua não era a principal do planeta e haviam se esquivado de todas as demais, inclusive do intruso inglês. Mas algum administrador clarividente da Air France admitiu o fato funesto de que, no novo mundo competitivo da aviação, um lugar teria de ser cedido a *zee Eenglessh.* Assim, a minha carga de ensino no Berlitz foi adicionado o posto mais aprazível, ligeiramente mais bem pago, porém mais exigente, na Air France. Exigente porque, duas vezes por semana, eu tinha que montar na Big Blue – assim tinha apelidado minha surrada bicicleta Peugeot de pneus finos – e ir da rue du Sabot até o Aeroporto de Orly, um percurso de uma hora e meia. Mão única. Assim, para uma hora e meia de aula duas vezes por semana eu tinha que retirar cerca de seis horas de minha vida em Paris. Bom para as pernas, ficava dizendo a mim mesmo. Pense em luta romana. Pense em Maurice Goudeket – atleta olímpico, marido de Colette. Pense na Volta da França. Vai, Coppi, vai! Sussurrava para mim mesmo em dias salpicados de chuva particularmente escuros ou difíceis. Mas o trampo de Patrick era muito pior: em janeiro ele começara a lecionar inglês em uma escola no Havre, a uns bons duzentos quilômetros de Paris, e, sem vontade de pegar o trem, ou sem dinheiro, pedalava todo fim de semana. É verdade que combinou com a escola não dar aulas na sexta ou segunda-feira, mas mesmo assim gastava a maior parte dos dois dias no trajeto de ida e volta pelo prazer de passar sábado e domingo na cidade. Mas éramos jovens e estávamos em Paris, e essas montanhas presumivelmente assustadoras eram como montículos de toupeira para nós.

Tanto o Deux Magots como o Flore já eram famosos antes da guerra, e se sabia que escritores mais velhos – Jean-Paul Sartre, Simone de Beauvoir, Jacques Prévert – se encontravam por lá, emprestando àqueles locais de garçons engomados um toque de ligeira, se não considerável, superioridade geralmente ausente no Royal. Tomando sol lá no terraço, no que nos parecia o centro do universo, achávamos que não existia nenhum outro lugar no planeta onde preferíssemos estar. Assim, não era o mundo de Joyce e Sylvia Beach, de Hemingway e Scott Fitzgerald, ou mesmo de Henry Miller e do inquietante *Paris by Night* de Brassaï. Tampouco estávamos, por maiores que fossem suas sombras, tentando imitá-los. Paris tinha sido sua mentora ou amante; agora ela era nossa, para fazer com ela o que quiséssemos.

A cidade tinha sido humilhada pela guerra. As distinções de classe tinham sido... não, não eliminadas, mas certamente muito atenuadas – se de forma permanente ou não só o tempo diria. Praticamente todos eram pobres. O racionamento fora suspenso, mas bens de luxo ainda eram quase inexistentes. E os parisienses, com sua fama de acerbos, arrogantes e questionadores, na verdade eram em geral agradáveis, não só entre si, mas agora até com estrangeiros. Isto não é bem verdade: a França, e especialmente Paris, por muito tempo recebera bem os estrangeiros, em particular os que fugiam de seus países em tempos de repressão, guerra ou revolução. Mesmo em 1952, 35 anos depois da Revolução Russa, uma boa parcela dos motoristas de táxi de Paris era russa. Você nunca sabia quando seria levado para casa por um príncipe ou um conde. Havia muitas divisões novas entre os franceses, mas naquele momento elas eram mais de ordem política que de classe. A política francesa sempre tinha sido compulsiva e estridente, pois, por um lado, todo francês – e francesa – se achava dono da verdade e, por outro, os franceses obedeciam de mau grado, quando obedeciam, a qualquer lei já promulgada, fosse qual fosse o regime. Mas sua derrota brutal, inesperada, em 1940, humilhou o país, desnudou-o. E os anos de guerra apenas o humilharam mais, à medida que as linhas políticas se enrijeciam. Em muitos a ocupação revelou o pior – tal como destacou o melhor em alguns – e para os que mantiveram suas vidas, se não suas consciências, intactas, um novo mundo inteiro de sofrimento e privação os aguardava depois de dissipada a euforia momentânea da libertação. Durante meus primeiros anos aqui enfrentei filas para tudo o que era essencial, de pão até vinho, leite até carne, açúcar até o álcool de aquecimento necessário para um fogão de duas bocas. Como todo mundo. O milagre era que os franceses davam a nós, *étrangers*, um cartão de racionamento equivalente em todos os aspectos aos dados a seus próprios cidadãos. Desde que você tivesse um endereço local válido, você tinha um cartão de racionamento válido. E a vida era incrivelmente barata, uma das principais atrações para artistas e escritores principiantes. Trinta centavos por dia bastavam para um quarto de hotel – não com banho, veja bem, mas com *eau courante,* "água corrente", como a placa do hotel orgulhosamente proclamava na rua. O quarto tinha uma cama, uma bacia, uma mesa e uma cadeira. Virando a esquina estavam os banhos públicos, onde por alguns francos se podia tomar uma ducha escaldante. Pagamento por quinze minutos. Até que ponto você saía limpo dependia de sua consciência. Se o seu orçamento era realmente apertado, você podia tomar uma *duche double,* duas pelo preço de uma, ficando a seu critério o sexo de seu companheiro banhista, sem perguntas da gerência. Quanto à comida, embora ainda houvesse escassez, o indomável espírito culinário francês, que quase tinha sido esmagado pelos alemães durante cinco longos anos, estava lentamente se reafirmando, bloqueado apenas pela falta recorrente deste ou daquele ingrediente básico. A ajuda americana funcionava mas também resultava em infelizes enganos, entre eles a farinha de milho: não havia no mundo maneira de transmutar a farinha de milho em pão francês, o orgulho nacional (e com justiça; eu não conseguia entender como os Estados Unidos haviam durado todos esses anos tendo, como seu presumido bem básico, essa coisa branca insípida que passava por pão). O importante era que, para aqueles com sorte o bastante para negociar, ainda que parcialmente, em libras ou dólares, com um terço do custo encontrado no país de origem, era possível viver. Não bem, entenda-se. Falo apenas da Rive Gauche e dos jovens. Sabíamos que havia um outro mundo do outro lado do rio, o mundo dos diplomatas e homens de negócios, jornalistas e políticos, que viviam a mil e experimentavam uma Paris totalmente diferente da nossa. Estávamos ali para nos encontrar e salvar o mundo, presumivelmente nessa ordem, e estávamos prontos para fazer isto quase sem capital. Se alguns de nós tinham se exilado com falsas ilusões, romanticamente atraídos por figuras imponentes de gerações passadas, logo as perdemos. Não só Paris havia mudado, mas também o mundo. Em termos políticos e artísticos, ela nos parecia muito mais complexa e desafiadora que aquela onde aqueles dois pássaros discrepantes – o regiamente solipsista Joyce e o hedonista Hemingway – tinham vivido vinte ou trinta anos antes. As marcas da Segunda Guerra Mundial estavam frescas, não cicatrizadas e, como mais tarde descobriríamos, muitas vezes meramente enterradas. Logo abaixo da superfície, ainda jaziam ressentimentos, tal como a culpa para aqueles com consciência. Os julgamentos dos franceses que haviam se comprometido ativamente sob o domínio alemão a essa altura já eram coisas do passado, mas poucos achavam que a justiça realmente tinha sido feita. Se "comprometimento" era uma palavra feia, era, de longe, menos ofensiva que "colaboração". Os franceses sabiam que seus antecedentes sob a ocupação eram menos que impecáveis. Mas havia uma diferença entre passividade, a sobrevivência (quase) a qualquer custo, e colaboração ativa, o cumprimento das ordens dos alemães na erradicação dos judeus, ciganos, homossexuais e politicamente indesejáveis, reunindo-os e tangendo-os até Drancy, uma cidade logo ao norte de Paris, que o governo de Vichy em 1941 convertera de projeto de moradias públicas em campo de prisioneiros, um curral de armazenagem de onde, nos três anos seguintes, cerca de 65 mil judeus foram conduzidos aos vagões de gado da morte e transportados para Auschwitz e outros campos de concentração. As revelações profundas do Holocausto, e tudo que ele implicou, estavam apenas começando a emergir. Em um número recente de *Les Temps Modernes* li um documento que me transtornou, escrito por um médico judeu húngaro, Miklos Nyiszli, que tinha sido deportado para Auschwitz em 1944 e sobrevivido para contar a história.* Outras revelações

* Mas a que preço? Patologista, ele fora "selecionado" pelo infame dr. Mengele para ajudá-lo em suas loucas experiências em dezenas de prisioneiros. Ao assim fazer, porém, ele não só salvou a si mesmo mas também sua esposa e filha. Um caso complexo de conflito entre a vontade de viver e a moralidade. É fácil condenar o bom médico, mas o que *você* teria feito?

de atrocidades nazistas – não apenas dos horrores da guerra, de qualquer guerra, mas relatos bestiais de campos de morte e genocídio, assassinato em uma escala jamais vista antes na história humana – estavam surgindo, a princípio de modo tateante e com elas a necessidade de os franceses realizarem um sério exame de consciência: até que ponto meu passado durante a guerra foi limpo? Em que medida *eu* colaborei?

Enquanto isso, em um nível totalmente diferente, a mais de mil quilômetros ao leste, mas por assim dizer quase na casa vizinha, a União Soviética, nossa aliada anterior, de repente assomava como a solução última para alguns, e como a ameaça final para outros. Sem meio-termo. Para muitos franceses, povo conservador por natureza, o comunismo era curiosamente a resposta, em parte porque a resistência comunista durante a guerra foi notável, e também porque a lembrança da colaboração da direita francesa com os alemães ainda era incomodamente recente. Os conservadores franceses costumavam ver a Alemanha como o tampão entre eles, seus bens e posses, seu estilo de vida, e as hordas de bárbaros de Stalin a leste. Durante grande parte da guerra, quase até seu final, essas pessoas tinham levado uma vida livre do medo: banquetes, bailes e entretenimentos, visitas às boates e concertos continuaram praticamente inalterados. Ao final de 1943, porém, e mais certamente com a alvorada de 1944, esses poucos privilegiados souberam que a partida estava encerrada: o breve, porém devastador, período do invencível *führer* como imperador do mundo ocidental estava chegando a um final cataclísmico.

Mas o bem e o mal raramente são tão distintos quanto as pessoas gostariam de crer e para os franceses havia agora um medo quase tão grande do Tio Sam, com sua nova e assustadora arma de destruição final e sua política paranoica, quanto do Tio Joe Stalin. As histórias de terror procedentes de Washington quase diariamente nos deixavam perplexos e aflitos. O outro Joe, o empapuçado McCarthy, desencadeou o medo em nossos corações expatriados e sempre que dois ou três americanos se encontravam – falo ainda da Rive Gauche – mais cedo ou mais tarde a conversa não só se voltaria para as frias maquinações interesseiras do senador dissidente que, graças a Deus, estava a quase cinco mil quilômetros de distância, porém, mais de imediato, para os seus dois truculentos comparsas, Roy Cohn e David Schine, a nada engraçada dupla cômica que vagava pela Europa, causando estragos em toda embaixada e consulado do caminho, revirando pedra após pedra em busca de um comunista, ou pelo menos de um simpatizante, ali escondido. Os franceses encaravam esses dois patetas com um misto de zombaria e desdém, perguntando-se como nós, americanos, podíamos conceder aos dois – muito antes de a expressão nascer – mesmo quinze minutos de fama. Mas os franceses podiam olhar para o fenômeno McCarthy com distanciamento; até onde sabiam, isso não os afetava diretamente. Nós, americanos, apesar da distância aquática entre nós, sentíamo-nos pessoalmente ameaçados. O que acontecera com o mundo em tão pequeno lapso de tempo? Com a Alemanha e o Japão derrotados, não era de se supor que houvesse uma trégua? Um tempo para relaxar e recuperar-se, apreciar nosso suposto triunfo sobre o mal? Depois da Primeira Guerra Mundial, nossos anciões erroneamente acreditaram que, com o mundo a salvo para a democracia agora e sempre, era hora de se divertir. Beber e dançar a noite inteira. E Paris se entregara a isso. O mesmo não valia para nossa geração: com ou sem razão, sentíamos que havíamos despertado de um pesadelo apenas para encontrar outro à espreita. A bomba pode ter vencido a guerra, mas agora levantava um problema que o mundo nunca enfrentara antes. O existencialismo, não o hedonismo, estava na ordem do dia. No entanto, nesse radiante dia de primavera, era fácil deixar tudo aquilo para trás.

2

ENCONTRO COM ALEX TROCCHI

TOMAMOS NOSSO rumo pelas ruas estreitas e agitadas de Saint-Germain-des-Prés através do acolhedor Carrefour de Buci, agora apinhado de parisienses famintos comprando suas carnes, frutas e legumes lustrosos das dezenas de bancas de feira, cruzamos o boul' Mich e entramos no velho reduto de Elliot Paul.* Ele não o teria reconhecido. Agora reinavam os comerciantes argelinos de tapetes, a pesada mercadoria sobre os ombros, as mãos cheias de bugigangas que ofereciam para turistas incautos ou nervosamente dedilhando contas de oração. Quanto ao hotel em si, recendia a repolho e urina – causa e efeito? – e, estranhamente, ninguém estava sentado à mal iluminada escrivaninha para indagar nosso propósito ou destino. A julgar pelas feições dos dois supostos hóspedes que vadiavam pelo saguão escuro, a prostituição deve ter sido o principal esteio do estabelecimento. O único elemento tranquilizador – no fim da rua, literalmente defronte à Notre Dame do outro lado do Sena – era a minúscula mas simpática Librairie Mistral, de George Whitman.

Escalamos os quatro lances de degraus raquíticos, quase todos no escuro por causa daquela convenção de economia de energia que os franceses inventaram, a *minuterie* – literalmente "o interruptor de luz de um minuto". Mas, aqui, durava no máximo dez segundos, e a escada mergulhava novamente na escuridão. Finalmente alcançamos um patamar onde

* Elliot Paul era um escritor e jornalista americano, amigo de Joyce e Gertrude Stein, que se mudou para Paris depois da Primeira Guerra Mundial. Autor de muitos livros, seu *A última vez que vi Paris* se tornou leitura obrigatória para quem viajava para a capital francesa.

uma nesga de luz, de algum modo, se insinuara. Pat bateu e um homem alto, nariz aquilino, que parecia ter pouco mais de 25 anos, de cabelos castanho-claros grossos e emaranhados abriu a porta. Descalço, vestia calças cáqui e uma camisa azul-claro aberta no pescoço combinando com seus olhos fundos sorridentes.

"Patrick! O que traz você aqui a essa hora da manhã?"

Ali perto, os sinos de uma igreja, provavelmente a de Saint-Julien-Pauvre, anunciavam o meio-dia.

"Este é o amigo americano de quem lhe falei." Patrick acenou com a cabeça em minha direção. "Dick Seaver, Alex Trocchi."

Alex estendeu a mão, apertou firme a minha e disse: "Bem-vindo a nossa humilde morada", e com um gesto amplo nos convidou a entrar.

Era um quarto de hotel típico da Rive Gauche da época, pequeno e fracamente iluminado, com um horroroso papel de parede florido arranhado e descascando em vários pontos. Sua única janela dava para um avantajado poço de ventilação que lembrava vagamente um pátio, com uma árvore esquelética que conseguira, contra toda lógica, lançar seus galhos frágeis até a altura deste piso. Um punhado hesitante de folhas lanciformes tremulava do lado de fora da janela. Descobri que era um sumagre, germinado por alguma semente caprichosa.

Uma cama de colunas ocupava boa parte do quarto, onde também havia um pesado armário, separado da cama por menos de um metro e, à frente da janela, que parecia ter sido lavada pela última vez pouco antes da guerra, uma pequena mesa de madeira vazia, exceto por uma máquina de escrever antiga e, mal apoiado no canto mais à esquerda, um prato quente. Enrolado em uma bola quase perfeita sobre o travesseiro estava um majestoso gato siamês, os olhos azuis atentos a nossos movimentos.

"Posso lhe oferecer um chá?", disse Alex. "Ou café? Ou talvez um pouco de um bom uísque?", fez uma pausa. "Ou é muito cedo para isso?"

Vi-me hipnotizado pela – para mim – encantadora entonação escocesa da fala de Trocchi, ao mesmo tempo musical e entrecortada. Sua voz era suave como seda, pontuada aqui e ali por um largo sorriso. Declinei, mas Patrick disse que chá seria bom. Parecia uma estranha forma de evitar a cerveja matutina, mas quem era eu para julgar? Talvez cerveja com chá fosse a bebida nacional da África do Sul.

"Pat me falou um pouco sobre *Merlin*", disse eu. "Ele me garante que é a única revista literária séria em Paris."

"A mais séria", corrigiu Pat. "*Points* tem apresentado algum material bom."

"Talvez 'sério' seja a palavra errada", disse Trocchi. "Mas realmente pretendemos ser bons. Tenho a impressão de que não podemos apenas imitar as revistas literárias dos anos 1920 e 1930. Estes são tempos críticos, cara, de um lado os russos e do outro os terríveis americanos com sua bomba apocalíptica. É assustador, cara, assustador pra caramba."

Jane Lougee, benfeitora e editora da *Merlin*, acabava de entrar. Tinha cabelos castanho-escuros sedosos, que usava com franjas de estudante, pele branca de porcelana, na qual se engastavam olhos escuros cintilantes, um sorriso fácil e, como percebi mais tarde, um temperamento alegre que parecia imperturbável. Além disso, tinha o bom-senso de ser filha de um banqueiro. Eu não sabia se ela era realmente rica, mas suspeitei – apesar do quarto inóspito – que tinha o bastante para financiar as pretensões literárias de Trocchi, pois, olhando a revista na banca no dia anterior, notei que junto a sua função de editora havia a referência "Limerick, Maine" – parecendo estranha para uma revista sediada em Paris. Talvez tivesse a ver com impostos, pensei. Seu pai aparentemente financiava a *Merlin* e, por isso, ele não podia ser apenas ruim. Alex me apresentou a Jane e notei que seu aperto de mão era tão firme quanto o de Trocchi.

"Por favor, fique para almoçar", disse ela. E em seguida tirou de seu mágico *filet* – que nunca me convenci a chamar de "bolsa de malha" ou "bolsa de rede", como o dicionário indicava – um pouco de patê, queijo e *rillettes*, mais meio quilo de manteiga, duas baguetes frescas e, abracadabra, um litro de vinho tinto. Sem rótulo, mas o que importava? *Gros Rouge*: no Buci, como na maioria das bodegas na área, você podia, se trouxesse sua própria garrafa vazia, comprar um litro de vinho por cem francos – cerca de

25 centavos de dólar – vertido dos vastos barris de carvalho dos fundos. A maioria argelinos, nada suaves, mas respeitavelmente tragáveis, em especial para nossos paladares incultos.

No almoço Trocchi falou sobre a revista que ele imaginava. Tamborilando o dedo em um exemplar do número um, que acabara de sair, disse com a autoridade fundada em uma real convicção: "Nenhum escritor hoje pode se permitir ser *non-engagé* – desengajado. Seja qual for a qualidade de algumas revistas publicadas aqui antes da guerra – e algumas eram muito boas – a arte pela arte é coisa do passado".

"No entanto, alguns escritos extraordinários surgiram naquele período", disse eu. "A começar por Joyce. Imoderação total. Epítome de arrogância literária. Mas, meu Deus, veja o resultado!"

"Isto mesmo, cara. Estou simplesmente dizendo que hoje as condições históricas são diferentes. Não podemos fingir que o mundo que recebemos não existe."

Pat riu. "Você fala como um Sartre escocês."

"Até certo ponto," disse Alex, "até certo ponto. É uma questão de ser consciente, só isso."

"Com isso, onde é que fica a poesia?", perguntou Pat. "A poesia tem que ser politicamente consciente? Deus nos livre! Mais um passo e você cai nas baboseiras socialistas dos sovietes."

"Não seja maluco, cara", rugiu Trocchi, servindo outra rodada de vinho, que bebíamos em potes de iogurte, "mas parte da tarefa do artista hoje é tratar – pelo menos não ignorar – os problemas que estão diante de nós. Picasso conseguia ser político sem comprometer sua arte. Malraux idem. E, sim, Sartre."

Trocchi voltou-se para a máquina de escrever e, puxando uma página, adicionou-a a duas outras sobre a mesa. "Este é o editorial que escrevi para o número dois", disse ele. "Ainda precisa de algum retoque, mas expressa o que sinto que a revista deveria ser. Queremos encontrar novos autores. E não só de língua inglesa. Afinal, estamos sediados em Paris. Patrick diz que você conhece o cenário francês melhor que ninguém aqui."

"E o mais importante, ele fala francês como um francês", disse Patrick.

"Receio que passei meus primeiros dois anos aqui evitando meus compatriotas. Quando olho para trás acho bem estúpido, mas eu estava realmente decidido a aprender a língua, mergulhar na cultura francesa. Topei com alguns escritores franceses bem interessantes. Uma garota que conheci em meu primeiro verão aqui me deu uma lista dos que eu *tinha* que ler. Mal cheguei à metade. Mas você não está interessado nos conhecidos, suponho. Por incrível que pareça, os novos escritores mais originais de hoje não são franceses, embora escrevam em francês. Um ou dois em particular."

Os sinos da igreja ali perto marcaram duas horas e de repente me lembrei que eu tinha que estar no Berlitz às três em ponto. Meu sustento ainda dependia disso. Em minha estadia anterior em Paris eu havia lecionado três ou quatro dias por semana, às vezes até cinco aulas por dia. O livro do Berlitz era totalmente prático: nenhum espaço ou hora para tolice literária ou filosófica. No fim de uma hora de aula, o aluno que era *doué* – "talentoso" – podia até conseguir tomar o trem ou ônibus em inglês, pagar a passagem, participar de uma conversa com um vizinho amável ("What a nice day eet is, *non*? Are you going far? I am going to Chee-ca-gó, where eet is very windy, is it not? Especially in winter, *non*?"), e até saltar no ponto certo. Não muito mais. Mas cinco aulas individuais em meu cubículo – das três da tarde até a hora do jantar – resultavam na bagatela de mil francos – dois dólares e meio –, o suficiente para afastar a fome por várias horas. Por certo, ao fim de quatro ou cinco dessas sessões, com dez minutos de intervalo entre elas por bom comportamento, nós, *professeurs*, estávamos tão entorpecidos linguisticamente que eram necessários três bons copos de vinho para nos devolver a normalidade, ou a aparência desta. No entanto, as escolhas não eram muitas, e ficávamos gratos por pequenos privilégios parisienses. À medida que o tempo passava, continuava a me perguntar como Joyce tinha feito isto sem enlouquecer. Desconfiei que, com seu poder de concentração, ele conseguia lecionar por hábito subconsciente enquanto sua mente criativa, muito além do cubículo, estava forjando novas palavras, novas combinações, novas imagens que iriam mais tarde aflorar na página virgem. Imitando o mestre, tentei isto um dia, deixando meu subconsciente assumir o comando, e quase no mesmo instante descobri meu aluno olhando para mim como se *eu* tivesse enlouquecido, pois minha mente consciente estava de súbito recitando poemas à maneira de T.S. Eliot de minha própria lavra, ao passo que meu subconsciente, que deveria ter ficado matraqueando o manual do Berlitz, estava travado. Olhei fixamente para a caixinha preta no canto, que nenhum professor podia ignorar, pois um microfone posicionado ali dava para o escritório do sr. Watson, que administrava a escola com mão bondosa mas não podia, nem iria tolerar o menor desvio do valorizado manual.

Trocando apertos de mão à porta, Trocchi, Patrick e eu concordamos em nos encontrar na terça-feira seguinte, uma da tarde no terraço do Royal. Enquanto descíamos no escuro os quatro lances, Patrick me perguntou o que achei de Trocchi. Tateando pela terceira vez em busca da elusiva *minuterie*, eu disse: "Gostei dele. Deu para ver que é brilhante. Mas tendo a me precaver contra primeiras impressões. Pelo menos metade das vezes me engano".

Estávamos de novo imersos na escuridão, mas se eu não tinha perdido a conta, havia só mais um lance para descer.

"Leia o primeiro número", disse Pat. "Depois vamos conversar."

Enquanto descíamos os últimos degraus até o saguão salpicado de sol, quase cego pela súbita mudança, vi que a zeladora, uma mulher com aparência de pássaro e idade indefinida, vestida de preto, estava agora empoleirada em uma cadeira diante de um labirinto de caixas acima do qual pendia cerca de uma dúzia de chaves pesadas para o seu reino. Cumprimentei-a com um aceno de cabeça. Ela acenou de volta, mas sua carranca desconfiada me dizia que sua saudação não era amigável. Até onde ela sabia, éramos intrusos, talvez até estrangeiros, aproveitando-nos de um de seus hóspedes pagantes. Dei a ela meu sorriso mais amplo e pródigos agradecimentos – a troco do quê, ela não fazia a menor ideia. Nem eu, tampouco.

...

No dia seguinte comprei e devorei o primeiro número de *Merlin*, até a última palavra. Fiquei impressionado. O melhor trabalho era o de Trocchi, um conto chamado "A Meeting" (Um encontro), mas havia outra peça de ficção escrita por um americano, Eugene Walter, sobre quem nunca tinha ouvido falar, que era quase igualmente boa. Em ambos, a escrita era concisa e pessoal. Não eram acólitos de ninguém. E havia ainda cinco bons poetas, três ingleses, um canadense e um americano, que na minha opinião era o melhor do lote. Como era diferente a estética dos americanos em relação à dos demais, mesmo a de nosso vizinho do norte, por certo talentoso mas dado a um uso pretensioso da organização do verso e de vírgulas mal colocadas. Mesmo assim, ele era melhor do que eu jamais seria. Minha poesia era muito carente de obscuridade. O melhor dos poetas ingleses na revista chamava-se Christopher Logue. Apaixonado por palavras bonitas, mas nem sempre seguro de seu emprego, notei, condescendente. Como ele podia ter massacrado tanto Trebizonda? Entretanto, lembrando de Sylvia Beach e da publicação parisiense de *Ulisses,* tinha-se que dar um desconto para a ortografia e erros de pontuação introduzidos pelos gráficos franceses, a maior parte dos quais não falava uma palavra de inglês. Eu não tinha a menor ideia da idade desse Christopher Logue, mas seu tom era clássico e contemporâneo ao mesmo tempo. Tudo o que eu sabia era a sinopse biográfica ao final da revista: "Poeta inglês e falcoeiro, vive em Paris. Está escrevendo um livro sobre a ideia de castelo na Europa". Disto gostei. Pat havia elogiado muito Christopher como pessoa e poeta, e eu estava ansioso para conhecê-lo. Fechei a publicação com uma sensação de que era uma revista, um ambiente, do qual, se eu pudesse, gostaria de fazer parte.

Depois de digerir o primeiro número de *Merlin*, li o editorial de Trocchi para o próximo, que ele me passou quando saíamos de seu hotel naquele primeiro dia. Ele anunciava *Merlin* como uma "revista trimestral de literatura", com a advertência profética de que "o tamanho da revista e sua aparência continuarão a ser determinados pelo volume de material apropriado recebido e a resposta dos assinantes". Sobre o editorial seguinte eu estava menos seguro. Inteligente, sim. Investigativo, sim. Intricado, numa grande medida. Pretensioso, certamente. Reli algumas linhas que impressionavam e ao mesmo tempo irritavam: "Não basta deplorar o estado da escrita moderna em geral. Quem é ruim, e por quê? Opróbrio generalizado não basta". Se o opróbrio generalizado não era suficiente, então quem especificamente era censurado, quem era louvado? Diga-me quem são seus inimigos e eu lhe direi se concordo.

3

CONHECENDO A *MERLIN*

Na terça-feira seguinte, Pat veio me apanhar em meu humilde endereço na rue du Sabot – a rua do Tamanco –, bem atrás de Saint-Germain-des-Prés. Eu morava no térreo, em uma espécie de depósito nos fundos, contíguo a uma loja de antiguidades especializada em arte primitiva. Em contraste com meu antigo aposento no número 21 da rue Jacob, com uns dezenove metros quadrados, provavelmente menos, o depósito tinha mais de noventa. A luz natural entrava por uma generosa claraboia e era suficiente em dias claros, dispensando a luz elétrica. O edifício, provavelmente do século XV, tinha sido o moinho de Saint-Germain e tinha duas partes: dois andares voltados diretamente para a rue du Sabot, e então, atrás, quatro andares que abrigavam o moinho propriamente dito. Atravessava-se da frente para os fundos sobre uma ponte estreita. Em cima, além dessa ponte, estendiam-se quartos alugados – esquálidos, com certeza, a julgar pelo único que vi. Os ocupantes, de número incerto, pois nunca se sabia quem era o locatário e quem o convidado ou transeunte ou a dama que vinha passar a noite, subiam para seus aposentos por uma escada que nunca, ou raramente, usávamos.

Mas eu morava ali sem pagar aluguel, em troca de cuidar da loja uma ou duas horas por dia e, quando o proprietário estava ausente, dois ou três dias inteiros. O dono da loja era um suíço impecável, Oscar Mayer – nenhum parentesco com o americano fornecedor de carne que tinha o mesmo nome –, um homem de quase quarenta anos e apaixonado pela arte primitiva. Falava inglês transatlântico perfeito, ou seja, parte americano, parte britânico, mas recortado com afiadas tesouras suíças e entremeado por gírias, usadas erroneamente. Vestia ternos escuros de corte impecável e camisas brancas engomadas, com uma gravata estilo ascot e, às vezes, com uma de laço corredio. À noite, no inverno e no verão, ostentava uma capa preta solta. Seu cabelo negro azeviche, penteado com esmero para trás em uma minijuba, e seu bigode igualmente impressionante faziam-no parecer mais sério do que de fato era. Mas a bengala de ponta de prata que carregava, mais como um bastão de comando, era muito séria: um minúsculo botão na extremidade da bengala transformava-a em uma espada. Carregava-a sempre que saía. Era legal?, perguntei, a primeira vez que o vi acioná-la. "Claro que não", respondeu. Não temia que alguém pudesse notá-la e delatá-lo aos tiras? Quanto aos tiras, ele correria o risco. Além disso, acrescentou, ele tinha amigos nos altos escalões. Durante os anos que passei na França, ouvi dezenas de pessoas afirmando ter "amigos nos altos escalões". Dada a rotatividade dos governos franceses durante a Terceira República, eu me perguntava se, quando se encontrassem de repente em apuros e chamassem seus "amigos", alguém responderia. Em todo caso, a bengala de Oscar me deu o que pensar e, além disso, aumentou meu respeito por ele.

Eu me mudara um ano antes, deixando minha torre de vigia no número 21 da rue Jacob, uma *pension de famille* (agora um hotel chique, Les Marronniers), onde eu tinha morado uns dois anos. Tinha sido um antigo quarto de empregada que me servia muito bem, pois aqueles que moravam no último andar não eram obrigados a fazer as refeições como os demais inquilinos. Embora a escalada de oito andares fosse dura, as pernas eram jovens e fortalecidas pelo ciclismo, e a vista sobre Saint-Germain valia bem os onze dólares do aluguel mensal. O único inconveniente – a menos que se levasse em conta o toalete turco minúsculo a meio caminho, na escada para o andar de baixo, que exigia uma certa habilidade acrobática para entrar, utilizar e sair de cabeça erguida e ileso – era que o antigo piso de ladrilhos vermelhos tinha cerca de vinte graus de inclinação. Tijolos obtidos em um canteiro de obras próximo escoravam a cama e a mesa, enquanto o armário era calçado cuidadosamente no canto interior mais baixo, para nunca ser movido. Quanto à cadeira, eu resolvera esse problema secundário serrando duas polegadas das pernas da frente, sem o conhecimento de minha senhoria, habitualmente carrancuda, nunca sorridente, de 113 quilos (na verdade, uma suposição; eu nunca a vi em uma balança, muito menos a pesei, mas sabia que não estava muito longe disso). Certamente madame Germaine, pois era este seu nome, um dia iria me agradecer pelo bom trabalho de nivelamento que fiz.

Eu havia mudado por vários motivos. Primeiro, depois de quase dois anos de residência inclinada para um lado eu estava sendo cada vez mais pressionado a me juntar aos pensionistas do andar de baixo para as refeições e, tendo algumas vezes provado a comida local na hora do jantar, convenci-me de que minha vida correria risco. Apesar de toda a escassez de comida, a cozinheira da *pension*, a quem eu vira apenas de relance, mas concluí que podia não ser francesa, regularmente trazia à mesa preparados culinários tão irreconhecíveis quanto intragáveis: havia carne, mas seu gosto e consistência, para não falar da desconcertante dureza, me convencera de que o infeliz e insosso hábito parisiense, adquirido durante a guerra, de cozinhar carne de origem duvidosa permanecera nesses dias felizes do pós-guerra. Em segundo lugar, corriam rumores de que os colegas pensionistas se queixaram do barulho que minha namorada e eu fazíamos à noite, o que sem dúvida era verdade. (Em nossa defesa, alegamos que lutávamos eternamente com um ângulo de vinte graus em tudo que ali dizíamos e fazíamos.) E, por último, decidi que se ficasse muito mais tempo, andando para cá e para lá como eu fazia em busca de um pensamento convincente, eu acabaria ficando manco, pois embora minha perna de apoio, a direita na viagem do leste para o oeste, mostrasse sinais de encolhimento, ela relaxava agradavelmente na viagem de volta do oeste para o leste. Mas uma vez que inevitavelmente eu acabava na claraboia, no lado oeste com vista para a igreja, aquela viagem final, multiplicada por centenas, se não milhares, seguramente teria seus efeitos.

No último dia de outubro, anunciei para madame Germaine minha partida iminente. Ela achou difícil aceitar. E eu pensava que ela nunca se importara!

"Você está mesmo *partindo?*", disse ela, convenientemente esquecendo as reclamações de meus vizinhos do andar de baixo. "Bom inquilino.

Sempre paga em dia." Ah, era isso. Eu realmente pagava, cuidadosamente acrescentando uns duzentos francos a cada envelope mensal, como forma de compensação para o ruído que produzia. Ela o tomava como retribuição por sua generosidade.

"Você sabe que sempre pode voltar!"

Estremeci diante da ideia. No entanto, era reconfortante saber que em algum lugar nesta apinhada cidade gaulesa de dois milhões e meio de habitantes eu sempre teria um lar. Ou quase isto.

Encontramo-nos no Royal sob um céu de pálido azul sereno e sem vento quando tudo em Paris fica banhado em magia; a nós quatro – Alex, Jane, Patrick e eu – veio se juntar um recém-chegado, Christopher Logue. Um jovem magro e pálido, com um sorriso nervoso que revelava dentes lamentáveis, e olhos que piscavam como se imagina que fariam os de um falcoeiro. Tinha uma voz profundamente ressonante e dicção perfeita, como se não estivesse falando conosco, mortais comuns, mas recitando, sem dúvida para os deuses. Sua testa invulgarmente alta era coroada por tufos escuros rebeldes que brotavam como ervas daninhas da massa abaixo. Eu esperava um homem maior, mais velho, pois os poemas, encorpados e eruditos, tinham uma maturidade mal adaptada a essa alma demasiado esbelta – resultado de uma dieta severa nascida da escassez de recursos, não de qualquer rigor alimentar. Apenas sua voz se coadunava com seus versos, um dos quais na hora me ocorreu: "*Close to the sea I live with weather cock to catch all winds*" (Próximo ao mar eu moro com um catavento para apanhar todos os ventos). Apertei a mão de Logue e disse a ele o quanto eu tinha gostado de seus poemas na *Merlin*, recitando mais dois versos como demonstração. Se tivesse esperado até mais tarde, isso poderia ter parecido perfunctório, conversa mole, mas como foram literalmente minhas palavras de saudação, acho que fiz um amigo para sempre. Christopher estava adequadamente trajado, não para a ocasião, que era informal, mas para o papel que ele escolheu na vida: o Poeta. Mesmo nesse dia glorioso de primavera, ele estava vestido de preto: calça comprida, uma camisa branca ligeiramente puída, uma gravata e uma capa que que não envergonharia o Conde de Monte Cristo. Christopher, logo descobri, não era nem reticente nem retraído. Sua resposta a meu elogio sincero foi: "Sim, eles são bastante bons, não é? É parte de um poema longo que estou escrevendo. Uma outra seção aparecerá no próximo número, certo, Alex?".

"Com certeza, velho, com certeza", disse Alex.

"Você mencionou que conhece alguns escritores franceses que poderíamos querer publicar", disse Alex, voltando-se para mim. "Um em particular", disse eu, fixando o olhar inquiridor de Trocchi. "Extraordinário. Como nada que li antes. E outro que também é muito bom, embora talvez não se ajuste à revista, já que é dramaturgo. Em todo caso, o curioso é que nenhum é francês."

"Receio que você não me entendeu, cara", disse Alex. "Eu estava perguntando sobre escritores *franceses*."

"Um é irlandês, o outro, romeno. Mas ambos *escrevem* em francês", expliquei. "E ambos vivem aqui em Paris."

"Quem é o irlandês?"

"Seu nome é Samuel Beckett. Encontrei-o por acaso vários meses atrás e li tudo que ele escreveu, ou pelo menos tudo que encontrei. Alguns de seus primeiros trabalhos estão esgotados."

"Ele não estava de algum modo envolvido com Joyce?", Trocchi perguntou.

"Isso mesmo. De fato, vi mais de uma referência a ele como secretário de Joyce", disse eu. "Aparentemente, ele não era, mas fazia parte de todo aquele círculo social ao redor de Joyce – irlandeses, ingleses, franceses, só Deus sabe quem mais – no final dos anos 1920 e início dos 1930, depois de *Ulisses*."

"E quanto a Beckett?"

"Ele escreveu o artigo principal no volume crítico sobre Joyce que Sylvia Beach publicou, acho que em 1929 ou 1930, sobre aquela misteriosa obra em andamento... Também traduziu ou ajudou a traduzir 'Anna Livia Plurabelle' para o francês."

"Mas o que ele *escreveu*?", Trocchi quis saber.

"Três romances, pelo menos uma peça e dois contos, todos em francês. Existe também aparentemente um volume fino de poemas, um volume anterior de histórias chamado *More Pricks Than Kicks* (*Mais cutucadas que pontapés*), ambos em inglês. Tudo o que sei sobre estes dois últimos são os títulos. Li os três romances franceses e ambos os contos. Incríveis. E no ano passado ouvi uma parte de sua peça *En attendant Godot* – *Esperando Godot* – encenada na rádio francesa, por um ator-diretor, Roger Blin..."

"Nunca ouvi falar dele", disse Trocchi.

"Muito importante", declarei, "totalmente comprometido com o teatro, em especial a vanguarda. E as partes de *Godot* que encenaram eram extraordinárias."

"E quanto aos romances?", perguntou Trocchi.

"Três *Ms*", disse eu. "O primeiro se chama *Murphy*, o segundo *Molloy*, o terceiro, que acabou de sair, *Malone meurt* – *Malone morre*."

"Todos escritos em francês?", perguntou Patrick. "Com esses títulos irlandeses?"

"Não, *Murphy* foi escrito em inglês. Publicado pouco antes da guerra, acho. Não disponível. Mas, quatro ou cinco anos atrás, saiu uma tradução francesa." Eu não a conheci na época, mas foi o próprio Beckett quem fez essa tradução durante a guerra, para tentar, como ele disse, não enlouquecer. "O romance é bom, não excepcional. Ainda sob influência joyceana, suponho. Quanto a *Molloy* e *Malone*, obras-primas absolutas."

"Dick me apresentou *Molloy*", disse Patrick. "Ele tem razão. É diferente de tudo que já li."

"Como você chegou a ele?", quis saber Trocchi. Julguei ter detectado uma sombra de incômodo, como se dissesse: se ele é tão especial, como é que eu não ouvi falar dele?

"Você quer a versão comprida ou a curta?"

"Curta", disse Christopher.

"Existe uma média?", perguntou Trocchi.

"Por acaso", disse eu. "Acaso e geografia. Eu moro na rue du Sabot e, para chegar a Saint-Germain, normalmente passo pela rue Bernard Palissy, onde há uma nova casa editorial francesa, Les Éditions de Minuit.

"No ano passado, na vitrina da Minuit vi dois livros expostos, *Molloy* e *Malone*, de um tal Samuel Beckett. O nome evocou algo de Joyce, mas palavra de honra que eu não conseguia imaginar o que um irlandês estava fazendo na Minuit. Supus que fossem traduções e, depois, perguntei tanto a Gaït Frogé, na English Bookshop, como a George Whitman, na Mistral, se eles tinham os originais, e ambos disseram que não, nunca tinham ouvido falar neles. Assim, com a curiosidade atiçada, entrei no escritório da Minuit e comprei ambos os livros. Descobri que tinham sido de fato escritos em francês. E que francês!, eu poderia acrescentar. Fiquei estupefato. Na Minuit me disseram que mais um romance, *L'Innommable – O inominável* – sairia no ano seguinte. Se você quer minha opinião, ele é tão extraordinário quanto Joyce. Totalmente diferente, mas extraordinário."

"Se é este o caso", interrompeu Trocchi, "por que você não escreve um artigo sobre ele, Dick? Para o próximo número."

"Não sei", disse eu. "É uma tarefa árdua."

"Faça um esforço, cara. Se ele é tão importante."

"Para quando você precisa disso?", perguntei, já sabendo a resposta.

"Três semanas", disse Trocchi.

Assenti com a cabeça. "Está bem", disse eu, "vou tentar."

"E quem é o segundo?", perguntou Trocchi. "Você disse que havia um romeno..."

"Ah, sim. Ionesco", respondi. "Eugène Ionesco. Um dramaturgo. Romeno, mas também escreve em francês. Ele tem uma peça nova que acaba de estrear e que você devia ver, *Les Chaises*. No Teatro Lancry. Diferente. E muito engraçada. Seria bom você se apressar. Pode ser que saia logo."*

"Em francês", disse Alex. "Não sei se o nosso" acenando com a cabeça em direção a Jane,"é bom o bastante."

"Pat ou eu iremos com você", prometi. "Realmente vale a pena."

Todos concordamos em nos encontrar na semana seguinte.

* Quanto a sair logo de cartaz, em 2009 ela ainda era encenada no Théâtre de La Huchette, para o qual foi transferida pouco depois de estrear, 56 anos antes!

4

RASTREANDO A OBRA

Naquela tarde comecei a reler *Molloy*; mais uma vez fiquei totalmente enfeitiçado. *Era* uma obra-prima. *Malone* também. Como escrever um comentário significativo sobre obra tão rica, complexa, ainda pouco conhecida sem parecer um completo idiota? Então faça o papel de idiota. Hesitante, apanhei a caneta e escrevi:

SAMUEL BECKETT: UMA INTRODUÇÃO

Podia não ser mais que isso. A exegese não era o meu forte. Seria pretensioso escrever mais que uma "introdução", pois eu sabia que, por maior que fosse minha admiração visceral, meu cérebro nem sequer começara a sondar as profundezas dos dois livros. Mas o que mais me intrigava era saber por que Beckett ainda não fora reconhecido, na Inglaterra e também na França. Sim, "introdução" era o termo adequado e, sem dúvida, a abordagem certa. Fora a maldita modéstia: se convicção significa alguma coisa, então escreva o que sair do coração. Um pouquinho menos hesitante, escrevi:

> Samuel Beckett, escritor irlandês há muito estabelecido na França, recentemente publicou dois romances que, embora desafiem todo comentário, merecem a atenção de todos os que se interessam pela literatura deste século.

Um grande avanço? Bem, ao menos caminhando. Demorei duas semanas para escrever o artigo e, quando terminei, achei que mal havia atingido o ponto de partida. Tive vontade de rasgá-lo e começar de novo. No máximo eu tinha arranhado a superfície. Tudo que eu sabia era que tive a grande sorte de topar com – "descobrir" era pretensioso demais – um gênio; o termo não é muito forte. O que mais me impressionava era o humor impassível, a falta de confiança em si mesmo e a autodepreciação dispostos em um leito rochoso de erudição, finíssima luz desgastada. Ao mesmo tempo, de um livro para o outro Beckett ia livrando-se do supérfluo: o que às vezes reluzia, mas atravancava, em *Murphy* praticamente desaparecia em *Molloy* e *Malone*. O movimento parecia inexoravelmente direcionado para o minimalismo, talvez em última instância rumo ao silêncio. Mas uma coisa, para mim, era certa: quaisquer influências que pudessem ter afetado ou maculado a voz antiga tinham desaparecido, descartadas ou totalmente integradas. De *Molloy* em diante, Beckett tinha seu próprio juízo.

Foi ainda com a caneta hesitante que, em 14 de junho, escrevi o parágrafo final:

> Será possível ao sr. Beckett avançar mais sem sucumbir à total incoerência do som inarticulado, ao silêncio do nada onde a lama e Molloy, onde objeto e ser não são somente contíguos mas unificam-se? O próximo livro do sr. Beckett, anunciado para publicação no início deste inverno, terá que responder. Talvez o nome seja significativo. Vai se chamar *L'Innommable – O inominável.*

Naquela noite mostrei o artigo a Patrick. Ele afundou em minha única poltrona, uma relíquia que eu havia recolhido na rua certa manhã bem cedo, quando à luz difusa da pré-alvorada ela me havia impressionado como um acréscimo adequado, de fato necessário, ao salão submobiliado da rue du Sabot. Saudando um vagabundo nas proximidades, deitado na entrada de um café recém-fechado, agora seu domínio até o amanhecer, firmemente enrolado em um cobertor cinza bem puído, garrafa vazia de vinho tinto a sua direita, também ele esperando que o sol se levantasse, e que o calor mudasse sua sorte, cutuquei-o e prometi-lhe cinquenta francos se ele me ajudasse a carregar a poltrona pelos vinte quarteirões mais ou menos até meu modesto alojamento. "Cem", disse ele sem pestanejar.

Combinamos 75 e começamos a nossa luta. Éramos obrigados a parar de poucos em poucos metros para descansar, de forma que logo o sol, não tendo alternativa, despontou quando ainda estávamos a umas seis quadras da minha rua. Eu estava pronto para desistir, abandonar a preciosa antiguidade, pois o vagabundo, apesar de nossa amizade nascente, ameaçava exigir cem e nós dois tínhamos sede como se tivéssemos passado uma longa noite em claro. Passamos por dezenas de cafés, mas todos estavam escuros e fechados, as cadeiras invertidas sobre as mesas e enroscadas em correntes que testemunhavam a fé que os donos tinham em seu próximo. Então, subitamente uma luz se acendeu em um café meia quadra adiante, que alcançamos, suportando nosso fardo, em sessenta segundos cravados. Nada como uma necessidade extrema para estimular a carcaça a ir adiante. Lá estacionamos nosso elefante junto ao meio-fio, deixando algum espaço para os transeuntes, depois estacionamos nós mesmos no bar e bebemos um tinto da casa, de sabor áspero ao paladar mas que nos revigorou.

Naquela noite, quando despertava, olhei para a poltrona no canto e me perguntei de onde diabos ela viera. Ah, sim... Cauteloso, deslizei em sua direção, para melhor avaliar seus méritos, só para descobrir que suas entranhas estavam vazias. Apenas molas, espiraladas e ameaçadoras. Por um momento pensei em jogá-la fora, depois me lembrei de meus trabalhos noturnos. Não, bem ou mal, era minha agora. Possuir e manter. Estofar e reparar. Algumas toalhas velhas cuidadosamente dispostas forraram as molas, depois uma colcha lançada sobre elas, *et voilà*, exatamente como nova! Bem, quase...

Foi nessa poltrona que o imprudente Patrick afundou e começou a ler meu artigo sobre Beckett. Fiquei cada vez mais incomodado observando seus olhos percorrerem rapidamente a página, pausando aqui com uma carranca, ali com um fraco sorriso. Dirigi-me para a porta.

"Aonde você vai?", perguntou Patrick, erguendo os olhos.

"Volto já", menti. "Tenho que fazer uma coisa." Nenhum autor, compreendi, devia estar presente quando alguém está lendo seu trabalho, por mais modesto que seja.

Decidi ir tomar um copo de vinho tinto no Royal. Havia duas rotas mais ou menos diretas de minha ex-casa depósito-de-secagem-de-banana--butique-de-antiguidades até Saint-Germain: uma pela rue du Dragon, passando pelos tentadores odores impregnados de alho do restaurante Raffy, a outra pela rue Bernard Palissy. Esta última era a minha favorita, passando pelos escritórios de Les Éditions de Minuit, a nova editora de Beckett, em cuja vitrina no número 7, no ano anterior, eu tinha visto os exemplares novinhos, primeiro de *Molloy* e, depois, de *Malone meurt*. *Molloy*, que saíra em janeiro, capturou meu olhar por sua aparente disparidade: um título e autor tão irlandeses em uma capa tão francesa? Não foi senão em minha quinta ou sexta passagem que finalmente percebi a ligação. Na época eu estava me aprofundando em Joyce. De repente a luz se acendeu: claro, o sujeito que tinha escrito aquele artigo tão inteligente, perspicaz e sabe Deus quão erudito na coleção de doze odes a Joyce com o título, apenas em parte jocoso, *Our Exagmination Round His Factification for Incamination of Work in Progress* (Nossa Exagminação em Torno de Sua Factificação para Encaminhação da Obra em Andamento), que Sylvia Beach publicara uma década antes da guerra.

O número 7 da rue Bernard Palissy, já me haviam dito, tinha sido até bem recentemente o bordel do bairro. Logo após a guerra, a ira puritana de uma fanática gaulesa famosa, uma mulher chamada Marthe Richard, induzira as autoridades a remover esta mancha de prostituição da honra da França, fechar seus limpos, bem regulamentados, ainda que não bem iluminados prostíbulos, e devolver o país ao caminho da retidão moral. Claro que Marthe Richard não estava só, havia outras vozes e outras pressões, mas ela foi a porta-estandarte e a legislação finalmente promulgada passou a trazer seu nome. Como o trabalho da maioria dos fanáticos, porém, sua "solução" deu pouco resultado: como é possível decretar por legislação que o sexo encerre suas atividades? Tudo o que ela fez foi afastá-lo, de sorte que as prostitutas do pós-guerra, em vez de terem abrigo, supervisão médica e na maioria dos locais uma madame em cujo ombro maternal as garotas podiam recostar seus sonhos e dramas, foram mandadas para as ruas severas e frias. Contemplando, quando entrei pela primeira vez no recinto, as poucas escrivaninhas e mesas, as prateleiras e arquivos, eu não conseguia imaginar o lugar como um mal iluminado antro de perdição. O único vestígio era a vigia gradeada na espessa madeira do lado de fora da porta. "Qual é a senha?" "*Poisson*." "Certo, você pode entrar." Agora, acima da grade ligeiramente enferrujada, a tabuleta diz: ENTREZ SANS SONNER – ENTRE SEM BATER. Um bordel substituído por uma editora. Isto era progresso? Eu não sabia ao certo.

Em todo caso, finalmente entrei no número 7, subi a antiga escadaria e comprei ambos os livros. (Meu Deus! Como pode ter sido um ano atrás?) Mais tarde, naquele dia, abri *Molloy* e comecei a ler: "*Je suis dans la chambre de ma mère. C'est moi qui y vis maintenant. Je ne sais comment j'y suis arrivé*", "Estou no quarto de minha mãe. Sou eu que moro aqui agora. Não sei como cheguei aqui. Talvez em uma ambulância, certamente em algum tipo de veículo." Antes do anoitecer terminei o livro. Não vou dizer que entendi tudo o que li, mas se existe essa coisa de choque da descoberta, uma iluminação, experimentei isso naquele dia. Fiquei, muito literalmente, arrebatado. A simplicidade absoluta, a beleza, sim, e o terror das palavras me abalaram como poucas coisas antes. E a visão que o cara tinha do mundo, seu retrato dolorosamente honesto, sua postura anti-ilusionista, derrubando o que ele havia cuidadosamente forjado, estipulando o fato e depois o questionando quase antes de a tinta secar... E o humor; meu Deus, o humor... Página após página, de repente me vi rindo alto. Se eu não era bem Molloy – já havia uma profunda afinidade ciclística – sabia que certamente um dia eu seria. Ou tal era minha acalentada esperança: no meio da extrema confusão e desespero, ter um momento de verdade e luz.

Esperei um dia ou dois, depois reli *Molloy*, tentado a mergulhar em *Malone meurt*, que jazia na estante a pouco mais de meio metro de distância, páginas ainda unidas (naquele tempo as páginas dos livros franceses, embora dobradas, unidas e encadernadas, não eram cortadas ao longo da extremidade exterior, o leitor precisava de uma faca ou abridor de cartas a seu lado à medida que avançava na leitura. A prática, que de algum modo eu achava romântica – talvez eu estivesse romantizando tudo de Paris, da

França –, desde então foi, infelizmente, em grande parte abandonada, mas resisti à tentação, como alguém resiste à doçura sedutora. A segunda leitura foi até mais estimulante que a primeira, mais gratificante também, pois surgiram vislumbres adicionais de compreensão. No dia seguinte passei para *Malone*. Inteiramente à altura do primeiro. Dois trabalhos sensacionais. Milagres. Como um drogado, eu tinha que conseguir mais.

Na manhã seguinte passei pela esquina e novamente entrei no número 7, sem bater. Dessa vez havia embaixo, na entrada, um funcionário vestido de azul. Trocamos *bonjours* – sem os quais nada progride na França –, e perguntei a ele se a Minuit publicara outros trabalhos de Beckett. "Quem?", quis ele saber. "Samuel Beckett", disse eu, "que escreveu *Molloy* e *Malone meurt* – ali!" E apontei para a parte de trás do modesto *display* onde ainda estavam as duas insuspeitadas obras-primas, quase em pé. O funcionário deu de ombros – "*Je ne sais pas, monsieur*", disse ele, profético – e fez um gesto para que eu subisse.

A porta para o escritório no alto dos degraus estava escancarada, por isso bati suavemente e entrei, repetindo minha pergunta a uma mulher bela e imponente sentada diante de uma pesada máquina de escrever, típica dos anos 1930, calculei. "Acho que não", disse ela, "mas vou verificar." Apanhou o receptor de seu antiquado telefone e discou. A pessoa que ela chamou, mais tarde descobri, era Jérôme Lindon, dono, editor e redator da Minuit, um homem que eu logo conheceria e passaria a admirar desmedidamente. O fim de sua fala, que continuou por uns bons dois ou três minutos, deve ter sido detalhado, já que a dela consistia apenas em "Sim, sim... Entendo... Ah-han... Certo. Direi isto a ele".

"Não," informou-me a secretária enquanto repunha o aparelho no lugar, "aqueles são os únicos dois trabalhos de monsieur Beckett que temos, embora mais um trabalho esteja em preparação. Mas existe um outro, um romance anterior de Beckett disponível em outra editora, a Bordas, que monsieur Lindon diz que ainda está em catálogo. Chama-se *Murphy*."

Agradecendo a ela, desci correndo de três em três os degraus da escada, acelerando ao virar a esquina, subi na Big Blue e pedalei até a Bordas, a uma curta distância na rue de Tournon. Eu sabia que *Murphy* tinha sido publicado pouco antes da guerra pela firma londrina Routledge, com pouco sucesso. Mas como e quando – para não falar em por que – tinha alcançado as orlas francesas, eu não fazia ideia. E por que tinha sido publicado pela Bordas, considerando que os outros trabalhos eram claramente o domínio cobiçado pela Minuit, era outro mistério a explorar. Mas a tarefa imediata era ver se *Murphy* de fato existia em algum formato ou idioma.

A Bordas era um lugar modesto, uma lojinha estreita que, da vitrina, parecia ser uma livraria geral, oferecendo os últimos lançamentos em ficção e não ficção de todas as editoras de Paris. Nem sinal de *Murphy*, nem de nenhuma outra manifestação visível de que Bordas fosse uma editora a justo título. Como tentativa, empurrei a porta. O único sinal de vida ali dentro era um sujeito ligeiramente curvado vestido em uma túnica cinza de trabalho, cabelos grisalhos, descuidados, despenteados e sem dúvida não lavados, a parte da frente, de trás e dos lados disputando caoticamente a supremacia craniana. Acima da área de sua testa, o esfregão rebelde descia bem sobre os olhos, e ele não parecia se importar. Ele me fez lembrar o cachorro de minha meninice, uma versão menor, abastardada do pastor inglês, cujas franjas cobriam completamente os olhos do pobre filhote, sem nenhum prejuízo aparente para sua visão. O único problema era que, com seu rabo fofo que em tudo parecia com suas franjas virado para cima, as pessoas costumavam afagar tanto seu rabo como sua cabeça. "Bonito cãozinho", diziam, acariciando seu traseiro. "É na outra ponta", eu dizia, "a menos que o senhor prefira o rabo", com o que a maioria recuava e rapidamente se afastava.

Na mão esquerda, o balconista segurava três exemplares de algum livro, aparentemente transferindo-os de um lado para o outro da loja.

"*Bonjour*", tentei. "Estou procurando um título específico..."

Ele abaixou a cabeça, para ver melhor por entre o emaranhado quem podia ser o intruso, depois girou-a inquisitivamente para o lado, esperando.

"Esta *é* a Maison Bordas?", arrisquei.

"*Bonjour*", finalmente respondeu. "Sim, é. Você está procurando um título específico?"

"Um livro chamado *Murphy*", disse eu. "De Samuel Beckett."

Sua mão livre depressa afastou o cabelo para trás, revelando olhos vítreos azul-claros cheios de surpresa ou consternação. "Nós não temos muita procura desse título", disse ele.

"Mas vocês o tem em estoque?"

Ele anuiu com a cabeça. "Oh, sim", e, depositando os três exemplares – que se revelaram ser do último número de *Les Temps Modernes* de Jean-Paul Sartre –, abriu uma porta nos fundos da loja e aproximou-se de uma pilha de livros que subia até o teto. Puxou do canto uma escadinha de mão, sobre a qual trepou com velocidade assombrosa, e do topo da pilha retirou cuidadosamente um exemplar. Espanando-o amavelmente com a manga de sua túnica, passou-o para mim. "Monsieur Bordas vai ficar contente", murmurou, tão silencioso que mal pude ouvi-lo.

Procurei em meu bolso e retirei os trezentos francos – que naquele tempo equivaliam a cerca de 75 centavos de dólar –, o preço marcado na capa. "Obrigado", disse eu, "mil vezes obrigado", pois estava quase convencido de que não encontraria o objeto de meu desejo aqui.

"C'est moi", disse ele, *"c'est moi qui vous remercie."* Não, sou eu que agradeço.

Pensei ter detectado um traço de emoção.

Muitos anos depois, A. Alvarez, escrevendo sobre Beckett, relatou que por volta de 1951 – ano em que fiz minha preciosa aquisição – apenas 95 exemplares da edição francesa de *Murphy* tinham sido vendidos. Tive que deduzir, pela surpresa e malcontido prazer do balconista da Bordas, que o meu tinha sido o nonagésimo sexto. E isso de uma tiragem de trezentos e cinquenta exemplares feita cinco anos antes. O que estava errado com o mundo?

Levei meu exemplar para casa e li *Murphy* noite adentro, carinhosamente separando as páginas à medida que seguia. Adormeci e sonhei com West Brompton, onde nunca estive. Cedo, na manhã seguinte, dirigi-me para Saint-Germain-des-Prés, via Bernard Palissy, soprando um beijo para o número 7 enquanto passava. Durante as duas horas seguintes li – não, saboreei – o equilíbrio de *Murphy*, amando e sofrendo com ele em sua luta de infortúnio a infortúnio. Incapaz de trabalhar, a extrema degradação. Nem mesmo o amor de Celia – *sail y a* – pôde levá-lo à ação, muito menos um trabalho, por cujas fauces estúpidas ele se recusava a ser tragado, Murphy ferrenhamente – se tal termo pode ser aplicado a esse Oblómov irlandês – defendendo seus variadíssimos cursos de inação. Eu podia me identificar com isso. *Murphy* não tinha nem o verniz nem a profundidade de *Molloy* e *Malone*, que eram transcendentais, mas ainda não parecia com nada que eu já tivesse lido: engraçado, obsceno, irreverente, pungente, autodepreciativo. Linguagem ferina. Como música difícil ouvida pela primeira vez. Um pouco inteligente demais para seu próprio bem, talvez. Joyce espreitando não muito longe, não longe o bastante. Erudição, erudição óbvia, por vezes explodindo como cogumelos na noite (é quando eles fazem isso?) para intrometer-se no hilário fluxo e refluxo da maré.

> "Mas traia-me", disse Neary, "e você vai pelo caminho de Hipaso."
>
> "O acusmático, suponho", disse Wylie. "Esqueci o que acontece com ele."

Murphy, voluntariamente incapaz, foi um dos maiores desastres da literatura, um homem cuja mente e corpo estão em tamanha guerra que ele se amarra a uma cadeira com estolas. Um retrato da solidão humana. Patético para morrer de rir. Era a cavalgada de uma só pessoa: todos os outros personagens eram títeres de Murphy, com pouco ou nenhum sinal de humanidade. Invenções de sua mente insana. Nunca devia ter saído do manicômio onde trabalhava: lá sentia-se em casa mais que em qualquer outro lugar. Mas então, o mesmo era eu. Por cinco ou seis horas, eu *fui* Murphy.

Embora não tão severamente cômico nem tão habilmente controlado como os dois romances anteriores, ainda era puro prazer. Era o romance de um jovem – Beckett, uma flor relativamente tardia, tinha cerca de trinta anos quando o escreveu, ainda em busca de sua própria voz ou tentando se libertar de influências, em especial a de Joyce, onipotente e dominadora. Abstruso, cheio de jogos de palavras, repleto de insinuações e referências, a maioria das quais, exceto Dante, receei ter deixado passar, mas estava decidido a localizar mais cedo ou mais tarde. Apesar dessas reservas, *Mur-*

phy confirmava o que eu já sentia: Samuel Beckett era o escritor mais apaixonante que li desde que chegara a Paris. Desde Joyce, certamente. Mas por que ele era tão pouco conhecido? Dei uma olhada na página de créditos: publicado pela primeira vez pela Routledge em 1938. Edição francesa de 1947. Meu Deus! Treze anos atrás! E a tradução já tinha quase cinco. Beckett nasceu em 1906, diziam suas notas biográficas, e acabava, portanto, de completar quarenta e cinco anos. Quarenta e cinco, pelo amor de Deus, e ninguém o estava lendo!

Durante o último ano, eu havia assediado amigos e conhecidos, principalmente franceses, sobre Beckett, não tanto para fazer prosélitos, embora isso também fizesse parte, quanto na vã esperança de encontrar outros textos. Há um sentido na busca persistente, mesmo de causas perdidas, pois uma noite no jantar no Dôme – uma mudança radical de lugar, mas muitos de meus amigos franceses preferiam Montparnasse a Saint-Germain – um jovem escritor francês, Daniel Mauroc, também publicado pela Minuit, manifestou surpresa por eu não ter lido os contos.

Que contos? Eu quis saber.

"Conheço pelo menos dois", disse ele, "um publicado em *Les Temps Modernes*, o outro em *Fontaine*. Um se chama 'Suite', o outro 'L'Expulsé', creio."

"Continua" e "O expulso". Gostei particularmente do som do primeiro, pois exprimia uma promessa. Essa conjetura se mostrou correta, embora não como eu tinha imaginado. Passei pelo escritório de *Les Temps Modernes* e perguntei se eles tinham alguns exemplares restantes do número que continha "Suite". Examinando o sumário de uma enorme encadernação, a jovem começou sua busca retroativa, seu delicado indicador passando lentamente página após página. Ela lambia o dedo a cada vez que virava a página, um gesto ligeiramente lúbrico, pelo menos na primeira acepção do termo, oxalá na terceira. Quando ela chegou a 1948 sem sorte, lançou um olhar para cima, retirando os enormes óculos de aro de tartaruga para revelar um par de olhos azul-celeste que poderiam ter tentado até Murphy a abandonar suas sete estolas e sair a toda de seu esconderijo em busca de um emprego lucrativo, pois a face em que aqueles olhos sentimentais estavam engastados era, na pior das hipóteses, um Botticelli. Melhorado. Até eu poderia me sentir desesperadamente apaixonado naquele lúgubre escritório marxista de reposição.

"Sem sorte", disse ela, meneando a bela cabeça. "A menos que você saiba o ano."

Lembrei-me de Mauroc dizendo que foi pouco depois da guerra. "1946?", arrisquei. "Talvez 47?"

Ela retrocedeu mais páginas, leu cada uma cuidadosamente, com uma paciência que julguei rara, pois a mente gaulesa é tão rápida quanto desdenhosa, até que um sorriso lento irrompeu em seu rosto como a luz do sol na aurora. Um olhar de seriedade triunfante. Arquimedes em seu banho. "Aqui está", disse ela. "Você estava certo. Edição de julho de 1946." Ela empurrou a cadeira para trás, levantou-se e dirigiu-se a uma sala nos fundos. Cinco anos atrás. Ainda haveria exemplares?

Em alguns minutos ela voltava trazendo um exemplar antigo. Agradeci-lhe mil vezes (em francês), contei o dinheiro, olhei fixamente para ela e perguntei se, para retribuir mais generosamente, eu poderia convidá-la para um drinque.

"Isso seria adorável", disse ela, e meu coração saltou. Combinamos nos encontrar na tarde do dia seguinte às seis no Flore, o ponto de Sartre. Parecia apropriado.

"O que é esta 'Suite' que você está procurando naquela edição?", perguntou ela.

"Um conto de Samuel Beckett", disse eu.

"Nunca ouvi falar dele", disse ela. "É um nome estranho. Ele é francês?"

"Não, irlandês."

"Ah", disse ela, como se isso explicasse tudo.

"Posso perguntar *seu* nome?", indaguei.

"Cecile", ela respondeu. Outra coincidência. Minha Celia. Minha futura Celia.

"E meu nome é Richard", completei, "mas a maioria das pessoas me chama de Dick."

"Ah, Deek. Na França, sabe, este é um nome que geralmente dão a cachorros."

Por um momento fugaz considerei cancelar o drinque do dia seguinte mas reconsiderei.

"Suite" era uma maravilha, no mesmo nível a *Molloy* e *Malone*. Como os últimos romances, era realidade sem nada supérfluo. Uma canção desolada, triste porém belíssima, seu protagonista curvado mas altivo – ou melhor, curvado somente pelo conhecimento último que se origina de ter nascido. "Não se apiede de mim," ele parecia estar dizendo, "eu estou além da piedade." Talvez sim, talvez não. No entanto, a história parecia estranhamente incompleta. Deduzi que para Beckett as noções de completo ou incompleto tinham pouco a ver com as que me foram inculcadas. Só mais tarde fiquei sabendo, pelo próprio Beckett, que minha conjetura não estava equivocada: "Suite" representava apenas a primeira metade de uma noveleta. Ao enviá-lo para *Les Temps Modernes,* Beckett supôs, com ou sem razão, que em alguma data posterior, quem sabe, no próximo número, a revista publicaria a segunda metade. Mas, quando ele enviou a segunda metade, a coeditora de Sartre, Simone de Beauvoir, a devolveu com uma nota indicando que não era política da revista publicar sequências. Pelo amor de Deus, o título não implicava que havia mais por vir? Ela ou Sartre provavelmente pensaram que aquilo que Beckett lhes enviara em primeiro lugar fosse o trabalho completo. Ou talvez pensaram que Beckett os estava provocando, testando para ver se eles conseguiam distinguir uma parte de um todo. Em todo caso, o incidente irritou Beckett – um homem que demorava para ficar com raiva. Com alguma relutância, mas com óbvia emoção, ele enviou a Simone de Beauvoir uma carta suplicante, dizendo que a rejeição da revista "era matéria de pesadelos", pois ao não publicar a história inteira ela estava mutilando seu trabalho, "cortando-me antes que minha voz tenha tempo para significar algo". Petulância? Pode ter parecido assim para Sartre e Simone de Beauvoir na época, mas à luz da integridade total pela qual mais tarde Beckett se tornaria legendário, e o brilho do conto em si mesmo quando lido inteiro, sua angústia certamente parece justificada. Com toda justiça para com Sartre e Simone de Beauvoir, o intermediário de Beckett, Tony Clerx, deixara de mencionar para os dois editores que "Suite" era apenas a primeira parte do conto. Em todo caso, talvez por compensação, *Les Temps Modernes* publicou em seu número de novembro de 1946 uma dúzia de poemas de Beckett em francês. Mesmo assim, não estou certo se ele algum dia os perdoou pelo que considerava miopia literária.

Encontrar uma cópia de "L'Expulsé" foi muito mais fácil. Dessa vez eu sabia a data, 1947, e o austero balconista que recebeu meu pedido estava de volta em menos de dois minutos com o exemplar, sem fazer perguntas, pagamento no ato, *au revoir et merci*.

Os resultados da segunda busca foram até mais recompensadores que os da primeira, pois "O expulso", além de não estar truncado, achei-o muito melhor. De chorar, pois era muito pungente; de rir, pois era muito misteriosamente hilário. O protagonista era aqui novamente um Thomas duvidando não de seu senhor ou mestre mas de si mesmo, tateando às cegas para dar sentido ao mundo, do mais insignificante dos atos às situações mais básicas, no caso tentando lidar com o fato de ter sido literalmente jogado fora, expulso de onde quer que tivesse morado – seu asilo, seu hospício –, concentrando-se, calculando em sua mente quantos degraus abaixo "eles" o haviam lançado:

> Não existiam muitos degraus. Contei-os mil vezes, tanto subindo como descendo, mas o número se fora de minha mente. Eu nunca soube se você devia contar um com o pé na calçada, dois com o pé seguinte no primeiro degrau e assim por diante, ou se a calçada não devia ser contada. No topo dos degraus enfureci-me com o mesmo dilema. Na outra direção, quer dizer, de cima para baixo, era o mesmo, a palavra não é muito forte. Eu não sabia onde começar nem onde terminar, essa é a verdade da questão.

O corpo maltratado e sitiado. O narrador humilhado e devastado, mas a mente racional ainda trabalha, ainda teoriza em absurda admiração.

Ambos os contos são tão brilhantes quanto *Molloy* e *Malone*.

. . .

Tendo lido e relido ambos os contos, como um drogado eu precisava de mais uma dose de Beckett, mas não havia mais onde encontrar. Então, como frequentemente acontece na vida, entram os acasos felizes. Alguns anos antes, eu tinha conhecido uma jovem e promissora atriz de cabelos negros e belas feições parecida com Greta Garbo, Delphine Seyrig, tão brilhante quanto jovem. Era estudante de teatro e também amiga íntima do afamado ator e diretor de vanguarda Roger Blin, que, segundo ela, provavelmente dirigiria uma peça de Beckett no começo do ano seguinte, que ou seria uma peça longa intitulada *Eleuthéria* ou a menor, *Esperando Godot,* da qual ouvimos uma parte juntos no ano anterior no Club d'Essai da rádio francesa. Mais provável que fosse esta última, disse ela, porque tinha menos atores e produção bem menos dispendiosa. E dinheiro para peças, como dinheiro para revistas, era difícil de achar na rua naqueles dias. (Naqueles dias?)

Delphine foi um ganho inesperado de minha temporada no Collège Cévenol, uma escola secundária nos montes Cévennes onde passei meu primeiro verão na França como voluntário. Ela tinha sido aluna lá e nossos caminhos se cruzaram brevemente: quando os voluntários iam chegando, os alunos estavam fazendo as malas para partir. Frank Manchon, membro do Collège Cévenol, e encarregado de recepcionar os estudantes americanos, que me saudou em minha chegada a Paris, havia me dado seu nome e, um dia ou dois antes de ela partir para Paris, decidi me apresentar. Para minha grande surpresa, ela falava inglês perfeitamente, ou melhor, como os americanos, e minha primeira reação foi achar que tinha confundido com outra mocinha, pois eu sabia que na escola havia alguns ingleses e americanos. Mas não, era realmente Delphine. Seu pai, um destacado arqueólogo, tinha ido para Nova York como adido cultural do governo livre francês durante a guerra, e ela frequentou vários anos uma escola fundamental de lá. Seu coração estava tomado pelo teatro. Apesar de sua pouca idade – ela tinha quinze ou dezesseis anos na época –, com sua voz grave, melodiosa, e sua beleza arrebatadora, eu tinha certeza de que ela deixaria sua marca. Em Paris eu a via pouco, pois ela continuava seus estudos, não no Collège Cévenol em Chambon, mas em um liceu parisiense. Mas tão logo recebeu seu diploma básico, Delphine começou seus estudos de teatro em uma das principais escolas de arte dramática, onde o destino nos colocou novamente em contato. O intervalo de três anos apenas aumentou sua beleza, e aquela voz muito especial ou amadurecera sozinha ou fora enriquecida por suas aulas. Ávida frequentadora de teatros, ela me convidava para acompanhá-la a cada semana ou duas, nunca permitindo que eu pagasse seu ingresso, por mais que eu insistisse, mas aceitando o convite para um jantar ocasional, antes ou depois do teatro. Graças a ela, assisti a mais peças do que havia assistido durante meus anos anteriores em Paris, algumas de pouco interesse (para mim, porque para ela todo trabalho era fascinante, se não por seu mérito inerente, pela direção, cenários, figurinos, a técnica de um ou mais atores ou atrizes), mas várias outras totalmente convincentes: de Eugène Ionesco, *As cadeiras*, *A lição* e *A cantora careca*; de Arthur Adamov, *La Grande et la petite manoeuvre*; de August Strindberg, *Ghost Sonata*, que Blin dirigiu no Gaîté-Montparnasse; de Jean Anouilh, *A valsa dos toureadores* e *L'Alouette*. Eu estava fascinado – "hipnotizado" seria um termo mais justo – por Delphine, tentado também, mas confesso que ela também me irritava um pouco. Mais de uma vez, quando eu era convocado para apanhá-la na escola ou, mais frequentemente, no vizinho Jardin du Luxembourg, ela estava cercada por um grupo barulhento de colegas de arte dramática, todos com cara de doze anos de idade e que pareciam obrigados a gesticular um para o outro, como se estivessem no palco. Delphine – já uma atriz dentro e fora do palco – manifestava-se ciente de minha presença, sorria e voltava-se para os jovens colegas tagarelas para terminar seu não texto. Eu tamborilava o relógio para lembrar a ela que a peça ia começar, caso ainda estivesse interessada, e finalmente a via escapar com um sorriso que lhe granjeava perdão imediato.

Foi Delphine quem, conforme mencionado, havia me proporcionado cerca de um ano antes a pista final e mais intrigante para o enigma de Beckett. Uma noite, a caminho do teatro, ela casualmente mencionou que a rádio francesa iria gravar e transmitir parte de *Godot* dentro de duas semanas. "Você gostaria de ir à sessão de gravação?", disse ela. "Roger me disse que monsieur Beckett com certeza estará lá."

Uma chance de conhecer o cara. "Claro", disse eu, "só me diga quando e onde."

"Iremos juntos", disse ela. "Apanhe-me na casa de minha mãe na rue Vaneau."

Prontamente às duas, toquei a campainha; a gravação, que seria em um estúdio próximo, na Rive Gauche, Le Club d'Essai de La Radio, seria às 3h15. No caminho, perguntei a Delphine se ela tinha lido a peça ou sabia alguma coisa sobre ela. Ela meneou a cabeça. "Tudo o que sei é que Roger acha a peça maravilhosa. Diferente de tudo que já dirigiu."

"Li a ficção de Beckett", disse eu, "e não consigo imaginar como seria uma de suas peças."

Quando chegamos, havia pelo menos umas vinte ou trinta pessoas no estúdio, incluindo os atores. Os técnicos corriam de um lado para o outro, puxando cabos elétricos, checando microfones, estudando painéis. Reconheci Blin, a quem vira em duas ou três peças, mas nenhum dos outros três atores, que estavam amontoados em um canto, *script* na mão. Olhei cuidadosamente de rosto para rosto, mas não havia nenhum sinal do autor. Delphine me apresentou a Blin, que educadamente se levantou, apertou minha mão e sorriu, obviamente preocupado com outras questões.

"Monsieur Beckett está vindo?", Delphine perguntou.

"Em princípio", disse Blin. "Mas quem sabe? Ele é excessivamente tímido. No entanto, disse que estava ansioso para ouvir isto."

Achei que Blin estava sendo mais que cortês, solícito, para uma dama muito jovem, sua aluna, em um momento em que ele deveria ter ficado comungando consigo mesmo minutos antes de uma apresentação. Mais tarde descobri, porém, que Miss Seyrig estava mais envolvida na produção de Blin do que demonstrava. Ela recebera recentemente uma pequena soma em dinheiro de um tio, que queria que ela viajasse para alargar seus jovens horizontes. Mas quando ela soube da dificuldade que Blin estava encontrando para obter o dinheiro para uma produção que, com sorte, sairia no próximo ano, ela doou a soma inteira para a causa. Perguntei-lhe se consultara seu tio antes de doar o dinheiro da viagem.

Ela olhou para mim de forma estranha. "De que jeito?", quis saber. "Ele está em Montparnasse."

"E daí", insisti, "não é exatamente no fim do mundo."

"Cemitério", disse ela. "*Cemitério* de Montparnasse."

Só então percebi que o dinheiro dado não era um modesto presente avuncular mas uma herança considerável. Minha estima pela jovem dama, já considerável, aumentou ainda mais.

Os técnicos pareciam prontos, a julgar por sua súbita falta de movimento, que um minuto antes tinha sido frenético, e os atores tomaram seus lugares diante de cinco microfones. Além de Delphine e eu, havia algumas pessoas, que não conhecíamos. Mas nada de Beckett. Eu estava extremamente desapontado, pois queria muito conhecê-lo. Talvez ele estivesse simplesmente um pouco atrasado. Em retrospecto, este foi um dos pensamentos mais disparatados que já me passou pela cabeça. Pois quando finalmente nos conhecemos, e em todos os encontros subsequentes, você podia acertar o relógio por sua chegada. O homem mais pontual que já conheci. Descobri muito dolorosamente o quanto ele considerava o atraso um pecado capital, pois, um ano e meio depois, quando deveríamos nos encontrar em um café em Montparnasse para revisar minha tradução preliminar de um de seus contos, cheguei alguns minutos atrasado. Ele estava sentado a uma mesa nos fundos, um copo raso de cerveja bock formalmente colocado diante de si, claramente intocado, sendo seu único sinal de irritação a batida de seus dedos longos e já ligeiramente artríticos em um claro repique de chamada no tampo da mesa. Nem uma só palavra de repreensão. Nunca. Daí por diante, durante os quase quarenta anos seguintes, sempre que nos encontramos, certificava-me de chegar vários minutos *antes* da hora marcada.

"Você acha que ele virá?", sussurrei para Delphine.

Ela olhou de relance pela sala e encolheu os ombros.

Nossa resposta veio quase imediatamente quando monsieur Blin fez um anúncio.

"Monsieur Beckett esperava estar aqui mas mandou dizer que não pode vir. Em sua nota ele diz que, como sabe pouco ou nada sobre teatro, achou que sua presença seria totalmente supérflua."

Isso explicava tudo.

Fomos informados ao chegar que apenas um segmento da peça seria gravado e, em honra da verdade, não se podia julgar o todo por uma única parte, mas o que ouvimos foi tão extraordinário que não sabíamos se ríamos ou chorávamos. Para mim, tendo lido seus contos e romances, não era território desconhecido. Mas isso era diferente, até mais enxuto que a prosa. Antes do início da gravação, Blin tinha anunciado o contexto: um palco seco, com uma pedra no primeiro plano e uma árvore, igualmente seca, no fundo à direita.

No final da gravação, Delphine e eu saímos para o cinza gélido de Paris no fim da tarde.

"O que você achou?", perguntou Delphine enquanto bebericava seu chá quente no terraço fechado da praça onde nos enfiamos para nos aquecer.

"Estou fascinado mas frustrado", disse eu. "Como posso conseguir a peça inteira?"

"Você não pode", disse ela. "Blin diz que Beckett e ele ainda estão trabalhando nela."

"Mas imagino que a Minuit vai publicá-la", disse eu.

"Depois de ser encenada", disse ela. "Não antes."

"Alguma ideia de quando será isso?"

Ela encolheu os ombros.

Olhei para o outro lado da praça e vi pelo relógio da igreja, no qual se podia seguramente confiar, que já passava bastante das nove. Meu Deus! Que canalha eu era: tinha deixado Patrick sozinho por bem mais de uma hora. Com certeza a essa altura fazia tempo que ele tinha ido embora. Paguei e caminhei rapidamente de volta para a rue du Sabot, onde abri a porta não para encontrar o vazio mas Patrick, profundamente adormecido na poltrona. Em repouso extremo e completo – como isso era possível naquela poltrona ainda não consigo imaginar – minhas preciosas páginas depositadas ordenadamente ao seu lado. Ele abriu um olho injetado de sangue.

"Maravilhoso", disse ele. "É excelente."

Lutou para pôr-se em pé. "Enfim," disse ele, "estou certo de que seu artigo fará as pessoas desejarem ler Beckett."

"Assim espero", disse eu, apanhando minhas páginas. Patrick havia mais que devolvido o favor; dava para ver que suas anotações à margem eram agudas e inteligentes. Uma maneira de conhecer os verdadeiros amigos é através de seus comentários críticos: os falsos amigos demolem ou procrastinam; os amigos de verdade são sempre construtivos, mesmo quando são críticos.

5

DE DUBLIN A GALWAY

Apesar de minha crescente obsessão pelo irlandês evasivo chamado Beckett, ainda estava profundamente envolvido com outro escritor do velho rincão, o próprio sr. Joyce. Quanto mais descobria sobre ele e mais me aprofundava em seu complexo passado, mais sentia que talvez, no fim das contas, o sr. Beckett estivesse na trilha certa. A mesma pureza. A mesma dedicação absoluta a sua arte e – aqui eu podia até certo ponto me identificar – a mesma falta de dinheiro. Em seus primeiros anos, Joyce frequentemente estivera à beira da falência, salvo pela fiança de seu irmão mais jovem e muito mais prático, Stanislaus, mas mesmo ao se aproximar dos quarenta, esteve constantemente sob pressão de seus muitos credores. A certa altura as coisas estavam tão ruins que o jovem filho de Joyce, Giorgio, encontrando por acaso seu tio Stanislaus nas ruas de Trieste, informou irritado que ele e o resto da família tinham passado fome naquele dia. Stanislaus, que geralmente desaprovava o estilo de vida de James, providenciou um estipêndio para o irmão no dia seguinte. Em seu diário, Stanislaus anotou: "Salvei James e Nora seis vezes da fome". Não que a pobreza seja uma virtude necessária, mas naquele momento me parecia que colocar o dinheiro na posição mais baixa possível da lista das prioridades era a base para qualquer esforço artístico sério. Assim que esse pensamento profundo me passou pela cabeça, dezenas de exemplos contrários surgiram para refutá-lo. Ah, como é difícil ter uma pensamento profundo que dure!

Eu havia acumulado duzentas ou trezentas páginas de comentários, fatos relevantes e anotações manuscritas sobre Joyce, sem saber direito para onde aquilo iria, mas tão fascinado pelo homem e sua obra que nada era suficiente. Seu *Retrato do artista quando jovem*, que eu sabia que fora mal recebido, era para mim uma pequena pedra preciosa. Quanto a *Ulisses*, uma obra-prima – nenhuma outra palavra serviria – que eu lia e relia, cada vez com mais satisfação.

As irmãs de Joyce estavam vivas e passavam bem em Dublin. Por que eu não escrevia e perguntava se poderia conversar com elas sobre meu tema? Algumas informações preciosas poderiam ser colhidas ali. Duas delas pelo menos, Eva e Eileen, haviam passado algum tempo com o irmão em Trieste, onde Joyce tinha vivido durante doze anos antes da Primeira Guerra Mundial.

Por que Trieste? Decidido a deixar a Irlanda em busca de terras mais justas e motivado por notícias de uma vaga para lecionar inglês em Ravena, Joyce tinha convencido a bela ruiva Nora Barnacle a partir com ele. Chegou quase sem dinheiro e descobriu que a vaga cobiçada já havia sido preenchida. Mas soube que havia outra vaga no Berlitz, em Trieste, e se apressou a ocupá-la.

Um dos endereços era um convento de freiras e, sabendo do ódio irredutível de Joyce pela Igreja, eu tinha certeza de que nunca tinha ouvido falar dessa senhora. Para minha grande surpresa, porém, ambas responderam: Eileen foi calorosa, sua irmã indiferente, mas que diabo. A ideia de ouvir sobre Joyce em primeira mão de membros da família deixou meu coração acelerado.

Na manhã seguinte parti ao encontro das duas senhoras. Primeiro, o convento, uma construção simples de tijolos vermelhos cujas caixas de flores envidraçadas eram um tumulto de cores, mas com uma grande porta preta e imponente que parecia proibitiva. Puxei a corda e ouvi um tinido. Uma senhora rigidamente penteada, que me olhava de forma austera, ou melhor, com mal disfarçada desconfiança abriu a porta. Anunciei-me e comuniquei o propósito de minha visita. A desconfiança aumentou visivelmente. "E ela está esperando o senhor?" Eu confirmei e, com um olhar fulminante, ela se virou e desapareceu, deixando a porta ligeiramente entreaberta. Pouco depois, chegou uma senhora similarmente vestida – "diminuta" foi a palavra que me ocorreu – preenchendo a metade inferior vazia da porta agora aberta. Lembrei a ela de minha carta e de sua resposta. Ela franziu o cenho. Sim, tinha uma vaga lembrança. Será que eu podia fazer-lhe algumas perguntas sobre seu irmão James? Nenhuma reação. Ela havia realmente estado com ele em Trieste? Anuência com a cabeça. "Não fiquei muito tempo", disse ela. Perguntei se eu podia entrar, pois me sentia desajeitado ali no degrau superior. Havia quatro degraus para o convento, se é que era assim que era chamado aqui. Eu sempre tive um problema com degraus. Eu nunca sabia se contava o degrau de cima como um, ou se ele era o pórtico e não contava mesmo. Neste caso havia três. Não importa. Ela meneou a cabeça. "Está bem então... Eu entendo", supondo que gente como eu não tinha permissão para entrar no santuário exterior, muito menos no interior. "Você estava morando com seu irmão e a esposa?" "Ela não era esposa dele", disse ela mal sussurrando. E em seguida: "Não tenho mais nada a acrescentar". Com o que ela recuou e fechou a porta – e devo dizer com toda justiça – suavemente.

Bem, Seaver, o que você esperava?

Renovado e revitalizado da rejeição matinal graças a uma visita a uma taverna das imediações, parti ao encontro da irmã Eileen. Novamente os três degraus para cima – ou eram quatro? –, desta vez para uma grande porta verde, abençoada com uma grande aldrava de latão. Desta vez quem abriu a porta foi uma senhora, pequena e enrugada, mas cujo sorriso cálido e olhos azuis piscantes me deixaram imediatamente à vontade. Ela me levou até a sala de estar, que dava para a rua, ofereceu-me chá e acomodou-se em uma poltrona florida diante de mim. Primeiro, ela queria saber de meu interesse em seu irmão, e quando eu disse, muito simplesmente, que eu o considerava o maior escritor de nosso tempo e minha expectativa era fazer uma tese sobre ele e seu trabalho, ela visivelmente relaxou.

Durante a hora e meia seguinte Eileen falou dele, eloquente e carinhosamente, de seus primeiros anos na escola Belvedere, onde abraçou pela primeira vez, quase fanaticamente, a Igreja, antes de seu igualmente feroz repúdio; sua vida em Dublin, uma família unida de dez filhos – quatro meninos e seis meninas, a quem (este) Jim, o primogênito, chamava de "minhas 23 irmãs"; seus anos em Trieste morando com a família antes da Segunda Guerra Mundial. Sete anos mais jovem que James, ela era, segundo achava, a mais íntima dele em muitos aspectos. Não tão próxima quanto Stanny, acrescentou, mas a relação deles era uma relação de rivalidade entre irmãos. Devo me atrever e perguntar a ela sobre Nora, sobre sua relação? Do que eu tinha ouvido, ela não tinha nenhum interesse em seu trabalho. "Isso é verdade", disse ela. "Nora era uma moça simples, com pouca instrução. Mas James a amava, disto eu tenho certeza. Ficava perdido sem ela."

O nome Beckett significava alguma coisa para ela?

"*Samuel* Beckett? Claro. Um dos discípulos de Jim. Foi para Paris nos anos 1920, creio, estudante de intercâmbio vindo de Trinity para a École Normale. Amigo de Tom McGreevy. Jim gostava dele, achava que ele tinha talento, embora de tudo que ouvi ele tem fracassado totalmente como escritor. Jim leu seu *Murphy*, publicado pouco antes da guerra, creio eu, e achava que o livro mostrava talento. A ele, porém, parecia que Beckett estava demasiado sob sua influência; ele teria de sair dessa influência para encontrar sua própria voz.

"Mas havia um problema entre eles. A filha de Jim, Lucia, uma mocinha muito talentosa mas problemática, ficou bastante caída por Beckett e supunha que ele vinha para o apartamento com tanta frequência especialmente para vê-la. O fato era que ele vinha ver meu irmão, mas ela estava muito apaixonada, e a falta de reação de Beckett a suas óbvias propostas piorou sua depressão. Assim, a certa altura, segundo me recordo, Jim teve que sugerir que ele se afastasse, o que magoou Beckett profundamente."

"Ouvi dizer", disse eu, "que numa certa altura ele era secretário de seu irmão. Isto é verdade?"

"Absolutamente não. Jim tinha dezenas de pessoas ao seu redor o tempo todo – ele era muito gregário, sabe, embora os que não o conheceram aparentemente o imaginavam solitário em sua torre de marfim – e Beckett era uma delas. Lembre-se que Jim, que sempre teve problemas de vista, estava quase cego naqueles anos em Paris e precisava de ajuda para transcrever seus pensamentos. Beckett lia em voz alta para Jim. Realizava tarefas para ele." Ela riu. "Ele era bom nisso."

Durante as três semanas seguintes viajei a pé pela Irlanda, optando pelas estradas vicinais e secundárias, embora mesmo nas maiores poucos carros ou caminhões quebrassem meu silêncio. Às vezes era como se eu estivesse só no mundo, com apenas gorjeios e balidos a me lembrar que eu não estava. Aqueles que eu encontrava eram indefectivelmente afáveis, em geral me saudando com a ponta do chapéu ou um "Deus te abençoe!".

Ah, sim, as nuvens. Se existe uma palavra que a memória evoca de minha viagem irlandesa transinsular é "MOLHADO". Chovia quase todo dia, às vezes era só uma névoa penosa, mas frequentemente um aguaceiro. Às vezes o sol tentava se impor, embora não o suficiente para me secar. A cada quatro ou cinco dias eu cedia e me abrigava em uma pousada modesta, para tomar um banho morno, secar minhas roupas e fazer uma refeição substanciosa. Eu acordava renovado e pronto para avançar. Uma manhã, quando estava saindo de meu quarto, um jovem saindo do seu do outro lado do corredor me saudou cordialmente com "Está um dia maravilhoso! Absolutamente maravilhoso!". Com o quê, supus que a maré tinha virado, o sol tinha saído com força total e minha jornada não seria mais arruinada pelo ininterrupto som da lama sob minhas botas gastas. Espiando lá fora, porém, perguntei-me se meu vizinho era bom da cabeça, pois para mim parecia o cinza de sempre – embora um pouquinho mais claro que o normal, mas nada de sol à vista. No café da manhã perguntei a ele por que achou que o dia estava "maravilhoso". "Olhe lá fora", disse ele, "você *não vê*? É só um *chuvisco*!"

Anos depois, lendo o divertido livro gaélico de Flann O'Brien, *The Poor Mouth* (A boca pobre), percebi o problema do tempo irlandês em toda sua extensão: quando o infeliz herói do romance quer secar-se, ele simplesmente salta no mar ocidental!

6

FINANCIANDO UMA REVISTA

DURANTE VÁRIAS semanas eu via Alex, Christopher e Jane quase diariamente, com Patrick se juntando a nós nos fins de semana.

Havia assuntos práticos imediatos a tratar. Arthur Fogg Lougee, pai de Jane, nosso mecenas, tinha bancado *Merlin,* mas, conforme se evidenciou, somente o primeiro número. Como homem de negócios e banqueiro, ele estava disposto a lançar o navio, mas era sua opinião firme que uma vez abertas as velas, a revista devia navegar com suas próprias forças. Arthur perguntara e fora informado sobre qual seria a tiragem do primeiro número: três mil exemplares. E a distribuição? Mil para a França, principalmente para as bancas da Rive Gauche e as seis livrarias que abasteciam turistas de língua inglesa; mil para a Inglaterra; e o último terço para os Estados Unidos, isto é, para ele. Todos queriam saber o que ele planejava fazer com seus mil exemplares: inundar a livraria de Limerick? Vendê-los no saguão do banco? Dar de presente a novos clientes? Sentar e esperar que as assinaturas chegassem? Em todo caso, se ele *pudesse* vender todos os seus exemplares, cujo preço de capa americano era sessenta centavos, praticamente recuperaria seu investimento. E se a França e a Inglaterra tivessem metade desse desempenho, *voilà,* a revista estaria tendo um bom retorno. Negócio excelente, na visão da costa rochosa do norte da Nova Inglaterra por volta de 1952.

O único problema com sua aritmética era que as chances de vender todas eram nulas; de vender metade delas, escassas, e, mesmo um quarto da tiragem, improváveis. E mais, Alex e Jane viviam às generosas expensas de Papa Lougee, com os vertiginosos cinquenta dólares por mês do Hôtel Verneuil e os preços de alimento e vinho inevitavelmente subindo pouco a pouco, sem falar na nova obsessão de Alex com máquinas de fliperama, que recentemente haviam surgido na Paris do pós-guerra – um presente cultural do Ocidente, precursor, ai, de muitos outros.

"Estimula o cérebro", explicaria Alex se alguém, inclusive Jane, ousasse questionar. "Relaxa e estimula. Tenho algumas de minhas ideias mais criativas observando aquela bolinha saltitante dirigindo seus passos pela *piste*."

"Como essa máquina estúpida pode inspirar você?", indagou Patrick. Ele parecia realmente ofendido.

"Ela inspira, velho, pode acreditar que me inspira", disse Alex, os olhos nas luzes loucamente piscantes, as mãos nervosas acionando as aletas. "O fato de que ela seja estúpida é o principal: deixa o cérebro livre para decolar." Com o quê, ele se voltava e dava um largo sorriso de menino mau a que poucos conseguiam resistir.

Mas enquanto o cérebro estava decolando, tínhamos que definir uma estratégia para nossa abordagem iminente da Imprimérie Mazarine, que havia impresso o primeiro número. O pai de Jane tinha pago adiantado aquele primeiro número. Dinheiro à vista.

Alex conseguia encantar a maioria das pessoas, mas os gráficos, eu sabia, eram uma raça de homens práticos. E nós, não nos esqueçamos, éramos *sales étrangers*, "forasteiros imundos", cuja boa-fé era na melhor das hipóteses suspeita. Abordar um novo e desconhecido impressor nessa etapa tardia me parecia uma tolice, especialmente com o mês absenteísta de agosto assomando. Assim, vestidos em nossos melhores trajes executivos, mas, examinados de perto, suspeitos – desfiados aqui, manchados de sopa ou vinho ali (falo dos machos da espécie; Jane estava resplandecente em um vestido branco cheio de girassóis) – mas que, para uma visita curta, às onze da manhã, quase transpiravam respeitabilidade, Alex, Jane, Christopher e eu fizemos uma visita ao número 35 da rue Mazarine, onde fomos cordialmente recebidos por monsieur Louis Lebon. Embora fosse o *patron*, estava vestido como impressor, o corpo bem-dotado coberto, do torso até os pés, com um robusto avental de lona azul. Suas mãos estavam manchadas de tinta e ele tinha borrões escuros em ambas as faces, bem como no queixo e na testa.

"Desculpem-me, *messieurs, dame*", disse ele, "permitam-me lavar-me antes de conversarmos." Dirigiu-se para a pia ao fundo da sala e esfregou--se vigorosamente até parecer quase angelical. Voltando a sua mesa, trocou apertos de mão com todos – outro costume gaulês sem o qual nada pode começar – e depois sentou-se e sorriu com benevolência. Um homem de meia-idade, calculei, e, uma vez esfregado, era bem bonito, com traços esmeradamente esculpidos, sendo o mais saliente um nariz aquilino, cuja proeminência e curvatura rivalizavam com o do próprio Alex.

Ao fundo o estrondo seco e rítmico das impressoras dificultava a conversa normal e, por isso, nossas vozes eram obrigadas a aumentar uns doze decibéis, se meu cálculo logarítmico estiver correto.

"Seu primeiro número foi um sucesso?"

Todos confirmamos simultaneamente com a cabeça. O primeiro número tinha rendido talvez uns duzentos dólares, todos vendidos na English Bookshop na rue de Seine e na Librairie Mistral, além de uma ou duas dúzias de assinaturas bem-intencionadas, inclusive uma surpreendente Assinatura Vitalícia que nos enviou um cheque de cinquenta dólares com uma carta desejando-nos vida longa e saudável. Nenhuma notícia de Limerick, Maine, sobre as vendas americanas, mas dificilmente estávamos em posição de pressionar nosso benfeitor. Quanto à Inglaterra, as vendas foram confiadas a um tal A. L. Robertson, sediado não em Londres mas – quem diria? – na Ilha de Man. Situada em pleno mar irlandês a meio caminho entre a Irlanda do Norte e a Inglaterra, a Ilha de Man me ocorria como uma das escolhas comerciais menos brilhantes da metade do século, caso o sucesso de vendas fosse um critério. Quando mencionei isso a Trocchi, ele se colocou imediatamente na defensiva. "Robertson é de primeira classe", declarou ele, "completamente comprometido com a arte e a cultura. É disso que seriamente carecemos, Dick. De pessoas que *acreditem*. Se entregarmos a *Merlin* ao seu grande distribuidor normal, ela se perderá na confusão, acredite-me." Acreditei. Mas quando perguntei se, até agora, ele – nós – havia recebido algum relatório de vendas, ele pareceu quase magoado por eu ter feito a pergunta. "Ele acabou de receber o primeiro número", justificou.

"E estamos quase prontos com o material para a edição número dois", Alex disse.

"Excelente", disse Lebon. "Vocês trouxeram o manuscrito com vocês?"

"Ainda não", disse Alex. "Achamos que devíamos discutir vários assuntos primeiro."

"Tais como?"

Troquei um olhar com Jane e julguei ter detectado uma preocupação similar em sua fronte.

"Programação", disse Alex, e vi *le patron* visivelmente relaxar. "Condições de pagamento." E, visivelmente, ele enrijeceu.

"Você mencionou um prazo de 15 de setembro", disse Lebon, "e se vocês entregarem o manuscrito esta semana – ou mesmo na próxima – nós podemos tranquilamente cumprir. Quanto ao pagamento, suponho que monsieur Lougee – um nome francês sólido, sem dúvida – estará garantindo a conta como antes."

Antes da reunião com Lebon, Alex, Jane e eu discutimos a questão da honestidade total. Acredito que "sinceridade" foi a palavra que circulou. Nos perguntamos se devíamos ou não ser francos com ele, isto é, admitindo que desta vez Papa não estaria pagando a conta, *nós* pagaríamos.

"Não seja estúpido", disse Alex, "claro que não diremos a ele. Nós temos sua confiança agora. Ele provavelmente nem perguntará sobre pagamento."

"Não tenho tanta certeza", murmurou Jane. "Ele quis que papai pagasse adiantado a quantia toda."

Tínhamos calculado rapidamente que com a poupança que Jane e Alex estavam fazendo saindo do Hotel Verneuil, vivendo apenas da metade da mesada mensal de seu pai, mais minhas próprias magras economias por ter mudado para o aluguel grátis da rue du Sabot, poderíamos adiantar cerca de metade do pagamento para a edição de número dois. "Metade no pedido e metade na entrega, isso parece justo e razoável para mim", concluiu Alex. "Quem pode recusar isto?"

"Nós lhe traremos a primeira metade amanhã", continuou Trocchi. "Cento e cinquenta mil francos. Em dinheiro. Nós queremos muito ficar com você", continuou ele, "mas você deve ser razoável conosco também."

"Eu sinto muito", disse Lebon. "Eu gosto de ajudar os jovens, são esforços meritórios. Eu e meu pai antes de mim já o fizemos, como eu disse. Mas com aquelas primeiras revistas americanas e britânicas, as pessoas sempre pagavam adiantado. Era uma regra que eles aceitavam e honravam."

Alex meneou a cabeça. "Acho que está cometendo um engano, *monsieur*, um grave engano."

"A menos", tentou Lebon, "que monsieur Lougee possa garantir a segunda metade do pagamento."

"Talvez", disse Alex, "talvez. Nós lhe informaremos amanhã."

Do lado de fora, com o martelar das impressoras da Mazarine logo se tornando uma lembrança evanescente, tomamos o rumo de um dos cafés ao ar livre perto da praça Buci, como sempre agitada àquela hora do dia, até a metade do verão, inundada por vendedores apregoando suas mercadorias e mulheres vestidas de negro dando empurrões com suas cestas de feira e apalpando legumes e frutas maduros e roliços. O aroma inebriante da feira livre na rua – mistura de especiarias picantes e alho esmagado, *frites* alegremente preparadas na esquina, vinho gorgolejando de barris enormes para as garrafas vazias de compradores sedentos, carne cozinhando no restaurante vizinho, baguetes recém-assadas – lembrava-nos quanto a França estava perto de recuperar seu esplendor culinário de antes da guerra. Também nos lembrava quão desesperadamente famintos estávamos.

"Então, onde é que isso nos deixa?", perguntei. "Não vejo como levantarmos a quantia total que ele exige. E nosso tempo está se esgotando."

Jane parecia mal-humorada. Recorrer a papai estava fora de cogitação.

"Não se preocupe", disse Alex, "eu conheço outra gráfica."

Nós esperamos.

"Fontenay-aux-Roses", continuou ele, enigmático. "O nome significa alguma coisa para vocês?"

"Um subúrbio de Paris, não?", arrisquei, tentando sem sucesso situá-la na periferia: Neuilly? Issy-les-Moulineaux? Montreuil? Boulogne-Billancourt? Tantos subúrbios e tão pouco conhecimento concreto do mundo além da Rive Gauche. Mesmo depois de quatro anos. Tomei a decisão de explorar a área algum dia no futuro próximo: o *proche banlieue*.

"Vocês todos riem de minha habilidade no fliperama", disse Alex. "Bem, no Mabillon outro dia eu estava dando duro, acumulando a melhor pontuação de minha vida, quando chega um sujeito, claramente impressionado, observa-me terminar o jogo e então me desafia para uma partida. Um grandalhão. Olha de cima para mim. Um boi – ou melhor, um touro. Enfim, para encurtar a história, ele arrasa comigo. Movimentos de corpo realmente impressionantes. Depois, claro que ele me convida para uma cerveja, me pergunta o que eu faço, e assim por diante. Quando puxo um exemplar de *Merlin*, ele cai na risada. 'O que há de tão engraçado?', pergunto. 'Destino', ele diz, 'eu acredito em destino...'

"Enfim, ele é um impressor." Alex sacou sua carteira, vasculhou dentro dela e finalmente apresentou um cartão de visitas amassado porém ainda legível:

JEAN-LOUIS LECONTE

GÉRANT

IMPRIMERIE DE LA S.A.I.B.E.L. FONTENAY-AUX-ROSES (SEINE)

Monsieur Jean-Louis Leconte era, como Alex tinha descrito, um homem alto e robusto. Embora grisalho, calculei que estaria apenas entre a metade e o final de seus trinta. Encontrei vários franceses nos quatro anos anteriores que à primeira vista pareciam de meia-idade – faces marcadas por linhas fundas, cabelo precocemente cinza, ombros ligeiramente curvados – e, inevitavelmente, cada um tinha uma história de guerra que explicava o envelhecimento. Algo que nós americanos tínhamos dificuldade em entender, mesmo os que haviam estado na guerra. Não era apenas estresse. Era uma questão de duração. Quatro longos anos de ocupação, sem nunca saber, cada vez que saía de casa, se voltaria, com medo constante da batida na porta às três ou quatro da manhã ou uma simples *rafle*, uma revista em um lugar público pela SD alemã ou seus lacaios gauleses, a igualmente temida *milice*. Mesmo sendo totalmente inocente, podia ser preso e rapidamente levado para Drancy ou alguma outra área de execução. Um colega ciumento, um zelador desprezado, uma namorada abandonada, tinham apenas de escrever uma carta ou dar um telefonema anônimo.

Se a guerra havia deixado cinzento o cabelo de Leconte, não havia nenhum sinal em seu corpo. Ele parecia no auge da condição física. Perguntei-me se não poderia ser um dos lutadores do Maurice Goudeket, embora eu jamais o tivesse visto no ginásio com os outros aspirantes a lutadores olímpicos com quem por vários meses eu tinha trabalhado, tentando adaptar minhas habilidades acadêmicas americanas de luta à *lutte gréco-romaine* praticada na França. Eu estava melhorando, continuava dizendo a mim mesmo. A cada mês demorava mais para os lutadores franceses me imobilizarem no chão, o que interpretei como progresso. O mais difícil para um lutador americano aqui era não deixar os ombros tocarem a esteira nem sequer por uma fração de segundo. Na faculdade, você tinha que prender os ombros de seu oponente sobre a esteira durante três segundos inteiros para terminar a partida. Aqui era apenas o tempo que levava para o árbitro contar *vingt-et-un, vingt-deux*, nem bem um segundo, e você estava frito. Naturalmente, valia para os dois lados: você só precisava torcer seu oponente de tal modo que seus ombros roçassem a esteira e ele já era. Além disso, se um lutador de *gréco-romaine* ganhasse uma vantagem de seis pontos, a partida estava encerrada, ao passo que na luta universitária americana muitos homens em desvantagem de dez pontos de repente prendiam seu oponente nos últimos trinta segundos. Isso significava que cada movimento e combinação aprendidos durante uma década de nada valiam e era preciso começar do zero. Perguntei-me como meus pupilos na Pomfret School estavam se saindo, os que eu deixara para trás em um programa de luta para principiantes quando saí correndo para Paris. E se algum dia eu retornasse, saberia como treinar estilo livre novamente, ou apenas *gréco-romaine*? Pensamentos fugidios, gerados pela presença imponente de nosso novo impressor.

Seus bíceps, notei, eram aproximadamente do tamanho de minhas coxas, mas foi somente quando se levantou que percebi a extensão plena de nosso problema potencial: ele era uns bons sete centímetros mais alto que o 1,88 metro de Trocchi e devia pesar perto de 115 quilos. Relação músculo-gordura: desconcertante. Quem quer que tenha dito que as duas guerras mundiais tinham exaurido a França de toda virilidade, restando uma nação de tolos fisicamente ineptos, jamais havia encontrado monsieur Leconte.

"Por que você não escolheu um impressor com 1,65 metro?", cochichei para Trocchi em inglês. "Este sujeito parece capaz de estalar os nossos pescoços com uma única mão e atirar nossos restos frouxos no Sena."

"Não se preocupe", disse Alex, "eu o tenho na palma da mão."

Monsieur Leconte nos garantiu que mesmo com o lugar fechado durante parte de agosto, ele podia cumprir nosso prazo final de 15 de setembro se tivesse todo o material em duas semanas. Isso lhe daria tempo para compor a edição antes de fechar, e poderíamos devolver as provas corrigidas no dia 1º de setembro.

Trocamos apertos de mãos. Sempre achei que eu tinha um sólido aperto de mão, mas quando a mão de Leconte cingiu a minha, eu era João e ele o gigante do pé de feijão.

Lá fora, não dissemos uma palavra até estarmos a salvo no trem. Então, trocamos entre nós o equivalente de 1952 de um *high five* e desatamos a rir.

"O que eu te falei?", disse Alex, radiante.

"Tenho que admitir", concedi. "E juro que jamais vou zombar de você novamente por jogar aquele maldito fliperama. Só tem uma coisa..."

Alex suspirou. "Estou ouvindo uma negativa chegando."

"Simplesmente uma pergunta, nada mais. Uma pergunta pragmática simples."

"A saber?"

"Dado o tamanho, peso e circunferência de torso e membros de nosso novo impressor, o que acontece se, no dia 15 de setembro, não pudermos apresentar a segunda metade do pagamento?"

"Quem se importa?", respondeu Trocchi zombeteiramente. "Meu caro Seaver, esta é uma ponte que atravessaremos quando chegarmos lá."

...

Patrick estava apenas vagamente interessado nas finanças do empreendimento, Christopher, o falcoeiro, nem um pouco. Assim, Alex, Jane e eu nos sentamos na tarde seguinte no terraço do Royal, lápis e papel na mão. Restavam cerca de 300 mil francos do dinheiro enviado por Arthur Fogg Lougee – 750 dólares. O impressor precisava de 150 mil até meados de setembro – claro que estou falando em francos velhos, daquele período pós-guerra quando qualquer um com um trabalho decente era multimilionário (em francos) – deixando a Alex e Jane, caso custeassem a impressão, 375 dólares para viver pelos três meses seguintes. Jane, normalmente imperturbável, pareceu momentaneamente perplexa. "Podemos realmente viver com 125 por mês?", perguntou-se em voz alta. Desde que se apaixonara por Alex, ela havia rebaixado sensivelmente seu padrão de vida. Alex afagou-a levemente, tranquilizando-a, mas ela não tinha acabado. "Não, podemos investir no máximo 150 dólares."

"O que significa que ainda temos que encontrar 90 mil francos nas próximas três ou quatro semanas", disse eu. "Assustador, mas não impossível."

Somando nossos recursos, entre os quais uma fração de 50 dólares que um parente benevolente acabara de enviar a Pat e 75 dólares meus, um pagamento que eu acabara de receber do *New York Herald Tribune* por um artigo sobre o ator Jean Gabin, chegamos a 110 mil francos, o que parecia uma fortuna até que era dividido por 400 do câmbio: cerca de 275 dólares, uma soma ridícula aos olhos do mundo, mas não na França do pós-guerra, onde o dólar era ás, rei e dama combinados. Todos concordamos em colocar nossa cota em depósito – isto é, à moda francesa verdadeira, debaixo do colchão, onde ela ficaria inviolada até 15 de setembro. Os restantes 40 mil francos devidos ao nosso gigante voraz de Fontenay-aux-Roses certamente precisavam ser encontrados. Durante as semanas seguintes simplesmente apertaríamos nossos cintos. Mais um pouco. Assim tranquilizados, sinalizamos ao garçom para nos trazer outra rodada de *gros rouge*.

...

Quando saiu o número dois, surpreendentemente no prazo, nós cinco comparecemos ao escritório de monsieur Leconte, em cuja mesa havia uma dúzia de exemplares em orgulhoso arranjo. Distribuindo um para cada um de nós, Leconte apanhou um para si mesmo, abriu-o e, em vez de fingir ler, levou-o até o nariz. É verdade: há um cheiro maravilhoso nos livros recém-impressos que se esvanece no prazo de um dia ou dois, que só os impressores e editores podem apreciar plenamente. Todos lemos rapidamente as páginas: nada parecia fora de lugar, nada de brancos onde devia haver figuras, nenhuma passagem perdida. O tipo preto era nítido e claro. Apertos gerais de mão. Perguntei-me se a delicada mão direita da pobre Jane desapareceria, pulso e tudo o mais, mas Leconte, um cavalheiro de verdade, ainda que rude, apenas roçou seus dedos estendidos.

Ele nos deu a fatura, devidamente selada para oficializá-la e em troca lhe demos os 150 mil francos devidos, em notas novas e farfalhantes de 5 mil francos. No dia anterior tínhamos ido ao banco com nossa coleção de notas bem enrugadas e as trocamos por essas novas, limpas. Davam uma impressão melhor, todos concordamos. Em todo caso, Leconte parecia contente ao contar as cédulas, apenas ocasionalmente lambendo seu polegar.

"*Voilà, parfait!*", disse ele, erguendo os olhos. Ele assinou a fatura, carimbou-a com um cordial "PAYÉ" e novamente todos trocamos apertos de mão. Ele esperava que estivéssemos satisfeitos. Nós lhe asseguramos que estávamos e o felicitamos por cumprir o difícil prazo. Ele desejou sucesso à revista e, surpreendendo-nos para alguém tão rude e, por nossa limitada experiência, reservado, começou a evocar lembranças da guerra recente. Comecei a traduzir o mais rápido e acuradamente que podia.

"Durante a guerra, os tempos eram difíceis", começou ele, "muito difíceis. Tivemos que decidir se fechávamos nosso negócio ou imprimíamos para os alemães. Pouco depois que chegaram a Paris, enviaram pessoal da SS a todas as gráficas, em julho e agosto, para verificar o que estávamos fazendo, para quem estávamos trabalhando – quais editoras, revistas, jornais, clientes particulares. Disseram-nos que doravante não poderíamos imprimir nada sem sua autorização. Nem um convite, um volante, nada, sob pena de prisão. 'Colaboração' é hoje uma palavra suja. Mas foi inventada por nosso líder, marechal Pétain, um homem muito reverenciado – não se esqueçam que ele era lembrado por salvar a França em Verdun, por derrotar esses mesmos alemães na Primeira Guerra Mundial – e a maioria dos franceses sentiu que era obrigatório que os negócios continuassem normalmente. Ele ficava nos lembrando que, embora tivéssemos perdido a guerra, os vencedores haviam concedido o *status* privilegiado de ter nosso próprio governo. Os outros países não: eles estavam sob a administração de oficiais alemães. A princípio isso pareceu fazer algum sentido: tínhamos sido derrotados mas, com Pétain como chefe do governo, não desonrados. Assim, durante algumas semanas permanecemos abertos e atendemos suas demandas: cartazes, documentos oficiais, algumas revistas novas que os colaboradores estavam preparando. Mas ver aqueles documentos cheios de suásticas saindo das prensas nos deixava cada vez mais enjoados. Fisicamente doentes. Então começamos a conversar entre nós sobre fechar as portas. Entretanto, fechar não queria dizer apenas perder seus equipamentos, que os alemães confiscariam, mas também demitir uma dúzia de trabalhadores.

"Nós nos reunimos e discutimos a questão já em outubro de 1940, apenas quatro meses depois de os alemães terem chegado a Paris. E, bem depressa, a decisão foi não fechar mas apenas fingir que permanecíamos abertos. Dois de nossos trabalhadores eram judeus – o que, naturalmente, os alemães ainda não sabiam – e em setembro já estava claro que os alemães tratariam nossos judeus do modo como tratavam os seus. Ou pior. Por estranho que pareça, nossos trabalhadores não judeus foram mais inflexíveis quanto a não colaborar. Então, um dia começamos a desmantelar o equipamento, um pedaço de cada vez para que ninguém notasse, retirando-o durante a noite. Durante o dia ainda estávamos abertos, mas durante as várias semanas seguintes continuamos a desmontar as imprensas e a transportá-las para locais seguros nos subúrbios distantes. No início de 1941, os alemães tinham deixado de vir pessoalmente entregar seu material; colocaram franceses para fazer isso. Tivemos a boa sorte de ter como nosso contato um membro da Resistência, que nos deu cobertura até que ficamos reduzidos a um único prelo. Assim, uma noite fechamos e trancamos o local – o mesmo local em que vocês estão sentados agora – e no dia seguinte estávamos em atividade novamente, mas agora trabalhando para a Resistência, clandestinos. Durante os três anos e meio seguintes tivemos que transferir nossas máquinas umas seis vezes, e cada vez era mais difícil, pois as patrulhas alemãs eram cada vez mais frequentes. Mas, de algum modo, conseguimos. E, tenho orgulho em dizer, produzimos vários milhares – em algum lugar eu tenho o número exato – de cédulas de identidade perfeitas, que, tenho certeza, salvaram muitas, muitas vidas preciosas.

"E aqui estamos imprimindo para vocês, ingleses. Que prazer após todos aqueles anos obscuros. Sabem, antes da guerra imprimimos algumas revistas literárias dos ingleses – não todos os seus números, mas alguns – assim, para nós sua revista é uma espécie de continuidade." Ele fez uma pausa. "Mas eu falei demais. Creio que tenho todas as suas instruções de entrega, não?"

Alex lhe garantiu que sim e novamente lhe agradeceu por seu excelente trabalho. Outra rodada de apertos de mão obrigatórios e finalmente nos dirigimos para a porta.

Quando saímos para a rua, todos nos sentimos não só revitalizados por ter trazido ao mundo o número dois, mas também comovidos. Nunca julgue um impressor por seu tamanho. Sob o nodoso carvalho que era monsieur Leconte havia um homem de princípios, coragem e, meu Deus, sensibilidade.

Mesmo assim, fiquei muito aliviado por termos pago integralmente a conta.

7

ESPERANDO BECKETT

Cerca de uma semana depois, escrevi o seguinte bilhete para Beckett:

Prezado sr. Beckett:

Segue anexo um exemplar do segundo número de Merlin, *uma revista trimestral em língua inglesa impressa em Paris. Na página 73 o senhor encontrará um breve ensaio sobre seu trabalho, que recentemente descobri e muito admirei. Sou o primeiro a perceber o caráter tateante e inadequado do artigo, pois sei que apenas comecei a sondar as profundezas. Mas assim mesmo espero que o senhor descubra algum mérito em suas páginas, quando mais não seja para dizer aos leitores de* Merlin *– muito poucos em número, receio, para produzir um impacto imediato – em que medida sentimos a importância superior de seu trabalho.*

Sinceramente,
Richard Seaver

No dia seguinte contornei a esquina, armado com um exemplar da revista e a carta, entrei no *sanctum sanctorum* de Les Éditions de Minuit, subi as escadas agora familiares e perguntei à dama peituda atrás da escrivaninha se eu podia ver monsieur Lindon.

"O senhor tem hora marcada?", quis ela saber, com razão.

"Não exatamente", disse eu, percebendo imediatamente a estupidez de minha resposta. Ou se tem hora marcada ou não. "Mas", adicionei, tentando salvar a situação, "talvez você possa dizer a ele que é sobre monsieur Beckett."

Parecendo relutante, ela apanhou o telefone e discou lá para cima, explicando que havia um jovem que chegara da rua sem uma hora marcada, não muito bem-vestido – não, com toda honestidade, ela não disse isso, mas imaginei que era o que estava pensando e gostaria de informar –, que deseja falar sobre monsieur Beckett. Para sua surpresa, e devo admitir que para minha também, ele pareceu pedir a ela que me mandasse subir imediatamente.

O lance superior da escada era estreito e muito mais íngreme que o de baixo, o que os franceses chamam *escalier en colimaçon,* uma "escadaria em espiral", o tipo de escadaria em saca-rolha que eu associava com calabouços e castelos.

Indeciso, bati, e ouvi lá dentro alguém gritar "*Entrez*", e lá estava eu cara a cara com o editor de Beckett. Alto, magro como um balaústre gaulês, o cabelo escuro rareando tanto para a direita como para esquerda, os olhos escuros penetrantes, ele estava sentado, rígido, atrás de uma escrivaninha obscenamente limpa. Em contraste perturbador com meus cáquis excedentes de guerra, ele vestia um terno escuro feito sob medida, uma camisa branca engomada e uma gravata escura. Calculei que ele fosse dez, talvez quinze anos mais velho que eu. Ele se levantou para o aperto de mãos, depois tornou a sentar-se e indicou com um gesto a cadeira a sua frente. Comecei a gaguejar o propósito de minha visita, tendo meu francês subitamente me abandonado. Empurrei um exemplar da revista sobre a escrivaninha e, minha língua rastejando de volta como um sabujo castigado, passei dois ou três minutos razoavelmente eloquentes descrevendo o quanto eu e a revista admirávamos o trabalho de monsieur Beckett, e o quanto eu era pessoalmente grato a ele, Lindon, por tê-lo descoberto e publicado. Há um ensaio na edição, acrescentei, que expressa minha convicção de que o trabalho de Beckett é importante, até seminal.

Se eu estivesse esperando que minhas palavras gerassem uma resposta, verbal ou facial, teria ficado desapontado. Lindon se mostrou tão impassível quanto o próprio Buda. Mais tarde, porém, descobri que minha apaixonada peroração sobre o autor que ele, Lindon, admirava acima de todos os demais, um escritor sobre quem ele iria um dia dizer que publicá-lo por si só havia justificado sua vocação, criou um laço imediato entre nós que duraria para sempre.

Ele prometeu enviar a revista e meu bilhete para Beckett. Fiquei ainda mais agradecido quando, tendo-lhe dito que gostaríamos de publicar algo escrito por Beckett no próximo número, ele declarou que Beckett havia escrito um romance em inglês durante a guerra chamado *Watt*. Não, ele não o havia lido. Ele não lia inglês. Mas até onde ele sabia, não havia sido publicado.

Podíamos vê-lo?

"Eu mencionarei isto em meu bilhete de apresentação", disse. "O resto é com ele."

Agradeci afetuosamente e, quando me levantava para sair, ele se levantou e estendeu a mão. Quase cometi o erro imperdoável de não oferecer a minha, uma gafe na França quase tão notória quanto começar uma conversa com alguém – amigo, inimigo, estranho – sem primeiro dizer "*bonjour*" ou "*bonsoir*", dependendo da hora do dia. Enquanto trocávamos o aperto de mãos, ele disse: "*C'est bien que vous aimez Beckett. C'est un grand écrivain. Très grand*".

Em setembro, *Merlin* transferiu seu escritório editorial para o ex-armazém da rue du Sabot. Meu *patron* – agora amigo – Oscar tinha anunciado no final do verão que estava de viagem "por alguns meses para os Estados Unidos". Meu coração quase parou: depois de todo aquele esforço, toda aquela pesquisa, eu seria expulso de forma tão vil e sumária quanto o encurralado herói de Beckett no conto que eu havia localizado, "O expulso"? Eu via a mim mesmo de volta ao degrau da porta de Madame Germaine, mendigando relocação. Não, tinha que haver outra solução. Ou – minha mente estava correndo, pelo menos movendo-se em um passo inabitual – estaria ele esperando que eu gerisse a loja em tempo integral? Eu não tinha nem o tempo nem a inclinação, sem falar no conhecimento de um antiquário. Temendo a primeira, a expulsão, aludi à segunda.

"Não, não", tranquilizou-me ele, "a loja será fechada. Mas há alguns clientes que podem vir, como monsieur de Mereille, do Musée de l'Homme, que você conhece, e você deve abrir para eles. Darei a você a lista completa. Paguei o aluguel dos próximos quatro meses, e deixarei dinheiro para o telefone e a eletricidade."

Confiando muito depressa na sorte, perguntei como quem não queria nada: "E quanto ao aposento de cima?".

Na frente do já mencionado grupo de quartos no velho moinho propriamente dito, logo acima e diante de meu armazém, a um lance de escada, ficava o apartamento de Oscar. Está bem: quarto. Não tinha mais que 25 metros quadrados, mas o quarto em si era de tamanho decente com uma janela do chão ao teto voltada para leste, de forma que em dias claros de verão, embora na sombra do velho moinho a maior parte do tempo, deixava entrar a bem-vinda luz durante várias horas por dia. Cantava com uma generosa cama de casal, uma escrivaninha e cadeira, uma poltrona superestofada de veludo vermelho desbotado e uma luminária de chão para leitura. E mais, à direita da entrada havia uma cozinha minúscula com uma pia e um fogão a gás – não álcool – de duas bocas. Em outras palavras, o paraíso dos pobres.

"É seu se você quiser", disse ele, "até eu voltar."

Mudando-me para cima, podíamos usar o andar térreo exclusivamente para o escritório da *Merlin*, onde estávamos preparando a edição de número três.

A prova de que exemplares haviam alcançado as margens distantes do Maine e a Ilha de Man veio na forma de trabalhos enviados tanto dos Estados Unidos como da Inglaterra, além de umas poucas assinaturas. Mais dos primeiros que das últimas, com o que deduzimos que havia no mundo mais escritores que leitores. A premissa editorial em *Merlin* 2 era que a "boa literatura estava sendo escrita" e que a revista pretendia procurá-la e publicá-la. Com os primeiros trabalhados recebidos, porém, começamos a questionar seriamente aquela premissa.

...

Durante semanas esperamos alguma notícia de Beckett, fosse diretamente ou através de Lindon, mas nada chegou, até o ponto em que comecei a duvidar que Lindon sequer havia enviado a revista.

Foi Delphine quem novamente chegou para o resgate. Claro que ela sabia onde Beckett morava; Blin a havia enviado várias vezes para apanhar páginas corrigidas de *Godot*, que estava entrando em fase de ensaio: no número 6, rue des Favorites, no 15º *arrondissement*, um prédio de classe operária ao largo da rue de Vaugirard. Pedalei em velocidade máxima rumo ao precioso endereço, desviando de obstáculos no tráfego como se estivesse competindo nas Olimpíadas de Inverno. Estava equipado com um modesto pacote contendo o número dois da revista e um bilhete de apresentação dizendo que, se fosse verdade que *Watt* estava disponível estaríamos interessados em publicar um trecho em *Merlin*. Acrescentei que eu estava ciente de que monsieur Lindon já havia enviado um exemplar da revista, mas eu queria ter certeza de que este não se extraviara na postagem.

O que mais me ocorria enquanto estacionava a Big Blue era a impressionante manada de bicicletas amontoadas atrás da escada. Com *Molloy* ainda fresco em minha mente, tentei determinar qual poderia ser a sua: procurei por uma com suportes presos aos guidões, mas não vi nenhuma.

Bati na janela de vidro da porta do zelador – uma, duas vezes, discreto mas insistente – e logo um rosto espiou pelo vidro parcialmente fosco, que lhe dava a vantagem peculiar de me ver claramente enquanto protegia metade de seu rosto. Pelo meio olhar que me deu, sem dúvida me tomou pelo estuprador do bairro. Nunca descobri o que mantinha os zeladores de Paris tão ocupados atrás de suas portas fechadas, e por que, quando com relutância atendiam, imaginavam automaticamente o pior de seus visitantes. Em especial um visitante tão claramente benigno quanto eu, vestido de modo impecável em trajes de faxina descartados do Exército e grandes demais e exibindo uma barba de dois dias. Eu me refiro a visitantes homens, claro. Eles – os zeladores – são ligeiramente mais indulgentes com o setor feminino, notei. Talvez um vestígio da guerra, quando eles podiam defender, e muitas vezes defenderam, a vida – ou a morte – dos inquilinos a seu cargo. Muitos tinham impedido os alemães e seus esbirros locais de pôr as mãos em suspeitos ou procurados; outros contudo – eu tinha ouvido as histórias, e elas eram dolorosas – tinham colaborado, por fraqueza, temendo por sua própria segurança, ou como um ato de retaliação contra alguém que achavam que os havia prejudicado ou desprezado. Cobiça também: eu soube de casos em que, tendo denunciado um morador, o zelador saqueava todos os seus bens de valor do apartamento antes que os lacres fossem colocados pelas autoridades. E se o infeliz morador por acaso fosse liberado, o que de fato acontecia, e devolvido a seus alojamentos, ninguém conseguia imputar o roubo ao suposto guardião da porta. E mesmo que a vítima o fizesse, graças à evidência visual (não é o meu vestido de bolinhas que ela está vestindo?), para quem você poderia dar parte? Aquela mesma autoridade sob cuja suspeita você ainda vivia?

"Monsieur Beckett", disse eu através do vidro. "Tenho uma encomenda para ele."

Ela continuou a me olhar fixamente.

"Devo levar lá em cima para ele?", disse no tom mais gentil que consegui, agitando o magro pacote através do horizonte opaco de seu olhar fixo.

Lentamente a porta abriu uma brecha e uma mão ossuda, seguida por um pulso também ossudo, se insinuou para fora. "*Septième étage*", coaxou ela. Sétimo andar. "*Merci.*" Sorri e me dirigi para a escada. "*Il n'est pas là*", coaxou ela novamente, tendo as cordas vocais de algum modo retornado. Ele não está. "*Revenez plus tard.*" Volte mais tarde.

"A que horas?", perguntei – choroso, tenho certeza. "A que horas ele estará em casa?"

"*Je ne sais pas, monsieur.*"

"Então como vou saber quando devo voltar?"

Ela encolheu os ombros. Estava claro que isso era problema meu, não dela.

"*A quelle heure rentre-t-il normalement?*", arrisquei, antes de desistir e declará-la vencedora dessa batalha de inteligências. Ou desinteligências. A que horas ele normalmente volta para casa?

Novamente ela encolheu os ombros. "*Je ne sais pas, monsieur*", disse ela. "*Il n'a pas d'heures précises*", concedeu ela. Eu não sei. Seu horário é irregular. Ela pareceu cada vez mais cansada de toda essa brincadeira sem sentido, mas ainda conseguiu acrescentar: "*Parfois il ne sort pas du tout pendant des jours. Sa femme fait toutes les courses*". Às vezes ele não sai por dias seguidos. Sua esposa realiza todas as tarefas.

Ah, uma esposa. Eu estava fazendo progresso. Mais algumas perguntas atiladas e eu conseguiria conhecer intimidades de sua vida.

"Então", disse eu, "é possível que ele esteja lá em cima agora? Ou ela?"

A zeladora meneou a cabeça, um gesto havia muito praticado, supus. "*Absolument pas!*" Não, absolutamente não. "*A vrai dire, ils sont partis depuis des semaines*", adicionou ela, como se a percepção tivesse acabado de despertar. Na verdade, eles estão fora há várias semanas.

A notícia me tranquilizou. E eximiu monsieur Lindon, que, agora eu tinha certeza, realmente enviara minha carta. "Nesse caso", disse eu, apresentando uma nota de cem francos, "a senhora pode dar a ele o pacote quando ele regressar a Paris?"

Ela assentiu com a cabeça, como se dissesse que isso poderia ser providenciado.

Era outubro quando entreguei o pacote, e à medida que os dias e as semanas se aceleravam sem uma resposta, passamos a preparar o número seguinte sem um trecho de *Watt*. Como uma revista trimestral, esse número deveria ter saído em 15 de dezembro, uma data confusa, devido aos feriados de fim de ano. Mas, o mais importante é que não tínhamos o dinheiro do sinal para monsieur Leconte. Mesmo juntando nossos últimos recursos, ainda faltavam 60 mil francos. Em uma assembleia do alto escalão – Alex, Jane, Christopher, Patrick, eu e um novato no grupo, Austryn Wainhouse – tomamos a decisão de adiar o próximo número por um mês ou dois.

A essa altura eu estava profundamente envolvido com a iniciativa, e Trocchi, para selar meu compromisso, concebeu o título ligeiramente bizarro de editor consultivo e diretor. Minha função, entre outras coisas, era alargar o escopo da revista tanto para questões sociais como políticas. *Merlin* dois tinha provocado um bom número de reações para uma circulação tão limitada. O elogio nós podíamos saborear e ignorar; os ataques precisavam de comentário. Particularmente a acusação de que tínhamos "uma fé absurda na própria ciência que nos destruirá" demandava uma resposta. O editorial do número seguinte reiterava nosso compromisso de criticar categorias rígidas ou antiquadas, tentando separar o científico do metafísico.

Essa nova orientação da revista, enfrentando as questões do momento, tinha brotado de nossas discussões durante as últimas semanas, junto à consciência, que crescia em nós, em especial Austryn e eu, de que ignorar as pressões ideológicas e políticas candentes do presente era equivalente ao suicídio moral. *Merlin* continuaria a ser primordialmente literária, com foco na poesia e na ficção, mas em cada número trataríamos, ou procuraríamos tratar, de algum aspecto do mundo precário – ou, na expressão de Trocchi, "perigoso" – que tínhamos herdado.

Quando cheguei a Paris, quatro anos antes, senti que com o fim da Segunda Guerra Mundial havíamos entrado em uma nova era, por fim esclarecida, na qual todos criaríamos, experimentaríamos e viveríamos em um clima livre do ódio e da desconfiança. Os repugnantes nazistas e seus aliados fascistas estavam em desgraça e desonrados aos olhos de toda a humanidade. Os vitoriosos americanos, ingleses e russos, de braços dados, marchariam orgulhosamente juntos no admirável mundo novo. Mas agora, apenas sete anos depois do breve idílio, os exércitos fraternalmente abraçados no Elba, o espectro da guerra apocalíptica se avultava em nossa mente. O Ocidente, e especialmente os americanos, tinha uma nova obsessão: o comunismo, uma doença tão temida e assustadora quanto os nazistas tinham sido até muito recentemente. Era orwelliano. E não podia ser ignorado. Em meu país, Joe McCarthy, o senador pelo Wisconsin, estava ainda em furiosa agitação, erradicando subversivos – leia-se "comunas" – domésticos no governo, negócios e entretenimento, onde quer que eles existissem ou não, pouco importava. Austryn havia chegado recentemente, depois de passar quase um ano viajando pela Europa em uma lambreta com sua jovem e encantadora esposa, Muffie. Formado em Harvard, Austryn viera para Paris abrir suas asas literárias, escrever romances, traduzir – seu francês era bom antes de ele chegar – e presumivelmente levar a vida da Rive

Gauche. Wainhouse *père,* descobrimos, estava no Departamento de Estado americano e, por isso, quando Austryn falava sobre política americana, nós escutávamos.

Austryn não se ajustava muito bem ao molde doravante ligeiramente desalinhado de *Merlin*. Vestia-se com elegância, penteava-se bem, falava em orações fluentes que nunca, até onde consigo lembrar, revelavam um erro gramatical. E ele transportava, para onde quer que fosse, uma graciosa valise. Ora, em minha vida já vi valises destinadas a diversos usos. Vi os sem-teto com tais pertences, dentro dos quais jaziam todas as suas posses. Na França, descobri que a valise é muitas vezes utilizada como uma *baise-en-ville*, que se poderia traduzir polidamente como "sacola para a noite"; numa versão mais precisa e literal, "estojo de utilidades para uma rapidinha". Na Itália, pelo menos nos anos 1950, "homens de negócios" bem-vestidos as agarravam junto ao peito ao correrem para seus compromissos, mas em vez de portar documentos de estado ou análises de negócios para contratos pendentes não raro continham um sanduíche de misto frio e uma garrafinha de vinho tinto. Mas a valise de Austryn era um arquivo desconcertantemente ordeiro de sua vida, seus escritos, seus compromissos, seus planos para hoje, amanhã, a semana que vem, Deus sabe quando. Eu era suspeito. Meu pai, apenas em parte brincando, sempre dizia que uma escrivaninha em ordem era o sinal de uma mente desordenada. Eu imaginava que o mesmo se aplicava às valises.

Em todo caso, nós fizemos uma reunião na Gaït's English Bookshop na rue de Seine, junto com Christopher e Alex. Ao lado da Librairie Mistral de George Whitman, a Gaït's era uma das duas livrarias importantes na Rive Gauche que supria um público de língua inglesa, com uma seleção excelente dos clássicos e toda a mais recente ficção e não ficção britânica e americana dignas de menção. Gaït Frogé era uma mulher alta, bonita, na metade dos seus trinta anos, sua pele pálida em nítido contraste com seu notável cabelo castanho avermelhado. Sempre impecavelmente vestida, ela geria a livraria sozinha, e sempre que tinha que sair para uma incumbência ou reunião, invariavelmente confiava a loja a qualquer um de seus clientes que casualmente estivesse lá. "Você não se importa de cuidar da loja por uma meia hora, não é, querido?", diria ela. "Eu não vou demorar. E se você precisar fazer troco, o dinheiro está na gaveta do meio." Pausa. "E, amor, você pode anotar tudo que você vender para que eu possa fazer um novo pedido." Às vezes ela só voltava depois de uma hora ou duas, mas havia muita coisa para ler ou, se a musa baixasse, você sempre podia usar sua escrivaninha para escrever sua obra-prima. Se ela demorasse demais – às vezes três ou quatro horas – você podia armar uma arapuca para algum outro cliente em quem você sabia que ela confiava e lhe passar a tarefa.

Desde o começo, Gaït tinha sido uma amiga da *Merlin* e dos merlinitas, e sempre havia pilhas da revista – exemplares correntes e atrasados – em seu balcão. Ela também nos permitia, se quiséssemos, usar a loja como nossa caixa postal. Conheci livrarias pessoais em minha vida, mas nenhuma em nenhum continente chegava a igualar a alegre informalidade da Gaït's, ou a filosofia pague-como-puder da livraria de George Whitman, onde se aprendia até sobre ópera, algumas quadras adiante.

Claro que Austryn tinha sido rápido em descobrir o empório da rue de Seine, e sem dúvida era inevitável que nos encontrássemos. Ele tinha escrito um romance intitulado, informou-nos Gaït, *Hedyphagetica*.

"Alguma ideia do que significa o título?", perguntei a Alex.

Ele pareceu irritado, como se considerasse a própria pergunta indigna de uma resposta. Senti-me humilhado. Desejei ter feito grego em vez de latim, pois aquilo soava muito grego para mim.

"Porra, como é que eu iria saber?", Alex meneou a cabeça. "Eu sou ítalo-escocês, não *grego*, pelo amor de Deus! De qualquer maneira, não se trata disso. Gaït ouviu dizer que o cara traduziu na íntegra *A filosofia na alcova*."

"O marquês de Sade?"

"Ele mesmo... Você não vê, cara, o que isso podia significar para nós? É só somar dois mais dois."

"O marquês e quem? O marquês e..."

"*Merlin!*"

"Não estou captando."

"Publicaremos Sade como primeiro volume de nossa linha Collection Merlin. Temos conversado sobre abrir uma linha de publicação de livros:

Wand and Quadrant de Christopher, *Watt* de Beckett, meu *Young Adam*... Mas sempre topamos com o mesmo maldito problema: dinheiro. Sade não venderá como panquecas? E com o dinheiro que ganharmos com isso, financiaremos a revista. E os livros. É simples assim. Todo esse tempo estivemos catando centavos e nos preocupando com alguns mil francos aqui, outros mil ali. Sade trará *centenas* de milhares. É uma dádiva de Deus, velho, uma verdadeira dádiva de Deus."

Eu raramente tinha visto Trocchi tão entusiasmado, tão alegre e otimista, e eu não queria esvaziar sua euforia com outra pergunta estúpida. Mas rodopiando em minha cabeça havia uma: o marquês de Sade não estava ainda proibido na França? Banido? Nesse caso, aqueles que o publicassem não correriam o risco de um processo? Ou prisão? Na melhor das hipóteses, expulsão?

Alguns dias depois caminhamos até a rue de la Boucherie e encontramos Austryn na livraria de George Whitman, a Librairie Mistral.

"Eu soube que você traduziu Sade", disse Alex, e então descreveu seu esquema perverso.

Sim, Sade venderia, concordou Austryn. Mas havia um pequeno problema: Sade era, e quase sempre tinha sido, proibido aqui. Houve um breve período depois da Revolução, em 1790 para ser exato, em que Sade, recém-libertado do Asilo para Loucos de Charenton, para o qual ele tinha sido despachado às pressas na véspera da Revolução depois de ter passado quase dezessete anos nas prisões de Suas Majestades Luís XIV e XV por causa de sua vida escandalosa e obras ainda mais escandalosas, teve permissão para publicar especificamente os romances *Justine* e *Juliette*. Mas essa liberdade teve vida curta, como a maioria dos períodos pós-revolucionários, quando os novos no poder escancararam todas as portas outrora fechadas para provar que havia ocorrido mudança real, depois rapidamente as fecharam novamente para consolidar seu poder. No caso de Sade, continuou Austryn, em 1793 mais obras foram novamente proibidas, e ele foi reenviado para uma prisão ainda pior que aquelas que ele havia suportado sob o *ancien régime*. Suas obras têm sido proibidas até hoje. Para falar a verdade, surgiram algumas edições clandestinas, sigilosamente impressas mas nunca vendidas abertamente. Portanto, sem dúvida, concluiu Austryn, se *Merlin* prosseguisse, seguramente seria processada.

"Mas elas foram proibidas em *francês*", protestou Alex. "Nós o estaríamos publicando em *inglês*. Os franceses não dão a mínima para o inglês, você não acha? Eles provavelmente nem sequer notariam."

Ah, mas claro que notariam, garantiu-lhe Austryn. Poderia demorar mais para descobrir, mas, quando o primeiro exemplar chegasse à Inglaterra, o Ministério do Exterior estaria nas costas francesas da noite para o dia. "O que você acha que eles fariam?", perguntou Trocchi, relutando em jogar a toalha.

"Prisão, provavelmente", disse Christopher de mau humor.

"Não, prisão não. Como estrangeiros vocês enfrentariam expulsão imediata", conjeturou Austryn. "Mais provável que com a condição de que vocês nunca retornem à França. Pelo menos no futuro previsível."

"Maldição!", disse Alex. "Outra brilhante ideia que vai para a porra do ralo."

Tínhamos quase perdido as esperanças de receber notícias de Beckett quando, num escuro e tempestuoso entardecer no final de novembro, quando preparávamos um jantar com espaguete e almôndegas no empório culinário da rue du Sabot, ouviu-se uma batida à porta. O ruído da chuva no telhado de vidro acima era tão ensurdecedor que mal ouvimos a pancada. Quando finalmente atendi, ali, perfilada na luz, estava uma figura alta e magra com uma capa de chuva, a água escorrendo da borda do chapéu indefinível enterrado sobre o topo de sua cabeça. De dentro das dobras de sua capa ele pescou um pacote, nem mesmo embrulhado contra o aguaceiro: um manuscrito enfeixado em uma agenda preta de couro de imitação.

"Você me pediu isto", disse ele, empurrando o pacote para a minha mão. "Aqui está."

Foi nesse ponto que percebi que isto era *Watt*, e a silhueta ensopada de chuva era o sr. Beckett em pessoa.

"Obrigado", consegui dizer. "O senhor deve estar encharcado. Não vai entrar?"

"Não posso", disse ele. "Preciso andar. Depois me diga o que você acha." Virou-se e sumiu na noite a passos largos.

Voltei até os outros, que quase não prestaram atenção ao que se passava na porta, e ergui meu troféu para o alto. "*Watt*", declarei. "O há muito perdido *Watt*!"

"O quê?", perguntou Patrick.

"Eu disse *Watt*."

"Nós sabemos *o que* [*what*] você disse", imitou Trocchi. "Só não sabemos *o que* [*what*] você quer dizer."

"Soa para mim como 'Who's on First'", murmurou Charlie Hatcher. Charlie era um poeta canadense, membro um tanto solto do grupo *Merlin*, cujo poema maravilhosamente criativo "Quintus Mucius Scaevola: IV" tinha figurado no primeiro número. Obviamente o único outro membro do clã ciente da rotina clássica do beisebol.

Tendo levado aquele terrível trocadilho até o seu extremo, gritei: "Chega!". Abri a pasta preta, e vislumbrei a primeira página limpamente datilografada.

> O sr. Hackett dobrou a esquina e viu, à fraca luz, a uma curta distância, seu banco. Parecia estar ocupado. Aquele assento, quase certamente propriedade do município, ou pública, naturalmente não era seu, mas ele pensava nele como seu. Essa era a atitude do sr. Hackett para com coisas que o agradavam. Ele sabia que elas não eram suas, mas pensava nelas como suas. Ele sabia que elas não eram suas, porque elas o agradavam.

Eram quase sete horas quando li aquelas linhas pela primeira vez, e logo decidimos que o prazer devia ser compartilhado. Lemos em voz alta até não conseguirmos mais. Evitando jantar, dando literalmente as costas ao espaguete e às almôndegas, comecei a ler em voz alta. Já na página 2, o grupo reunido – Trocchi, Jane, Patrick, Christopher, Charlie e eu – estava sorrindo sem perceber:

> O sr. Hackett concluiu, após alguns momentos, que se elas [as pessoas no assento] estavam esperando um bonde tinham feito isso por algum tempo. Pois a dama segurava o cavalheiro pelas orelhas, e a mão do cavalheiro estava na coxa da dama, e a língua da dama estava na boca do cavalheiro... A senhora tendo agora retirado a língua da boca do cavalheiro, ele põe a sua na dela. Justo, disse o sr. Hackett. Dando um passo à frente, para se convencer de que a outra mão do cavalheiro não iria se desperdiçar, o sr. Hackett ficou chocado ao descobri-la frouxamente pendurada por sobre o encosto do assento, tendo entre seus dedos os três quartos consumidos de um cigarro.

Quando cheguei à página 15, já nas trapaças de Tetty e Goff, estávamos todos às gargalhadas, se é que este é o termo correto, pois o riso estava agora beirando o escandoloso e grosseiro. Quando minha voz sumiu por volta da página 22 ou 23, passei o manuscrito a Christopher, que, enxugando os olhos na manga da camisa, assumiu a tarefa, tendo o sr. e sra. Nixon partido ao anoitecer, tendo o sr. Hackett coçado por prazer a crista de sua corcunda – pois ele era corcunda, caso eu tenha deixado de mencionar esse ponto – no espaldar de seu adorado assento, e Watt, conhecido neste momento apenas por seu bulboso nariz vermelho e o fato intrigante de que, sete anos antes, ele era visto na rua com um pé descalço, o que motivou o sr. Nixon a emprestar-lhe cinco xelins para comprar uma bota, ou um sapato, tendo aquela soma agora inflado para sete xelins – não, seis e nove pences, pois é importante ser preciso – sendo a diferença presumivelmente explicada por sete anos de juros.

Christopher abriu no primeiro sorriso de Watt, pelo menos o primeiro conhecido pelo leitor:

> Watt tinha observado as pessoas sorrirem e achou que entendia como isso era feito. E era verdade que o sorriso de Watt, quando sorria, assemelhava-se mais a um sorriso que a um esgar, por exemplo, ou a um bocejo. Mas havia algo ausente no sorriso de Watt, alguma coisinha estava faltando, e pessoas que o viam pela primeira vez, e a maioria das pessoas que o viam viam-no

pela primeira vez, ficavam às vezes em dúvida sobre qual era exatamente a expressão pretendida. Para muitos parecia uma simples chupada nos dentes.

Watt usava este sorriso frugalmente.

Alternando à volta da sala, lemos noite adentro, alguns ao longo de vinte páginas, até que a voz ou o juízo fugiam, outros não aguentavam mais que uma dúzia. Mas à medida que os sinos da igreja de Saint-Germain badalavam dez vezes, houve uma pausa quando Patrick, o maior apreciador de comida, parou no meio da sentença e disse: "Eu não sei vocês, mas eu estou faminto".

O macarrão que estivéramos planejando agora jazia espesso, pesado, em sua panela enorme. Poderia ser reavivado, ou estávamos fadados a recorrer a um restaurante nas imediações, criando uma certa tensão em nosso orçamento coletivo? Acendi o fogo e mexi. Depois de cinco minutos, pequeno ou nenhum sinal de vida. Mas logo o fraco odor de manjericão e parmesão emitiu um raio de esperança. Servimos vinho tinto, em nossa estranha *mélange* de copos, variando de duas taças de cristal legítimo, conseguido só Deus sabe onde, até humildes potes de iogurte. Mas o vinho, como sempre o melhor da Buci, era saboroso e aquecia fosse qual fosse seu recipiente. Ao final do segundo copo, com Jane agora encarregada do fogo, o macarrão, definitivamente persuadido a voltar à vida, assim como no Gólgota dois mil anos antes – a comparação é injusta, mas é a que foi possível – foi servido em porções generosas. Acima, a chuva do final de outono ainda trovejava. Desimpedida, a leitura prosseguiu. Por incrível que pareça, ninguém adormeceu ou mesmo "pescou". Um testemunho ao gênio.

Quando chegamos ao final, o jogo cênico matemático entre o sr. Nolan, o sr. Case e o sr. Gorman – pressagiando a sequência das pedras de chupar de *Molloy*, que meus amigos ainda não tinham lido – estávamos exauridos mas animados. Então, vimos que havia, na página depois do final, "Adendos". Com o seguinte rodapé: "O material precioso e esclarecedor a seguir deve ser cuidadosamente estudado. Somente o cansaço e a repugnância impediram sua incorporação". O comentário final autoinfligido do autor. Deliberadamente erudito, com comentário em quatro ou cinco idiomas, para não ser levado a sério, exceto por alguma razão estranha com que você se importasse. Nós nos importávamos. Nosso comentário favorito dos "Adendos": "apesar de todo o bem que as frequentes partidas para fora da Irlanda lhe haviam feito, ele poderia da mesma maneira ter ficado lá".

"O autor falando de si mesmo?", perguntou-se Trocchi.

"É de se supor", disse Charlie Hatcher. "Ele parece não ter tido nenhum reconhecimento em casa."

"Você quer dizer na língua inglesa?", perguntei.

"Não muito mais aqui na França", disse Patrick.

"Como isto se compara com *Molloy* e *Malone*?", quis saber Alex.

"Há muito de *Watt* em *Molloy*", disse eu. "Mesmo humor, mesmo autoescárnio. *Watt* é mais específico: ainda estamos claramente na Irlanda, ao passo que em *Molloy* e *Malone* tempo e espaço se encontram em um plano inteiramente diferente. Em algum lugar. Cósmico."

"Grande palavra", disse Christopher.

"Não grande demais", disse eu. "Este cara é um gênio."

"Adorei isto", disse Jane. "Realmente adorei isto."

"Com que frequência você passa oito horas rindo", murmurou Patrick, como se em temor reverente, "num *romance?*"

"O que vocês acham de incluir um trabalho no próximo número?", disse eu, consultando meu relógio como se, às quatro da manhã, pudéssemos ligar para o impressor.

"Nós *devemos*", declarou Jane.

"O problema é que", disse Trocchi devagar, "o conteúdo completo está quase pronto para imprimir. Não temos nenhum espaço. O número três já está com 64 páginas."

"Vamos criar espaço", disse Patrick.

"Silêncio aí embaixo, ou vamos chamar os malditos *tiras!*", trovejaram de cima. Policiais era a última coisa que queríamos, em parte por nossos documentos oficiais não necessariamente em ordem impecável. "Porra, vocês sabem que horas são?" Outro som furioso de cima. Incertos, consultamos nossos relógios. "Cinco-oh-seis", afirmou Hatcher. "Para m-mim é oh-oito", corrigiu Patrick, mal suprimindo um soluço, "chegando a cinco-

-oh-nove." "Seus relógios estão rápidos para caramba", disse Trocchi, rindo com a autoridade do verdadeiro líder bêbado. "Para mim são quatro e cinquenta e nove!" E, como para encerrar a discussão, os sinos pré-matinais de Saint-Germain começaram a bater a hora. E assim foi que, embora não fosse tão tarde quanto – ou mais cedo que – pensavam nossos queixosos vizinhos, gritamos nossas desculpas para cima e retomamos o debate entre nós mesmos, agora mais silenciosos, se devíamos, ou se financeiramente podíamos, interromper o fluxo incerto da revista e adicionar umas oito páginas extras ao número. A decisão, por votação unânime, foi a de fazer isso. A questão de como levantar o dinheiro para as páginas extras foi adiada para o dia seguinte. Em nosso estado, tentar calcular a soma precisa estava além de nossas fracas capacidades para adicionar ou subtrair. Mas ter resolvido tão importante, talvez até histórico, problema literário em menos de doze horas nos fez sentir que o dia, a noite não tinham sido em vão.

Na manhã seguinte – correção: a uma hora da tarde seguinte, apenas parecia ser manhã – reunimo-nos no Royal para o desjejum, ler e considerar a escolha do texto de Beckett, que eu tinha conseguido localizar com um olho injetado de sangue (o outro se recusou a abrir, mesmo depois de um revigorante Bloody Mary).

Resgatei dos dejetos o envelope respingado de chuva e o abri rasgando-o. Uma caligrafia araneiforme, difícil de ler. Mas, de fato, o autor dava a conhecer seus desejos:

Sr. Seaver:

Aqui está o manuscrito de Watt *que o senhor solicitou. Caso deseje extrair alguma coisa dele para a revista, deve ser a passagem que começa com o parágrafo "Watt tinha pouco a dizer sobre o assunto do segundo ou último período de sua permanência na casa do sr. Knott" terminando com o parágrafo que começa com "Mas ele não conseguia suportar que devíamos nos separar, para nunca mais nos encontrar novamente..."*

Diga-me por favor se considera isto aceitável.

Sinceramente,
Samuel Beckett

A passagem escolhida era o segundo ou último período de permanência de Watt na casa do sr. Knott, um dos mais engraçados mas também o que exigia mais do leitor em todo o romance. Quase duas páginas descreviam, em detalhes intermináveis, excruciantes, hilários, matemáticos, os vários atavios com que sr. Knott vestia – ou não vestia – seus pés:

> Quanto a seus pés, às vezes ele vestia em cada um uma meia, ou em um uma meia e no outro um meião, ou uma bota, ou um sapato, ou um chinelo, ou uma meia e bota, ou uma meia e sapato, ou uma meia e chinelo... ou um meião e chinelo, ou absolutamente nada.

E assim por diante por toda variante concebível. Mais tarde a mesma passagem oferece um resumo completo dos movimentos do sr. Knott na privacidade de seu próprio quarto:

> Aqui ele ficava em pé. Aqui ele se sentava. Aqui ele se ajoelhava. Aqui ele deitava. Aqui ele se movia, para lá e para cá, da porta até a janela, da janela até a porta; da janela até a porta, da porta até a janela; da lareira até a cama, da cama até a lareira; da cama até a lareira, da lareira até a cama; da porta até a lareira, da lareira até a porta...

E, para culminar, temos um inventário da mobília no quarto do sr. Knott – "esta mobília sólida e de bom gosto" – que o sr. Knott, em dias diferentes da semana, muda de lugar de acordo com algum plano misterioso mas presumivelmente lógico:

> Deste modo não era raro encontrar, no domingo, a cômoda sobre seus pés junto à lareira, e o toucador de cabeça para baixo junto à cama, e a cadeira-toalete de frente junto à porta, e o suporte para bacia de costas junto à janela;

e, na segunda-feira, a cômoda de costas junto à cama, e o toucador de frente junto à porta, e a cadeira-toalete de costas junto à janela, e o suporte para bacia em pé junto à lareira...

E assim por diante durante dezenove dias, até a "quinzena da sexta-feira". E, lembra-nos o autor, esse "inventário" deixa de levar em conta o movimento das cadeiras no quarto, que "nunca estavam paradas", e os cantos do quarto, que "nunca estavam vazios".

Antecedendo em vários anos e pressagiando as pedras de chupar de Molloy, essa mesma atenção wattiana ao detalhe era, no contexto do romance, tão provocativa quanto inovadora. Beckett estava não só revirando a cabeça (ou a frente) da mobília mas o romance moderno, como fez Joyce antes dele. E, segundo percebi, embora Beckett muitas vezes tivesse sido acusado de imitar o estilo erudito do mestre em seus primeiros trabalhos, aqui ele tinha tomado um dos preceitos desafiadores de Joyce, que era explorar as últimas possibilidades de dada situação, e o moldou a seus próprios fins cômico-literários.

Brilhante, pensei, ainda mais à luz do dia. Mas se a passagem fosse tirada do contexto, e sem o conhecimento da astuta conexão joyceana, nossos leitores a entenderiam ou iriam (o mais provável) relegar *Merlin* à lata ou cesto de lixo mais próximo com raiva ou frustração? Christopher era desta última tendência.

"E não vão ser *poucos* os leitores decepcionados", murmurou ele.

"Sem dúvida nenhuma", disse Charlie, sombrio. Já estávamos em nossa segunda xícara de café, por isso havia ainda um bom caminho a percorrer antes que a normalidade se instaurasse.

Alex meneou a cabeça, e pensei que ele estava prestes a concordar quando disse, suave mas firmemente, "o cara é assombroso. Não só abriremos espaço para isso no número três, abriremos a edição com isso".

E assim fizemos.

8

ENCONTRO COM SARTRE

Naquele escuro inverno de 1952, tínhamos um novo impressor, um tal monsieur Arrault, cujo digno estabelecimento ficava em Tours, a cerca de 240 quilômetros de Paris, no Loire. Várias semanas antes, Trocchi chegara de sopetão na rue du Sabot, Jane não muito atrás, radiante e agitando uma folha de papel. "Temos um impressor que pode nos dar duas cores. Acabamos de chegar de Tours. Duas cores! Meu Deus, você sabe o que isto significa?"

"Tem mais uma coisa", informou Trocchi, tão visivelmente orgulhoso quanto um marechal da França trazendo a Napoleão a notícia de que os portões de Moscou estavam próximos. "*Nada* de sinal. Nem adiantamento. Pagamento só na entrega."

De repente a segunda cor relegou-se ao segundo plano.

"Como você conseguiu *isto*?", perguntou Patrick, claramente impressionado.

"Charme", disse Alex, modestamente. "Charme e Jane. Acho que o impressor está apaixonado por Jane."

Ela riu. "Conte a verdade, Alex."

"Certo." Ele sorriu. "Soubemos desse impressor, ligamos para ele, saltamos para o trem esta manhã, e no meio da tarde tínhamos um contrato. Ele estava louco para conseguir algum negócio, e a visão de nossos primeiros dois números o convenceu de que éramos dignos de crédito. Sinal de dez por cento, isso é tudo. E conseguimos duas cores..."

"Em tudo?", perguntou Christopher.

"Não", disse Alex. "Há um pequeno injetor ao final de cada folha que passa que dá um toque de cor, um borrifo, no fim da tiragem."

"Humm", disse Patrick, obviamente menos impressionado.

"Mas a questão não é esta", continuou Alex. "A questão são as condições de pagamento, você não vê? Teremos mais tempo para levantar o dinheiro para pagar a edição, mais renda afluindo dos números um e dois, esse tipo de coisa."

Em seu terceiro número, *Merlin* era uma revista mudada, e não só por causa da segunda cor e de um impressor no interior. Não só se tornara a voz de um futuro imortal, como também se tornara, por evolução natural, não tanto politizada quanto, no sentido sartreano, *engagé* – politicamente envolvida – graças à inauguração da seção *Chronicles*. A primeira dessas oferendas era um excerto do trabalho de um doutor húngaro que sobrevivera a Auschwitz. Foi o primeiro ou um dos primeiros depoimentos de testemunha ocular do que se passara nos barracões do horror do campo KZ durante a Segunda Guerra Mundial. Depois da libertação dos campos de concentração, o autor retornou à Hungria, onde se reencontrou com a esposa e a filha, tendo ambas também sobrevivido por milagre.

O excerto esclarecedor – e devastador – havia sido publicado cerca de um ano antes na revista de Jean-Paul Sartre, *Les Temps Modernes,* fundada depois da guerra mas já geralmente considerada a mais influente revista político-literária francesa da época. Como Trocchi, Austryn e eu tínhamos convicção de que em Paris, nos anos 1950, não se podia ignorar a situação política, que evoluíra tão depressa e radicalmente nos últimos cinco anos. Naquele outono sugeri a Trocchi que se estivéssemos politicamente engajados – não em uma política ou partido, mas simplesmente reconhecendo a *Realpolitik* de nosso tempo, como claramente declarara o editorial do número dois – devíamos manifestar não só em editoriais mas dedicar à política uma seção de crônicas da revista. Podíamos nós mesmos encontrar ou encomendar artigos, mas também fazer um acordo com alguma revista francesa de orientação parecida, como *Les Temps Modernes*.

Alex duvidava da possibilidade de um acordo. "O que faz você pensar que Sartre sequer nos diria as horas?", perguntou. "Ele é mundialmente conhecido. Para começo de conversa, como você chega nele?"

"Ele mora bem aqui na rue Bonaparte", disse eu, apontando para uma janela exatamente do outro lado da praça onde estávamos sentados. "Vamos escrever um bilhete a ele, dizendo o que temos em mente, e incluir um exemplar de ambos os números. O que temos a perder?"

Dessa vez a resposta foi rápida, ainda que apenas parcialmente positiva. Dentro de uma semana recebi um bilhete, em papel timbrado de Sartre, não do grande homem em pessoa mas de alguém chamado Jean Cau, que aparentemente era assistente de Sartre. Ele sugeriu que nos reuníssemos no Flore na semana seguinte. Eu queria que Trocchi viesse comigo, mas ele deu uma desculpa: estava preocupado com o fato de que seu fraco domínio do francês pudesse inibi-lo.

"Você dá o primeiro passo, Dick", sugeriu ele, "e daí nós levamos adiante."

Jean Cau revelou-se um jovem, talvez uns seis anos mais velho que eu, um sujeito simpático com uma expressão franca e sorriso fácil apesar do fato de que, trabalhando diariamente com Sartre, carregava nos ombros parte do pesado fardo político do mundo.

"Monsieur Sartre ficou impressionado com sua revista", disse ele enquanto bebíamos uma cerveja, "e é simpático a sua ideia. Ele quis saber como funcionaria tal acordo e quais artigos de *Les Temps Modernes*, se for o caso, você desejaria traduzir."

"Nós pensamos em um acordo recíproco, formal ou informal", arrisquei, percebendo ao dizer isto que estaríamos mais em via de mão única que recíproca. "Vocês poderiam usar qualquer coisa de nossa revista e nós da sua. Vocês teriam que aprovar nossas escolhas, claro, e nós as suas. Mas, de nossa parte, garanto a vocês que essa aprovação seria mera formalidade."

"Você poderia me dar um exemplo?", disse ele, talvez testando se estávamos realmente *au courant* do conteúdo recente.

Eu dei a ele dois, um dos quais o relato em primeira mão sobre Auschwitz, de Nyiszli. "Não podemos pagar muito", disse eu, "embora possamos pagar alguma coisa, ainda que seja simbólico."

"Aguarde, por favor, um retorno meu", disse ele. "Eu sei que Sartre está menos interessado em dinheiro que em conseguir ideias e eventos que ele julga importante que sejam mais extensamente disseminados."

Fiel a sua palavra, Jean Cau me enviou um bilhete na semana seguinte perguntando se eu poderia ir me reunir com Sartre. Dessa vez a resistência de Trocchi se dissolveu: ver o Grande Existencialista cara a cara era uma oportunidade boa demais para deixar passar.

Vestidos em nosso melhor figurino de brechó, chegamos pontualmente, passamos pela inspeção do porteiro, que chegou até a sorrir e nos disse que monsieur Sartre estava nos esperando, e tomamos o elevador para o último andar. Trocchi, cheio de admiração, passou a mão sobre a madeira polida enquanto o elevador se arrastava em seu caminho ascendente. Como a maioria dos parisienses, não estávamos acostumados com elevadores, especialmente na Rive Gauche. A maioria dos que existiam era charmosamente antiquada, estreitos demais para mais de duas ou três pessoas se comprimirem ali dentro sem cometer assédio sexual involuntário, e exigia agilidade para entrar antes que as portas de dois batentes o cortassem verticalmente em dois. Mas o de Sartre, embora lento, era razoavelmente grande e elegantemente aparelhado.

Jean Cau nos recebeu à porta e nos conduziu pelo apartamento bem mobiliado até o escritório, forrado de livros, de Sartre. Fiquei surpreso por descobrir tamanho gosto burguês em um homem que eu associava com a violenta política de esquerda; eu esperava algo mais espartano. Mas eu estava rapidamente aprendendo que na França, um país decididamente conservador em tantos sentidos, a política e o estilo de vida de uma pessoa podiam ser diametralmente diferentes. Lembrava-me que uma vez, em uma reunião política de alunos da Sorbonne, vi um de meus amigos chegar em um carro com chofer. Eu sabia que ele não só era comunista como era de tendência maoísta, mas quando lhe perguntei como ele podia aceitar esses privilégios de classe alta de uma sociedade que ele pretendia destruir, olhou para mim com ar lastimoso. "Imagino que você deva pensar que durmo em um catre e que no jantar como apenas repolho ou batatas cozidas", disse ele. "Nós não estamos tentando destruir as amenidades da vida, Dick, mas meramente refazendo o sistema político para que elas não sejam reservadas a uns poucos afortunados. Assim, não vejo absolutamente nenhuma contradição entre essa meta e usar o chofer de meu pai para me trazer aqui." Com o quê, ele levantou sua bandeira maoísta e mergulhou na massa carregada de emoção. Anos depois soube que ele era o recém-indicado diretor financeiro de uma importante empresa francesa, morando em um condomínio de luxo em Neuilly. Gostaria de saber se havia estatísticas sobre aqueles que, radicais de esquerda quando jovens, se tornaram cada vez mais conservadores quando ficaram mais velhos. Sartre, porém, parecia apenas tornar-se cada vez mais radical com a idade.

Ele estava sentado estudando minuciosamente algumas páginas manuscritas em sua mesa. Quando se levantou para nos cumprimentar, ficamos ambos surpresos pelo quanto ele era baixo. Seu sorriso era afetuoso e acolhedor. Cau nos apresentou e depois dos apertos de mão *de rigueur* Sartre nos convidou a tomar assento à frente de sua mesa. Cau sentou-se um pouco mais para um lado. Para nós, acostumados à luz fraca da rue du Sabot, o apartamento de Sartre era de um brilho ofuscante.

"Jean me falou sobre vocês e sua solicitação", começou ele, olhando fixo, eu sabia, diretamente para nós dois. Eu digo que "sabia" porque, embora tivesse ouvido falar que Sartre era estrábico, uma coisa é ouvir isto, e outra totalmente diferente era testemunhá-lo de primeira mão: um olho olhava para a frente, o outro bem para o lado. Embora usasse óculos, eles pareciam apenas aumentar o problema. Alex, assumindo seu sotaque escocês mais elegante, passou a falar em detalhes sobre *Merlin*, seu ansiado lugar no mundo literário de língua inglesa. Sartre entendia um pouco de inglês – mais, desconfio, do que ele deixava transparecer –, mas quando franzia a sobrancelha em alguma frase particularmente recôndita, Cau ou eu traduzíamos. Em uma pausa acrescentei o quanto admirávamos *Les Temps Modernes*.

Sartre anuiu com a cabeça. Porém, demonstrando que tinha dado mais que uma olhada nas edições que enviamos, disse: "Achei muito interessante o trabalho do dr. Ayer em seu primeiro número. Claro que não concordo com muita coisa dele, mas é um homem brilhante e sua visão do existencialismo é provocativa. Desconfio que vocês ingleses jamais sucumbirão a ele".

"Eu sou escocês", corrigiu Trocchi.

Sartre finamente sorriu. "Eu devia ter dito anglo-saxão."

"E se fizéssemos o Nyiszli?", propus. Segundo me lembrava, o artigo de Ayer era mais para enterrar o existencialismo que para louvá-lo. Mesmo assim, Sartre estava claramente interessado no que Ayer tinha a dizer sobre sua filosofia, mas também impressionado por *Merlin* o haver publicado. "Como isso funcionaria?"

"Artigo convincente", disse Sartre. "Receio que estejamos apenas roçando a superfície do que realmente ocorria naqueles campos. Em todo caso, o ideal seria você traduzir do húngaro. Vocês têm essa pessoa?"

Trocchi e eu nos entreolhamos, desconcertados.

"Para falar a verdade, não", disse eu. "E quanto a traduzir do francês?"

"Talvez", disse Sartre, "mas nesse caso eu deveria colocar você em contato com nosso tradutor, monsieur Tibère Kremer. Ele vive aqui em Paris, e assim vocês poderiam traduzir juntos ou ele poderia revisar sua tradução. "Jean", disse ele, "nós temos o endereço do Tibère?"

Cau fez que sim com a cabeça e foi até o gabinete de arquivos para encontrá-lo.

"Precisamos de algum tipo de acordo formal?", perguntei. "Algum tipo de correspondência entre nós?"

Sartre meneou a cabeça. "Não vejo nenhuma razão. Podemos fazer isto numa base peça a peça. Simplesmente lembre-se de mencionar, para tudo que você escolher, que é publicado por acordo com *Les Temps Modernes*."

"E quanto a pagamento?", quis saber Trocchi.

"Resolva isso com Jean", disse Sartre. "O que vocês combinarem para mim está bem."

Eu tinha desejado dizer a ele o quanto admirava sua obra, especialmente o teatro – mas por algum motivo não consegui fazer isso. Ele nos recebeu como iguais e era melhor, concluí, deixar as coisas daquele jeito. Apertamo-nos as mãos e nos despedimos.

Na porta, Jean Cau disse: "Quanto ao dinheiro, o que Sartre quis dizer com deixar isso comigo é que vocês devem pagar o que puderem. O que você paga a seus outros colaboradores. Sabemos pela publicação de revistas literárias em nossa própria língua o quanto é difícil uma proposta. Para o Nyiszli, resolva isto com monsieur Kremer. Ele deve ter uma taxa, mas não pediremos nada além dela".

Embaixo, Trocchi disse: "Agora, esse é um verdadeiro cavalheiro. Oxalá existissem mais alguns como ele".

"E quanto ao negócio do olho?", perguntei enquanto nos apressávamos de volta para a rue du Sabot com nossas boas-novas.

"Ah, sim, aquilo foi um sofrimento, não foi?", disse Trocchi. "Mas sabe? No final da reunião eu já nem estava notando, você estava?"

"Não, mas agora entendo pela primeira vez uma frase que ele escreveu, não consigo me lembrar onde: '*L'enfer, c'est les autres*', que gosseiramente se traduz como 'O inferno são os outros'. Ele deve estar extremamente consciente de que 'os outros' estão sempre tentando lidar com seu problema de estrabismo."

9

AMERICANO EM PARIS

Até então Austryn tinha sido um "estranho" à *Merlin*, interessado na revista mas ainda sem fazer parte dela. Ele e sua esposa, Muffie, haviam recentemente montado casa a algumas quadras de distância na rue des Ciseaux, praticamente uma viela tão estreita que se podia esticar os braços e quase tocar os edifícios de ambos os lados, que se enfileiravam entre Saint-Germain-des-Prés e a rue du Four. Um dos aspectos exóticos mas também aconchegantes de morar em Paris eram essas ruas antigas com nomes simpáticos: a rue du Chat-Qui-Pêche (rua do Gato que Pesca); a rue des Bons Vivants (sem necessidade de tradução).

Como eu, Austryn era fluente em francês, mas era uma versão perfeitamente melíflua que, de acordo com os próprios franceses quando o ouviam, datava da "metade para o final do século XVIII". De modo bastante correto e corajoso, ele estava interessado nas obras autênticas, as que tornaram Sade o flagelo de seu tempo e o haviam lançado na prisão sob não menos que quatro regimes: a Monarquia (dois reis), a Revolução, o Terror e o Império. Austryn estava trabalhando – ou talvez já tivesse terminado – na versão integral da *Justine* de Sade, embora o que ele pretendia fazer com ela só ele sabia, já que o livro ainda estava proibido 140 anos depois da morte de Sade.

Quanto ao romance de Austryn, *Hedyphagetica*, apenas Christopher o tinha visto – ou, na verdade, trechos dele. Perguntei a Christopher como era e ele franziu o cenho, pensou por um minuto e então disse: "Interessante. Muito interessante".

Programamos um jantar para a noite seguinte, para o qual convidamos Austryn e Muffie.

"Você não faz ideia do clima político lá neste momento", garantiu-nos Austryn. Ele estava se referindo à caça às bruxas conduzida pelo papudo, careca, olhos de fuinha Joe McCarthy, que estava obtendo ganhos políticos, diariamente, segundo parecia, valendo-se dos temores crescentes nos Estados Unidos quanto ao Tio Joe Stalin e à ameaça comunista ao modo de vida americano.

"Nós *lemos* os jornais", disse Trocchi, um pouco defensivamente. "O que está acontecendo lá é muito terrível."

"E está piorando", disse Austryn. Em seguida, agitou o dedo em riste: "E não pense que você está seguro aqui. A Europa está fervilhando de agentes da CIA. Especialmente em Paris."

"Posso lhe dizer que neste restaurante de ar inocente da Rive Gauche, há pessoas escutando o que dizemos."

"É porque estamos conversando muito alto", sugeriu Patrick.

"Você realmente quer dizer *aqui*?", perguntou Trocchi, incrédulo, acenando com a cabeça para a sala cheia de fumaça. Estávamos em um pequeno restaurante na rue Bonaparte quase em frente à École des Beaux-Arts. Eu já havia comido ali dezenas de vezes. O lugar não poderia abrigar mais de 35 ou quarenta pessoas se acotovelando, e pela minha experiência a maior parte delas, principalmente no almoço mas também naquela noite, no jantar, eram alunos da Beaux-Arts – o que dava para saber por sua roupa provocativa e comportamento compulsivamente desordeiro. Afinal, eles tinham uma reputação a zelar. No baile anual da escola, conhecido localmente como o Bal des Quat'z'Arts, que tinha sido restabelecido depois da guerra, cada ateliê era levado por tradição a não só superar os outros mas também as molecagens do ano precedente. "Mais extravagante que no ano passado" era a ordem do dia, tanto durante o desfile pelas ruas como mais tarde nas horas pré-alvorada no Salle Wagram, onde a festa acabava. A polícia não só era indulgente como apoiava abertamente, e era preciso cometer excessos bem além da norma para que eles interviessem e restaurassem a ordem. Esta era a única noite do ano em que os jovens estudantes de Belas

Artes – que depois se tornariam artistas, escultores, arquitetos, professores – podiam liberar suas libidos sem medo de repreensão ou recriminação. Naquela noite, como sempre, o restaurante da Beaux Arts estava apinhado. Sim, o lugar *era* barulhento como o inferno e, sim, a clientela era uma mistura de alunos e seus anciões – professores de belas-artes e estranhos como nós mesmos. Mas olhando rapidamente em volta, tentando reconhecer um americano – e nesses tempos do pós-guerra era relativamente fácil detectar turistas, tanto por seu olhar como por suas roupas –, não vi nenhum. E não ouvi nada além de francês de uma ponta a outra do restaurante.

"Sim", disse Austryn, "eu quero dizer aqui mesmo." Ele baixou o tom de voz quase a um sussurro. "Vê aqueles dois tipos ali?" Notei que Austryn usava anglicismos – na verdade mais que Alex ou Christopher –, mas de algum modo eles não pareciam deslocados. Ele acenou com a cabeça em direção ao canto distante, diretamente atrás de mim, onde dois homens, bastante jovens, estavam jantando silenciosamente com uma loura estonteante. Deslocando minha cadeira, vi a quem ele se referia. Eles haviam escapado completamente à minha perscrutação anterior. Um ponto para o mestre contraespião Wainhouse. "Ambos são da CIA", declarou ele.

"Para com isso, cara", disse Trocchi, sorrindo um pouco condescendente. "Pelo amor de Deus, por que a CIA estaria perdendo seu tempo em um restaurante de segunda como este?"

"Garanto a você", continuou o paranoico Austryn, "eles são da CIA. Você não acredita quantos agentes eles têm no estrangeiro atualmente. Londres. Paris. Roma. Por toda parte da Alemanha. Eles não confiam em nenhum desses países, especialmente a França e a Itália com seus partidos comunistas fortes. E, acredite-me, eles mandam pessoas exatamente para lugares como este. Para descobrir o que os alunos estão realmente pensando. E para ver o que pessoas como nós – desertores, se você preferir – estão fomentando."

Não sei muito bem se o que me parecia um caso grave de paranoia incipiente convenceu alguém naquela noite ou nos meses e anos que viriam. Eu certamente não acreditava. Tampouco me sentia propenso a checar por sobre meu ombro ou reduzir meu tom de voz. Mas fiquei intrigado o bastante para fingir uma ida ao toalete nos fundos do restaurante, o que me permitiu passar pela mesa que Austryn indicou.

"Então". disse Austryn, tendo adivinhado o propósito de minha jornada, "estou certo ou não?"

"Eles *são* americanos", admiti.

Eu, ou melhor, nós – vimos um olhar de triunfo no rosto de Austryn.

"Mas isto é tudo o que posso dizer. Quanto a sua possível ocupação ou profissão, não tenho pista nenhuma."

"Sabe, eu posso localizá-los a mais de um quilômetro de distância."

Ainda que eu tentasse livrar minha cabeça das alegações de Austryn, durante as semanas seguintes descobri que eu realmente olhava mais atento meus compatriotas em locais públicos, tentava até entreouvir um pedaço de conversa que revelaria o espião atrás da máscara.

A América parecia uma lembrança distante. No dia glorioso de minha formatura em Chapel Hill, comecei a me perguntar: o que você *quer* fazer de sua vida? Eu estava ansioso para sair e ver o mundo. A França era uma ideia romântica, claro, e até certo ponto Hemingway e Fitzgerald eram os responsáveis, sem dúvida Henry Miller também; a razão principal, porém, foi que meu antigo companheiro de quarto na UNC, Jack Youngerman, já estava lá, exaltando nas cartas as muitas virtudes de Paris. Mas dois ou três de meus professores haviam insistido que eu lecionasse e fiz três ou quatro visitas à Pomfret School em Connecticut, perto de onde meus pais moravam. Conheci alguns professores e fiquei muito impressionado com o diretor, um sujeito alto, robusto, de ar aristocrático na metade de seus quarenta com o nome igualmente aristocrático Dexter Strong.

Fui contratado para lecionar inglês e latim, mas semanas depois de minha chegada o verdadeiro mr. Chips da escola, o professor mais velho em Pomfret e diretor do departamento de matemática, ficou doente. Dexter Strong, escarafunchando meus antecedentes acadêmicos, notou que eu tinha frequentado vários cursos de matemática. De fato, eu tinha, pois em dado momento, instado por meu pai a aprender alguma coisa prática, considerei por um curto período me tornar engenheiro. Além disso, o programa V-12 da Marinha – falarei disto depois – exigia que eu frequentasse alguns cursos de matemática também. E assim comecei minha carreira como professor de matemática, que me perdoem todas as pobres crianças a quem ensinei. Elaborei um método pelo qual eu ficava pelo menos umas seis páginas do manual adotado à frente dos alunos, e durante a maior parte do primeiro semestre isso funcionou razoavelmente bem. Mas eu sabia que estava patinando em gelo fino. O garoto sem dúvida mais inteligente da classe era filho da diretora do Barnard College em Nova York, um rapaz de olhos ligeiramente azulados, pele clara e cabelo ainda mais claro que pareciam nunca haver sido tocados por um raio de sol. Ele não era um rapaz ruim; era simplesmente inteligente demais para seu próprio bem, certamente para gente como eu, e a matemática era claramente sua matéria favorita. Um dia ele fez uma pergunta que me deixou totalmente perplexo. Limpei a garganta e murmurei que não estava disposto a desviar da matéria matinal, mas teria o maior prazer em conversar com ele mais tarde. Por sorte, eu tinha outras aulas para dar, por isso só poderia vê-lo depois do almoço, o que me dava tempo para ir para a minha sala e procurar a resposta – trinta ou quarenta páginas além das que eu dominava até então. Durante meu encontro à tarde com o anjinho, fui categórico no esclarecimento da pergunta, mas no fundo eu sabia que o jogo estava perdido: Christopher – pois este era o nome de minha diminuta nêmesis –, Christopher, o menino emissário de Cristo, de algum modo percebera minha estratégia de ficar logo à frente de meus pupilos e, então, diabolicamente deu o grande salto adiante para uma parte no livro que ele achava que eu não teria alcançado. Não tive escolha: nos dias seguintes – e noites – avancei bem adiante do pentelho, estudando de fato página após página, equação após equação, até alcançar o fim do odiado livro.

Até o fim do semestre, sempre que Christopher ardilosamente tentava me ultrapassar, eu aparava suas estocadas com toda a calma de um audaz mosqueteiro. Tome esta, seu velhaco! E esta! Fustigar e novamente fustigar, até que a camisa branca do rapaz estivesse em farrapos e minha espada em sua garganta. Mas ele sabia, e eu sabia, que esta era uma batalha até o amargo fim. Claro que venci; os professores quase sempre vencem nessas situações. Mas eu chegara à conclusão ao fim do semestre de que o garoto me odiava quase tanto como eu o odiava. Assim fiquei completamente assombrado quando, ao final do período, ele insistiu em me apresentar a sua mãe famosa. A diretora McIntosh era uma mulher bonita no início dos seus quarenta, vestida em uma saia preta séria que ia até os joelhos e uma jaqueta escura sobre uma blusa branca engomada, os sapatos robustos de salto baixo iguais aos de uma mestra-escola inglesa, os cabelos negros bem curtos. No entanto, seus olhos, azul-escuros atrás dos óculos de aro de tartaruga, revelavam uma mulher não só de posses mas de excelente bom humor. E sua austeridade autoimposta era aliviada pelo generoso pregueado elizabetano no decote de sua blusa branca. Seu filho não se parecia em nada com ela e supus, devido à pele alvíssima do garoto, que o pai tinha de ser um albino, até que vi o retrato do pai na escrivaninha do quarto do jovem McIntosh: tão moreno quanto a mãe.

"Christopher me disse que este é seu primeiro ano aqui." A diretora sorriu. "O senhor está gostando de lecionar?"

Afora seu pequeno rebento sabichão, desprezível e malicioso, tudo é lindo e maravilhoso.

"Um desafio", disse eu. "Os meninos aqui são, no geral, muito brilhantes. E o currículo é muito mais exigente do que quando frequentei o ensino médio."

"E onde foi isso?"

"Nordeste da Pensilvânia. Próximo de Wilkes-Barre", disse eu. "Região de mineração de carvão. Gente rude. Área rude." Imagino que eu não estava tentando impressioná-la, mas dizer a ela que cresci antracífero. Muito calor e pouca fumaça. Não como as minas de carvão betuminoso. Percebi que ela não ficou impressionada.

"Estou certa de que o senhor se sairá muito bem." Ela sorriu gentilmente e, em meu humor paranoico, senti-me um pouco condescendente. Por um momento me perguntei: será que o jovem cara-pálida a havia convencido a entrar na brincadeira de torturar o professor. Achei que não. Tenho quase certeza de que Sua Magnificência não teria aprovado.

Eu estava sufocando de calor no refeitório onde chá e bolinhos estavam sendo servidos, e a diretora McIntosh de repente desabotoou a jaqueta e a deixou escorregar, revelando sob aquela blusa imaculada seios de forma e beleza surpreendentes.

"Você tem", eu gaguejei, "um filho de forma e beleza surpreendentes!"

"Como disse?"

"Eu disse que você tem um filho cuja mente está maravilhosamente formada."

"Obrigada", disse ela, ainda me observando com estranheza.

E que os delicados sapatos dele sejam moldados em concreto.

Naquele inverno convenci Dexter e Manny Mansfield, o treinador de futebol de quem me tornei grande amigo, a deixar-me começar uma equipe de luta romana em Pomfret. Para nossa grande e coletiva surpresa, em dezembro, depois da última partida de futebol, uma dúzia e meia de jovens de treze a dezoito anos apresentou-se para as peneiras. "Peneiras" dificilmente era o termo correto, pois com onze categorias de peso para preencher, praticamente todos tinham lugar garantido na equipe.

A boa notícia era seu número; já seus atributos físicos me deixaram com um pé atrás. Por que defendi tal loucura? Adverti meus novos pupilos que a luta greco-romana era um esporte fisicamente tão exigente quanto qualquer outro. "É preciso ter coragem e fibra", disse a eles. "Caras, vou castigar vocês até desejarem nunca ter me conhecido. Porque se eu não fizer isso", disse eu, "a primeira vez que entrarem naquela esteira em competição vocês serão derrubados de costas tão depressa que nem saberão o que aconteceu. Isto, se vocês tiverem algum orgulho, os humilhará como nada que vocês já experimentaram. Ao contrário dos esportes de equipe, na luta romana vocês estão por conta própria: ninguém a quem culpar além de você mesmo se perder. Assim, se alguém quiser pular fora, agora é o momento." Dei a eles tempo de sobra para recuarem, olhando fixo de um pimpolho branco pálido para o outro. Eles me olhavam fixamente de volta, sem piscar. Fiquei impressionado, mas pensei: aposto que em uma semana ou duas, metade deles voltará para seus dormitórios, lambendo as feridas. Errado. Dos dezoito que se apresentaram naquele primeiro dia, dezesseis permaneceram. Nenhum tinha experiência de luta. Eu tinha menos de quatro semanas para lhes ensinar os rudimentos do nobre e antigo esporte grego, pelo menos a variedade praticada nos Estados Unidos. Trabalhei duro com eles. Primeiro, meia hora de condicionamento rigoroso, pois a luta romana são nove minutos de exercício extenuante, implacável, na qual cada músculo é estirado até o ponto de ruptura, e a vitória muitas vezes vai para o mais bem preparado. Então os movimentos básicos: derrubar o oponente, ficar por cima, escapar de baixo, pedalar, pedalar, sempre agressivo, esgotando-o, sempre pensando e se movendo em direção ao objetivo, um *pin*. Meus pupilos se detiveram nisso; aprenderam. Canhestramente, mas melhoraram. Praticaram um com o outro, ainda que não tivéssemos uma formação completa de todas as categorias, e praticaram comigo.

Essa experiência – técnico de luta greco-romana – também me ensinou uma lição rápida, que retive por toda a vida: cuidado com os julgamentos iniciais. Eu havia claramente prejulgado esses meninos. Eu, que sempre frequentara escolas públicas, cheguei a Pomfret impressionado por seu pessoal e métodos de ensino, seus encantadores terrenos folhosos, seus muros de tijolos cobertos de hera, mas com um preconceito arraigado sobre meus pupilos, sobre os alunos em geral. Praticamente todos vinham de famílias ricas; muitos também vinham de lares desfeitos e mandá-los para o internato foi o modo que seus pais encontraram de aliviar sua culpa, pagando para educar seus filhos. O Dia dos Pais no outono era frequentemente doloroso: na maioria dos casos apenas um pai aparecia, em geral impecavelmente vestido, às vezes com motorista, com ar incomodado quando caminhava ou conversava com o filho, consultando apreensivo o relógio para ver quanto tempo esse arremedo de intimidade ainda demoraria. Nessas ocasiões, a dor também era palpável nos olhos das crianças. Nas cidadezinhas onde cresci, o divórcio era raro, por isso essa paisagem de crianças de lares desfeitos era um fenômeno novo para mim. Embora desde o início eu tivesse pena dessas crianças, ao mesmo tempo também os classificava como os ricos mimados e supunha que eram incapazes de resistir a isso sem se abater, o que quer que "isso" significasse. Dentro de quatro semanas, o "isso" da luta provou que eu estava errado.

Embora a escola tivesse permitido que eu começasse o programa de luta romana, ela não tinha verba para comprarmos uniformes. Preocupei-me com o efeito psicológico quando chegássemos para nosso primeiro combate presumivelmente vestindo suéteres limpos mas desiguais comparados aos blusões e malhas brilhantes de nossos oponentes, todos idênticos, portando o nome e emblema da escola. Por um momento considerei comprar as malhas com meu dinheiro mas desisti quando descobri o preço: o equivalente a mais de duas semanas de meu grandioso salário anual de oito mil dólares. Wendell, para quem levei meu caso, foi solidário mas disse que não havia nada que ele pudesse fazer. Talvez no ano seguinte.

Nosso primeiro combate formal só ocorreu no final de janeiro, mas Manny tinha acertado com uma escola preparatória, que chamaremos de C—, para nos encontrar em uma refrega informal pré-temporada cerca de uma semana depois do recesso de Natal. Regras reais, um árbitro, placar normal, mas sem contar com o registro de C—. No último treino reuni os meninos e fiz a eles um pequeno discurso sobre imagem.

"Amanhã, quando chegarmos a C—", disse eu, "vocês irão encontrar seus oponentes todos embonecados com blusões tradicionais e malhas elegantes de luta romana. Pode ser que vocês olhem para si mesmos e se sintam envergonhados. Não façam isso. Pensem em vocês mesmos como a ralé; pensem em si mesmos como revolucionários se levantando contra os britânicos em '76. E vocês se lembram de como foram aquelas batalhas da Nova Inglaterra."

Umas duas risadinhas abafadas, três ou quatro gargalhadas e vários sorrisos.

"O importante é que as roupas podem fazer o homem, mas não aqui. Se vocês forem os melhores lutadores, ou estiverem em melhor forma, o mais provável é que vocês derrubem seu oponente, não importa o que ele esteja vestindo. Eles não estão considerando este um combate regular, já que quando liguei a temporada já estava toda agendada, mas os convenci a lutar conosco 'extraoficialmente'. Na cabeça deles isto é um treino. Mas na de vocês é um combate de verdade."

Conforme previsto, os garotos da C— estavam vestidos para matar: elegantes blusões azuis com o nome da escola e um brasão na frente e, atrás, o nome de cada lutador em letras brancas em negrito. Quando eles nos viram entrando devagar, cada lutador de Pomfret vestido de forma diferente, houve uma onda audível e previsível de desdém. Alguns franziram o cenho para seu treinador, como se dizendo: "Por que você não consegue um combate *de verdade* para nós?". Alguns murmúrios abafados e depreciativos. "Idiotas" foi uma das palavras que captei. "Caipiras" foi outra. Por um momento meu coração se encolheu, não por causa de nossa aparência, mas porque, olhando para a formação de C—, suas crianças pareciam muito ajustadas e preparadas. Olhar duro, músculos enrijecidos. De repente receei um massacre.

Perdemos as duas primeiras por decisão dos juízes, 6-4 e 5-3, ambas perto o bastante para deixar o treinador local preocupado. Depois, nas categorias seguintes – 112 e 121 – ambos os nossos garotos não só venceram como imobilizaram seus oponentes. Nosso 112 foi um puro golpe de sorte: o garoto de C—, vencendo na pontuação, 11-2, tropeçou e caiu para trás, e nosso garoto saltou sobre ele como um leopardo sobre sua presa. Mas no 121, Jay Long, um garoto muito dedicado do nono ano que trabalhou mais firme que os outros no condicionamento e era rápido e esperto, assumiu o comando desde o início e primeiro acossou seu oponente como se estivesse dirigindo um trenó, depois atirou para cima suas pernas, girando-o 180 graus, apanhou-o em um calço bem executado e o imobilizou no lugar, dando-nos uma vantagem momentânea mas animadora de 10-6. (Na luta romana americana, um *pin* vale cinco pontos; uma decisão, três.)

Do outro lado da quadra, o treinador de C— estava sentado, o queixo na mão, nitidamente desapontado. Lá estávamos nós até o último combate com a humilde Pomfret ainda na disputa! Ganhamos de 23-22! Meneei a cabeça, incrédulo, abraçando meus garotos encharcados um de cada vez. Eles estavam pulando e gritando como se tivéssemos ganhado uma medalha de ouro olímpica, o que de certo modo nós ganhamos – nós não, eles.

Atravessei a quadra até o treinador de C—, o qual, embora chocado, teve a gentileza de sorrir e dizer: "Um treino e tanto! Há quanto tempo você disse que começou seu programa?". Eu ri e jurei que tinham sido menos de seis semanas. Ele meneou a cabeça. "Bem, você tem alguns garotos talentosos lá – ou devo dizer um treinador talentoso?"

"Sorte de principiante", disse eu, enquanto observava os dois times passando um pelo outro.

"Treinador?", chamou Jay.

De todos os epítetos que me foram dados ao longo da vida, devo confessar que "Treinador" talvez seja o meu favorito.

A viagem de volta de ônibus foi barulhenta. A euforia geral havia tomado conta do time. E eu também estava compartilhando a alegria. Estava até começando a me perguntar se não devia ficar um pouco mais como treinador deste time iniciante. Ao nos aproximarmos de Pomfret, achei que era importante lembrar aos garotos que o fato de terem vencido não garantia seu sucesso em futuros combates.

"Eu gostaria de dizer a vocês e ao time que condicionamento é o mais importante em qualquer esporte, e especialmente na luta romana. Vi a dedicação de vocês a todo o treinamento duro a que os submeti antes dos feriados do Natal, e tenho certeza de que vocês disseram a seus pais o quanto este novo treinador chamado Seaver os torturou impiedosamente..."

"Meu pai disse: 'Mais energia para você'", interrompeu Billy. Anotei, agradecido.

"Hoje vocês viram que valeu a pena. Vocês pensam: um combate tem apenas nove minutos, comparados, digamos, com uma partida de duas ou três horas de futebol. É verdade. Mas nesses nove minutos vocês colocam o corpo na sua prova mais difícil. Cada músculo e fibra de seu ser é estirado até o cerne. Vejam Jimmy, por exemplo: seu oponente é um lutador melhor que ele – lamento – mas na semana passada ele deve ter relaxado; ele malhou pouco, pensando que éramos um bando de patos. E naquele terceiro período ficou sem gás, ao passo que o trabalho duro de Jimmy compensou."

O ônibus balançou nos terrenos da escola, passando as colunas de pedra em direção ao refeitório no tempo certo para o jantar. The Six

Stalwarts [Os seis valentes], que estavam estranhamente silenciosos atrás, desfraldaram uma faixa feita às pressas que dizia:

Pomfret	23
C	22

O que me deixou mais contente foi que o esquadrão de Pomfret, durante um período curto de três meses, tinha se tornado em um time determinado, brioso, compacto, no qual um se importava com o outro. Depois do último encontro, reuni-me com todos eles na quadra e disse-lhes o quão orgulhoso eu estava por ser seu treinador e que eu tinha certeza de que a luta os havia deixado mais fortes e mais preparados para o que quer que eles viessem a fazer na vida.

Eu tinha me candidatado a uma bolsa do American Field Service para a França, uma possibilidade remota.

A carta finalmente chegou, trazendo o endereço do remetente da American Field Service Foundation, em vermelho brilhante. A AFS fora organizada durante a Primeira Guerra Mundial, antes da entrada dos Estados Unidos, para recrutar e enviar para o exterior jovens para dirigirem ambulâncias e atuarem como paramédicos não combatentes, oficialmente parte do Exército francês. Ernest Hemingway foi um dos recrutas, assim como o poeta e. e. cummings, e como meu pai. Depois da guerra, um grupo de veteranos franceses e americanos criou a American Field Service Foundation, cuja meta era consolidar ainda mais as relações entre os dois países. Anualmente ela concedia quatro bolsas, dois americanos para a França, dois franceses para os Estados Unidos. Candidatei-me e, embora eu não estivesse aflito, continuei a ter esperança, acelerando meu curso intensivo de francês ao longo do ano letivo.

Abri o envelope com mãos que efetivamente tremiam. Sim, a resposta, puxa vida, era sim! Eu iria para a França, um ano de estudo garantido. Senti uma onda de puro prazer, logo seguida por um sentimento de culpa.

Eu teria de abandonar todos estes meninos, muitos dos quais eu já considerava amigos (mais ainda, devo confessar, que meus colegas professores, todos eles pelo menos dez ou quinze anos mais velhos que eu). E havia Manny. Ele realmente me via como seu substituto. E depois a equipe de luta romana que eu havia iniciado: o que seria dela? "Não comece coisas que você não pode terminar" – era uma das muitas máximas de meu pai. Talvez eu devesse repensar essa bolsa. Decidi consultar o travesseiro.

Que diabo, sim! No meio da tarde eu tinha decidido: de modo algum eu iria me privar daquele ano na França. Se eu não gostasse, se não funcionasse, eu sempre poderia voltar. Será que poderia?

Dexter foi magnânimo. "Eu sabia que você iria se fosse aceito", disse ele. "Minha única esperança era que você não ganhasse. Mas fique sabendo que, se depois de um ano você quiser voltar, há um lugar aqui para você."

Manny já era outra questão. Ele sabia onde apertar todos os botões certos. "O que acontecerá com sua equipe de luta greco-romana?", sondou ele. "Provavelmente escorrerá pelo ralo sem você."

"Contrate um professor que tenha sido lutador na faculdade", disse eu. "Deve haver dezenas por aí."

"Não é tão fácil quanto você pensa", disse ele, "embora eu possa plantar essa ideia na cabeça de Dexter."

E então veio a formatura, uma cerimônia solene na bela igreja de pedra, cujos vitrais coloridos faziam inveja na região. Os rapazes mais velhos, resplandecentes em suas togas e borlas pretas, que seriam lançadas para o céu em espiral, 25 melros tornando rapidamente a pousar na terra, quando a cerimônia se encerrava e os meninos saíam para o ar livre na primavera (por fim) dourada, voavam. Umas duas dúzias de pais me agradeceram por ensinar bem a seus filhos, com agradecimentos especiais de vários pais que tinham visto os filhos prosperarem graças à luta romana. Até a diretora de Hunter me elogiou pelo grande progresso que seu rapaz havia realizado não só em matemática mas também em latim.

"Meu filho está chateado porque você não estará de volta no próximo outono." Ela sorriu, tomando e apertando minha mão com firmeza.

Quando eu iniciara a equipe de luta greco-romana e precisava muito de um lutador de 43 quilos, sugeri que ele fizesse uma tentativa. Ele sorriu e disse que lutar não era para ele. "Se você tivesse vivido na antiga Grécia ou Roma", tentei (pois ele era meu melhor aluno de latim e progredia no curso), "aposto que você teria ficado lisonjeado só de ter sido convidado."

"Ah, mas eu não vivi", respondeu ele, "vivi?"

A maioria de suas respostas, conforme notei ao longo do ano, terminava em perguntas, efetivamente mandando a bola de volta para o meu lado da quadra. No entanto, ele finalmente concordou (ao que parece, a insinuação latina tinha funcionado) em vir para o ginásio pelo menos para ser pesado. Mas, quando ele se despiu até a cintura e subiu na balança, percebi que a minha causa estava perdida. 37,5 quilos, e nada de músculos, nem uma sugestão de músculo, em nenhum lugar à vista. Lhe agradeci por vir, sugeri que ele poderia fazer um esforço para colocar um pouco mais de carne em seus ossos e o liberei. "Eu te falei", disse ele com afetação, "não falei?" O garoto era um verdadeiro chato de galochas, e no entanto por algum motivo eu gostava dele. Sempre pensei, apesar de sua tenra idade, que ele me julgava, via-me como uma pessoa naturalmente rude, desinteressada das coisas boas da vida como música e poesia (e ambas realmente me interessavam), mas agora, pelo que sua mãe acabara de dizer, aparentemente eu estava enganado.

"Será apenas um ano", comentei.

"Paris é muito sedutora", disse ela em voz baixa, como se soubesse bem do que falava. "Depois de conhecê-la, receio que Pomfret parecerá muito pálida e rústica."

"Boa sorte na França", disse ela, finalmente soltando minha mão (para meu pesar), e partiu rumo ao diretor, em torno de quem se agrupava uma dúzia de pais.

Eu imaginava Paris, cujos cenários e sons explorei indiretamente inúmeras vezes ao longo das últimas semanas, e toda dúvida era eliminada.

Além disso, lembrava a mim mesmo, você pode voltar se quiser.

10

PARA PARIS, DE *TIGER*, A PÉ, DE ÔNIBUS, DE BICICLETA

PARA CHEGAR à França, concordei em entrar para o programa de trabalho de verão em Le Chambon-sur-Lignon, onde deveria monitorar e supervisionar três *work campers*, com quem me encontrei pela primeira vez na sede americana do Collège Cévenol na East 29th Street. Um dos estudantes fazia o último ano em Harvard, o outro era de Princeton, e a terceira, uma caloura em Smith.

Nosso navio era o USS *Tiger*, dos estaleiros Kaiser em Vancouver, Washington, de três anos de idade, 10 mil toneladas e grande envergadura, um dentre centenas desses navios, rotulados de C-50s e C-60s, construídos a partir de 1942 para carga e transporte de soldados e que rapidamente entraram em serviço. O *Tiger*, um dos últimos da linhagem, foi encomendado em 1945 e conheceu apenas limitado serviço de guerra transportando uns novecentos homens para o Pacífico e então, após a rendição do Japão, transportando as forças de ocupação de San Francisco para o Extremo Oriente. Agora, quando a Europa estava mais uma vez aberta para viagem, ele se juntara ao movimento jovem, transportando estudantes americanos para lá e trazendo refugiados para os Estados Unidos na volta. Um esforço digno em ambas as direções, pois a maioria dos alunos fazia parte de um grupo ou de outro – SPAN (ou Student Project for Amity Among Nations), American Friends Service Committee, American Youth Hostels, Experiment in International Living, Institute of International Education – cujo objetivo era ajudar a reconstruir a Europa ainda devastada, fomentar relações internacionais, participar de conferências ou expandir horizontes. Uma rápida checagem indicava que cerca de três quartos dos que estavam a bordo eram afiliados a alguma organização. Éramos seiscentos ao todo, o que fez o navio parecer incrivelmente lotado, e eu só podia imaginar como poderia ter sido com mais trezentos durante a guerra. Tínhamos sido advertidos de antemão que teríamos redes, em vez de camas, o que para mim estava ótimo, mas foi motivo de queixa para alguns. Havia duas seções abaixo do convés, uma para mulheres, outra para homens e as cabeças – jargão naval para toaletes – que, em ambos os casos, eram latrinas militares. Tive de rir ao imaginar como as mulheres lidariam com os urinóis, mas certamente elas conseguiriam, a julgar por Tish, que, mesmo a bordo, vestia-se de frente única, calção e robustas botas de excursionista como se ela estivesse pronta para escalar a montanha mais próxima assim que aportássemos.

Construído mais como uma tartaruga que como uma lebre, o *Tiger* podia fazer dezessete nós em mares calmos, mas era muito mais confortável a doze ou treze nós, por isso percorríamos a média de apenas trezentas milhas náuticas por dia. Nossa previsão era chegar a Cherbourg em onze dias, fazendo escala pouco antes em Plymouth. Nosso avanço era firme quando os mares eram vítreos, o que, graças a Deus, quase sempre acontecia. Mas quando, em duas ocasiões, os ventos estavam fortes o bastante para elevar e estourar as ondas, nosso valente *Tiger* gemia, revolvia-se, zimbrava e gingava. Alguns passageiros ficaram mareados, muitos ficaram enjoados a maior parte do tempo e alguns pareciam não ser afetados. Tish aceitava tudo no seu ritmo, tomando o café da manhã, o almoço e o jantar sem se alterar. Fiquei com náusea duas ou três vezes mas não vomitei. Mas Harvard e Princeton passavam mal dia e noite. O problema era que o movimento do navio era muito pior na parte superior do que nas entranhas onde as redes eram esticadas. Mas lá embaixo o fedor era praticamente insuportável, por mais que a robusta tripulação tentasse esfregar e limpar.

Depois do primeiro dia difícil – o quarto, em minha lembrança –, quando as redes se converteram em macas e a exuberância juvenil acima do convés, que havia marcado nossos primeiros três dias, subitamente desapareceu, decidi, após uma breve excursão abaixo para me certificar de que meus pupilos ainda estavam vivos, abandonar aquelas fétidas profundezas pelo resto da viagem.

Eu tinha feito minha tese de fim de curso na UNC sobre Hemingway, e como Robert Jordan em *Por quem os sinos dobram*, eu continuava esperando que a Terra se movesse. Mas como ela podia, quando embaixo de nós o mar estava constantemente agitado, se não conturbado? Talvez eu devesse, no caso, ter esperado que a Terra ficasse parada.

Também a bordo estava outro Hemingway, de nome Patrick, um rapaz magricelo de cerca de dezenove anos com quem conversei em nosso segundo dia de viagem. Estudante avançado de história da arte, estava indo visitar museus franceses e italianos e encontrar-se com o irmão, que estava em Roma. Ele estava interessado em saber sobre o acampamento de trabalho Chambon, e vi seus olhos brilharem quando eu disse a ele que depois de Le Chambon eu estaria em Paris com uma bolsa da AFS. "Meu pai esteve na AFS durante a Primeira Guerra Mundial", disse ele, "no front italiano", e de repente me dei conta de que aquele jovem agradável, despretensioso, era filho de Ernest. Se o pesado legado de seu pai famoso de alguma forma o afetava, isto não era visível em parte alguma. Ele tinha suas próprias aspirações literárias?, perguntei, e ele riu, quase perversamente, e disse, com um meneio enfático de cabeça: "Absolutamente nenhuma". Matemática era um dos assuntos favoritos, e quando contei a ele minha queda de braço matemática com o jovem McIntosh, ele rugiu. "Eu provavelmente o teria estrangulado", sugeriu, mas o olhar gentil em seus olhos indicavam que ele era incapaz de estrangular alguém. Eu sempre havia imaginado o exuberante Papa como um constante fanfarrão, mas com Patrick não havia nada disso. Tímido, desconfiado, parecia querer que o mundo soubesse que ele não estava usando o nome de Papa para abrir para si um caminho na vida. Somente quando falava sobre pintura e arte é que se tornava apaixonado, e me perguntei em voz alta se ele poderia acabar como curador de um museu importante. Ele demonstrou repugnância diante da ideia. Algo muito mais empolgante que isto, ele disse, embora não soubesse ao certo o quê. Talvez a África, uma possibilidade que ele devia ao pai.

Finalmente tive que confessar que fiz minha tese de fim de curso sobre seu pai. "Você tem uma cópia com você?", perguntou ele. "Eu adoraria lê-la."

Eu tinha, porém o adverti de que era um trabalho de graduação com poucas pretensões. "Isso me obrigou, contudo, a reler toda a obra dele, das histórias de Nick Adams em diante."

"Elas são demais, não são?", disse Patrick.

"As melhores", concordei. "Mas você verá em meu ensaio que eu sou um tremendo fã."

Depois de ler o trabalho, que chamei "Ernest Hemingway: A grande sensação interior" – o subtítulo tirado de sua definição de moral "aquilo depois do que você se sente bem" –, Pat devolveu e disse que tinha achado muito bom, embora discordasse de minha avaliação de *Por quem os sinos dobram,* o livro de que eu menos gostava. "Você devia enviar para o meu pai", disse ele. "Tenho certeza de que ele gostaria."

Pat me deu o endereço de Papa em Cuba, com a condição de que eu não o passasse adiante. Prometi que não o faria. Em Paris, no outono, reli o que eu tinha escrito, constatei que gostava muito menos do que me lembrava e nunca o enviei. Talvez fosse melhor se eu tivesse enviado, pois aos 21 anos eu tinha uma admiração ilimitada, provavelmente excessiva, pelo homem e sua prosa afiada, mas sempre achei difícil a comunicação com pessoas famosas. Problema meu. Curiosamente, vários anos depois, quando meu novo amigo de Paris, George Plimpton, outro fã de Papa, leu uma versão resumida do trabalho em *Points* de Sindbad Vail, sua primeira reação foi dizer: "Você devia enviar isto para Papa". Mais tarde, George entrevistou Hemingway para *The Paris Review,* e o dois se tornaram amigos. Em outra vida, deixarei essa relutância para trás e investirei corajosamente, como fazia George por instinto, como se fosse seu direito inato – o que sem dúvida era.

Na alvorada do décimo primeiro dia, quase todos estavam no convés superior quando abordamos a costa da França. Delicadas colinas verdejantes se elevavam para tocar as nuvens que baixavam, ondulações atraentes eram salpicadas por pontos pretos e brancos que, à medida que chegávamos mais próximo, se revelavam rebanhos bovinos. Em terra, apesar de muito cedo, já havia centenas de estivadores vestidos de azul carregando e descarregando os cerca de dez navios lá atracados. Um rebocador nos ajudou a entrar no cais, e logo desembarcamos e nos dirigimos ao barracão da alfândega.

Meu plano era caminhar. Em toda parte aonde fui, campo e floresta, aldeia e cidade, restavam vestígios da guerra. Árvores queimadas permaneciam peladas e solitárias nos campos dos agricultores, onde agora cresciam, pacíficos e despreocupados, caules viçosos de trigo e milho. Pomares inteiros de macieiras, e eram muitas, estavam chamuscados e, mesmo assim, no lado distante da estrada outros podiam se erguer ilesos. As paredes de pedra estavam perfuradas em alguns lugares, totalmente dizimadas em outros, os escombros espalhados por centenas de metros. Eu quase podia ouvir o chocalhar agudo das metralhadoras, o rugido dos obuses, o zunir das balas de um lado para o outro, um lado avançando alguns centímetros, o outro retrocedendo, lenta mas seguramente. Eu tinha lido e visto noticiários filmados daqueles primeiros dias e semanas caóticos, unidades dispersas ou perdidas, paraquedistas pousando nos pântanos inundados, tanques avançando rangentes sem noção clara do alvo que perseguiam.

O que me havia feito empreender esta jornada solitária? O desejo de expiar minha ausência aqui no dia D? Eu tinha doze anos quando a guerra começou, catorze em Pearl Harbor, dezoito quando ela terminou. Mais de uma vez entreouvi minha mãe dizer a meu pai o quanto ela estava feliz porque eu era muito novo para ser recrutado nesta nova guerra.

Aos dezessete, anunciei que ia me alistar na Marinha. Mamãe protestou que eu era jovem demais, que eu devia esperar pelo menos até que tivesse dezoito anos. Meu pai disse: "Deixe o menino fazer o que ele quiser", o que encerrou aquela conversa, e, no dia 22 de abril de meu último ano, fui até o posto local de recrutamento da Marinha e preenchi os formulários de alistamento. Formei-me no dia 10 de junho e, três semanas mais tarde, em 1º de julho, fui recrutado na Filadélfia, um dentre setenta ou oitenta jovens engrossando as fileiras da Marinha naquele dia na Pensilvânia, e imediatamente despachado para o campo de treinamento de recrutas. Aparentemente com base em minha pontuação nos exames que eu havia feito em abril, fui para o programa de treinamento de oficiais chamado V-12 (nunca descobri o que queria dizer o V ou o 12) no sul, primeiro para a Universidade da Carolina do Sul em Columbia, uma instituição que claramente tinha visto dias melhores, com suas paredes desmoronando e a pintura descascando, compensadas pela boa acolhida sulista que os cidadãos locais ofereciam aos mil jovens marinheiros lá estacionados. Então, seis meses depois, sem nenhuma razão aparente, chegaram ordens mandando-me com uns vinte outros ainda mais para o sul: Howard College, uma minúscula instituição batista em Birmingham, Alabama, tão desesperada para sobreviver naqueles magros anos de guerra, quando a maior parte de sua antiga população estudantil agora usava uniforme, que havia aceitado o controle de suas dependências pela Marinha sem sequer indagar se algum daqueles jovens vestidos de azul que agora vagavam pelo *campus* era batista. Dois semestres mais tarde fui novamente deslocado, desta vez para o que, na chegada, me pareceu o paraíso: a Universidade da Carolina do Norte em Chapel Hill. Os pinhais, o ambiente afável, os professores de primeira classe, os carvalhos altivos que margeavam as ruas da cidade formal e bem cuidada, onde cada loja e comércio estavam voltados para atender a população do *campus* – tudo combinava para fazer com que me sentisse imediatamente em casa. A guerra declinava, mas a UNC ainda estava largamente dominada pelo Exército. Mesmo no fim da guerra, no verão de 1945, milhares de cadetes ainda enchiam os dormitórios e as salas de aula enquanto o sistema vigente em Washington ponderava quantos desses oficiais ascendentes seriam necessários para manter a paz e policiar o admirável mundo novo. Mas, com o semestre de outono, homens e mulheres que lutaram na guerra começaram a retornar, sob os auspícios de um brilhante programa que possibilitava que jovens veteranos desfrutassem de uma educação universitária, o GI Bill.

Finalmente, na primavera de 1946, o Exército decidiu que a maioria podia ser liberada, e dei baixa em julho. Embora eu tivesse terminado a escola havia apenas dois anos, eu participara do programa intensivo da Marinha e, de volta à vida civil, estava em meu último ano de faculdade.

Em suma, apesar de ter usado uniforme durante dois anos, eu realmente não tinha ido à guerra.

Agora, na Normandia, iniciando aquela caminhada voluntária, eu estaria tentando compensar ter um ano ou dois a menos do que o necessário? Nenhum de meus colegas do ensino médio morreu, embora alguns tenham visto a batalha, mas, em duas turmas acima de mim, na classe de minha irmã Joan, houve vários feridos e um morto. Eu tinha uma dívida para com aqueles que não tiveram tanta sorte, que simplesmente por sua data de nascimento, um grão de areia no tempo a mais que eu, pagaram o preço extremo, enquanto aqui estava eu caminhando sublimemente sob a delicada luz solar através dos campos e fazendas onde eles tinham combatido e morrido apenas segundos cósmicos antes?

Aquela noite, a minha quarta na Normandia, nuvens começaram a juntar-se, rosnando a oeste no horizonte, e eu sabia que uma noite molhada me esperava. Devia procurar uma pousada? Pedir a um camponês abrigo em seu celeiro? Relâmpagos, seguidos por trovões não mais que trinta segundos depois, me convenceram de que o refúgio era a melhor parte da valentia. Andei a passos largos para a casa de fazenda mais próxima, uma morada bem cuidada com um telhado de palha como os dos livros de histórias, e bati na porta. Pés se arrastando lá dentro. O ferrolho se desdobrou, a porta se abriu rangente e um velho enrugado me avaliou de cima a baixo.

"*Soldat?*", disse ele. Um soldado? Eu estava usando roupas cáqui de sobras do exército.

Meneei a cabeça. "*Étudiant.*" Estudante. Julguei ter visto um olhar desdenhoso atravessar seu rosto, mas de fato ele era inescrutável. "*Il semble vouloir pleuvoir*", arrisquei, poético sem intenção, pois mais tarde descobri que o que eu havia dito era, de fato: "Parece que a chuva gostaria de vir". E para garantir, olhando para trás para o céu que rapidamente escurecia, "*Tonnerre*", disse eu. "*Éclair.*" Trovão. Raio.

Ele riu. "*Anglais?*"

"*Non, Américain.*"

"Ah!" Sua cabeça se curvou para trás e sua boca se escancarou revelando um interior quase banguela: apenas dois dentes superiores, um à esquerda, outro à direita, pré-molares, que é como acho que se chamam. Eu não tinha a menor ideia se isto era um bom ou mau sinal. *"Entrez"*, disse ele. *"Entrez!"* E, girando um pouco a cabeça, gritou sobre o ombro: *"Marie, viens, on a un visiteur"*. Marie, venha, temos uma visita. Foi assim que, por um lance de sorte, passei minha quarta noite na França, primeira como convidado, na casa dos Massans, Marie e Jean-Luc.

Pedi para usar o celeiro; eles insistiram que eu dormisse na grande cama de casal no quarto ao lado do seu. Eu disse que tinha minhas rações de comida; eles insistiram que eu compartilhasse seu jantar frugal. Naquela noite aprendi a definição francesa de "frugal". Começamos com uma cordial sopa de legumes francesa, seguida por um guisado de coelho e batatinhas fritas crocantes, depois uma salada de verduras que eu – habituado nos Estados Unidos a uma coisa chamada alface americana – jamais havia saboreado. O molho, uma mistura sutil de óleo e vinagre temperado com alho finamente cortado, também foi uma revelação. E de sobremesa uma torta de maçã – pois esta, descobri, era uma região de maçãs, transformadas em centenas de pratos e licores. Tudo isso acompanhado de uma garrafa de vinho tinto local. Por meus padrões posteriores, ele sem dúvida era *ordinaire, un gros rouge*, mas para mim, na época, para quem o sabor do vinho se limitava ao cálice na Comunhão, e isto anos antes, foi uma experiência vertiginosa. Mais tarde, meu anfitrião insistiu que eu saboreasse um pouco de Calvados, o conhaque local de maçã.

Durante o jantar, a maior parte da conversa foi sobre a guerra, em que Jean-Luc e Marie perderam seu filho mais novo, Pierre, poucos meses antes do fim da ocupação. Ele estivera nos Maquis, o movimento da Resistência, não aqui na Normandia, não, mas lá nos Cévennes, na França central, onde ele e vários de seus camaradas entraram para a Resistência. Sete garotos, todos amigos. Apanhados pelos *Boches*. Alvejados pelos *Boches*. Bastardos de sangue-frio! Eles sabiam que a guerra estava perdida. Por que esses garotos tinham de ir vagabundear tão longe de casa? A guerra é terrível, terrível, nada de bom jamais resultou dela, e nada jamais resultará. Morte. Morte e destruição, isso é tudo. E dentro de alguns anos ninguém se lembrará do motivo de tudo isso. Espere e verá.

Mais distante, na mesa, Marie tricotava ferozmente, mas eu podia ver que sentia raiva e ao mesmo tempo lutava para conter as lágrimas. Brava com o marido por falar tanto com o forasteiro americano, chorosa com a lembrança recorrente de seu filho irremediavelmente perdido.

Ele tinha apenas dezoito anos quando morreu, Jean-Luc continuou dizendo.

"*Père*", disse Marie suavemente, sem erguer os olhos, "você está esticando demais. Essas coisas nosso visitante não tem como saber ou entender."

Era verdade que eu só conseguia entender uma parte, o monólogo provocado por minha presença, minhas roupas de faxina do Exército, um americano que lembrava a eles dos outros incontáveis que haviam se dirigido para aquela região apenas quatro anos antes, mas eu captei a essência, e entendi sobre seu filho.

"Sim", disse eu, "a guerra *é* terrível. Mas não estávamos todos – franceses e americanos e britânicos – lutando porque tínhamos de lutar, porque Hitler era um louco que tinha que ser esmagado, *écrasé, éliminé*?" Eu sabia que minha gramática estava longe de ser perfeita, mas esperava que o comentário que arrisquei fosse entendido.

Jean-Luc meneou a cabeça. "A guerra", insistiu ele, "não tem nenhuma justificação. Nenhuma! Apenas pessoas que nunca passaram por ela podem pensar o contrário!"

Sobre nosso copo de Calvados – que os próprios Massans faziam – perguntei ingenuamente se o fabrico de bebidas alcoólicas na França era controlado pelo governo. Jean-Luc me dirigiu um olhar a meio caminho entre o desgosto e o desdém. "Em princípio, sim", respondeu, "mas não é muito frequente seguirmos o que o governo determina. Especialmente nesses assuntos. Nós fazemos nossa própria bebida não para vender para os outros mas para nosso consumo. Ninguém pode contestar isso."

Não era nenhum copo minúsculo de degustação que ele oferecia, mas quase 250 mililitros em um espesso copo d'água cheio até a borda. Era um pouco adstringente para meu paladar não educado, mas esquentava assim que chegava ao estômago. O problema era que, quinze minutos depois, com apenas metade do copo bebido, as vigas de madeira erodidas, as pedras já desiguais da alta lareira da cozinha e as próprias janelas começaram lentamente a girar no sentido horário. Ou seria anti-horário? Por mais que tentasse, não conseguia fazer o maldito cômodo parar. Pela força de vontade eu o obriguei a reduzir a velocidade, mas ele depois acelerava novamente a cada gole. Pelo amor de Deus, Seaver, não enjoe. Por favor, a dignidade antes de tudo. O orgulho de uma nação está montado em seus ombros outrora abstêmios. Como Hemingway teria lidado com esta situação?, perguntei-me. Depois de beber o primeiro copo de uma talagada, sem dúvida pediria outro, depois receberia um par de luvas e lutaria seis rounds com o filho do fazendeiro, de 1,80 metro de altura.

De algum modo consegui subir as escadas, de mochila e tudo, tendo agradecido meus anfitriões com uma fartura de francês que eu não sabia que possuía, e que eles pareceram entender parcialmente, e dormi tão profundamente que Marie teve que bater em minha porta às oito horas – tarde para eles – e anunciar que o café estava pronto.

Eu disse que ia tomar um ônibus para Caen, e eles se ofereceram para me levar até o ponto mais próximo, uns dois quilômetros adiante, mas eu sabia que em circunstâncias normais Jean-Luc já estaria nos campos bem umas duas horas antes, por isso educadamente declinei. Embora tivéssemos convivido menos de doze horas, insistiram em que eu não fosse embora sem mais presunto e queijo, uma baguete fresca e meio litro de Calvados, que, eles disseram, tinham tido muito prazer em descobrir que eu havia apreciado. Também insistiram em me beijar em ambas as faces, as cerdas de dois ou três dias da barba de Jean-Luc raspando-me como lixa gaulesa. Anotaram cuidadosamente meu nome e endereço nos Cévennes, onde prometi visitar a família que havia levado seu filho embora em 1944, e me fizeram prometer regressar no outono quando eu voltasse a Paris.

Na estrada, voltei-me e acenei em despedida. Minha última imagem deles em pé ali inteiramente imóveis, procurando todo o mundo como uma versão do *Ângelus* de Millet. Só o forcado estava faltando.

...

Pouco antes das onze o ônibus surgiu balançando, totalmente abarrotado tanto dentro como fora, pois o teto estava cheio de engradados e bagagens amontoados, nada muito bem amarrado, que chacoalhavam e saltavam a cada saliência na estrada, e eram muitas. As chuvas pesadas da noite anterior haviam ocasionado trechos perigosos, e aquela monstruosidade desequilibrada avançando ameaçadora sobre mim parecia muito mais bêbada que o barco de Rimbaud. Seguramente seria melhor caminhar que correr o risco de morte a bordo daquela lata velha peidorreira vindo em minha direção. Mesmo em minha santa ignorância dos veículos franceses, ele devia datar da Primeira Guerra Mundial.

Dei meia-volta para ir embora, mas o motorista, que me vira parado à beira da estrada, não aceitaria. Ele se curvou sobre o volante – imaginei que para puxar o freio de emergência, o que, seguindo a lógica, me fez pensar que o freio de pé estava inoperante – e o freou até parar a apenas trinta centímetros a minha frente. A porta abriu com um rangido e o motorista fez um gesto para eu subir a bordo. Meneei a cabeça. "*Merci! Marcher. Préfère marcher!*" Obrigado, mas acho que vou caminhar.

"Ah", o motorista se voltou para sua casa abarrotada e rugiu: "*un Américain! Nous avons un Américain!*". Nós temos um americano! Como ele podia saber? Na pior das hipóteses, me disseram, eu poderia ser tomado por um borgonhês. Parado ali em desamparo, senti-me como um peixe que acabara de ser fisgado, com o motorista irresistivelmente me enrolando e puxando para dentro. "Enrolando" era sem dúvida a palavra adequada, dada a ingestão alcoólica da noite anterior, e minha resistência estava baixa, muito baixa. E assim entrei, atirando minha mochila sobre o ombro. Não só não havia nenhuma poltrona vazia, mas o corredor também estava cheio de homens, mulheres, crianças e vários engradados de galinhas cacarejantes.

"*Pas de place*", disse eu encolhendo os ombros. Sem lugar. Mas o motorista apenas sorria, sinalizou em direção à parte traseira, engatou a coisa com um tranco e saiu como um foguete, atirando-me esparramado nos braços de uma jovem bem proporcionada, que reagiu ao incidente não com horror ou aflição – o que seria de esperar nos Estados Unidos – mas com bom humor. Desculpei-me e esforcei-me para ficar em pé. Ela meneou a cabeça, como se dissesse que não se importava nem um pouco, endireitou sua blusa ligeiramente amarrotada e baixou os olhos. Eu estava aprumado novamente mas agarrando-me à vida enquanto o motorista, que parecia se divertir na competição entre ele e a estrada, disparou adiante contra o sol ofuscante.

Em algum lugar no meio do ônibus um rapaz robusto levantou-se e me fez sinal para eu tomar seu lugar. Meneei a cabeça. Ele insistiu. "*Pour l'Américain*", disse ele. "*Pour vous.*" As palmas de ambas as mãos voltadas para fora, dei de ombros e, felizmente, pois minha fluência movida a Calvados repentinamente desaparecera nos recônditos distantes de meu cérebro, reiterei minha polida recusa. De repente o ônibus inteiro entoou em coro "*Pour l'Américain, pour l'Américain!*", não me deixando escolha além de abrir caminho cautelosamente pelo corredor lotado e tomar o assento, curvando-me para o jovem à medida que o fazia. O ônibus inteiro aplaudiu. Então senti que o peixe estava na rede. Depois onde? Na frigideira?

Eles – refiro-me ao ônibus inteiro, pois vários passageiros se revezavam fazendo perguntas – queriam saber, primeiro, por que eu estava vestindo este uniforme do Exército, eu era um soldado que sobrara da guerra? O que eu estava fazendo neste ônibus local, em que nenhum americano jamais, até onde sabiam, havia posto os pés? Eu gostava da Normandia? Eu tinha provado o Calvados local? Anuí vigorosamente com a cabeça, apontando para minhas têmporas e girando ambos os indicadores em círculos rápidos. Bom para uma risada coletiva. Eles queriam me fazer saber, de novo coletivamente, o quanto amavam os americanos, o quanto estavam gratos pelo desembarque na Normandia, o quanto estavam tristes por saber quantos tinham morrido nestes campos e pântanos (pois os alemães, pouco antes do dia D, haviam inundado muitos campos, de sorte que os paraquedistas, instruídos para cair em terra firme, tinham frequentemente aterrissado nas águas traiçoeiras, com pouca chance de escapar). Eu, que em nada contribuíra para sua salvação, estava todavia me regozijando no brilho de seu louvor por aquilo que meus compatriotas mais velhos tinham feito.

"Somente no ar foi que tivemos um problema com os americanos", rosnou um fazendeiro grisalho, um engradado de galinhas atravessado em seus joelhos. "Os britânicos eram muito mais valentes que os americanos. Eu não falo da infantaria, pois vi muitos casos de bravura extrema de seus combatentes, mas da Força Aérea. Os pilotos britânicos voavam durante o dia e sempre chegavam bem baixo, muito mais perigoso para eles, mas miravam em seus alvos e raramente erravam. Os americanos vinham de noite, voavam alto, bem acima do alcance antiaéreo dos alemães, e quando soltavam suas bombas, às vezes acertavam seus alvos, outras vezes não. Em mais de uma ocasião eles acertaram escolas, até hospitais. Não havia necessidade disso."

"Você não pode culpá-los por não se arriscarem!", objetou outra voz lá do fundo.

"Você pode quando isto custa a vida de mulheres e crianças", contrapôs outra pessoa.

"Isso não significa que não sejamos gratos", acrescentou o fazendeiro carregado de galinhas. "Nós somos e sempre seremos. Deus sabe quanto tempo os alemães teriam ficado aqui se vocês americanos não tivessem entrado na guerra."

"*Les Allemands sont tous des salauds! Des connards!*", começou a falar uma voz adolescente de algum lugar na frente. Todos os alemães são bastardos: isso eu podia entender. Mas *connards*? "Estúpidos" foi meu palpite imediato, porém, depois descobri que a condenação era mais dura, algo como "os alemães são imbecis".

"Que eles queimem todos no inferno!"

"Se eu vir outro alemão algum dia, juro que atiro nele na mesma hora."

"Bem, graças a Deus, a Alemanha está acabada pelos próximos cem anos."

"Foi isso que pensamos trinta anos atrás, e olhem o que aconteceu."

"Não, desta vez eles finalmente levaram o que mereciam."

Nos Estados Unidos, certamente havia um sentimento de que, graças a Deus, a Alemanha foi derrotada, e agora podíamos seguir com nossas vidas, mas pouco desta animosidade pessoal, deste ódio arraigado, visceral. E subitamente compreendi, se ainda não o fizera antes, a diferença entre um povo que tinha estado na guerra, uma guerra distante, e aqueles que haviam sofrido ocupação física, que tiveram que lidar diariamente durante quatro anos intermináveis com a realidade de um inimigo que podia bater em sua porta a qualquer hora, ordenar que você saísse de sua casa e levá-lo numa carroça para longe, ou atirar em você à queima-roupa, talvez em seus filhos. Uma enorme diferença!

Na estação ferroviária de Caen, onde o ônibus fez uma parada especial para mim antes de prosseguir até seu destino final no centro da cidade, levei uns bons cinco minutos para abrir caminho pelo corredor caótico até a porta aberta, já que eu era obrigado a apertar a mão de praticamente todo mundo. Enquanto o ônibus se afastava, ainda ofegante, dezenas de mãos e braços ondulantes investindo pelas janelas abertas, acenando em despedida e me desejando um *bon séjour* na França. Fiquei comovido. Antes de partir dos Estados Unidos, muitas pessoas me haviam advertido que os franceses eram pessoas muito reservadas, geralmente cautelosos com estrangeiros e poderiam parecer frios. Frios? Durante esses primeiros dias encontrei calor mais imediato do que jamais conheci. Esta lotação bronca, Jean-Luc e Marie, até o padeiro e o merceeiro tinham feito um esforço extraordinário para me receber bem. Menos de uma semana? Eu tinha a impressão que já estava ali havia meses!

No alto do platô de Cévennes assentava-se o Collège Cévenol, uma escola de trezentos alunos, muitos oriundos de famílias protestantes de toda parte da França, mas com um bom número de estrangeiros de religiões variadas ou absolutamente nenhuma. "Ecumênico", um termo até então apenas vagamente familiar para mim, era apropriado. Naqueles primeiros dias do pós-guerra acampamentos de trabalho parecidos abundavam na Europa, como recursos baratos, de princípios elevados para reconstruir o cerne despedaçado do continente. Nossa tarefa principal naquele verão era construir, da fundação para cima, Le Luquet, o prédio da futura administração.

Minha amiga mais próxima naquele verão em Chambon foi a diretora do Collège Cévenol, a primogênita do pastor Theis, Jeanne, que realizava trabalho diário tão duro quanto qualquer dos homens. Perfeitamente bilíngue e bicultural, Jeanne era uma formanda de Swarthmore e no outono voltaria para os Estados Unidos para lecionar francês em Bryn Mawr, na esperança de lá se tornar chefe da French House no ano seguinte. Seu conhecimento de literatura francesa contemporânea era impressionante e, sabendo de meus planos para a Sorbonne, ela formulou um currículo pessoal do que julgava que deviam ser minhas leituras obrigatórias: cerca de 65 obras ao todo – mais, considerando que Proust são vários volumes. Só de olhar para sua lista, elaborada em cuidadosas colunas de tinta azul, sua caligrafia comprimida e alinhada como ela, já fiquei cansado: Proust (todos os dezoito volumes da Gallimard), Martin du Gard, Camus, Denis de Rougemont, Romain Rolland, Saint-Exupéry, Gide, Giraudoux (todas as quinze peças!), Cocteau, Claudel, Valéry Larbaud, Bernanos, Mauriac, Duhamel... Eu tinha lido Proust em inglês, no que me parece então uma tradução elegante de Scott-Moncrieff (de que mais tarde passei a desconfiar, pois suas liberdades são muito gratuitas e frequentes, suas restrições pós-vitorianas autoimpostas inaceitáveis), mas eu não estava seguro de poder lê-lo em francês. Jeanne me garantiu que poderia, adicionando que mesmo que eu não conseguisse ler tudo – e muitos franceses tampouco o conseguiam – o esforço valeria muito. Quando a repreendi por apresentar uma lista que eu levaria anos para percorrer e insisti com ela para que definisse o que era prioritário para mim, ela me repreendeu de volta por falar como um americano preguiçoso. Quando retruquei que talvez ela quisesse que eu elaborasse uma lista essencial de escritores de língua inglesa em que ela devia se concentrar em seu novo cargo, ela me garantiu que até sem saber os pormenores, apostaria mil francos comigo que tinha lido a maioria. Nesse ponto, joguei a toalha.

Guardei sua lista, cuidadosamente dobrada em meu dicionário francês-inglês, e durante os anos seguintes em Paris eu assinalava aqueles que eu havia lido, dando-lhes notas de um a dez. À medida que o tempo passava, eu ficava maravilhado com a perspicácia e exatidão da lista de Jeanne, a quantidade de oitos e noves que ela alcançava, sendo sua única deficiência a de que, ao prepará-la ela sem dúvida recorrera com muita força a seus antecedentes protestantes e deixara de incluir os escritores mais radicais, mais revolucionários com os quais, com o passar do tempo, cada vez mais me relacionei, como Sartre e Jean Genet.

E foi assim que, em um dia muito claro do final de agosto – dia 23 para ser exato –, depois de um último mergulho glacial nas apressadas águas cristalinas do Lignon, os campistas se despediram de nossos anfitriões, Jean-Pierre e Claire, e de todos os Theis, grandes e pequenos, e embarcaram na ferrovia de bitola estreita que iria levá-los montanha abaixo até Saint-Étienne e nosso trem de baldeação para a Cidade Luz. De Paris, a maioria dos americanos se dirigiria para Cherbourg para apanhar o navio de volta. Afora meu amigo George Booth e sua noiva, Joanne, eu era o único que estava ficando, e a brincadeira agradável dos outros campistas sobre nosso ano no exterior e os muitos perigos que isso acarretava, especialmente em Paris (George e Joanne se iam para Genebra), mal disfarçava uma ponta de ciúme.

Então, naquele dia triste – triste porque todos tínhamos formado laços profundos entre nós – o acampamento ficou subitamente vazio, privado da energia e eletricidade que o haviam banhado durante várias semanas. Como não estavam me pressionando para voltar a Paris até o final de setembro, e o navio de Jeanne para os Estados Unidos ainda estivesse a mais de três semanas de distância, sugeri a ela, quase bruscamente um dia, que após o trabalho no acampamento fizéssemos uma viagem de bicicleta juntos. Eu tinha quase certeza de que ela recusaria sob algum pretexto ou diria que teria de verificar com seus pais (como teria feito qualquer menina americana autêntica), mas ela simplesmente sorriu e concordou. "Ideia adorável. Para onde?" "Que tal a Itália?", disse eu. "Se nossas pernas aguentarem." "As minhas aguentarão", garantiu-me, e fazendo um bom exame nelas, eu estava certo que aguentariam. Muito femininas mas flexíveis e fortes. "Não se esqueça", contra-ataquei, "que eu praticava luta romana na faculdade. Pernas fortes são uma necessidade absoluta."

Três dias pós-acampamento, partimos, mochilas e sacos de dormir bem presos com correias na frente e atrás. Descer os Cévennes era sopa, sendo o único perigo o de que se os freios de nossas Citroëns 1930 não funcionassem, um ou o outro (ambos?) poderíamos nos precipitar no abismo. Mas descemos em tempo recorde. Agora em região plana, tomamos o rumo sul, sempre optando pelas pequenas estradas vicinais, flanqueadas por campos de trigo e milho, hortas em abundância, vinhedos em maturação e altíssimos girassóis cujas faces já escuras se moviam com a variação da luz do dia. Nas aldeias comprávamos pão e queijo e presunto e um patê que Jeanne me informou ser chamado de *rillettes*, feito de carne de porco e extremamente delicioso. Praticamente não havia carros na estrada, mas eu sabia que isso não passava de um breve repouso: dentro de poucos e breves anos, se não meses, mesmo essas estradas estreitas, ladeadas de árvores estariam repletas de novos e cintilantes Renaults e Citroëns empenhados em abrir caminho para esta nova era chamada "pós-guerra".

Nossa meta francamente ambiciosa era Roma, mas já era o sétimo dia quando cruzamos a fronteira para a Itália, e percebi que ainda tínhamos uns bons dois terços da viagem a nossa frente. Decidi que devia lembrar minha companheira protestante que mesmo Deus descansou neste dia, mas Jeanne tinha um sorriso que sempre começava lentamente, depois se abria em toda sua gloriosa extensão. Ela meneou a cabeça. "Nós devemos avançar. Estamos com pelo menos um dia de atraso na programação."

Foi então que descobri que tínhamos uma programação. "Sessenta quilômetros", disse ela. "Isso não deve ser muito difícil." E saltou sobre sua bicicleta, acenando para que eu a seguisse.

Na Itália, avançamos junto à costa ocidental, subindo montanhas que me pareceram alpinas, embora Jeanne me garantisse que eram pouco mais que colinas. "Colinas íngremes", disse eu. "Os Cévennes são colinas *íngremes*", disse ela. "Estas são *colinas*." De noite acampamos em praias forradas de pedras, cozinhamos sobre um fogão improvisado, deitando-nos em nossos fiéis sacos de dormir, que tiveram o efeito calmante de nos acolchoar contra as pedras de baixo, mas apenas ligeiramente: ao longo da noite tinha-se a sensação de uma massagem sem fim, não muito delicada.

No décimo primeiro dia eu estava prestes a desistir: em repouso, minhas pernas estavam realizando uma versão da dança de São Vito, ou de algum santo menor. Jeanne me viu massageando as panturrilhas e não conseguiu se conter. "Como estão essas pernas de lutador?", ela perguntou, com a expressão estritamente fria. "Ah, ótimas", menti. "E as suas? Elas devem estar doendo. Eu sinto muito ter sugerido uma viagem tão longa." Aquele sorriso gentil novamente. "Estou pronta para ir para Roma se você estiver." Ela falava sério. Educadamente declinei. Conformamo-nos com Florença e no décimo quarto dia pedalamos triunfalmente em seus subúrbios, dois heróis exaustos, mas sentindo-se conquistadores. Durante os dois dias seguintes excursionamos de manhã até a noite, absorvendo a arte e a beleza desta cidade incomparável no Arno, que nenhum de nós tinha visto antes.

No início, eu tinha pensado que devíamos voltar pedalando, mas isso foi quando consultei o mapa pela primeira vez, e as distâncias pareciam abençoadamente curtas. Meras polegadas de separação. E assim o trem partiu, com Jeanne descendo em Saint Étienne para pegar o da bitola estreita para subir as montanhas até Le Chambon, enquanto eu seguia para Paris, para onde eu tinha despachado minha bagagem para a família de Frank, os Manchons, três semanas antes.

Olhando do outro lado do cais, vislumbrei a mão direita de Jeanne segurando os guidões de sua bicicleta, a mão esquerda acenando suavemente, com aquele sorriso de *Mona Lisa* mais uma vez adornando seus lábios. "Essa", lembro-me de ter pensado, "é uma moça sensacional!" E então, do fundo de meu subconsciente, confesso, veio esta reflexão tardia: se algum dia me casar, sei que será com uma garota como ela. Uma garota francesa. Elas têm alguma dimensão extra, uma visão de mundo, uma atitude que nunca vi antes. E elas também são danadas de atraentes.

11

UM QUARTO COM VISTA

Em Paris minha primeira tarefa foi encontrar um lugar para morar. Tudo menos aposentos estudantis. Tinha ido a Paris muito mais pela cidade que pela universidade. É verdade que eu iria fazer os cursos, mas eu não tinha nenhuma intenção de passar meus dias nas sombrias salas de aula e auditórios dessa célebre instituição. Apesar da bolsa, meu orçamento era apertado, porque eu já estava nutrindo a ideia de que ampliaria minha estadia para dois anos se, conforme eu suspeitava, eu adorasse o lugar. Frank, meu amigo mais íntimo em Paris e, mais tarde, meu padrinho de casamento, era membro da família do Collège Cévenol e estava encarregado de recepcionar e orientar os novos alunos. Através de Frank, consegui os endereços de três ou quatro pessoas que alugavam quartos para estudantes em seus apartamentos, mas, tendo visitado dois, optei pela privacidade. Assim, comecei a girar pelos hotéis do Quartier Latin, apenas para invariavelmente ouvir "Lamento, monsieur, estamos totalmente lotados". Eu quase havia perdido a esperança quando subi cansado os mal iluminados degraus do Hotel de l'Ancienne Comédie, na rua do mesmo nome bem atrás da agitada praça de Buci, para ficar sabendo que, sim, temos um quarto disponível, mas somente o alugamos para um mínimo de seis meses. Será que poderia vê-lo? Claro, monsieur. O *patron*, alto e severo mas impecavelmente educado, retirou de um painel atrás de sua mesa uma chave de aspecto formidável, à qual estava anexado um triângulo de madeira portando o número 16. O quarto 16 era um banheiro convertido: no lugar da banheira estava uma cama estreita, com espaço para uma mesa e cadeira e um pequeno armário arruinado, nada mais. Sua maior virtude era uma janela ampla, ensolarada, que dava para os telhados vizinhos. René Clair, que adorava as chaminés e cumeeiras de Paris, teria sido arrebatado na hora. Seu inconveniente, comentei com o *patron*, era que para chegar ao número 16 era preciso passar por dentro do número 15. Minhas visões de privacidade voaram pela janela cheia de sol. "Receio", disse eu, "que este não vai servir." Ele pareceu mortificado. "Como", consegui dizer, apreensivo por carecer do francês correto com o qual expressar minha indignação, "como o senhor pode conceber oferecer um quarto ao qual só se pode chegar passando pelo de outro inquilino?" A ideia parecia não lhe ter ocorrido, ou assim pensei em minha ingenuidade. Ele coçou o queixo. Sabendo que estava jogando uma partida perdida nesse jogo de xadrez maluco, que com toda certeza o *patron* havia jogado muitas vezes antes e sempre vencia, decidi pelo menos atacar com um cavalo. "E se eu ficasse com o 15 e o 16?", perguntei. "Quanto ficaria isso?" "Quer dizer, se ficasse com *ambos* os quartos. Ah, aí você ficaria bem confortável, muito confortável." Ele disse o preço. Meneei a cabeça. "Caro demais", disse eu. Com grande relutância acho que terei de alugar o quarto que vi antes mais abaixo na rua", menti. "Qual hotel?", perguntou ele. Eu sabia que, se desse a ele o nome, ele saberia que eu estava mentindo. Movi meu cavalo mais uma vez, com alvo incerto, pelo menos para mim e, com sorte, para ele. "Não me lembro do nome", disse eu, franzindo o cenho. "O senhor sabe, duas quadras rumo ao Sena, depois uma quadra para a esquerda na direção do Institut." Ele pareceu aturdido. "Adorável *patron* lá, muito amistoso. *Adora* americanos." Ainda mais perplexo. "Vou lhe dizer uma coisa", disse ele, e eu tive certeza de que esta não era sua oferta final, "você pode ficar com ambos os quartos por 15 mil francos por mês." "Doze mil", contra-ataquei, "e eu lhe darei o dinheiro *tout de suite* – imediatamente." Sabendo francês agora como não sabia na época, desconfio que a tentação do pagamento à vista em dinheiro o convenceu mais que a contraoferta em si mesma. Ele estendeu a mão, achei que para apertar a minha, mas na verdade era para receber os 12 mil francos sem mais delongas. Foi assim que, tendo decididamente dado as costas a New England e a seus costumes conscienciosos, nos quais pechinchar era visto com desdém, tornei-me o orgulhoso proprietário, a uma curta distância de Saint Germain e do Quartier Latin, do que resultou em uma suíte de dois quartos, todos os seus treze metros quadrados, com vista para os telhados da *Gay Paree*. O mundo era minha ostra. A única desvantagem era que minha brilhante pechincha havia feito um buraco gigantesco em meu orçamento. Agora vejamos, 12 mil francos: quanto é isso em dólares? Certo, dividamos por quatrocentos: sim, trinta dólares por mês. Que diabo, só se vive uma vez.

Meu colega de quarto no programa V-12 da Marinha na Carolina do Norte tinha sido Jack Youngerman, que vinha de Louisville, Kentucky. Louro e de olhos azuis, tinha cabelo cor de palha, muito fino e solto, que o vento penteava, quisesse ou não, à medida que passava do oeste para o leste e do norte para o sul ou vice-versa, sempre que isso acontecia, por mais raro que fosse. Jack tinha compleição leve e nada atlética e possuía uma rara combinação de abandono e intensidade. Menos de um ano mais velho que eu, estudara na Universidade do Missouri, especializando-se em jornalismo, quando a Marinha o convocou e o embarcou para a Carolina do Norte. O destino, encarnado pela Marinha, havia juntado nossa sorte e também compartilhamos vários cursos, de cálculo a navegação e história militar. Embora muito brilhante, Jack parecia totalmente desinteressado em todos os cursos, concentrando a maior parte de suas energias em fazer esboços de seus colegas cadetes, do professor ou da sala de aula. Mesmo nas noites em que deveríamos estar grudados nos livros, preparando-nos para alguma prova iminente de nossa competência para sermos incluídos no programa de treinamento de oficiais, Jack se sentava com um livro aberto diante de si enquanto sua mão direita, em claro comando, desenhava e garatujava sem parar. Em uma dessas noites fiz uma pausa em meu próprio ensimesmamento e lhe perguntei à queima-roupa: "Por que você estava se especializando em jornalismo?" "Por que não?", ele respondeu. "Uma oportunidade para viajar, talvez, conhecer pessoas interessantes. Muito melhor que um emprego convencional das nove às cinco." "No Missouri", disse eu, "você também passava a maior parte do seu tempo fazendo esboços?" "Você notou. Imagino que sim. Por quê?" "Você já pensou em estudar arte?" Ele olhou para mim estranhamente, depois meneou a cabeça. "Não exatamente", disse ele. "Você devia", disse eu, "porque você é bom demais."

Após a guerra, que assistimos até seu amargo fim nessas mesmas salas de aula, Jack voltou para o Missouri e graduou-se em jornalismo. Trocávamos cartas e a cada uma que se seguia tornava-se mais claro que seu coração não estava mais no jornalismo, embora ele não soubesse bem para onde ele tinha ido. Uma coisa que sabíamos era que após a graduação ele iria para a França, provavelmente para – escutem isso – "estudar arte"! Não sei direito se ele sequer se lembrava de meu conselho do ano anterior, pois escrevia como se tivesse chegado a essa conclusão por conta própria. (Nenhum de nós conseguiu prever ou predizer que ele se tornaria um dos mais destacados artistas americanos.) Durante meu ano em Pomfret, ele havia se candidatado e fora aceito na École des Beaux-Arts, uma proeza nada fácil para um estrangeiro. Ele enviava postais tentadores, alguns com sedutoras vistas da Cidade Luz, outros retratando garotas lascivas seminuas e com peitos grandes, com textos poéticos como "Mexa esse bundão e venha para cá" ou "Você não faz ideia do que está perdendo, Richard". Eu não precisava de recomendação nenhuma, só dos recursos, e quando a AFS chegou, o destino me levou para menos de duas quadras de onde Jack estava morando, em um hotel igualmente minúsculo mas maravilhosamente barato na rue de Seine. Ali ele dividia um quarto com uma encantadora jovem italiana chamada Yolanda. Retomamos do ponto em que havíamos deixado. Os ociosos esboços de Jack haviam se tornado um sério compromisso e sua intensidade inata, outrora dispersa, estava agora firmemente estabelecida. Ele desenhava sem parar, tanto em aula como fora, e como muitos antes dele, cada vez mais se dirigia ao Louvre, onde passava dias copiando os velhos mestres. Em diversas ocasiões fomos juntos ao Louvre, eu para olhar e absorver, ele para refletir e comentar. Ele tinha se tornado estudante não só de arte mas de artistas, lendo suas biografias e analisando suas obras em detalhe. Enquanto caminhávamos pelos salões, parávamos diante de um trabalho de que ele gostava particularmente e ele fazia associações livres a respeito, falando mais consigo mesmo do que comigo. Foi durante esses passeios principalmente à tarde que passei a ver a arte de uma nova maneira e a admirar a seriedade de propósito e o conhecimento com que Jack havia assumido sua nova vocação. Então, talvez um ano depois, subi as escadas para o quarto de Jack para ver, sobre a mesa salpicada de tinta, uma vista de Florença, de onde eu havia recentemente regressado. Mas era uma vista abstrata de Florença, tomada da colina acima dela, a rotunda do Duomo e o campanário claramente visível entre os quadrados e os triângulos, a maioria em verde e azul, que compunham o restante da cidade. "Um avanço, não? Quer dizer, esta é a primeira pintura abstrata que você fez?" "Não", disse ele, "mas é a primeira que me agrada o bastante para mostrar." "Adorei", disse eu. "Acho que talvez seja a melhor que você já fez." "É boa", disse ele, "um pouco sem originalidade, mas acho que captei algo da cidade." Jack tinha ido para Florença alguns meses antes de mim. Nessa pintura – em minha opinião pouco informada, mas de quem perambulou e amou a cidade –, em um trabalho de não mais que 45 cm x 60 cm, pintado não em tela mas em madeira, ele havia captado a essência daquele lugar muito especial. Propus comprá-la na hora, sem ter a menor ideia do preço que Jack poderia pedir, ou se eu tinha em meu minguado orçamento como pagar. "Não está à venda", anunciou ele com firmeza. Algum dia estaria?, perguntei. Ele encolheu os ombros. "Quem sabe se algum dia venderei *alguma* pintura", murmurou ele. Yolanda estava ouvindo atentamente e, embora seu domínio do inglês fosse limitado, ela entendeu o bastante para saber que estava me oferecendo para adquirir o trabalho. "Por que você não vende?", perguntou ela em francês. "Precisamos do dinheiro." "Ela não está à venda", repetiu Jack, encerrando a discussão.

Jack jamais voltou ao realismo, exceto quando estava fazendo esboços, vendo algo em sua imaginação que ele desejava captar e registrar imediatamente: uma pessoa, um lugar, uma expressão, um encontro casual, uma flor, uma simples folha. Acompanhei sua evolução artística com crescente admiração, mas aprendi a limitar meus elogios, pois ele sempre os refutava. "Confesso que sou um fã, mas não estamos falando aqui em fé cega. Você é bom demais. Ponto final." Era assim que geralmente terminávamos, um empate insatisfatório, mas à medida que o tempo passou, e após sua primeira exposição na prestigiada galeria parisiense de Denise René, sua autoestima pictórica aumentou um ponto ou dois. Foi Jack que me chamou a atenção para os escritos de Louise Labé, poeta de espantosa densidade e beleza e, em troca, eu lhe falava de Joyce, meu herói, cujas obras, particularmente *Ulisses*, estudei com a mesma reverência com que Jack analisava seus pintores favoritos. Eu poderia citar passagens inteiras de *Ulisses*, e após ouvir uma gravação feita pelo próprio mestre da seção de Anna Livia Plurabelle do *Finnegans Wake*, eu a recitava com um grosseiro sotaque irlandês e com a mesma voz aguda metálica – o "metálico" sem dúvida se devia mais à gravação antiga do que ao próprio Joyce, que eu sabia possuir uma bela voz de tenor. O que me atraía particularmente em Joyce não era somente a qualidade de seu trabalho, mas seu foco exemplar como artista. Sem nenhum problema de autoestima. "Imperioso" era o termo que normalmente me ocorria. Império. Imperador. Arrogante e autoconfiante. Ele sabia que estava mudando a cara da literatura e se isso significava tirar partido de amigos e familiares, que assim fosse. Jack, achava eu, igualmente dedicado a sua arte, poderia ter se valido um pouco dessa qualidade joyceana. Mas ou você a tem ou não tem. Quanto a mim, eu certamente era do bando de Jack.

Frequentei uns doze cursos na Sorbonne, e apenas um dos professores parecia enamorado de seu objeto, os outros estavam vagamente interessados. A maioria era realizada em anfiteatros amplos e abafados onde o professor lia anotações que suspeitei que não haviam se alterado muito desde o fim da Primeira Guerra Mundial. Não havia o mais leve esforço de reflexão ou informação. Além disso, apesar de meu verão nos Cévennes, percebi que entendia apenas metade, no máximo dois terços, do que os velhotes estavam dizendo. Eu havia superestimado minha fluência. A essa altura eu já falava muito bem, tinha apenas um vestígio de sotaque, mas isso tinha a inevitável desvantagem de levar as pessoas a pensarem que eu também entendia bem, e suas respostas rápidas me faziam titubear ou, pior, fingir.

A única exceção à regra geral do professor decrépito era um professor de aspecto jovem chamado Charles Dédéyan. Seu domínio era a literatura comparada, e ele estava claramente apaixonado por esse amplo tema. Sua aula se escoava em um abrir e fechar de olhos e, invariavelmente, tendo nos mantido na beirada de nossos assentos, ele terminava com um floreio que, à moda da última cena dos seriados, anunciava o assunto empolgante do episódio da semana seguinte. Ele também tinha a virtude de enunciar cada sentença, cada palavra e sílaba, com tamanha clareza que eu entendia praticamente tudo. Mas exceto por ele, rapidamente resolvi transferir minha educação para fora da sala de aula, para as ruas e cafés. Era onde estava a ação. Onde estava a vida.

Em Paris, no final do outono, Walter, um de meus colegas preferidos do acampamento, que tinha nascido na Bélgica e cuja família morrera na guerra, comentou quase de passagem que estava se mudando de seu quarto. Ele tinha encontrado uma casa? Ele encolheu os ombros. Ainda não, pois seu orçamento era ridículo. Meio que brincando, mencionei minha suíte de dois quartos na rue de l'Ancienne Comédie. Se você não se importar em dividir, disse eu. A verdade era que meu próprio orçamento estava ficando apertado e metade do aluguel seria um auxílio bem-vindo. Ele aceitou na hora.

Ao longo dos meses, quando passamos a nos conhecer bem o bastante para ficar totalmente à vontade com qualquer assunto, em diversas ocasiões tentei levar Walter a falar sobre sua família, sobre a guerra, mas, após meia dúzia do que julguei fossem perguntas discretas, desisti, porque pude ver imediatamente sua mandíbula enrijecer. Embora ele estivesse ainda na metade dos seus vinte anos, eu sabia que ele havia experimentado e sofrido mais que o bastante para um homem com o dobro de sua idade.

Frank Manchon e Louis DeJuge eram (para mim) outra dupla fascinante. Inseparáveis, formavam quase um duo cômico, Frank, alto, aparência aristocrata, Louis, baixo, obscuro. Ambos haviam entrado na clandestinidade logo após a ocupação alemã.

Foi no início do movimento da Resistência que Frank conheceu Louis, um garoto da classe operária dos subúrbios próximos. Inicialmente, seu trabalho era como mensageiro, passando documentos codificados de um membro da célula para outro, ou de uma célula para outra. A maior parte do tempo – e aparentemente isto era *de rigueur* em toda a clandestinidade – a maior parte dos membros de dada célula não conhecia os outros, ainda menos os de outra célula. Como no caso de Frank e Louis, as pessoas às vezes trabalhavam em pares, mas essa era a máxima extensão do conluio, pois não se conhecendo não poderiam fraquejar e delatar sob tortura. Além disso, assim que os alemães soubessem o quanto o sistema era compartimentado e o quão pouco cada membro de célula sabia, eles ficariam menos inclinados a torturar.

Mais tarde, tanto Frank como Louis se mudaram para o sul, por iniciativa do pastor Theis, a quem ajudaram a procurar, esconder e, sempre que possível, transferir em segurança as crianças judias.

Após a guerra, ambos os jovens se encontraram em uma situação de não saber o que fazer, como muitos na França. Por nascimento, Louis estivera fadado a algum tipo de trabalho manual – carpintaria, marcenaria, encanamento – sendo o sistema escolar francês implacável em seu processo de triagem entre os que têm e os que não têm, aqueles que irão para a universidade e aqueles que não, aqueles que governarão e os que servirão. Frank era formado em direito. Optou por assumir um cargo em uma firma de arquitetura. Por seu turno, Louis fazia trabalhos avulsos, fretes e carpintaria, muitas vezes atendendo clientes dignos como os de Chambon em troca de pouco ou nada. Carreirismo era um conceito que parecia não existir nesses dois homens e, de fato, em muitos franceses que conheci naqueles anos. Sentir-se realizado significava concentrar-se nos assuntos que mais os interessavam, quer fossem ou não lucrativos. De fato, em todo o meu tempo na França, não me lembro de ninguém indagando sobre os ganhos de outrem, o que teria sido considerado grosseiro. Os dois, mas principalmente Frank, eram apaixonados por política mundial e uma das primeiras coisas que me espantaram – sendo eu menos um patriota que um expatriado, mas alguém que viera aqui não com a intenção básica de atacar meu próprio país, da segurança de praias estrangeiras, como muitos americanos pareciam ansiosos em fazer naqueles dias do pós-guerra na Rive Gauche – foi a opinião relativamente comum, que tanto Frank como Louis endossavam, de encarar com igual receio os Estados Unidos e a União Soviética, de ver ambos os gigantes com desconfiança. Mais uma vez, em todas as nossas discussões eu tinha uma forte e crescente impressão do quanto nossos pontos de vista eram diferentes, o meu e o de meus amigos franceses, de que os que estavam nos Estados Unidos, que haviam testemunhado a guerra de longe e via de regra pelos noticiários noturnos, cujas vidas nunca tinham sido ameaçadas e cujas privações consistiam principalmente no racionamento de gás, jamais poderiam entender as ações e opiniões dos que tinham conhecido não só o trauma físico mas o trauma psíquico de viver em terror diário sob a ocupação.

Desde que havia chegado a Paris, tornara-se uma espécie de nova tradição não escrita para mim passar a véspera de Natal com os Manchons, que pareciam ter me adotado. Além do amigo de Frank, Louis, e ocasionalmente de sua irmã, Souris, e seu marido inglês, Jeanne e Frank normalmente convidavam um punhado de amigos íntimos. Digo "Jeanne e Frank" porque eles pareciam e em muitos sentidos agiam como um casal, dividindo o apartamento na praça Port Royal, frequentando teatro e concertos juntos, sem falar no entretenimento com Frank atuando como anfitrião. Na verdade, Jeanne tinha um pretendente, um elegante conde austríaco, compositor de certa importância. Ele dividia seu tempo entre Paris e Viena e muitas vezes perdia os animados jantares de Jeanne e Frank. Quando o cinzento novembro se fundia no mais escuro dezembro daquele ano de 1951, Frank me lembrou que eu era mais uma vez esperado para a noite de Natal. Hora de engraxar os sapatos e tirar do armário meu melhor terno, pois eu só tinha dois, e só um era bom, o de lã cinzenta, que as traças frequentavam muito mais que eu.

Antes de minha partida para a França meu pai me perguntou sobre meu guarda-roupa, um termo geralmente ausente de meu vocabulário, exceto pelo blusão obrigatório adquirido para o meu ano em Pomfret. Quando respondi que duvidava que fosse precisar de mais de um terno, e eu já tinha um que eu havia comprado na arara de um brechó na Carolina do Norte três ou quatro anos antes, ele me pediu que o mostrasse, deu uma olhada e bufou.

"Entre no carro", ordenou ele. "Vamos até New London para tirar suas medidas."

"Medidas?", disse eu. "Eu sou 48. O que há de errado com a Bugbee's?" Essa era a loja de departamentos local.

"Você vai ter um terno de verdade", disse ele. "Feito sob medida pelo pai de Hans. Da mais fina lã disponível." Hans era o capataz da fábrica de meu pai, um varapau no início dos seus quarenta que parecia, agia e falava como Ray Bolger.

Eu tinha 21 anos na época e, embora depois da metade de minha adolescência, meu pai e eu havíamos tido discussões políticas monumentais, neste caso resolvi não discutir. Ele estava me dando um presente, baseado menos em sua generosidade do que em sua convicção de que, se eu chegasse na França sem um terno adequado, eu estaria fazendo papel de tolo (uma de suas expressões favoritas não só a meu respeito mas sobre todos que ele considerasse estúpido ou indigno, dos quais, em seu panorama interior, havia muitos, a maioria Democratas). Ele havia deixado claro, anos antes, que uma vez terminado o colégio – ou a faculdade, se eu tivesse sorte bastante para chegar lá – eu não deveria esperar mais nem um centavo dele. A partir desse ponto, eu estava por minha conta. Por isso, fiquei comovido, embora um pouquinho irritado, por minha viagem forçada a New London, poucos dias antes de minha partida, quando eu tinha lugares para ir e pessoas a visitar, principalmente Maureen, três casas adiante na rua. Fiz uma ligação rápida para a moça bonita, expliquei meu dilema, humilhei-me mortificado e empurrei nosso encontro para aquela noite.

E assim foi, e agora, três anos depois, eu o retirei do armário, espanei-o e lhe dei um olhar de aprovação. Tão bom quanto no dia em que foi comprado.

Quando cheguei à casa dos Manchon pontualmente às sete, Louis e Frank estavam na cozinha ocupados abrindo ostras. De todos os meus talentos, que não são muitos, abrir ostras com aquela maldita faca não se incluía. "Toma aqui", disse Louis com um sorriso, "faça uma tentativa." Objetei, mas eles não me deixariam escapar. Minha principal preocupação era não perder um dedo. Agarrei a maldita besta com a mão direita, sondei o local delicado com a ponta da faca, empurrei e girei. Nada. Na quarta tentativa, Frank e Louis se esforçando para não rir, tive sucesso e ouvi sonoros aplausos. "Bravo, *mon vieux*!", disse Frank. "Mais uns dois anos e você estará trabalhando no balcão de frutos do mar do Dôme."

O conde de Jeanne estava lá, e outro casal, os Medinas, com sua jovem filha de cabelos negros e feições muito atraentes, uma promissora violinista que estudava no Conservatório de Paris. Paul, o pai, homem de altura média cuja fronte alta era emoldurada por um monte de cabelos grisalhos cuidadosamente penteados, estava impecável em um terno escuro, uma camisa branca e uma gravata vermelha que combinava com a decoração de sua lapela, a *Croix de Guerre*. Embora de fala macia, ele possuía uma aura de intensidade e inteligência que o fazia parecer duas vezes maior do que era. Atrás de seus óculos sem aros, seus delicados olhos azuis podiam, quando o assunto o interessava – o que quase sempre acontecia – acender-se e inflamar-se. Jornalista de alto prestígio, era correspondente em Paris do *Frankfurter Allgemeine Zeitung*, o principal jornal alemão do pós-guerra. Roszi, a mãe, uma das mais antigas e íntimas amigas de Jeanne, também era violinista, de formação clássica como a filha, não em Paris, mas no Conservatório de Budapeste, e mais tarde em Berlim, onde, segundo fui informado, dividiu um quarto nos anos 1920 com uma atriz promissora chamada Marlene Dietrich. Entre as guerras, para ganhar a vida, ela redirecionou seus talentos para a música popular e ficou famosa como violinista cigana, tornando a boate onde tocava nos Champs-Élysées famosa em toda a Europa. Eu tinha visto os Medinas, também na casa de Jeanne, duas ou três vezes no ano anterior, mas esta foi a primeira vez que encontrei a filha, Jeannette. Antes do jantar, Jeanne e sua quase homônima deram um recital de uma hora na elegante sala de estar dos Manchon, mobiliada com cadeiras e sofás Louis XVI mas dominada por um imponente piano de cauda. Era um ensaio para um programa que a jovem iria apresentar dali uma ou duas semanas. Fui arrebatado tanto pela beleza do programa como da jovem instrumentista e cumprimentei ambas após a apresentação. "A jovem dama é muito talentosa", disse eu para Jeanne durante o jantar. "Muito", disse ela. "Ela vai longe."

Como sempre, o jantar naquela noite foi uma mistura de política, literatura, comida primorosa e vinho excelente. A disputa – na verdade cisão – cada vez mais amarga entre Sartre e Camus era em grande medida o tópico do dia: discutida, analisada, criticada, justificada, à medida que os lados eram ocupados e o campo de batalha preparado. Frank era inflexível no sentido de que Camus estava abandonando seu passado, retrocedendo para o conservadorismo; Paul, reconhecendo o enorme intelecto e talentos de Sartre, mesmo assim o via avançando pausadamente rumo ao dogmatismo esquerdista, mas achava que entre os dois ele ficava com Sartre. Também fiquei do lado de Sartre, um homem que eu admirava, pois entre outras coisas ele parecia desafiar a curva de distribuição normal da vida, tornando-se dia a dia mais jovem e politicamente mais vigoroso. "Sem dúvida", murmurou Paul, "ele é um *grand bonhomme*." Mas ele questionava o compromisso cada vez mais cego do existencialista com o comunismo, especialmente suas inclinações maoístas, que pareciam a Paul, na melhor das hipóteses, ingênuas e, na pior, perigosas. "Eu não estou comparando o comunismo com o fascismo", disse ele, "mas os abusos da ditadura são inerentes a qualquer um desses sistemas, e sob Stalin milhões de vidas foram ceifadas, e outras, incalculáveis, enviadas para *gulags* para morrer. Devido ao seu papel na guerra recente, muitos o encaram como um semideus, mas se você reler uma história objetiva do comunismo russo, você terá um retrato bem diferente. Impiedoso e paranoico. Uma combinação perigosa. Você deve entender que durante décadas o Partido Comunista Francês, muito mais que o Socialista, lutou pelos direitos dos trabalhadores e camponeses. Bem no fundo, os franceses são conservadores, e a maioria detesta e teme os comunistas. Para lhe dar apenas um exemplo, Léon Blum, que entre as guerras havia chefiado a chamada Frente Popular, no dia 11 de março de 1938, quando Hitler anexou a Áustria no *Anschluss*, convocou os membros de todos os partidos, a esquerda e a direita, no Salle Colbert do Palais Bourbon no dia seguinte e fez um comovente apelo em favor da unidade nacional, pedindo que os franceses de todas as crenças se unissem e formassem um 'governo de unidade' para mostrar a Hitler que a França não estava fraca e dividida – o que, infelizmente, estava – e com sorte dissuadi-lo de quaisquer planos expansionistas ulteriores."

Eu escutava, hipnotizado, enquanto Paul descrevia o pano de fundo do comunismo francês do pós-guerra, do qual eu ainda era terrivelmente ignorante.

"Para Blum constituir um governo de unidade, porém, ele tinha naturalmente que incluir os comunistas, e aí é que foi o problema. Muitos franceses – talvez a maioria – achavam os comunistas potenciais traidores que recebiam ordens de Moscou, e até certo ponto era verdade. Mas eles também eram franceses orgulhosos e, como Blum salientou, sem dúvida fazendo eco ao famoso discurso de Shylock: 'Se o pior viesse a piorar, e fôssemos obrigados mais uma vez a entrar em guerra, excluiríamos 1,5 milhão de trabalhadores, camponeses e pequenos comerciantes comunistas e as várias organizações de trabalhadores em toda esta terra? Claro que não, pois ao mesmo tempo, se a guerra vier, estes homens derramarão seu sangue pela França, morrerão pela França, da mesma forma que o resto de nossos compatriotas'." Claro que parafraseei.

"E quando veio a guerra, esses trabalhadores e camponeses se reuniram em torno da bandeira, sem hesitação. Claro que você sabe o resto. Depois do ano de guerra falsa, em junho de 1940 os alemães invadiram o país em questão de semanas, o Exército francês desordenado. Mas durante a ocupação – e isto é fundamental – muitos ex-soldados comunistas e de fato civis uniram-se ao movimento da Resistência logo no início, e seus esforços foram geralmente heroicos, ao invés de muitos de seus concidadãos direitistas, que colaboraram com os alemães, não porque eles também fossem maus, mas porque seu medo do comunismo estava tão enraizado que eles viram Hitler como seu bastião contra os bolcheviques. Assim, respondendo sua pergunta: hoje o partido comunista aqui ainda é forte porque os trabalhadores ainda olham para ele como seu protetor e porque sua conduta sob a ocupação foi em geral exemplar." Ele olhou em volta para sua plateia cativa. "Por favor desculpem-me por monopolizar a conversa", disse. "Isso foi indesculpável, mas receio que nosso amigo americano inadvertidamente me provocou."

"Pelo contrário", disse nossa anfitriã com uma risada, "devo dizer que você esclareceu isto para mim também. Agora, quem vai querer café?"

Vislumbrei Jeannette e Jeanne em profunda conversa na outra extremidade da mesa e perguntei a Frank, o mais casualmente possível, a idade de Jeannette. Ele olhou para mim estranhamente, como se a pergunta fosse grosseira ou deslocada. Eu sei, não se pergunta a idade de uma mulher, mas juro pela minha vida que eu não conseguia saber se esta jovem dama, de uma beleza rara, tinha quinze ou 25 anos. Fisicamente, parecia mais perto dos 25, mas havia algo nela que me fazia pensar que ela poderia ser ainda uma adolescente. "Eu sinceramente não sei", disse Frank. "Dezessete ou dezoito, acho." Então, como se para devolver ao mundo o seu devido equilíbrio, ele perguntou subitamente: "A propósito, que notícias você tem de Patsy? Quando veremos Patsy de volta a Paris?".

"Logo logo", respondi, "provavelmente no início do verão." Mas na verdade eu não acreditava nisso, nem por um momento. "Nunca se esqueça", ela me advertiu mais de uma vez, "eu sou uma folha ao vento. Uma viageira. Um dia você erguerá os olhos e eu terei partido."

12

PATSY DO CORAÇÃO DE MINHA JUVENTUDE

VIENA, FINAL do verão de 1950. Em meu espírito infinito de aventura eu tinha decidido no início da primavera que desejava vivenciar em primeira mão as operações diárias da ocupação das quatro potências. Já estava muito evidente que uma guinada política sísmica estava ocorrendo, que nossos ex-aliados soviéticos, a quem tão recentemente havíamos abraçado e com quem tínhamos brindado, estavam depressa se tornando inimigos, à medida que o comunismo se tornava o novo bicho-papão do Ocidente, ou pelo menos dos Estados Unidos.

Berlim era a escolha óbvia para vivenciar diretamente esse caldeirão das quatro potências, mas após diversos esforços para obter credenciais, inclusive o fato de que eu estava escrevendo como *freelancer* para dois jornais de Nova York, optei por Viena, cidade que havia muito me intrigava.

A falta de dinheiro como sempre era um obstáculo – talvez *o* obstáculo – mas a vida na Europa ainda era barata e, eu tinha certeza, meu faro infalível para encontrar comida e alojamento baratos seria muito útil lá, a despeito de minha relativa deficiência na língua. Frank e eu tínhamos estudado alemão no último inverno, mas ambos parecíamos ter um leve mas distinto *Deutsche*-bloqueio em relação a essas sentenças guturais cheias de nomes, advérbios, adjetivos, de vez em quando uma preposição, culminando com um verbo estentóreo.

Na estação ferroviária de Viena, enquanto examinava as listas de hotéis ali afixada, meu olhar infalível imediatamente pousou sobre um: ex-abrigo antiaéreo agora convertido em albergue, não especialmente de juventude, mas para qualquer um de bolsos quase vazios e propensões lunáticas. Uma viagem de bonde e, *voilà*, ali estava a resposta para a minha oração: a recepção, um andar abaixo do solo e portanto infernal, anunciava quartos de solteiro pelo equivalente a 35 centavos o pernoite, de casal por sessenta. Meu pensamento inicial foi procurar um companheiro de quarto para aproveitar a oferta para casal, mas logo tirei da cabeça essa ideia, mesquinha até para mim. Água corrente, imagine só, embora não no quarto, na verdade bem lá embaixo no saguão, a cerca de um campo de futebol americano de distância, mas nada desanimador considerando meu quarto na rue Jacob, um verdadeiro formador de caráter. Olhando fixamente para o corredor, todo pintado de preto, iluminado a cada poucos metros por uma única lâmpada, instalada em uma malha de metal, pendente do teto, imaginei, desmantelando mentalmente as paredes, quantos vienenses este vasto subterrâneo podia ter abrigado nos piores momentos. Milhares, certamente. Eu podia vê-los sentados ali, em bancos duros apoiados em ambas as paredes, calados e estoicos, os monótonos baques surdos acima, à medida que choviam as bombas, como aconteceu durante mais de um ano, a maior parte das quais, segundo soube, tinha sido na noite de 12 de março de 1945, cerca de cinco anos antes. Será que eles, em suas reflexões íntimas, culpavam e condenavam o maligno homenzinho que seu solo havia gerado, eles que lhe deram as boas-vindas com flores e adulação apenas sete anos antes?

Meu quarto, um lance de escadas abaixo da recepção, era de tipo monástico: uma cama de solteiro de metal, uma cadeira de madeira, uma mesa capenga que nenhum calço, de papel dobrado, cartolina ou madeira, podia tornar estável. Um lavatório com uma bacia de porcelana e uma jarra semicheia de água, com a qual presumivelmente barbear-se e escovar os dentes, talvez também se lavar, caso se gostasse disso. Mas onde esvaziar a dita água? A cem metros de distância no saguão, tive de presumir. E, desnecessário dizer, nenhum armário para as minhas roupas, o que pouco importava, já que eu viajava com pouca bagagem. (Só anos depois, de fato quase vinte, foi que encontrei um homem que viajava ainda menos carregado: o poeta e dramaturgo Jean Genet, em Chicago, em 1968. Mas isso, como se diz, é outra história, em um país muito distante.)

Saindo de meu covil, levei vários minutos para me ajustar à luz do dia, embora entre minha chegada na estação, onde a clara luz do sol havia me saudado, e meu reaparecimento acima do chão, escuras nuvens de chuva houvessem deslizado para leste, sepultando o sol. Minha primeira impressão foi de que a cidade parecia um túmulo barroco. Por toda parte a grandeza do passado, mas as ruas estavam praticamente vazias mesmo a esta hora, o meio da tarde, e os poucos bondes em operação pareciam avançar a passo de tartaruga. Para me lembrar de minha missão, meia dúzia de jipes passaram ao largo, cheios de soldados rigidamente sentados e com ar carrancudo. Nenhum dos poucos pedestres prestou atenção neles. Dirigi-me para o prédio do American Express para sinalizar minha presença no departamento de correspondência e trocar alguns dólares. No caminho passei pela embaixada americana, cuja entrada era guardada por dois marinheiros de jaquetas azuis, os rifles equilibrados exatamente no mesmo ângulo. Fiquei maravilhado com seu rigor. Aí aconteceu.

Dirigindo-se para a entrada, não caminhando, mas saltitando, os cabelos louros cortados bem rentes, a saia verde de corte radicalmente alto, o casaco de camurça, outrora bege mas escurecido pelo uso, contornando-lhe comodamente a cintura e os quadris, as pernas atléticas mas bem femininas, os pés calçados em mocassins baratos e riscados de forma irrecuperável, era uma mocinha, obviamente americana, que, por motivos que não consigo atinar até hoje, capturou não só meu olhar mas o meu ser inteiro. Talvez fosse o estojo do violão descuidadamente lançado sobre o ombro. Ela se aproximou de um dos marinheiros, sorriu e enunciou algumas palavras, que dissolveu a postura militar: ele não só lhe sorriu de volta, mas permitiu que seu rifle baixasse bem uns cinco graus, Deus nos livre! Ele lhe fez uma pergunta, ela respondeu, novamente com um sorriso, e ele gesticulou para que ela entrasse.

De repente eu tinha negócios urgentes na embaixada. Aproximei-me do mesmo marinheiro e lhe mostrei meu passaporte. Ele olhou para o retrato e me acenou para que passasse também. "Verifique na portaria", disse ele. Lá dentro, procurei a garota, que não era vista em parte alguma. Pedi para ver o cônsul. Eu tinha hora marcada? Não, mas eu estava ali como jornalista, para fazer uma matéria sobre a ocupação das quatro potências e sua dinâmica, e desejava fazer algumas perguntas ao cônsul antes de começar. O funcionário me olhou com ar indeciso, em meu traje de meio soldado, meio boêmio, meio quebrado, se é que não são muitos meios. "Espere um momento", disse ele, e discou um número. "Sim." "Sim." "Não." "Acho que não." Para minha grande surpresa, e sem dúvida para a dele, ergueu os olhos e disse: "O vice-cônsul vai atendê-lo agora. Segundo andar, quarta sala à direita".

Avançando lentamente pelo corredor, olhando à esquerda e à direita dentro de cada escritório, encontrei-a no terceiro escritório à direita. A placa na porta dizia PASSAPORTES. A fila era comprida, vinte ou mais, com apenas um atendente. Eu tinha uma escolha: ir ver o vice-cônsul e me arriscar confiando que ele não seria prolixo, ou deixá-lo esperando e entrar na fila do passaporte atrás da aparição. Seriam bem uns vinte minutos, talvez meia hora, até que ela chegasse ao guichê, calculei. Com certeza o atarefado vice-cônsul não me aguentaria por tanto tempo assim.

Seu nome era Patsy, descobri por uma de suas perguntas. Sentindo-me completamente excluído, considerei uma retirada até o vice-cônsul que esperava e que a esta altura provavelmente estava bufando. Então tive uma brilhante ideia. Essas ideias, eu estava descobrindo, normalmente levavam direto para a catástrofe, mas talvez esta fosse uma exceção. "Desculpe-me", disse eu, dando um tapinha no ombro de Patsy. Ela se voltou e me olhou diretamente, ainda que de modo zombeteiro. "Você se importaria em guardar meu lugar" – pois agora havia meia dúzia atrás de mim – "enquanto eu dou um pulinho ali para cumprimentar o vice-cônsul? Ele está me esperando." Sim, eu disse de fato "um pulinho", provavelmente um resquício de uma recente viagem a Londres. Eu tinha o hábito de aprender expressões em todo país que visitava e regurgitá-las até que por fim desapareciam. "Claro", disse ela, sorrindo, "será um prazer..." "Dick", disse eu, em resposta a sua hesitação. Seu rosto inteiro era tudo que eu tinha imaginado, pois, no portão da embaixada, eu a tinha visto apenas de relance, no máximo um terço, um lampejo do queixo e da bochecha. Era um rosto aberto, nenhum recesso ou greta ocultos, suas feições quase perfeitas, pelo menos aos meus olhos já enamorados – narizinho arrebitado, lábios carnudos, vivaz, queixo teimoso e olhos castanhos profundos que se fixavam nos seus, perguntando: então, diga-me quem é você e qual é a sua?

Liquidei sumariamente com o vice-cônsul. "Eu queria fazer contato com você primeiro", prossegui, "para ver se há quaisquer restrições ou confidencialidades políticas." "O que exatamente você está procurando?" "Minha impressão sobre como está funcionando a ocupação das quatro potências. Ou não funcionando." "Onde quer que haja russos", disse ele, "você tem problemas." "Então não há nenhuma objeção a que eu converse com os russos?" Sua sobrancelha direita se ergueu uns bons centímetros. "Se eles conversarem com você", – ele meneou a cabeça – "o que francamente eu duvido." Agradeci-lhe e me dirigi para a porta. "Se você conseguir que os russos falem, eu estaria interessado em saber o que eles têm a dizer." Ah, pensei, de semimolestador a semiespião.

Passei as duas semanas seguintes circulando pelos escritórios de três das quatro potências. O vice-cônsul, a quem eu tinha visitado novamente, havia me dado uma carta de apresentação aos ingleses e aos franceses. Quanto aos russos, eu estava por minha conta. Conversei com dezenas de soldados e civis, a maioria dos quais foi aberta e amistosa, sobre o funcionamento interno da ocupação, sobre como os habitantes os tratavam, o que achavam uns dos outros, como dividiam a cidade e o rodízio de suas obrigações. Havia uma boa dose de mexericos e discussões mas, como o vice-cônsul havia alertado, Berlim era onde estava a ação, a tensão real, principalmente entre os russos e os americanos. Os ingleses estavam acima da disputa, seguindo mas não aceitando totalmente a linha americana antissoviética cada vez mais veemente. Os franceses, ao contrário, estavam talvez mais próximos dos russos que dos anglófonos, novamente por razões políticas, pois embora de Gaulle e sua coalizão de centro-direita estivessem firmemente no poder, havia uma forte oposição de esquerda, tanto socialista como comunista. Em meu covil subterrâneo, eu estava progredindo na redação de meu trabalho. Mas eu sabia que jamais poderia terminá-lo enquanto não furasse a armadura russa. Cada vez mais deprimido em meus sombrios aposentos, certa noite resolvi esbanjar e fazer uma refeição adequada no Hotel

Sacher com um jornalista francês que eu havia conhecido alguns dias antes, que prometeu ajudar-me a contatar um ou dois russos. Mal havia sentado – fui o primeiro a chegar – quando ouvi a voz dela. Sua risada. Voltei-me e lá estava ela. Desta vez, decidi, eu não ia estragar as coisas. Aproximei-me de sua mesa e tentei lembrá-la de nosso encontro casual na embaixada quando ela me interrompeu e disse: "Dick, esta é Monique, minha amiga de Paris". Ela se lembrava de meu nome! "Guardei seu lugar o máximo que pude", disse ela. "Depois eu tive que correr." "Tudo certo com a embaixada?", perguntei, para melhor esclarecer o motivo de sua visita aos passaportes.

"Não muito", ela deu aquela maravilhosa risada de prata, "mas dentro de um ou dois dias estarei. Depois, partirei para a Itália. Por favor", disse ela, "sente-se. Você me deixa nervosa parado aí."

"Eu realmente não posso", disse eu, mentalmente me chutando por total estupidez estratégica. "Estou esperando alguém."

"Ah", murmurou ela, voltando-se para a amiga. "*Il attend quelqu'un. Une jolie fille viennoise, sans doute.*"

"*Non, un journaliste français.*"

"Então, você fala francês", disse ela.

"Eu moro em Paris."

Patsy tinha ido à embaixada porque seu passaporte tinha sido roubado. Roubo de passaportes estrangeiros, especialmente americanos, era comum naqueles primeiros tempos do pós-guerra, e a embaixada estava atrasada com as demandas de reposição. Como as autoridades americanas também desconfiavam que alguns de seus cidadãos mais jovens e menos abastados pudessem estar mentindo – ou seja, vendendo seus passaportes, pois eles rendiam um dinheirão no mercado negro – havia uma espera às vezes de várias semanas enquanto o Departamento de Estado verificava a boa-fé de seus cidadãos prejudicados antes de emitir um novo documento. "Precisamos verificar com Washington" era a explicação diária, sempre com um sorriso de comiseração. De qualquer modo, o passaporte de Patsy lhe havia sido prometido – pela quinta vez, acrescentou ela –

para provavelmente amanhã, mas com certeza, sem falta, com certeza, na quarta-feira. O que significava que o tempo estava se esgotando para mim, se de fato aquela explosão inicial dez dias antes em algum lugar de minhas profundezas inferiores significava alguma coisa.

"Por que não jantamos todos juntos?", propôs Patsy. Imediatamente arrastei uma cadeira para Jean-François e uma para mim. Jean-François era um *connoisseur* de boa comida, o que descobri enquanto esmiuçávamos o amplo menu. "O vinho é por minha conta", disse eu, solene, insinuando abjetamente que a refeição seria por conta de Jean-François. Escolhi um Grüner Veltliner. Era um pouco caro – cinco dólares a garrafa, naqueles tempos, era quase o preço dos melhores – mas, que diabo, eu já estava chegando à metade dos meus vinte e sabia o quanto a vida podia ser curta.

Após o jantar, ofereci-me para deixar Patsy em seu hotel, mas ela polidamente declinou. "Onde você está hospedado?", perguntou ela. Comecei a mentir, tateando em minha vaga lembrança do guia turístico em busca do nome de algum hotel respeitável, mas em vão. Assim, soltei o nome de meu miserável covil subterrâneo. "Mas é lá que *eu estou* ficando", disse ela. "Não é sensacional?"

Depois do café da manhã, ela disse: "Posso apresentar você a alguns de meus amigos russos, se você quiser".

Saltamos para um bonde, tão apinhado naquela hora que tivemos de nos agarrar desesperadamente ao frágil e instável estribo, se é que era o nome certo. A custo saímos, atravessamos o Anel, e dirigimo-nos para a rua. Uma placa gigantesca, no centro da qual, imponente, a foice e o martelo anunciavam que estávamos chegando ao setor soviético. Havia dois tanques postados como sapos de cada lado da placa, defronte à qual estava estacionada meia dúzia de jipes russos, a apenas alguns metros atrás da barreira pintada de vermelho que, quando nos aproximamos, foi erguida para deixar passar uma lustrosa limusine preta. Duas guaritas de madeira, também vermelhas, estavam postadas nos dois lados da barreira, cada uma operada por dois guardas.

"Não exatamente receptivos", murmurei enquanto nos aproximávamos da primeira guarita.

"Espere", disse ela. Seguindo na frente, ela se dirigiu diretamente a um dos soldados, que me pareceu muito carrancudo, e acenou alegremente. "Sergei", chamou ela, "Patsy. *Kak vy pozhivaete*?"

"Patrícia!", sorriu ele. "*Ochen khorosho*!" Então, em um inglês bem carregado, ele disse: "Onde você esteve? Ontem à noite ficamos cantando no clube dos soldados. Sentimos sua falta".

"Eu ia vir", disse ela, dando-me um olhar de cumplicidade, "mas fiquei, ahn, como direi, retida."

"O que é... retida?", perguntou ele, franzindo o cenho. Seus pálidos olhos azuis compunham um rosto ligeiramente arredondado tão juvenil que parecia nunca ter visto uma lâmina de barbear. E no entanto Patsy havia me garantido no caminho que a maioria dos russos que ela conhecera estava endurecida pela batalha. Certamente este não, pois cinco anos antes não poderia ter mais que catorze ou quinze anos.

"Raptada", arriscou ela. E quando isso não funcionou, "emboscada".

"Ah, emboscada. Essa palavra eu conheço da guerra. Mau. Você está bem da emboscada?"

"Ótima", disse ela. "Foi uma emboscada amigável."

"Emboscada amigável? Não, esta eu não entendo."

"Encontrei um amigo de Paris", disse ela, abanando a cabeça em minha direção, "e jantamos juntos."

"Ah. Então isso não é emboscada, não mesmo."

Ela riu. "Você tem razão", disse ela. "Agora você está corrigindo meu inglês, Sergei. Bravo!"

"Quem você deseja ver, Patrícia? Onde está seu violão?"

A essa altura os outros três guardas, rígidos como paus, estavam seguindo, ainda que somente com os olhos precavidos, a conversa entre Sergei e essa bonita ocidental e seu amigo insignificante. Sergei, percebendo o interesse deles, lançou como um rojão uma série de frases russas que colocou sorrisos nos três rostos.

Patsy explicou minha missão, garantindo a Sergei que eu era um "bom sujeito" e podiam ter confiança que eu não distorceria a verdade. Ele a ouviu, olhou-me fixamente por um longo momento, depois anuiu. "Você precisa ver o camarada Timofeyev", disse ele. "Ou talvez o camarada Smirnov." Ele murmurou algo a seu colega, depois nos levou até a porta do complexo, logo abaixo do amplo estandarte, e explicou nossa presença ao guarda de lá, que nos escoltou para o interior. O corredor silencioso parecia interminável, todas as portas de ambos os lados bem cerradas. Nenhum sinal de ninguém trabalhando; de fato, nenhum sinal de ninguém, ponto final. "Bem sinistro", sussurrei para Patsy, que não reagiu. Na penúltima porta da esquerda, nosso guarda bateu e se anunciou e, pouco depois, a porta se abriu para revelar um homem baixo, corpulento, com um bigode stalinesco, cujos galões no ombro o proclamavam oficial de escalão médio, que ouviu impassível o guarda explicar nossa missão. O nome Patsy foi declinado umas três vezes, o que praticamente foi tudo que pude captar apesar de meu bravo ano no Instituto de Línguas Orientais em Paris, aprendendo a língua russa – ou melhor, me engalfinhando com ela. Distingui um ou dois *khorosho*, além de um *Amerikanka*, não muito mais.

"Não sei bem se sou necessária aqui", sussurrou ela. "Talvez eu deva esperar lá fora."

"Não, não, pelo amor de Deus, fique."

O camarada Timofeyev afastou-se para o lado e disse, em inglês quase sem sotaque, "Por favor, entrem".

O aposento era espaçoso: uma antiga escrivaninha que sem dúvida datava do tempo de Franz Josef, duas cadeiras avulsas diante dela e sob a janela solitária um comprido banco, tudo de madeira. Timofeyev nos indicou com um aceno as cadeiras, depois deu a volta e tomou seu assento, guarnecido de uma generosa almofada, para elevar sua atarracada pessoa, presumi. A única luz era a de uma luminária de mesa com anteparo verde, que lançava um facho fraco, pouco convincente. Após algumas perguntas de rotina mas investigativas – Para que jornal você trabalha? Você está aqui em caráter oficial? Você tem algum laço com a OSS (Office of Strategic Service) ou outra agência de governo? – ele parecia satisfeito o bastante para se lançar em um longo monólogo sobre os esforços das potências ocidentais para abalar a paz.

"Nós, soviéticos, não conseguimos compreender esse cisma crescente entre nós, ex-aliados, principalmente da parte dos americanos. A ideia de rearmar a Alemanha nos parece não só perigosa, como absurda. Não aprendemos com a história? Duas vezes neste século a Alemanha levou o mundo à guerra, morte e destruição sem precedentes. O que nos faz pensar que, caso sejam rearmados, não atacarão novamente? Vocês americanos foram ótimos: abasteceram-nos com *matérial* importante, enviaram-nos através da Alasca-Sibéria, mais de 8 mil aeronaves de suas fábricas. Ainda nos perguntamos por que vocês levaram tanto tempo para montar o segundo *front*, esperávamos que acontecesse um ano antes, o que teria poupado a nós, russos, talvez 2 milhões de vidas. Mesmo assim, ficamos gratos quando vieram, vocês obrigaram os alemães a desviarem as tropas de nós para o *front* ocidental. Sem vocês ainda teríamos vencido a guerra, mas teria levado muito mais tempo, custado muito mais vidas. Suas baixas foram menos de meio milhão de mortos. Nós perdemos pelo menos 20 milhões. Nem vocês nem os ingleses conheceram a extrema devastação, o número incalculável não só de nossos bravos soldados mas de civis inocentes que morreram nas mãos dos nazistas. Deveríamos ser amigos, não inimigos. Irmãos! Eu estive no Elba em abril de 1945. Nós nos abraçamos, bebemos brindando o futuro, cantamos canções americanas, vocês cantaram as nossas. O que aconteceu?"

Eu disse que concordava, acrescentando que muitos americanos eram contra o rearmamento da Alemanha, que estávamos de fato cientes das imensas perdas, tanto militares quanto civis, que os russos haviam sofrido.

"Soviéticos", corrigiu ele.

"E aqui em Viena, mas ainda mais em Berlim, como está funcionando a ocupação das quatro potências? Como..."

"Não está", interrompeu ele. "Costumávamos nos encontrar e discutir. Agora, não mais. 'Desconfiança' – esta é a palavra. Todos suspeitam de nós. Mesmo a França, com quem tínhamos laços estreitos. Mas percebemos que a França está em dívida com os americanos por causa da ajuda, por isso ela não pode manifestar suas próprias opiniões. Os ingleses, também. Contudo, os americanos e os ingleses sempre se uniram por causas comuns."

Comecei a objetar mas pensei melhor e perguntei sobre a dinâmica da ocupação das quatro potências.

"Dinâmica", alfinetou ele. "Nenhuma dinâmica. Está morta."

Ele passou a explicar que antes as forças de ocupação tinham se reunido regularmente, mas não mais. "De quando em vez, quando há um problema maior", disse ele. "Esporadicamente, é este o termo correto?"

Eu lhe disse que de fato era, e sob seu bigode ele sorriu, visivelmente satisfeito.

"Diga ao povo americano que não deve nos temer", concluiu ele. "Diga-lhes que estendam a mão que nós a tomaremos."

Agradeci a ele por seu tempo e suas reflexões. Levantei-me e estendi a mão. Por cima da mesa ele estendeu a dele e a apertou.

"Você entende", disse ele, "nós fazemos o que dizemos."

Do lado de fora do escritório, o guarda que havia nos escoltado ainda estava esperando e nos acompanhou de volta pelo corredor interminável até a bem-vinda luz do dia. Sergei ainda estava em seu posto e, antes de sair, Patsy prometeu trazer seu violão para sua próxima reunião. Quando será isso?, perguntou Sergei com um sorriso. "Esta noite", disse ela. "Desta vez", disse ele, "cuidado para não ser emboscada."

"E que tal se eu trouxesse meu emboscador?", perguntou ela, apontando para mim.

"Ele é bem-vindo", disse Sergei. "Hoje à noite, então. Mesmo local."

Naquela noite voltamos ao setor soviético, armados com o passe que Sergei tinha nos dado, e nos dirigimos para um prédio novamente decorado com uma bandeira soviética, sob a qual tremulava uma bandeira menor anunciando que era o Clube do Exército Vermelho. Após algum tempo, os soldados incitaram Patsy a subir no palco, onde ela trocou apertos de mão com cada um dos acordeonistas. Alguém trouxe um microfone, enquanto um autonomeado MC anunciou que "Miss Hartley from America" iria tocar. Sem hesitação, Patsy imediatamente começou a tocar "Kalinka", o que provocou aplausos, enquanto a plateia inteira cantava as palavras a plenos pulmões. Fiquei em pé ao lado do palco, cercado por uma horda em trajes cáqui pálido que suavemente oscilava – os braços entrelaçados enquanto murmuravam ou cantavam a letra conhecida, totalmente alheios a este forasteiro de roupa ocidental, hipnotizado como eles estavam pela *Amerikanka* no palco. Quando ela desceu, ligeiramente ruborizada e com leves gotas de umidade salpicando sua testa, foi atacada pela turba.

"Onde você aprendeu todas essas canções russas?", consegui dizer em meio ao caos.

"Principalmente com Paul Robeson", disse ela. "Também com alguns russos que conheço na Califórnia."

"Bem", disse eu, "você tem uma carreira em Moscou se quiser segui-la."

"Eu poderia", disse ela. Então, após uma pausa, ela me olhou firme nos olhos e acrescentou: "Se eu fosse, você iria comigo?".

Eu sabia russo apenas o suficiente para conseguir passar o resto da noite, que prosseguiu até quase a meia-noite. O meu russo era rígido, de manual, e percebi vários sorrisos indulgentes quando eu usava incorretamente uma palavra, mas quando me corrigiam, sempre com delicadeza, eu não me sentia desdenhado. Sem chamar a atenção, meu russo foi melhorando à medida que a noite avançava, sem dúvida devido à progressiva ingestão de vodca. Quanto a Patsy, continuou a tagarelar, sem nunca ter aberto um manual de russo, com o que parecia uma facilidade consumada. A idade média daqueles com quem conversei naquela noite era aproximadamente a minha, talvez um ou dois anos menos. Alguns tinham visto a guerra, muitos não, e eu conseguia notar a diferença, pois nos olhos dos primeiros havia um indício de trevas, com as velas fracas do medo acesas atrás de seus globos oculares. Sem exceção, queriam saber por que os Estados Unidos haviam se voltado de forma tão súbita e virulenta contra eles, por que o termo "comunismo" havia subitamente se tornado anátema no país. De onde esse estranho senador McCarthy extraía seu poder? Era verdade que ele estava administrando os Estados Unidos? É verdade que os Estados Unidos estão olhando embaixo da cama das pessoas para caçar comunistas? Quando muito, disse um, nós é que deveríamos estar aterrorizados com vocês, com sua bomba atômica. Pelo menos agora, afirmou outro, também temos a bomba. Praticamente um membro de cada família no país morreu ou foi ferido, frequentemente mais de um. Ninguém lá queria guerra, queriam exatamente o contrário.

Embora as perguntas fossem mordazes e geralmente emocionais, não me senti nem um pouco atacado. "Nem todos os americanos acreditam no senador McCarthy", disse eu. "De fato, garanto que a maioria não." Era difícil demais tentar explicar a política do anticomunismo nos Estados Unidos neste momento, mas consegui fazer que vissem que muitos políticos utilizam o medo como arma para sua ascensão. Como as eleições, e a ideia de partidos políticos, estavam além de sua compreensão, quando tentei explicar a frequência com que os políticos cínicos adotavam posições sem consideração pelas convicções pessoais, os olhos se esgazeavam, não por incredulidade, mas por incompreensão. De volta a nosso abrigo, cansados mas inspirados, diante de uma taça de vinho branco, Patsy e eu ruminávamos os eventos da noite. Metade dos jovens soviéticos, comentei, havia se apaixonado por ela naquela noite. Como poderiam evitar?

"Sem dúvida você mudou a opinião deles sobre a feminilidade americana", disse eu. "Você não tem uma opinião muito positiva sobre a feminilidade americana, tem?", disse Patsy.

Das profundezas da memória recente, subitamente surgiu em minha tela mental a imagem de Jeanne Theis. "Digamos apenas que após morar na Europa durante os últimos dois anos, eu acho as mulheres americanas – como posso dizer? – unidimensionais."

"Você fala a partir de uma vasta experiência, claro."

"Muito limitada, confesso. Mas mesmo assim..."

"Eu sou unidimensional?"

"Você? Com o conhecimento todo de menos de dois dias, posso afirmar inequivocamente que você é a mulher mais multidimensional que já encontrei."

"Entretanto eu sou americana até a medula, juro."

"Então, Patsy, você é claramente a exceção que confirma a regra."

Na manhã seguinte, eu ainda estava na cama tirando de meu cérebro as teias de aranha da vodca, quando Patsy entrou de repente agitando alguma coisa verde indistinta que lentamente virou um passaporte.

"Finalmente consegui", disse ela. "Eu lhe disse que era americana até a medula, e agora posso provar. Como eu lhe disse anteontem à noite, estou partindo para a Itália em algumas horas."

Eu não disse nada, mas aparentemente minha expressão me traiu.

"Lá vem você", disse ela, "com esse olhar de cachorrinho de novo."

"Na Itália onde?"

"Primeiro Gênova, depois Roma. Tenho amigos nos dois lugares. E minha amiga Ruth Roman está fazendo um filme em Cinecittà. Prometi que faria algumas fotos dela no set."

Levei três minutos para fazer a mala: minha única muda de roupa, a roupa suja guardada em uma sacola de papel, meus blocos de anotações copiosamente protegidos, meus exemplares de Dante e Dostoiévski, de Eliot e Pound, do último e decepcionante Hemingway, além de meus dois dicionários, Inglês-Alemão e Inglês-Russo, presos por uma robusta tira de borracha.

No táxi para a estação – um luxo que eu raramente me permitia e aparentemente uma prática comum para Patsy – ela estendeu a mão, tomou a minha e a apertou com força. "Pelo amor de Deus, não se apaixone por mim. Lembre-se, sou a pior viageira do mundo. Um dia você erguerá os olhos e eu terei partido."

Em Gênova, enquanto Patsy estava com seus amigos, consegui terminar meu artigo sobre a Viena das quatro potências e postá-lo por via aérea para Nova York. À noite, jantávamos em tratorias minúsculas, íntimas, que os amigos de Patsy haviam descoberto, cada uma mais deliciosa que a outra. Durante o dia, eu explorava a cidade, que exalava história, suas ruas estreitas e trânsito animado, igrejas e palácios. O único texto que surgiu dessas breves horas foi uma paródia de Pound, um canto meu, que parecia vir quase automaticamente, sem variação, e cujos méritos eram proporcionais à facilidade com que surgiram.

Em Roma, ficamos em um hotel pequeno, sumamente modesto, perto do Tibre, que se mostrou uma grande decepção. A história de Roma havia me infundido a crença de que esse rio famoso era tão transcendental quanto sua cidade magnífica, embora suas margens barrentas e os finos córregos que gotejavam por seu leito tenham me feito suspirar pelo Sena de vazão rápida, ao longo de cujos embarcadouros pedregosos tantas vezes eu havia perambulado. Mas tendo feito latim como optativa e lecionado a matéria em Pomfret, encantei-me diante das imponentes ruínas romanas, reconstruindo-as diariamente na imaginação, vagando por todas as sete colinas da cidade por horas a fio, enquanto Patsy passava a maior parte do tempo no set do filme de sua amiga.

Em meados de setembro estávamos de volta a Paris. Antes de partir, Patsy havia desistido de seu quarto de hotel e guardado seus pertences com uma amiga. Eu tinha certeza de que meu quarto no último piso na rue Jacob, com seu piso de montanha-russa, teto inclinado e área restrita, jamais seria suficiente para dois, mas Patsy insistiu em pelo menos dar uma olhada. "Se não funcionar, encontraremos alguma coisa maior", disse ela, o que pareceu resolver a questão de nossa permanência juntos assim que chegássemos a Paris, algo que não tínhamos discutido.

Quando ela chegou ao piso superior, com sua vista de claraboia para a igreja de Saint-Germain-des-Prés, ainda envolta em seu eterno andaime, ela riu alto. "Mas como foi que você encontrou um lugar como este?", disse ela. "Você não precisa de patins para andar?"

"É bastante tosco", concordei. De fato, até aquele instante eu jamais tinha percebido o quanto era inviável morar no maldito quarto, mesmo sozinho. Como a maioria dos quartos de sótão em Paris, este tinha sido outrora um quarto de empregada. Uma olhada no tamanho e na localização dessas dependências de empregada dizia mais sobre as distinções de classe na época do que todos os pesados livros escritos sobre o assunto ao longo dos anos.

"Ridículo", acrescentou ela, abrindo as portas da única peça generosa da mobília, o armário. Olhando fixo para o seu interior quase vazio, ela fez um silencioso "hummm" e anuiu em aprovação.

"Teremos de arranjar uma cama maior", disse ela. "Tem lugar de sobra se a colocarmos sob a claraboia."

O único problema, comentei, era como subir uma cama de casal nessas escadas em *colimaçon*?

"Como você conseguiu trazer a cama de solteiro até aqui?", quis ela saber.

"Ela estava aqui quando cheguei."

Naquela tarde, meu amigo e vizinho Jean Toulet e eu lutamos para carregar uma cama de mola e colchão de solteiro até meu poleiro nas alturas. Chegamos até a porta só para descobrir que, fosse como fosse que torcêssemos e virássemos, a maldita cama não passava.

"Desparafuse as dobradiças", disse Patsy. "Quando a porta for retirada, vai dar certo."

Um pouco irritado porque foi ela, não eu ou, nesse sentido, Toulet, que havia sugerido a ideia, nós, trabalhadores inferiores, mesmo assim fizemos o que ela tinha proposto e – claro – a cama deslizou pela porta. Como ela havia sugerido colocamos a cama, agora de casal, sob a claraboia, encostada contra a parede, passamos a mesa e a cadeira para o centro inferior, logo à esquerda da porta, encontramos no Salle Drouot uma espreguiçadeira e uma luminária a preços irrisórios, que miraculosamente couberam com precisão no canto à direita da porta, acrescentamos uma toalha xadrez vermelha e branca à mesa, penduramos dois quadros nas paredes nuas – um Ellsworth Kelly e um Youngerman – e, *voilà*, minha deprimente *garçonnière* subitamente se transformou em um apartamento acolhedor, quase todas as inadequações ocultas e em pouco tempo esquecidas.

Claro que ainda havia madame Germaine a ser considerada.

Ao subir ou descer as escadas, tinha-se de passar pelo vidro esmerilhado do primeiro – não o térreo, mas o primeiro – andar, onde madame Germaine tinha seu domínio, contendo seus próprios aposentos, a ampla porém antiquada cozinha e também a sala de jantar, onde os pensionistas se encontravam diariamente em sombria convergência. Eu conseguia entrar e sair da casa sem ser percebido do outro lado do vidro esmerilhado quase todos os dias, mas havia momentos no verão ou quando a fantasia a atacava que ela deixava a porta entreaberta, ou mesmo totalmente aberta. Nesses momentos, de seu pedestal solene em uma antiga poltrona de flores bordadas que, segundo ela dizia, tinha sido de seu avô, portanto muito amada, ela reconhecia minha presença, ou melhor, minha passagem, com um desanimado aceno, o que significava que estava tudo bem, o aluguel tinha sido pago, os ruídos de minhas hóspedes ambulantes, amorosas, haviam sido considerados de nível aceitável. De vez em quando, porém, um gesto vigoroso de seu braço direito, o braço bom, sinalizava que minha presença era imediatamente exigida.

Oito dias depois que Jean e eu havíamos batalhado para subir minha nova cama pelas implacáveis escadas, enquanto eu regressava de minha incursão pré-desjejum à praça de Buci, carregado de croissants ainda quentes, quase meio quilo de manteiga e um exemplar de *Combat*, que me oferecia o mundo do ponto de vista francês, e também do *Herald Tribune*, que me conectava ao que estava acontecendo no meu país, sentindo-me um pouco acima do topo do mundo, feliz por estar de volta a Paris, aspirando os aromas especiais da cidade, uma mistura de pão assando e café coando, temperada com um toque, que emanava dos bem polidos balcões de zinco dos cafés, do *rouge* matinal à medida que os trabalhadores vestidos de azul se armavam para o dia de trabalho por vir, cheguei e encontrei a porta de madame Germaine escancarada e ela gesticulando como se o mundo, ou pelo menos a rue Jacob, estivesse chegando ao fim.

Dei a ela meu sorriso mais aberto, acenei em resposta e preparei-me para subir para o meu ninho nas alturas como se tivesse interpretado os movimentos frenéticos de seu braço simplesmente como uma saudação amistosa.

"Monsieur Richard!", trovejou ela, em uma voz espantosamente grave, quase de barítono. E, como se eu fosse surdo, uma segunda vez: "*monsieur Richard*!".

Virei-me, curvei-me e entrei em seu covil. Sem preâmbulo, ela exigia saber se minha nova amiga era temporária ou permanente. Fiquei tentado a dizer que só o tempo diria, mas me contive. Com essa pergunta, eu sabia que estava em perigo. Por favor, não expulso, pensei, não depois de todo aquele esforço hercúleo na escada e daquela arrumação mágica.

"Imagino que a segunda opção." Anuí. "Conhecemo-nos no final deste verão, em circunstâncias realmente idílicas. Uma moça adorável."

"Ah", disse ela, e julguei tê-la visto se derretendo. Mas claro que eu estava enganado. "O senhor entende, então, que terá de haver um ajuste no aluguel."

Concluí que discutir seria fútil, talvez até contraproducente. A ideia de ter de aumentar as apostas – ou pior, de descer a cama de volta por aquelas escadas – deixou-me receptivo a qualquer oferta razoável.

"Claro." As palavras deslizaram quase por sua própria vontade, apesar da resolução de minha cabeça. "O que a senhora achar que seja um acerto justo."

"Bem", disse ela – e eu quase cheguei a ver a engrenagem de sua mente mesquinha girando, calculando: Quanto, quanto? – "considerando que o senhor é um bom cliente", disse ela, "eu estava pensando" – um último giro – "1.500 francos por mês."

Eu parecia desapontado. "Eu estava torcendo por mil."

"Vamos acertar em 1.250", disse ela.

Anuí. Combinado. Esse é o tipo de negociação – civilizado, ágil – que dá aos franceses tamanho prazer. Ambos os lados se despediam achando que haviam conquistado uma vitória, pequena, claro, mas mesmo assim uma vitória.

"Retroativo à semana passada", acrescentou ela, obviamente sabendo da data exata da chegada de Patsy.

"Mas claro."

No apartamento, Patsy estava plenamente trajada, a cama arrumada, o café preparado. "Você se perdeu?", disse ela.

Relatei, em detalhes completos, meu encontro lá embaixo: "Você agora está legal. A um custo, devo acrescentar, de dois dólares e cinquenta centavos".

Ela riu. "Agora sei o quanto valho na Bolsa", comentou.

"Ria o quanto quiser", retruquei eu, "mas isso representa um aumento de 23 por cento em meu aluguel."

"Não", contrapôs ela. "Na verdade, uma redução. Pagarei a metade."

...

Patsy retomou seu trabalho como cantora no L'Abbaye, agora ampliado para quatro noites por semana. Eu passava meu tempo escrevendo o grande romance americano e, quando a inspiração fraquejava, eu lia, principalmente em francês, os autores da lista de Jeanne Theis, vários clássicos que eu deixara de ler e cada vez mais a nova safra de autores jovens. Naquele inverno também me matriculei de novo nos cursos de russo no Instituto de Línguas Estrangeiras, em parte como consequência de minha experiência em Viena, em parte porque eu queria me equiparar linguisticamente com Patsy. Como tinha acontecido antes da guerra, havia uma série de autores e pintores iniciantes que haviam aportado aqui, porque Paris ainda era mágica para quem gostava ou ousava sondar abaixo de sua superfície coberta de fuligem. Vi muitos trabalhos de Jack Youngerman, cuja amizade duraria para o resto de nossas vidas.

Paris nos anos 1950. Artista competia com artista, escritor com escritor, filósofo com filósofo, polvilhados com o tempero da política. Para jovens americanos como Youngerman e eu, essas pelejas intelectuais eram raras, pois não conhecíamos nenhum equivalente local, certamente não na medida apaixonada dessas querelas europeias. Mais importante entre elas, embora os fogos estivessem a essa altura abafados pelos anos intervenientes, era a contenda entre Braque e Picasso. Embora Jack admirasse muito Picasso, considerava Braque o mais profundo, o mais pictórico dos dois. Irritantemente próximos antes da Primeira Guerra Mundial, passaram a se estranhar cada vez mais durante e depois – Braque havia não só se apresentado para o serviço ativo assim que a guerra eclodiu mas foi ferido quase mortalmente em 1915, enquanto Picasso, invocando sua nacionalidade espanhola, permanecera distante, intocável devido a sua neutralidade e, claro, sua fama crescente. Depois houve Sartre e Camus, também outrora próximos mas agora em conflito. O que me fascinava era a paixão que esses debates despertavam, não apenas na imprensa, mas nos franceses comuns. Nos terraços dos cafés, em jantares festivos da esquerda ou da direita, encontros na esquina e conversas regadas a *rouge* nos balcões de zinco no café local, as posições dos dois eram debatidas e dissecadas como se o futuro da nação dependesse disso. Meu amigo Armand, bombeiro de ofício, que tinha atendido a um chamado desesperado para desentupir minha pia após madame Germaine ter encolhido os ombros amplos e (sem trocadilho intencional) lavado as mãos do problema, chamou-me deitado de costas sob o rebelde receptáculo, a mão enfarruscada segurando uma grande chave inglesa, e disse: "Que batalha entre esses dois, *hein*?". "Quem?", perguntei, tentando lembrar-me da última batalha campal de futebol, só para ouvir "*Mais*, Camus e Sartre, é claro!". Só na França, pensei, haveria um encanador sofisticado o bastante para estar não só ciente como fascinado pela batalha sem trégua dos dois principais intelectuais do país!

Mais tarde eu escrevia um artigo sobre o debate Sartre-Camus para a *Merlin*, que concluía: "Sem dúvida, ambos são sinceros. Existem certos elementos de verdade em ambos os argumentos. De fato, praticamente toda a verdade contemporânea está presente sob uma forma ou outra na amarga disputa entre eles; esta é, em uma palavra, sua importância".

Mentalmente, dediquei o artigo a Armand, o bombeiro.

Neste inverno de meu contentamento, a vida retomou uma rotina razoavelmente normal. Duas vezes por semana eu pegava o final da apresentação de Patsy no L'Abbaye, raramente antes da onze, em geral mais tarde, e ela e eu saíamos, sozinhos ou com amigos ou outros artistas, para um jantar tarde da noite no mercado Les Halles. Eu gostava da confusa população de musculosos motoristas de caminhão entregando suas mercadorias – grandes laterais de bois, presuntos e carneiros, para não falar na carne de cavalo, uma descoberta para mim que, superando meu preconceito americano, não só experimentei como passei a apreciar; frangos recém-depenados amarrados às dúzias e atirados em suaves ondulações de um homem para outro, como as clássicas brigadas de incêndio, até que vinham a descansar no vasto depósito de onde, nas horas seguintes, seriam disseminados por toda a cidade; caminhonetes Citroën de antes da guerra, com teto de lona, de cujas laterais pendia um arco-íris de produtos das províncias, todos recém-colhidos; legumes do sul, maçãs e peras da Normandia e, na estação, pêssegos brancos e amarelos, saborosos e suculentos. Com menor frequência, mas aumentando mês a mês, vinham os caminhões que avançavam a custo do sul distante, transportando montanhas de laranjas e toranjas, provavelmente de baldeação da Espanha e da África Setentrional. Da meia-noite até o amanhecer o lugar era um caldeirão de atividade. Circulando entre os motoristas de caminhão havia bandos errantes de mulheres elegantes da Rive Droite em seus vestidos emplumados e cheios de lantejoulas, com seus acompanhantes de smoking que tendiam a jogar, com displicência, estolas brancas de seda sobre um dos ombros, fumando com suas piteiras de prata não os Gauloises ou Gitanes locais mas os cigarros americanos mais suaves que estavam começando a aparecer na cena social francesa. E em meio a toda a gritaria, a caçoada e o clamor das entregas, insinuava-se o grupo das prostitutas, a maioria pesada demais para seu trabalho, ou muito velha, os rostos compostos grotescamente como se para um espetáculo de vaudeville. Talvez fossem remanescentes da guerra, enquanto uma nova safra ainda não havia chegado. E que tipo de sociedade, perguntava a mim mesmo, mandaria essas mulheres para a crueldade das ruas, as expulsariam de seus bordéis outrora bem asseados, onde elas possuíam um sentido de companheirismo e uma madame afetuosa a zelar por elas? Eu tinha visto essas desamparadas em pé no frio e na chuva em Pigalle e Montparnasse, tristes e despenteadas, amontoadas em soleiras de porta, e senti rancor contra os sabujos da decência que haviam determinado que elas ali estivessem.

No entanto, aqui, nas agitadas horas antes do amanhecer em Les Halles, as damas da noite pareciam transformadas, seja pela presença amistosa dos caminhoneiros, a maioria dos quais elas conheciam, pelo esplendor dos grã-finos, pelo aroma inebriante de *steak frites* chiando e a sopa de cebolas como lava transbordando de seus limites de porcelana ou pela música de acordeão que emanava dos cafés e restaurantes e lhes conferia uma sensação de que a vida ainda tinha bons momentos. Aqui, elas se sentiam parte do elenco e seus rostos e posturas o demonstravam, livrando-as da aparência de marionetes submissas e passivas de vãos escuros de portas. O que extasiava e seduzia era a pura energia do lugar e da noite. Se, como continuavam a proclamar os entendidos, esta Paris dos anos 1950 não era nada, um reflexo pálido da "verdadeira Paris" que Hemingway e Fitzgerald, depois Henry Miller e Elliot Paul, haviam esposado e feito sua, mesmo assim, havia muito eu concluíra, Les Halles era tão autêntico e sedutor quanto sempre fora. Contudo, talvez Hemingway e Fitzgerald nunca tivessem passado muito tempo em Les Halles, ou apenas como parte dos grã-finos, visitando os bairros pobres, absorvendo a atmosfera, astutamente tomando notas para um ou dois casos a serem inseridos como cor local. Era um caminho muito longo do Ritz a Les Halles. Por curiosidade, eu havia visitado o Ritz uma vez, um ou dois anos antes. Mas eu tinha fugido como de um território inimigo, após um drinque canhestro. Se este, o ninho de Ernest, era Paris para ele, receei que ele tinha perdido a maior parte da graça.

13

ENTRA ENRICO (À ESQUERDA DO PALCO)

"Por que você não abre sua própria revista?", perguntou-me Patsy certa manhã.

"Dinheiro", eu disse. "É preciso dinheiro. Não uma montanha, mas mesmo com o dólar como está, umas cem vezes mais do que eu tenho. Ou do que poderia levantar."

"Suponha que você *tivesse* o dinheiro. Você acharia gratificante operar sua própria revista literária?"

"De fato, sim, eu adoraria ter uma revista tão boa quanto as daqueles caras de antes da guerra. Como, digamos, *Transition*. A de Sinbad é a melhor do bando, mas..."

"Bem", disse Patsy, "*pode ser* que eu tenha a resposta para suas preces. *Pode ser*."

As coisas tinham estado tranquilas demais nas últimas semanas. Quase ordenadas – isto é, no contexto de uma existência basicamente desordenada. Além disso, na noite passada eu não a havia apanhado no L'Abbaye, e ela havia se enfiado na cama na alta madrugada. Não tive que esperar muito. Patsy, a extrovertida total, mal havia tomado seu gole seguinte de café no terraço dos Deux Magots quando começou a me contar sobre o sujeito que tinha vindo ao clube na noite anterior. Seu nome era Enrico e ele a tinha convidado para um drinque, cobrindo-a de elogios e champanhe. "Não muito champanhe", garantiu.

"Deixa eu terminar", disse ela, "e pare de agir como marido."

Esta foi a primeira vez que ela usou esse termo em todas as nossas incontáveis conversas e, de repente, perguntei-me como seria se nos casássemos. Pela primeira vez desde aquele momento apaixonado à porta da embaixada americana em Viena, tive o que suponho seja chamado de uma pontada de dúvida.

Cientista israelense, Enrico tinha inventado um processo para converter diamantes amarelos em brancos! Pode acreditar nisso? Um forno de alta intensidade no qual se submetiam diamantes amarelos a tamanha pressão e temperatura que, em uma questão de dias, ou de semanas, ela não conseguia se lembrar direito, mas, seja como for, em um piscar do olho cósmico, esse forno realizava o que a natureza leva milhões de anos para realizar: converter carvão comum em um alótropo cristalino incolor.

Uma sombra de dúvida passou por meu rosto e ela foi ágil em percebê-la. "Parece simples demais", disse eu. "Se é tão fácil assim, por que ninguém pensou nisso antes?"

"Por que ninguém atravessou o Atlântico antes de Colombo?", respondeu ela.

"Alguém atravessou. Os viquingues, se não me falha a memória."

"Você quer ouvir o resto ou não?"

Pedi mais dois cafés. Estava claro que isso ia levar algum tempo. "Claro", confirmei.

"Enrico compra diamantes amarelos na Suíça, transporta-os, seja diretamente ou via França, até Israel, onde ele faz sua arte e, *voilà*, a cada viagem ele ganha uma fortuna." Olhando-me direto nos olhos, ela disse: "É aí que sua revista pode se encaixar. Quero que você o conheça."

Na noite de quarta-feira, ao soar da meia-noite, entrei o mais indiferente possível no L'Abbaye e, do vão da porta, sondei a espelunca, olhando (em meu íntimo) como Jean Gabin em *Pépé Le Moko*, tentando identificar Enrico. "Ah, você chegou", disse ela, vendo-me lentamente me erguer na ponta dos pés. "Não vi você entrar." Mentirosa. "Você jantou?" Eu tinha jantado. "Bem, por que não vem com a gente? Eu gostaria de mostrar Les Halles a Enrico."

Trocamos apertos de mão. O meu foi frio como gelo. O dele era quente e firme. Quinze-zero, Enrico.

"Patsy me falou bastante sobre você", disse Enrico. "Seus projetos e aspirações literárias. Admirável. Escrever, pintar, criar – o que é mais importante que isso? Entendo que você também tem algo de jornalista."

"*Freelance*", disse eu. "Envio artigos para vários jornais de Nova York, principalmente sobre o teatro e o cinema daqui. A propósito, Patsy me contou que você é um incrível engenheiro..."

"Inventor, gosto de pensar." Ele sorriu. "A engenharia era necessária, mas eu tinha uma visão. Sem uma visão não se é nada. Minhas experiências", disse ele, "tinham a ver com construir fornos tão fortes e poderosos que poderíamos submeter objetos a temperaturas e pressões tais que o mundo jamais tinha visto. Como estou certo de que você sabe, são necessários milhões de anos para a natureza produzir carbono quase puro em forma cristalina. Os diamantes amarelos menos puros levam uma eternidade também, mas bem menos que o branco puro – o mundo deseja diamantes tanto para joalheria como para indústria. Por que, me perguntei, não podemos acelerar esse processo submetendo os diamantes amarelos a condições tais que, abracadabra, se tornariam brancos? Foram necessários anos e anos, e muitos milhões de dólares, para aperfeiçoar um forno desses, mas finalmente consegui." Enfiou a mão dentro do paletó de seu terno e puxou uma bolsinha de veludo, mais ou menos do tamanho de um estojo de óculos, da qual retirou diversas pedras amareladas de vários tamanhos. "Comprei estas na Suíça", disse ele. "Estou levando-as a meus fornos em Israel depois de amanhã." Fiquei muito contente por ouvir sobre sua partida iminente. "Daqui a duas semanas, depois de vender algumas, se não todas, dessas mesmas pedras, mas agora como diamantes brancos, estarei de volta." Fiquei triste por ouvir aquilo.

Onde estava a falha? "Você não está preocupado com a concorrência?", cogitei em voz alta. Enrico meneou a cabeça. "Claro, outros poderiam fazer o mesmo", disse ele, "mas eles precisarão de anos. Além disso, se alguma companhia importante entrasse no negócio, o mercado de diamantes entraria em parafuso. Minha operação em pequena escala não o afetará nem um pouco."

Se ele tivesse, de fato, realizado essa descoberta, o que era como ter uma chave da casa da moeda, por que diabo ele estava contando para nós, praticamente estrangeiros? Não era de suma importância manter tais informações completamente secretas? As garotas sentadas em fila junto ao balcão, como outros tantos pardais empoleirados em um fio, não haviam deixado de notar o conteúdo da bolsinha e devem ter pensado que alguém carregando essas pedras impressionantes por aí tinha de ser louco, um alvo perfeito.

Ou o sujeito era um gênio, um Edison dos diamantes, ou era um artista do calote, um charlatão. Se fosse o primeiro, era, ou logo seria, tão rico que, de fato, custear uma pequena revista seria para ele como gastar uma ninharia. "Claro, Dick, o que você precisa para colocá-la em marcha e garantir, digamos, as edições do primeiro ano? Aqui", tirando seu talão de cheques, alisando-o cuidadosamente na mesa do café onde esta transação estava acontecendo, e preenchendo um cheque para, digamos, 5 milhões de francos (está bem, digamos, metade disso: mais que suficiente para doze edições), "tem certeza que será suficiente?" Mas, nessa mesma cena, o que Patsy estava fazendo usando um colar de diamantes de uma polegada de largura, pelo amor de Deus?

Dois anos antes, o romance *Gigi* de Colette tinha sido adaptado em filme estrelado por uma jovem atriz encantadora, Danièle Delorme. Um enorme sucesso na França, o filme chegara aos Estados Unidos no cine Paris, e eu tinha recebido a incumbência de escrever um artigo sobre o filme e a nova estrela, que foi publicado no *New York Times* em fevereiro para coincidir com o lançamento americano. Agora os Estados Unidos queriam saber mais sobre esse novo rosto francês, que estava rodando um novo filme, *Agnès de rien*. O relações-públicas para quem liguei ficou encantado ao saber que a imprensa nova-iorquina estava interessada e me convidou para ir até o set no subúrbio de Billancourt. Passei a maior parte da tarde escutando esta bela atriz passando meia dúzia de cenas. Ela não era uma beleza de Hollywood, mas havia nela uma graciosidade inefável, uma vulnerabilidade que tanto ocultava a personagem que ela estava interpretando como aumentava sua complexidade. E seus olhos, escuros e comoventes, envolviam a pessoa observada como um abraço. Durante várias horas esqueci totalmente Patsy. Bem, quase totalmente.

Em seu camarim, Danièle cumprimentou-me calorosamente, agradecendo-me pelo artigo sobre *Gigi*, que, disse ela, tinha sido um grande sucesso. Você não acha que é francês demais para os americanos entenderem? De forma alguma. Acho que entenderão – fiz uma pausa, depois derivei para o inglês –, acho que eles o devorarão. Como disse? Ah, é uma velha expressão americana, disse a ela: *Ils vont se régaler*. Ah, bom. Onde você aprendeu seu francês? Você quase não tem sotaque. Você deve ter aprendido quando criança. Todos os americanos e ingleses têm sotaques muito carregados, mesmo quando falam bem a língua. Não, eu aprendi aqui. Ainda cometo muitos erros. E o *r* francês pode ser meu Waterloo. Mas tenho me empenhado muito para *não* ter um sotaque americano. Ela meneou a cabeça. Gostaria de saber bem assim metade do inglês. Para este filme talvez eu vá para os Estados Unidos para a estreia e receio que não serei capaz de abrir a boca. Não se preocupe, você vai se sair bem. Antes de mais nada, os americanos amam os franceses. Os soldados voltaram todos da guerra com histórias incríveis de Paris e das garotas francesas: por lá, vocês são quase míticas. E além disso, voltando ao inglês, se você olhar para os nova-iorquinos do jeito que está olhando para mim agora, você não precisará falar. O que você disse? Eu disse que você tem olhos muito bonitos e eles falarão por você. "Ah", disse ela, "mesmo assim, eu me sentiria muito mais à vontade se eu soubesse mais inglês. Pensei em ir até o Berlitz, mas isso é muito demorado." Confessei que já havia lecionado lá e concordava plenamente com sua avaliação. Ela hesitou.

"Eu imagino que você não tenha tempo, mas seria possível me dar algumas aulas particulares? Ficaria imensamente grata. Acabaremos de filmar em duas semanas, depois estarei totalmente livre."

Pensei no Berlitz; pensei na Air France: eu não tinha sido uma desgraça para a profissão? Então, subitamente, pensei em Enrico.

"Claro", disse eu. "Seria um grande prazer."

. . .

Duas semanas depois, Enrico estava de volta. Patsy se mudara e mais uma vez se hospedou no mesmo hotelzinho a duas quadras de distância. Prometi desta vez manter a tranquilidade, evitar todo ciúme. "Eu não preciso vê-lo novamente. Lembre-se, eu estou fazendo isto por você", garantiu-me ela. "Se você quiser que isto pare agora mesmo, é só dizer."

"Chegamos até aqui", disse eu sem convicção, "e podemos muito bem ver como termina." Não me senti orgulhoso dessa afirmação, que me impressionou como uma triste combinação de covardia e avareza.

Ficou acertado que nos comunicaríamos pelo funcionário da noite, para quem eu havia discretamente passado 5 mil francos. Ele deve ter achado que estava interpretando um papel em *Casablanca*, pois sempre que eu chegava para entregar ou apanhar uma mensagem, ele imediatamente levantava o colarinho de seu casaco, que ele vestia dentro e fora do hotel, e furtivamente olhava para a esquerda e a direita antes de me passar com discrição o pedaço dobrado de papel.

Enrico estava de volta ao Ritz. Eu estava sentado no terraço da Rhumerie Martiniquaise no bulevar Saint Germain, um lugar que apenas raramente eu frequentava – cada um tem seus pequenos hábitos, o que posso dizer? – quando vem passando por mim ninguém mais que meu amigo Ellsworth Kelly. "Acompanha-me em um drinque?", convidei, chamando-o. Por que não? Ele subiu os dois degraus até o terraço e puxou uma cadeira. "Estou a caminho de uma exposição no Museu de Arte Moderna", informou. "Quer vir comigo?" "Claro. Acabei de enviar meu artigo sobre o novo filme de Danièle Delorme, então estou livre como um passarinho." Algumas noites antes, eu o havia inteirado sobre o trabalho no cinema e do cargo que dali havia emanado.

"Você está lecionando inglês para Danièle Delorme!", salivou ele. "E *outras* coisas?"

"Ellsworth, você tem uma mente perversa."

"Você não vai sair arrastando isso por aí", afirmou, apontando para a Royal Standard aos meus pés.

"Não", disse eu, "esta é de Patsy. Ela me pediu para entregá-la depois que eu tivesse terminado meu artigo."

Ellsworth me olhou com estranheza. Ele sabia que estávamos morando juntos. "Entregá-la onde?"

"Logo acima na rua, no hotelzinho da rue de l'Échaudé... eu sei, eu sei", disse eu em reposta ao sorriso ligeiramente malicioso de Ellsworth. "Ela está lá só por alguns dias." Ele esperava mais, pois não era imune a um bom naco de suculenta fofoca. "É uma longa história", falei, gesticulando para o garçom. "Eu volto já", prometi, apanhando a máquina de escrever.

"Não, eu vou com você", disse ele.

Magnanimamente, dobrei uma nota extra de cem francos dentro da conta, e nos dirigimos para a rua estreita – na verdade, era mais como um beco. Dentro, o saguão do hotel estava em semiescuridão, em oposição à escuridão mais escura, uma vez que o sol, se por acaso saiu, havia se posto, compensado apenas por uma lâmpada solitária de 25 watts pendurada em cordão de um metro de comprimento acima da recepção. Uma coisa eu podia dizer sobre todos esses hotéis da Rive Gauche: eles não desperdiçavam um franco a mais em iluminação. Icei a máquina de escrever para cima do balcão, onde o funcionário diurno era um sujeito insignificante que eu tinha visto algumas vezes e cujo traço saliente era um topete mal ajustado que ele alterava três ou quatro vezes por mês: a versão curta, usada apenas após o corte ritual sem estilo; a versão média, reservada para a segunda semana; e a terceira, e às vezes quarta, quando os cachos compridos e as costeletas rebeldes evidenciavam que era hora do corte sem estilo. "Insípido" era uma palavra muito empolgante para ele, mas hoje, quando eu entrava com Ellsworth, ele parecia quase apoplético. Considerei perguntar se estava bem, pois seus olhos estavam saltados e seu cenho banhado em suor, mas pensei melhor e disse simplesmente: "Você podia fazer a gentileza de garantir que mademoiselle Hartley receba esta máquina de escrever?". Mal o sobrenome de Patsy havia escapado de meus lábios e das sombras atrás da recepção saíram dois homens um tanto avantajados que disseram sem preâmbulos: "Você está preso", e estalou um par de algemas não apenas em mim, que era notavelmente o objeto de algo judicial, se não criminal – embora em uma rápida sondagem de meu passado recente, como me disseram que faz um homem que está se afogando, não consegui encontrar nada que justificasse isso – mas também no pobre Ellsworth.

"O que... o que isto... o que significa tudo isto", gaguejou Ellsworth. "Diga a eles que sou professor", insistiu ele, "na American School. Eles podem ligar e confirmar isto agora mesmo. Vá em frente, diga a eles que isto é um grande equívoco." Enquanto isso, em seu pânico, o funcionário da recepção tinha retirado seu topete da metade do mês e estava esfregando furiosamente as sobrancelhas. O esperto disfarce estava revelado. Seria o pobre sujeito capaz de nos encarar novamente?

"Senhor", disse eu ao corpulento e, para dizer delicadamente, um tanto papudo Número 1 à paisana, assumindo para a ocasião especial um sotaque americano bem pronunciado, "este cavalheiro estava comigo meramente por acaso. Ele é um respeitado professor de arte na Escola Americana em Paris. Eu dou fé de sua total honestidade."

"Vamos em frente", foi seu grunhido em resposta, cutucando-nos porta afora para a rua, depois através do setor sul da praça de Buci, felizmente de portas fechadas e praticamente vazio naquele momento, agora que as agitadas tendas de alimentos tinham encerrado. As poucas pessoas que vagavam por ali olhavam para nós com curiosidade, mas não de modo inquisidor. A polícia não era muito benquista em Paris nestes dias, com a lembrança ainda fresca entre a maioria das pessoas de sua colaboração geralmente muito estreita com os alemães. Mesmo assim, nossos sombrios guardiões estavam nos obrigando eficientemente a marchar, como se fosse para a forca. Ellsworth, a cada passo, ficava mais irritado, protestando inocência e insistindo comigo para que eu explicasse. Quando eu lhe disse que já havia feito isso, seu cenho se franziu ainda mais fundo. "Tente novamente", sugeriu ele.

Quando alcançamos a English Bookshop na rue de Seine, com a proprietária, Gaït Frogé, em pé na entrada, os olhos se arregalando quando nos viu algemados, tracei o que ia falar, ainda que eu calculasse que iria me sair caro. Parei. "O que quer que esteja acontecendo", disse eu em meu francês mais impecável, deixando de lado todos os esforços de me proteger falsamente em minha identidade americana: "eu digo a vocês, vocês pegaram as pessoas erradas. Somos ambos cidadãos americanos e exigimos nossos direitos. Já faz um bom tempo que moro neste *quartier*. Sou bem conhecido aqui e no entanto vocês estão nos exibindo pelas ruas como se fôssemos reles criminosos. Repito: este cavalheiro comigo é um pintor de prestígio e professor na American School, e não tem nada a ver com o problema, seja lá qual for". Pelo menos meu minidiscurso havia resultado na pausa de nossos anjos da guarda na rua, aparentemente cogitando se, de fato, um erro poderia ter sido cometido. "Eu exijo também saber para onde estão nos levando", acrescentei, sentindo-me ligeiramente mais seguro de mim mesmo, apesar da inevitável suspeita de que tudo isso estava de algum modo ligado a Patsy. Era evidente que eles vinham vigiando seu hotel. Então, esse safado do Enrico...

"Para o distrito", disseram em uníssono.

"Então, ou tirem essas algemas ou levem-nos em um carro."

"Tem alguma coisa que posso fazer?", sussurrou Gaït, pois estávamos parados bem na frente de sua loja.

Meneei a cabeça. "Um grande equívoco", disse eu. "Mas obrigado."

Os dois policiais à paisana confabularam, sem deixar de vigiar atentamente suas presas, murmuraram algumas palavras, depois acenaram para um táxi, que por sorte estava passando. Eu só estava contente porque madame Germaine, que às vezes fazia suas compras no Buci, não havia presenciado minha prisão. Expulsão imediata de seu domínio, supus, sem apelação. Até podia ouvi-la contando aos outros pensionistas em tom de sussurro: "*Je ne savais pas que j'hébergeais un* criminel!" Eu não sabia que estava abrigando um *criminoso*!

No distrito, o mais insosso dos edifícios, cujos corredores eram intermináveis e cuja tediosa pintura estava escamando e se soltando, fomos empurrados até o segundo andar, onde tiraram nossas algemas e os cadarços de nossos sapatos.

"Por que estão tirando nossos *cadarços*?", quis saber Ellsworth.

"Suicídio", murmurei. Eu tinha lido minha cota de procedimentos policiais. "Para que você não os use para cometer suicídio."

"Suicídio com *aqueles*?", disse Ellsworth, com extremo desdém. "Deve haver outra razão."

Nesse exato momento chegou um homem bem-vestido – camisa branca, casaco e gravata –, o legendário *mégot* pendente de seus lábios. Como os franceses podiam fumar e falar ao mesmo tempo, sem usar os dedos, eu nunca havia entendido. Provavelmente algum gene gaulês.

"*Monsieur*", bradou Ellsworth, decidindo que era hora de apresentar a artilharia pesada, ou seja, seu domínio pleno do francês, apenas meia dúzia de palavras, pelo que eu já tinha ouvido. "*Monsieur, je suis une peinture*", declamou ele. E como se para tornar seu argumento ainda mais convincente, acrescentou: "*Une peinture au quatrième*!". A cabeça do recém-chegado se voltou prontamente, como se ele estivesse tentando ajustar o ouvido a uma nova língua, pois literalmente o que Ellsworth havia informado era: "Senhor, sou uma pintura no quarto andar!". Talvez o homem tivesse pensado: este é um caso para o Saint Anne, o asilo local, não para o distrito. Eu sabia o que Ellsworth estava tentando dizer: ele era um pintor, o que, de fato, em grande parte era, e estava morando no quarto andar de um prédio na Île Saint Louis. Mas esses fatos básicos tinham sido ligeiramente desfigurados. Instei o chefe dos detetives – pois foi isso o que ele se revelou – a verificar a história de meu amigo ligando para o diretor da American School, o que ele prometeu fazer. Expliquei que Ellsworth, um velho amigo, por acaso naquela tarde estava a caminho de uma exposição no Museu de Arte Moderna e me convidou para acompanhá-lo. Até declinei o nome do artista cuja mostra pretendíamos visitar. Dentro de uma hora veio a notícia de que a boa-fé do sr. Kelly havia sido confirmada e ele foi imediatamente liberado.

"Lamento ter arruinado sua tarde", disse eu.

"Ora, até que foi emocionante." Ele sorriu, sentindo-se muito melhor agora que seus cadarços haviam sido devolvidos. "Quando você sair, *se* você sair", o travesso senso de humor de Ellsworth como sempre era acompanhado por um olhar ligeiramente malévolo, "imagino que você irá me contar o que foi tudo isso."

Assim que ele estava saindo, dois outros policiais à paisana que poderiam ter sido clonados de nossos próprios acompanhantes entraram na sala, trazendo entre eles uma jovem dama adorável, sorrindo de orelha a orelha: Patsy! Ellsworth parecia ainda mais atônito. Se até agora ele havia imaginado que as travessuras desta tarde eram imputáveis a algum delito ou indiscrição de minha parte, ver Patsy adensou a trama. Saiu arrastando os pés, meneando a cabeça.

"Oi, Dick!", disse Patsy, beliscando-me as bochechas, a traidora. "Vejo que eles pegaram você primeiro."

"Que prazer inesperado!", devolvi.

"Um grande equívoco", disse ela enquanto a empurravam rumo à porta distante. "É tudo um grande equívoco, eu lhe garanto", conseguiu ela dizer sobre o ombro. "Uns dois telefonemas e sairemos daqui. Eu juro!"

"E Enrico?", perguntei a ela. "E Enrico?"

Mas ela foi arrastada para fora antes que pudesse responder.

Colocaram-me em uma sala pequena, mal iluminada, a única janela dando para o pátio do distrito, e deixaram-me lá por duas horas. A única tortura foi que eu não tinha nada para ler. Subitamente imaginei o inferno como um lugar deliberadamente privado de coisas para ler. Finalmente, quando eu estava começando a ficar obcecado com os cadarços, dois homens chegaram e começaram a perguntar-me sobre minha relação com Enrico. Eu mal conhecia o sujeito, disse eu, tinha passado uma noite com ele algumas semanas antes. Eu sabia que ele era um ladrão de diamantes de alto nível? Não. Que ele negociava com diamantes? Vagamente. Ele disse algo sobre ser capaz de transformar diamantes amarelos em brancos. E você acreditou nele? Parecia possível. Ele conseguia ser muito convincente. Você já viajou com ele alguma vez? Se viajei? Exatamente: para a Suíça, por exemplo, ou Israel? Absolutamente não: eu lhe disse que mal conheço o sujeito.

Não? Você esteve envolvido com ele financeiramente? Subitamente fiquei pensando o que Patsy poderia ter dito a eles sobre nosso plano maluco de usá-lo para altos propósitos literários. Isto só aumentaria a confusão. Não, nunca. Eles saíram da sala, provavelmente para deliberar, e regressaram alguns minutos depois.

"Você pode ir", anunciou o interrogador principal.

"E quanto a mademoiselle?", perguntei, amarrando meus sapatos.

"Nós vamos mantê-la um pouco mais", um deles replicou.

Desci e comprei os dois maiores tabloides, imaginando que o caso estaria em um ou outro, se tivesse sido divulgado. E lá estava, na página três: "Guardas prendem importante ladrão de diamantes", com um retrato de cinco centímetros de largura de Enrico com um ar sombrio e deprimido. Deveria ser mesmo. Um ladrão de diamantes, nada menos. E pensar que meio que engoli sua história exótica. A polícia francesa e a suíça rastrearam-no durante meses. Seus roubos chegavam a milhões. Ele estava no momento encarcerado na Santé, a prisão mais famosa de Paris.

Cinco meses se passaram. Um dia, Patsy recebeu de seu irmão a notícia, no antigo hotel na rue de l'Échaudé, de que ela havia recebido um *pneumatique* – o método antiquado porém extremamente eficiente de comunicação naquele tempo – de Enrico. Ele seria libertado na semana seguinte e queria vê-la antes de partir (leia-se: ser expulso) da França. Sugerimos que ele nos encontrasse na Brasserie Lipp e à uma em ponto chegou (para mim) o fantasma de Enrico, as roupas outrora elegantes pendendo languidamente. Ele poderia ter se candidato ao papel de espantalho em qualquer área camponesa. Havia perdido, informou, uns quarenta quilos.

Um prato de chucrute e um copo ou dois de vinho o animaram, mas eu sabia que ele queria na verdade ver Patsy, não eu, por isso, antes do café, pedi licença a pretexto de que eu tinha um compromisso às três e saí apressado. Mais tarde, Patsy me contou que ele havia rejeitado totalmente a acusação de ladrão de joias, afirmado mais uma vez que sua história era absolutamente verdadeira, que seu erro não tinha sido transformar os diamantes amarelos em brancos mas transportá-los através da fronteira. Ele estaria de volta a Israel naquela noite, retomaria sua produção e, no futuro, se certificaria de manusear com mais cuidado e discrição seus bens. Como, após apodrecer na Santé durante aqueles meses todos, ele finalmente fora solto? Enrico respondeu vagamente dando a entender que alguém "importante" no governo israelense havia contatado alguém no governo francês que interveio em seu favor. Ele estava considerando mover um processo contra a polícia por detenção ilegal. Prometeu a Patsy que "em breve" ela teria notícias dele.

Três meses depois, à véspera de nossa partida para os Estados Unidos, ainda não tínhamos notícias de Enrico. Ou, se Patsy teve notícias dele, não compartilhou a mensagem.

14

ESNOBANDO COM NOMES DE FAMOSOS OU UMA NOITE COM ORSON

Assim que Patsy se foi – e depois que finalmente cheguei à conclusão de que não voltaria – consolei-me ou distraí-me namorando outras moças. Acabei saindo com uma garota americana que depois descobri ser secretária de Orson Welles, Catherine, uma jovem peituda da América Central que tinha aceitado o posto de secretária em Paris quando o Grande Homem decidira mudar de ares e deixar o país, definitiva ou temporariamente só o tempo diria. Uma delas, apressou-se em dizer. Quantas ele tem?, pensei em voz alta. Uma não era suficiente? Ela riu e meneou a cabeça. "Você já ouviu falar de dínamo humano? O conceito de moto-contínuo? Orson encarnado. Ele nunca tem apenas um projeto em andamento. Em geral tem meia dúzia. Escrevendo roteiros, dirigindo, escolhendo atores para projetos que não decolam, aceitando papéis principais e secundários, normalmente para levantar dinheiro..." "Depois de *Kane*", disse eu, "imaginei que nunca mais lhe faltaria dinheiro." Ela meneou a cabeça, negando. "Ele está *sempre* com falta de dinheiro. Quando ele tem, gasta como louco, principalmente porque ele tem uma teoria de que se você não vive a todo vapor, as pessoas pensarão que sua carreira está despencando." Parece um monstro, disse eu. Não, não, tranquilizou-me. Arrogante, sim; seguro de seu próprio gênio, sim. Mas também atormentado por dúvidas, que garanto são sinceras e que, para mim, o humanizam. Por que será que ele abandonou Hollywood? Imaginava que ele podia escolher seus projetos. Ele teve sua cota de fracassos comerciais, afirmou ela. Além disso, está convencido de que Hollywood tem um ranço contra ele, incomoda-se com ele e que, se tivesse permanecido lá e jogado segundo as regras – as regras *deles* – ele nunca faria outro filme original. Em Hollywood ele se sentia numa camisa de força, ao passo que na Europa ele se sente livre, capaz de se mover em uma dúzia de direções, tanto geográfica quanto criativamente. Sem contar, é claro, que ele esposou diversas causas liberais e a atual mentalidade americana de caça às bruxas o deixa maluco. Pessoas menos liberais que ele foram identificadas, colocadas na lista negra, convocadas perante comitês do Congresso, o que ele considera ultrajante, ridículo, perda de tempo e muito abaixo de sua dignidade. Aqui ele se sente livre de tudo isso. É o homem mais peripatético do planeta. Voa de um país para outro por capricho, e com isso o vejo apenas esporadicamente. Numa manhã ele anuncia que partiu para Roma por uns "dois dias", e acaba ficando um mês. Dublin, Londres, Marrocos. Essas viagens irritantes têm a ver com Shakespeare, por quem ele está apaixonado. Isso não era novidade para mim, mas Catherine deixou escapar um dia que ele não só reverenciava o Bardo como sentia que ele e apenas ele era capaz de adaptá-lo – ou pelo menos algumas de suas obras – para a tela. Palavras muito fortes quando atores como Gielgud e Olivier ainda estavam em seu apogeu shakespeariano. Mesmo assim... O projeto com o qual ele estava obcecado naqueles dias, informou ela, era *Otelo*. Ele tinha uma dúzia de outros projetos em vários estágios de desenvolvimento, inclusive uma peça em francês que ele estava dirigindo – ela a havia assistido e a achara "horrível", mas nunca ousou lhe dizer isso. "Então você tem medo dele", arrisquei. "Não", disse ela, "simplesmente existem momentos, e situações, em que a discrição é mais aconselhável." "Portanto, você *tem* medo dele", concluí, como se eu tivesse acabado de tomar um de seus peões.

Eu admirava imensamente Welles, mas mesmo depois das intrigantes informações de Catherine eu não tinha nenhuma vontade de conhecê-lo. Achava melhor manter separadas as lendas e as pessoas que as encarnavam. Apesar disso, quando certa noite no final do inverno Catherine me perguntou se eu gostaria de conhecer seu patrão, claro que eu disse sim, especialmente depois que ela mencionou de passagem que ele tinha lido na *Trib* não só o artigo que eu havia escrito sobre *Gigi* – aparentemente ele era fã de Colette – como também o que eu havia escrito algumas semanas depois sobre Jean Gabin, ator francês que ele também admirava muitíssimo. Pelo menos eu tinha um minúsculo crédito ou dois para nivelar o jogo, disse eu a mim mesmo, mas logo coloquei as coisas de novo em perspectiva: era Deus quem eu iria ver, e eu tinha certeza de que estaria adequadamente com a língua presa, fazendo papel de bobo, com a autodepreciação da manhã seguinte.

Catherine me disse que Welles costumava se hospedar em um hotel elegante da Rive Droite, o Lancaster ou o Ritz, mas por causa de uma peça francesa que ele estava dirigindo, havia alugado um apartamento perto dos Champs-Élysées. Precisamente às sete horas Catherine abriu a porta para mim. Lá estariam mais uns dez convidados? Uma centena? Não, éramos apenas nós três, pelo menos por enquanto. O apartamento era o esperado: suntuoso e dourado, com portas gigantescas, janelas generosas emolduradas por cortinas pesadas de algum material com desenhos em relevo de impecável bom gosto. Mas o que me surpreendeu e me fez recuar foi o tamanho imponente do sr. Welles. Eu me lembrava dele como a impetuosa encarnação demente de William Randolph Hearst, não tão esbelto como Joseph Cotten mas, digamos, normal. E aqui estava o Cidadão Kane me oferecendo um drinque. Uísque?, sugeriu ele. Eu não tinha tomado um Scotch em todos os meus anos de Paris. “Seria ótimo”, disse eu, e ele me serviu um copo maior, cheio, clandestino. “Gelo?” “Não, puro”, escolhi, lembrando do termo de algum filme de Cary Grant, ou talvez de Gary Cooper, pronunciado por lábios apertados de modo que as palavras mal podiam sair. Acho que ele ficou impressionado. “Catherine me disse que você é escritor.” *Minha nossa, já em apuros.* Eu nunca havia dito isto a ela. “Eu escrevo”, respondi. “Não é bem a mesma coisa.” Ele disse que tinha ficado intrigado com meu artigo sobre *Gigi* – não com a Danièle Delorme, mas uma entrevista posterior com Colette. Ela deve ter cem anos a essa altura, disse ele. Como é que você conseguiu chegar até ela? Achei que ela não concedesse mais entrevistas. É uma longa história, disse eu, se você quer realmente ouvi-la. Ele queria. Assim, tive que fazer uma pequena resenha começando por minha luta romana, meu encontro fortuito com Maurice Goudeket, marido de Colette, nosso vínculo através do esporte clássico, minha incumbência para escrever sobre *Gigi*, e a resposta imediata e generosa de Goudeket de que eu podia entrevistar a autora a qualquer momento. Quando terminei, receei que o resumo de dois minutos, talvez três, devia tê-lo deixado com um tédio mortal, mas aparentemente não. Bem, disse Welles, você realmente captou a essência dela – quando li seu artigo, senti que a havia conhecido. Ela está realmente presa à cama, cercada por todos aqueles gatos? Na cama, sobre a cama, em volta da cama, disse eu: devia ter bem uns doze. O que particularmente gostei, disse Welles, foi quando ela perguntou onde você morava e você disse rue Jacob, ela pensou um segundo e disse – o sotaque carregado dele, sua reprodução impecável, soando como a entonação borgonhesa específica de Colette – "*Je n'ai rien contre la rue Jacob*". Eu não tenho nada contra a rue Jacob. Sim, isso mesmo. Uma maneira estranha de dizer, não? Eu nunca tinha ouvido essa expressão antes, mas acho que sei o que Colette queria dizer. Provavelmente ela tinha sentimentos positivos sobre alguns lugares, negativos sobre outros. Sobre a rue Jacob suponho que ela fosse neutra. Não eram somente as palavras que vinham tropeçando pela sala; era a sonoridade, aquela voz que seria reconhecida em qualquer lugar.

Neste ponto da conversa eu estava relaxado, sentindo-me quase em casa, longe do estado reverente de língua presa que eu receara. E o resto da noite – que prosseguiu até quase a meia-noite, com o jantar servido às 20h30 – foi igual. Em cinco minutos, o cara tinha me colocado à vontade, administrado uma pequena dose de adulação e dado o tom como somente um verdadeiro diretor sabe fazer. Era claro que Catherine tinha sua confiança e ela, ao contrário de algumas de suas outras secretárias que, segundo me contara, eram muitas vezes tratadas de modo abominável, parecia estar imune a suas investidas. Contrariando meus temores, o Scotch me havia simplesmente colocado em um estado de graça momentânea, e a comida, ao contrário de tudo que eu havia comido durante meses, era tão esplêndida quanto o vinho (quando discretamente examinei o rótulo, constatei que era um Château Latour).

Passei a maior parte da noite ouvindo o mestre, que, com suas proporções extraterrenas, parecia mais um Júpiter que um simples mortal. Ele tinha planos, grandes planos. Mas, de imediato, conseguir terminar o maldito *Otelo*. Depois, mais Shakespeare e Dom Quixote. Eu continuava a olhar para a porta, esperando outros, sem dúvida hordas, mas ela permaneceu obstinadamente fechada.

Na noite seguinte, no jantar no Raffy's, Catherine me perguntou o que achei.

"Ele sempre é assim amistoso e comunicativo?", perguntei.

"Com mais frequência do que se pensa. Mas também tem acessos de fúria. Não tem paciência com idiotas e acha que um sem-número de pessoas – particularmente no mundo do cinema – são uns desgraçados idiotas."

"Ele devia conhecer meu pai." Percebi que a havia deixado confusa. "A expressão favorita de papai é 'desgraçados idiotas'. Ele acha que o mundo inteiro, não só o do cinema, está povoado deles. Em todo caso, achei o seu patrão tão brilhante quanto gentil."

"Ele gostou de você", disse ela. "Simples assim."

Catherine e eu continuamos a nos ver durante os dois meses seguintes, pelo menos duas ou três vezes por semana. Nenhum de nós estava apaixonado, mas gostávamos da companhia um do outro e não sentíamos pressão para ir além disso. De todos os meus amigos da Rive Gauche que ela havia conhecido – pois nos dias em que não nos encontrávamos, eu sabia que ela participava de uma outra vida na Rive Droite, uma vida de diplomatas, banqueiros e homens de negócios, de atores e escritores e diretores, e embora de vez em quando ela me convidasse para uma dessas noitadas, não me sentia à vontade lá e geralmente recusava – o que mais a atraiu e intrigou foi Ellsworth Kelly, com quem almoçamos uma ou duas vezes na rue du Sabot. Ellsworth também gostou de Catherine. Achou-a inteligente e impressionantemente bem informada sobre arte moderna. Ele a convidou para ver seu trabalho no quarto andar na Île Saint Louis. Ela adorou – as cores fortes, as linhas simples, a autoconfiança – e ficou encantada pelo cara. "Eu gostaria de dormir com ele", declarou um dia. Ela não sentiu necessidade de perguntar se aquilo me incomodava, mas depois, quando coloquei a questão para mim mesmo, percebi que não me importava nem um pouco. Ela compartilhava comigo suas estratégias, na expectativa de receber conselho. "Eu o tenho encontrado bastante; não foi por falta de oportunidade. Então, o que ele está esperando?", perguntou-se ela em voz alta. "Que eu lhe peça?" Um dia, quando delicadamente me senti compelido a contar a ela que Ellsworth realmente – como dizer isto? o termo "gay" ainda não tinha sido inventado – não sentia atração por mulheres, ela ficou arrasada. "Como você sabe?", perguntou ela. Encolhi os ombros. "Apenas sei." "Francamente, não acredito nisso nem por um minuto. Ele é realmente tão... tão masculino!" Concordei, mas acrescentei algum comentário imbecil sobre as aparências às vezes serem enganosas. Quando mais tarde fomos para a cama, senti que ela realmente não estava comigo. Subitamente ela se sentou, seus peitos arrebitados me olhando fixo no rosto. "Quer apostar", disse ela, "que eu consigo transar com ele?" "Não quero tomar seu dinheirinho suado." "Covarde!" "Está bem: para que valha a pena, 5 mil francos." Selamos com um aperto de mãos. "Quando acontecerá a prova?", perguntei. "Eu o manterei informado", disse ela. "E como saberei que ocorreu de fato uma conquista?" Ela pareceu ofendida. "Se você não aceitar minha palavra", disse ela, "basta checar o vermelho nas faces de Ellsworth da próxima vez que você o vir. O único problema dele é que ainda não encontrou a mulher certa." Com isso, ela tornou a deitar e caiu num sono profundo, autossuficiente.

Mais ou menos uma semana depois nos encontramos para jantar. Ela estava com um novo e magnífico vestido bordô – pelo menos eu nunca o havia visto antes – e trazia uma flor nos cabelos, todas as marcas de vitória, presumi. Nossos olhos se encontraram, sondei as profundezas dos seus: nada. Ela estava me deixando preocupado. E daí se Ellsworth havia se rendido a seus encantos por uma noite; isso não mudava o básico. Mas se ele havia, então eu tinha perdido.

De repente sua mão rigidamente fechada deslizou pela mesa, encontrou a minha, abriu meus dedos e passou um bilhete para a palma de minha mão. Um bilhete descrevendo sua conquista com todos os detalhes mais íntimos? Eu não via a hora de lê-lo. Abri os dedos e vi em minha palma não uma carta de amor mas uma nota novinha de 5 mil francos.

"Fracassei vergonhosamente. Eu seria capaz de jurar...", disse ela.

Deslizei minha mão pela mesa e devolvi seu dinheiro. "Não posso aceitar isto, me sentiria trapaceando."

Ela o deslizou de volta. "Aposta é aposta. Já sei: podemos usá-lo para tomar uma garrafa de champanhe? Garçom", chamei, "uma garrafa de Veuve Clicquot, *bien frappé*!" Não era Château Latour '29, mas e daí? Era bom demais!

15

BRENDAN ENTRANDO

O BARULHO era ensurdecedor: primeiro uma batida forte, depois uma voz, a menos que a voz tenha vindo primeiro e a batida em seguida. Sequências, quando se está em sono profundo, não são prontamente discerníveis, mas o resultado é o mesmo: deitado de costas, você se senta assustado, subitamente desperto mas ainda perdido em sonhos, e você não tem a menor ideia de onde está. Ou, às vezes, até de quem você é.

"SEAVER! Estou procurando por RICHARD SEAVER. ELE MESMO! Sei que você está aí, ENTÃO ABRA!"

A luz difusa da cabeceira, agora acesa, mostrava que mal passava da meia-noite e meia, por isso podia ser qualquer um da espécie masculina. A voz à porta era grave, de barítono, mais para baixo. E teria eu detectado, nas palavras ainda soando, ainda rugindo, mais que um toque irlandês? Irlandês bêbado? Ou isso era uma redundância?

"Quem é?", arrisquei, subitamente envergonhado por ser apanhado no sono tão cedo por um de meus amigos notívagos, que eram muitos. Uns doze me passaram rapidamente pela cabeça, sentados em todos os velhos lugares conhecidos, a noite avançando acelerada, vinho tinto rolando, vira-vira, alucinação de haxixe, eu cansado, muito tempo de bruços, mais recentemente de costas, agora na vertical freneticamente enfiando as pernas nas calças.

"QUEM É?", gritei, esforçando-me para igualar os decibéis ao lado da porta.

"BRENDAN", disse a voz. "BRENDAN BEHAN É O NOME. AGORA ABRA A PORRA DA PORTA! PRECISAMOS CONVERSAR."

Cauteloso, destravei a porta e vi uma massa bruta praticamente preenchendo todo o marco. Amplo, cara redonda, corpo rotundo mas ainda jovem, olhos brilhantes, de vida ou bebida. Ambos, sem dúvida, pois o odor incontestável de uísque, talvez escocês mas, pensando bem, mais provavelmente irlandês, para mim a diferença é praticamente indiscernível exceto por esses dois povos – refiro-me aos escoceses e irlandeses – tão distintivos quanto a raça, o acompanhou para dentro (espero que vocês tenham decifrado a sintaxe).

"Por que demorou tanto?", disse ele. "Fiquei lá fora no frio durante quinze minutos, cacete!"

"Frio?", perguntei. "Ainda é agosto, cacete!" Já mencionei que tendo a derivar para o linguajar dos que estão ao meu redor, uma falha, eu sei. Agora eu estava totalmente desperto.

"Eu me guio pelo mercúrio, não pelo mês", disse ele, tomando assento. "Pode acreditar, está um frio do cacete lá fora... E você sabe por que não respondeu imediatamente? Você estava ferrado no *sono*!"

"Eu estava lendo, cacete!", menti.

"Mostre-me o livro!", rugiu ele.

Eu tinha conhecido o sujeito por um escasso minuto, e já me sentia seu prisioneiro, sob intenso interrogatório, fadado a pisar na bola e ser levado diretamente para a prisão mais próxima. No entanto, puxei o livro das cobertas rapidamente afastadas e o passei para ele. Ele olhou a capa, desdenhosamente a contracapa e o atirou para mim.

"Francês!", disse ele. "Eu não leio nada dessa língua de sapo."

Era hora de inverter o tabuleiro. "Eu só estava me aprontando para sair", proclamei. "Eu tendo a dormir de dia e trabalhar de noite. Você pode dizer que minhas noites são de insônia..."

"Você não fala a porra do inglês?", contrapôs ele, e subitamente senti que, embora na verdade nem mesmo conhecidos, estávamos rapidamente nos dirigindo para o fim do jogo, meu rei em grave risco, minha rainha fugindo, apesar de sua riqueza de 27 movimentos possíveis. Quem era este monstro galês que tinha acabado de invadir meu covil, meu mundo? "Enfim", acrescentou, lutando para se manter em pé e quase caindo pelo esforço, de sorte que percebi que ele tinha bebido a maior parte do dia, "já que você está saindo, apanhe sua carteira e vamos."

Fomos para o Royal. Meu receio de que topássemos com a gangue era compensado pelo pensamento de que este lugar bem iluminado fecharia em até duas horas e eu poderia facilmente confundir este Behan fingindo que tinha um encontro romântico no qual ele não era bem-vindo. Uma estratégia infalível. *Sursum corda*, Seaver, você já lidou com tipos mais estranhos antes. Ou não? Pois a visita dele não foi fortuita, como a princípio eu tinha imaginado.

"Li seu artigo na *Merlin* sobre esse Beckett. Nunca ouvi falar nele. Se ele for metade do que você o pintou, tenho de conhecê-lo."

Devo confessar que, apesar de minha antipatia matinal, o simpático sotaque irlandês estava erodindo minha ira, especialmente depois que o sr. Behan pedira para nós uma segunda rodada de uísque, o seu puro, o meu temperado com um toque de soda.

"Quer dizer que com base naquele artigo você veio lá da Irlanda só para conhecer Beckett?"

"Exatamente", disse ele. "Sentia falta de Joyce. Eu odiava aquele maldito Yeats. Flann O'Brien me deixa indiferente. Ele é tão *irlandês*, cacete. O mesmo vale para John Millington, que gruda sua maldita orelha na porra da parede para entreouvir como os camponeses realmente falam, depois coloca isso em suas malditas peças como se ele mesmo a tivesse feito! Ladrão dos infernos! Enfim, pelo que você escreveu sobre Beckett, ele parece ser autêntico. Portanto, diga-me como eu o encontro."

Meneei a cabeça. "Na verdade, eu nunca o encontrei..."

"O quê? Você quer que eu acredite nisto?"

"Acredite ou não, é verdade. Eu li tudo que ele escreveu, mas ele é uma pessoa muito reservada. Muito difícil de chegar até ele."

"Mas imagino que ele leu a porra do seu artigo sobre ele."

"Eu não sei. Eu enviei para ele, mas nunca tive resposta. Ele pode tê-lo odiado."

"Odiado? Como poderia, quando você o pintou como um puta gênio? Melhor do que Joyce, não foi o que você disse? Quando li aquilo pela primeira vez, achei que você era maluco. Depois pensei: cacete, e se ele estiver certo?"

Notei que o sr. Behan tinha começado a comer o *g* de seu termo favorito. Significaria este progresso linguístico que havíamos passado para um plano mais novo e elevado de nosso relacionamento florescente? Ou seria um movimento de retrocesso, meramente mais familiar? Fosse como fosse, ele estava continuando, se é que havia feito alguma pausa.

"Então você enviou para ele. Isto significa que você *sabe* o endereço dele." Seu indicador direito apontava para cima, em triunfo galês.

Meneei a cabeça, sentindo-me subitamente muito protetor da mítica criatura que eu nunca havia encontrado. Eu sabia que estava procrastinando, na melhor das hipóteses, mentindo, na pior, pois eu de fato sabia exatamente onde o cara morava. Mas revelar esse conhecimento arcano seria de certo modo uma traição. "Não, eu enviei a revista para ele por intermédio de seu editor francês", disse eu. "Agora que penso nisso, não tenho como saber se o editor sequer a encaminhou. Ele pode ter julgado que o artigo não era digno de seu autor favorito."

"Então você conhece o editor!" Behan seguia adiante, parecendo cada vez mais o buldogue que era, atrás de uma pista recém-aquecida. "Me dá o nome dele que eu vou procurá-lo, já que *você* não vai me ajudar..."

"Diacho, Behan", disse eu, "não é que eu *não vou* ajudar você. É simplesmente que eu *não posso.*" Mas eu sabia que isto também era uma mentira.

"Para falar a verdade", estava ele dizendo, "não vim aqui realmente por minha livre vontade. O cacete do meu país me expulsou de suas terras. Veja bem, passei a maior parte de minha vida na cadeia. Aos dezesseis eu era um rapaz no reformatório, depois passei os sete anos seguintes em uma ou outra instituição penal..."

De repente imaginei o jovem ao meu lado empunhando uma faca ou cutelo de açougueiro – pistolas estavam proibidas – enquanto praticava um crime hediondo após outro. E eu tinha aberto minha porta para ele sem no mínimo perguntar quem o havia enviado?

"Política", disse ele. "Eu fazia parte do IRA, desde que eu era garoto, cacete. Eles me soltaram seis anos atrás, mas eu sabia que estavam vigiando cada passo que eu dava. Consegui mantê-los só na especulação esse tempo todo, mas eles simplesmente me expulsaram e deportaram para a França."

"Então não foi meu artigo sobre Beckett que o trouxe..."

"Sim e não. Eu li o ensaio e concluí que precisava conhecer o cara – somente um irlandês pode entender um irlandês, você sabe –, mas o momento não foi escolha minha. Veja bem, eu sou um dramaturgo – e entendo que este colega Beckett também é. Por isso temos muito o que conversar."

Os garçons já haviam começado a empilhar as cadeiras sobre as mesas, um sinal não muito sutil. Era o momento para eu consultar o relógio e falar de meu encontro romântico, mas ele me pegou de surpresa outra vez.

"Escute, Seaver, você parece cansado, por isso não quero manter você acordado mais tempo. A propósito, você não me enganou com essa besteira de insônia. Você estava dormindo quando bati, e você está prestes a voltar aos braços de Morfeu", não pude acreditar que ele havia realmente usado o termo, mas verificando, cacete, lá estava, "portanto, vamos pagar e vamos embora." Notei a palavra "vamos" e olhei de soslaio para ver se ele estava apanhando a carteira, como eu estava. Não, nem o mais ligeiro movimento. Paguei, ergui-me a minha altura plena e estendi a mão, minha indicação não muito sutil de que a noite havia terminado. Tomando-a, ele parecia quase um menino – menino mau, mas mesmo assim – e por um breve momento, senti que em outras circunstâncias eu poderia ter feito um novo amigo, a quem eu gostaria de ver novamente em um ano ou dois, talvez três, quando, com um sorriso ladino ele disse: "Meu Deus, cara, são quase três e eu não tenho um lugar para ficar. Tudo bem se eu dividisse o quarto com você esta noite? Vi que você tinha uma cama extra. Só até eu encontrar um lugar amanhã o mais cedo possível."

O que pode uma pessoa fazer? Se amar os inimigos fazia parte do credo cristão – uma parte dúbia, mas ainda assim – poderia eu, mesmo agnosticamente, se não ateisticamente, rechaçar esse irlandês maluco naquela hora? Assenti, e lado a lado, trôpegos tomamos o caminho de volta à rue du Sabot. Quando passávamos pelo número 7 da rue Bernard Palissy, comecei a dizer: "Esta é a editora de Beckett", mas contive-me no momento exato. A salvo em casa, tirei do armário um travesseiro, cobertor e lençóis, rapidamente fiz a cama sobressalente, e voltei para a minha, quando uma voz subitamente sedutora atrás de mim disse: "Certo e não seria mal um último trago antes de me enfiar na cama. Espero muito que você me acompanhe". Se tivesse um revólver eu teria atirado nele. Eu tinha, sim, um martelo, mas será que este deixaria sequer uma marca em sua cabeça dura? Em vez disso, retirei do esconderijo uma garrafa quase cheia de Scotch e servi para nós um trago final, o dele puro, o meu misturado com um pouco d'água.

"Você não teria por acaso alguma coisa fácil para comer?", perguntou ele enquanto os ponteiros passavam das três para as quatro.

Vasculhei e encontrei um *saucisson*, que cuidadosamente – *muito* cuidadosamente – fatiei, e um pedaço de queijo Camembert, já bem decadente, prestes a derreter.

"Comida", disse ele enquanto mastigava, "torna tudo mais fácil."

Achei aquilo profundo, mas perguntei o que significava.

"Continuar bebendo", engoliu ele. "Sem comida você desiste muito depressa."

"Ah", disse eu, "é claro... O que você fez com a garrafa?"

"A última vez que olhei, estava com você, cacete", murmurou. "Acho que ela rolou para baixo da cama, cacete." Ele ficou de quatro e espiou. "Lá está ela! Viu, até agora eu nunca tinha perdido uma garrafa de vista... Ah", – sua voz estava tingida de tristeza – "cacete, ela está quase vazia. Como pode ser isso?" Sacudiu-a, como se para ressuscitá-la. No máximo houve um fraco murmúrio.

Ele sugeriu que a hora talvez fosse apropriada para uma canção. "Canção?", indaguei. "Às quinze para as quatro?" "Que melhor hora?", ele perguntou, limpando a garganta. "Não, não!", disse eu com um vigoroso aceno da cabeça. "Tem gente morando aqui em cima. Muita gente. Gente que trabalha. Eles se enfurecem depressa quando seu sono é perturbado. Chamam os *tiras*. Os *tiras* arrastam o irlandês e o amigo americano até a delegacia de Saint Germain. Nada bom." Ele pareceu entender a mensagem. "Quem sabe uma só", disse ele, "uma simples balada irlandesa. Uma de minhas favoritas", e o primeiro verso saiu antes que eu obrigasse uma parada oferecendo "um último gole".

Os dedos rosa da aurora nos encontraram em um estado de profunda letargia, não em nossas respectivas camas, mas nas mesmíssimas cadeiras onde tínhamos bebido as últimas gotas da fiel garrafa, agora deitada, se não prostrada – era difícil dizer – no piso áspero de cimento de minha humilde morada.

Acordado, lembrei-me vagamente de que tinha uma missão. Ah, sim, alertar um tal Samuel Beckett de que sua vida estava em perigo. Behan ainda estava, se a sonoridade servia de pista, dormindo pesado. Primeiro pensamento: bicicleta até a rue des Favorites e deixar uma mensagem. Não, Christopher havia levado emprestada minha bicicleta e não a devolveu mais. Tomar o metrô? Uma possibilidade. Mas, espera aí! A Minuit estava logo na esquina. Avisar Lindon, que poderia então alertar Beckett. Brilhante: a maior recompensa pelo último esforço. Coloquei um pé no chão, um esforço hercúleo. Minha cabeça, embora muito clara, foi acossada por dores como nunca antes – bem, raramente – à medida que eu trazia o segundo pé ao chão. Em silêncio, vesti as calças e descobri que elas já estavam lá, mais que suficientes. Camisa também, amarrotada mas servia. Sapatos, meias e tudo o mais. Aproximei-me da porta, destranquei--a, entreabrindo-a: nem um ruído. Eu estava com sorte, até que a luz da manhã me golpeou com toda a força e cambaleei para trás. Olhando em volta – sigilo é o meu lema – ainda nenhum movimento no *front* irlandês. Saí na ponta dos pés, literalmente, andando por meu corredor familiar, ainda pavimentado com pedras como antes, meu próprio pequeno universo, o botão interno encontrado e premido, a sólida porta da rua aberta com um estalido, a saída para a rue du Sabot, enxameada de vida.

Na Minuit, acima da interminável escadaria em caracol até o patamar, depois à esquerda e acima novamente até a recepção. Sorri. Ela sorriu de volta. A essa altura ela me conhecia. monsieur Lindon estava? Sim, mas *occupé*. Era importante? Muito. Ela pareceu preocupada, pegou o telefone, conteve-o no ar. Quero dizer, a mão que o sustinha. Ela podia me fazer uma pergunta? Claro.

Eu estava me sentindo bem? Sim, ótimo. Obrigado por perguntar, muito gentil de sua parte. Porque, monsieur Seaver, o senhor parece um pouco pálido. Concordei, assumi o gesto adequado e finalmente revelei que tinha uma mensagem importante para monsieur Beckett. Urgente. Será que eu podia deixar um bilhete para monsieur Lindon? E ela podia se certificar que o bilhete chegasse às suas mãos o mais cedo possível?

Com a mão mais firme que consegui, relatei por escrito a história da noite anterior, que o jovem sr. Behan de Dublin tinha a intenção de vê-lo a qualquer custo. Tentei resumir seu currículo, o máximo que tinha captado ou conseguia me lembrar, começando com sua mocidade em Borstal, mas me lembrando subitamente que ele também tinha se proclamado, nas altas horas da madrugada, como o sr. Beckett, um dramaturgo promissor, um dado importante que me havia escapado até então. Consequentemente com muita coisa a discutir. Mas cuidado: ele parecia ter uma ligeira propensão a beber. Por enquanto, acrescentei, ele estava alojado na rue du Sabot, embora minha intenção fosse encerrar essa situação no futuro imediato, se não mais cedo. (Expressão de minha mãe; crédito seja dado a quem de direito.) Ele tinha tentado me arrancar o endereço do sr. Beckett, sublinhei, e embora eu tivesse bebido demais naquela noite, acreditava que a informação sagrada estava inviolada...

Relendo meu bilhete, achei que ele parecia uma baboseira, por isso, pedindo desculpas à maternal recepcionista, piquei-o e escrevi outro, mais curto e certamente mais coerente. Dobrando-o, assinalei nele URGENTE, agradeci a ela e dirigi-me para o Royal, onde tomei um *café crème* duplo. Depois outro. Nesse momento, quase humano, recuperei o juízo, preparei-me para a luta e tomei o rumo de casa para me livrar do invasor galês.

Assim que virava a esquina da rue Bernard Palissy para a rue du Sabot, soube que estava encrencado. Gravemente. Consegui ouvir a voz tão alta e clara como se ela estivesse bem ao meu lado, cantando, no que tomei como afinação perfeita, uma canção irlandesa de certo renome. O som inflava a cada passo que eu dava até, aberta a porta, quase me levantar do chão. Por doentio que fosse meu aspecto, Behan era o retrato da saúde, as bochechas coradas, os olhos claros, as mãos firmes. O aroma de café enchia o ambiente.

"Onde você esteve, Seaver?", bramiu ele. "O café está quase pronto. Sente-se. E sinta-se perfeitamente em casa."

Eu me sentir em casa? De penetra a rei do galinheiro em apenas meio dia. Isto não iria ser tão fácil quanto esperava. No café, Behan insistiu em seu pleito. Estaria indo ver o editor de Beckett, que ele tinha certeza que lhe daria o endereço desejado. Eu só podia esperar que minha mensagem fosse transmitida a tempo.

Eu disse a ele que iria precisar de sua cama esta noite, para um amigo pernoitar. "Está tudo bem", disse ele, "eu posso dormir na cadeira, como fiz na noite passada." "Não, não", respondi, "a cama é para uma *amiga*." "Então você não vai precisar de duas camas, vai?" Ele piscou o olho e novamente pensei no revólver que eu não tinha. "Você sabe que eu não tenho um tostão furado", continuou ele. "Deportado de meu próprio país sem ao menos um níquel ou um obrigado. Você não gostaria que eu dormisse nos bancos do parque, gostaria? Em todo caso, eu raramente vou para a cama antes das três ou quatro da manhã, portanto eu não vou incomodar nada. Apenas deixe a porta destrancada quando entrar... Então, estou saindo."

Ele estava de volta em meia hora, sem entender mas também sem desistir. Lindon havia se recusado a vê-lo, mas ele jurou que voltaria no dia seguinte, e no outro depois desse, até que tirasse as informações dele. Por mais que me opusesse a ele neste ponto, tive de admirar sua persistência.

"Não é como se Beckett não *quisesse* me ver", ponderou ele. "Ele me receberá do mesmo jeito que Joyce o recebeu."

Por um momento pensei que eu poderia estar redondamente enganado: quem era eu para julgar quem Beckett deveria ver ou não? Mas Behan já havia formulado seu próximo passo obsessivo.

"Eu sei que ele frequenta Montparnasse", disse ele, "por isso passarei o dia lá, perguntando até encontrá-lo." E ele saía tão lépido e sereno como se nem uma gota tivesse tocado seus lábios na noite anterior.

Quanto a mim, despenquei na cama e dormi bem umas três horas até que, desperto mais uma vez, senti-me humano. Bem, quase humano.

Fiel a sua palavra, Brendan passou o dia inteiro – e a noite – vagando por Montparnasse, perguntando aqui e acolá se alguém havia visto Samuel Beckett, seu velho amigo. Dada a sua óbvia irlandesidade, tanto de palavra como de bebida, vários moradores locais davam informações de bom grado. Não, ele não esteve por aqui, pelo menos não recentemente, mas você tentou a Closerie des Lilas? Ele vai muito lá. Também no Dôme ou na Coupole. Em cada um desses locais, Behan tinha parado para descansar e, assim, ao final da tarde, no máximo no começo da noite, ele estava escandalosamente bêbado, cantando no mais alto de seus pulmões saudáveis até cair no sono ou ser deselegantemente conduzido para a inóspita calçada.

Na segunda noite, em total desafio, eu tinha deixado o ferrolho na porta da rue du Sabot. Só voltei para casa depois das duas, cautelosamente conferindo para ver se meu pensionista de algum modo tinha entrado às escondidas. Ótimo! A perspectiva de uma boa noite de sono. Errado! Às quatro da manhã, primeiro a voz e, então, a batida insistente. "ABRA, SEAVER! ESTOU EM CASA!"

"De fato, em casa!" Mas destrancar a porta, eu destranquei, ainda que relutante. Desta vez nenhuma garrafa foi desenterrada, mas fui obrigado a ouvir que ele ainda estava esperando Beckett, apesar de várias pistas promissoras. O Rotonde e, em especial, um bar chamado Falstaff eram locais que Beckett agora frequentava, segundo Behan descobrira, e no dia seguinte ele faria o reconhecimento de ambos. Será que eu me importaria se cantássemos só uma canção antes de deitar? Só uma? Ótimo, mas não muito alto... "Eu sei, eu sei, o povo trabalhador de cima. Eu não tolero gente trabalhadora. Você conhece o velho ditado irlandês: 'O trabalho é a maldição das classes bebedoras'!" E ele rugiu às gargalhadas, como se o tivesse inventado.

...

No dia seguinte, em muito melhor forma, apressei-me a dobrar a esquina e lépido subi de dois em dois os degraus agora familiares, só para dar de cara, no patamar do primeiro andar, com Sindbad Vail. "Belo artigo sobre Samuel Beckett na *Merlin*", disse ele, não sei se sorrindo ou com o cenho franzido. "Pensei que você tivesse prometido a *Points* seu próximo trabalho." É verdade, eu tinha, mas foi Trocchi que havia sugerido o de Beckett, por isso não tive escolha. "Eu tenho algo para o seu próximo número", disse eu, "acho que vai gostar." "Ficção ou não ficção?", perguntou ele. "Vou lhe dar um de cada e você escolhe", propus, e ele pareceu se alegrar.

Na recepção, a moça maternal parecia contente com minha aparência melhor. Confirmou que meu bilhete para monsieur Lindon havia sido entregue. Ele ficou grato e ela tinha quase certeza de que ele havia alertado monsieur Beckett sobre o problema. Quando me preparava para sair, ela disse: "Estou contente que você esteja se sentindo melhor hoje". Anuí, suponho que gentilmente, desci depressa e dobrei de volta a esquina para me preparar para o próximo episódio de minha saga irlandesa. Com cuidado, abri a porta, de modo a não despertar meu honrado hóspede, e encontrei o quarto vazio. Um bilhete, escrito em caligrafia larga e no geral legível, informava-me que ele tinha saído em busca de sua caça, mas assegurava-me que retornaria ainda no começo da manhã. "NÃO SE ESQUEÇA DE DEIXAR A PORTA DESTRANCADA!"

Três dias de investigação adicional foram, como disse Behan, "um desastre". Ele teve de concluir que Beckett não estava por perto, pois certamente ele teria ouvido nestes últimos dias que Brendan Behan, compatriota irlandês, colega dramaturgo, à espera de amizade, estava em Paris e ansioso por um encontro. "Até consegui seu endereço", disse ele. "Rue des Favorites, embora ninguém conseguisse me dar o número. Parei em vários bares nas vizinhanças, mas sem sorte. Mas uma coisa eu sei, a maioria dos bares na área tem uísque decente. Um bom sinal, não?" Ele fez uma pausa. "Ou melhor, tinham. Receio que eu possa ter obrigado a maioria deles a reabastecer seu estoque..."

"Seja como for, no quarto dia – estou parecendo a porra da Bíblia, não? – um bar finalmente tinha o número da rua – 15, a propósito – e assim, fui até lá e bati na porta até que ele próprio atendeu. Tivemos uma conversa admirável. Três horas, no mínimo. Por volta das nove horas, porém, ele disse que tinha de sair para um ensaio de sua peça *Esperando Godot*, que aparentemente deverá em breve entrar em cartaz – você sabe alguma coisa a respeito? – mas ele ficou muito grato pela minha visita. Muito grato. Não sei bem se sua mulher concordou. Suzanne. Ela mal disse uma palavra..."

"Nove horas?", perguntei. "Você o deixou às *nove* depois de três horas? Quer dizer que você foi lá às *seis horas da manhã?*"

Ele franziu o cenho, todas as engrenagens trabalhando, e fez que sim. "Deve ter sido", disse ele. "Eu não olho o relógio como quase todo mundo faz. De qualquer forma, eu não o *deixei* por minha própria vontade. A certa altura ele disse que tinha de sair para um ensaio de sua peça e me acompanhou até a saída. Perguntou onde eu estava hospedado. 'Rue du Sabot', disse eu, então ele acenou para um táxi e o pagou. Benza Deus! Eu disse para você que nós irlandeses sempre nos ajudamos!"

Merda! A revelação de Behan de meu endereço como sua hospedagem em Paris significava que Beckett logo somaria dois mais dois e acharia que eu tinha atirado Behan em cima dele. Isto, apenas semanas depois que eu havia procurado sua colaboração para a revista. Agora eu tinha certeza de que jamais teria notícias dele, sobre *Watt* ou qualquer outro assunto.

Assim, todos os meus esforços tinham sido em vão. Meses depois, uma tarde no Dôme quando eu estava tomando um drinque com Beckett, toquei no assunto, relatando o meu lado da saga Behan. Ele meneou a cabeça. "Não se preocupe, no ritmo em que ele está bebendo, não vai durar outra década."

Beckett estava quase certo. Behan morreu doze anos depois daquele encontro inicial em 1952, aos 41 anos. Beckett iria vê-lo ainda uma vez depois disso. Quando ele estava em Londres no outono de 1961 assistindo a ensaios de *Happy Days*, seu primo John Beckett, um dos três filhos de seu tio Gerald, que era amigo de longa data de Behan, convenceu Sam a ir com ele visitar Brendan, então confinado a uma casa de saúde numa vã tentativa de curar seu alcoolismo. Embora ele tivesse predito este fim, Beckett ficou profundamente chocado: "uma carcaça corpulenta embolada sob os lençóis enrugados" que "significava um terrível desperdício de espírito e talento".*

Eu, por outro lado, iria encontrar meu pensionista indesejado várias vezes depois, em minha função de editor na Grove Press nos anos 1960. Mas essa é uma história inteiramente diferente, em um continente distante.**

* Ulick O'Connor, *Brendan Behan*. Londres: Coronet Books, 1972, p. 292.

** Em sua biografia de Beckett de 1978, séria mas terrivelmente falha, Deirdre Bair coloca Christopher Logue na rue du Sabot quando Brendan entrou tropeçando naquela manhã, mas, ai de mim, era só eu montando guarda.

16

LADRÃO, PEDERASTA... E GÊNIO

De volta a nossa história, com o número três da *Merlin* pronto. Tínhamos enviado dois exemplares para Sartre, nova cortesia do ubíquo e sempre prestativo Jean Cau. Dois dias depois, Cau ligou e perguntou se Trocchi e eu poderíamos nos reunir com monsieur Sartre na tarde do dia seguinte. "Ele está impressionado com o que vocês estão fazendo", disse ele. "Acho que ele tem uma ou duas sugestões para vocês."

Minha reação imediata foi "Ai, merda!", porque naquele número eu tinha escrito um artigo sobre Sartre, resumindo a longa disputa política entre ele e Camus. Mesmo assim, como eu havia dado clara aprovação a Sartre, achei que havia pouca coisa com a qual ele pudesse ter se ofendido.

Além disso, ponderei, mesmo que ele tivesse visto o artigo, não se daria ao trabalho de lê-lo, pois uma coisa que eu tinha aprendido é que os franceses em geral tendem a ignorar quaisquer tentativas de estrangeiros de entender, muito menos de explicar, os detalhes mais delicados de sua história, cultura e política.

Quando Cau nos acompanhou novamente, às quatro em ponto, até o aposento privado, Sartre se levantou para nos cumprimentar. Os exemplares da revista estavam em sua mesa.

"Estou contente que tenham feito o artigo de Nyiszli", disse ele. "É um documento da mais alta importância, e agora pelo menos os leitores ingleses terão um vislumbre daquele campo de extermínio. Muito pouco ainda é conhecido." Então ele voltou seu olhar oblíquo para mim. "Seu artigo 'Revolt and Revolution'", disse ele. "Sem dúvida você percebe o quanto foi dolorosa minha ruptura com Camus. Durante a guerra ele foi exemplar. *Combat* foi o mais importante jornal clandestino e, como editor, ele mostrou rara coragem e grande inteligência. E Meursault é um dos principais personagens da ficção contemporânea. Mas eu sempre suspeitei que Camus estava mais interessado no paraíso do que em nossos meros assuntos terrenos. Os alemães de fato nos uniram em uma causa comum. Mas quando essa pressão desapareceu, seguimos caminhos diferentes, o que é perfeitamente aceitável e normal. Suspeito, porém, que Camus considerava os anos de ocupação alemã uma intrusão indesejada, que o obrigava a uma servidão diária, e que ele ficaria feliz demais quando terminasse para ele poder se dedicar a assuntos mais transcendentais, mais..." Ele parou, dizendo que tinha ido longe demais, embora eu objetasse. Eu queria ouvir mais, pois Sartre falava com uma intensidade e inteligência que, apesar do óbvio envolvimento emocional, não se tornavam acintosas.

"Eu gostaria de sugerir outro autor francês para sua consideração", disse ele. "Vocês podem achar que estão se desviando demais de sua missão básica como revista de língua inglesa, mas gostaria de saber: vocês conhecem a obra de Jean Genet?"

Assenti, pois embora não estivesse na cautelosa lista de obras de Jeanne Theis, eu tinha lido não só seu *Journal du voleur* mas também o ainda mais ousado *Notre-Dame-des-Fleurs*.

"Ele é muito importante", prosseguiu Sartre. "Diferente de todos os outros autores franceses de hoje. Ou talvez de todos os tempos. De fato, ele me fascinou tanto que escrevi um livro sobre ele." E se abaixou e puxou um livro enorme com o intrigante título de *Saint Genet*. "Pretendi apenas escrever uma introdução a um de seus livros, mas quanto mais eu descobria, mais volumoso ele se tornava." Ele tinha um tom quase apologético. "Aqui está", e empurrou o livro sobre a mesa, "usem o que quiserem dele, se de fato publicarem alguma coisa do próprio Genet. A propósito, há uma tradução em inglês a caminho, talvez pronta, de pelo menos uma obra, não sei bem qual."

"*Journal du voleur*", disse Jean Cau.

"Como podemos entrar em contato com monsieur Genet?", perguntou Alex.

"Ele é muito recluso", disse Sartre, "e será difícil contatá-lo, mas eu vou falar com ele e ver se vocês podem se encontrar."

Agradecemos e nos preparamo para sair.

"Mais uma coisa", disse ele, levantando-se. "Eu notei que vocês publicaram" – acho que ele olhou em minha direção, mas seu estrabismo deixava dúvidas; pelo menos ele se virou em minha direção – "um artigo, em seu segundo número, sobre Samuel Beckett. Eu não li todo o artigo, mas entendo que você tem um alto conceito dele..."

"De seu trabalho", interpus. "Eu não o conheço pessoalmente."

"E no último número entendo que vocês publicaram um trecho de um de seus romances, *Watt*, o último trabalho que ele escreveu em inglês. Agora ele escreve em francês. Alguns anos atrás, publicamos um conto dele em *Les Temps Modernes*. Eu não me lembro do título – acho que se chamava 'Suite' – mas me lembro que ele ficou muito irritado, afirmando que tínhamos publicado apenas metade do trabalho, ao passo que o que foi publicado foi o manuscrito inteiro que seu agente Tony Clerx* havia enviado a Simone. Acabou que era apenas metade do conto, mas só depois descobrimos isso e Beckett ficou totalmente indignado conosco quando dissemos a ele que não publicávamos sequências. 'Isto não é uma sequência', disse ele. 'É a segunda metade do conto. A metade crucial, pois sem ela você me deixa falar só para me cortar antes que minha voz tenha tido tempo de se tornar significativa.' Ou algo parecido. Ele escreveu para Simone uma carta pungente, usando, se bem me lembro, termos como 'pesadelo' e 'mutilação'. 'Então por que você não nos envia o trabalho inteiro?',

* "Tony Clerx" era o pseudônimo de Jacoba van Velde, a irmã do amigo de Beckett, Bram van Velde, um pintor holandês que Beckett admirava muito. Ao tratar com editores, fossem de revista ou livro, Beckett preferia não negociar diretamente mas usar um intermediário como Clerx ou George Reavey, ou mesmo sua amada Suzanne, que havia andado pessoalmente para lá e para cá em Paris durante anos com cópias de *Molloy* e *Malone* debaixo do braço, procurando em vão um editor. O próprio autoquestionamento de Beckett, além da pletora de rejeições dolorosas que ele havia sofrido ao longo dos anos, o tornaram acanhado com editores, até que no final não Suzanne mas o amigo dos Becketts, Robert Carlier, teve a boa sorte de deixar seu trabalho nas Éditions de Minuit em 1950.

perguntou Simone. 'Porque', respondeu Beckett, 'quando foi enviado pela primeira vez nos disseram que era longo demais para ser publicado. Mas fomos tranquilizados por madame Allard* que a segunda parte seria publicada no número de outono.'" Sartre balançou a cabeça, sem dúvida imaginando se algum editor seria capaz de satisfazer algum autor. "No entanto", prosseguiu ele, "depois disso ele publicou dois romances pela Minuit, *Molloy* e *Malone*, ambos ótimos, e um ano atrás publicamos um longo trecho – umas 15 mil palavras, creio – deste último na revista, sob o título 'Quel malheur'. Por isso, embora eu não possa dizer que as arestas tenham sido plenamente polidas, acho que isto prova que não temos nenhum ranço contra ele. Ao contrário. Mas desconfio que ele ainda tem contra nós. Certamente contra Simone. Por isso, achei que vocês deviam saber que, por talentoso que seja, ele pode ser difícil. *Muito* difícil."

Agradecemos o aviso, trocamos apertos de mão e fomos mais uma vez escoltados até a porta por Jean Cau.

"Vou me certificar de colocar vocês em contato com Genet", disse Cau. "Sartre está certo. Publicá-lo seria um verdadeiro golpe de mestre para sua revista."

No começo do novo ano recebi um *pneumatique* de um homem chamado Bernard Frechtman, que se anunciou como amigo, agente e tradutor de Jean Genet. Mais uma vez Jean Cau tinha cumprido o que prometera. Frechtman soubera que estávamos interessados em publicar algum trabalho de Genet na *Merlin*. Seria possível nos encontrar? Talvez na próxima sexta-feira às três? Sugerimos o Old Navy, um bar popular no bulevar Saint Germain que, ao lado do Royal e mais tarde do Café Tournon, era um local onde se podia passar a maior parte da tarde lendo, escrevendo ou apenas conversando sem que a gerência se abalasse, mesmo que tudo o que pedíssemos ao longo de horas fossem dois cafés ou, subitamente tomados pela fome, um sanduíche e um copo de vinho. Pontualmente às três, Frecht-

* Paule Allard, uma das editoras da revista.

man chegou, alto e usando óculos, encolhido de frio com um casaco do exército que evidentemente havia conhecido dias melhores, talvez até em batalhas. Os seus óculos não eram comuns, as lentes tão grossas que ele tinha de olhar de perto para todos e tudo o que deparasse, a cabeça projetada ligeiramente à frente para ajudar a enxergar. Com aquela visão, perguntei-me, como ele teria sido aceito no Exército? Olhando além dele, eu esperava ver o santo em pessoa, mas não havia ninguém. Frechtman era um soldado americano que permanecera após a guerra e estava firmemente estabelecido aqui. Ele carregava um pacote, embrulhado em papel pardo. Éramos cinco naquele primeiro encontro: Alex, Jane, Austryn, Patrick e eu. Estávamos todos tomando café, mas Frechtman, bom francês que havia se tornado, pediu um copo de vinho tinto. Tínhamos três ou quatro exemplares do último número da *Merlin* sobre a mesa, um dos quais empurramos em sua direção, mas ele recusou com a cabeça. "Obrigado, mas eu já li", informou. "E eu falei com Jean sobre vocês e a revista. Ele ficaria contente se vocês publicassem um trecho de *The Thief's Journal* (Diário de um ladrão). Eu trouxe o manuscrito comigo. A propósito, algum de vocês o leu em francês?" Austryn e eu tínhamos lido. "Ele é um gênio", disse Frechtman, "puro e simples. Se vocês não leram, devem ler o *Saint Genet* de Sartre. Ele diz tudo." Eu não estava certo quanto a "gênio", mas era verdade que eu nunca havia lido nada parecido com Genet, uma mistura de lirismo e submundo, bravura e imaginação sublime, tudo em uma prosa tão pessoal e complexa que desafiava uma leitura simples. Difícil demais de traduzir. Fiquei intrigado por ver o quanto Frechtman havia traduzido bem. "Leia e escolha uma passagem", disse ele, deslizando o manuscrito pela mesa. "Quando vocês decidirem, eu gostaria de vê-la." Conversamos por cerca de uma hora, sobre Genet, sobre a *Merlin* e as outras pequenas revistas em Paris – todas as quais, confessou Frechtman, haviam recusado Genet como "ousado demais", "perigoso demais", "obscuro demais". "Talvez vocês também achem", acrescentou ele, "mas eu não penso assim." Mencionei para Frechtman que Sartre havia nos pedido para encontrá-lo.

Até agora, o único editor na França com coragem suficiente para publicar Genet, cujos livros tratam de roubo, assassinato, cafetinagem e acima de tudo de homossexualismo, retratados com vivacidade, ainda que poeticamente, foi L'Arbalète, uma editora pequena e relativamente pobre no sul. Talvez a geografia tivesse algo a ver com isso; com Paris como centro de tudo, a periferia podia se permitir coisas impossíveis de ver na capital. A ousadia era diretamente proporcional à distância da Île de La Cité.

Naquela noite, mais uma vez, em nosso refúgio na rue du Sabot, nosso escritório mundial, sentamo-nos em círculo lendo *Diário de um ladrão*. Sabíamos que se tratava de um trabalho importante. Salpicado de imagens contundentes, de linguagem quase litúrgica e ainda assim de sarjeta. Ladrão e santo ao mesmo tempo. Abjeto e orgulhoso. E, em sua introspecção, o mais profundamente honesto que um homem pode ser sobre si mesmo e o submundo ao redor, um mundo de cafetões e patifes, mafiosos e condenados foragidos. Para mim não tinha a beleza multiescalonada de Beckett, mas, sem dúvida, Genet estava abrindo portas para salas ocultas, paisagens obscuras que nunca tinham sido retratadas com tal franqueza candente. Como aconteceu com *Watt*, porém, era muito difícil extrair um trecho. Finalmente, escolhemos uma seção na qual o narrador, enamorado do criminoso, a "besta esplêndida" Stilitano, vaga pelo submundo de Barcelona, roubando, prostituindo-se, mentindo, autoflagelando-se.

De Sartre, que havia escrito centenas de milhares de palavras sobre Genet, por quem ele era obviamente fascinado, selecionamos umas poucas páginas, que Austryn e eu traduzimos:

> Nem todos que seriam são Narciso. Muitos que se inclinam sobre a água veem somente uma vaga figura humana. Genet se vê em toda parte; as superfícies mais insípidas refletem sua imagem; mesmo em outros ele percebe a si mesmo, com isso trazendo à luz seus segredos mais fundos. O tema perturbador do duplo, da imagem, da contraparte, do irmão inimigo, está presente em todas as suas obras.
>
> Cada uma delas tem a estranha propriedade de ser tanto ela mesma como a reflexão de si mesma. Genet traz diante de nós uma multidão densa e prolífica que nos intriga, transporta e transmuta em Genet sob o olhar de Genet. Hitler aparece, fala, vive; ele retira sua máscara: era Genet. Mas a

pequena criada com os pés inchados que neste ínterim estava enterrando seu filho – também era Genet. No *Diário de um ladrão*, o mito do duplo assumiu sua forma mais tranquila, mais comum e mais *natural*. Aqui Genet fala de Genet sem intermediário. Fala de sua vida, de sua desventura e glória, de seus amores; ele conta a história de seus pensamentos. Seria possível pensar que, como Montaigne, ele vai desenhar um autorretrato bem-humorado e familiar. Mas Genet nunca é familiar, nem consigo mesmo. Ele com certeza nos conta tudo. Toda a verdade, nada além da verdade, mas será ela a verdade sagrada...? Ele nos tranquiliza somente para mais adiante nos perturbar... Genet, o romancista, falando de Genet o ladrão, tem mais de ladrão do que o ladrão; o ladrão e seu duplo são igualmente sagrados. Assim, esse novo objeto vem à luz: uma mitologia do mito (como o blues que era chamado *The Birth of the Blues*); atrás dos mitos de primeiro grau – o Ladrão, o Assassino, o Mendigo, o Homossexual – descobrimos os mitos reflexivos: o Poeta, o Santo, o Duplo, a Arte. Nada além de mitos, portanto; um Genet com estofo de Genet, como as ameixas de Tours. Contudo, se você conseguir ver na emenda a linha fina separando o mito envolvente do mito envolvido, descobrirá a verdade, que é apavorante. É por isso que não receio chamar este livro, o mais maravilhoso que Genet escreveu, o *Dichtung und Wahrheit* (Poesia e verdade) do homossexualismo.

17

GRANDES DECISÕES, COM RELUTÂNCIA

ASSIM, AQUI estávamos de volta a outra véspera de Natal na casa dos Manchons. Reprise do Natal anterior. Mais uma vez cheguei e encontrei Frank e Louis abrindo ostras na cozinha. Mais uma vez livrei-me do paletó, recebi um avental e me juntei ao grupo. Eu havia progredido o suficiente para não parecer burro, mas minha mão sem faca ainda estava dentro de uma pesada luva para poupar os dedos de uma indesejável amputação. Na sala de estar, os outros convidados – ao todo uns doze – estavam bebericando champanhe em volta de uma bela árvore de Natal, sem os ornamentos com os quais eu havia crescido, mas com guirlandas douradas e velas de verdade, ainda apagadas.

Nós, abridores de ostras, juntamo-nos aos demais e trocamos cumprimentos ou, caso já fôssemos íntimos, beijos dobrados com as damas. Para mim, ainda não, exceto com Jeanne, que um ano antes me proclamara membro da família, por isso tinha permissão para roçar meus lábios por suas bochechas. Seu amado, o conde, limitou-se a beijar sua mão, prática a que eu jamais me habituaria independente de quantos anos morasse aqui: já se nasce com isso, concluí. O beijo na mão era um costume moribundo, mas eu sempre sentia, quando o presenciava, estar diante de um vislumbre privilegiado da delicadeza de um tempo antigo.

Entre os convidados estavam Paul, Roszi outra vez, juntamente com a jovem Jeannette em um deslumbrante vestido verde-claro. Muitas vezes eu tinha pensado nela, que estava ainda mais bela que antes. Fiz questão de sentar ao seu lado.

Embora eu não me lembrasse muito bem, no dia seguinte, da conversa sem dúvida fulgurante da véspera, lembrava-me praticamente de cada palavra que Jeannette havia dito. Mesmo pelos padrões europeus, ela era surpreendentemente madura para sua idade, o que em grande parte atribuí ao fato de que seu adorado pai era uma fonte de informações sobre todos os assuntos: políticos, econômicos, culturais, artísticos. Em casa ele era igualmente propenso a ruminar em voz alta os assuntos sobre os quais conversava com seus colegas na Chambre des Députés ou no Quai d'Orsay. Indiscutivelmente era um dos jornalistas mais respeitados de Paris. E, além disso, era apaixonado por seu trabalho e nenhuma obstinação ou aprofundamento sobre um objeto eram suficientes em sua busca pelo significado oculto, a verdade mais profunda. Eu estivera presente com ele em jantares suficientes para partilhar dessa estima geral. Ele nunca era pomposo ou autoritário: ouvia tão atentamente quanto falava e, quando se contrapunha, o fazia com tal elegância que era como se estivesse concordando, não contestando. Muitas noites, quando eu ia para casa, mesmo que fosse muito tarde e minha cabeça já não estivesse funcionando bem, registrava em meu diário seus pensamentos e opiniões sobre política e literatura europeias.

Perto do final da noite, Jeannette se voltou para Frank e disse: "Fui convidada para uma festa dançante na véspera de Ano-Novo. Se por acaso estiver livre, poderia me acompanhar?".

Frank, o epítome da cortesia, sorriu e ergueu a palma das mãos em um gesto de desamparo autocrítico. "Minha querida Jeannette", disse ele, "eu ficaria honrado. Mas o problema é que eu não danço."

"Ah", lamentou ela.

"Eu danço", disse uma voz a sua esquerda. A minha. "Ficaria contente em acompanhá-la."

Ela olhou para mim como se pela primeira vez. "Ficaria? Obrigada. Isso seria ótimo."

Então, de súbito, fiquei com muito medo diante da ideia. "Veja bem", disse eu, "não sou nenhum Fred Astaire." Eu estava esperando que ela dissesse: "Tudo bem. Não sou nenhuma Ginger Rogers". Mas tudo o que ela disse foi: "Acho que vamos nos divertir bastante".

...

Véspera de Ano-Novo. Quase não reconheci Jeannette. Ela deixou escorregar seu casaco de pele revelando um elegante vestido prateado que mesmo ao meu olhar inculto era claramente *haute couture*, os pés calçados em sapatilhas de Cinderela, também prateadas. De repente me senti canhestro e rústico em meu terno azul-escuro muito lustroso. Eu sabia também que o colarinho de minha camisa branca estava ligeiramente puído e quando apertei sua mão elevei um pouquinho meu casaco.

Após o jantar, os pais de Jeannette nos levaram para o baile, um percurso de uma boa meia hora por uma Paris mais brilhantemente iluminada do que já a havia visto, à medida que a Cidade Luz se empenhava muito em reconquistar sua glória pré-guerra. O "baile" era em Neuilly. Atravessamos a Pont Alexandre III, passamos pelo Grand Palais, demos a volta no Rond Point e nos dirigimos para os Champs-Élysées rumo ao Arc de Triomphe. Apesar de meu preconceito de Rive Gauche, encantei-me e tive de admitir que esta era uma das grandes avenidas do mundo. Esta noite seus passeios estavam apinhados de multidões agitadas, os restaurantes e os cafés transbordando de gente e o número relativamente pequeno de carros, a maioria de antes da guerra, passava para lá e para cá em lenta sucessão, ruidosamente buzinando sua saudação ao Ano-Novo, soando para o mundo inteiro como um bando de gansos descomunais.

Marie-Claire nos cumprimentou à porta e nos apresentou aos convidados, sua irmã e seu cunhado, que responderam com sorrisos tão perfunctórios e artificiais que eu quis fugir dali. Mas um olhar para Jeannette, toda inocência e sorrisos, logo me tranquilizou. Notei que vários homens avaliavam Jeannette com olhos lupinos. Meu terno, e particularmente meu colarinho puído, segundo pensei, estavam a cada minuto se tornando mais visíveis. Felizmente, os músicos da orquestra, também de smoking – como se pode distinguir os convidados dos empregados? –, que vinham se aquecendo numa plataforma no canto ao fundo começaram a tocar seu primeiro número. Tomando a criança Cinderela em meus braços pela primeira vez, rezei para que meus pés inábeis não me traíssem. "Onde está a senhora, Miss Cassidy, agora que preciso de você?"

Jeannette era uma dançarina nata e fluímos pelo salão – sim, sim, pelo menos na cabeça do espectador – como Fred e Ginger. Esta foi a primeira vez que dancei em muitos anos. E esta garota maravilhosa em meus braços tornava a dança um prazer total. Por isso, a Escola de Dança de Miss Cassidy que frequentei ainda jovem em Connecticut não foi, afinal de contas, um desperdício total.

Eu tinha onze ou talvez doze anos quando minha mãe trouxe a notícia. "Neste outono, frequentaremos a Escola de Dança de Miss Cassidy" – e meu mundo subitamente escureceu. Nenhum dos meninos de minha idade sabia dançar nem tinha a menor vontade de aprender. O esporte era a minha vida: futebol americano no outono, luta romana no inverno, beisebol na primavera e no verão. Nas tardes de setembro em diante, eu me sentava ouvindo as transmissões de rádio da central de futebol Big Red de Cornell, as proezas de Brud Holland, *running-back* negro de Cornell.

"Por que tenho que ir para a escola de dança?" "Porque faz parte do crescimento. Uma habilidade social que vai ser útil. Um dia você vai me agradecer por isso." Sempre que minha mãe me mandava fazer algo que eu sabia que era errado, ou inútil – como me obrigar a estudar latim só porque anos antes ela teve um professor de latim –, eu tinha certeza de que odiaria isso. E a escola de Miss Cassidy era um desastre. Vinte e cinco ou trinta meninos e meninas todos em trajes elegantes – elas normalmente de veludo escuro, nós de camisa branca e gravata – em pé em lados opostos da sala até que o piano começava e tínhamos de ir para o centro e tomar uma garota pela cintura com uma mão, o que já era ruim, depois apanhar sua mão direita e começar a mover os pés. Metade do tempo eu pisava nos pés dela e tinha de dizer "desculpe", e ela dizia "Ah, está tudo bem", mas não estava e, então, por que ela dizia isso? As coisas melhoraram um pouco quando dois de meus colegas de sala apareceram. Ao final do ano eu tinha realmente dominado o *two-step* e a valsa, embora conseguisse somente fazer aquele um-dois-três umas tantas vezes até que me perdia e tinha de começar a contar de novo.

...

Jeannette e eu nos sentíamos bem nos braços um do outro e minha falta de jeito, que retornou quando passou o efeito do champanhe, recuava a cada nova canção. A maioria das canções era americana e conhecida, tendo os franceses adotado a música americana após a guerra como se fossem seus donos, tanto que muitos músicos de jazz da América tomaram o primeiro transatlântico disponível e foram tocar em boates de Paris. Além disso, na França músicos negros eram não só realmente bem-vindos como celebrados como heróis musicais. Aqui podiam circular livremente com brancos, desposar uma mulher branca. A França tinha seus próprios objetos de preconceito, e os negros não estavam entre eles.

Dançamos, andamos de mãos dadas, sentamos, tomamos mais champanhe, dançamos novamente. Estávamos nos apaixonando irremediavelmente.

À meia-noite saudamos o Ano-Novo – 1953! Quase timidamente, beijei Jeannette. Dançamos novamente. Eu não conseguia soltá-la.

Na alvorada, saímos para as ruas quase vazias. Era hora de levar Cinderela para casa, mas em vez de chamar um táxi para ela, divisei um café que tinha ficado aberto a noite inteira na esquina ali perto. Tínhamos que saudar juntos o novo dia cinza com croissants mornos e café fumegante. Passava das sete quando lhe dei um beijo de bom dia e a coloquei num táxi. Minha cabeça estava leve, bem como meus pés. Rechaçando a ideia de tomar um táxi, decidi ir a pé para casa – cerca de uma hora de caminhada. Ocasionalmente, quando só caminhar não bastava, eu me torcia e girava segundo algum ritmo interior, uma canção muda em meus lábios. Naquela manhã, Maurice Chevalier não levava nenhuma vantagem sobre mim. Eu estava apaixonado. Meu passeio de volta para casa – primeiro até o Arco do Triunfo, depois os Champs-Élysées até a Place de la Concorde, atravessando a agora silenciosa ponte, suas luzes amarelo pálido como um colar para a alvorada e até Saint Germain – fez com que me sentisse naquela manhã dono da cidade que eu amava. Pelo menos por umas duas horas.

...

Algumas semanas antes dessa noite mágica, quando eu havia dançado não na chuva mas, entusiasmado ainda que mal-agradecido e, ah, tão apaixonado, por toda Paris, cartazes modestos na Rive Gauche anunciavam que uma peça de Samuel Beckett, *En attendant Godot*, o mesmo trabalho sobre o qual eu ouvira fragmentos intrigantes na rádio francesa quase um ano antes, estrearia no começo de janeiro no Théâtre de Babylone, pertinho de minha casa.

Finalmente! Desde aquela apresentação parcial na rádio francesa, eu ficara obcecado para ver a peça completa. Ou mesmo lê-la. Meus esforços para persuadir monsieur Lindon, agora meu amigo, a me dar uma cópia do manuscrito foram inúteis. Ele foi categórico. Ele tinha lido a peça? Claro! E? *Extraordinaire!*, disse ele. Tão boa quanto os romances? Ele franziu o cenho. Tão boa quanto, mas diferente... Suas palavras intrigavam mas não satisfaziam. Publicaremos assim que a peça entrar em cartaz e monsieur Beckett tiver aprovado todas as alterações. Blin interpretará Lucky? Não, Beckett escreveu a peça pensando nele para Pozzo. Assim, os aperitivos intrigantes vinham densos e rápidos, estimulando sem satisfazer.

Quando se confirmou que a peça estrearia em 5 de janeiro, sugeri ao grupo da *Merlin* que fôssemos todos. Apenas Patrick se animou, porque falava francês bem o bastante, mas estaria ocupado em seu posto de ensino nas províncias naquele fim de semana. Assim, fui sozinho e, quando digo sozinho, estou sendo quase literal, pois não devia haver mais que uma dúzia de almas na plateia. À medida que a peça avançava, percebi que estava na presença de algo especial, sem correspondente em nada do que eu havia lido ou testemunhado. E aí se incluíam as peças de dois outros dramaturgos novos no cenário do teatro parisiense, o romeno Eugène Ionesco e um russo, Arthur Adamov, ambos, como Beckett, escrevendo em francês. (De meu caderno parisiense, primavera de 1953: "Autolembrete: Por que tantos estrangeiros não só escrevendo em francês mas, talvez, fazendo o trabalho mais interessante em sua língua de adoção? Investigar".)

Saí do teatro naquela noite com um objetivo: ver a peça novamente e ler o texto, que a Minuit acabara de publicar. Eu havia lido a resenha feita por Robert Kemp no *Le Monde*, que foi, no geral, positiva, embora de modo algum esclarecedora. Ele considerava o duo Pozzo-Lucky, a relação senhor--escravo, "uma banalidade um tanto pesada", depois se redimia ligeiramente ao chamá-la de "extremamente pungente". Mas alertava potenciais frequentadores de teatro: "Esta é provavelmente uma peça destituída de gênio... Mesmo assim, *Godot* é *sympathique*". *Sympathique*? Destituída de gênio? O sr. Kemp e eu vimos a mesma peça? A resenha mais condenatória dizia apenas: "Esta é uma peça onde nada acontece. Duas vezes".

Duas ou três semanas depois convidei Jeannette para ver a peça comigo. Naquela noite a plateia tinha mais que duplicado, um bom sinal, mas muito escassa, calculei, para pagar os atores, diretor e o teatro, muito menos o autor. Trinta e poucos, se não me falha a memória. Quando as cortinas se fecharam, o aplauso foi disperso, na melhor das hipóteses hesitante. Quando as luzes se acenderam, metade da plateia já havia saído e os meneios de cabeça dos espectadores remanescentes manifestavam incredulidade ou desapontamento.

Lá fora, vagamos em silêncio rumo ao Jardim de Luxemburgo. Era uma noite úmida, com um vento cortante, mas ambos aparentemente sentimos a necessidade de caminhar e conversar. O que ela achara da peça? Ela estava deslumbrada, fascinada. Mas confessou não entender muito do sentido mais profundo. Como ela sabia que havia um sentido mais profundo? Ah, disso ela tinha certeza. "Não estamos todos esperando por Godot", comentou, "quem ou o que quer que este possa ser? Eu achei a peça engraçada e triste ao mesmo tempo. Não é talvez sobre o quanto é inútil esperar? E no entanto eles voltam noite após noite, o que significa que não perderam inteiramente a esperança." Olhei para ela com olhos admirados. "Você não tem a impressão de que Vladimir e Estragon estiveram esperando não só aqueles dois dias mas *eternamente*?", prosseguiu.

Aqui estava eu saindo pela segunda vez da apresentação, armado com todo tipo de teoria literária e conclusões esclarecidas – pois desde a primeira vez que assisti eu tinha refletido muito sobre a peça – com as quais responder suas perguntas, que supus seriam muitas e em algumas poucas frases ela me havia deixado para trás. "Você não estava aqui durante a guerra", continuou ela, "mas me disse que o sr. Beckett estava. Duvido que ele pudesse ter escrito esta peça se não tivesse sofrido com a ocupação alemã." Por quê?, perguntei. "Bem, uma leitura poderia ser – e estou obviamente enganada – que Pozzo são os alemães e Lucky somos nós, franceses, não acha? Eles também tinham uma correia em volta de nosso pescoço, espancavam-nos e matavam-nos sem motivo nenhum, faziam-nos cantar e dançar segundo sua música, eram tão cruéis e insensíveis quanto Pozzo. Então, no segundo ato, Pozzo é humilhado, vendado, tal como os alemães o foram em 1945 e depois. É só uma ideia. Estou sendo literal demais, eu sei, porque esta peça é universal. Eu gostaria de saber o que *você* acha."

Olhei para esta musicista em desenvolvimento, esta moça que havia lido talvez um décimo dos livros que eu lera, e disse: "Acho que devemos ir jantar".

18

UMA DECISÃO AINDA MAIOR, SEM RELUTÂNCIA

Eu havia mencionado para Alex os dois contos de Beckett que eu havia descoberto em *Les Temps Modernes* e *Fontaine*, ou seja, "Suite" e "L'Expulsé", exaltando suas virtudes e dizendo que devíamos publicar um ou outro, talvez ambos, quando fosse possível.

"Certamente", disse Trocchi, "mas precisamos das traduções em inglês."

"Somente Beckett pode fazê-las", disse eu. "Tenho certeza de que ele aceitará."

Eu estava enganado. "Não, não." Beckett abanou a cabeça enfaticamente, ao tomarmos um drinque numa tarde no Coupole, em Montparnasse. "Eu não conseguiria encarar essas velharias novamente. Só vejo defeitos nelas."

Devo ter aparentado desapontamento – eu lhe havia dito que desejávamos ardentemente um dos contos para a nossa próxima edição – pois ele de repente se animou e disse: "Por que você mesmo não experimenta, Seaver? Eu ficaria contente em revisar suas traduções".

Eu conhecia bem os dois contos, tendo-os lido três ou quatro vezes pelo menos, e concordei. Por que não? "Se isso lhe poupar tempo para seu próprio trabalho", disse eu. "Pouparia", disse ele. "Pouparia... meu trabalho antigo me dá indigestão."

Agora, duas semanas depois, em meu empório na rue du Sabot, eu estava mudando de ideia. Tinha relido "La Fin" – o título da segunda parte de "Suite" – lenta e calmamente. Pareceu ainda melhor que na primeira leitura. De fato, um dos contos mais comoventes que eu já havia lido. Algumas referências obscuras, uma prosa intimidadora mas não impossível, concluí. Tal é a petulância da juventude. As aparentes obscuridades Beckett elucidaria, eu tinha certeza. Imaginei que, na pior das hipóteses, eu estaria com um rascunho das 25 páginas do conto em duas ou três semanas. Essa previsão foi um pouco contrariada quando, após as três semanas se encerrarem e eu de fato haver terminado um rascunho completo, li o texto inteiro no dia seguinte e concluí que ele precisava ser marinado, se é que era este o termo, e por isso o coloquei de lado e voltei a meus próprios escritos. O único problema era que as palavras que eu conseguia colocar numa página estavam constantemente assombradas por minha memória de "La Fin". Minhas sentenças eram demasiado mundanas e unidimensionais comparadas às de Beckett. Quando percebi como seu conto era denso, como era simples ainda que carregado de significado, vi-me escrevendo menos a cada dia até que cheguei a uma parada completa. Congelado. Bloqueado. Sem remédio. Finalmente, sentindo-me eu mesmo próximo do fim, voltei a meu *Beckettus interruptus*. Quatro horas depois, eu havia confeccionado dois parágrafos inteiros do que considerei material "pronto-para-mostrar". Um triunfo ou um desastre? Pelo menos era alguma coisa, e eu tinha aprendido que geralmente – nem sempre – era melhor que nada. Fui para a cama altas horas da madrugada sentindo-me extremamente deprimido, convencido de que estava decepcionando Alex, e também Beckett, pois ele me havia dito mais de uma vez o quanto estava aliviado por não ter de encarar novamente aquela "velha porcaria". Acordei com uma grande ressaca e percebi, tarde demais, como o tempo se esvaíra: uma garrafa e meia de *gros rouge* seguida de vários conhaques. Vesti-me rapidamente e corri para Saint-Germain--des-Prés. "Café preto. Duplo. Não, triplo", foi o que pedi.

"E então?", a silhueta de Alex explodiu quando ele me encontrou em minha mesa de canto no Royal. "Parece que você acaba de ter sido interrogado pela CI de A."

"CIA", corrigi mecanicamente. "É só que...", comecei a explicar, depois pensei melhor. "Nada. Foi só uma noite ruim."

"E o conto de Beckett", ele perguntou, "poderá entrar no próximo número?"

"Não", disse eu. "Calculei mal a coisa. Fiz uma primeira versão, mas não é fácil. Quer dizer, pelo amor de Deus, você leu a prosa do cara. E os contos são ainda mais complexos e difíceis que *Watt*. Reli meu rascunho a noite passada e não parava de achar que Beckett observava sobre meu ombro."

"Você é muito duro consigo mesmo. Ele está agradecido pelo trabalho que está fazendo. Você não pode simplesmente burilá-lo e entregá-lo?"

"Não", disse eu. "Vou trabalhar nele nas próximas duas semanas antes de mostrar."

"Ele precisa vê-lo *de antemão*? Pensei que ele lhe havia dado *carte blanche*."

"Ele deu. Mesmo assim, para mim é inconcebível que ele não veja o texto antes da publicação."

"Então publicaremos o Genet", disse ele. "E eu tenho alguns poemas para completar as páginas que tínhamos reservado para Beckett."

Durante as duas ou três semanas seguintes, alterei muito o rascunho e novamente o pus de lado. Finalmente, um mês depois do dia em que eu havia traduzido as linhas de abertura:

> Eles me vestiram e me deram dinheiro. Eu sabia para que era o dinheiro: era para minhas despesas de viagem. Quando acabasse, disseram, eu teria de conseguir mais, se eu quisesse continuar viajando. O mesmo valia para meus sapatos: quando estivessem gastos eu teria de mandar consertá-los, ou conseguir outro par ou seguir caminho descalço, se eu quisesse continuar...

– tinha produzido uma versão razoável que achei digna de apresentar ao autor. Enquanto isso, porém, Trocchi me implorou uma última vez, pouco antes do prazo final de impressão, para fazer mais uma tentativa de incluir o conto na edição para a qual o texto se destinava, primavera-verão de 1953. Ainda me sentia culpado, porque sabia que "La Fin" abriria a revista. Mas também estava convencido de que eu tivera razão de empregar tanto tempo na tradução pois quando a enviei, pelo menos ela estava bem legível e me impressionou por ser o mais fiel ao original que eu poderia conseguir.

Ah! A petulância da juventude.

Financiei grande parte do quarto número de *Merlin* com meus honorários como tradutor-intérprete oficial de uma empreiteira americana contratada pela Força Aérea dos Estados Unidos para construir uma base no leste da França, nas proximidades da aldeia de Chaumont.

Explico. Numa impressionante manhã glacial em janeiro, tendo pedalado até a embaixada na Place de la Concorde para carimbar meu passaporte, eu tinha visto no mural um anúncio procurando candidatos para o cargo e acenando com um salário que me impressionou como astronômico, comparado com a minha renda oriunda principalmente de constribuições ocasionais sobre teatro e cinema para um jornal de Nova York. O trabalho duraria de três a seis meses; o pagamento era em dólares. Em um capricho, preenchi o formulário e deixei-o com o funcionário da embaixada.

Eu quase havia me esquecido quando, duas ou três semanas depois, chegou uma carta na rue du Sabot chamando-me para uma entrevista na embaixada. Será que eu queria mesmo deixar Paris? A cidade tinha se tornado não apenas um lar mas um local apreciado, onde a cada dia que eu despertava me sentia bem, desafiado mas confortável. E quanto ao meu florescente relacionamento com Jeannette, a quem eu mal tinha visto desde a véspera do Ano-Novo? E minha ausência significaria uma diminuição de meu envolvimento com a revista, justo quando ela estava encontrando seu ritmo? Por outro lado, havia a atração do muito necessitado dinheiro: mesmo três ou quatro meses em Chaumont pagariam por uma edição e me deixariam o bastante com que viver durante outros seis meses, talvez mais, sem preocupações.

Naquela noite mencionei casualmente a Jeannette que talvez eu saísse de Paris – não em definitivo, garanti a ela, mas por alguns meses. Eu voltaria todo final de semana. Ela disse que entendia e até me incentivou a assumir o cargo. Por um momento entrei em pânico. A reação foi um comentário claro, e obviamente negativo, sobre nosso novo relacionamento. Ora, assim como vem, vai – a próxima! Mas eu estava totalmente enganado. "Os próximos dois ou três meses serão muito intensos para mim no conservatório", explicou, "eu não vou ter muito tempo livre mesmo. Por isso, nós – isto é, se você quiser – poderemos nos ver a cada dois fins de semana." Agora eu sentia uma pedra repentina assentar em meu estômago. A cada *dois* fins de semana! Percebi que, de fato, quando eu cogitei essa loucura de deixar Paris, planejava ver a moça *todo* fim de semana. "E talvez", continuou ela, "no feriado da Páscoa eu possa sair e ver você." Páscoa! Isso estava a uma cacetada de meses à frente! Durante vários dias discuti fervorosamente comigo mesmo, até que fiquei tão confuso que decidi lançar uma moeda: cara, eu vou, coroa, eu fico. Deu cara.

Antes da entrevista, tomei emprestado um dicionário técnico de francês e repassei termos de engenharia. Na embaixada fui saudado por um esbelto coronel da Força Aérea em uniforme azul, acompanhado por um empregado francês baixo, estrábico e de bigode da Ponts et Chaussées – o ministério francês encarregado da construção e manutenção de estradas e pontes e, no caso, segundo supus, pistas de aeroportos – que me disparou perguntas em rápida sucessão, em um sotaque borgonhês que a princípio me confundiu mas a que me adaptei o bastante para vê-lo finalmente anuindo em aprovação à medida que eu respondia. Após uns quinze minutos, os dois homens se retiraram para discutir. Fiquei sentado me perguntando que diabo eu estava fazendo ali, com medo de um resultado positivo. Quando o coronel tornou a entrar, agradeceu-me e disse que eu teria um retorno dele, fiquei quase aliviado. Imaginei que fosse uma educada forma de dispensa.

A salvo de novo na Rive Gauche, contei a Alex e Jane que se assumisse o trabalho poderia pagar uma boa parte da próxima edição. Eles trocaram olhares que traíam alívio, se não alegria. Quanto a Austryn, "paranoico" foi a palavra que veio à mente.

"Anote minhas palavras, Dick, isto não é *défense*: os Estados Unidos estão se preparando para a Terceira Guerra Mundial. Você quer mesmo participar disso?"

Eu estava começando a ficar alérgico a ele.

"Isso *pagará* a revista, Austryn, o que significa muito para nós", disse Alex. Jane concordou balançando suas belas franjas.

"Recuse o trabalho", disse Austryn.

"Eles ainda não confirmaram."

Em todo caso, quatro ou cinco meses não era muito tempo, disse a mim mesmo. No entanto, foi com o coração muito pesado que embarquei no trem em uma manhã de domingo no começo de fevereiro na Gare de l'Est, valise surrada contendo dicionário de engenharia a reboque, para esta cidade pouco romântica no Haute-Marne chamada Chaumont, população: 18.452. Exatamente a 265 quilômetros de Paris. Uma imensidão. Que diabo eu estava fazendo?

Eu tinha passado a noite anterior com Jeannette, ambos tentando amenizar a "aventura", como ela a chamava. Só quando, tarde da noite, uma lágrima silenciosa rolou por sua bela face foi que eu soube como ela realmente se sentia. Eu estava irremediavelmente apaixonado por essa moça e a primeira coisa que eu estava fazendo era levantar acampamento e ir para longe. Muito inteligente, Richard: já para o quadro negro!

19

UMA DECISÃO MAIOR

CHAUMONT ERA um lugar insípido, uma daquelas cidades francesas inóspitas que ou tinham conhecido dias melhores ou, como era mais provável, nunca tiveram nenhum, mas tinham desempenhado seu papel funesto na Primeira Guerra Mundial, estropiadas por ambos os lados, ocupadas pelo avanço alemão, retomadas pelos fiéis franceses, como se sua posse fosse fundamental para a vitória, ao passo que, se os sucessivos ocupantes tivessem um olhar mais atento ao chegar, provavelmente teriam debandado sem titubear. Era mais ou menos assim que me sentia após um passeio rápido pela cidade, repleta de ecos daquela guerra anterior: avenue du Maréchal Foch, rue de Verdun, rue Victoire de la Marne...

O único hotel semidecente na cidade era o Étoile d'Or, cujos quartos eram mobiliados pseudossuntuosamente com veludo desbotado e mobília Luís XV falsa. A cama de dossel era tão alta que era preciso um salto em altura para subir nela, e tão macia que você afundava em seu centro generoso como se envolvido nos braços espartanos de Leda.

O contrato com a Força Aérea exigia que o café da manhã e o jantar fossem tomados ali, o almoço na própria base, onde havia uma cantina americana. O terreno virgem, que logo seria uma base aérea, ficava vários quilômetros fora da cidade, em um pequeno platô com vistas magníficas em todas as direções. No momento, o único edifício entre os campos e árvores era um pré-fabricado de madeira que funcionava como escritório de engenharia. Meu primeiro dia no emprego foi um choque, tanto de cultura como de trabalho. Após quatro anos e meio em Paris, foi como se eu tivesse sido repentinamente transportado de volta aos Estados Unidos, apesar da presença dos engenheiros franceses, um dos quais era o borgonhês que havia me fulminado com perguntas na embaixada. Na sala havia mesas compridas, nas quais eram desenroladas as extensas cópias heliográficas. Após as apresentações – além do coronel, que estava no comando, havia meia dúzia de engenheiros americanos da empresa de construção civil contratada pelo governo e dois funcionários públicos franceses do ministério de Ponts et Chaussées – e antes que eu tivesse sequer terminado meu primeiro café da manhã, fui pressionado para assumir urgentemente o serviço, pois nenhum dos americanos falava uma palavra de francês e vice-versa. Eu não diria que conquistei o respeito imediato de ambos os lados, mas considerando que eles eram muito inaptos, o fato de que eu era fluente, ainda que tecnicamente questionado, me dava uma vantagem e marquei pontos extras com os franceses por ter pouco ou nenhum sotaque – certamente não o pesado sotaque americano que eles particularmente escarneciam e detestavam, por razões que somente eles conheciam, pois cidadãos de outros países, notadamente os espanhóis, massacravam seu amado francês sem merecer nenhuma reprovação dos gauleses.

O dia começou gélido e terminou cautelosamente, já que ambos os lados, como dois boxeadores se apalpando no primeiro *round*, estavam claramente se avaliando. Deve-se lembrar que, embora os americanos, apenas oito anos antes, tivessem sido grata e calorosamente recebidos pelos franceses, de fato sem reservas, como libertadores, cismas políticas rapidamente haviam se intrometido à medida que a crescente obsessão americana com os perigos supostamente colocados pela União Soviética se defrontava com as opiniões mais sutis e complexas da França – e na verdade da maioria dos países da Europa – de que a União Soviética nem de perto representava a ameaça colocada pela Alemanha, mesmo uma Alemanha de joelhos. Os franceses tinham visto tudo antes: derrotada e humilhada em 1918 – "para nunca mais se levantar novamente", como muitos entendidos políticos haviam predito na época –, a Alemanha em menos de uma geração havia não só ressuscitado como mais uma vez se propunha a conquistar a França, se não o mundo. Em 1939, a França ainda estava cansada da guerra, suas potenciais fileiras militares esgotadas pelas devastadoras baixas humanas da Primeira Guerra Mundial, as atitudes de seus políticos moderadas por seu conhecimento de primeira mão dos horrores da guerra, não pacifistas *per se* mas, a seus próprios olhos, realistas que dariam o melhor de si mesmos para evitar o conflito armado.

A edificação americana de bases militares em solo francês, um anel para atuar como uma segunda camada de defesa, era olhada com dúvidas, geradas e nutridas pela influente imprensa comunista francesa, por muitos setores. Se os americanos simplesmente não entendiam como os europeus, e em especial os franceses, podiam estar cegos ao perigo representado pelos sovietes, os franceses simplesmente não entendiam o que chamavam de paranoia americana. Portanto, meu trabalho, como logo percebi, era não só traduzir mas, sempre que possível, interpretar e explicar, sendo imparcial. Assim, quando monsieur Ponts et Chaussées me abordava para perguntar "O que *le colonel* quis dizer quando disse isto ou aquilo?" ou, da parte dos americanos, "Por que monsieur Grenouille está tão incomodado esta manhã?", eu aplacava ou aparava estados de espírito alterados como podia. Cada lado tinha um trabalho a fazer, mas a desconfiança era geral e eu tinha de mostrar, principalmente para os franceses, que eu não só era imparcial mas também entendia e respeitava suas reservas e preocupações.

Ao final da segunda semana o gelo estava derretendo, e após um mês os primeiros sorrisos tênues tinham evoluído para risadas guturais e até para um ou dois tapas joviais nas costas transatlânticas, à medida que ambos os lados se davam conta de que estavam lidando com colegas profissionais sem segundas intenções.

O coronel, um homem bronco de poucas palavras, rondava, respondendo apenas quando uma questão técnica era levantada ou uma decisão tinha de ser tomada. Apesar de ser um projeto americano, contratado e pago por Washington, o coronel a essa altura, por deferência, quase sempre consultava sua contraparte francesa antes de bater o martelo. Grande parte desse tempo inicial foi gasto discutindo a orientação das pistas e a disposição dos edifícios, concentrando-se na torre de controle. Se entendi, esta seria uma base razoavelmente grande, acomodando os maiores bombardeiros pesados. A despeito dos vários choques culturais, estabeleceu-se um companheirismo, e todos nós, no final das contas e inesperadamente, juntos trabalhamos bem durante quatro meses, construindo a base. Logo depois de meu trabalho temporário em Chaumont, aviadores americanos chegaram e acamparam na base aérea como se lá estivessem havia anos. Um desses aviadores seria James Salter, mas eu ainda não tinha como saber. Nossos caminhos só se cruzaram mais tarde em Paris e Nova York, quando nos tornamos amigos íntimos. Sempre lamentei não ser seu editor.

Aqueles primeiros dias se passaram lentamente para mim. Meus colegas, tanto americanos como franceses, estavam alojados na outra ponta da cidade, em casas particulares alugadas pelo governo e, embora fossem perfeitamente afáveis no trabalho, nenhum deles fez qualquer gesto para me integrar a suas noites. Tampouco, justiça seja feita, envidei qualquer esforço visível para granjear seu agrado, bem contente por passar minhas noites lendo e, com as energias remanescentes, escrevendo. Billy Mack, um sujeito do norte do estado de Nova York que havia se formado em Cornell apenas três ou quatro anos antes, propôs: "Mas, cacete, cara! Passei uma semana em Paris antes de vir para cá e só sei dizer que tudo o que eles fazem lá é sentar naqueles terraços de café e ficar tomando vinho, do café da manhã em diante. Como é que se pode dizer que são *laboriosos*?".

"Mas eles tomam café de manhã", garanti a ele.

"Ora, cara, talvez alguns tomem", concedeu, "mas eu vi um bando deles às oito da manhã, bem lá nos Champs-Élysées" – ele pronunciou a primeira palavra como se fosse um cavalo mascando sua alfafa, e destroçou a segunda em algo irreconhecível, mas não importa – "tomando um copo de vinho no balcão de uma talagada só! E não apenas um. Em todo caso, pode ser porque a droga do café deles é amarga demais. Experimentei um dia e nem o primeiro gole desceu."

"É forte", admiti, "mas sabe como os franceses chamam o café americano? *Jus de chaussette* – 'suco de meia'. Acham nosso café tão fraco que *eles* não conseguem bebê-lo."

"Mas *você* o toma?", desafiou ele. Confirmei. "Ora, bolas", comentou, "tem gente de todo tipo, acho." Por mais bem colocado que eu estivesse em sua classificação mental – e todos os meus anos desperdiçados na

França tornavam improvável uma boa posição – eu havia sido claramente rebaixado.

Nas tardes de sexta-feira, no trem para Paris, ainda me perguntava no que havia me metido. Eu tinha assinado contrato por seis meses, um mês a mais do que eu previa, mas tempo suficiente, calculei, para bancar pelo menos um e talvez até dois números da revista.

Eu passava os finais de semana com Jeannette, caminhando de mãos dadas, ambos enamorados da cidade e um do outro. E eu falava mais sobre Samuel Beckett, esse irlandês transplantado autor da peça que tínhamos visto juntos e de quem eu estava agora traduzindo um conto. Traduzindo? Por que cargas d'água estaria eu traduzindo o texto de um irlandês para o inglês? Como Joseph Conrad antes dele, expliquei, Beckett tinha recentemente optado por escrever em sua língua de adoção. Minha suposição era que ele se sentia à vontade em francês, a França tinha se tornado seu lar e, talvez, após escrever durante quinze anos em inglês sem praticamente nenhum reconhecimento, tenha pensado que poderia encontrar aqui um público mais receptivo. Além disso, a França agora é seu lar e, como Joyce, ele não tem nenhuma intenção de voltar para a Irlanda. O francês é a língua com que ele acorda, a língua na qual ele pensa, aquela que ele fala diariamente o tempo todo ou a maior parte, aquela que agora circula por seu cérebro irlandês. Assim, de certa forma, é natural para ele escrever em francês. Jeannette continuou pensativa.

Quando o inverno se tornou primavera, os pais de Jeannette não puderam deixar de notar a crescente paixão da filha, que já quase não se esforçava para ocultar.

Na Páscoa, Jeannette anunciou a seus pais que eu a havia convidado para ir a Chaumont passar o fim de semana prolongado. Não foi um pedido, mas um comunicado; não queria permissão, mas a anuência. E eles deram sem reservas, o que me agradou tanto quanto me surpreendeu, pois nestes anos 1950 era difícil imaginar pais americanos assentindo em uma situação parecida. Aparentemente eles entendiam que ela era maior de idade e tinha vontade própria desde seus quatro anos. Além disso, seu pai disse a ela, eu gosto do americano. De todos os jovens que você têm trazido aqui em casa, este me parece de longe o mais interessante, o mais atraente, o mais sensato. Ele é diferente: gosto do fato de ele ser atleta e ao mesmo tempo intelectual. Quantos jovens jogam tênis com Charles Lapicque, praticam luta romana com a equipe olímpica francesa e conseguem conversar também sobre Stendhal, Proust e Sartre?

Se havia alguma dúvida sobre nosso relacionamento, após esses quatro dias do fim de semana de Páscoa não restou nenhuma. Foram mágicos. Quando a levei para a estação de Chaumont na noite de segunda-feira, senti-me como se o mundo estivesse chegando ao fim. Meu mundo. Esta era a garota da minha vida. Corrijo, a mulher da minha vida. Na plataforma da estação, com as luzes do trem ainda distantes mas já me deprimindo bastante, disse a ela como me sentia. Ela se casaria comigo? Compartilharia sua vida comigo? Com toda franqueza, eu disse, eu não tinha a menor ideia de qual direção tomaria nos próximos anos. Seus braços apertados em volta de minha nuca e o longo beijo que se seguiu deram-me a resposta.

Decidimos por uma data em julho, dia 18, para podermos nos recuperar das festividades do Dia da Bastilha. Seguindo adiante, descobri que na França tinha-se de publicar proclamas, uma declaração pública de sua intenção de casar, para garantir a inexistência de oposição à dita cerimônia. Escutai, escutai! Tudo me parecia medieval. Eu ainda estava aprendendo os modos do Velho Mundo. De qualquer modo, os proclamas tinham sido devidamente publicados: até agora nenhuma ex-pretendente furiosa, credora ou outras potenciais opositoras tinham aparecido para apresentar motivo pelo qual eu fosse indigno de amarrar-me a esta jovem. Fiquei em doloroso suspense por várias semanas, mas agora imaginava que, se alguém da burocracia se importasse, teria aparecido havia muito. O nosso seria um casamento civil, na prefeitura de Courbevoie, seguido de uma recepção na casa dos pais de Jeannette. Ambos queríamos uma celebração simples, íntima. Meus pais foram alertados mas não formalmente convidados, um importante erro social de minha parte. Patsy foi o motivo ou pretexto, eu não sabia bem ao certo. Minha mãe tinha deixado claro que não aprovava minha namorada loura quando, após três anos na França, eu tinha levado Patsy para casa. Não foi o mero cabelo louro tingido de Patsy que havia feito minha querida mãe erguer uma sobrancelha; ela era alguns anos mais velha que eu e, horror dos horrores, para culminar, era *divorcée*! Mas a gota d'água foi quando minha mãe percebeu que estávamos dormindo juntos sob o *seu* teto. Embora tivéssemos recebido quartos separados ao chegar, felizmente eles eram ligados e por isso nos retirávamos para nossos covis, depois nos juntávamos em todos os sentidos quase imediatamente, até que a alvorada nos mandava de volta a nossas respectivas celas. Minha mãe pensou em voz alta certa manhã durante o café, no terceiro ou quarto dia da estada de Patsy: uma pessoa solteira, de mente e corpo sãos, precisa dormir primeiro em uma cama, depois na outra?

Em suma, com essas lembranças se reavivando, e sem querer ser julgado por me envolver novamente de forma inadequada – com alguém tão jovem, de antecedentes e cultura tão diferentes, cujo inglês era praticamente nenhum, o que mais? –, informei aos Entes Queridos por telegrama, apenas uma semana antes do abençoado evento, que eu estava enganchando minha vida a uma estrela ascendente, mas sem fazer um convite formal para virem.

Foi um infeliz erro de cálculo – pelo qual até hoje ainda me sinto culpado. Para não falar de Jeannette, que ficou perplexa e desapontada. Talvez devêssemos, em nosso declínio, fazer um balanço pleno e sincero de nossos erros atrozes na vida, sem nenhuma restrição, e aquele que tiver o menor número de juízos equivocados vence. Receio que o meu me colocaria próximo do fundo dos círculos infernais de Dante.

O dia alegre amanheceu brilhante e claro, incomum em Paris mesmo em pleno verão. Vesti o melhor dos meus dois ternos, o cinzento da Dahlgren and Son, uma camisa branca engomada e uma gravata azul-clara impecável (por nunca ter sido usada). Olhei para mim no espelho e julguei que, no geral, eu estava adequado para a ocasião. Olhando outra vez, não seria mal ter cortado o cabelo.

Paul me saudou à porta, uma flor espiando timidamente da lapela de seu terno azul-escuro, o que me fez perceber que sem dúvida eu também devia ter uma. Seu olhar atrás dos óculos mostravam sua plena aprovação de meu traje.

"As damas ainda estão se vestindo", disse ele. "Vamos na frente e tomaremos um *pot** antes da cerimônia, se estiver bem para você."

Tudo o que ele propusesse naquela manhã estaria bem para mim, pois eu estava agindo automaticamente e ainda via o pai de Jeannette como uma figura olímpica, um homem tão discretamente erudito e multifacetado que eu costumava ouvi-lo com reverência e sem comentário quando discorria sobre a situação mundial, pessoal ou profissional. Se De Gaulle, Adenauer e outros dirigentes do pós-guerra o liam diariamente em busca de informações e esclarecimento, o que eu poderia fazer senão aceitar esta sugestão matinal? Descemos os três lances de escada ao ar livre até seu carro e em três ou quatro minutos chegamos ao Corbevoie Hôtel de Ville, e nos dirigimos a um café que ficava do outro lado da rua. Sentamos no pátio, ele relaxou, eu estava sem grana, buscando desesperadamente por palavras para quebrar o súbito silêncio quando, por sorte, ele perguntou: "Então, o que você vai beber?".

"O que você vai querer?", posterguei, para não errar.

"Um Fernet Branca", disse ele.

"São dois", disse eu, sem a menor ideia do que era, mesmo depois de todos aqueles anos passados em bares.

O garçom chegou com dois copos pequenos de aperitivo contendo um líquido espesso marrom-escuro.

Paul ergueu seu copo. "À sua saúde", disse ele. "E felicidade."

Ergui o meu e lhe desejei o mesmo. Se tivesse provado o drinque antes, teria brindado de maneira diferente. Era a bebida mais repugnante que já

* Gíria francesa para "drinque".

provei: amarga, fétida, quase intragável. Bebi, olhando desesperadamente em volta para ver se havia uma planta por perto que eu pudesse regar.

"É melhor se você engolir de um trago só", disse Paul, esvaziando o copo em harmonia com suas palavras.

Não vendo nenhuma planta salvadora por perto, preparei-me e fiz o mesmo.

"Bom, não é?", disse Paul com aprovação. "Excelente para a digestão. E para a saúde em geral." Confirmei acenando com a cabeça e esbocei um fraco sorriso.

"Quer mais um?", perguntou ele. "Bom para os nervos também."

"Talvez mais tarde", respondi. "Meus nervos estão ótimos, obrigado."

Bem nessa hora, dois carros pararam, um trazendo Jeannette e sua mãe, o outro com Frank e Jeanne, Michel e Francine Holley. Frank era meu padrinho, Francine a dama de honra de Jeannette. Nesta cerimônia civil, eram chamados simplesmente de "testemunhas", presentes para assinar nossos papéis de casamento para provar que não tínhamos inventado a coisa toda. Jeannette estava deslumbrante em um traje de seda branco com finas faixas cinzentas, a saia não ia até os pés, mas descia bem abaixo do joelho, com chapéu e luvas combinando e um modesto buquê de cravos e rosas preso a sua cintura. Sentamo-nos em cadeiras de espaldar duro diante de uma mesa comprida de madeira simples, atrás da qual estava o assistente do prefeito, que poderia não ter mais de 25 anos mas tinha um ar solene o bastante para aparentar o dobro, o livro de casamentos aberto. Atrás dele estava uma bandeira francesa – *bleu, blanc, rouge* – em repouso em seu mastro prateado.

A cerimônia foi de uma simplicidade rara e agradável: tendo os proclamas sido devidamente publicados e nenhum opositor se apresentado, tendo vocês dois declarado seu desejo de tornar-se marido e mulher, o Estado assim declara e lhes deseja vida longa e felicidade. Assinem aqui. Assinamos. Agora troquem de lugar e assinem o segundo conjunto de documentos. Levantamo-nos e eu passei atrás dela, sussurrando ao passar: "*Bonjour, madame*", pois de um golpe seu status de *mademoiselle* se apagara para sempre. Assinamos novamente, ficamos em pé, beijamo-nos e fomos abraçados por nossos seis acompanhantes, para sairmos minutos depois para o sol ofuscante. Do lado de fora, tiraram-se fotos, após o que fomos rapidamente levados de volta para a rue Charcot para esperar nossos convidados.

Éramos trinta ao todo, apenas nossos amigos mais próximos, entre eles o fotógrafo Brassaï, um amigo vitalício de Paul, e sua esposa muito mais jovem, Gilberte, uma beldade passarinheira de cabelos escuros, que escondia, ou tentava esconder, sua insegurança chilreando um cordão constante de sandices. Paul e Brassaï tinham sido amigos em Montparnasse desde os anos 1920, passando horas sem conta no Coupole trocando ideias elevadas que, caso tivessem sido postas em prática, sem dúvida teriam mudado o mundo para melhor. Brassaï, artista talentoso, não tinha encontrado ainda uma vazão significativa para seu trabalho e estava frequentemente à beira da inanição, tal como outro de seus amigos, o escritor americano Henry Miller. Miller e Brassaï geralmente se reuniam no começo da semana, no Select ou no Coupole, para traçar seus planos culinários para os próximos dias – isto é, quem, entre seus respectivos admiradores seriam patrocinadores prováveis de um almoço ou jantar. Quando indagado sobre qual era seu trabalho, Brassaï frequentemente respondia que era "vendedor de telefones", evitando mencionar que o que ele estava vendendo era a si mesmo e seu amigo. Em todo caso, um dia no final dos anos 1920 quando Paul e Brassaï estavam conversando no pátio do Coupole, Brassaï se queixando de que ninguém, mas ninguém, estava comprando suas pinturas ou esboços, Paul sugeriu que ele considerasse a fotografia. "Você tem um olho excelente." Brassaï meneou a cabeça. "Uma arte menor", disse ele. "Para artistas menores. Não para mim."

Na vez seguinte em que se encontraram, Paul ergueu do chão um pacote, que seu pastor-alemão vinha zelosamente guardando sob a cadeira, e o colocou sobre a mesa. "Pronto", disse ele, "experimente brincar com isto." Era uma câmera razoavelmente cara que Paul havia achado em uma loja de penhores das proximidades. Brassaï a virou para lá e para cá, como se examinasse um objeto totalmente estranho, com crescente desdém. "Eu nem saberia como usar isto...", começou ele, mas Paul o interrompeu. "Pedi ao sujeito de quem a comprei que me mostrasse", retrucou. "É realmente muito simples." Em poucas semanas, Brassaï, intrigado, ficou cada vez mais seduzido e era encontrado perambulando pelas ruas da cidade, dia e noite, tirando fotos que, cinquenta e poucos anos depois, tornaram-se lendárias. Ele ainda desenhava, mas no fundo de seu coração sabia que, com a ajuda de Paul, tinha encontrado sua verdadeira vocação. No entanto, seu presente de casamento neste dia não foi uma foto mas um maravilhoso esboço a caneta de um nu reclinado. Ele era um homem baixo, cada vez mais rotundo. O traço saliente de seu rosto de duende, que lembrava um sapo, eram os olhos saltados, que ele usava com grande proveito ao narrar casos brilhantes ou piadas, de que ele possuía um repertório interminável.

O champanhe estava sendo servido no terraço, antes de sentarmos para um almoço rabelaisiano, acompanhado por vinhos raros que Paul havia escolhido cuidadosamente para a ocasião. Uma limusine estava programada para nos levar de volta à rue du Sabot às cinco da tarde, mas Jeannette sinalizou que estava se divertindo demais para partir, por isso cancelei e pedi outra para as seis, o que também pareceu cedo demais. "Sete?", arrisquei. Ela balançou a cabeça. "Oito?" Ela assentiu, e assim ficamos por mais três horas, eu bebendo demais, ela nada, até que após quinze minutos inteiros de beijos de despedida nas duas faces, finalmente abrimos caminho até o Renault mais modesto de meu sogro, que, a pedido de Jeannette, se prontificou a nos levar de volta para a rue du Sabot.

"Lua de mel" era uma palavra que nem sequer discutimos, pois eu deveria estar de volta a Chaumont na segunda de manhã bem cedinho. Levantando-nos às duas da tarde no dia seguinte, e após um almoço comemorativo em Saint Germain, ambos tomamos o trem para Chaumont.

Em Chaumont, o melhor apartamento que consegui foi o último piso de uma casa de cômodos no centro da cidade. Não era exatamente o Ritz, mas em poucos dias Jeannette pôs cortinas rendadas nas janelas – algo que se tornou uma de suas assinaturas vitalícias –, flores radiantes em dois de nossos copos d'água (tínhamos quatro) e velas na mesa para o jantar, além de taças de vinho que tinham surgido de algum lugar, como também dois pratos de jantar de porcelana e quatro pratos iguais menores, dois para salada e dois para sobremesa. Sem contar que eu chegava em casa naquelas primeiras noites e encontrava fragrâncias pairando pelo corredor. Aparentemente, eu havia desposado uma chef experiente, um atributo do qual eu não suspeitava. E com um fogão de duas bocas!

Uma cantina militar na base aérea, que apresentei a Jeannette, fornecia gêneros novos e exóticos em geral inexistentes em mercearias francesas. Ela entrava na cantina como Alice no País das Maravilhas. Alimentos congelados eram uma novidade, e ela ficou fascinada por esses novos produtos americanos. Um dia, sem que eu soubesse, Jeannette trouxe para casa meia dúzia de latas de suco de laranja gelado, sem desconfiar que um teria sido suficiente para vários cafés da manhã. Naquela noite, em algum momento depois da meia-noite, acordamos sobressaltados pelo que parecia um grande bombardeio. Os russos finalmente tinham chegado? Alguns nazistas tinham se agachado e ficado escondidos durante uma década na floresta próxima para finalmente sair em retaliação pela vitória aliada injustamente obtida? E nem uma arma de defesa à vista! "Esses tiros", disse Jeannette, agarrando e arrastando as cobertas até sua garganta, "paracem vir do corredor", que era onde ficava nossa "cozinha". Na ponta dos pés fui até a porta, entreabri-a e espiei o corredor mal iluminado. Meus três vizinhos estavam tão assustados e pálidos quanto eu. Marque um a zero para o homem da fronteira americano! Foi quando outra explosão abalou o prédio e as quatro portas bateram de uma só vez, fechando-se. Ah, esses bravos franceses! Foi o cheiro que me fez recobrar os sentidos, pois a área inteira subitamente impregnou-se com o fragrante odor de laranjas. Como a própria Brigada Ligeira, investi pelo corredor, abri depressa a porta para nossa cozinha e com um piparote acendi a luz, bem a tempo de ver – e ouvir – a última lata de suco explodir em todo o seu esplendor laranja, lançando escarros de suco de laranja mole, não congelado agora mas quase escaldante, no teto, nas paredes, no assoalho. Para não falar na mobília. Eu não sabia se ria ou chorava, por isso decidi sentar-me no desastre pegajoso e cair na risada. Russos? Alemães? Meros soldados americanos do Ártico, finalmente descongelados, que estiveram nos atacando na noite. Quatro cabeças espiaram em volta do umbral da porta, uma delas a de Jeannette. Vendo qual era o problema, três desapareceram no escuro, deixando minha querida recém--esposa para compartilhar este momento de felicidade noturna comigo.

"Devemos começar a limpar?", ela perguntou.

"Acho que devemos tomar um drinque matinal", contrapus.

"Acho que devemos comprar uma geladeira o mais breve possível", sugeriu ela.

"Ou começar a comprar frutas e legumes frescos", insinuei. "Você sabe, como fazem seus compatriotas."

20

SURGE MAURICE

NUNCA HAVIA me sentido tão feliz, tão completamente em paz, tão seguro, com tanta certeza de que a pessoa que eu havia escolhido e que me havia escolhido era a pessoa certa. Eu não poderia estar menos preocupado quanto ao futuro; o presente era tudo o que importava, a cada dia precioso, a cada momento abençoado. O sol estava em seu paraíso e, ah, sim, tudo estava certo com o mundo.

Em algum momento em meados de agosto um de meus colegas da base, um americano, uns vinte anos mais velho que eu, que desposara uma francesa de boa condição social e considerável liberalidade, me perguntou onde eu moraria em Paris. O que você acharia de alugar nosso apartamento na rue de Rennes por alguns meses? Dois quartos, dois banheiros, um grande salão, sala de jantar formal, cozinha e despensa. Sua esposa é musicista? Temos um piano de cauda na sala de estar. Meu interesse foi imediato; perguntei por quanto tempo. Quatro ou cinco meses no mínimo, talvez mais. O preço que ele pedia era mais que razoável. Naquela noite contei para Jeannette, que ficou visivelmente radiante. No dia seguinte fechamos o contrato. Assim, em setembro, começaríamos nossa vida de casados em Paris em estilo mais confortável e burguês que boêmio. Após cinco anos de penúria, eu não tinha nenhuma objeção. E quando contei a Alex e Jane, eles renovaram seu amor por mim, pois isto significava que poderiam ter os aposentos superiores da rue du Sabot por mais vários meses.

Retornar a Paris naquele verão foi como emergir de um sonho extremamente longo e perturbador. Não é muito justo dizer isso, pois naqueles meses descobri que conseguiria lidar com um emprego firme, que meus colegas americanos eram ótimos. Paris nunca pareceu tão clara, tão animadora e vivaz, tão cheia de luz e alegria. O mero passeio pelas velhas ruas familiares era estimulante. Estávamos em casa de novo.

A *Merlin* tinha ingressado em uma nova fase. Trocchi ainda era o redator, Jane a suposta editora, mas no conteúdo Austryn começou a aparecer com seu trabalho estranho, esotérico – embora não sem talento –, onde antes Trocchi tinha ocupado o centro do palco. Também os editoriais se tornaram menos literários, mais polêmicos e políticos, à medida que a influência de Austryn crescia. Tudo o que pude perceber era que Trocchi, apesar de suas palavras corajosas, entrando fundo nas drogas, não estava escrevendo praticamente nada e se importava muito pouco com a revista. No ano e meio que acabava de passar, eu tinha me sentido tão próximo dele como jamais me sentira de outro homem, na verdade um irmão, e, rememorando, sinto que fui negligente por não ter sido mais firme em minhas advertências.

Era perfeito fazer essas grandes descobertas literárias, mas o dinheiro estava sempre na linha de frente de nossas cabeças. Não sei se foi Beckett ou Genet – talvez ambos – que nos deram a ideia de começar a publicar livros. Nossa lógica distorcida: se a gente não consegue custear uma revista, por que não podíamos também não conseguir custear livros? Meio que fazia sentido, de um modo meio anos 1950.

Que livros? Bem, tínhamos dois para começar, e talvez quatro. O primeiro era o *Watt* de Beckett, com cuja publicação, surpreendentemente, o autor havia concordado, talvez porque agora já fazia quase uma década que ele fracassara totalmente em seu intento de encontrar um editor britânico. A princípio, Beckett havia dado o manuscrito para o agente Richard Watt – ele adorava a ideia de Watt lidar com *Watt* – e quando seus esforços fracassaram, o projeto foi tocado adiante por seu velho amigo dos tempos da Paris pré-guerra George Reavey, que também fracassou. Routledge, o editor de *Murphy*, dizia que o livro era "desvairado demais e ininteligível... para sustentar qualquer chance de publicação bem-sucedida aqui nesta época...

lamentamos de fato não poder sentir por *Watt* o mesmo entusiasmo incondicional que sentimos por *Murphy*". Uns seis outros sentiam o mesmo. Um chegou perto de publicá-lo ou pelo menos foi elogioso. Fredric Warburg, da Secker and Warburg, considerou o manuscrito "difícil demais" mas acrescentou que ele mostrava "imensa vitalidade mental" e "um talento muito requintado para escrever", concluindo de modo intrigante, "pode ser que rejeitando este livro estejamos rejeitando um potencial James Joyce". Era compreensível que Beckett, o mais paciente e modesto dos escritores, estivesse amargurado. Era este o mesmo manuscrito que havíamos ficado a noite inteira sentados lendo, rindo e lendo, chorando e lendo, com a crescente sensação de que tínhamos descoberto um gênio, na acepção justa da palavra? Éramos demasiado perspicazes, ou os outros eram cegos demais? Em todo caso, *Watt* foi o catalisador, se não a pedra angular, de nossa nova e louca empresa de publicação de livros, que apelidamos corretamente de Coleção Merlin. Para iniciar, Frechtman havia deixado claro que se fôssemos publicar um trecho em nossa revista, Genet por certo aprovaria nossa publicação do livro inteiro se, como havíamos deixado escapar com alegria, começássemos também a publicar livros. Não era um mau começo...

Eu me preocupava com o dinheiro. Alex e Jane foram tranquilizadores. Poderíamos contar com papa Lougee, perguntei, para ajudar? Pois estávamos agora falando em dinheiro de verdade, quatro ou cinco vezes o que custava um número da revista. Não, papai tinha adiantado tudo o que ele iria dar. Lembre-se, ele não tinha sido reembolsado, sequer em parte, por seu investimento no número um da *Merlin*, e jamais seria. Seus cálculos capitalistas de que o barco, uma vez lançado, retornaria seu investimento no devido tempo, mais cedo ou mais tarde, se não em curtíssimo prazo, tinham sido totalmente desmentidos.

"Você convencer Beckett a abrir mão de um adiantamento já foi meia batalha ganha", disse Alex.

"Eu absolutamente não o convenci", disse eu. "Ele sabia que não tínhamos dinheiro e sugeriu por sua própria conta."

...

Surge Maurice. Com a demora de minha tradução de "The End", de Beckett, o espaço no número quatro tinha sido preenchido com o Genet e um trecho de *Plexus*, de Henry Miller, graças a um novo elemento na revista, um cavalheiro francês que atendia pelo nome de Maurice Girodias, que entrou em nossa vida por intermédio de Austryn. Girodias tinha um impressionante currículo em publicação, tendo criado, no início da guerra, quando estava com apenas 21 anos, uma companhia editora, Les Éditions du Chêne, especializada em livros de arte. Ao final da guerra, então com 24 anos, decidiu abrir para o domínio mais amplo e desafiador da literatura, o que ele fez com considerável sucesso, valendo-se acertadamente dos clássicos russos, pouco apreciados então – e na maioria dos casos, fora de catálogo –, reeditando antigas traduções e encomendando novas. Girodias, uma autêntica lasca do velho tronco, decidiu também imitar seu pai, Jack Kahane, um inglês de Manchester que havia se apresentado como voluntário para dar a vida por seu país na Primeira Guerra Mundial. Nas palavras de Maurice:

> A eclosão da Primeira Guerra Mundial coincidiu com uma grande catástrofe emocional na vida [de meu pai]. Ele abriu mão de tudo e se apresentou como voluntário para morrer; mas em vez de morrer rapidamente ele descobriu através de um telescópio, dos rochedos acinzentados ao redor de Marselha, uma nova faceta da vida que ele ainda não abandonara, uma jovem burguesa efervescente, encantadora e instigante, Marcelle Eugenie Girodias, com quem se casaria em 1917, depois de ter passado pelo inferno de Ypres e por uma boa dose do que se seguiu.

Depois da guerra Jack Kahane estabeleceu-se em Paris, vivendo no seio do luxo no apartamento de seus sogros na avenue du Bois, mais tarde rebatizada como avenue Foch em homenagem ao grande herói francês daquela guerra para pôr fim a todas as guerras, nomeado comandante em chefe dos exércitos aliados em 1918. Em 1929, ele e um sócio começaram uma empresa chamada Obelisk Press, cujo objetivo era publicar obras ousadas, alguns diriam excitantes, em inglês, voltadas ao mercado turístico – romances e memórias que o mundo anglófono não poderia adquirir em suas terras nativas. Um dos ousados autores da empresa era um expatriado americano pauperizado, Henry Miller, cujo talento Kahane, para seu imenso crédito, imediatamente reconheceu. Em 1934 ele publicou o *Trópico de Câncer* de Miller, mais tarde, na mesma década, seu *Max and the White Phagocytes* e *Trópico de Capricórnio*, levando assim o desconhecido pelo menos à atenção do mundo literário, se não ainda ao mundo em geral. Kahane também publicou trabalhos de Anaïs Nin e Cyril Connolly, e dois trabalhos curtos de um outro gênio ainda mal reconhecido, James Joyce. Mas à medida que os anos 1930 terminavam estava se tornando dia a dia mais claro que outra guerra estava sendo fermentada, e Kahane, que vinha escrevendo sua autobiografia, *Memoirs of a Booklegger*, rapidamente arrematou a obra e, praticamente no dia em que a guerra foi declarada, deixou este mundo, "abatido pelo mero horror daquilo tudo", escreveu seu filho. Na ocasião com vinte anos, o jovem Maurice subitamente se viu chefe da família. Sem nenhuma experiência ou formação de nenhum tipo, e tendo como capital de giro uma impressionante coleção de dívidas de bar de seu pai, pôs-se a levar adiante a tradição familiar e fundou, enquanto o mundo estava literalmente explodindo ao redor de si, a já mencionada Éditions du Chêne. A própria ideia e a oportunidade pareciam ridículas, embora, para grande surpresa de seu fundador, a empresa tenha prosperado. Mais surpreendente foi o fato de que o meio judeu Maurice não fizesse nenhuma tentativa de se esconder ou fugir assim que os nazistas chegaram; seu próprio talento e jovial autoconfiança, além do bom nome e currículo católicos de sua mãe, aparentemente bastaram para conter os exterminadores nazistas, ou pelo menos mantê-los na sombra. Em todo caso, ele sobreviveu à guerra não apenas intacto mas tendo aprendido muito sobre a velha profissão de seu pai. Após a guerra, Maurice ressuscitou a Obelisk Press e começou a republicar os títulos de Henry Miller de seu pai, além de uma nova versão daquele velho e famoso thriller erótico *Memórias de Fanny Hill*, que vendeu quase 100 mil exemplares. As obras de Miller tinham vendido apenas algumas centenas de exemplares antes da guerra, mas agora, à medida que milhares e milhares de soldados americanos desciam em Paris ou por aqui passavam ao partir, eles compravam aos montes livros que sabiam que eram proibidos em seu país.

Além disso, graças ao pai de Girodias, Miller atraíra a atenção do meio literário francês dominante pouco antes da guerra. Em 1940, o famoso editor literário Gallimard havia adquirido os direitos em francês de *Black Spring* de Miller, e um colega menor e ainda mais ousado, Robert Denoël, os direitos de *Trópico de Câncer*. Assim, Miller, ainda inédito nos Estados Unidos, estava prestes a aparecer em traduções francesas em 1940, quando a súbita chegada dos alemães em junho daquele ano colocou um rápido fim a todos aqueles planos. Mas agora, tendo os alemães finalmente partido e com a memória de sua ocupação ainda fresca na cabeça de todos, imaginava-se que o novo governo, qualquer que fosse sua orientação política, não tomaria nenhuma medida que lembrasse às pessoas os censores nazistas. Assim, por volta do fim de 1945, Gallimard e Denoël coordenaram a edição dos dois volumes, já traduzidos, simultaneamente. O jovem Girodias, que graças a seu pai ainda possuía os direitos de *Trópico de Capricórnio* e *Max and the White Phagocytes*, decidiu entrar no jogo e, com a aprovação de Miller, acelerou a tradução de ambos. Em dezembro de 1945 as quatro obras foram publicadas, mas para surpresa dos editores, inclinados a um *succès de scandale*, os críticos literários optaram por ignorar a avalanche de Miller, e os leitores que abriam um dos livros, por acaso ou por deliberação, ficavam suficientemente chocados para informar seu conteúdo aos padres ou à polícia. O ódio dos recentes censores alemães não parecia ter se transferido para o nascente não tão admirável mundo novo: deve-se lembrar que os franceses são, apesar do palavreado retórico e político, um povo essencialmente conservador. Catorze anos antes, *Viagem ao fim da noite* de Céline já havia chocado e transtornado a França, e Miller era material ainda mais severo. Durante vários longos meses, Miller foi recebido com um efetivo silêncio. Embora para alguns o silêncio possa ser ouro, para os provedores da palavra escrita pode significar a morte lenta, pois sem controvérsia as vendas ficam estagnadas. Finalmente, na *Combat* de Camus, um dos mais corajosos e perspicazes membros do grupo dominante da crítica rotulou o americano de "gênio", embora alertando o público sobre sua "imoralidade monstruosa". No entanto, as vendas dos quatro livros permaneceram lentas. Girodias, convencido de que tinha um êxito fácil, quando mais não fosse, pelo efeito *coattail*, imprimira 15 mil exemplares de *Trópico de Capricórnio*, a maioria dos quais acumulava poeira sobre, ou mais frequentemente sob, as prateleiras. Dadas as suas frágeis finanças – que se tornaram ainda mais escassas por sua decisão de lançar, quase ao mesmo tempo que reabria a Obelisk, uma nova revista dispendiosa, a *Critique*, editada pelo prestigiado Georges Bataille, e várias outras iniciativas igualmente empreendedoras mas dispendiosas – seu investimento substancial em Miller parecia uma causa perdida. Girodias, tendo sobrevivido à guerra, estava quase certo de que sua editora nascente estava prestes a naufragar. O que ele precisava era de um milagre, e ele não acreditava em milagres. No final de julho de 1946, contudo, um grupo autointitulado Organização da Ação Social e Moral moveu uma ação contra os três editores, que foram intimados a comparecer perante o promotor público. As últimas duas obras francesas que haviam sido processadas por ultraje à moral pública foram *Madame Bovary* de Flaubert e *As flores do mal* de Baudelaire quase um século antes, as quais, como notou mais tarde Nadeau, "tinham deixado uma impressão incômoda na memória de todos os magistrados franceses". Esses precedentes, além da dolorosa lembrança dos alemães, favoreceram os editores. No prazo de uma semana daquele processo, as 15 mil cópias de *Trópico de Capricórnio* sumiram das livrarias, e Girodias pressionava para receber mais 50 mil. Em setembro, após os editores se reunirem em um debate aberto no rádio com membros da Oragnização, *Trópico de Capricórnio* tinha vendido mais de 100 mil cópias, *Trópico de Câncer* ainda mais, pois a reação à tentativa de censura, como os editores tinham esperado, foi praticamente unânime.

Apesar da vitória da Obelisk sobre as vozes da repressão, e o consequente sucesso de vendas para Miller, Girodias, que confessava ter pouca noção real de dinheiro, estava guerreando em outro *front*: sua estimada Éditions du Chêne, à qual ele vinha prestando escassa atenção no arrebatamento desta nova iniciativa estimulante e a respectiva publicidade, estava com grandes dívidas e, para salvá-la, Maurice chegou a um acordo com seus credores mediante o qual, como ele observou,

> trabalhei durante três anos como um burro de carga com o salário mais reduzido a fim de pagar minhas dívidas e tinha quase alcançado essa meta nobre quando um dos credores conspirou para obter o controle de minha firma – e depois vendeu sua participação indevidamente obtida para um grande editor. Fui expulso de minha própria empresa, incapaz de compreender ou resistir a essa manobra capitalista... Foi uma lição cruel. Tentei articular uma luta para reaver minha propriedade e gastei um ano inteiro na tentativa, bem como dinheiro que eu não tinha e o pouco de energia que ainda me restava.

Essa "lição cruel", porém, levou Girodias direto para a etapa seguinte de sua vida, ou seja, "o desejo de atacar o *Establishment* Universal com todos os meios a minha disposição". Na primavera de 1953, exatamente um ano depois do primeiro número da *Merlin*, ele fundou a Olympia Press, uma iniciativa editorial em língua inglesa cujo objetivo declarado era chocar o meio editorial dominante e publicar, para o crescente mercado turístico (e militar), trabalhos que certamente seriam proibidos "no país de origem".

Quando Austryn nos falou sobre seu novo conhecido, ele tinha a história apenas parcialmente correta. Pois o dândi Maurice, vestido em seu terno preto impecável, camisa branca e gravata de bom gosto, as mãos delicadas dentro de luvas de couro que acariciavam o volante de seu lustroso Citroën azul-escuro *traction avant,* tinha impressionado Austryn e Muffie como abençoado não só por suas sólidas credenciais de publicação ("Les Éditions du Chêne? Você fundou *essa*?") como também com os recursos para respaldá-las. A verdade era que, nas palavras que Girodias empregou apenas anos depois, a Olympia foi "uma operação de orçamento mínimo *par excellence*", cujo escritório era uma sala minúscula nos fundos de uma livraria no número 13 da rue Jacob, exatamente a cinco portas de onde eu havia anteriormente passado dois anos deliciosamente felizes com madame Germaine. Ele tinha muito mais esperança que dinheiro, e sua experiência editorial do passado lhe havia ensinado a não confiar em ninguém, pois após ter perdido Les Éditions du Chêne ele havia "levado uma vida incerta, inativa, tentando absorver o enorme golpe que eu havia sofrido". Mas para nós aquele dia do início de setembro em 1953, quando ele parou com seu elegante Citroën azul-escuro defronte a porta de minha casa e de Jeannette no número 76 da rue de Rennes para conhecer os merlinitas, de quem Austryn havia falado com tanto entusiasmo, tinha o aspecto e desempenhava o papel do sofisticado e entendido homem do mundo, alguém que, com um estalar de seus dedos bem manicurados, poderia resolver nossos crescentes problemas em um minuto de Paris – cerca do triplo de um minuto de Nova York – se não instantaneamente.

Após a edição de número quatro a *Merlin* havia alcançado um ponto crítico em sua jovem existência: nossa reputação como maus pagadores estava se expandindo cada vez mais do centro de nosso universo e eu havia acabado meu trabalho na base aérea de Chaumont, tendo custeado a edição número quatro e parte da número cinco.

Naquele dia Maurice chegou como o messias. Enquanto ficávamos sentados bebendo sherry em nosso suntuoso e elegante apartamento de terceiro andar na rue de Rennes, Maurice dizia, em inglês impecável: "Vejam bem, parte do problema da *Merlin* é que, como toda empresa neste país, vocês precisam ter um *gérant* – gerente – francês. Esta é a lei, não importa se a empresa é propriedade integral e operada por estrangeiros, como é o seu caso. Eu mencionei a Austryn que eu bem poderia desempenhar esse papel para vocês, o que os liberaria para perseguir seus objetivos literários".

Todos concordamos com um só aceno de cabeça. A vontade, não, a *necessidade* de acreditar vestiu Maurice naquele dia em um manto de seda. De ouro. Ele não podia fazer nada errado. Estávamos em suas mãos. "Soube que vocês gostariam de ramificar para livros. Neste ponto também podemos ser de mútua valia, pois acabei de fundar uma empresa para publicar livros em inglês aqui em Paris. Pode haver alguma sobreposição possível, mutuamente benéfica. Eu tenho tipógrafos..."

Olhares de alívio e alegria incontida atravessaram a sala em correntes rápidas em resposta à palavra mágica "tipógrafos".

"Calculo que vocês têm um nome para sua iniciativa editorial: Coleção Merlin. Muito apropriado, muito..."

"Temos planos para quatro livros", disse Trocchi. "E temos diversos outros em vista, inclusive a tradução de Sade feita por Austryn, da qual acredito que você já saiba."

"Sim, de fato", disse Maurice. "Na verdade, Austryn e eu já discutimos sua *Filosofia na alcova*. Uma ótima tradução. Estou pronto a assumir esse título imediatamente. Vejam bem, eu duvido muito que vocês possam publicá-lo sem grave risco para sua condição aqui. Vocês seriam todos expulsos, infelizmente. No fim das contas, no balanço geral, somos um povo conservador, e esse triste aspecto do caráter francês, em grande parte deixado em suspenso durante a guerra, está infelizmente ressurgindo." Ele fez uma pausa e olhou ao redor da sala não muito ocupada, não direi imperiosamente mas com seu queixo e logo, toda a sua cabeça erguidos à moda de alguém que sabia que, se isto era um jogo, digamos de xadrez ou mesmo pôquer, sua vitória era certa.

"Teremos de preparar alguns documentos", dizia ele, arrastando as palavras, como se a ideia o entediasse. "Tenho um amigo advogado, uma pessoa que usei em meus esforços de recobrar minha empresa. Ele conhece todos os meandros do Código. Devemos fazer isso de uma maneira simples. Eu devo ser designado *gérant*, aliviando vocês dessa responsabilidade" – ele sorriu – "que vocês, estrangeiros, não podem exercer em nenhum caso."

"Claro que precisaremos preservar a integridade da *Merlin*", arrisquei.

"Tanto a revista *como* a Coleção Merlin", acrescentou Alex.

"Com certeza", disse Maurice, "com certeza. Vocês precisam entender", acrescentou, "que não foram poucas as batalhas que travei contra aqueles que bloqueavam o caminho da integridade artística ou da liberdade de publicar. Não foram poucas. E eu venci. Assim, não precisam se preocupar. De fato, não pretendo descansar até que a censura aqui seja coisa do passado."

Ao sair, apertou as mãos de todos nós e fez questão de levar delicadamente aos lábios os dedos de Jeannette.

. . .

Os dois motivos pelos quais Maurice fora chamado para a rue de Rennes e não para a rue du Sabot eram os seguintes: primeiro, para impressioná-lo; segundo, para convencê-lo de que não éramos os vagabundos fáceis de contratar como teria levado a crer sua primeira impressão de nossos encontros iniciais nos cafés. Se o tínhamos enganado em algum aspecto, porém, não foi por muito tempo. Alex, ele próprio um pouco trapaceiro e com isso certamente cego para esse tipo de gente, estava eufórico. "Vocês viram?", disse ele, orgulhoso, erguendo um copo à equipe reunida, "nossas preocupações terminaram. Não só a revista terá um *gérant*, logo legalidade, como a Coleção Merlin poderá agora realmente decolar."

Se Maurice era o que dizia ser, poderia atender nossa maior necessidade, ou seja, a capacidade para *vender* nossos livros. Uma coisa era imprimir livros, outra bem diferente era vendê-los. No curso da tarde, Maurice havia se gabado de já possuir uma lista substancial de endereços, herdada em parte de seu pai, além de seus muitos contatos, graças a Les Éditions du Chêne, na rede de livrarias.

De repente o sonho impossível da Coleção Merlin parecia, se não uma realidade, pelo menos uma possibilidade concreta.

21

ALTAS FINANÇAS E MÁ CONDUTA

Assinamos documentos, que Maurice nos garantiu que simplesmente nos liberariam das preocupações financeiras que até então haviam nos atormentado. Não, ele não custearia a revista, cabia ainda a nós lidar com isso, mas nos ajudaria a encontrar um tipógrafo que não exigiria pagamento adiantado e ele asseguraria a distribuição dos livros, entre os quais mais quatro além de *Wand and Quadrant* já estavam contratados: *Watt* de Beckett, *Hedyphagetica* de Austryn, *Diário de um ladrão* de Jean Genet e, em suspenso, uma tradução de *Molloy*, embora soubéssemos que esta estava bem longe, já que Beckett não tinha interesse em assumir a tarefa de passar o livro para o inglês.

O prioritário era *Watt*. Beckett já havia dado sua aprovação antes de Girodias entrar em cena. Nós, "os meninos da *Merlin*", como ele havia carinhosamente nos apelidado, tínhamos passado na "prova do *Watt*" e publicado na *Merlin* o exigente trecho que ele havia estipulado. Seria necessário um contrato, bem como um adiantamento, ainda que modesto. Como na tesouraria da *Merlin* estava escrito "vazia", até "modesto" se afigurava assustadoramente vultoso. Por fim, foi Beckett que gentilmente, porém com firmeza, nos tirou das agruras de nosso dilema. "Não precisa haver nenhum adiantamento", disse ele. Gostaria de saber se de algum modo ele tinha acesso a nosso extrato bancário. "Usem o dinheiro para garantir que vocês o imprimam em um papel adequado." Ele conhecia melhor que nós a lamentável qualidade do papel utilizado pela maioria dos editores franceses de livros após a guerra, que amarelava e se enrugava em apenas poucos anos. Naquela noite transmiti a boa-nova. Houve, literalmente, uma rodada de aplausos. Hora de comemorar.

"Mas para *Molloy*", disse Alex, "tenho certeza que Lindon desejará um adiantamento decente. Não há como contornar isso."

"Qual será nossa primeira tiragem?", perguntou acertadamente Austryn, e respondeu em seguida: "Provavelmente mil exemplares, não?".

Trocchi anuiu. "Assim, com 7,5 por cento de direitos..."

"Qual o preço de venda?", arrisquei e, de repente, olhando em volta, vi este grupo boêmio todo, para quem o dinheiro sempre tinha sido tão fugaz quanto água entre os dedos, metamorfosear-se nos burgueses de Rembrandt. Só estavam ausentes os colarinhos de linho.

"Digamos mil e quinhentos francos", disse Trocchi. "O mesmo que o romance de Austryn."

"Alguém tem uma régua de cálculo?", perguntou Charlie Hatcher, franzindo o cenho para os olhares vazios à volta.

"Isto é aproximadamente cem francos por exemplar", calculou Trocchi.

"São 100 mil francos em direitos", disse Austryn.

"Se vendermos todos os exemplares", acrescentou Trocchi.

"Então, que tal se oferecêssemos 50 mil francos?", sugeriu Pat.

"Da conta bancária de quem?", perguntou Trocchi.

A conversa estancou. Afinal, estávamos falando de menos de duzentos dólares. Em algum ponto, neste tempo e lugar, essa soma devia estar disponível.

"Talvez devamos abandonar o projeto", sugeriu Austryn. "Pelo menos adiar."

"Como você se sentiria se alguém mais comprasse *Molloy*?", disse Trocchi. "Como o grupo da *Paris Review*? Beckett foi descoberta de Dick, mas não pense que eles não estão observando o que fazemos e quem publicamos."

À medida que a noite seguia, como de costume, sugestões adicionais fluíam com o vinho, uma mais absurda que a outra. Devia ser duas ou três da manhã quando saltei – não, cambaleei – me levantando. "Eureca!", disse eu, exultante.

"Fale, ó Arquimedes", gracejou Charlie.

"Sabemos", disse eu, "que Lindon queria publicar uma tradução de *Watt*, e Beckett nos concedeu sem pensar em direitos mundiais. E se oferecermos a Lindon os direitos em francês para *Watt* por, digamos, 50 mil francos, uma soma respeitável, e propuséssemos pagar-lhe o mesmo adiantamento pelos direitos em inglês para *Molloy*?"

Trocchi olhou para mim com respeito renovado. "Brilhante", disse ele. "Em outras palavras, trocaremos cheques." Ele fez uma pausa. "Mas e se Lindon receber o cheque da *Merlin* antes de o dele ser compensado em nosso banco?"

"Um risco que teremos de correr."

Trocchi lançou um olhar inquisitivo ao grupo. Murmúrios de assentimento de todos os lados.

No dia seguinte aventurei-me a dobrar a esquina até Les Éditions de Minuit, onde eu agora era conhecido, e pedi para ver o *patron*. Ele estava ocupado, informaram-me, mas poderia me atender no dia seguinte às dez da manhã. Um pouquinho cedo, ocorreu-me, mas isto era importante. Às 9h59 em ponto eu estava lá. Conduzido escada acima, fiz minha proposta a monsieur Lindon. Ele me dirigiu um olhar de coruja.

"Em outras palavras, uma lavagem", ele disparou.

Encolhi os ombros. "Não obstante, monsieur Beckett receberá os benefícios de ambos, não?"

Lindon assentiu. Tomei isto como um acordo. "Prepararemos os contratos", disse ele. "Estarão prontos na semana que vem. Ligue antes para confirmar."

Dois minutos depois, dobrando de volta a esquina, reportei-me à tropa que aguardava.

"Pegue o talão de cheques", disse eu. "Teremos os contratos na semana que vem."

Com algum receio, na terça-feira seguinte, tendo ligado antes, compareci com um cheque da *Merlin* ligeiramente enrugado preenchido para 50 mil francos, ao portador, uma certa Éditions de Minuit, pelos direitos em língua inglesa, fora dos Estados Unidos, Grã-Bretanha e a Comunidade Britânica, para o romance *Molloy*. Em outras palavras, falando em termos práticos, para publicação da obra em inglês em toda parte do mundo onde o inglês não é falado.

Em troca, recebi em minha mão espalmada o cheque perfeito da Minuit, parecendo muito oficial, pelos direitos em francês para *Watt*. Quando saí, corri para nosso banco na esquina da rue du Four e depositei o documento não mais de quatro minutos após tê-lo recebido. Depois começou a espera. Que cheque seria compensado primeiro, o nosso ou o deles? Trocchi e eu verificamos no dia seguinte e, *mirabile dictu*, nossa conta mostrava um saldo positivo de 57.653 francos.

Éramos agora, legal e indiscutivelmente, os orgulhosos proprietários de um romance chamado *Molloy*.*

Agora, muitos meses depois, com o respaldo financeiro de Girodias finalmente garantido, ainda que de modo relutante, *Watt* estava pronto para ir para a gráfica. Li-o novamente, para ver se descobria algum erro, grafias incorretas, confusão sintática, problemas com sequência de tempos verbais, questões de pontuação. Não encontrei nenhum. Impossível... Duvidando de mim mesmo, pois certamente tinha de haver algum, escrevi para Beckett na rue des Favorites informando-o que *Watt* estava a uma semana de ir para a gráfica e perguntei se havia alguma mudança ou emenda de última hora que ele gostaria de fazer. Ele disse que não havia nenhuma, supondo que eu havia prestado cuidadosa atenção às correções que ele havia feito à mão em tinta verde-clara no manuscrito. Mas claro que ele deveria ver as provas. Garanti-lhe que ele veria.

Havia ainda um obstáculo imprevisto final, de última hora, a ser superado. Na página 247, terminando presumivelmente o romance na página

* Anos depois, lembrando da transação com Lindon, indelicadamente lhe perguntei num almoço se ele sabia o quanto era importante que depositássemos seu cheque primeiro. Ele confirmou. "Claro", disse. "Na verdade, eu segurei o de vocês por três dias."

246, Beckett, como se pode lembrar, havia inserido adendos, cuja nota de rodapé afirmava em termos inequívocos: "O precioso e esclarecedor material a seguir deve ser cuidadosamente estudado. Somente a fadiga e a indignação evitaram sua incorporação". Aí seguiam-se oito páginas de notas, a maioria em inglês, mas algumas em latim, outras em alemão e incluíam um contracanto para quatro vozes (soprano, alto, tenor e baixo) "ouvido por Watt a caminho da estação" e uma trenodia "ouvida por Watt no canal vindo da estação". Entre as pérolas dos adendos havia três dignas de nota especial: "apesar de todo o bem que as partidas frequentes da Irlanda lhe haviam feito, ele poderia igualmente ter ficado lá (bom para Joyce, melhor para Beckett); "mudar todos os nomes"; e, finalmente, o verdadeiro desfecho, "nada de símbolos onde nenhum se pretendeu".

Um ou dois dias depois de Beckett ter dado sua bênção para *Watt* ir para a gráfica, Maurice enviou um *pneumatique* assinalado URGENTE, convocando Alex, Christopher e eu para o escritório da rue Jacob. Imediatamente. Por que Austryn não fora chamado eu não fazia a menor ideia; apenas posso supor que por causa de Sade Austryn detinha uma posição privilegiada e nesta tarde sentíamos que as censuras estavam no ar. Quando chegamos, a expressão de Maurice não era cordial. "Como está você hoje, Maurice?", arriscou Alex, oferecendo-lhe um Gauloise, que ele recusou com um gesto desdenhoso da mão. Isto em si já era terrível, pois Maurice era um fumante contumaz e, quando lhe ofereciam, sempre reagia automaticamente, estendendo seus dedos bem tratados até o maço e retirando não um, mas geralmente dois ou três, "para usar depois", dizia com um sorriso. Sentamos diante da mesa de cavalete que servia de escrivaninha a Maurice, como três escolares recalcitrantes prestes a receber advertência do professor. O manuscrito de *Watt* jazia bem explícito diante dele, aberto na seção de adendos. "Não muito bem", disse ele. "Afora os padecimentos habituais, há o problema de Beckett. Eu li agora. *Watt*. Com atenção. Embora ele tenha alguns momentos escatológicos, de modo algum pode passar por um de meus livros 'normais'. Pensem no que ele poderia fazer com a minha reputação. Imaginem: um cliente recebe o volante, responde com um pedido e pagamento adiantado, por reembolso postal – pois meus clientes estão ávidos, não, estão ardendo de desejo de ler o que adquiriram – recebe o volume e começa a ler. Perdido lá pela página 15, talvez antes, ele folheia o livro, procurando desesperadamente as partes boas – com o que quero dizer as partes ruins –, não encontra nenhuma, ou praticamente nenhuma, atira o livro pela sala, vai até sua escrivaninha e me escreve uma carta pungente de reprimenda, pedindo não só seu dinheiro de volta mas – imaginem isto! – a retirada de seu nome de minha lista de endereçamento!"

Ouvíamos em silêncio. "Pelo menos podemos fazer alguns cortes", disse ele. "Cortes?", interrompi. "Não haverá corte nenhum. O sr. Beckett, posso garantir, não permitirá que uma palavra seja mudada sem sua aprovação." Maurice ergueu a mão, cansado. "Os adendos", disse ele, "até o autor pede para que sejam cortados." Fez um gesto em direção às páginas sobre a mesa, colocou os óculos e leu: "O precioso e esclarecedor material a seguir deve ser cuidadosamente estudado. Só a fadiga e a indignação evitaram sua incorporação". Ele ergueu os olhos, um fino sorriso de triunfo em seus lábios.

"Maurice", disse eu, "você não entendeu. Esta é a cabeça de Beckett trabalhando. Constantemente intervindo e comentando – em geral negativamente – seu trabalho. Absolutamente essencial."

Maurice parecia não derrotado, mas cercado pelos flancos. Em menor número. Franzindo o cenho, olhou em volta como se buscasse aliados. "Vou consultar meu travesseiro", foi tudo o que ele disse.

"Maurice", disse Trocchi, "este é um livro da Coleção Merlin, por isso não será confundido com a oferta verde normal da Olympia Press. Nós daremos a ele outra cor de capa – azul, talvez, ou *off-white*. Além disso, você não precisa incluí-lo em nenhum catálogo. Faremos um folheto separado para ele, um formulário de assinatura..."

Subitamente me perguntei, como fizemos todos, sobre a integridade artística que nos fora garantida pelo Chefe. Eu não poderia, na verdade não iria, encarar Beckett com a proposta. E se Maurice persistisse, então nosso acordo incipiente tinha sido em vão. "Pretendo publicar livros em inglês que confrontem a censura do mundo ocidental" ainda estava ecoando em meus ouvidos.

A manhã o trouxe de volta a si. Ele concordou que os adendos podiam ficar.

"No entanto, devemos fazer uma tiragem menor que a normal. Muito menor." Tínhamos sugerido metade dos 5 mil exemplares normais de Maurice, esquecendo convenientemente que quando ele havia calculado os direitos de Beckett tínhamos imaginado imprimir apenas mil exemplares. Ele reduziu nossa cifra para 750. Aparentemente consternado, Alex baixou os olhos. "Está bem, Maurice, você venceu: 1500", disse ele, resignado. Concordamos com uma tiragem de 1.100 cópias para a edição comum, com 25 cópias *hors commerce* classificadas de *A* a *Y*, cada uma assinada pelo autor. Durante muito tempo foi costume na França, pelo menos para os considerados meritórios, imprimir um número limitado de exemplares *hors commerce*, "fora de comércio", como um artista que faz litogravuras colocaria um número de PAs, ou provas do artista, antes de começar a tiragem regular. Mesmo Girodias, que inicialmente fora contrário por causa do custo adicional, pois essas cópias eram geralmente impressas em papel velino, capitulara sem muita briga. Beckett, embora ainda desconhecido, merecia inteiramente a honra. A edição regular de 1.100 exemplares custaria 850 francos, ou cerca de dois dólares – dez xelins se você estivesse pagando em moeda inglesa –, enquanto a edição limitada seria vendida nominalmente por 2.500 francos, ou cerca de seis dólares à última taxa de câmbio. Cada membro do santuário interno da *Merlin* receberia três exemplares da edição limitada, com sete destinados ao autor.*

* No final Trocchi, segundo ele mesmo admitiu anos mais tarde, havia ficado com a maioria dos exemplares *hors commerce* para si mesmo, planejando vendê-los conforme precisasse para alimentar seu crescente uso de heroína. Por um triste golpe de justiça poética, alguém em Paris, provavelmente um colega de vício, roubou-os de Trocchi e os vendeu para Gaït, que com a maior inocência os oferecia a seus clientes pelo preço fixo de 2.500 francos. Em uma entrevista de 1981, Trocchi também admitiu que havia ficado com o manuscrito de *Watt*, que deveria ter sido devolvido ao autor e, mais uma vez para alimentar seu vício, vendeu-o nos anos 1960 por quatrocentas libras. No mercado de hoje, só Deus sabe o valor que esse precioso manuscrito alcançaria, mas é seguro dizer que seria uma cifra de seis dígitos. E o que é mais importante: o manuscrito deveria estar nos arquivos de Beckett, pois quando ele o empurrou pela porta na rue du Sabot naquela noite encharcada de chuva em novembro de 1952, ele me deu a entender que aquela era sua única cópia corrigida.

Feito o pedido de impressão, quando já era uma da tarde, a cor de Maurice lentamente retornou. Ele esboçou um sorriso que, embora fino, impressionou-nos como o sol ainda oculto regressando após um enorme temporal. Ele se levantou, estendeu a mão primeiro para Trocchi, depois para Christopher e eu, e sugeriu nos levar para almoçar.

22

QUESTÕES DE CONSCIÊNCIA

Doze dias depois, em uma brilhante manhã no início do outono que prometia ser excessivamente quente, as folhas tremiam ou pareciam tremer, e a grama também, sob gotas ou contas de orvalho em alegre exalação, em suma, em um dia que começara excelentemente, levamos, em um ônibus rumo ao norte – na plataforma traseira aberta do ônibus, para ser exato – o manuscrito de *Watt*, ainda enfeixado em sua capa preta imitando couro ligeiramente salpicada de chuva que Becket nos entregou mais de um ano antes. Cerimoniosamente, *Watt* foi entregue à gráfica, L'Imprimerie Richard, no número 24 da rue Stephenson, Paris XVIII, com a advertência para que os compositores dedicassem atenção especial, pois isto era inglês e havia anomalias, muitas anomalias, incluindo versos e música. O espacejamento também era às vezes incomum, mas muito importante. Monsieur Richard, fundador e proprietário, um homem de peso e também de sensibilidade, caso se pudesse calcular – e podia-se, por sua robustez, por um lado, e a compleição rubicunda, por outro, que sugeriam fartos repastos e um consumo mínimo de vinho tinto de pelo menos trezentos, talvez 350, litros por ano, substancial mas nem tanto para a média gaulesa na época da qual falo –, monsieur Richard nos disse que não nos preocupássemos, seus compositores eram os melhores, superando-se no inglês, de que não conheciam nem uma palavra. Por uma única vez a questão do dinheiro – este corruptor de todas as coisas, grandes ou pequenas – não foi levantada: pago – ou assegurado – de antemão por Maurice, *Dieu merci*. Pois, como todos os vigaristas, ao nos seduzir Maurice utilizara a adulação, alçando-nos ao pedestal da arte e reservando a si mesmo o trabalho mundano, tedioso, de lidar com tipógrafos e distribuidores. "Como artistas literários sérios", ele havia dito, "vocês tencionam produzir e, através da *Merlin*, propagar novas formas de escrever. Vocês devem se dedicar ao romance, à poesia, ao teatro." E, devidamente adulados, acreditamos nele como um homem. Ou mulher.

Tínhamos definido uma capa *off-white*. Enquanto o livro estava no prelo, monsieur Richard ligou. Pelo seu tom pesaroso eu sabia que havia um problema. Ele se desculpou e disse que o comerciante de papel não conseguira entregar nosso material de capa, o que ele devia fazer? Esperar três semanas até que o papel adequado chegasse ou usar o que ele tinha à disposição. O que havia à disposição? Perguntamos. Um magenta lindo, disse ele, realmente lindo. Alex e eu tomamos um ônibus até lá para ver a cor. Assustadora. O que pensaria Beckett, a quem havíamos prometido o *off-white*? Mas o que ele pensaria se lhe dissessem que o livro atrasaria um mês? Além disso, já estávamos anunciando sua disponibilidade no próximo número da revista. Decidimos pelo magenta. Devíamos informar o autor? Cautela, aconselhou Trocchi, era sempre a atitude mais prudente.

Três semanas depois, no dia 30 de setembro, para ser exato, tínhamos nas mãos um exemplar de *Watt*, ainda cheirando a tinta, recém-saído do prelo. Nós o acariciamos, como se acaricia um primeiro filho. O magenta parecia incandescente. Positivamente lindo, como dissera monsieur Richard. Enviamos cópias da edição comum, bem como sete letras do alfabeto da edição limitada, para o sr. Beckett. Silêncio. Talvez fosse a época do ano. Talvez não estivesse em Paris. Talvez estivesse ocupado escrevendo. Talvez tivesse pedido ao porteiro que não o importunasse com a correspondência.

"Talvez", arrisquei, quando, duas semanas, logo três, se passaram e o mais meticuloso dos homens continuou, como sua criatura Godot, eloquentemente invisível, "ele deteste o magenta".

Como soubemos depois, assim que recebeu os exemplares, escreveu a George Reavey: "Por fim, *Watt* saiu em uma terrível capa magenta".

Então, *foi* o magenta. Mas para nós nem uma palavra de reprovação. Quando a notícia finalmente veio, era de gratidão e gentileza, ambas marcas do homem: obrigado pelos exemplares de *Watt*. Ficaram magníficos. Receio, porém, que alguns erros se insinuaram, a despeito de todos os esforços. Incluo aqui uma lista. Espero que, se houver uma segunda edição, os mesmos sejam corrigidos. Como se viu depois, Beckett havia encontrado vários erros e, o pior, uma sentença omitida na página 19 e aparentemente estava furioso conosco. Mas, sempre cavalheiro, não deixou transparecer, pelo menos para nós.

Escrevi-lhe de volta agradecendo, garantindo-lhe que os erros seriam de fato corrigidos e lembrando-lhe que o mesmo havia acontecido com o *Ulisses* de Joyce, que os impressores franceses, em ambos os casos sem saber nada de inglês, ao corrigir erros iniciais, incluíram alguns próprios. De modo involuntário, mas aparentemente inevitável. Tudo isso apesar de monsieur Richard ter nos tranquilizado enfaticamente.

Maurice ficou apenas moderadamente satisfeito com nossa primeira produção de peso, pois embora tivesse concordado, como parte de nosso arranjo, em imprimir e distribuir o romance, não era exatamente o que ele tinha em mente para sua principal investida. Certamente não para o público que ele visava. Ele asseverava que havia algumas cenas "sujas" em *Watt*, mas não eram suficientes para "seu público", que ele agora nos descrevia com um pouco mais de precisão para evitar confusões ulteriores. O selo principal de sua Olympia Press seria chamado de Traveller's Companion e teria uma capa verde-clara para distingui-lo dos "artigos mais respeitáveis", como ele dizia. Sua expectativa era que não haveria muitos destes últimos. Enquanto para o Traveller's Companion ele pretendia reimprimir, ou traduzir, alguns "clássicos" – não só o já mencionado *Fanny Hill* como também nomes célebres como Apollinaire, Beardsley, Sade –, aquilo que ele precisava para alimentar com urgência suas fauces gulosas era trabalho novo, relatos originais, voltados aos leitores anglo-americanos que estavam sendo desnecessariamente privados de tal alimento tantalizante em seus próprios países atrasados. O número de tais potenciais "constituintes" – o termo era dele – que anualmente chegavam à França estava crescendo exponencialmente, à medida que o mundo revertia para a normalidade e os milhares, não, milhões de turistas cujas viagens haviam sido frustradas durante cinco longos anos pela guerra regressariam "em quantidades incontáveis". Mais uma vez expressão dele. "Sem falar", acrescentou, "nos milhares de marinheiros da Sexta Frota, guardando o Mediterrâneo contra todos os que se apresentarem", cuja estadia no mar os deixava ansiosamente prontos para os livros que ele tinha em mente. Ah, e os soldados, os incalculáveis soldados que ocupavam a Alemanha; onde era o primeiro lugar para onde se dirigiam quando tinham alguns dias de licença? Paris, disso ele estava certo. Assim, a Olympia vestida de verde atenderia uma necessidade gritante. Ele estava nos convidando, merlinitas, a nos juntar a ele!

Estaríamos, ao aliar-nos a um fornecedor confesso de erotismo ("pornógrafo", dizia Patrick, dando nome aos bois), sacrificando nossa integridade artística – uma expressão que usávamos com muita frequência? Para Austryn, com seu Sade e sua visão de traduzir outras obras clandestinas francesas *ad infinitum*, não havia problema nenhum na aliança. Sua única preocupação era ser procurado pelas autoridades francesas e expulso, pois ele via a França como seu porto de longo prazo, convencido de que o macartismo tinha vindo para ficar. Christopher, cujas inclinações esquerdistas eram profundas, não sabia ao certo. Não que ele se importasse com o obsceno; ao contrário. Mas sua poesia sofreria? Pat estava encrencado o bastante com seu romance em excessivo tempo de gestação e por isso era irritantemente neutro. A *Merlin* não poderia sobreviver sem ajuda de uma fonte externa – eu havia dado tudo o que podia dos meus meses na distante Chaumont – e, além disso, até agora Maurice cumprira o que prometera, não? Jeannette achou Maurice extremamente encantador. "Vamos encarar isso, cara", disse Alex, "existem duas virtudes aqui: primeiro, podemos ter nossos livros publicados e, segundo, podemos comer." Era verdade, a maioria de nós estava vivendo com cerca de dois ou três dólares por dia e durante anos tinha sido assim. Realmente não havia escolha. E além disso, tendo conseguido a duras penas os primeiros quatro números de *Merlin*, estávamos ingressando em uma nova fase da revista, e de nossa própria existência, que poderia ser divertida. Desafiadora. Ousada. Até perigosa...

Trocchi foi o primeiro a entrar em acordo com *Young Adam*, que havia agora dois anos tinha rodado entre editores consolidados, cerca de uma dúzia na Inglaterra e nos Estados Unidos, sem despertar interesse, ganhando apenas muitas recusas educadas, algumas cheias de elogios mas inevitavelmente encerradas com "lamentamos, porém, não poder no momento lhe fazer uma oferta de publicação", e o clichê de fechamento "desejamos-lhe melhor sorte com outra editora". "Vou deixar assentar, meu caro", disse ele. "Como um bom Bordeaux. Talvez ele envelheça bem. Seja como for, não vou enviá-lo para fora outra vez!"

Agora, mais de um ano depois, ele mostrava *Young Adam* a Girodias. Tinha uma boa proporção de sexo forte, principalmente entre o protagonista, Joe, e Ella, a barqueira, mas Maurice queria mais. "Você terá de sujá-lo", disse ele a Trocchi. Isso não vai ser problema, declarou Trocchi. Jane confessou que ele estava decepcionado porque o romance, no qual ele havia investido seu coração e talento, estava se tornando um mero DB – Dirty Book (livro sujo). Enquanto Alex estava reformulando *Young Adam*, Austryn, tendo entregue *Filosofia na alcova*, de Sade, assumiu a tarefa de traduzir *Histoire de l'oeil – A Tale of Satisfied Desire* – de Georges Bataille, que o famoso filósofo e romancista havia escrito com o pseudônimo de Lord Auch. Minha atribuição era traduzir *Les Exploits d'un jeune Don Juan*, de Apollinaire, que intitulamos livremente de *Memoirs of a Young Rakehell*, um trabalho precioso sobre o erotismo da adolescência que o grande poeta havia escrito um quarto de século antes.

Os primeiros títulos em capa verde da série Traveller's Companion pareceram surgir da noite para o dia. Ficamos maravilhados com a eficiência dos tipógrafos da Olympia, pois, enquanto havíamos esperado semanas para cada número da *Merlin*, Maurice parecia passar do manuscrito ao livro acabado em uma questão de dias. Trocchi, tendo manchado *Young Adam*, voltou-se para o outro romance, mais escandaloso, de Apollinaire, *Les Onze mille verges* – literalmente, *As onze mil varas* – que Girodias rebatizou como *The Debauche Hospodar* (*O amo debochado*). Como Alex, com seu francês limitado, conseguiu "traduzir" Apollinaire continua a ser um mistério. Conseguiu ajuda de um nativo? Não cheguei a saber. Fosse como fosse, Girodias era um gênio tanto nos títulos como nos pseudônimos. Para o Apollinaire, ele apelidou Alex de "Oscar Mole", uma de suas escolhas menos brilhantes mas uma escolha que, mais uma vez, sublinhava o caráter clandestino da operação que ele estava lançando. Tendo se saído de modo admirável, e em um intervalo muito curto, tanto de *Young Adam* como de Apollinaire, Alex em seguida se metamorfoseou em uma dama pouco virtuosa, Frances Lengel, e escreveu correndo, em poucas semanas, um romance intitulado *Helen and Desire*, uma versão atualizada de *Fanny Hill*, que funcionou como uma espécie de modelo para o gênero.

Nossa nova relação com Girodias e a Olympia ocasionou nosso devido sacrifício. Nenhum de nós estava em terreno muito firme quando surgiu o problema de nossa situação legal com as autoridades francesas. Alguns tinham visto de estudante, outros documentos de curto prazo que nos deixavam sujeitos a penalidades ou expulsão sumária se o tipo de literatura que estávamos produzindo fosse descoberto.

À medida que as semanas se passavam, entregávamos nossos manuscritos e recebíamos os cobiçados quinhentos dólares, com promessas de receber mais se o livro fosse reimpresso. Conforme observado, a tiragem habitual da Olympia era de 5 mil exemplares, o que significava de fato que Girodias estava nos pagando direitos autorais de dez centavos por livro. Para receber nosso dinheiro – tantas páginas, tantos francos – dirigíamo-nos para o número 13 da rue Jacob. A fachada do lugar era uma livraria e Maurice sublocava os fundos, um espaço minúsculo ocupado em sua maior parte por uma mesa de cavalete, atrás da qual, entronizado em um colchão ligeiramente afundado, sentava-se Maurice, enquanto ao lado, diante de uma escrivaninha forrada de cartas, faturas e manuscritos de tipos e origens variadas, sentava-se sua assistente, Lisa Rosenbaum, uma beldade de olhos verdes e cabelos escuros. Menciono a loja porque ela havia revelado para nós, sem sombra de dúvidas, que o homem que se tornara nosso *gérant*, o proprietário impecavelmente vestido, finamente manicurado, de um Citroën *traction avant*, uma pessoa a quem tínhamos como um homem, e de fato uma mulher, indiscutivelmente aceito como nosso salvador financeiro, era quase tão pobre quanto nós. Tão pobre, de fato, que quando entregávamos um manuscrito, ele normalmente tirava um miúdo maço de notas de francos e, em lugar de pagar a soma total devida, retirava um pouco para nos manter em marcha, dizia ele, até que precisássemos de mais. Muitas vezes, quando vínhamos buscar mais, trazendo páginas adicionais do trabalho prometido, ele manifestava surpresa com a velocidade com que a soma anterior tinha desaparecido, perguntando-se em voz alta se havíamos subitamente mudado nossa *façon de vivre*, nosso "estilo de vida", ponderando também se, de fato, ele já não nos havia pago a soma inteira devida, ele não conseguia se lembrar, e quando lhe assegurávamos que ele não havia pago, ele parecia pesaroso, um pai se perguntando onde e como o filho havia saído errado, o via assim desapontado, até que finalmente, com sincera relutância, procurava em seu bolso raso pelo célebre maço e puxava algumas notas. Isso acontecia com tanta frequência que decidimos que devíamos realmente estabelecer alguma coisa por escrito, tanto no momento do acordo inicial como quando as somas eram repartidas, pois nós também, em última instância, achávamos difícil nos lembrar quanto havíamos recebido e quanto restava a receber.

Quando um livro era reimpresso, recebíamos uma soma adicional. Se era duro, de fato heroicamente difícil, tirar dele o dinheiro devido por nossos labores olímpicos, por fim ele acertava, embora as somas adicionais prometidas por uma reimpressão por algum motivo nunca se concretizavam.

23

ENCONTRO COM BARNEY ROSSET

Agora a salvo de novo em Paris, eu tinha de enfrentar nossos novos desafios. O primeiro deles era uma decisão de honrar minhas bolsas e concluir meu doutorado na Sorbonne. Foi como minha ruptura com a religião quando eu tinha quinze ou dezesseis anos: embora eu não mais acreditasse, para não partir o coração de minha mãe, eu realizava o ritual, parando apenas no sacramento, porque eu achava inaceitável e hipócrita recebê-lo. O professor Dédéyan havia finalmente se rendido, admitindo que Joyce estava suficientemente morto para permitir comentários. Assim, ao retornar a Paris, comecei a me preparar para minha *soutenance de thèse* no mês de junho próximo, fazendo uma pausa apenas quando intervinha a necessidade de um poema ou conto próprio, ou de uma tarde com Beckett.

Em segundo lugar na nova agenda: Jeannette estava se preparando para seu exame final no conservatório, para tentar obter o Primeiro Prêmio de Violino. O adorável apartamento que tinha sido uma espécie de local de lua de mel para nós logo foi uma lembrança acalentada mas evanescente.

Enquanto isso, nos Estados Unidos, Bernard DeBoer podia não ter vendido muitos exemplares da *Merlin* em suas contas da Costa Leste, mas a prova de que ele havia descarregado algumas veio na forma de meia dúzia de cartas para mim, incluindo uma de Dexter Strong em Pomfret; outra de Al Sussman, meu professor de letras clássicas na UNC; uma terceira de meu velho colega de quarto de lá, Wyc Toole, um homem de espírito e inteligência aguçados com quem eu havia escrito uma coluna humorística para *The Daily Tar Heel* sob o nome de Wyc e Dick e que, por razões que tive dificuldade para entender, tinha optado por ficar na Marinha após a graduação e era atualmente capitão de corveta estacionado em Washington.

Prestei muita atenção a uma carta que recebi um dia de um cavalheiro que dizia ser um editor de Nova York. Seu nome era Barney Rosset, e ele havia adquirido recentemente uma editoria chamada Grove Press, com o mesmo nome da rua em Greenwich Village. Ele havia lido e gostado de meu artigo sobre Beckett no número dois da *Merlin* e o trecho de *Watt* no número seguinte, e tanto o trecho como o que eu dizia sobre o irlandês o deixaram muito intrigado. Ele viria a Paris no final do verão ou no início do outono e perguntava se poderíamos nos encontrar, talvez para um almoço. Poderia eu também organizar um encontro com o sr. Beckett? Respondi dizendo que teria muito prazer em conhecê-lo, advertindo-o, porém, que o irlandês era extremamente reservado e difícil de contatar, por isso, embora eu fosse tentar marcar um encontro, não poderia assegurar nada. Com respeito à obra de Beckett, informei-o que nós – a *Merlin* – em breve publicaríamos *Watt* e, provavelmente em 1954, um romance posterior, *Molloy*, que tinha sido escrito em francês – pois esta era a língua com a qual o sr. Beckett estava agora aparentemente envolvido – e logo seria traduzido. Acrescentei que, se ele estivesse interessado em Beckett para os Estados Unidos, deveria entrar em contato com monsieur Jérôme Lindon de Les Éditions de Minuit e dei a ele o endereço da rue Bernard Palissy. Acrescentei que eu conversaria com monsieur Lindon, dizendo que ele receberia uma comunicação do sr. Rosset.

Rosset respondeu algumas semanas depois, agradecendo-me por tê-lo feito ler Beckett, dizendo que ele estava agora em contato com a Minuit e tinha de fato feito uma oferta por Beckett para os Estados Unidos, que ele esperava seria aceita. Comentou que viria com sua esposa, Loly, uma garota alemã com quem havia recentemente se casado. Achei suas cartas animadas e entusiasmadas e esperei ansioso para conhecer o homem atrás delas. Eu devia escolher um restaurante. Escolhi um excelente restaurante chinês atrás da Sorbonne.

Então, alguns dias depois ocorreu uma intromissão inesperada, e francamente perturbadora, em minha vida parisiense. O intruso foi um pacote de aparência muito oficial que jazia em minha porta na rue du Sabot certa tarde quando eu regressava da Bibliothèque Nationale, onde eu estava passando a maior parte dos meus dias. Apanhei o pacote branco formal, virei-o para baixo, apalpei-o para avaliar seu volume com a ideia equivocada de que peso e importância eram proporcionais, e então levei-o para dentro. Estava escrito OFFICIAL BUSINESS (Assunto Oficial) tanto na frente como no verso. Não gostei de sua aparência nem um pouco, e assim decidi não abri-lo de imediato. No dia seguinte ele parecia ligeiramente menos ameaçador e, assim, tomando coragem, o abri.

Merda!

A Marinha americana, a que eu devia minha educação e para cuja reserva eu havia automaticamente renunciado à minha vida com a graduação, havia decidido que eu era essencial à defesa nacional. Coreia? Já não estava acabando? Eles não deveriam estar dispensando em vez de convocando pessoal? Minhas ordens eram para me apresentar na Alemanha para um exame físico nos próximos trinta dias. Ora, eu era tão patriota quanto o próximo expatriado – mas mesmo assim... procrastinei por uma semana, depois apressei-me até a Rive Droite, marquei uma hora com o adido militar, mostrei a ele minhas ordens e perguntei se não era tudo um grande equívoco. Ele examinou os papéis, olhou por sobre os óculos sem aro e me garantiu que não era. Além disso, como os trinta dias citados se encerrariam na próxima quinta-feira, ele sugeriu que eu tomasse logo um trem e tocasse para Mannheim ASAP (o mais rápido possível) ou eu poderia ser considerado AWOL (ausente sem permissão). Eu ainda não entendia os acrônimos, mas meu RADAR sentia que esta situação devia ser grafada como PERIGO, e no dia seguinte eu estava em um trem vagaroso para o país de nosso ex-inimigo, agora em rápida recuperação. Não fazia sentido me apressar. Eu tinha levado uma vida tão displicente e dissoluta nos últimos cinco anos, que estava quase convencido de que fora reprovado no exame físico. Depois me lembrei com desânimo de todas aquelas sessões extenuantes com os lutadores olímpicos franceses, partidas de tênis duas ou três vezes por semana com Lapicque *père et fils*, sem falar em natação na primavera, verão e outono na piscina de Deligny. Em suma, eu me achava não só em forma como também era um ótimo espécime físico. Deprimido, tornei a embarcar no trem para Paris. Eu teria de contar a Jeannette. Ela sabia da intrusão da Marinha mas não fazia ideia do que isso significava. Eu a havia mantido intencionalmente no escuro porque, afinal, nem eu mesmo tinha certeza. Talvez os almirantes mudassem de opinião. Talvez dessem uma olhada mais atenta às minhas credenciais inexistentes. Fazia seis ou sete anos desde que eu fizera aqueles cursos V-12 da Marinha – navegação, arte da navegação, engenharia, sei lá o quê – e se restava algum vestígio daquele distante aprendizado livresco, ele estava mergulhado bem no fundo de meu subconsciente. Talvez a guerra terminasse. Talvez, dada a minha fluência, eu fosse designado para a embaixada de Paris, substituindo o idiota que eu havia visitado uma semana antes, que confessou que mal tinha conseguido aprender uma frase do francês em quase um ano como adido.

Uma semana depois, as ordens complementares encerraram toda ambiguidade: "No dia 31 de julho de 1954 você se reportará à Base Naval de Boston, para lá receber ordens adicionais e designação para seu navio". Seu navio! Você quer dizer que não estaria tratando de coisas em Washington? A essa altura eu devia ser um alferes sênior, pelo amor de Deus!

Dei a notícia para Jeannette do modo mais delicado que consegui. Aceitando aquilo com a calma de sempre, ela disse: "Sabe, o momento pode ser perfeito. Você terá defendido sua tese no dia 24 de junho, e eu terei terminado o conservatório no dia anterior. Talvez seja hora de experimentar novas águas. Além disso, disseram-me que, se ganhar mesmo o Primeiro Prêmio, estarei qualificada para um posto na Galician Master Class na Escola Juilliard em Nova York, e poderei estudar com o melhor mestre de violino do mundo, Ivan Galamian".

Eu estava começando a descobrir novas facetas, novas e mais profundas camadas dessa moça, das quais eu nem sequer suspeitava. E aprendendo o quanto podem ser importantes as reações positivas na vida.

Rosset e sua esposa apareceram no dia programado e, conforme notei, pontualmente à uma da tarde. Em meus primeiros anos em Paris, eu tinha tendido a chegar dez ou quinze minutos atrasado na maioria dos compromissos – sabendo que muitos parisienses consideravam a pontualidade uma demonstração de fraqueza – até que um dia cometi o grave equívoco de chegar tarde para um encontro com o sr. Beckett. Sua única reprimenda foi uma sobrancelha erguida, mas aquilo me ferroou. Daí em diante cheguei quase invariavelmente dois ou três minutos mais cedo em todos os compromissos.

Barney era um jovem franzino, intenso e dedicado, que julguei estar no início dos seus trinta, embora as entradas em sua testa o fizessem parecer mais velho. Ele usava óculos espessos de aro de tartaruga e quando ria – o que ele fazia bastante, embora nervosamente, como se não estivesse seguro de que a risada era apropriada ao comentário – parecia estranhamente equino, exibindo ambas as gengivas. Sua esposa, Loly, era mais alta que ele, uma loura linda, escultural e de olhos azuis, alemã de nascimento mas com inglês quase perfeito após vários anos nos Estados Unidos. Ela era gerente de vendas da Grove, informou-nos Barney e acrescentou com a risada agora familiar que ele a havia desposado para evitar que ela saísse da empresa. Supus que ele estivesse brincando, mas me garantiu que falava totalmente a sério e me contou o seguinte caso: como parte de seu trabalho, Loly tinha ido para a Costa Oeste, onde conheceu por acaso um galanteador que subitamente lhe propôs casamento. Ela ligou para Barney para informá-lo do acontecimento. Ela estava inclinada a dizer sim e era bom ele começar a procurar uma nova gerente de vendas. Mais que depressa, Barney a persuadiu a encontrá-lo em seu habitat natural, Chicago, onde, por sua vez, ajoelhado, *ele* lhe propôs casamento. Assim, ele não só garantiu uma noiva nova como manteve também uma gerente de vendas de qualidade comprovada. Acertar dois coelhos, como dizem...

Barney havia recentemente adquirido a imprensa por 3 mil dólares – uma soma que ele parecia considerar insignificante mas que me chocou como uma pequena fortuna quando converti em francos. Ele estava em busca de novas expressões, novos talentos, não os refugos das grandes editoras americanas. Agradeceu-me por informá-lo sobre Beckett e apresentá-lo a Lindon. Ele já havia contratado parte da obra de Beckett para os Estados Unidos – não diretamente com Lindon, com quem ainda não tinha se encontrado, mas através de uma agente americana, Marian Saunders. Estava iniciando uma correspondência com Beckett, que o havia advertido que não toleraria nenhuma mudança em sua obra, embora alguns aspectos, disse ele, poderiam ser considerados censuráveis. Não, Rosset ainda não o havia encontrado pessoalmente mas ele e Loly tomariam um drinque com ele dali a um ou dois dias, o que ele estava esperando com certa ansiedade. Ao concordar com um encontro, Beckett havia alertado que dispunha de apenas 45 minutos, o que pareceu um pouco desalentador. O que eu achava do sujeito? Ainda melhor que sua obra, se isto era possível, respondi.

Barney e sua primeira mulher, a artista Joan Mitchell, tinham morado um ano no sul da França. Enquanto Joan tinha aproveitado muito o ano na Riviera, amadurecendo em sua arte, Barney confessou que ele havia passado a maior parte do tempo olhando para o mar pela janela, tentando descobrir o que fazer da vida. Então, um dia, uma amiga de Joan, de Chicago, Francine Felsenthal, mencionou que dois amigos dela estavam vendendo uma pequena editoria. Apenas um deles, um escritor chamado Robert Phelps, queria jogar a toalha. Phelps morava em Woodstock, estado de Nova York, e assim Barney foi de carro até lá e lhe pagou mil e quinhentos dólares por sua metade – que, a propósito, incluía o inventário, que Barney juntou em várias maletas e voltou de carro ao seu apartamento na rua Nove, no Village, onde as guardou até descobrir o que fazer com elas. Estava tudo muito bem, mas ele ainda possuía apenas metade da empresa. O outro sócio, um homem chamado John Balcomb, tinha apenas um interesse literário na vida: Ezra Pound. "Todo projeto que eu propunha, ele rejeitava. Comprei também sua metade. Em todo caso, já que eu tinha essa editoria, imaginei que seria melhor eu aprender algo sobre o negócio, por isso matriculei-me em alguns cursos em Colúmbia e na New School. Não para obter créditos acadêmicos, só para aprender. No assento ao meu lado em Colúmbia estava um cara chamado Donald Allen, um editor *freelance* que me pareceu brilhante e entendido. Assim, contratei-o."

Quem mais estávamos publicando na *Merlin*?, perguntou Barney.

"Acabamos de publicar um trecho do *Diário de um ladrão* de Jean Genet", informei, "com uma nota introdutória de Jean-Paul Sartre, que acha o cara um gênio. Foi Sartre quem chamou nossa atenção para ele. Ele também é dramaturgo – talvez primordialmente um dramaturgo – mas acho seus romances extraordinários. Sendo assim, se estiver interessado, precisa saber que você poderá ter um problema de censura." Durante anos, expliquei, nenhum dos editores da corrente dominante francesa ousou acolhê-lo. Ele foi publicado quase secretamente por uma pequena editora de província, L'Arbalète. Mas agora Sartre convenceu Gaston Gallimard sobre a importância de Genet, por isso a Gallimard está agora lançando os romances.

Algum problema com a censura aqui na França? Barney quis saber. "Nenhum que eu saiba", respondi. "Acho que as autoridades têm medo de enfrentar Sartre."

"E o que há nos romances para torná-los censuráveis?", perguntou Barney.

"Sexo", disse eu. "Sexo bem franco. Sexo homossexual."

"Não me assusta", disse ele, enquanto tirava uma caneta e começava a rabiscar anotações. "Quem mais vocês estão publicando nesse número da revista?"

"Um trabalho comovente de Henry Miller, um trecho de seu romance *Plexus*", repliquei. Isto claramente atiçou o interesse de Barney. Em Swarthmore, que Barney havia frequentado por pouco tempo antes da guerra, ele havia escrito um trabalho sobre o *Trópico de Câncer* de Henry Miller, para grande tristeza de seu professor. *Trópico de Câncer*? Perguntei-me se devia mencionar que eu conhecia um sujeito aqui em Paris com uma forte ligação com Miller, em especial com os proibidos *Trópicos*, mas achei que seria prematuro. Voltando a Genet, eu disse: "Eu posso colocar você em contato com seu tradutor, se você estiver interessado em procurá-lo, um soldado americano que reside aqui desde a guerra".

Não há tempo nesta viagem, disse Barney. Havia mais alguém no cenário parisiense que ele deveria procurar? Ionesco, disse eu, Eugène Ionesco. Ele é romeno, mas faz anos que mora aqui e, como Beckett, agora escreve em francês. Trocchi e eu o encontramos há alguns meses e publicaríamos uma peça sua. Não, ele não era tão bom quanto Beckett – mas, por outro lado, Beckett está numa classe só dele.

No dia seguinte, Barney, Alex e eu nos reunimos no Old Navy para discutir como a Grove e a *Merlin* poderiam trabalhar juntas, e especificamente se a Grove poderia distribuir *Watt* nos Estados Unidos, pois de nossa tiragem original ainda restavam bem mais de quatrocentos exemplares. Uma possibilidade muito interessante, disse Barney. Ele esperava publicar *Molloy* primeiro, mas agora aparentemente teria que esperar, segundo ele soubera, até que a tradução, que avançava lentamente, fosse concluída.

Mais tarde, quando perguntei a Trocchi o que ele achara de Barney, sua resposta veio em uma só palavra, "estranho". Para a habitual eloquência de Alex, aquilo me surpreendeu, tanto por ser vago como ambíguo, por isso insisti. "O cara é irrequieto, você não notou?", comentou Alex. "Parece que não consegue ficar parado." Por outro lado, antes que ele partisse de Paris, perguntei a Barney o que ele achara de Alex. "Impressionante. Mas ele me assusta. Não sei por quê, mas o acho intimidador." O que *eu* achei de Barney? Realmente, como Alex havia notado, o cara parecia incapaz de repouso. Gostei do jeito que ele agia em função de seus impulsos e anotei mentalmente para lembrar-me de procurá-lo quando fôssemos a Nova York. Correção: *se* fôssemos a Nova York.

24

BECKETT ESTÁ DE VOLTA

Beckett estava agora de volta a Paris, tendo partido no início de setembro para Berlim para ver a produção alemã de *Godot*, que o desagradou fortemente. Embora tivesse uma boa recepção, ele a achou "mau dirigida" e quando o encontrei alguns dias depois, ele acrescentou com seu habitual humor sardônico: "Eu preferiria que fosse o contrário". Pouco depois de seu regresso ele me enviou um cartão-postal: podíamos retomar a tradução de "La Fin" do ponto em que paramos? O ponto em que paramos, muito simplesmente: meu rascunho enviado a ele antes do verão jazia adormecido, acumulando poeira mas sem ser aperfeiçoado, nos últimos três meses. A resposta inicial de Beckett, que momentaneamente me animara, era que a tradução estava ótima, embora precisasse talvez de "um pequeno ajuste", uma expressão que não me deixou tão alerta quanto deveria ter ficado. Enquanto isso, Trocchi continuava a pressionar-me e mais uma vez lembrei a ele que precisava da aprovação de Beckett. Um ou dois dias depois chegou outro cartão-postal, endereçado como sempre ao "Caro Seaver". (Ainda não nos tratávamos pelos prenomes, e eu me dirigia a ele, na época e durante muitos anos, como "sr. Beckett", até que uma noite, jantando em seu restaurante favorito em Montparnasse, Aux Îles Marquises, ele disse: "Ah, pelo amor de Deus, me chame de Sam!". Mesmo assim, era tão imponente para mim que meu cérebro constantemente tinha de enviar uma mensagem em entrega especial para a minha língua para evitar o habitual "sr. Beckett".)

Reunimo-nos no dia marcado no Dôme, às quatro da tarde, quando o local estava quase vazio, em uma mesa nos fundos, cada qual com sua cópia do manuscrito inglês e o texto em francês. Durante o verão eu havia feito várias alterações, que a princípio fui passando, com Beckett aprovando a maioria, evitando opinar sobre outras. Com relação a estas últimas ele invariavelmente diria: "Sem dúvida, você tem razão, Dick, mas juro pela minha vida que não consigo descobrir o que eu estava tentando dizer em francês". Então voltamos para a primeira linha. Em outras palavras, em lugar de encontrar erros na tradução, elegantemente ele culpava o original – ele próprio – pelo problema. Tal era o caráter do sujeito.

Após uma hora mais ou menos, parávamos, pedíamos outra garrafa de vinho tinto e falávamos de tudo menos do texto. Beckett tinha acabado de comprar um lote de terra, contou-me, exatamente de um hectare, na pequenina aldeia de Ussy-sur-Marne, cerca de cinquenta quilômetros a leste de Paris, no qual ele havia construído uma casa pequena e austera constituída de dois cômodos. Por que havia escolhido Ussy, um vilarejo insípido, ele nunca me explicou. Mas, por outro lado, sinceramente, eu nunca perguntei. Talvez fosse a familiaridade, pois ele e Suzanne, durante vários anos, para fugir de Paris, tinham alugado uma casa na região sem pagar praticamente nada, e Beckett tinha escrito ali boa parcela de seus primeiros trabalhos do pós-guerra. Os móveis da casa, como ele os descreveu com orgulho, como se tivesse acabado de herdar um castelo ou um solar de fazenda suntuosamente mobiliados, lembrou-me da passagem de *Watt* estampada no número três da revista. Extremamente parco e utilitário: duas camas de solteiro, uma escrivaninha, algumas prateleiras para seus dicionários, uma mesa redonda de sala de jantar, um surrado piano vertical e duas poltronas de vime almofadadas. Ele também se permitira adquirir, admitiu quase envergonhado certa tarde entre um parágrafo e outro, um rádio com pouco uso, aparentemente para fazer companhia naquele ambiente solitário mas, também, admitiu ainda, para acompanhar partidas decisivas de rúgbi envolvendo a Irlanda, além de importantes combates de boxe. Para mim, para quem os esportes sempre tinham sido um ingrediente essencial em minha juventude, foi tranquilizador ouvir a "confissão" calma, quase trivial de Beckett de que para ele, também, os esportes sempre haviam sido importantes. Na escola ele jogava críquete e rúgbi e, mais tarde, golfe e tênis, destacando-se em ambos.

Com meus amigos da *Merlin* e meus círculos parisienses que não eram atléticos, eu raramente falava de esportes, pois, em suas mentes enrijecidas, "desportistas" e intelectuais eram incompatíveis. Mesmo Lindon, que já venerava seu novo autor, aparentemente não fazia ideia de seus pendores atléticos até que um fim de semana ele convidou Beckett e Suzanne para o visitarem no campo, alertando-os, porém, que pretendia jogar um percurso ou dois de golfe. Beckett disse que não seria problema nenhum e que até poderia se juntar ao grupo de Lindon. Embora um pouco enferrujado, Beckett não só acompanhou o grupo de quatro mas, relatou mais tarde Lindon, pelo menos em um percurso, chegou com o menor número de tacadas.

Ainda no assunto de Ussy, ele tinha comprado o terreno, comentou, com uma pequena herança de sua mãe, que havia morrido três anos antes, mais os ganhos imprevistos de *Godot*, que a partir de sua estreia frágil, precária, em janeiro, tornara-se, no final da primavera, o assunto em voga em Paris, que subitamente todos – garanto a você, meu caro, você não pode perder, simplesmente não pode! – estavam gritando que queriam ver. E o mais notável era que o escritório habitualmente silencioso e monástico de Jérôme Lindon de repente recebeu um dilúvio de ligações telefônicas dos quatro cantos do mundo solicitando direitos, tanto para publicação como para montagem teatral. Aos 47 anos, ainda praticamente desconhecido, Beckett nem suspeitava que o mundo estava prestes a descobri-lo e render-lhe a homenagem que havia muito lhe era devida.

Durante essa interrupção de nosso exame linha por linha de "La Fin" – um avanço moroso –, Beckett sempre questionava mais o sentido ou validade do original que o da tradução. Ele se recostava para trás na cadeira, empurrava seus óculos até seu espesso matagal de cabelos grisalhos, tomava um gole de vinho tinto e dizia: "Ora, que diabo eu queria dizer com isso?", ou: "Esta passagem não faz sentido nenhum. Absolutamente nenhum". Depois, tendo decidido que a falha era dele, não minha, voltávamos ao trabalho.

Ussy era uma bênção, dizia ele, uma ilha de tranquilidade, principalmente agora com o absurdo de *Godot*. Um lugar para trabalhar e descansar. E, sim, para ouvir música, que era vital para ele. O rádio, claro, não era só para esportes. Então é o paraíso, sugeri. Ele ergueu a cabeça. Nem tanto, disse ele. Havia um problema que ele não tinha previsto. A casa ficava em uma elevação, aproximadamente no centro da propriedade, o que tinha a virtude de lhe possibilitar uma vista adorável do vale do Marne. Mas a outra face dessa moeda era que os passantes, que estavam ficando mais frequentes, podiam vê-lo. Uma invasão indesejada da privacidade. "Houve até momentos", disse ele, contendo um sorriso porque sem dúvida conseguiu visualizar o absurdo daquilo, "em que, vendo pessoas pela área olhando, eu tinha de ficar de quatro e rastejar de um quarto para o outro!" Imaginar a cena me deu vontade de cair na risada, mas refreei-me pois sabia que era uma questão séria para ele. Então ele aliviava o clima rindo primeiro. "Mas a nota triste", disse ele, "é que não tenho outra escolha senão construir um muro em volta do terreno. Esses horríveis blocos de cimento, mas nada diferente irá funcionar. É lamentável que também esconderão a linda vista."

Durante outra pausa cerca de uma hora depois, perguntei sobre a produção alemã e ele baixou a cabeça. "Gostaria de não ter ido", confessou. "Foi um sofrimento." Eu disse que soubera que as críticas tinham sido boas e o público receptivo. Ele anuiu com a cabeça. "Mas a direção estava equivocada", disse ele, "tudo errado." Perguntei se não havia nada que ele pudesse fazer para acertá-la. Novamente ele meneou a cabeça. "Em primeiro lugar", disse ele, "eu não sei nada de teatro. E além do mais, não fui lá para me envolver, fui simplesmente para ver." Sua resposta me fez lembrar o bilhete que ele enviara para a rádio francesa quando o primeiro fragmento de *Godot* foi gravado um ano e meio antes, desculpando-se por não comparecer conforme prometera – sombras de seu anti-herói? – e acrescentando que sua presença não contribuiria em nada, já que ele era totalmente ignorante do que constitui a "boa direção" ou, aliás, o "bom teatro". "Se os alemães tivessem me ouvido", disse ele, "teriam esvaziado o teatro muito mais depressa, garanto a você." Isto, vindo de alguém que, poucos anos depois, passaria a se envolver profundamente com os detalhes de cada produção, assistiria aos ensaios de praticamente todas as suas peças, muitas vezes se tornando, no fundo, o diretor, e que em edições subsequentemente impressas indicaria nos mínimos detalhes as instruções cênicas a serem meticulosamente seguidas.

Ao final da maioria das sessões, Jeannette se juntava a nós e por um momento Beckett parecia deixar de lado sua angústia e sentimentos depreciativos sobre seu trabalho e nós três desfrutávamos de uma noite maravilhosa, animada. Beckett me agradecia profusamente por meu bom trabalho, o que me fazia encolher, pois para mim tudo o que a tarde havia revelado era minha inaptidão. Como eu havia admitido me enroscar nisto?, continuava a perguntar, e constantemente tinha de me lembrar que Beckett havia professado seu desejo de não traduzir seu próprio texto, presumivelmente para poupar suas energias criativas para o trabalho original. De fato, ao longo dos últimos cinco anos, após retornar a Paris em 1945 vindo de Dublin, onde tinha ido ver sua mãe ao final da guerra, Beckett, tendo decidido doravante escrever em francês, atirou-se ao trabalho com energia e determinação renovadas. Após a relativa penúria na escrita e as constantes rejeições dos anos 1930, seguidas pela guerra, quando concentrar-se na literatura ou na escrita em si era quase imoral, ele se engajou, como contou certa tarde no Coupole, "em um verdadeiro frenesi de escrever". Ele não sabia se atribuía este frenesi a sua decisão de trocar de língua ou às águas contidas de sua imaginação conturbada finalmente transbordando sobre a barragem de seu próprio autoquestionamento. Durante esse período ele tinha produzido nada menos que doze obras maiores, incluindo as obras-primas *Esperando Godot* e a trilogia em prosa *Molloy*, *Malone morre* e *O inominável*, que havia me golpeado como três toneladas de tijolos. Ele tinha além disso escrito outro romance, *Mercier and Camier*; a peça *Eleuthéria*, que antecedeu *Godot*; cinco contos longos e treze contos curtos; e um trabalho perspicaz de crítica de arte, *Three Dialogues with Georges Duthuit*. Poucos desses trabalhos – apenas dois contos em *Les Temps Modernes* de Sartre e outro em *Fontaine* – foram publicados e, quanto às peças, apesar de alguns "petiscos de interesse" de três ou quatro diretores franceses, ao final desse extraordinário período produtivo nenhuma chegou perto de ser encenada. Essa relativa falta de sucesso em qualquer frente teria levado qualquer homem menos determinado, principalmente se estivesse chegando aos cinquenta, a desistir e dizer: "Não posso ir adiante". Mas como muitos dos desajustados e oprimidos em suas criações, Beckett sabia que não tinha escolha: "Preciso ir adiante", mesmo que ninguém reconheça a viagem. Dos romances, apenas aquela "velharia" de *Murphy*, que ele e seu amigo Paul Léon haviam traduzido do inglês, tinha sido publicado na França, e isso, como sabemos, para redundar em perturbador fracasso.

Mas a sorte de Beckett estava prestes a mudar, e mudar radicalmente, com a apresentação oportuna de Suzanne em 1951 de *Molloy* e *Malone morre* às Éditions de Minuit de Jérôme Lindon. Mais tarde Beckett disse que se a Minuit o tivesse rejeitado ele teria desistido, pois há um limite para as rejeições que um escritor consegue suportar.

Finalmente, após cinco ou seis sessões, Beckett empurrou sobre a mesa a versão inglesa de "La Fin" e disse: "Bem, isto quase o conclui. Obrigado". Eu é quem devia estar lhe agradecendo, pensei, minha cabeça cheia da maravilhosa cadência irlandesa. "Desculpe ter tomado tanto de seu tempo", prosseguiu ele, fazendo-me sentir ainda pior, pois foi para aliviá-lo que eu havia aceitado a tarefa, para poupar tempo para *ele*. Eu lhe disse isto, mas ele fez que não com a cabeça. "Eu não conseguiria fazer isso, não poderia. Portanto, você me prestou um serviço. Você garantirá que eu veja as provas?" Assegurei a ele que o faria. "Estou certo que esta não é a hora certa para perguntar", disse ele, "mas soube que *Merlin* comprou os direitos em língua inglesa para *Molloy*." "De fato, compramos", disse eu, "embora somente para o continente, não para a Inglaterra ou Estados Unidos" e fiquei tentado a contar a história dos dois cheques, o nosso e o da Minuit, mas optei mais uma vez pela discrição, pois eu não tinha certeza do que Lindon poderia ter dito a ele. "Há interesse da Inglaterra e dos Estados Unidos também", prosseguiu ele, "por isso o livro terá de ser traduzido." Poderia eu assumi-lo? Teria tempo para isso? Ele ajudaria, estaria disponível para consulta, mas, novamente, ele não teria tempo, ou energia, ou disposição para encarar rever anteriores, muito menos para traduzi-los. Ele ficaria imensamente grato. Eu reli *Molloy*, meu favorito de todos os seus livros até hoje, gostei tanto quanto antes, obtive até alguns novos *insights* desapercebidos nas leituras iniciais, de fato traduzi meia dúzia de páginas, que saíram com mais facilidade que as de "La Fin", pois as sessões de trabalho com Beckett haviam me ensinado em certa medida como sua mente operava, sua escolha de palavras, seus torneios especiais de frase, mas mesmo assim eu estava preocupado pois Beckett tinha mencionado um prazo final de seis meses. No entanto, ao me pedir, o Grande Homem tinha me dado um voto de confiança pela tradução de "La Fin", aliviando ligeiramente minha culpa. Por outro lado, tendo procrastinado durante cinco anos, eu finalmente tinha decidido, talvez novamente por culpa por ter aceito duas bolsas Fulbrights para essa finalidade, concluir minha tese na Sorbonne sobre Joyce, com a defesa oral programada para junho próximo. Ele entendeu. Se eu conhecia alguém que poderia assumir o encargo? Um dos merlinitas talvez? O único cujo francês era sólido o bastante era Patrick. Mencionei a ideia a Patrick, que imediatamente se entusiasmou. Ele tinha lido o romance? Apenas partes dele, mas o que ele havia lido era esplêndido. Leia o resto, alertei-o, antes de se comprometer. Será um desafio. E um privilégio, declarou Patrick. Durante aquela semana ele leu *Molloy* e na sexta-feira seguinte me saudou na rue du Sabot com um sorriso amplo: ele adoraria fazer a tradução. Contei a Beckett e sugeri que ele e Patrick se encontrassem. Beckett sugeriu que eu viesse junto, já que minha experiência com a história poderia ajudar a conduzir Patrick, "avisar dos cardumes", como ele disse, o que fizemos no fim de semana seguinte no Coupole. Agora, meses depois, Patrick lutava com valentia com o texto diabolicamente difícil. Beckett, disse ele, tinha sido um príncipe, receptivo a cada consulta, grato por todo progresso feito, que ele confessou ser milimétrico.

Quando, após seu primeiro ou segundo mês de trabalho conjunto, perguntei a Beckett como estava o andamento de *Molloy*, ele, o mais gentil dos homens, estremeceu. "Patrick é muito bom", disse ele, "e me afeiçoei a ele pessoalmente. Mas ele tem um metabolismo muito lento." Era menos uma reprovação que uma indicação de um traço de caráter. "Você poderia falar com ele, Dick" – ele estava agora alternando entre o prenome e o sobrenome quando conversávamos, um avanço considerável. "Eu agradeceria." Quando encontrei Patrick, fui direto ao ponto: como estava indo *Molloy*? "Bem, fiz as primeiras vinte páginas mais ou menos, inteiramente aprovadas e, como você sabe, elas serão publicadas no próximo número da revista. Mas depois disso, quase nada, se você quer saber. Nem sei se algum dia vou terminar. Beckett tem sido maravilhoso, mas sinto que ele está ficando irritado com meu avanço de lesma." Ele parecia quase desacorçoado. Os editores nos Estados Unidos e na Inglaterra já estavam perdendo a paciência. Sem falar na *Merlin*. "Em todo caso, se houver algo que eu possa fazer, avise-me." Ele garantiu que avisaria.

À medida que as semanas se passavam, Patrick continuava a batalhar, como eu antes dele, e quase pelo mesmo motivo. Fossem quais fossem as páginas produzidas, ele constantemente se perguntava: será que Beckett escreveria assim? Finalmente, em um desesperado gesto de autopreservação, Patrick deu as costas ao projeto e tornou a mergulhar em seu próprio trabalho, o romance havia muito planejado que, dois anos antes, ele tinha esquematizado em sua mente do início ao fim, três volumes que, como anunciou, somente apresentaria a Jonathan Cape em Londres, cujo catálogo ele achava compatível com seu gosto. Agora, com Pat caindo no silêncio, Beckett se viu obrigado a inverter os papéis de ambos: enquanto tinha sido combinado que sempre que Patrick tivesse cerca de uma dúzia de páginas traduzidas, ele entraria em contato com Beckett diretamente ou através de Lindon, agora, quando dois ou três de seus *pneumatiques* tinham ficado sem resposta, Beckett passou a ser o assediador. Mais de uma vez durante as várias semanas seguintes ele escalava sem avisar os seis íngremes lances de escada até o quarto de sótão de Patrick no Cité Vaneau, batia discretamente, nunca antes das onze, para garantir que sua presa estava acordada e em pé, e sugeria que descessem juntos até um café ali perto para dar uma olhada nas páginas que estivessem prontas. "Era como se eu fosse lançado para o palco antes de sequer saber minhas falas", lamentava-se Pat comigo após uma das visitas de Beckett. "Na verdade, eu vinha evitando-o", confessou ele, "porque eu estava prestes a desistir. No entanto, após nosso encontro ele me fez sentir tão melhor que vou continuar, vou mesmo." Sugeri novamente, tendo a experiência de "La Fin", que Pat se obrigasse a uma programação de doze a quinze páginas por semana e me mostrasse antes de enviar a Beckett. Pelas três semanas seguintes ele o fez e as achei fortes e fiéis, devolvendo-as com poucas emendas e sugestões, que ele disse terem-no ajudado muito. Mais uma vez, não contei a Beckett sobre meu envolvimento periférico. Mas Patrick, um verdadeiro cavalheiro, admitiu certo dia, quinze meses após ter começado, quando finalmente estava acabando a tradução, ou suas energias, para grande alívio seu e certamente de Beckett, que havia contado ao Mestre, em uma das sessões finais, que em certo ponto de baixa no esforço, "Seaver prendeu um rojão em meu rabo e ateou fogo, caso contrário essa tradução infernal jamais terminaria".

Até então eu nunca tinha percebido a alma fina, poética e metafórica que Patrick possuía.

25

O SOL TAMBÉM SE PÕE

Foi apenas natural que com minha ausência de Paris e das confabulações diárias que haviam sido parte integrante de minha vida na *Merlin* durante a maior parte de um ano, minha relação tanto com a revista como com Jane e Trocchi se transformasse. Alex também tinha mudado muito. Pegando mais pesado nas drogas, ele se tornava cada vez mais distante, como se comungasse com outros mortais e outros mundos que não os meus. Além disso, ele, que era muito mais escritor que editor, tinha encontrado um nicho, talvez uma vocação, com Maurice, e a maior parte de seu tempo e energia eram dedicados a sapecar manuscritos para a Olympia. Sem dúvida ele era o burro de carga mor da estrebaria verde de Girodias. De todos os Traveller's Companions, o trabalho de Trocchi estava um grau acima dos simples livros sujos. Ainda assim, era trabalho vulgar, muito distante da literatura sobre a qual ele tinha falado muito e que ele próprio escrevera até então. Alguns de seus primeiros contos eram magníficos, e *Young Adam* era pelo menos tão bom quanto a maioria dos romances que estavam sendo publicados em ambos os lados do Atlântico nesta época. Bastava ler um parágrafo ou dois de seu trabalho mais recente para perceber o talento. Eu não tinha nada contra a obscenidade, é pegar ou largar, mas o que eu lamentava era ele ter abandonado a batalha da qualidade. "Você está desperdiçando seu tempo", deplorava Christopher, "desviando suas energias." Alex sorria, sempre sedutor. "Tolice. Eu posso dar conta de ambos. Eu tenho energia de sobra, e a qualidade de minha prosa não é afetada. Você vai ver."

Na primavera de 1954 a edição seguinte – volume dois, número três (abandonáramos havia muito a pretensão de ser uma revista trimestral) –, onde finalmente iria ser publicada minha (nossa) tradução de "La Fin", ainda trazia vestígios de meu envolvimento, mas a revista tinha uma cara – para não dizer uma orientação – inteiramente nova. Minha contribuição, além da tradução de Beckett, era a apresentação do segundo escritor que eu havia mencionado para Trocchi quando nos conhecemos, Eugène Ionesco, de quem naquele ano eu tinha visto com grande admiração duas peças. Daniel Mauroc foi o intermediário, fornecendo o endereço do dramaturgo. Ionesco atendeu a meu convite imediatamente. Encontramo-nos no café na esquina dos bulevares Saint Germain e Saint Michel. Convidei Alex a me acompanhar. Quando Trocchi e eu chegamos, um homem baixo e retraído, já calvo, com rosto de querubim e olhos ligeiramente saltados, ingênuos – sim, o termo é usado com conhecimento de causa, pois logo descobrimos que ele tinha uma visão quase pueril do mundo, que parecia fazer pouco ou nenhum sentido para ele, e que era transportada para suas peças –, já estava lá bebericando uma taça de vinho. Mauroc, ao descrever seu teatro, tinha empregado a palavra "absurdo", até onde sei pela primeira vez, e este foi um epíteto que pegou nos anos que se seguiram, não só para Ionesco mas também para vários outros dramaturgos que nos anos 1950 e 1960 rotulavam seu trabalho como "antiteatro".

Trazíamos conosco edições anteriores da revista, nas quais Ionesco apenas deu uma olhada, pois não sabia inglês e a palavra de Mauroc era o bastante para ele. Suas duas peças de um ato, *A lição* e *A cantora careca*, na época estavam sendo apresentadas no Théatre de La Huchette, logo ali perto – ele acenou por sobre o ombro mais ou menos na direção do Sena –, e, como *Godot*, após uma recepção negativa da crítica e plateias exíguas, pouco a pouco conquistou tanto reputação quanto público. "Mauroc acha que *La Cantatrice chauve* pode ser adequada para sua revista", disse ele. Quando ele empurrava o manuscrito sobre a mesa, o barulho na rua de repente aumentou em dez ou vinte decibéis, e várias vans da polícia encostaram no cruzamento. Tiras de capas azuis – polícia antidistúrbios – avançavam com cassetetes girando, quase em movimento de balé, se não fossem tão ameaçadores. Barricadas foram rapidamente erguidas nas quatro esquinas – leste, sul, norte, oeste, não necessariamente nessa ordem – bloqueando as ruas sem nenhuma razão aparente. Ionesco estava prestando pouca atenção à crescente barulheira lá fora, falando de sua peça como se nada estivesse acontecendo, em todo caso nada que perturbasse sua vida interior. Ele falava, expondo as virtudes da peça e ao mesmo tempo expressando dúvidas de que ela seria algum dia publicada na França, dizendo o quanto estava contente por ela poder sair em inglês. Contudo, fomos distraídos durante o encontro pelo clamor crescente nas ruas, onde os tiras agora eram acompanhados – ou, mais corretamente, enfrentados – por jovens de ambos os sexos carregando bandeiras, um contingente de milhares, ombro a ombro, provavelmente estudantes da vizinha Sorbonne apenas a uma ou duas quadras dali, marchando pelo boul' Mich cantando a "Marseillaise" a plenos pulmões (Rouget de Lisle teria ficado orgulhoso), seguida em estreita sucessão pela retumbante "Internationale", protestando contra algo que não conseguimos perceber. Nessa época era preciso pouca coisa para levar os estudantes de suas salas de aula para as ruas. Trocchi e eu observamos preocupados à medida que os dois lados se preparavam para a batalha, os tiras com seus bastões e, agora, escudos de metal erguidos a sua frente, uma cena quase medieval, formando uma parede de aço aparentemente inexpugnável. Os clientes que estavam bebericando ou comendo nas mesas de café ao ar livre agora buscavam refúgio do lado de dentro, e os garçons, lançando olhares preocupados para as janelas vulneráveis, que davam para ambos os bulevares, trancaram as portas, temendo o pior. Enquanto isso, Ionesco estava dizendo que, se *A cantora careca* fosse muito extensa para a revista, ele tinha uma peça menor, *Le Nouveau locataire*, ou *O novo inquilino*, que podia preencher os requisitos.

"Acho que você gostará de *Le nouveau locataire*", Ionesco estava dizendo, tomando outro gole de vinho tinto, ainda aparentemente alheio ao tumulto a alguns metros dali.

"Desculpe-nos, monsieur Ionesco", disse eu, "mas estamos ligeiramente distraídos pelo que está acontecendo lá fora."

Ele ergueu os olhos, espiou e suspirou. "Ah, sim, os estudantes. Eles estão sempre *mécontents*." Descontentes. "Eles deviam saber que têm muita sorte."

Desconcertados pelo que nos pareceu um insensível descaso de Ionesco pela violência lá fora, mesmo assim concordamos que a peça mais curta se encaixaria muito bem, perguntamos se poderíamos examiná-la, agradecemos a ele por seu tempo e nos despedimos.

Nos dias 22 e 23 de junho de 1954, Jeannette e outros trinta violinistas finalistas do Conservatório de Paris tocaram e apresentaram seus programas finais no palco do auditório de concertos da Salle Gaveau, todos competindo por um Primeiro Prêmio, com o qual apenas dois seriam contemplados. A apresentação de Jeannette estava marcada para a tarde do segundo dia. Trajando um bonito e recatado vestido verde-claro, ela percorreu seu exigente programa. A plateia fora advertida para conter seu aplauso. Quando Jeannette terminou sua última peça com um floreio, porém, a plateia inteira explodiu em aplauso, várias fileiras em pé. Observei sua mãe, que tinha o rosto petrificado, e Paul, que portava um largo sorriso. Nossa preocupação era: o júri usaria contra ela esta gritante violação da regra de não aplaudir? Jeannette se apressou a sair, como se para minimizar o potencial prejuízo. Em todo o auditório, a tensão era palpável, tanto na plateia como entre os jovens artistas. Às seis o júri, que havia se retirado pouco depois das cinco, reapareceu para anunciar os resultados. O primeiro Primeiro Prêmio é concedido a... Jeannette Medina, com as mais altas honras. Agora o aplauso foi ainda mais alto, com a plateia de pé. Jeannette se curvou, depois soprou um beijo, que supus ser destinado a mim.

Na manhã seguinte, era a minha vez: eu iria defender minha muito adiada tese intitulada *The Interior Monologue* (*O monólogo interior*) no anfiteatro da Sorbonne diante de um júri e de uma plateia. Eu estava impressionado com a curiosa confluência de nossas vidas, como se esses dois dias sucessivos marcassem um momento decisivo para nós.

Precisamente às 9h56 em uma manhã parisiense gloriosamente ensolarada, embora fresca, exaltado pelo triunfo da véspera, entrei no anfiteatro principal da Sorbonne, que podia abrigar várias centenas de estudiosos, e tomei meu lugar atrás de uma mesa sob o imponente palco acima, onde se sentou o eminente Charles Dédéyan e dois outros notáveis *sorbonnards*, todos professores, para testar minha genialidade e determinar se meu raciocínio literário era válido.

Eu estava nervoso ao caminhar para o grande palco do anfiteatro, bem-vestido em meu terno azul-escuro de casamento, usado pela décima vez em minha estadia de seis anos, com gravata e tudo, uma cópia de minha tese de trezentas páginas à minha frente, como também o manuscrito de minha tese secundária, uma análise de uma de minhas obras francesas favoritas, o curto porém extraordinário romance de Benjamin Constant, *Adolphe*. Em contraste com as várias centenas na Salle Gaveau nos dois dias anteriores, nesta manhã havia aproximadamente o mesmo número de pessoas que tinha assistido às primeiras apresentações de *Godot*, talvez vinte ao todo, se você contar os três ou quatro vagabundos ao fundo que haviam entrado de fininho e com certeza não estavam ali para adquirir conhecimento, mas para buscar refúgio do frio matinal. Também estavam presentes vários de nossos amigos e os pais de Jeannette. Apresentei meu argumento, apenas de vez em quando olhando de relance meus cartões nos quais estavam assinalados pontos de destaque, e continuei por cerca de 45 minutos. Parecia que muitas horas haviam transcorrido. Em seguida teve início a arguição. Eu viera bem preparado e fui de uma eloquência surpreendente, tendo sido sabatinado por Frank na semana anterior. Minhas ideias sobre Joyce foram respeitosamente expostas, destacando particularmente a importância da França para ele e sua obra, e sua dívida para com um romancista francês hoje praticamente esquecido, Édouard Dujardin, cujo uso do monólogo interior inspirou Joyce a usá-lo com excelente efeito em *Ulisses*, tudo isso não foi defendido para adular ou lembrar o augusto triunvirato acima de mim que a França havia muito tinha sido, e indubitavelmente ainda era, a meca para tantos artistas e escritores do mundo inteiro, que encontravam aqui em Paris o clima e a liberdade intelectuais para afiarem sua arte. Depois de minha apresentação, ficou claro pelas sondagens do júri que Joyce era um espécime acadêmico recente demais para eles manifestarem opiniões sólidas, e embora uma boa parcela de sua obra estivesse traduzida para o francês, inclusive *Ulisses*, ele era, ainda que geralmente admirado, quase um enigma para estes doutos cavalheiros. Em todo caso, tendo me saído relativamente bem quanto ao irlandês, voltei-me para Benjamin Constant, e o júri ficou curioso e contente por um americano ter escolhido um tema tão profundamente francês e por ver que eu conhecia tanto o homem como a obra, e que minha admiração por ambos era sincera.

Praticamente junto com a batida do meio-dia eles declararam encerrada a sessão, meu doutoramento foi concedido, com a menção *très honorable* – "com honras". Eu não esperava tanto. O que senti ao levantar-me para apertar as mãos dos membros do júri foi menos prazer que alívio. Pois se eu havia concluído este doutorado, foi em grande parte por um sentido de obrigação para com aqueles que ajudaram a custear minha permanência em Paris, tanto o senador Fulbright como a AFS. Não, eu não poderia ficar bem comigo mesmo se tivesse descartado Joyce. E se eu não tivesse me familiarizado tanto com sua obra, teria reagido com tanto vigor aos livros de Beckett que haviam me acenado na vitrina do número 7 da rue Bernard Palissy? Tais eram meus pensamentos ambivalentes quando me voltei para saudar os poucos fiéis que suportaram a sessão matinal. Ao fundo, o resto da multidão paciente me felicitou tanto por meu *fond* quanto por minha *forme*, para não falar de minha sintaxe. Saímos para a rue Saint Jacques, tranquila e inusitadamente aquecida, embora a bem da verdade estivéssemos apenas dois – ou eram três? – dias depois do solstício de verão, as pedras do século XIII da universidade cintilando à luz do meio-dia. Os pais de Jeannette nos convidaram para jantar naquela noite em um de seus restaurantes favoritos, Chez Allard, para uma dupla comemoração. Enquanto me banqueteava com uma das melhores refeições de minha vida, não parava de me perguntar: estes seis anos passados teriam sido um interlúdio ou uma realização?

Exatamente seis dias depois, estávamos saindo para Cherbourg com os pais de Jeannette, a umas boas seis ou sete horas de distância. Ao meio-dia tínhamos chegado a Caen, visivelmente recuperada mas ainda exibindo por quase toda parte as cicatrizes dolorosas da guerra. Subitamente reconhecendo a rua ao longo da qual estávamos caminhando, a rue de Geôle, rua da Prisão, muito perto do castelo, percebi que esta foi uma das paradas em minha viagem pela Normandia seis anos antes. As lembranças do *autobus ivre* passaram num flash diante de mim, e não consegui conter um riso alto diante da lembrança, que me apressei a explicar. Teriam sido mesmo seis anos?

Numa conversa descontraída, estávamos revivendo nossos respectivos triunfos enquanto desfrutávamos de uma refeição em La Bourride, no Quartier Ancien. Cada um de nós, porém, estava valentemente mascarando as emoções da partida iminente. Para Paul e Roszi, eu sabia, apesar de seus sorrisos tranquilizadores e bom humor, a ideia de ver sua única filha partir era dilacerante. Para Jeannette, poucos dias depois de nossa chegada, eu me encaminharia para a Marinha, e ela estaria muito sozinha em uma terra desconhecida. Quanto a mim, estava arrasado com a ideia de deixar minha amada tão cedo após termos iniciado uma vida juntos. Uma situação carregada de perigo. Sobreviveríamos a ela? Uma coisa teria sido enfrentar Nova York, e os Estados Unidos, juntos. Era justo deixá-la enfrentar isso sozinha? Além da tristeza real que eu sentia por deixar a França, que agora era nossa terra, fui invadido por um sentimento de culpa que jamais havia experimentado. Eu a estava separando de sua terra, de sua família e do início de sua carreira musical francesa. No entanto, quem quer que nos visse naquela tarde teria jurado que éramos o grupo de quatro pessoas mais felizes do mundo.

De repente senti uma presença atrás de mim, virei-me e vi uma Jeannette radiante.

"Isto vai ser muito divertido", disse ela. E todas as minhas preocupações desapareceram ao sol do fim de tarde.

"Claro que vai", disse eu, sorrindo de volta, e lhe dei um beijo prolongado.

Segunda Parte

NOVA YORK, ANOS 1960

Richard Seaver; Richard Seaver e Samuel Beckett; Allen Ginsberg, Richard Seaver, Jeannette Seaver, Jean Genet e William Burroughs; Nat Sobel, Richard Seaver, Barney Rosset e Morrie Goldfischer

26

AMÉRICA LINDA

CINCO DIAS depois, sob os dedos rosa da aurora, de nosso navio avistamos o porto de Nova York. Em pé logo cedo, minha esposa francesa correu para o convés, onde a vi arrebatada pela vista do horizonte. Suas impressões da América eram em grande parte baseadas nos filmes americanos, e agora, os arranha-céus assomando maiores à medida que nos aproximávamos, a realidade daquela nova vida americana à frente a embevecia. Flanqueados por minúsculos rebocadores, costeávamos pelo rio Hudson, nossa lenta passagem oferecendo vislumbres de docas semivazias deteriorando-se, pois os dias dos transatlânticos de luxo já estavam contados e, abaixo da elevada West Side Highway, uma miscelânea de edifícios espalhafatosos que, eu sabia, logo dissolveriam a imagem hollywoodiana que Jeannette trazia. Mas tudo o que ela registrou naquele momento foram os vertiginosos cumes do Empire State Building e do Chrysler Building impelindo desafiadoramente seus pináculos para o céu azul pálido.

Meus pais tinham vindo de carro do norte de Connecticut para nos encontrar. No cais bem abaixo eu os vi acenando, ansiosos para conhecer minha nova alma gêmea.

Fazia quase três anos que eu não os via. Meu pai não tinha mudado em nada, mas minha mãe parecia mais velha, seu cabelo rígido mais cinza, o rosto mais pálido do que me lembrava. Eram só sorrisos, abraços e beijos, e pelos olhares que trocaram entre si pude ver que eles cordialmente aprovavam minha escolha. Jeannette tinha estudado inglês, o suficiente para fazer as saudações formais e responder a suas perguntas com respostas sumárias mas frequentemente poéticas, expressas com um maravilhoso sotaque francês. O pai ficou obviamente impressionado. A mãe, naturalmente afetuosa mas, de caráter reservado, foi um pouquinho mais lenta para aceitar a nova nora, mas assim que o fez, as duas criaram laços eternos.

Carregamos nossa bagagem no Cadillac barco de meu pai, modelo 1953. "*Mon Dieu*", sussurrou Jeannette ao subir para o banco traseiro, "*c'est aussi grand que notre studio à Paris!*" Meu Deus, é tão grande quanto nosso apartamento em Paris!

Tomamos a West Side Highway, as torres de Nova York a nossa direita, o largo Hudson a nossa esquerda, as luzes da ponte George Washington à frente, e tomamos o rumo de Connecticut. Hipnotizada, Jeannette movia a cabeça da esquerda para a direita. O pai, normalmente reservado, estava murmurando, identificando cada marco, evocando recordações de Paris, até começando a falar algumas palavras e frases em francês. Ele estava animado e contente.

Quando seu bife foi servido no Red Coach Grill, Jeannette exclamou: "*Mais c'est un rosbif entier!*", os olhos arregalados – isto é um rosbife inteiro! Por sua ótica europeia pós-guerra, aquela porção era mais que suficiente para alimentar uma família francesa inteira. O pai disse a ela para não se preocupar, o resto seria embrulhado em papel-alumínio e carregado no que se chamava uma sacola do cachorrinho. Traduzi literalmente. "Cachorros americanos sortudos. Você quer dizer que vocês dão esta carne para eles? *Mon Dieu!*" "Não, não!" O pai a tranquilizou, era só um termo; as sobras eram para nós, normalmente para sanduíches do dia seguinte.

Thompson, a bucólica aldeia de cartão-postal onde ficava a casa de meus pais, com suas imponentes casas de madeira brancas margeadas por paredes de pedra ou cercas de piquete brancas, a maioria datando da segunda metade do século XIX. A nossa era uma antiga vitoriana orgulhosamente datada de 1845 pela sociedade histórica local, fazendo frente para Village Green, e provocou profunda impressão em Jeannette. Em nítido contraste com nossa agitada vida parisiense, Thompson era linda e ao mesmo tempo tranquilizadora para ela. Chegara a hora de eu comprar meus trajes para a Marinha, cáqui para uso geral, branco para o verão e traje azul para o inverno, os galões de ombro exibindo a faixa dourada única indicando alferes, o grau mais baixo de oficial. Eu ainda encontrava muita dificuldade para me ajustar, tanto ao uniforme como à ideia.

Em seguida: Nova York, procurar apartamento. Estávamos com sorte; graças a amigos que moravam no Village, na rua Jones, encontramos um apartamento-ateliê diretamente abaixo do deles que acabava de ser anunciado. Às dez horas da manhã seguinte assinamos o contrato.

27

ENTRE PARA A MARINHA E CONHEÇA O MUNDO

Apresentei-me em Boston e descobri que meu navio seria os USS *Columbus*, CA-74, um cruzador pesado recentemente reformado, nosso cruzeiro de teste para nos levar para a baía de Guantánamo, Cuba. Depois de preencher os documentos necessários, o oficial executivo, um formando de Annapolis, esguio e indiferente, chamou-me para sua cabine.

"Seaver?", disse ele. "Sim, senhor", saudei rigidamente. "À vontade. Entendo que você passou vários anos na França." "Sim, senhor." "Adido militar?" "Não, senhor." "Ah, inteligência, suponho. Não preciso saber mais nada." Ele baixou os olhos para sua escrivaninha. "O que você está fazendo com essas faixas de alferes? Diz aqui que você é tenente júnior." "Não fui informado, senhor." "Bem, mude essas malditas faixas até amanhã. Você esteve mais de sete anos na reserva. Não acha que isso conta alguma coisa? Tempo servindo significa promoção. Diz aqui, também, que depois de seis meses a bordo você será promovido novamente, para o grau de tenente sênior." Eu estava rapidamente aprendendo a lógica da progressão militar, pois o comandante sentado a minha frente supunha que durante aqueles mais de sete anos eu estive servindo meu país, o que talvez eu estivesse. Ao meu próprio modo. Ele continuou: "Seaver, eu tenho uma pergunta bastante delicada para fazer...". "Sim, senhor." "Dois oficiais para um camarote", disse ele. "Sim, senhor." "Estamos com uma situação ligeiramente embaraçosa... Um novo oficial estará se apresentando a bordo amanhã, diplomado pela Academia da Marinha Mercante. Você se importaria em dividir o quarto com ele?" "Claro que não, senhor." "Mas", hesitou, como se não soubesse bem como prosseguir, "você entende, ele é um... um *Negro.* Isso representa algum problema para você?"

De repente o rosto sério, intenso, de Jimmy Baldwin acendeu-se diante de mim, e depois, em rápida sucessão, o de William Gardner Smith e o belo semblante de granito de Richard Wright, todos homens de quem eu gostava e admirava profundamente. "Você se *importaria*..." Meu Deus! Este preconceito estúpido nunca teria fim? Tive muita dificuldade para não rir, apenas desejando que todos eles pudessem testemunhar isso.

"Se for problema..." Ele deixou as palavras suspensas no ar, aparentemente tomando meus cinco segundos de reminiscências como uma hesitação.

"De modo algum, senhor", disse eu. Vi uma expressão de alívio em seu rosto, seu cenho relaxando com a boa notícia.

"Obrigado, Seaver. Você é um bom homem." No dia seguinte conheci Carl Burnett, meu companheiro de quarto por dois anos, que iria se tornar meu colega de copo e amigo mais íntimo na Marinha dos Estados Unidos.

Depois de quatro semanas em Guantánamo, em manobras estreitas com outros elementos da frota, navegamos de volta para Boston, onde fui informado que permaneceríamos durante cerca de um mês antes de nos juntar à Sexta Frota no Mediterrâneo. Jeannette se preparou para encontrar-se comigo em Boston, onde descobri um apartamento de um quarto bem localizado na avenida Commonwealth. No porto, os oficiais entravam de folga de três em três dias e podiam passá-la em terra, apresentando-se de volta ao convés às sete da manhã, uma rotina fácil de se adaptar. Ajustei-me à vida da Marinha melhor do que esperava; meus colegas oficiais juniores, bem mais jovens que eu, eram um grupo descomplicado, nem agressivamente político nem demasiado sério, de uma mistura eclética de origens e faculdades, com quem era possível ter discussões profundas e frívolas. Cinco meses separados, pois esta era a duração de nossa viagem de serviço no Mediterrâneo, parecia um período interminável. Não era um modo maravilhoso de começar um casamento.

Nosso abraço demorado nas docas de Boston no dia de minha partida lembrou-me daquelas fotos da Segunda Guerra Mundial de esposas de marinheiros deixadas para trás. "Não se preocupe", sussurrou Jeannette, "eu vou ficar bem."

Depois de escalas em Gibraltar e Barcelona, nosso terceiro porto de escala era Marseille, onde eu havia arranjado uma licença de três dias para dar um pulo rápido até Paris. Eu havia reservado um quarto no Hotel Madison bem defronte à igreja de Saint-Germain-des-Prés, a apenas algumas quadras da velha pensão da rue du Sabot. Você *pode* ir para casa novamente! Dei um giro pelo quarteirão, bebi uma cerveja no Royal, passeei até o Tournon, onde Christopher e Jane estavam bebendo com George Plimpton, todo charme e sorrisos cordiais sob seu minúsculo chapéu. A *Merlin* estava atrasada de novo; *The Paris Review* estava saindo na hora certa. As previsões iniciais de que esta última não sobreviveria estavam sendo rapidamente corrigidas. Pois embora o expediente da *Paris Review* listasse meia dúzia de editores, era George quem se dedicava por inteiro e estava no comando enquanto os outros chegavam e partiam.

Naquela noite, pareceu estranho estar sentado jantando em Paris com os pais de Jeannette mas sem ela.

No segundo dia, encontrei-me com vários merlinitas. Patrick ainda estava se debatendo com *Molloy* mas fazendo progressos. Christopher nunca estivera em melhor forma: estava conseguindo publicar seus poemas cada vez mais em Londres. A essa altura Austryn era o editor-chefe da *Merlin*, embora dividisse o título no expediente com Alex, que claramente tinha atravessado algum rio invisível para outro mundo.

As relações também tinham mudado: Jane, para minha extrema surpresa e choque, não estava mais com Alex, que, embora envolvido com uma tal Iris Owens, estava espalhando seus talentos sexuais por um leque o mais amplo possível de mulheres locais. Jane se consolava com Baird Bryant, com quem mais tarde se casaria, mas não antes de Baird ter entrado na briga, em competição com Alex pelos favores de Iris, enquanto a mulher de Baird, Denny, havia se apossado de Austryn, que tinha deixado Muffie, ou ela a ele, antes ou depois que Muffie iniciou um caso com

Maurice, para quem ela estava agora trabalhando, presumivelmente tanto de dia como de noite. O balé, cuja maioria dos *pas de deux* ou *pas de trois* foi toda descrita por Patrick, era vertiginoso.

Regressei a Marseille naquele domingo à noite, encantado por ter me encontrado com minha amada Paris, com Paul e Roszi, e alguns amigos, bem como com os merlinitas que consegui encontrar. Mas também me senti purgado de uma parte de minha vida agora passada, pela qual, suspeitei, sentiria apenas a mais leve nostalgia.

Era fevereiro quando tocamos novamente terras americanas em nossa base de Boston, e rapidamente tomei o trem para Nova York em uma licença de duas semanas, para encontrar Jeannette me esperando com um suntuoso jantar próximo a uma árvore de Natal perigosamente seca e quebradiça, mas ainda decorada, que, sentimental como sempre, ela se recusou a desmontar até que eu chegasse em casa. O inglês de Jeannette tinha melhorado sensivelmente, mas fiquei preocupado quando ela me saudou em um luxuoso casaco de pele, que estava muito além de nossos recursos. Com a minha mente pervertida pelos anos que passei na França, onde era rotina os cavalheiros esbanjarem com presentes assim para suas amantes, preparei-me para o pior. Por vários dias contive-me de interrogá-la, até que não consegui aguentar mais. Ela desatou a rir. "Eu tenho uma 'parente' distante em Riverdale – que me emprestou o casaco. Não, monsieur Jaloux, *istuu non é um prresante de mon aimante*!"

Depois chegou a hora de voltar para Boston, onde eu novamente aluguei um pequeno apartamento na avenida Commonwealth para retomar a lua de mel que havíamos interrompido. O *Columbus* deveria permanecer no porto durante várias semanas para a instalação de novo equipamento, revisão geral e novas ordens. Jeannette tirou uma licença da Juilliard. Novamente, os oficiais tinham a terceira noite em terra, e nos dois dias em que tínhamos tarefas a bordo era-nos permitido agora, em rodízio, trazer nossas esposas para jantar. Para minha noiva francesa, subir a bordo do *Columbus,* jantar na sala de jantar dos oficiais foi muito emocionante.

Quando apareceu pela primeira vez – parecendo uma mistura de Sophia Loren e Gina Lollobrigida – ela provocou uma grande comoção entre os oficiais mais jovens, todos solteiros, que imediatamente ficaram encantados com sua presença sorridente e seu sotaque muitíssimo francês. Vários de meus colegas oficiais juniores – embora a essa altura eu já não fosse tão júnior, tendo o tempo mais uma vez trabalhado em meu favor, de sorte que meus galões de ombro agora portavam duas divisas completas – imploraram que eu os apresentasse a irmãs de Jeannette e não acreditaram quando insisti que ela era filha única.

O final da primavera nos encontrou prontos para nos deslocar novamente, desta vez para o Pacífico para nos juntar à Sétima Frota. Citando a experiência da Sexta Frota como precedente, preenchi uma solicitação formal para Jeannette vir para o Extremo Oriente e foi indeferida no nível inicial. Jeannette decidiu voltar para a França por alguns meses enquanto partíamos para o Extremo Oriente.

O Pacífico sem fim. Senti-me como se estivesse preso em algum sonho ruim. Mas chegamos ao Japão.

Yokosuka ficava apenas a uma hora de Tóquio por trem expresso, e todos eles pareciam ser rápidos, lotados mas eficientes. Ginza, com suas múltiplas luzes cintilantes, fazia a Broadway parecer quase insípida. Pessoas se apressavam por toda parte, ninguém prestava atenção em nós, mas tampouco sentimos ali qualquer antipatia. Por causa da guerra, e dos casos terríveis da crueldade japonesa que tinham sido nossa ração diária durante quase quatro anos, cheguei com um forte preconceito negativo, um ressentimento, que desapareceu muito depressa. Os poucos japoneses que encontramos eram, sem exceção, educados, prestativos, amáveis. Visitando as lojas de departamentos japonesas, ficamos encantados com as belas ascensoristas vestidas em quimonos, que a cada andar anunciavam suas mercadorias, curvando-se para a frente a cada elocução melíflua. Oficiais e suboficiais que tinham estado aqui antes de mim alertaram-me para que não me deixasse enganar pela cordialidade superficial, sob a qual, afirmavam, havia uma grossa camada de ressentimento. Entretanto, à medida que os dias se passaram, não descobri nenhum, mesmo quando explorei os domínios mais remotos da cidade.

Como o meu registro da Marinha informava que eu havia feito algum tipo de periódico em Paris, o oficial executivo me chamou alguns dias mais tarde e me perguntou se eu me importaria em me afastar do navio por uns dois meses e permanecer em Tóquio enquanto o navio seguia para Cingapura, Saigon e Bangkok, sendo o propósito da missão em terra editar um livro de cruzeiro. Devo ter feito um ar de perplexidade, pois ele logo explicou que cada navio maior na frota – cruzador, couraçado de batalha, porta-aviões – registrava suas experiências no que resultava em um anuário, entregue a cada membro da tripulação ao término do cruzeiro. Eu receberia detalhes completos, examinaria livros de cruzeiros anteriores, entraria em contato com impressores japoneses. Aceitei, lamentando momentaneamente não ver os portos mais ao sul, mas intrigado para explorar um pouco mais o Japão. Fui encaminhado para um hotel pequeno mas limpo no centro de Tóquio. A quem eu devia me reportar? A mim mesmo, eu estava por minha conta, embora recebesse nome e endereço de um oficial naval local caso surgissem problemas. Minha ajuda de custo diária para alimentação pareceu exígua até que tentei um ou dois restaurantes locais e descobri que era generosa. Havia também uma cantina militar. Assim, munido de uma pilha de manuscritos – principalmente anotações ligeiras – de todos os departamentos do navio, além de várias centenas de fotos, parti para testar as águas profissionais desta nova relação nipo-americana. As gráficas japonesas eram altamente profissionais. Ninguém tinha mais que um pedacinho de pídgin, se o leitor me perdoa a justaposição imperdoável, mas de algum modo conseguimos nos comunicar ao longo das semanas seguintes à medida que o livro tomava forma.

Dez dias antes do retorno do navio, fiz uma leitura final e cuidadosa de todo o material e declarei-o pronto para impressão. De fato, disse eu, o orgulho mais uma vez seguindo antes de uma queda, achei que ficou bem bonito, um trabalho bem-feito, e ao elogiar os homens e as mulheres com quem diariamente eu tinha trabalhado todos sorriram e se curvaram, contentes com meu elogio. Visitei a gráfica à medida que, uma a uma, as folhas impressas eram recolhidas e empilhadas, aguardando a encadernação. Nenhum problema que eu conseguisse ver, embora eu sentisse que a constante leitura e releitura atentas, estivessem lentamente me deixando cego. Quando, dois dias mais tarde, recebi o primeiro exemplar encadernado, exalei um suspiro de alívio, pois o *Columbus* era esperado de volta a Yokosuka em 48 horas. Folheei página por página e vi, agradecido, que todas as fotos estavam no lugar, resplandecentes e em quatro cores. Comecei a ler, uma última vez, o texto. Também nenhum problema ali. Graças a Deus, pois tal como aconteceu com o impressor maiorquino para a *Merlin*, a composição em Tóquio tinha sido feita à mão, cada letra apanhada de uma bandeja e fixada no lugar, a página firmemente presa por um cordão e preparada para o prelo. E então cheguei à página 136. Merda! Um *e* ausente – não, dois – então um *l* e um *m* e dois *ts*! Meu Deus, uma dúzia de outros! Sem dúvida o cordão não tinha sido apertado com firmeza suficiente em volta da chapa. Um desastre! O capitão pediria a minha cabeça, e com razão. Que diabo você ficou fazendo essas semanas todas, Seaver? Não sabe ler? Com o coração pesado – eu sei, eu sei, mas a expressão é acurada – carreguei o livro até o mandachuva da gráfica e mostrei-lhe a página. Meu rosto deve ter traído meus sentimentos. Eu esperava uma exceção peremptória: Seaver-San, estas coisas acontecem. Olhe para todas as outras páginas onde não há nenhum problema, sim? Em outras palavras, falta de sorte. Em vez disso ele sorriu e disse: "Sem problema, nós consertamos". "Consertar?" Eu perguntei, "Consertar como?". Tendo a essa altura aprendido a não incomodar com artigos ou formas verbais complexas. "Livro está impresso. Todo impresso. O navio chega dois dias. Para mim desastre. O capitão me mata. Seaver-San morto. Executado." Passei os dedos indicadores através de minha garganta – sem necessidade de tradução... Ele ouviu pacientemente, e para minha crescente irritação o sorriso não saía de seu rosto. "Sem problema", repetiu ele, "nós consertamos." "Como?", perguntei de novo. "Nós mostramos a você. Vá almoçar agora. Volte de tarde." Ele olhou para o seu relógio. "Volte duas horas – ahn, não, três horas, certo?"

Eu não tinha vontade nenhuma de almoçar, mas comi um sanduíche e tomei uma cerveja para matar o tempo, depois voltei pontualmente às três. Em duas mesas compridas, vinte e poucas mulheres em quimonos de cores vivas estavam sentadas, nossos livros de cruzeiro abertos diante delas, cada uma segurando o que parecia ser um palito de madeira entre o polegar e o indicador, equilibrado acima da página delinquente, e então o baixava rapidamente sobre ela, em cujo ponto o livro era passado para a próxima mulher na linha, que realizava o mesmo ritual. O Mandachuva--san andava a passos largos de um lado para outro atrás delas, o rosto tranquilo adornado por um largo sorriso. "Veja", disse ele, "nós consertando." E realmente estavam. Achei difícil de acreditar, mas as mulheres, cada uma munida de um único tipo, que tinha sido encaixado em um palito de madeira entalhado, para melhor pontaria, estavam preenchendo uma por uma as letras ausentes. Apanhei uma cópia acabada, conferindo se as letras perdidas estavam alinhadas ou torcidas, e elas estavam perfeitas. Meneei a cabeça. "Problema, Seaver-San?", perguntou Chefe-San, seu sorriso desaparecendo em uma nuvem de preocupação. "Nenhum problema", disse eu. "Seaver impressionado." "Impressionado?", perguntou ele. "Feliz", disse eu. "Trabalho muito bom, muito bom", e apanhando-o pelos ombros, lhe dei um grande abraço, que sem dúvida destruiu vários séculos de costume e protocolo. Três mil cópias do livro de cruzeiro do *Columbus* haviam sido reparadas em três horas. Subitamente me ocorreu um pensamento: considerando esse tipo de dedicação, o Japão iria um dia – em breve? – se tornar uma grande potência novamente?

Exatamente oito horas antes que o *Columbus* chegasse de volta a Yokosuka, as cópias reparadas do livro eram entregues na doca em caixas de papelão de vinte unidades, embaladas em engradados à prova de chuva. Içados para bordo, os livros foram sofregamente apanhados pela tripulação e levados para seus beliches para um exame mais atento. "Bom trabalho, Seaver", disse-me o oficial executivo, folheando o seu. "Sabe, metade das vezes estes livros chegam com uma dúzia ou mais de retratos fora do lugar ou com as legendas erradas. E acredite ou não, com muitas letras faltando no texto. Este parece quase perfeito." Obrigado, senhor", repliquei, "fiz o melhor que pude", secretamente desejando que eu não tivesse suado as 48 horas anteriores, mas saindo da experiência com um novo e profundo respeito pela engenhosidade dos japoneses.

Antes do retorno do nosso navio aos Estados Unidos, toda a Sétima Frota recebeu ordens de praticar manobras noturnas de alta velocidade sem luzes, sem comunicação de nenhum tipo. Seguimos a todo vapor para o mar da China Meridional, uma impressionante flotilha de trinta navios, de destróieres a porta-aviões e incluindo um enorme couraçado de batalha. Pouco antes de meia-noite começamos as manobras, cujos planos estavam nas mãos de cada capitão. Embaixo, na sala de máquinas, eu podia sentir o navio vibrar, fazendo mais de trinta nós, tensionando até seus limites, entrando a todo vapor pelos mares escuros. Às quatro horas, terminou minha vigia de quatro horas, subi e fui para a cama. Devo ter adormecido imediatamente, pois a próxima coisa de que me lembrei foi um guincho estridente de metal contra metal enquanto eu era lançado de meu beliche até o meio do camarote. Lutei para ficar em pé, checando braços e pernas para ter certeza que estavam ilesos e, vestindo minhas calças e sapatos, e dirigi-me para cima. Ainda estava escuro, mas as luzes de vários outros navios tinham acendido, contra as ordens e por isso o problema devia ser grave. E era. No curso das manobras noturnas, as ordens determinavam que em um momento preciso a frota giraria vinte graus para estibordo. Um navio, o nosso ou um pequeno destróier de escolta, girou para bombordo, em consequência do que tínhamos ceifado a proa de nosso navio gêmeo. Ele não corria nenhum risco de afundar, informaram-me, pois a sua antepara tinha sido imediatamente vedada; a tragédia foi que a proa perdida continha os dormitórios da tripulação, e assim o que foi um duro golpe para a casca dura do *Columbus* foi fatal para um sem-número de marinheiros que estavam dormindo no destróier. Estava ainda muito escuro para os helicópteros da frota decolarem, mas ao amanhecer vários o fizeram, para varrer as águas em busca de sobreviventes. Não encontraram nenhum. Circulamos funereamente durante a maior parte da manhã, todos os olhos varrendo as águas, e quando ficou claro que não havia esperança, recebemos ordens para parar todos os motores enquanto os capelães da frota – católicos, protestantes e judeus em rodízio – realizavam as cerimônias, encomendando os corpos daqueles perdidos para as profundezas. Nós e o destróier avariado recebemos ordens para dirigir-nos até Subic Bay nas Filipinas, não muito distante, para reparos, nós por nossos próprios meios, o destróier sem proa rebocado. Avançamos com dificuldade em Subic, um bando triste, sério, pois havia vazado a notícia de que fomos nós, e não o navio menor, que havíamos feito o giro errado. Uma corte marcial estava sendo reunida para averiguar a verdade. Doze marinheiros tinham morrido. Foram necessárias cinco semanas para nosso navio ser declarado em condições de navegar, duas robustas tiras de metal – que imediatamente apelidamos de Via Férrea Columbus – canhestramente afixadas em nossa proa de estibordo, feias e acusadoras, enquanto saíamos de Subic em direção aos Estados Unidos. Chegamos a Long Beach dez dias depois, sem o capitão, que havia sido detido para a corte marcial nas Filipinas. O que deveria ter sido uma ocasião puramente jovial, com famílias reunidas após longos meses de separação, foi mais que contrabalançado pela colisão no mar, que ainda pesava muito em todos nós. Sentimos também pelo capitão, um oficial de carreira de 25 anos, cujo primeiro comando marítimo importante era o *Columbus*, um homem decente e marinheiro dedicado que, segundo soubemos, estava em vias de se tornar almirante no próximo ano. Sua carreira estava agora encerrada. Suboficial chefe Brandon, um veterano de trinta anos em uma dúzia de navios, falou pela maioria dos homens de carreira quando disse: "O problema com a Marinha hoje é que estes diplomados de Annapolis passam a maior parte da vida em tarefas de terra, às vezes durante décadas, e quando conseguem um comando, a tecnologia naval está tão mudada em relação ao que lhes havia sido ensinado que eles não conseguem lidar com ela". Em outras palavras, muitos oficiais seniores para muito poucos navios. Suponho que a única solução para esse dilema seria declarar guerra a algum estado malfeitor, tirar dezenas de navios da reserva e dar a todos os diplomados uma chance justa...

. . .

Jeannette, após meses de regresso à França enquanto o *Columbus* estava no Extremo Oriente, tinha retornado aos Estados Unidos na semana anterior e tomou um voo para Los Angeles. À medida que o avariado CA-74 aportava – não orgulhosamente, pois a notícia de nossa colisão havia muito alcançara a terra – procurei entre a multidão de mulheres e crianças aglomeradas no porto e então a localizei, um buquê de flores de verão laranja-claro estampado em um deslumbrante vestido branco. Acenei loucamente, ela me viu e acenou de volta, toda sorrisos e de repente o mundo se completou novamente.

Durante as três semanas antes de minha baixa, moramos em uma pequena casa alugada em Long Beach, retomando lentamente um espírito de lua de mel tardia, depois partimos para o leste, para começar nossa nova vida.

28

UMA NOVA VIDA

ESTAVA TUDO muito bem para começar uma nova vida. A pergunta era: que vida? Jeannette tinha sua carreira na música, sem problema. Para mim, os dois anos de sobriedade na Marinha haviam alargado meus horizontes mentais e geográficos, ensinando-me que Paris, embora ainda um "lar" em minha mente, não era o centro do universo. Ainda assim, ela nos atraiu outra vez. Eu havia despachado cartas para quatro ou cinco pessoas em Washington, tanto no setor público como no setor privado, procurando emprego lucrativo na França. Voltar a Paris pareceu o natural a fazer – não para a minha vida antiga, não para a *Merlin*, não para a Olympia, mas para algo novo. Escrevi para George Plimpton. George precisava de um editor em Paris? Precisava, mas quando me disse quanto ele pagava, logo descartei. Porque agora tínhamos um filho a caminho.

Incapaz de encontrar um emprego parisiense, acabei aceitando um cargo em um campo totalmente novo. Parecia divertido, e partimos para a Venezuela logo depois disso, eu, de modo muito improvável, como consultor administrativo de uma companhia farmacêutica. Eu era fluente em espanhol e fui informado que tudo o que era preciso era puro bom-senso para fazer o que era necessário. Nossa aventura venezuelana se revelou extremamente positiva para nós dois. Como consultor administrativo, devo ter me saído bem porque o diretor executivo da companhia que eu estava ajudando a reorganizar me implorou para que eu ficasse. Quanto a Jeannette, ela pôde continuar com sua música e dar alguns concertos lá. Mas estávamos esperando nosso primeiro filho e ansiosos para retornar aos Estados Unidos para o nascimento. Alguns meses depois, quando me reportei a

Scarsdale ao retornar da Venezuela, na sede mundial da Direct Energy – a firma de consultoria administrativa – meu chefe me tranquilizou: claro que eu ainda tinha um emprego.

No prazo de 24 horas Jeannette e eu encontramos um lugar para morar, um prédio novo na Palmer Road em Bronxville, e fizemos uma visita urgente ao médico, que declarou que Jeannette gozava de saúde perfeita e previu a chegada do bebê em quatro semanas, talvez antes. "Só não vá ficar viajando de avião", advertiu ele.

Pouco depois da meia-noite do dia 5 de junho, Jeannette me despertou com um delicado cutucão nas costelas e anunciou calmamente que seu trabalho de parto tinha começado. De fato, tinha começado algumas horas antes, mas ela não quis me incomodar. Incomodar? Se não agora, quando? Saltei da cama, enfiei-me nas calças, percebi que tinha posto ambas as pernas de um lado só, o esquerdo pelo que me lembro, tropecei pelo quarto como um bêbado enquanto tentava tirá-las. Jeannette, tendo acendido a luz, começou a rir tanto que não conseguia parar, dizendo "*Mon Dieu, j'ai épousé un unijambiste!*". Meu Deus, eu me casei com um perneta!

Fiquei no hospital a noite inteira, segurando sua mão enquanto aumentava a frequência das contrações. Às cinco, o médico chegou e sugeriu que eu fosse para casa e descansasse um pouco. Eles chamariam quando o parto fosse iminente. Arrastei-me para a cama, caí em um sono profundo, não ouvi o telefone até ele tocar pela décima vez. Dia 6 de junho. "Venha para cá o mais cedo possível." Quando cheguei, Jeannette estava dormindo profundamente, tendo sido anestesiada uma hora antes da chegada do bebê. Assim, eu tinha perdido o nascimento. Era uma menina, disseram-me. Eu gostaria de vê-la? Que tipo de pergunta era essa?

Apertei o rosto contra o vidro do berçário. O dedo indicador de uma enfermeira apontava para a minha filha, que estava dormindo tranquila. Olhei fixamente, incrédulo, como todo novo pai. Depois de soprar um beijo para meu bebê, dei uma olhada em Jeannette, ainda adormecida, e fui até a florista mais próxima, retornando com um grande buquê de rosas vermelhas. Quando tornei a entrar no quarto, Jeannette acabava de acordar. Minutos depois eu trouxe a menina, tão pequenina, tão indefesa, para ela, tão linda, exatamente três quilos. Delicadamente, deitei a criança, ainda adormecida, nos braços de sua mãe. Mãe e filha. Todas aquelas milhares de pinturas ao longo dos séculos sobre o assunto: não era apenas o menino Jesus que as inspirara; eram todos os milhões de momentos exatamente como este. Nós a chamamos Nathalie Anne.

Enquanto isso, um disco riscado continuava a tocar em minha cabeça: eu queria realmente ser um consultor administrativo? Claro que não, foi a resposta.

Nosso amigo Jerry Stone teve a mesma ideia. "Você não quer ser um consultor administrativo, pelo amor de Deus. Você devia estar escrevendo. Ou trabalhando em publicações – espere um pouco, eu tenho uma ideia. Ligue para este cara amanhã – e fale em meu nome. Ele tem dois clubes do livro, e seu editor, George Brantl, que está com ele há anos, está saindo. Ou acabou de sair. Brantl é amigo meu – já escrevi resenhas de livros para seu boletim mensal – e fiquei de avisá-lo se eu soubesse de alguém que pudesse preencher os requisitos..." Ele rabiscou rapidamente um nome e um número no canto da toalha de mesa de papel: George Braziller.

Na tarde seguinte liguei para Braziller. Sim, Stone tinha lhe falado a meu respeito. Vários anos em Paris, entendo, administrando uma revista e empresa de publicação de livros, não? Deduzi que a modéstia não era indicada, e por isso não minimizei nem contestei as informações recebidas. Pela voz bem aguda e ligeiramente melancólica de Braziller, imaginei um homem magro, afetado, passando da meia-idade, dificilmente o meu tipo e, por isso, quando na manhã seguinte – ele não tinha perdido tempo em marcar uma hora – fui conduzido até seu amplo escritório, bem equipado e forrado de livros, com vista para Park Avenue South, fiquei surpreso ao ver um sujeito musculoso, de aparência atlética, que calculei estar beirando os quarenta anos de idade. Tivemos uma conversa de uma hora, ao fim da qual ele me apresentou a sua bela secretária, Susan; à jovem dama que cuidava da publicidade, Phyllis Bellows, toda meiguice e leveza; ao contador, Herman Figatner, um sujeito miúdo, ar de sabichão, pouco atraente, nascido para a profissão, concluí imediatamente, se as feições têm alguma coisa a ver com a escolha; e por último mas certamente não menos importante, meu homônimo Edwin Seaver, um homem de estatura baixa, cabelos encaracolados, quase chegando aos sessenta, calculei, cujo sorriso astuto me fez sentir que eu teria um aliado não só no nome. Braziller então me ofereceu o cargo de editor de seus dois clubes do livro, o Book Find Club e a Seven Arts Book Society, o primeiro um clube de não ficção politicamente liberal, a última especializada em livros de arte relativamente caros. Será que eu podia lhe dar uma resposta imediatamente? Eu gostaria de discutir isto com minha esposa. E eu não poderia começar senão dali a umas duas semanas, por causa do aviso prévio. Ele concordou, entregando-me meia dúzia de boletins informativos para cada clube e sugerindo que eu desse uma olhada neles, pois doravante eu iria escrever para eles. O termo "escrever" por si só me fez sentir que a mudança seria benéfica, pois eu sabia que o que eu tinha feito no último ano, por agradável que fosse, tinha sido uma bobagem.

Na manhã seguinte eu disse a Barnum, meu chefe na firma de consultoria administrativa, que estava saindo. Ele pareceu verdadeiramente desolado. "Eu estava preparando você para um dia assumir a empresa." Agradeci a ele. "Aposto que você diz isso a todo empregado que está saindo", disse a mim mesmo.

Duas semanas depois, compareci ao número 215 da Park Avenue South precisamente às 8h51, um triunfo logístico. Susan me cumprimentou e me mostrou meu escritório, um cubículo de 2,74 x 3,65 metros ao lado do seu, que ficava ao lado do de George. Braziller foi menos expansivo e acolhedor do que havia sido em nosso encontro inicial, o rosto todo franzido com apenas um "dia" ao passar por meu quadrado em largas passadas, mas relevei e me instalei. Precisávamos de catorze livros por ano para cada clube, doze seleções regulares, uma seleção para o meio do verão e uma seleção de Natal. Doze não funcionariam, garantiu-me Herman, explicando a matemática: com o número mensal você poderia terminar empatado;

os dois adicionais é que davam lucro, supondo-se que as despesas gerais permanecessem inalteradas e, claro, as seleções principais "funcionassem".

Exatamente às 9h50, George me chamou ao seu escritório. O cerne de meu trabalho era examinar o catálogo de cada editora em busca de seleções possíveis, explicou ele, depois negociar os contratos, claro que com sua aprovação prévia. Ele me diria quanto eu podia pagar, nem um centavo a mais. O negócio era duro, disse, porque tínhamos fortes concorrentes, o Book-of-the-Month Club e a Literary Guild. A sobrevivência dependia de chegar primeiro, antes de qualquer um deles, não apanhar suas sobras. Não me pareceu muito assustador. Você terá de levar pessoas para almoçar, disse George, talvez até duas ou três vezes por semana, encantá-las, principalmente as jovens garotas da subcessão de direitos, para que elas priorizem o Book Find. Nada de restaurantes elegantes, eu lhe darei uma lista.

Repassando os boletins informativos de ambos os clubes, fiquei impressionado. Perto dos gigantes do ramo, o Book Find era café pequeno, mas com aproximadamente 100 mil sócios, ainda tinha influência. Antes de completar uma semana lá, eu estava arrasado. Uma coisa era almoçar ou visitar as editoras e solicitar um livro ou dois para consideração, e outra bem diferente era lidar com a enxurrada de livros que chegavam, não solicitados, a um ritmo de vinte a trinta por semana, cuja totalidade eu deveria avaliar. De repente eu estava lendo o máximo que podia durante o dia, mas principalmente à noite e nos fins de semana, ao som delicado de Nathalie arrulhando ou chorando.

Eu era grato por ter a minha disposição meia dúzia de leitores *freelance*, eles mesmos poetas, escritores e críticos, para quem eram dados os mais prováveis candidatos para seleção. Entre eles estava um velho amigo de George, um homem encantador no início dos seus sessenta, Isidor Schneider, que tinha sido colocado na lista negra por seu envolvimento com a esquerda, cujas três ou quatro leituras por semana eram sua única fonte de renda nestes tempos pós-macartismo mas ainda semi-histéricos, quando ainda vigorava o medo da ameaça comunista. Outro leitor era Norman Rosten, um amigo íntimo do dramaturgo Arthur Miller e ele mesmo poeta de destaque, cujo sorriso constante e charme natural granjeavam para si o carinho de todos que o conheciam. Dois leitores mais jovens eram Dan Wakefield e Michael Harrington, o primeiro, aspirante a ser reconhecido como jornalista e escritor que mais tarde publicaria vários livros de sucesso, o segundo, futuro dirigente da Democratic Socialists of America, uma tarefa politicamente ingrata mas que o colocou ao longo da vida em contato frequente com os grandes líderes socialistas do mundo ocidental, de Willy Brandt a François Mitterrand. E naturalmente o cara que me encaminhou para cá, Jerry Stone. No entanto, apesar desta ajuda inestimável, não, essencial, eu estava lendo como nunca. Em comparação, *Merlin* tinha sido sopa. Talvez eu estivesse apenas entrando no mundo real, ou pelo menos nos Estados Unidos reais, onde o trabalho – trabalho intenso – aparentemente era o centro, se não o objetivo, da vida.

A pressão de ler, com a qual eu estava aprendendo a lidar apesar da enxurrada crescente de livros para examinar, era composta das exigências diárias, e para mim irascíveis, de George. Nada do que eu fazia, escrevia ou dizia parecia provocar uma reação positiva. Em algumas semanas eu escrevia para ele breves informes sobre uma dúzia de livros que eu tinha lido, além de outra meia dúzia vinda dos leitores *freelance*, nenhum dos quais passava pela prova de fogo. Eu o ouvia murmurar "Brantl" em tom bem baixo pelo menos duas ou três vezes por semana, o que fez até minha mente ignorante compreender que meu predecessor nunca teria sua paciência posta à prova desta maneira.

Certo dia quando eu, embora bem barbeado, estava igualmente murmurando sob minha barba simbólica, perguntando-me por que diabo eu tinha assumido este trabalho, Susan saltou em volta da divisória e sentou-se na beirada de minha mesa, as belas pernas descobertas oscilando como dois pêndulos sedutores, seu decote preparado ampliando a cena desconcertante quando ela se inclinou para a frente. Obviamente, um ou mais de meus murmúrios atravessara a parede fina entre nós. "Não deixe que ele o desanime", disse ela em um quase sussurro. "Ele não é tão durão quanto parece." Havia dois ou três anos que Susan trabalhava aqui e minha impressão era que ela e George eram um casal, embora eu tivesse entendido por Herman que a esposa de George, Marsha, era uma joia rara, uma mulher tão linda quanto talentosa que, quando George foi convocado e foi para a guerra, tinha administrado os clubes com mão segura e visão clara, de modo que quando George retornou e reassumiu eles estavam prosperando como nunca. "Ele é um preocupado crônico", continuou Susan. "George vê os grandes clubes engolindo os melhores livros. Por isso coloca a pressão sobre você." Mencionei as repetidas referências a "Brantl" murmuradas. Ela riu. "Ele era tão durão com Brantl quanto é com você. Exceto que Brantl não parecia se importar. Espere até você conseguir um avanço", acrescentou. "Isso mudará tudo, você vai ver."

"Um avanço?", perguntei.

"Uma seleção principal que venda trinta ou 35 por cento", disse ela.

A norma, eu sabia, era de dezoito a vinte por cento; ou seja, mais ou menos um dentre cinco sócios aceitava a seleção. Até agora, nenhuma das minhas – nossas, pois George era o árbitro final, embora quando caíam abaixo da norma, automaticamente se tornavam de Seaver – tinha avançado. No entanto, um livro que Isidor e eu havíamos ambos acabado de ler e recomendamos muito para George, *Affluent Society* (*Sociedade opulenta*) de John Kenneth Galbraith, impressionou-me como um forte candidato. George concordou, persuadindo-me a fazer imediatamente uma oferta. Naquele dia. Naquela hora. Aceita, nossa oferta se tornou a seleção principal daquele mês e, *mirabile dictu*, não só abiscoitou o Book-of-the-Month Club, que retardadamente o adicionou a sua lista de Alternate Selection dois meses depois, mas também se tornou um dos *best-sellers* permanentes do Book Find Club, com aumentos de quarenta por cento dos associados que o levavam. Herman estava em êxtase, Susan toda sorrisos no canto agora familiar de minha escrivaninha. Phyllis fez questão de me beijar na face e oferecer suas cordiais congratulações, ao mesmo tempo me contando que estava saindo para assumir outro emprego. Eu fiquei surpreso, porque nos meses que fiquei lá havia encontrado nela uma amiga estável, como Susan me dizendo para enfrentar a tempestade que estivesse se formando ou se desencadeasse por nosso BFM – Book Find Master. Eu pensei duas vezes quando ela disse que estava indo para a "Grove Press. Como diretora de publicidade. É uma editora jovem, mas estão fazendo algumas coisas muito interessantes..." Hmmm.

Como era de esperar, George nunca reconheceu que tive algo a ver com o sucesso daquele mês. Esperando um dia à entrada de seu escritório para falar com ele sobre a seleção do próximo mês, eu o ouvi dizer ao telefone: "Obrigado, sim, é um grande sucesso. Um de nossos melhores em anos. No momento em que o li senti que tínhamos um vencedor". Ainda assim, como Susan havia previsto, aquele minitriunfo me deixara menos vulnerável, e George não só se tornou imediatamente mais afável como prestou mais atenção aos relatórios de meus leitores. Além disso, um dia, durante o almoço, o abençoado Isidor mencionou bruscamente que George achava que eu estava fazendo um ótimo trabalho. "Difícil de acreditar", eu disse. "Deve ser o Galbraith." "Não". respondeu Isidor, "ele me disse isso quase desde o início." Tudo isso me lembrou de repente meu pai, que durante a maior parte de minha mocidade havia cuidadosamente se contido de me fazer um elogio, fosse de antemão ou atrasado. Um problema de seu caráter talvez? Só as frequentes garantias de minha mãe de que meu pai realmente me amava e até admirava me protegeram da total falta de confiança. "Ele simplesmente tem dificuldade para se expressar", dizia minha mãe. "Mas eu sei que ele ama *você*", eu contrapunha. "Claro", respondia ela, mas por sua hesitação, e a ligeira inclinação de sua cabeça, eu sabia que quase a mesma dúvida se aplicava a ela. E à minha irmã Joan também. Homem estranho, *mon père*...

Apesar da melhora geral do clima nos clubes, George continuou a se preocupar constantemente, sendo eu o alvo principal. Tentei deixar o problema no trabalho, esfriar na viagem de trem de 29 minutos para casa, mas havia dias em que eu não conseguia, e em dado momento à noite eu expressava minha frustração para Jeannette. "Se você o deixar arengar e delirar sem rebater, ele nunca vai parar." Claro que ela tinha razão; até agora eu tinha evitado o confronto, por insegurança – este era meu primeiro emprego real – e uma sensação de que eu ainda tinha muito a aprender. Mas em um dos domínios inferiores de minha mente, guardei aquele conselho.

Um dia, duas semanas mais tarde, George me chamou a sua sala e me repreendeu por duas das três seleções alternativas que eu tinha sugerido para o próximo boletim informativo, a que ele normalmente prestava pouca atenção. Chamando-as de "escolhas terríveis", de fato "bisonhas", acrescentou que se elas conseguissem leitores seriam poucos. Um total desperdício de bom espaço, disse ele, referindo-se ao boletim. Eu havia esclarecido estas escolhas com ele uma semana antes, lembrei a ele, antes de redigir o original, e, além disso, o material completo era esperado na gráfica amanhã. Não importa, disse ele, encontre duas novas alternativas. Hoje. Ficando vermelho claro, tenho certeza, soltei com estrondo o pacote que eu estava segurando, o conteúdo inteiro da edição, no canto da escrivaninha e disse a ele o que eu achava dele, sem segurar nada. Ele ficou ali sentado, atordoado, mal piscando os olhos e me deixou prosseguir até não conseguir pensar em mais nada para acrescentar, momento em que me virei e saí do escritório, dirigindo-me a meu cubículo, sentei-me e pensei no que fazer a seguir. Juntar meus pertences, imaginei. Susan, que já conhecia a cena, entrou furtivamente e piscou o olho em aprovação. Eu estava enganado sobre a relação dela com George? Abri a gaveta da mesa e comecei a retirar meus documentos pessoais. O que você está fazendo?, ela quis saber. Juntando as coisas para ir embora, disse eu. Ele demitiu você? Ele não teve tempo, disse eu. Então você ainda está empregado, certo? Por que você não finaliza a preparação do boletim e depois decide? Não posso, disse eu, todo o material está no escritório de George. Deixe que eu vou apanhá-lo, disse ela, girando e dirigindo-se ao covil do tigre, e então reaparecendo momentos depois com o material na mão. Como estava Sua Majestade?, perguntei. Olhando fixo pela janela, disse ela. Não fervendo de raiva?, perguntei. Não há como saber, disse ela – talvez arrependido, quem sabe? Isso eu duvido, disse eu. Uma pausa. O que, cogitei em voz alta, devo fazer com estas alternativas "bisonhas"? Foi assim que ele as chamou? Acenei que sim com a cabeça. Ela encolheu os ombros. Eu sei o que vou fazer – rasgá-las. Eliminá-las. Ir com uma só? Outro dar de ombros. Ele não pode culpar você por eliminar o que ele disse que está terrível. Apontei com o dedo para os dois "piores" culpados, retirei-os da pilha e cerimoniosamente os rasguei em pedacinhos. Pronto, disse eu, entregando a ela o conteúdo truncado, você me fará a grande gentileza de mandar um mensageiro entregar isto na gráfica?

O que é moral, dissera Ernest, é aquilo com que depois você se sente bem. Simplista talvez, mas esta noite eu concordava inteiramente. Na manhã seguinte, antes de sair para tomar o trem, eu disse: "Talvez eu chegue em casa hoje um pouco mais cedo". Mas, não: em vez de passar por meu escritório a caminho do seu, mal dizendo uma palavra, como de costume, esta manhã George enfiou a cabeça para dentro, deu um largo sorriso e disse: "Susan me disse que você cortou duas alternativas. Ótimo! E tenho uma forte impressão sobre esta seleção principal do mês". Era um livro substancioso de Max Lerner, *America as a Civilization* (América como civilização), que não só Dan Wakefield e eu, mas também George, tínhamos lido e adorado. Quando os resultados saíram, três semanas mais tarde, o livro de Lerner era um sucesso quase tão grande quanto o de Galbraith. Mais importante, daquele dia de "explosão" em diante, minhas relações com George melhoraram a tal ponto que honestamente posso dizer que nunca tivemos outro confronto importante. Discordâncias, sim, mas basicamente educadas. Como disse Susan, George era um preocupado crônico; embora nem sempre estivesse escuro ao meio-dia, às três da tarde, na maioria dos dias, nuvens negras tinham se juntado no horizonte e permeavam todo o escritório. A diferença era que agora, em geral, se não sempre, eu conseguia ignorá-las.

Havia vários meses que eu estava na Braziller quando Barney me ligou. À noite, em casa. Que tal almoçarmos juntos? Certo – almoços eram agora parte essencial de minha vida, quer eu gostasse disto ou não. Novamente o One Fifth Avenue. Novamente, para Barney, dois martinis e pouca comida, enquanto eu devorava um suculento hambúrguer, de que senti muita falta em meus anos de Paris, sou obrigado a admitir, e uma cerveja. Na metade do segundo martini ele foi ao que interessava: eu gostaria de trabalhar para a Grove? Como editor-gerente da editora e de sua nova revista, *Ever-*

green Review. Eu vinha lendo a revista, trimestral e muito boa, uma mistura eclética de textos americanos e europeus, principalmente vanguarda e solidamente fundamentada, uma mistura rara. Realmente impressionante. "Com seus antecedentes da *Merlin*", disse ele, "é um encaixe natural. Beckett, claro, em quase todos os números. Artaud, sobre quem também conversamos em Paris. E seu amigo Ionesco, também. Nós o contratamos para várias peças. Você se sentiria muito em casa."

Eu estava lisonjeado e sabia que a Grove era onde eu deveria estar. Mas eu tinha um problema. Embora tivéssemos conversado três ou quatro vezes ao telefone desde nosso último almoço, eu não tinha ainda mencionado a Barney que assumira um novo trabalho, e estava na hora de fazer isso. Barney pareceu perplexo. "Eu pensei que você ainda estava com aquele consultor administrativo", disse ele. "Aquele mundo não era para mim", respondi. "Enfim, pouco depois de nosso último almoço, Braziller me ofereceu um cargo de editor de seus dois clubes do livro, e eu aceitei. Não há como eu mudar agora. Não seria justo com George, sair logo agora que aprendi como funciona." Ele concordou com um aceno de cabeça, disse que compreendia, e pediu outro martini. Dito isto, contei a ele que estivera lendo a *Evergreen Review* e que a achei de primeira classe. Ele pareceu contente. Também é uma ótima maneira de conseguir autores, disse ele. Você se surpreenderia. E tem tanta coisa acontecendo, tanto aqui como no exterior, que as grandes editoras estão ignorando completamente.

Concordamos em permanecer em contato, e quando algum dia eu mudasse de ideia, eu o avisaria. Parecia um convite aberto, como disse Jeannette naquela noite no jantar, um bom respaldo quando Braziller o deixar louco de raiva. Eu notei devidamente que ela tinha dito "quando", não "se".

George, apesar de sua pouca educação formal, pois ele não havia passado do ensino médio, tinha uma paixão por livros e aspirava um dia ser um verdadeiro editor. Alfred Knopf era seu ídolo. Para seu prejuízo, por nada deste mundo ele conseguia tomar uma decisão, imagino que por medo de cometer um engano – algo que os editores fazem, eu estava descobrindo, com alarmante regularidade. Era parte do trabalho. O mero fato de você amar um livro, e seus editores também, não significava que o mundo também amaria. Com George, mês após mês, os prazos finais chegavam e passavam, depois passavam novamente. Susan, disse eu um dia no começo de meu segundo ano lá, como podemos fazer o cara sair de cima do muro? Brantl sabia como, informou-me ela. Se Braziller não concordasse com uma seleção até o prazo final, Brantl a escolhia para ele. A conclusão era clara. Quanto tempo – perguntei à jovem dama perturbadoramente formosa empoleirada mais uma vez no canto de minha mesa, suas pernas se movendo lentamente como tesouras de um lado para o outro no andamento de algum ritmo secreto – é preciso para ganhar a confiança de George? Ela encolheu os ombros. "Brantl ficou aqui nove ou dez anos", disse ela. "Talvez mais. E ele era muito inteligente." Eu estava começando a amá-la cada vez mais. Ela soltava seus dardos mesmo quando suas formas oscilavam de modo insinuante. Seria este um jogo diariamente praticado nos escritórios em todo o país? Com toda certeza não era para mim.

Falando em jogos, logo aprendi que os clubes do livro tinham um *modus operandi* brilhante ainda que diabólico conhecido como uma "opção negativa", segundo o qual os sócios eram obrigados a responder a uma seleção principal não se eles a *queriam* mas se *não queriam*. Deste modo uma certa porcentagem de aceitações entrava na duvidosa rubrica "preguiçoso", ou "Onde está o maldito boletim do Book Find? Eu esqueci de escrever e dizer que não queria a seleção deste mês".

Normalmente, eu começava escrevendo bilhetes a George bem uma semana antes de cada prazo final do mês lembrando a ele que o tempo estava se esgotando. Outro lembrete dois dias depois, então um terceiro com as anotações agora marcadas URGENTE. Na maioria dos casos, finalmente propúnhamos as seleções com não mais de dois ou três dias de atraso. Mas chegou um mês no escuro do inverno em que ele não só ignorou minhas anotações como se recusou a conversar comigo quando nos cruzávamos no corredor. Eu não tinha a menor ideia do motivo. Ele tinha me criticado, logo, eu era odiado. Eu estava começando a aprender como as coisas funcionavam no mundo dos negócios. Ou talvez George fosse uma exceção. Em todo caso, com o prazo final ficando mais de uma semana atrasado, George me ordenou que fosse a seu escritório uma tarde e exigiu saber com que cargas-d'água eu esperava conseguir publicar o boletim deste mês sem uma seleção? Mentalmente considerei aplicar-lhe uma chave de pescoço e imobilizá-lo em sua escrivaninha antes de ele saber o que estava acontecendo, mas sabiamente me contive. No verão, quando George tinha trocado as camisas de manga comprida pelas de mangas curtas, eu tinha visto os bíceps ondulantes quando ele passava por meu cubículo a passos largos e soube que apesar de minha habilidade na luta romana ele poderia escapar de minha chave e me atirar pela janela do quarto andar para a avenida Park South sem dizer nem um *au revoir*. Susan tinha insinuado que George não teria nada a dever a Atlas no quesito compleição física; como ela sabia eu não perguntei.

Havia uma escada corrediça de biblioteca atrás de sua escrivaninha que subia vertiginosamente do chão ao teto e cobria toda a extensão de sua volumosa estante. Vi George subitamente se levantar de sua cadeira, subir a escada, murmurar consigo mesmo, estender a mão e retirar um livro; atirou-o em minha direção, depois deslocou lentamente a escada para mais adiante, retirou outro, lançou-o por sobre o ombro, repetindo o processo até que o chão, sua escrivaninha, meus braços, estavam carregados com uma dúzia de livros. "Um destes", disse ele, "será a seleção deste mês. Reduza isto para dois até amanhã e eu decidirei" – ele deve ter visto meu rosto, pois transigiu – "*nós* decidiremos", e virou as costas para que eu soubesse que a "reunião" estava encerrada.

Jeannette primeiro desatou a rir quando contei a ela o caso naquela noite, pois ela adorava palhaçadas, então subitamente se pôs séria. "Você devia sair de lá", disse ela. "Em primeiro lugar, ele está deixando você maluco. E, segundo, você não está passando tempo suficiente com nós *quatro*." Fiz uma pausa para ter certeza de que tinha ouvido direito. "Nós *quatro*!" "Receio que sim", disse ela. "O dr. Berenberg confirmou hoje." "E quando isso pode acontecer?" "No dia ou por volta do dia 1º de abril. E não é nenhuma piada." Quinze minutos depois eu estava abrindo uma garrafa de

Laurent-Perrier, safra 1954, brindando nosso novo filho, pois desta vez certamente seria um menino, e ao mesmo tempo olhando preocupado para nosso apartamento de um quarto e me perguntando onde, em nome de Deus, receberíamos o rapaz.

Mil novecentos e cinquenta e oito se desvaneceu em cinquenta e nove, e o clima geral no 215 tinha melhorado sensivelmente: na maioria das vezes, depois daquele chapliniano lançamento de livros sobre o ombro, os prazos finais estavam sendo cumpridos, a maior parte de nossas seleções estava excedendo o terrível mínimo, e Susan tinha parado de balançar suas pernas agora só com meias no canto de minha escrivaninha. No final de janeiro, o rechonchudo e gentil Herman Figatner – o sr. Orçamento –, que raramente deixava sua escrivaninha da alvorada até o crepúsculo, chamou-me e anunciou que George tinha autorizado um aumento para mim. Quinhentos dólares. Começando na semana que vem. Mal pude me conter de alegria. Eu devia beijar Herman ou estrangulá-lo? Optei por agradecer-lhe, de modo perfunctório, acreditei, e corri para casa para dar a Jeannette as boas-novas. "Eu não verifiquei", sugeri, "mas pode ser que só dê para comprar um par de sapatos para o novo bebê." Dei um tapinha em sua barriga cada vez mais rotunda e curvei-me para ouvir a sacudida noturna da criança. Pelos chutes ardentes, eu conhecia o sujeitinho, mais de seis meses de idade segundo o método nepalês de contar, iria ser um jogador de futebol internacional, tal como eu tinha certeza que Nathalie seria escritora, professora ou pelo menos rato de biblioteca, pois seu esporte favorito, agora que ela já sabia andar, era correr até a estante e aleatoriamente com óbvio deleite pegar todos os livros da prateleira de baixo, um por um, e jogá-los no chão. Que outra prova seria preciso? Ou era seu modo de me dizer para deixar de lado a publicação de livros e passar mais tempo com ela?

George admirava Alfred Knopf mais que qualquer homem no meio editorial e muitas vezes ligava para lhe pedir conselhos antes de tomar sua decisão sobre uma seleção. Ele aprendeu a fazer isso ao longo dos anos porque o sr. K., sem dúvida percebendo seu poder, nunca deixava de telefonar e repreender George se ele soubesse de uma seleção principal que julgasse mal escolhida. Pelo menos por enquanto o clube estava se saindo muito bem, ganhando um dinheiro razoável, mas George estava claramente cansado de vender mercadoria alheia; já tinha passado da hora de ele publicar seus próprios livros. Logo ele entendeu com acerto que os agentes americanos lhe mandariam apenas as sobras, livros já recusados pelas editoras maiores, e quando alguém sugeriu que ele pensasse em literatura estrangeira, uma luz se acendeu. Mas ela rapidamente se apagou quando chegaram propostas de livros da França, Alemanha e Espanha, sem ninguém em quem ele confiasse capaz de lê-los. Ele sabia que eu lia francês; mas havia uma pergunta: ele realmente confiava em mim? Mesmo assim, certa manhã, em vez de me chamar imperiosamente de seu escritório, passou por meu cubículo acenando com um livro com uma capa familiar: Les Éditions de Minuit. Era um livro fino de um certo Henri Alleg intitulado *La Question,* detalhando vividamente as sessões de tortura realizadas pelo Exército francês em argelinos no norte da África. Um candidato muito improvável para um país com total desinteresse pelas guerras coloniais da França, pensei. Todavia, fiquei encantado só de ter um livro da Minuit em minhas mãos, e o li naquela noite, compartilhando seu conteúdo e meus pensamentos com Jeannette. Era uma leitura horripilante: como podia um país que eu amava tão afetuosamente, que havia sofrido em primeira mão os horrores da Segunda Guerra Mundial, os frios assassinatos, as agonias físicas e mentais, permitir que ele próprio, por sua vez, se convertesse no *bourreau* – no "torturador"? Na manhã seguinte escrevi para George um relatório atestando a importância do livro mas acautelando-o de que, se ele esperava vendas significativas, devia desistir. Ele voltou e me pediu para traduzir algumas páginas, o que fiz aquela noite. Ele as leu, espiou de volta para dentro de meu escritório e anunciou que iria publicar o livro, que já era um *best-seller* importante não só na França mas também em vários outros países europeus. George teve a brilhante ideia de pedir a Jean-Paul Sartre, que estava no auge de sua fama aqui, para escrever a introdução.

Uma tradução apressada, que eu editei quase com a mesma pressa, e o livro saiu e recebeu críticas importantes. E foi para a lista de *best-sellers* do *New York Times*! Eu fui execrado. George ficou em êxtase. E agora que era um *best-seller*, disse ele, seu interesse sempre no clube, devia se tornar uma seleção principal do Book Find Club, não? Fiz que sim com a cabeça: uma seleção principal, mas é claro!

29

RUMO À FLORESCENTE GROVE

Em janeiro de 1959, Barney me telefonou novamente querendo saber se podíamos almoçar no dia seguinte. Cancelei um almoço que havia marcado e disse que sim. Novamente no One Fifth Avenue. O almoço foi o eufemismo de sempre: dois martinis e, para Barney, a comida serviu apenas como uma distração, para ficar empurrando o prato paciente de um lado para o outro na mesa. Naquele dia Barney estava especialmente animado, mal conseguindo se conter. Durante anos ele ansiava publicar *O amante de Lady Chatterley*, não a versão "aceita" publicada anteriormente pela Knopf, que havia autorizado uma edição em brochura para a New American Library, mas o texto final, completo, que D. H. Lawrence escrevera, um conteúdo totalmente diferente, de sexo não adulterado, fadado a despertar fúria. No final dos anos 1920, Lawrence escreveu três versões, a última delas publicada integralmente em 1928 em Florença e conhecida como edição Orioli, por muito tempo proibida tanto na Inglaterra como nos Estados Unidos. Um dos defensores da obra era o destacado professor de inglês na UC Berkeley, Mark Schorer, que em 1954 foi para Taos, Novo México, para se encontrar com a viúva de Lawrence, Frieda Lawrence Ravagli, e examinar os três manuscritos. Barney contatou Schorer naquele mesmo ano e indicou seu interesse em publicar a versão integral. Ele havia também buscado conselho do advogado da Grove, Ephraim London, que advertiu que as "chances de que sejam feitas campanhas para proibir o livro serão maiores do que nunca se a terceira versão for publicada". Sem se intimidar, Barney escreveu para a viúva de Lawrence, explicando que ele desejava publicar a versão integral, e ela concordou. Mas antes que qualquer iniciativa pudesse ser tomada, Frieda morreu e o agente britânico de Lawrence, Laurence Pollinger, se recusou a ir adiante. Mesmo assim, Barney escreveu para dezenas de luminares solicitando seu apoio ao projeto: Edmund Wilson, cujas *Memoirs de Hecate County* tinha recentemente sofrido a ira dos censores; F. R. Leavis; Henry Steele Commager; Bennett Cerf, o diretor da Random House; James Thurber; Edward R. Murrow, o bravo jornalista que ousara enfrentar o senador McCarthy, para citar apenas alguns. As respostas foram variadas, alguns aconselhando precaução, outros considerando a causa perdida de antemão. Para complicar a situação, disse Barney, embora o agente americano de Lawrence apoiasse o plano, Pollinger ainda se opunha terminantemente. Barney escreveu para Pollinger, tentando convencê-lo, sem sucesso. Após um ano de esforço, Ephraim London aconselhou Barney a "arquivar o projeto por enquanto". Relutantemente, Barney o fez. Mas o projeto não estava morto, apenas latente, esperando que uma fagulha o reavivasse. Esta fagulha chegou dois anos depois, em 1956, quando a editora britânica Heinemann, percebendo uma oportunidade ou talvez tirando uma página do(s) livro(s) de Girodias, publicou a terceira versão na Holanda "para distribuição exceto no Império Britânico e nos Estados Unidos". No ano seguinte, quando a Grove começou a publicar a *Evergreen Review*, Mark Schorer recebeu a incumbência de escrever um artigo que foi publicado no número um da revista, uma provocadora defesa do livro por tanto tempo proibido. Quase simultaneamente, uma versão de *Lady Chatterley* para o cinema foi lançada e imediatamente proibida em Nova York. Ephraim, que defendera com sucesso um filme proibido por blasfêmia um pouco antes, *The Miracle,* assumiu a defesa do filme *Chatterley*. O caso tramitou nos tribunais até que, em dezembro do ano anterior, disse Barney, a Suprema Corte concordou em julgá-lo mais tarde naquele mês. A essa altura, London, confiante que iria ganhar, disse a Barney que ele achava que agora era o momento certo para publicar o romance.

Quando tudo isso deve acontecer?, perguntei. "Em março informaremos o *The New York Times* de nossa intenção de publicar em maio", disse Barney. "Parece empolgante", disse eu, imaginando se Barney e Maurice haviam se encontrado. Eu tinha certeza de que eles mantinham correspondência esporádica já desde os tempos da *Merlin*, e Barney mencionara sua tentativa frustrada de comprar os direitos para *Lolita* cerca de um ano atrás, tarde demais, admitiu, pois quando o fez, Walter Minton, da Putnam, tinha tomado um voo para Paris e fechado o negócio.

"Por que você não se junta à empolgação?", disse Barney, com gestos tão agitados que o conteúdo de seu copo de martini saiu voando até o meio da sala, por pouco não acertando vários clientes sóbrios, enquanto o copo em si caiu estrepitosamente no chão espatifando-se em mil pequenos pedaços, e ele pediu outro, que chegou prontamente. "Você está perdendo seu tempo naqueles clubes do livro." Lembrei a ele que Braziller agora começara a publicar, e já tinha conseguido um *best-seller* importante. "Mas olhe o nosso catálogo", insistiu ele. "Você se encaixa direitinho", repetindo seu mantra de alguns meses antes. "Beckett, Ionesco, Artaud, Genet, Sartre... E, a propósito, Brendan Behan também. Se bem me lembro, vocês eram amigos em Paris, não? E mais, eu gostaria que você coeditasse a *Evergreen Review* comigo. Por falar nisso, o resultado de nossa linha de brochuras Evergreen melhora a cada ano." Eu sabia: cerca de um ano depois que nos encontramos em Paris, Barney – seguindo o exemplo do jovem Jason Epstein, que em 1952 intuíra a existência de um mercado pronto naquele fértil, porém inexplorado, domínio entre os títulos padrão capa dura e as brochuras baratas do mercado de massa, ou seja, trabalhos de qualidade em edição brochura – tinha iniciado uma linha de livros em brochura na Grove, uma mistura de títulos próprios e reimpressões de clássicos esgotados ou desdenhados, que agora chegava a quase 150 títulos.

O que eu faria?, perguntei. Editor-gerente da própria Grove, disse ele, definindo esse papel com alguns detalhes – não apenas o acompanhamento de trabalhos do manuscrito até o livro finalizado, a definição normal do cargo nas editoras maiores, mas essencialmente o editor sênior, descobrindo e editando novos trabalhos de ficção e não ficção. E quanto a Don Allen, o atual coeditor da *Evergreen*?, perguntei. Ele tinha se transferido para a Costa Oeste, disse Barney, ainda envolvido com a Grove, mas não mais como funcionário em tempo integral. De fato, com exceção do trabalho na *Evergreen,* Don agora trabalhava para a Grove como *freelance*. E qual seria, ousei perguntar, o meu salário? Barney mencionou uma cifra, melhor que minha renda atual mas não o suficiente para ser persuasiva se a questão fosse dinheiro. "Deixe-me falar com Jeannette", disse eu. "Amanhã eu respondo."

Jeannette como sempre foi clara e precisa: claro que eu devia ir para a Grove. Será difícil trabalhar com Barney?, perguntei-me em voz alta. Provavelmente, disse ela, mas será mais difícil que com Braziller?

De meu escritório no número 215, pouco depois das nove da manhã, a voz sussurrada, de costas para o corredor, liguei para Barney, que ainda não tinha chegado, disse-me sua secretária, Judith Schmidt. Tinha ideia de quando chegaria? Para falar a verdade não, disse ela. Tente novamente daqui a umas duas horas. Enquanto desligava, refleti que provavelmente eu estava lidando com um diletante rico, para quem as horas de trabalho eram em grande parte governadas por uísque e extravagância, pois eu tinha ouvido histórias de que ele adorava rondar a cidade na calada da noite. Mas quando consegui falar com ele, ele se desculpou e disse que teve uma reunião às oito horas com os advogados sobre o livro de Lawrence. Outro clichê vulgar esboroado... Enfim, ele estava contente por eu estar chegando, de fato muito contente. Quando eu podia começar? "Ainda não contei a George e, francamente, preciso fazer a preparação do próximo boletim." Então, quatro semanas, está bem? Que tal três? Fechado.

As últimas semanas no Book Find não foram agradáveis. George não viu com bons olhos minha saída. "Mas acabei de conseguir que você se capacitasse", protestou ele, "e você já está partindo! E quanto ao novo projeto de publicações – você não fica tentado?" E então o eterno ardil: ele estava me preparando para ser seu sucessor! Foi a segunda vez em dois empregos que aquele argumento era lançado. Uns dez anos, talvez, mais velho que eu, George não só estava em ótima forma física, como seu ego era tão grande que desconfiei que ele nunca prepararia um sucessor, ainda que ele chegasse aos cem anos de idade.* Além disso, ele achava que três semanas de aviso prévio não eram suficientes, então concordei com quatro

* Em 1959, George estava com 43. Em 2006, Jeannette e eu fomos ao seu aniversário de noventa. Seu centenário? Já marcamos o compromisso em nossa agenda.

depois de consultar Barney. "Mas pelo amor de Deus, não mais", disse. "As coisas aqui estão esquentando."

E assim foi que, no Dia da Marmota de 1959, madruguei para me apresentar no número 795 da Broadway, chequei as referências do térreo – a Nat's Clothing Store e o Hot Dog Emporium – e apressei-me pelos degraus raquíticos, pronto para enfrentar um urso. Ou seria uma marmota? Em todo caso, o dia estava nublado, um bom presságio. Em contraste com o ambiente silencioso de Braziller na Park South 215, onde às vezes dias se passavam sem que mal se ouvisse uma conversa entre os empregados, memorandos, o meio de comunicação predileto, circulando em um envelope de malote, a Broadway 795, apenas algumas quadras ao sul, era uma colmeia de agitação e corre-corre. Barney passou uma hora inteira me reapresentando ao pessoal: sua secretária, Judith Schmidt, uma jovem de idade indeterminada que, simplesmente pelo modo como olhava para ele e ouvia cada uma de suas palavras, parecia ser sua escrava; Fred Jordan, um homem mais ou menos da minha idade em quem detectei um leve sotaque, que descobri ser vestígio de sua Viena nativa, havia começado na Grove em vendas e tornou-se diretor de publicidade; para meu grande prazer Phyllis Bellows, que tinha sido muito brevemente uma colega na Braziller e que me saudou com um sorriso afetuoso e abraço cordial que me fizeram sentir imediatamente em casa; um jovem inglês de faces rosadas, o gerente de vendas John Pizey, que pontuava cada frase com uma risadinha cordial; Richard Brodney, o hirsuto e decidido gerente de produção, cujo cinzeiro já estava cheio até a metade com pontas de cigarro e eram apenas dez horas; e o alto, esguio e ligeiramente curvado Donald Allen. Allen tinha sido o primeiro editor da Grove, depois saíra para trabalhar para a New Directions, o que ele deplorou, depois se transferiu para outra editora nova, a Criterium, o que ele achou ainda mais frustrante, após o que Barney o convidou para voltar para a Grove. Ele concordou, mas só depois de definir um arranjo para trabalhar em casa, pois finalmente havia entendido que ele e a vida de escritório eram incompatíveis. Erudito, indiferente, desconfiado, Allen fixou em mim olhos semicerrados ao apertar minha mão com tamanha falta de empenho – ou seria de vigor? – que subitamente me perguntei se minha chegada era o motivo de sua saída, e não, como Barney havia dito, o contrário. Tão fria foi sua recepção, de fato, que pensei que seria melhor eu esclarecer antes que a coisa virasse ranço. Chamando Barney para o lado, perguntei a ele sobre Don. "Estou com a nítida sensação de que ele gostaria que eu não estivesse aqui", disse eu. "Não, não", disse Barney, "não é você. Eu devo muito a ele – principalmente por ter me apresentado os Beats –, mas é um homem muito carrancudo. O tempo todo em que esteve aqui, ele quase não falava. Nem comigo nem com ninguém. E Deus o livre se você lhe fizesse um elogio. Ele olhava para você como a pessoa mais estúpida do mundo e depois cuidava para não conversar com você por várias semanas. Mas, enfim, ele não trabalha mais no escritório, na verdade agora já faz algum tempo que não trabalha. Ele se mudou para San Francisco. Está na cidade por alguns dias por um feliz acaso." Mais tarde, quando vi parte do trabalho que havia realizado na Grove durante sua permanência aqui, inclusive seu magistral *New American Poetry, 1945-1960*, que iria influenciar, se não formar, o gosto poético de toda uma geração, passei a admirar muito Don. Mas sempre de longe. Vi também que ele traduziu quatro peças de Ionesco, e examinando-as mais de perto, achei as traduções excelentes. Socialmente, porém, Don era o pior inimigo de si mesmo. Atualmente, ele ainda estava na folha de pagamento da Grove, sendo seu título oficial vendedor da Costa Oeste, uma perfeita sinecura, mas era uma mente editorial, e de fato foi ele quem plantou em Barney a semente da *Evergreen Review*, cujos primeiros seis números ele havia coeditado. Era ele que eu iria substituir, e um exame cuidadoso das suas realizações nos primeiros dois anos fazia o posto de Allen parecer muito importante. A única outra pessoa visível da área editorial era uma jovem senhora magra, muito séria e usando óculos que, por nosso primeiro contato, parecia assustada com sua sombra (embora, conforme observado, não houvesse nenhuma naquele dia), Marilynn Meeker. Barney comentou que a considerava sua jogadora mais versátil, capaz de atuar em praticamente qualquer posição. Apesar de sua timidez, fizemos contato visual imediato, um elemento importante no começo de qualquer relação, descobri. Gostei dela logo de saída, uma reação mil vezes confirmada ao longo dos doze anos seguintes.

Completando a equipe cordial estava Frieda Slappy ao painel telefônico, uma senhora diminuta de idade incerta que ardilosamente manipulava os cabos complexos para dentro e fora do console com a graça de uma professora de balé; e Laura Martin, uma negra alta, esbelta, cuja tarefa era receber e registrar pedidos, depois transmiti-los para o depósito. Ela mantinha registro do número de pedidos usando – *Gott im Himmel*! – um ábaco. Quando questionei Barney sobre o que me pareceu um método penosamente antiquado, ele disse que havia passado a maior parte da guerra na China e, impressionado com a simplicidade e precisão da antiga ferramenta, levou-a para os Estados Unidos, onde ela estava funcionando às mil maravilhas, obrigado! Ou talvez o afluxo diário de pedidos não justificasse mais do que esta engenhoca.

Não podia haver ali mais de dez ou doze empregados, mas todos pareciam estar se movendo ao mesmo tempo, sem colidir, aproximadamente na velocidade da luz. Richard Brodney entrava e saía do escritório de Barney mais de dez vezes por dia, um indefectível cigarro semiconsumido pendendo dos lábios, carregando projetos e artes-finais de capas ou sobrecapas para aprovação, emendas adicionais, materiais que voltariam para a prancheta ou iriam para o lixo. A maioria das capas e sobrecapas era trabalho de um jovem *designer freelance*, Roy Kuhlman, que Barney descobrira cerca de um ano antes e que a essa altura tinha praticamente o monopólio sobre o catálogo da Grove. Perguntei a Barney como ele descobrira Kuhlman. "Eu não, foi ele quem me descobriu. Entrou vindo literalmente da rua munido de um portfólio de pinturas abstratas, que adorei. Lembre-se, eu fui casado com Joan Mitchell, e quando moramos um ano no sul da França no final dos anos 1940, assisti a sua evolução do realismo para o abstracionismo, uma evolução miraculosa. Isso sem dúvida afetou minha reação ao trabalho de Kuhlman. Quando terminei de olhar seu portfólio, eu disse: 'Está bem, Roy, você faz nossas capas. 'Todas elas?', ele disse. 'Sim, todas elas!'" Barney não era homem de meias medidas.

Em Paris, estivera tão próximo de escritores quanto de pintores, e a maioria, inclusive Kelly e Youngerman, mas também vários jovens artistas franceses, estava evoluindo para o abstrato, se já não estivesse lá. Assim, o trabalho de Kuhlman também produziu em mim uma impressão positiva imediata. Ao contrário das capas das grandes editoras do distrito residencial, onde reinava o realismo, as capas e sobrecapas de livros da Grove anunciavam logo de saída, para as livrarias e também para os clientes, que aqui estava uma editora com um diferencial: se você gostou do lado de fora, examine o conteúdo. Quando Barney pedia minha opinião sobre uma capa de Kuhlman, eu não respondia simplesmente com uma reação visceral. Kuhlman, logo descobri, não gostava de sugestões de alterações, e críticas ou rejeições o deixavam furioso. Barney, também logo percebi, era quase tão obstinado quanto Roy, e em pouco tempo ele me passou a tarefa de lidar com Kuhlman no dia a dia, para evitar uma ruptura fatal. Por intuição, gostei e admirei Roy, e em pouco tempo nos tornamos amigos, tanto que frequentemente ele me mostrava seus projetos de futuras capas antes de mostrá-las para Barney. De vez em quando ele chegava até a ouvir minha opinião sobre alterações no projeto, se eu achasse que este não seria aprovado.

Durante minhas primeiras duas semanas tive uma surpresa agradável, uma carta breve de Beckett desejando-me boas-vindas à Grove e dizendo o quanto estava contente porque iríamos trabalhar juntos novamente. As notícias de minha chegada lá, acrescentou, o haviam lembrado de que ele ainda não devolvera minha tradução de seu conto "La Fin", publicado muitos anos antes na *Merlin* e agora proposto para a *Evergreen Review*. Lembrei-me de sua indignação – e ele era um homem muito paciente – por Trocchi não lhe ter mostrado as provas antes de publicar a versão de 1954, por isso repassei cuidadosamente aquela primeira versão, fiz algumas emendas e a enviei para ele. A seu pedido, também traduzi "L'Expulsé" – "O expulso" –, o segundo dos três contos, mas ainda estava remendando, aguardando o julgamento do mestre antes de enviá-lo, com considerável temor. O que para mim havia começado em Paris como um ato altruísta se tornou um desafio poderoso. Quanto mais eu lia o cara, mais eu tinha certeza de que minha avaliação jovem, ditirâmbica, de 1952 tinha ficado, no máximo, muito aquém da realidade: Beckett *era* um gênio. Até então, Joyce tinha sido meu deus literário, mas nos últimos sete anos meu sr. Beckett estava rapidamente emergindo, pronto para assumir a dianteira. A prosa, aparentemente tão simples, era carregada de significados ocultos, insinuações, indicações de trabalhos conhecidos ou (para mim) desconhecidos – clássicos, bíblicos, o que se quiser imaginar. Ele não havia frequentado Joyce e seu círculo durante anos à toa.

No dia 6 de março, ele devolveu o conto revisto, com um bom número de emendas, mas menos do que eu esperava.

Caro Seaver:

Anexo La Fin *com minhas correções. Sua tradução é excelente e elas são em sua maioria meticulosidade e desobediência e licença do autor. Se você discordar de alguma mande-me um bilhete anotando-as e encontraremos outra coisa ou reverteremos ao seu texto. Não consigo me lembrar se trabalhamos nos outros dois juntos, talvez em apenas um, parece-me que em* L'Expulsé. *Acabo de terminar [de traduzir] o primeiro* Texte pour Rien... A Esquire *o quer, quem poderia imaginar!*

Outro dia vi Pat Bowles, ele parecia em excelente forma.

Escrevi uma resposta com talvez meia dúzia de sugestões secundárias, que ele gentilmente aceitou e reconheceu que eu realmente havia feito um primeiro rascunho de "L'Expulsé", que eu disse que considerava um dos grandes contos do século. Eu estava exagerando ou estava simplesmente entusiasmado? Nem uma coisa nem outra, pois, de fato, não muito tempo atrás, para testar a mim mesmo e minha memória, reli os três contos e, se eu estivesse no mundo acadêmico, pelo menos um, talvez todos, seria leitura obrigatória.

Li também o primeiro "Text for Nothing" ("Texto para Nada") que ele enviara: deslumbrante! Do mesmo padrão que os contos, embora ainda mais breve, tenso, prosa que era pura poesia da primeira à última linha. Notei que quando ele conscientemente se sentava para escrever poesia, esta tendia a ser formal, até rígida, mas quando escrevia o que se chamava prosa, à falta de um nome melhor, saía poesia pura. Poesia irônica, irritada e distorcida pela idade (mesmo, talvez principalmente, quando ele era jovem); poesia sombria (mas atravessada por versos que rasgam a alma, se existe uma, ou pelo menos o coração): "*To think in the valley the sun is blazing all down the ravelled sky*" ("Pensar no vale o sol arde por todo o céu emaranhado"); ou "*I hear the curlews, that means close of day, fall of night, for that's the way with curlews, silent all day, then crying when the darkness gathers, that's the way with these wild creatures and so short-lived, compared with me*" ("Escuto as narcejas, isso significa fim do dia, cair da noite, pois é assim com as narcejas, caladas o dia inteiro, depois gritando quando chega o escuro, é assim com essas criaturas silvestres e de vida tão curta, comparadas comigo"). Eu poderia continuar...

Minhas primeiras semanas na Grove foram empolgantes e também edificantes, convencendo-me que este era um emprego e meio, talvez dois. Isso considerado, eu estava longe de ter certeza de que podia fazer um trabalho adequado no prazo que Beckett tinha proposto para o terceiro conto, "Le Calmant" – "O calmante". Sim, eu continuaria com "O expulso", voltaria a ele, poliria, reveria, tentaria imaginar, entre as várias escolhas, como Beckett ia traduzir. Um jogo perigoso, pois podia-se errar no palpite. Mas simplicidade, sempre opte pela simplicidade. Talvez Pat pudesse traduzir o terceiro conto, pensei, já que ele tinha feito *Molloy* e estava por lá e, logo, poderiam trabalhar juntos. Mais tarde, naquele dia, mencionei minha sugestão para Barney, que desatou a rir. Eu não sabia direito onde estava a graça, mas ele se levantou, atravessou a sala, abriu uma gaveta de arquivo, retirou um arquivo em papel manila, e em uma carta de Beckett do final de 1954 leu: "Bowles está desesperado. Não acusou recebimento de minhas últimas correções e nem sinal das páginas de conclusão. Nem mesmo sei onde ele está".

"Meu Deus", disse eu, "eu sabia que Pat tinha sido lento, mas não sabia que Beckett estava tão decepcionado assim com ele. Receio que eu seja culpado. Eu sugeri que Pat traduzisse *Molloy*."

"Eu sempre achei que Beckett tinha que ser seu próprio tradutor", disse Barney, "mas por muito tempo ele resistiu."

"Esta é a única razão por que me dispus a traduzir os contos", disse eu. "Em minha imaginação delirante, pensei que lhe estava poupando tempo para criar. Só mais tarde percebi que o poço aparentemente estava seco. No entanto, quando nos encontramos pela primeira vez, ele estremeceu diante da ideia de traduzir seu texto para o inglês. 'Eu não conseguiria encarar aquelas velharias de novo', ele disse. 'Tudo que vejo são seus defeitos.' Em todo caso, disse eu, recebi uma carta de Beckett esta manhã, devolvendo 'La Fin', que podemos agora incluir no próximo número se você quiser. Em sua última frase ele menciona ter visto Patrick recentemente e que o achou em excelente forma. Portanto, qualquer problema que havia entre eles parece estar resolvido."

Naquele mesmo dia respondi a carta de Beckett, agradecendo suas amáveis palavras e dizendo que se, de fato, ele achava que eu estava lhe poupando tempo, eu teria muito prazer em tentar traduzir "Le Calmant". Nós o chamaríamos de "O sedativo"?, perguntei a mim mesmo. Que tal "O calmante"?, escreveu ele de volta. Mais perto do francês, e mais poético, não? Mais poético, sim... Aquela noite sentei-me diante do texto em francês, que eu sabia quase de cor, e tentei as primeiras linhas:

> Não me lembro quando morri. Sempre me pareceu que eu estava velho quando morri, mais ou menos noventa anos de idade, e que anos, e isso meu corpo mostrava, da cabeça aos pés. Mas esta noite, em minha gélida cama, sinto que serei mais velho que o dia, a noite, quando o céu com todas as suas luzes caiu sobre mim, o mesmo céu que tantas vezes eu havia contemplado desde a primeira vez em que vaguei sobre a terra distante.

A primeira página me tomou apenas três ou quatro noites. A revisão, uma semana depois, resultou em:

> Esqueço quando morri. Sempre me pareceu que morri velho, com cerca de noventa anos de idade, e que anos, e isso meu corpo demonstra, da cabeça até o dedão do pé. Mas esta noite, sozinho em minha gélida cama, tenho a impressão de que serei mais velho que o dia, a noite, quando o céu com todas

as suas luzes caiu sobre mim, o mesmo céu que tantas vezes eu havia contemplado desde que dei meus primeiros passos canhestros na terra distante.

Melhor? Pior? Traduzir Beckett certamente não era como traduzir um outro qualquer. Exceto Joyce, é claro. Durante meu tempo em Paris, traduzi meia dúzia de livros do francês, tanto ficção como não ficção, e achei que os resultados foram competentes e relativamente fiéis e eram lidos, em grande parte, às vezes integralmente, como se o trabalho tivesse sido escrito em inglês. Mas tentar traduzir com o Chefe olhando por sobre seu ombro, mesmo com um oceano de separação, era o caminho para a loucura.

Dois meses depois eu tinha uma tradução completa, a quarta ou quinta versão, e ainda estava insatisfeito. Procrastinação adicional, ou mais uma revisão, não levariam a parte alguma, concluí, e assim suavemente deslizei as páginas, umas trinta ao todo, para dentro de um envelope, endereceiu-o para 6, rue des Favorites, Paris 15ème, um local ainda vívido em minha mente, e confiei-o ao mar. Ou melhor, ao ar.

Ao bater das nove, segundo pareceu, o telefone tocava sem parar na Grove, fazendo Frieda espichar o seu metro e pouco. Barney agarrou o instrumento negro como se dele dependesse sua salvação, escutando e anuindo incessantemente com a cabeça antes de latir uma resposta. Ele tinha sugerido que eu passasse a maior parte de meu tempo em seu escritório nos primeiros dias, "para pegar o jeito das coisas". Apesar de todas as outras atividades frenéticas relacionadas ao próximo catálogo de livros, a maior parte do foco e energia estava em *Chatterley*. No curso daquela primeira semana, Brodney havia apresentado o projeto para a capa, branco puro, com tipologia preta simples. Barney me perguntou o que eu achava da capa. Eu a achei perfeita. Se ela dissuadiria os pretensos censores eu não tinha a menor ideia, mas certamente não poderia ser interpretada como provocadora ou apelativa a "motivações lascivas". Alguma sugestão de mudança? "Só uma: noto que o preço é cinco dólares. Acho que você poderia pedir mais." Barney disse que cinco já era o máximo para um romance de capa dura dessa extensão. Mas esse não é um livro normal, é? Ele está certo. Vamos pedir mais um dólar. Feito. Minha única contribuição ao empreendimento, mas que no final ajudou a pagar os processos, que tínhamos quase certeza que nos aguardavam nos bastidores. Embora a Grove estivesse agora publicando nada menos que sessenta ou setenta livros por ano, seu volume de negócios e seu perfil entre as editoras ainda era bastante modesto. Quando as editoras do distrito residencial chegavam a se dar conta de sua existência, sua atitude era de rejeição ou desdém. Se isso de algum modo incomodava Barney, em nossas primeiras reuniões eu nunca notei. A princípio tive dúvidas sobre seu compromisso com a publicação de livros, porque naquele primeiro almoço em Paris em 1953 ele tinha passado muito mais tempo discutindo o filme que ele havia produzido, *Strange Victory* (Estranha vitória), do que falando sobre os livros e autores da Grove. Mas depois de algumas semanas lá convenci-me de que ele tinha encontrado, ainda enviesadamente, sua profissão ideal.

Se nada mais fizesse, *Lady Chatterley* tornaria a Grove uma editora direta e visivelmente conhecida. Encarada como principiante por algumas das editoras mais antigas, inconformista por outras, a Grove e seu crescente plantel de americanos mais jovens – Frank O'Hara, Allen Ginsberg, Jack Kerouac, Lawrence Ferlinghetti, John Rechy – estavam capturando a atenção de outros jovens escritores, que persuadiam seus agentes, quando tinham um, a enviar material para nós. Assim, o pequeno regato de material novo que existia quando cheguei tornou-se um rio caudaloso apenas alguns meses mais tarde, quando levantamos acampamento do abarrotado 795 da Broadway para um novíssimo edifício de quatro andares algumas quadras adiante, na University Place, 64. Havia um supermercado Daitch Shopwell no térreo, e duas outras editoras pequenas tinham acabado de se mudar para os andares de cima: a Fred Praeger, com um catálogo de livros políticos, no terceiro; e Sheed and Ward, uma editora católica, no quarto. Enquanto carregávamos nossas caixas de livros e manuscritos, Barney olhou para o painel no saguão de entrada e comentou, já que agora, em consequência da notícia de pré-lançamento de *Lady Chatterley*, éramos rotulados de maníacos sexuais, que este edifício abarcava o mundo inteiro:

comida no primeiro andar, sexo no segundo, política no terceiro e religião no quarto. Um pensamento reconfortante...

Todo mundo sabia que Barney era rico, mas ninguém sabia o quanto, pois seu pai banqueiro tomara o cuidado – imperdoável, diria Barney, previdente, diriam outros – de vincular o fundo fiduciário de seu filho a tantos nós que grande parte do legado não estava disponível. De fato, a certa altura Barney ficara tão frustrado pela restrição de dinheiro que era, em suas palavras, "legalmente meu", que ele ameaçou seu pai com um processo. "Vá em frente, processe-me", disse o pai dando de ombros. Assim fez Barney e, para consternação de todos, ele ganhou. No entanto, o fundo fiduciário assim liberado não fez dele um milionário.

Agora, no alvorecer dos anos 1960, com a Grove se aproximando dos dez anos, ela ainda estava perdendo dinheiro. Sem contar as receitas de *Chatterley* de 1959 e 1960, nosso volume de vendas estava pouco acima de 250 mil dólares, o que, em valores atuais seria algo entre 1,5 e 2 milhões. Almoçando um dia não muito depois de nos mudarmos para a University Place, Barney, em um envelope ligeiramente usado, efetuou alguns cálculos rápidos a lápis até que, depois de mais um gole do onipresente martini, ergueu os olhos e anunciou: "Tudo o que precisamos para empatar é faturar 350 mil por ano. Isso bastará!". Anuiu com a cabeça e sorriu feliz, como se nosso futuro tivesse acabado de ser garantido. Apenas 100 mil, ele devia estar pensando, não era muita coisa. Mas até por meus cálculos, isso representava um crescimento de quarenta, tarefa nada fácil com o livro de capa dura normal vendido a cerca de quatro dólares, às vezes rastejando até os cinco, e os livros em brochura entre um e 1,95. A *Evergreen Review,* que não estava incluída em seus cálculos, não dava nenhum dinheiro e provavelmente nunca daria. Barney a encarava corretamente como um veículo para encontrar novos autores, sendo o resultado financeiro uma consideração secundária, se não irrelevante.

Contudo, a jovem Grove era decididamente auxiliada pela crença geral de que Barney provinha de grande riqueza. Filho único de um banqueiro de Chicago. Papai Rosset, que era judeu, desposara Mary Tansey, que era irlandesa, durante os loucos anos 1920, quando Chicago era o lar de luminares tão discrepantes quanto Al Capone e Jake Arvey, um político que controlava grande parte da cidade. Arvey era amigo do pai de Barney, que era um típico *self-made man*. Embora tivesse apenas o ensino médio, o velho Rosset fizera cursos noturnos na Northwestern e se tornara contador público. Com 25 anos, era gerente de um banco. Naquele tempo não havia filiais de bancos em Chicago, por isso a cidade estava salpicada por dezenas de bancos pequenos, com capital limitado. Trabalhando para vários deles como contador público, ele sabia onde estavam suas vulnerabilidades, e quando algum passava por dificuldades, sabia como e quando pagar sua fiança. Em 1929, o velho Rosset era gerente de nada menos que três bancos diferentes. Durante os anos 1920, sendo basicamente empreendedor, partiu para o Texas, onde se envolveu no ramo petrolífero, retornando a Chicago muito mais rico do que quando saíra. "Meu pai", contou-me Barney em um de nossos primeiros encontros, "teve a habilidade ímpar de ganhar dinheiro rápido durante a Depressão, quando o resto do país estava quebrando." O que ele não disse, ou alardeou, foi que os Rosset sofreram perdas consideráveis no início dos anos 1930, a ponto de perderem a propriedade do apartamento elegante que possuíam na avenida Commonwealth 2920, embora tivessem continuado ali como locatários. Durante as duas décadas seguintes, porém, Rosset recuperou grande parte de seu antigo patrimônio. Então, de repente, morreu de um ataque cardíaco em 1952, deixando sua fortuna para a esposa e o filho. Assim, gráficos e fornecedores de papel disputavam o controle dos negócios da Grove, jamais pedindo referências bancárias ou prova fiduciária, oferecendo prazos generosos já que percebiam que aqui estava uma empresa próspera, gerida, como a New Directions de Jay Laughlin, por um bem posicionado milionário. Como prova adicional da riqueza inefável de Barney, ele tinha adquirido uma grande faixa de terra em East Hampton, Long Island, onde já possuía uma casa estranha e ímpar, originalmente propriedade do artista Robert Motherwell, um edifício pré-fabricado habilmente convertido pelo arquiteto francês Pierre Chareau em uma residência principal de dois andares, com duas casas para hóspedes, uma quadra de tênis e uma piscina, luxos raros na época, para onde Barney se dirigia nos fins de semana. Na seleta área quase virgem em Three Mile Harbor ele estava construindo residências atraentes para venda ou aluguel, mantendo arquitetos, construtores e *designers* – a maioria deles seus amigos – ocupados durante o ano todo.

Enquanto isso, em 2 de abril de 1960, depois de dar um carinhoso beijo de despedida em Nathalie e Jeannette, tomei o trem para o escritório, chegando exatamente às nove sob uma leve garoa. Assim que abri a porta, Frieda, erguendo-se uns oito centímetros de sua cadeira para se tornar quase visível, disse: "Apresente-se no Saint Vincent. Jeannette está a caminho". Aparentemente, minutos depois que parti, ela tivera suas primeiras contrações e chamou um táxi. Nosso escritório ficava a apenas alguns minutos do hospital Saint Vincent, e eu mais corri que andei, chegando ensopado e empolgado e vi o táxi de Jeannette acabando de estacionar na entrada. O pobre motorista tinha o ar de quem precisava de uma bebida forte, imediatamente. Quando tinha apanhado sua passageira, ele não fazia a menor ideia do apuro que lhe estava reservado. Segundo Jeannette, ele passou a maior parte do percurso de quarenta minutos olhando pelo retrovisor, tentando lembrar o que era preciso fazer quando uma passageira dava à luz em um táxi, enquanto Jeannette, entre espasmos, lhe implorava para, por favor, pelo amor de Deus, olhar para a frente, não para trás, pois ele estava visivelmente passando zunindo a centímetros de carros e caminhões. Era difícil saber qual dos dois sofreu mais com a experiência, mas apenas Jeannette estava sorrindo. Quanto a mim, devo ter parecido ao pessoal do hospital muito beckettiano, um objeto encharcado de indumentária desleixada.

Paguei generosamente o taxista e ajudei minha nobre dama a chegar até a recepção, de onde ela foi rapidamente encaminhada para um quarto na ala de partos. Com Nathalie havíamos tido o parto clássico, antiquado, o pai indesejado e a mãe anestesiada. Ambos exilados do milagre do nascimento. Para ser justo, com tão pouco tempo entre a Venezuela e o nascimento da criança-menina, não tivemos o privilégio de explorar outros métodos. Desta vez optamos pelo método proposto pelo dr. Grantly Dick-Read, o autor inglês de *Parto sem medo,* cujos princípios logo cruzaram o Atlântico e ganharam a adesão de vários médicos americanos. Assim, lá estava eu, sentado ao lado da cama de Jeannette, segurando sua mão a cada contração, respirando fundo à medida que ela respirava, sofrendo como ela sofria (não, não mesmo!), instruindo-a como eu havia sido instruído, até que por fim (na realidade, apenas 35 ou quarenta minutos, uma eternidade) ouvi-a dizer: "Está vindo!". Eu corrigi: *"Ele está vindo!"*. E realmente, espiando sob os lençóis, vi a cabeça do rapaz, a coroa de sua adorável cabeça, empurrando para abrir caminho. Liguei para o médico, que apareceu após segundos infinitos. Um olhar e ele ordenou que Jeannette fosse transportada na maca para a sala de parto.

Andei para um lado e para o outro do quarto vazio, olhando para a garoa cinzenta lá fora, amaldiçoando os outros pais que sem pensar haviam optado por ter seus bebês naquele mesmo dia, quando meus pensamentos egoístas foram subitamente interrompidos pelo retorno de Jeannette, sorrindo e segurando em seus braços... um menino bebê! Ela tinha ficado acordada o tempo inteiro, assistido a sua chegada em todo o seu esplendor cerúleo, ouvido seu primeiro som, um gemido saudável e o segurou segundos depois de cortado o cordão umbilical. Jeannette nunca pareceu mais bela. Desta vez tínhamos decidido com semanas de antecedência o nome: Alexander – que mais uma vez, descobrimos, funcionava em ambos os países – e, como nome do meio, Medina, em homenagem ao pai de Jeannette. Uma alcunha à qual honrar. Agora eu segurava o bebê em meus braços, aquele pequenino tão esperado.

30

OS ADVOGADOS DE LADY CHATTERLEY

Passei os dias seguintes indo e vindo entre a Grove e o Saint Vincent, a cabeça dividida entre Lady Chatterley e Lady Jeannette, pois no primeiro *front* as coisas estavam esquentando. Todos na Grove estavam concentrados no livro, sabendo que ele podia nos conduzir para o triunfo (maior), nos dar um novo perfil, mais destacado. Mas havia também a possibilidade clara de levar abaixo a ainda frágil empresa. O romance tinha vivido na clandestinidade por quase três décadas, tolerado – apenas em seu inglês nativo – em um país ou dois, mas considerado obsceno na maioria. Nos Estados Unidos, tanto a Alfândega como o Departamento dos Correios o proibiram, a primeira em nossos portos, o segundo no serviço postal. Mas a Grove tinha avaliado cuidadosamente os riscos e decidiu que valia a pena mover a guerra de Chatterley. Curiosamente, na verdade Barney não gostava do livro, embora se entusiasmasse com a batalha da censura e a notoriedade que seguramente resultaria. Ele o achava pesado e um tanto tedioso. De fato, apesar da reputação do livro, ele somente o leu quando estava na Grove. O livro que ele realmente amava, porém, e tinha a intenção de publicar fossem quais fossem os obstáculos, era o *Trópico de Câncer* de Henry Miller, com o *Trópico de Capricórnio* logo a seguir, se de fato os dois não fossem publicados ao mesmo tempo.

Em Swarthmore, em 1940, ele escreveu seu trabalho de calouro em inglês sobre o *Trópico de Câncer* de Miller. Assim, seu verdadeiro objetivo, confessou, era publicar trabalhos de Miller proibidos nos Estados Unidos. Mas pessoas mais prudentes haviam opinado que, se ele publicasse, a Grove certamente perderia. Tinha de haver antes um teste, um caso no qual ele tivesse pelo menos chance de ganhar, e apesar do que ele pudesse pensar sobre *Lady Chatterley*, era uma escolha ideal em vários sentidos. Primeiro, Lawrence era um mestre reconhecido da literatura inglesa, amplamente lido e cada vez mais incluído nos currículos das maiores universidades. Dessa forma, sabia-se de um número considerável de acadêmicos respeitados que dariam autoridade ao romance.

A única rachadura na calma estoica de Barney surgiu quando ele anunciou, não muito antes do lançamento marcado do romance, que Ephraim London, a quem ele havia confiado o manejo do caso – ou casos – *Chatterley*, tinha sido demitido. Barney tinha algumas sólidas ideias sobre como se deveria lidar com o caso, mas Ephraim, a quem Barney descrevia como arrogante – "ele pensava que era Abraham Lincoln; não era" –, tinha dito que era do seu jeito ou de jeito nenhum. Ponto final. Substituído por quem?, perguntamos em voz alta Fred Jordan e eu. Um homem chamado Charles Rembar, disse Barney. Eu nunca tinha ouvido falar dele. Como Barney o havia escolhido? Ele tinha experiência, como Ephraim, em brigar com a censura? Era ele um advogado bem considerado da Primeira Emenda? Barney encolheu os ombros e admitiu que estava em East Hampton para o fim de semana quando a decisão de demitir London tinha sido tomada. Lá ele conhecia dois advogados, um razoavelmente bem, o outro só de ter jogado tênis com ele várias vezes. Ele ligou para o primeiro, e não houve resposta. Ligou para o segundo, seu amigo de tênis Charles Rembar, que teve a grande sorte de estar em casa. Barney explicou que ele tinha acabado de demitir seu advogado e perguntou a Rembar se ele gostaria de assumir o caso para ele. Que caso? "*Lady Chatterley*." Não há muito tempo para preparar, mas... "Claro, seria um grande prazer."

Conheci Rembar no primeiro dia em que ele veio ao escritório, e sua relativa juventude – comparado a London – e aparente autoconfiança de repente nos fizeram sentir como se já tivéssemos ganhado o caso, ao passo que este homem, que mais tarde iria se tornar um perito em censura, provavelmente não era nem um pouco seguro, com pouca ou nenhuma experiência na área. Um curso de colisão era esperado, e Rembar começou a estudar em detalhe todos os casos de obscenidade ingleses e americanos, começando com o caso *Hicklin* na Inglaterra em 1868, em que a prova de obscenidade era definida como "a propensão [...] a depravar e corromper aqueles cujas mentes estão abertas a tais influências imorais", uma decisão, poder-se-ia alegar, que fortalecia o já alarmante sistema rígido de classes, pois apenas se podia supor que o presidente da suprema corte – no caso, Lord Cockburn – tinha convicção de que as mentes abertas a influências imorais forçosamente pertenciam aos pobres e incultos; depois passou para o famoso, ou infame, Anthony Comstock nos anos 1870 e sua New York Society for the Suppression of Vice (Sociedade Nova-iorquina para a Eliminação do Vício); e, mais importante, os precedentes mais recentes, ora favoráveis ora prejudiciais: a decisão sobre *Ulisses* em 1934 (favorável), os de *Strange Fruit* de Lillian Smith nos anos 1940 e *Memoirs of Hecate County* de Edmund Wilson (desfavoráveis). Apesar da contagiante atitude otimista de Rembar, ele sabia que tinha uma tarefa monumental pela frente. De fato, ao defender o caso *Chatterley*, ele estaria criando uma nova lei se vencesse; e novas leis, especialmente em áreas tão delicadas como essa, nunca são obtidas com facilidade.*

Tinha-se decidido por uma primeira tiragem de 25 mil cópias – enorme para a Grove –, que sairiam do prelo em poucos dias. O que Rembar esperava que aconteceria assim que o livro chegasse à mala postal e, com sorte, às lojas? Ele encolheu os ombros mas suspeitava que o Correio seria o primeiro a se manifestar. Ele estava preparado? Não tanto quanto gostaria, admitiu. Tendo passado as últimas semanas estudando em detalhes a história recente de censura tanto no Reino Unido como neste país, ele podia dizer com segurança que nenhum daqueles livros apresentava nada parecido com o problema de *Lady Chatterley*, com suas cenas descaradas de atividade sexual e um uso inédito de "palavrões" anglo-saxônicos. Em suma, Rembar sentia que estava navegando em águas desconhecidas. Quando conversei com alguns de meus colegas editores de outras casas

* Para uma história detalhada tanto dos julgamentos de *Lady Chatterley*, dos de Henry Miller e do problema da censura literária em geral, ver Rembar, *End of Obscenity*, publicado originalmente pela Random House em 1968 e reimpresso em 1986 pela Harper Perennial. Altamente informativo, o livro também demonstra que os advogados conseguem escrever em prosa lúcida, compreensível.

nos dias que antecederam o lançamento do livro, fiquei impressionado ao descobrir que muitos achavam que era um ato de loucura de nossa parte, que publicar Lawrence podia bem resultar em mais censura, pois severas leis antiobscenidade já estavam em vigor na maioria dos estados, com o apoio da Suprema Corte apenas uns dois anos antes, quando Samuel Roth e David Alberts, ambos editores de livros, foram condenados a prisão por publicarem obras obscenas. Portanto, havia muita coisa em jogo, e os perigos eram reais. Todavia, nem uma só vez surpreendi entre o pessoal da Grove a mais ligeira dúvida quanto a ser envolvido. Pelo contrário, um sentimento de raro companheirismo e entusiasmo vigorava à medida que se aproximava o lançamento.

Então, finalmente, os primeiros exemplares chegaram ao escritório, imaculados e belos, históricos e... e, ai, meu Deus! terrivelmente defeituosos! Não me lembro quem no escritório, Brodney, eu acho, descobriu e destacou o erro: o nome de Mark Schorer estava grafado errado! Com isso, a comemoração teve que ser adiada enquanto a correção era feita. Felizmente, o erro apareceu apenas na capa, e por isso o reparo foi rápido e os livros começaram a ser despachados para as lojas no início de abril. As primeiras reações eram favoráveis: várias resenhas citavam a importância do romance e o elogiavam como uma contribuição importante para a literatura contemporânea, que havia muito deveria ter sido publicada na forma pretendida pelo autor. Uma checagem por telefone feita por Nat Sobel – que substituíra Pizey como gerente de vendas – junto a dezenas de livrarias confirmou que o livro havia de fato passado pelas malas postais sem obstrução, e as vendas nas lojas que receberam exemplares eram informadas como "rápidas", em consequência tanto das resenhas como do boca a boca. Mas o boca a boca podia ser uma faca de dois gumes. Na terceira semana de abril, um delegado de polícia em Washington, capital, ouvindo um boato de que o livro estava disponível, ligou para a Brentano's, que confirmou que efetivamente estava, e apreendeu suas cópias. Os jornais, percebendo uma matéria quente, começaram a dar a notícia, colocando lenha na fogueira. No dia 28 de abril, a Grove processou o delegado, mas antes que o caso pudesse prosseguir o gerente dos correios de Nova York, Robert Christenberry, entrou na rixa e ordenou que várias caixas de *Chatterley* que estavam nas malas postais fossem apreendidas, depois pediu instruções a Washington. Na Grove levamos vários dias para saber da apreensão e, quando soubemos, já estava marcada uma data de julgamento por Washington: 14 de maio. O caso deveria ser ouvido no Correio de Nova York. Foi a primeira vez que eu soube que as autoridades postais podiam atuar como judiciário, mas Rembar explicou que embora as decisões do Correio pudessem ser revistas pelos tribunais, o Correio tinha esses poderes quando envolvesse postagem. Uma vez que *Chatterley* já havia sido julgado obsceno, e portanto impostável, trinta anos antes, ele continuaria proibido até que essa sentença fosse anulada.

Felizmente, a Grove não estava sozinha em seu processo. Um pequeno mas altamente considerado clube do livro literário, o Readers' Subscription, havia deliberadamente escolhido o livro como seleção principal, sabendo muito bem que se a Grove enfrentasse problemas o mesmo aconteceria com eles. Deste modo, quando a audiência no Correio estava se aproximando, Rembar, que jamais havia defendido um caso antes, tinha a seu lado dois advogados da grande e muito prestigiada firma de advocacia de Nova York Paul, Weiss, Rifkind, Wharton and Garrison. Mas ficou evidente desde o primeiro dia que o neófito Rembar arcaria com a maior parte do ônus legal. Logo de início, ele e a Grove decidiram que não eram os poderes ambíguos de apreensão do Correio que desejávamos contestar mas a liberdade de publicar nos termos da Primeira Emenda, o que, se vencêssemos, iria imediatamente, nas palavras de Rembar, "reduzir o escopo das leis antiobscenidade".

No dia do julgamento, a maior parte da manhã foi gasta definindo as regras básicas, com Rembar e o advogado do Correio, Saul Mindel, como dois pugilistas, avaliando-se mutuamente. Rembar e o advogado do Readers' Subscription, Jay Topkis, começaram requerendo que a proibição sobre o livro fosse temporariamente suspensa até que se chegasse a uma decisão, citando as severas tensões financeiras que a proibição estava impondo tanto sobre a editora como sobre o clube do livro. Essa moção não foi negada mas adiada, com o oficial de justiça, Charles Ablard, dizendo basicamente que se consultaria com o travesseiro, mas não decidiria até que o processo estivesse bem avançado.

Em sua declaração de abertura, Mindel admitiu que Lawrence era um escritor "de prestígio" mas que "para a comunidade em geral" – não a crítica especializada ou os acadêmicos – o efeito dominante de *Lady Chatterley,* tomado como um todo, era um efeito que apelava para "interesses prurientes", uma expressão que, curiosamente, deriva da palavra latina para "coçar" mas cujo sentido foi transformado em inglês em "lascivo". Nos vários anos seguintes, ouvi o mesmo termo em vários casos sucessivos, e sempre que ouvia, sentia um desejo incontido de me coçar. Em todo caso, a estratégia de Mindel era debilitar o esforço da Grove de demonstrar a importância de Lawrence reconhecendo-a desde o início e depois minimizar a importância das testemunhas de peso que ele sabia que a Grove convocaria, declarando que elas representavam uma "elite", não a comunidade em geral. Era um argumento forte e eficaz. Ainda que no caso se tratasse do Correio e não de um importante tribunal de justiça, todos que estávamos lá naquele dia ficamos impressionados com o nível das declarações e depoimentos de ambos os lados e a equanimidade do Escritório Judicial.

Barney era a primeira testemunha de Rembar, e ele se portou bem, parecendo e agindo como o editor sério que era. O argumento estabelecido deveria ser tripartite: que a Grove era altamente respeitável, que em seus primeiros dez anos ela publicara vários autores importantes; que sua apresentação do romance em si mesmo e a publicidade que o acompanhava eram de impecável bom gosto; que vários jornais e revistas haviam aceitado nossa publicidade sem questionar – até o efeito paralisante da ação do Correio que induzira alguém a voltar atrás – provando que pelos padrões correntes da comunidade o livro não era visto como censurável. No almoço ali perto, a avaliação dos advogados era que, qualquer que fosse o resultado, tanto Ablard como Mindel eram oponentes dignos e estávamos conseguindo um tratamento justo.

A sessão da tarde foi marcada pela presença de duas testemunhas impressionantes, Malcolm Cowley e Alfred Kazin. O primeiro, um cavalheiro angelical de sessenta anos, cabelos brancos e faces rosadas, era, na aparência e no comportamento, uma testemunha perfeita. Ele se definiu como crítico literário e historiador, especificando que havia trabalhado nessas áreas durante mais de três décadas. Durante seu depoimento de mais de uma hora e o interrogatório que se seguiu, ele estabeleceu de modo bastante convincente dois pontos-chave: a posição inquestionável de Lawrence na literatura inglesa moderna, e a evolução dos gostos, a mudança no nível de tolerância do público leitor nos últimos trinta anos.

Cowley foi seguido pelo mais jovem, porém não menos impressionante, Alfred Kazin. Rembar levou Kazin a concentrar-se na variação dos gostos e tendências literárias, "a crescente tolerância e aceitação de áreas cada vez mais amplas da experiência humana discutidas na literatura", concentrando o argumento na ideia de que aquilo que uma geração pode rejeitar, uma nova pode aceitar ou abraçar.

O testemunho de Barney tinha sido interrompido para que Cowley e Kazin não tivessem que se sentar e esperar. Assim que o depoimento deles terminou, Barney voltou para a tribuna, forneceu antecedentes adicionais sobre como e por que a Grove decidira publicar o livro e concluiu: "Ocorreu-me que seria incompreensível se este livro fosse publicado hoje que o público ficasse chocado, ofendido ou levantasse algum protesto contra ele; mas em vez disso que o acolheria como a republicação, a devolução à vida, de uma de nossas grandes obras-primas".

Estava ficando tarde e as partes envolvidas pareciam cansadas, mas para mim havia sido um dia fascinante e esclarecedor. Para alguém que nunca defendera um caso antes, Rembar, pensei, fez um trabalho de mestre. Se eu fosse um apostador, teria atribuído as maiores chances de vitória para qualquer um que achasse que a Grove não venceria com facilidade. Bem, eu estava redondamente enganado. Quando Ablard sinalizou que suspender temporariamente a proibição estava além de sua autoridade, a Grove solicitou no dia seguinte uma decisão do administrador-geral dos Correios Arthur Summerfield, que após uma semana de reflexão se recusou a suspender a proibição. Duas solicitações adicionais foram enviadas, a primeira em 29 de maio, a segunda em 5 de junho, em vão. A essa altura, tendo transcorrido mais de um mês, a Grove, juntamente com o Readers' Subscription, decidiu ir à justiça, processando o sr. Christenberry de Nova York, o homem que ainda segurava o caixão (de livros), no tribunal do distrito federal de Nova York. O juiz tinha o nome imponente de Frederick van Pelt Bryan, um homem conhecido por sua inteligência e atitude sensata no tribunal. O testemunho do julgamento no Correio estava disponível para ambas as partes, claro, embora persuadir os tribunais a reverter decisões judiciais do Correio aparentemente fosse uma batalha árdua. Estava claro, entretanto, que o juiz Bryan não só viera com uma mente aberta como estava bem preparado. A tática de abertura de Rembar diante do tribunal era, pensei, ao mesmo tempo perigosa e brilhante. Ele argumentou que Bryan devia ignorar o material do Correio e conduzir um julgamento de novo, isto é, do nada. "Depende de vocês", disse Rembar ao tribunal, "decidir se D. H. Lawrence era um autor ou um pornógrafo." Era um desafio ousado, mas sentia-se que Rembar, e talvez os advogados do Readers' Subscription, instintivamente percebiam diante de si um juiz raro, independente, que poderia fazer uma nova lei, se eles se conduzissem com total probidade. O que fizeram. Depois de ouvidos todos os argumentos, o tribunal encerrou a sessão, e no dia 21 de julho a decisão foi anunciada: o pedido da Grove por julgamento sumário foi aprovado e Christenberry foi advertido a não negar aos correios nem o livro nem o boletim informativo do Readers' Subscription. Júbilo generalizado? Nem tanto, pois, conforme se previa, o governo recorreu, mas como a corte de apelações estava de férias até o outono, o governo pediu que a proibição de remessa por correio continuasse em vigor até que a apelação pudesse ser ouvida. Um painel de três juízes rejeitou esse pedido. Por fim, *Lady Chatterley's Lover* podia ser enviado em segurança pelos correios americanos.

Não foi senão em 25 de março de 1960 – aproximadamente um ano depois de o livro ser lançado – que a corte de apelações ratificou a decisão do juiz Bryan. Tinha sido um longo ano de inquietude e preocupação por um lado, mas de triunfo pelo outro, pois durante aqueles doze meses o livro tinha sido aprovado e aplaudido, não só pelos srs. Cowley e Kazin, mas pela maioria dos críticos de costa a costa, em consequência do que um livro da Grove, pela primeira vez em sua curta história, subia para o topo das listas de *best-sellers*.

Mas a euforia, logo descobrimos, era ocasional. Explico. Devido à história itinerante de *Chatterley*, a situação dos direitos autorais, pelo menos nos Estados Unidos, era ambígua, na melhor das hipóteses. Isto era sabido. Várias editoras, para não falar dos piratas babões, assistiam aos trâmites legais com prazer crescente. Antes da decisão da corte de apelações, os coproprietários da Simon and Schuster, Max Schuster e Leon Shimkin enviaram um emissário, Larry Hughes, para adquirir os direitos do livro em brochura da Grove para a série Pocket Books. A oferta, em nossa opinião, estava longe de ser suficiente. Além disso, nossa edição de capa dura de seis dólares estava indo muito bem, obrigado. Nosso pretendente não correspondido se vingou com a súbita publicação de uma brochura de 35 centavos, e nossa edição de capa dura precipitou-se das listas de *best-sellers*. Semipânico no escritório. Vocês não têm honra, compradores de livros do mundo? (Claro que não – quem pagaria seis dólares se pudesse comprar o mesmo romance por 35 centavos?) Em autodefesa, Barney contatou um amigo na DELL, Bud Baker, sugerindo que eles distribuíssem a *nossa* edição em brochura. Bud levou a ideia para a destemida presidente da DELL, Helen Meyer, e praticamente da noite para o dia nossa brochura apareceu, com a declaração desafiadora de que esta e somente esta era a edição original da Grove Press, uma advertência destinada a apelar a todos aqueles com um mínimo de decência, para lançar dúvida sobre a autenticidade da edição da Pocket Books, e justificar nosso preço cinquenta centavos a mais.

A Pocket Books não aceitou passivamente nossa declaração. Eles adularam um sujeito no Brooklyn que tinha uma biblioteca ambulante – nem sequer um livreiro de boa-fé! – para nos processar por concorrência desleal. Como ele, pequeno, poderia competir contra a Big Bad Grove, que estava colocando interdições em suas mercadorias e afirmando que seu provedor era um pirata totalmente asqueroso? Para tornar a farsa ainda mais absurda, a Simon and Schuster contratou Thomas E. Dewey para representar o camarada da biblioteca ambulante. Thomas Dewey, nada menos! Contragolpeando, Rembar contratou o diretor da Associação dos Advogados do Brooklyn, que provavelmente tinha mais influência que Dewey em seu habitat nativo. A ação acabou no tribunal correcional, um nível do judiciário que, lamentou Barney, geralmente era reservado para casos como urinar no metrô. Dessa forma, o magistrado deu uma olhada no caso, tão acima de sua competência que ele não podia nem considerar encarregar-se dele, e o rejeitou.

Mas para cada vitória havia muitas derrotas. Para complicar mais as coisas, duas outras editoras entraram na briga, a New American Library, cuja virtude decorria de ter ela publicado a versão expurgada todos esses anos, e a Pyramid, uma pequena e em nossa opinião uma abominável retardatária. Ao todo, bem mais de 6 milhões de exemplares foram vendidos dos vários livros de capa mole. Se fossem todos da Grove, as crises financeiras dos anos futuros nunca teriam acontecido.

Cerca de um mês depois do nascimento de Alexander, Barney deu uma festa em sua casa na rua 11 no Village para comemorar a publicação de *Lady Chatterley*. A Grove ainda estava em litígio, mas por que esperar, quando o livro já estava no alto da lista de *best-sellers* do *New York Times*? Foi uma ocasião palpitante, com dezenas de escritores e críticos, colegas editores e uma alguns pintores, entre os quais Larry Rivers, Howie Kanowitz, Jasper Johns e Roy Lichtenstein, a maioria deles Barney conhecia de East Hampton. Depois de Loly, a nova namorada de Barney era Linc Bonnell, escultora, uma loura atraente, airosa, que parecia – e era – o epítome da aristocracia americana: tranquila, um pouquinho distante, a anfitriã perfeita. Eu tinha persuadido Jeannette a não ir, com tão pouco tempo após dar à luz, e ela relutantemente concordou. Assim, foi grande minha surpresa quando a porta se abriu após meia hora de festa e lá estava ela, resplandecente e majestosa em um vestido novo, seu porte elegante de antes, os cabelos escuros e escorridos emoldurando seu rosto, o sorriso animando a sala. Barney a saudou com um abraço envolvente, guiou-a até onde eu estava. Enquanto a beijava, perguntei-lhe, ansioso, quem estava cuidando das crianças. "Os Howards", disse ela. "Assim que soube da festa, a sra. Howard imediatamente se dispôs a ficar de babá." Os Howards eram um casal, idosos o bastante para serem nossos pais, que moravam defronte a nós no corredor na Palmer House e de quem nos tornamos amigos íntimos. Ótimo, mas como diabos ela, Jeannette, tinha chegado aqui? Ela recuou e disse, "Dirigindo, claro!". Barney, que a havia encontrado antes apenas uma vez, naquele almoço com Beckett em Paris, fez um esforço inusitado para apresentá-la ao máximo de convidados reunidos que podia. Ele claramente gostou da dama, e nos anos seguintes, quando surgiam as frustrações do trabalho, ela sempre considerava cuidadosamente o lado de Barney antes de se pronunciar. É verdade que ele era vaidoso. É verdade que ele buscava e saboreava a notoriedade. É verdade que ele podia ser irascível, não tinha papas na língua, provocava confusão sem necessidade. Mas, caramba, ele tinha fibra! E também tinha tutano. E que outra editora era, mesmo remotamente, tão empolgante quanto a Grove? Como sempre, eu a ouvi com uma mistura de espanto e admiração, pois sabia que ela tinha, e sempre teve, uma sabedoria inata muito além de sua idade.

31

REGRESSO A BECKETT

Desde a época de nosso almoço em Paris, quando Barney leu meu ensaio sobre Beckett na *Merlin* e me pediu para ajudar a marcar seu encontro com ele, a Grove tinha publicado vários de seus trabalhos-chave, começando com *Esperando Godot* em 1954, que teve uma recepção lenta e decididamente acidentada nos Estados Unidos (como de fato tinha tido no ano anterior em Paris), porque o público americano obviamente não estava preparado para sua visão de mundo pessimista, eternamente questionando – "Agora onde? Agora quem? Agora quando?", no dizer de uma dupla de palhaços maltrapilhos. Dois anos depois de sua publicação, tinha vendido apenas uns cem exemplares. Esse "desastre" inicial sem dúvida teria desencorajado qualquer uma das maiores editoras a continuar com esse Beckett bobão, cuja prosa era, quando muito, mais complexa e assustadora que as peças. Mas isso não deteve a Grove, que nos quatro anos seguintes publicou a trilogia principal, *Molloy, Malone morre* e *The Unnamable*, em 1955, 1956 e 1958 e as peças *Endgame* e *Act Without Words I* também em 1958.

A prioridade entre os trabalhos ainda inéditos nos Estados Unidos era *Watt*, para o qual a Grove tinha adquirido os direitos da Coleção Merlin em 1954 em uma série de negociações complexas e cômicas que teriam deixado Chaplin orgulhoso. Nós – da *Merlin* – tínhamos adquirido os direitos autorais mundiais diretamente de Beckett, em retrospecto um ato de loucura de sua parte, mas deve-se lembrar que o autor tinha quase desistido da esperança de ver algum dia esse romance impresso após tantas recusas na Inglaterra ao longo dos anos. Determinados como estávamos em fazer de

Beckett o eixo de nosso projeto de livros *Merlin*, tínhamos também adquirido da Minuit os "direitos em língua inglesa para a Europa" de *Molloy*, *Malone morre* e *The Unnamable*. Como Barney também estava negociando os direitos americanos para estas e outras obras, tínhamos ficado em contato com ele desde abril de 1953 para trabalhos conjuntos, em traduções, produção e distribuição. No meio de todas estas transações pesadas de ambos os lados do Atlântico estava Jérôme Lindon, a quem tanto nós como a Grove estávamos assediando com propostas e esclarecimento da situação dos direitos. Tendo dito a Barney que detínhamos os direitos mundiais sobre *Watt*, e acreditávamos firmemente nisso, pois Beckett nos havia concedido, descobrimos que o autor tinha escrito para a Grove dizendo que *ele* possuía os direitos, cuja notícia Barney deu a Alex em 18 de junho. Alex, Austryn e eu estávamos todos envolvidos nessas cômicas, se não cósmicas, negociações, os dois primeiros mais que eu naquela primavera por causa de minha ausência de Paris. Mas nos fins de semana tínhamos intermináveis discussões de estratégia até tarde da noite.

Como se as questões não estivessem complicadas o suficiente, fui falar com Lindon em 10 de agosto, pois eu não podia acreditar, sabendo de sua devoção a Beckett, que ele não queria publicar *Watt*. Mas como ele não falava nada de inglês e àquela altura não tinha intenção de se envolver com os primeiros trabalhos escritos naquele idioma – *More Pricks Than Kicks*, *Murphy* e agora *Watt* – decidimos que devíamos consultar outra editora. George Plimpton, a quem havíamos convidado para a Coleção Merlin, sugeriu que vendêssemos os direitos em francês para a tradicional editora Plon, associada da *The Paris Review*. Ele nos colocou em contato com um tal monsieur Bourel, diretor da Plon, que pareceu interessado mas se revelou um negociador implacável. Durante várias semanas discutimos detalhadamente as condições, só para descobrir que Lindon, por quem eu só tinha admiração, de repente atentou para o fato de que, *au contraire*, ele *devia* se envolver com as obras de Beckett em língua inglesa. Por nosso intermédio, ele insistiu em certas restrições contratuais que, em última instância, monsieur Bourel achou insustentáveis. "Em cujo caso", escreveu Lindon em 30 de outubro, "estamos dispostos a nos envolver pessoalmente com o projeto e preparar a edição francesa de *Watt* tão logo seja possível (*dans les plus brefs délais*)."

Em nossa primeira reunião no almoço em Paris em setembro de 1953, Barney havia mencionado a questão de *Watt*, pois ao assinar contrato com Beckett mais cedo naquele ano, ele sabia que grande parte da obra teria que aguardar tradução, tendo Beckett informado a todos e inequivocamente que ele não tinha nenhum interesse em empreender ele mesmo a tarefa. *Watt*, pelo contrário, já estava disponível. Então, a ideia original – da *Merlin* – era que a Grove devia distribuir quatrocentos exemplares de nossa edição nos Estados Unidos, primeiro como um modo de ajudar a publicar Beckett no país, e, em segundo lugar, como um estratagema bem transparente para aliviar nosso estoque, pois de 2.100 exemplares impressos tínhamos pedidos para apenas cerca de quatrocentos. A princípio Barney tinha concordado, mas depois mudou de ideia e disse que a Grove precisaria imprimir sua própria edição. Talvez a ideia de ter que passar pela alfândega nosso *Watt* em capa magenta, com toda a burocracia e severos hábitos de censura, tenha determinado sua decisão. Em todo caso, cinco anos depois de minha chegada na Grove, *Watt* ainda não tinha sido publicado nos Estados Unidos.

Uma manhã de verão em 1959, Barney me perguntou se por acaso eu tinha um exemplar da edição da Merlin. Eu tinha, mas era uma cópia letra *L* da edição limitada, autografada, *hors commerce*, e alguma coisa bem no meu subconsciente, que estava cheio dos detritos de meus quase 33 anos, portanto entupido como a mais carregada das artérias antigas, alertava-me que esta relíquia preciosa estava em sério risco. No entanto, recém-contratado e disposto a causar uma boa impressão, admiti que eu tinha, perguntando-me em voz alta por que isso importava. Barney esclareceu perguntando se eu poderia trazê-lo, se não no dia seguinte, dali a um dia ou dois. Eu disse que traria, anotei para não esquecer, e enfiei o minúsculo lembrete no bolso de cima de meu paletó, a menos que tenha sido no bolso esquerdo da calça, aquele com o buraco, que eu devia lembrar de pedir a Jeannette para costurar. Dois dias depois, não consegui encontrar o lembrete e escrevi outro a lápis – WATT: PROCURAR E ENCONTRAR. TRA-

ZER PARA O ESCRITÓRIO – desta vez me certificando de adicioná-lo ao inflado conteúdo de minha carteira, carregada solta, demasiado solta, no bolso de trás de minha calça, um convite ao roubo, onde prontamente o esqueci de novo. Uma semana depois, quando Barney me lembrou, liguei para casa, pedi a Jeannette para apanhá-lo em nossa estante de Bronxville, e o levei na manhã seguinte, oferecendo-o como se em uma bandeja encharcada de sangue, pois eu temia por seu destino. No dia seguinte, Barney me chamou a sua sala, onde o encontrei acariciando a relíquia *off-white*.* Ele achava que poderíamos usá-la para imprimir a edição Grove, que ele desejava lançar o mais breve possível, pois o contrato estava prestes a expirar. "Off-set" foi o termo que ele usou, tal como me lembro, uma palavra pouco familiar para mim. "Mas você o devolveria depois de usá-lo?", questionei. Claro. Teria de ser desmantelado, claro, mas seria cuidadosamente colado de novo quando não mais necessário. E algumas correções teriam de ser feitas, a pedido do autor. Não seria mais fácil, perguntei, em minha inocência ou ignorância, simplesmente recompor usando o texto da Merlin? Pouparia várias centenas de dólares à Grove se usássemos off-set, foi a resposta. Como eu sabia que minha nova empresa estava longe de ter dinheiro sobrando, apesar das histórias da incalculável riqueza de Barney em Chicago, estava pronto para consentir. Entretanto lembrei-me que Barney, alguns anos antes, havia descrito, para Trocchi ou talvez mesmo para mim, a composição da Merlin como "tosca e feia". Aventurei-me a dizer o mesmo, talvez em termos mais gentis. Ele folheou o volume, meneando a cabeça de vez em quando, e concluiu: "Parece bom para mim".

Nos seis anos desde meu almoço com Barney em Paris, Beckett havia se tornado, ou estava rapidamente se tornando, uma das estrelas da casa. Por enquanto *Lady Chatterley* era a Estrela Polar, brilhando fulgurante no firmamento da Grove, e Henry Miller, logo acima do horizonte, estava posicionado para ser a aurora boreal da casa, elétrico e eletrizante, mas Beckett logo ultrapassaria o brilho de ambos. Novos trabalhos não mais manavam dele como naquele período mágico pós-guerra do início dos anos

* Somente a edição regular era o "terrível magenta". Os exemplares *hors commerce* eram um agradável *off-white*.

1950, e em resposta a questões sobre novos projetos, a resposta mais frequente era que a fonte tinha secado, ou que novos esforços foram tão dolorosos que tiveram de ser abandonados. Todavia, peças menores e prosa surgiam pouco a pouco, sempre acompanhadas por comentários autodepreciativos – não sei, não sei se deviam ser publicados, diga-me o que você acha. Curiosamente, por ter passado, no final dos anos 1940, a escrever em francês e tendo aparentemente encontrado sua expressão mais verdadeira, de repente alguns dos mais novos textos chegavam em inglês, começando com *Krapp's Last Tape*. Talvez, sugeri uma manhã para Barney, ele estivesse simplesmente cansado de traduzir seu francês para o inglês. Ao que Barney respondeu que o problema ainda continuava, pois só o próprio Beckett poderia traduzir ao francês obras como *Krapp* e as outras prosas e peças escritas em inglês.

32

TROCCHI RETORNA

CERTA MANHÃ, poucos meses depois de minha entrada na Grove, ao chegar ao escritório encontrei em minha mesa um bilhete rabiscado por Barney com duas palavras: VENHA VER-ME! Perguntei a Judith se ele estava ali, e sua resposta "Oh, sim!" aumentou tanto minha curiosidade como minha pulsação, seu "Oh, sim!" carregado de fortes implicações que eu era muito novo para entender. Até então minhas relações com Barney tinham sido uma perfeita harmonia, mas calculei que agora eu devia ter cometido algum pecado imperdoável, pois sua letra rabiscada anunciava raiva. "Entre!", disse a voz atrás da porta, e encontrei Rosset agitado.

Martelando os dedos em um pedaço de papel em sua mesa, ele meneou a cabeça duas ou três vezes. Nenhum gesto para eu me sentar, mas uma carranca de grave preocupação. "Seu amigo Trocchi", disse ele, "está de volta." Bem, melhor que Mack the Knife, pensei. "Ele quer me ver." Barney meneou a cabeça. "Eu não o estou vendo. *Você* está." Encolhi os ombros. Eu não via Alex havia cinco ou seis anos, e embora tivéssemos seguido caminhos diferentes antes de eu sair de Paris, eu ainda pensava nele como amigo e colega. Ele e Barney haviam trocado várias cartas, todas cordiais, depois que eu deixei Paris em meados de 1954, principalmente sobre Beckett. Mas em sua única reunião com o escocês, Barney o achou autoritário, até ameaçador. E isso foi antes de Alex ter entrado fundo nas drogas. Trocchi era um simples usuário quando estávamos em Paris, mas tinha se tornado dependente de heroína. "Ele ligou sobre o romance que está escrevendo, de que publicamos um trecho, que nos chegou sem ser solicitado, em *Evergreen* há uns dois anos, sem remetente, por isso nunca soubemos onde o encontrar. Francamente, duvido que ele chegue a terminá-lo." No entanto, contrapus, com toda justiça devíamos dar uma olhada. "Certo", disse Barney, "mas mantenha-o longe de mim."

Dois dias depois, Frieda anunciou: "Um tal sr. Trocchi para você". Apanhei o receptor com um misto de expectativa e leve temor. "Dick", disse ele, "eu não sabia que você estava na Grove." A mesma voz, afetuosa, amigável, sedutora. O tempo desmoronou; fui fisgado. Ele tinha encontrado um trabalho como capitão de gabarra, fazendo o trajeto entre Queens e o Hudson, dragando areia e pedregulho. "Eu era um empregado valorizado da companhia Trap Rock Construction." Ele riu. "Você irá se lembrar que eu sou um hábil operador de gabarra", disse ele, referindo-se ao herói de *Young Adam*, Joe, cujo trabalho parecido em Glasgow todos presumíamos fosse baseado no próprio Trocchi. O trabalho lhe havia dado oportunidade ampla para escrever. O novo livro era ambientado em Nova York. "Eu o estou chamando de *Cain's Book*", explicou. Alguma referência à Bíblia?, perguntei. "Claro." Por sua voz, ele continuava o mesmo.

Quando entrou em meu escritório na terça-feira seguinte, parecia exatamente o mesmo: arrogantemente alto, o sorriso sedutor de sempre. Apenas os olhos pareciam diferentes, mais encovados, e se antes sempre haviam estado em repouso, seguros de si, agora de vez em quando investiam nervosamente ao redor, como se checasse o terreno para se certificar de que estava seguro. Em sua mão ele trazia um envelope de papel manila, enrugado e ligeiramente manchado. Pouco espesso. Eu estava esperando um manuscrito completo, mas este era decerto apenas um fragmento. De repente me perguntei se Barney não tinha razão: talvez ele jamais o terminasse...

Conversamos sobre Paris, sobre a *Merlin*, sobre Christopher e Austryn, o primeiro de volta à Inglaterra, o segundo escondido no sul da França com sua nova esposa. Patrick era agora editor em Paris de nossa velha rival, *The Paris Review*. A Olympia, embora não estivesse quebrada, estava em situação instável, com Maurice ameaçando aumentar as apostas e transferir sua operação para cá. Não, havia anos que eu não mantinha correspondência com ele. A Grove havia adquirido dele *Almoço nu*, mas não tinha nenhum plano imediato para lançá-lo até que as águas legais tivessem sido testadas com *Chatterley*. "Eu ouvi falar", disse Alex, anuindo com a cabeça. "Um passo corajoso..." Não, Maurice não estava pagando nenhum direito pelos livros que ele escreveu e traduziu, aproximadamente uma dúzia. Ele não podia culpar inteiramente Maurice pela falta de pagamento. Dois ou três anos antes, a brigada francesa antivício entrou na rue de Nesle, apreendeu 25 títulos da Olympia, inclusive *Lolita*, e os proibiu. De acordo com Alex, Maurice moveu uma ação contra o governo para suspender a proibição, mas, entre os honorários legais e a apreensão dos livros, ele praticamente faliu.

Jane? Ele disse que não tinham mais contato. Quando viu minha expressão, Alex se apressou a acrescentar: "Fui padrinho do noivo no casamento dela". Jamais fantasie a vida dos outros: você sempre estará enganado.

Alex perguntou sobre Jeannette. Tínhamos uma filha de dois anos de idade, uma menina chamada Nathalie, e outro bebê de colo, Alexander. "Batizado com o meu nome?", Trocchi sorriu. "Podia ser", disse eu, embora eu soubesse que não era. "A paternidade não é fácil", acrescentou ele, puxando sua carteira e mostrando-me o retrato de um bonito bebê. "Mark", disse ele. Depois passou para um retrato de sua esposa, Lyn. Uma beldade surpreendente da vizinha Long Island. Casaram-se em Long Island?, perguntei. Ele riu. "O mais longe possível, em Tijuana, México. Os pais de Lyn não aprovavam. Eles tinham ouvido histórias a meu respeito que provavelmente os deixou de cabelo em pé."

Ele estava de volta a sua vida na barcaça, o ambiente para o romance. Solitário mas produtivo. Seus colegas capitães de gabarra eram um grupo estranho, disparatado, muitos vivendo no limite da subsistência. Uns ficavam lá porque o emprego oferecia uma cabana mobiliada, ainda que austera, outros usando-o como estação de passagem para uma vida melhor. O único problema de Alex tinha sido a curiosidade de alguns quando ouviram o ruído das teclas da máquina de escrever na cabana vizinha: que tipo de operador de gabarra perderia seu tempo curvado sobre uma máquina de escrever?

"Leia essas páginas", disse ele, acenando com a cabeça para o envelope, "e me diga o que acha."

Retirei o manuscrito do envelope. Cerca de 25 ou trinta páginas, calculei. Isso foi tudo que o tempo na gabarra produziu? "Lerei hoje à noite", disse eu.

Ele se levantou, trocamos um aperto de mãos. "Bom ver você, Dick. Seria bom trabalharmos juntos novamente."

Depois que o escoltei até a saída, Barney, vendo-me passar por seu escritório, fez um gesto para que eu entrasse.

"Isso tomou muito tempo", arriscou ele. "O que ele quer?"

"Ele está de volta ao *Cain's Book*", disse eu. "Me deu algumas páginas, que vou ler hoje à noite."

"O que o faz pensar que ele vai terminar? Você leu aquele trecho em *Evergreen*? Se leu, sabe que ele está entrando fundo nas drogas."

"Pelo que ele me disse hoje, aquelas páginas em *Evergreen* são o capítulo de abertura do livro. O que ele me deu hoje é o capítulo dois... Barney, faz cinco anos que não vejo o cara, então temos muito o que colocar em dia. De qualquer maneira, ainda que ele seja um *junkie*, ele não pode ser mais viciado que Burroughs. E é claro que Burroughs consegue escrever. A questão é: Trocchi consegue?"

Naquela noite li as páginas de Alex em voz alta para Jeannette. Ele ainda a intrigava; mas como alguém que abominava a mera ideia de drogas ela ficou preocupada.

No dia seguinte enfiei a cabeça para dentro do escritório de Barney, disse a ele que o texto de Trocchi era de primeira. Em vez de parecer contente, ele recebeu a notícia com uma carranca. Nós já tínhamos contratado *Almoço nu*. Precisávamos mesmo de outro viciado em heroína no catálogo? É muito diferente de Burroughs, eu disse. Você quer ler? Ele descartou a sugestão com um gesto. Agora não, agora não. Quanto ele vai querer de adiantamento? Tenho certeza de que não vai ser muito. A heroína não é barata, lembrou-me Barney. Em todo caso, lembre-se de quanto tempo Burroughs levou para escrever *Almoço nu* – cinco anos? Dez? Eu vou condicionar a maior parte do adiantamento à entrega, sugeri. Ele concordou acenando com a cabeça. Concordamos com um adiantamento de 750 dólares, uma fração do que havíamos pagado por *Almoço nu*. Metade à vista, o restante condicionado à remessa das partes seguintes. Argumentei em favor de mais, só um pouquinho, mas isso era o máximo que Barney admitiria. Achei que ele teria ficado contente se Trocchi recusasse a oferta e desaparecesse. Você vê algum problema legal nisso?, perguntou Barney. Meneei a cabeça. Até agora não. Ótimo, disse ele.

Trocchi ligou. Ele tinha mais páginas?, perguntei. Sim, outras vinte mais ou menos. Podia levá-las? Que tal um contrato? Eu disse que faríamos um; discutiríamos as condições quando ele chegasse. Ele chegou e parecia mais arrumado desta vez, trazia um envelope contendo não vinte mas apenas doze páginas. Nenhuma continuidade aparente com o material anterior. Se recebêssemos apenas fragmentos, eles se encaixariam? Contrato, e quanto ao contrato? Eu detectava um matiz de pânico? Mais que um matiz... Citei a cifra que Barney e eu havíamos acertado para o adiantamento, e então, em um momento de lucidez, auxiliado pelas primeiras linhas de *Molloy* –

> Tem este sujeito que vem toda semana... Ele me dá dinheiro e leva as páginas. Tantas páginas, tanto dinheiro... Quando não fiz nada, ele não me dá nada, ele ralha comigo...

– disse a ele que pagaríamos conforme fosse nos entregando. Ele ficou chocado. “Isso é muito mesquinho, Dick”, comentou, meneando a cabeça. “Não demonstra exatamente muita confiança, demonstra? Nem Maurice faria isso.”

“Receio que sim. Parte do problema é que já temos *Almoço nu* contratado, e o questionamento de Barney sobre se precisamos de...”

“Outro *junkie*?”, concluiu Alex, parecendo magoado. “Diga a ele que *Cain's Book* será tão distante de *Almoço nu* quanto... quanto *Chatterley* de *Trópico de Câncer*.”

"Olha", disse para contornar, "eu teria muito prazer em voltar a Barney e ver o que posso fazer, mas esteja prevenido, se ele estiver no humor errado, é provável que ele diga foda-se. Talvez você devesse comparar preços por aí e ver se consegue mais. Eu entenderia."

"As outras editoras", disse ele com claro desdém, "estão cheias de merda. Elas se assustam com a porra de sua própria sombra. Conversei com alguns editores e todos eles acham que eu sou um drogado maluco."

Nós pagaríamos a ele no dia em que ele entregasse. Que tal hoje? Daria para lhe pagar as primeiras duas parcelas? Ele pareceu desesperado e subitamente patético. Desculpei-me, achei que ele podia ser pago, mas só com cheque. Trocchi meneou a cabeça. Dinheiro, ele disse, ele precisaria de dinheiro. Eu disse a ele que ele teria que voltar amanhã. Bem, será que eu podia lhe emprestar cem dólares? Eu não tinha tanto comigo. Podíamos ir até o banco e apanhar o dinheiro? Me senti em uma enrascada, e fiquei deprimido. Certo, eu disse, e caminhamos as três quadras até a agência Manufacturers Hanover na Ninth Street e University Place, onde retirei o dinheiro. Ele o agarrou, como um náufrago a um enganoso salva-vidas, apertou minha mão calorosamente e saiu em disparada – sim, este era este o termo, seu movimento agora agitado, quase confuso. Esta, disse eu a mim mesmo, observando-o desaparecer, era a diferença importante entre aquele tempo e agora: em Paris seu passo era medido e seguro; hoje era apressado, atribulado, não determinado por um ritmo interno mas por algum imperativo exterior.

Havia semanas em que Alex não chegava na hora marcada, nem dava nenhuma notícia e, quando afinal aparecia, em geral era de forma inesperada, o que dificultava o pagamento. Muitas vezes me puxava interrompendo uma reunião e se recusava a partir até que o pagamento à vista tivesse sido liberado. Barney percebeu minha irritação e me disse mais de uma vez que eu tinha pedido isso. Ele me azucrinou, também, sobre a lentidão no avanço do manuscrito, e tive que admitir que era decepcionante. Quanto mais páginas, tanto mais dinheiro. Mas, acrescentei, quando chegavam, as páginas eram invariavelmente boas. Elas se encaixarão?, Barney quis saber, sem dúvida se lembrando de *Almoço nu.* Eu disse que certamente teria de haver alguns malabarismos uma vez que o manuscrito estivesse completo, mas haveria um livro. Um bom livro. Ele ficou tranquilo, pelo menos momentaneamente, mas notei que não saía de seu escritório sempre que Trocchi aparecia.

Certa ocasião, quando várias semanas se passaram sem notícia, fiquei preocupado e perguntei a nossos amigos comuns de Nova York se sabiam de Trocchi. O único que ficara sabendo de algo foi George Plimpton, que disse que Alex lhe pedira pequenas somas – vinte, trinta, uma vez cinquenta dólares – como adiantamento para um conto que ele "brevemente" enviaria para *The Paris Review.* Perguntei a George como Trocchi estava. Houve uma pausa na outra ponta do telefone, como se ele estivesse procurando as palavras adequadas. "Não está bem", disse ele. "Desalinhado, acho que é o termo... Imagino que você soube que ele foi preso." Eu não sabia. "Eu não sei os detalhes", disse George.

Quando, por fim, Alex apareceu, parecendo muito melhor do que George o havia descrito, deliberadamente lhe perguntei se ele estava com problemas com a lei. Novamente o olhar magoado. "Claro que não, Dick. Seja lá o que mais eu for, eu sou discreto. Muito discreto. Eu só lido com pessoas que eu conheço, que são todas dignas de confiança. Além disso, Lyn tem brigado comigo para que eu fique limpo, e estou tratando disso." Como todas as pessoas crédulas que querem acreditar no que no fundo sabem que é uma mentira, eu disse a ele o quanto era importante esse passo, e até o felicitei. E, confirmando o que ele disse, as páginas que ele entregou naquele dia estavam entre suas melhores.

Mais duas semanas se passaram sem notícia, e com Barney fungando em meu cangote sobre o bom dinheiro que jogaria pela janela por um livro que nunca existiria, uma tarde decidi fazer uma visita a Alex. Ele morava a apenas umas doze quadras dali. Subi os degraus sombrios até sua porta e bati, pensando, enquanto batia, na péssima ideia que tinha sido vir, especialmente sem aviso prévio. Ouvi ruídos do lado de dentro, uma voz familiar perguntando "quem é?" e à resposta monossilábica "Dick", mais correria. Quando a porta finalmente se abriu, Alex apareceu de calção. Lyn ainda estava na cama. O lugar era um ninho de ratos. Roupas espalhadas por todo o *loft*, mobília que o Exército da Salvação teria desprezado, os cinzeiros cheios de pontas de cigarro e, entre elas, literalmente dúzias de agulhas. Um copo d'água e uma colher na mesa de cabeceira. A pia da cozinha estava cheia de pratos sujos, com sobras de comida que datavam do século XIX. Para completar o quadro, dei um passo e esmaguei uma barata do tamanho de um camundongo. Foi um dos momentos mais embaraçosos de minha vida, e eu estava prestes a me desculpar e rapidamente bater em retirada quando meus anfitriões, que após a inesperada intrusão pareciam bastante à vontade, convidaram-me a entrar como se minha visita fosse perfeitamente normal. "Aceita um chazinho, chefe?", gorjeou Trocchi, vestindo uma calça cáqui e lutando para enfiar um suéter pela cabeça. "Muito amável de sua parte passar por aqui." Meneei a cabeça. "Eu realmente não posso ficar. Mas estava preocupado com a falta de notícias." Agora Trocchi se desculpava, andou até uma mesa comprida, espanou restos de cima de sua máquina de escrever, enfiou a mão em meio ao papel amarelo, e habilmente retirou um maço magro de páginas datilografadas. "*Voilà*!", disse ele, passando-me o manuscrito. Agradeci, mas disse que não tinha dinheiro comigo. Ele meneou a cabeça, como se esta fosse sua última preocupação. Passaria amanhã para recebê-lo. A chaleira começou a assoviar e Lyn, que a essa altura havia se levantado, estava enxaguando três xícaras, e nos sentamos como se fosse a Hora do Chá de Alice. Eu me sentia apurado, muito apurado na toca do coelho enquanto me esforçava para conversar. Pois ficou claro que Lyn, longe de facilitar a saída de Alex do vício, estava tão dependente quanto ele. Uma vez mais, Jeannette tinha razão. Eu estava verdadeiramente triste. Então um terrível pensamento me passou pela cabeça: onde estava o pequeno Mark? Decidi não perguntar.

Levantando-me para sair, perguntei quando eu podia esperar mais páginas, e Alex sorriu, apontou para a máquina de escrever ainda semienterrada, e garantiu-me que haveria mais "na semana", acrescentando, "estamos quase lá". Eu já tinha mais de 150 páginas, que, segundo a avaliação original de Trocchi alguns meses antes, era cerca da metade do manuscrito, mas que ele afirmava agora representar bem uns dois terços. "Eu realmente não posso editar isso antes de ter o manuscrito completo", reiterei, sem convicção, mas novamente Alex me assegurou que estava trabalhando todo dia. Olhando em volta, tentando não ser sentencioso, seus dentes manchados de tabaco me asseguravam que ele estava mentindo.

Para minha surpresa, Trocchi passou a entregar o resto das páginas com bastante regularidade. Fiquei muito contente, embora logo descobrisse que o ímpeto se devia em grande parte ao fato de que George Plimpton, John Marquand, Peter Matthiessen e aparentemente cada uma das outras presas fáceis na cidade haviam parado de lhe dar dinheiro, então presumivelmente eu tinha me tornado sua principal fonte de renda para a próxima dose. Essa ilusão foi destruída em meu encontro seguinte com George, em uma festa de famosos em sua suntuosa toca à beira-rio na 72 Leste.

Fazia agora quase uma década que eu conhecia George e gostava imensamente dele. Tínhamos nos tornado amigos íntimos. Quando nos encontramos pela primeira vez em Paris sete ou oito anos antes, seu sotaque aristocrático me desanimou – aquilo era real ou afetado? –, mas à medida que os meses se passaram, concluí que o padrão de fala inglesa de classe ligeiramente alta fazia parte do pacote: era pegar ou largar. Percebi que por trás daquela aparente afetação estava um jovem sério que se preocupava muitíssimo com a literatura e com o mundo. No entanto, muitas vezes me senti estranhamente estrangeiro em suas festas, pois a maioria das pessoas presentes – homens e mulheres – pareciam membros permanentes do *establishment* – literário, político, social – do distrito residencial, ao passo que eu era um recalcitrante forasteiro do centro da cidade.

Naquela noite, em meio ao burburinho do coquetel, George me chamou para o lado e perguntou se eu sabia que Lyn estava agora nas ruas. "Você quer dizer... nas *ruas*?" Ele confirmou com a cabeça. "Nossa!", foi a única palavra que consegui articular. "Isso não é tudo", confidenciou George, "não se trata de uma guinada recente nos acontecimentos. Ao que parece, começou já em Vegas. Talvez antes. Pelo que fiquei sabendo", disse ele, "não foi Alex que a obrigou. Quando eles chegaram a um ponto em que não conseguiam descolar o suficiente para comer fora em Veneza, foi Lyn que sugeriu que se mudassem para Vegas, onde ela sabia que conseguiria faturar..." Nesse momento ele foi arrastado rapidamente para se sentar ao piano e, revelando mais um talento, encantar os convidados com algum jazz bem medíocre.

33

COENTIES SLIP (FINALMENTE!)

A VIDA suburbana – moramos no subúrbio quase dois anos – não era para nós. Em nosso retorno da Venezuela com nada que pudéssemos comprar no Village e com Nathalie clamando para nascer, foi sorte ter encontrado nosso apartamento no Bronxville bem a tempo. Mas agora, com nosso contrato expirando, era hora de partir.

Os amigos e os vizinhos acharam que estávamos malucos. "Duas crianças novas", cacarejaram, "este é o momento em que as pessoas *deixam* a cidade, não o de correr de volta para ela." Para nós a única pergunta era: onde?

Mais uma vez, a serendipidade: Jack e Delphine tinham decidido abandonar Paris por algum tempo e, como nós, tentar a sorte em Nova York, ele como artista plástico que realizara duas ou três mostras individuais em Paris, ela como atriz principiante, tinham encontrado recentemente um prédio na Baixa Manhattan, em Coenties Slip, um edifício de alvenaria, pré-revolucionário, de quatro andares, que anteriormente tinha sido oficina de um fabricante de velas náuticas. Jack, Delphine e seu filho de três anos de idade, Duncan, moravam no terceiro andar, e o estúdio de Jack ficava no último andar. Em um fim de semana de maio, com Nathalie e Alexander a reboque, dirigimos o velho Studebaker para ir ver o local, ficamos imediatamente apaixonados pela velha casa romântica e na mesma hora decidimos nos mudar para lá. O andar completo de 140 metros quadrados tinha mais que o dobro do tamanho de Bronxville. A tranquilizante algaravia dos rebocadores singrando as águas nas proximidades da confluência do Hudson com os rios do Leste, incessantemente soando seus trompetes, e a privacidade da área, que depois das cinco da tarde ficava praticamente vazia à medida que os que trabalhavam no vizinho Distrito Financeiro se apressavam para seus lares suburbanos, se combinavam para tornar o lugar irresistível, principalmente após sabermos que o aluguel mensal seria de 75 dólares.

Dois inconvenientes: não havia um supermercado em muitos quilômetros, de fato nenhuma loja. Nada de dar uma saidinha para comprar algum artigo de última hora às nove ou dez da noite. E, ah, sim, o outro problema secundário: o edifício era ilegal. Uma lei aprovada uns dois anos depois permitiu que os AIRS – Artists in Residence – morassem e trabalhassem em alguns desses edifícios, que foram especificamente designados.

Que diabo, era tentador demais para deixar passar. Faríamos a mudança em um sábado, quando ninguém estava por perto, o que fizemos com a ajuda de uma empresa de mudanças, a Padded Wagon. A primeira coisa que fizemos, imitando os Youngermans, foi montar um espelho ajustável do lado de fora da janela de nosso banheiro que dava para a porta da frente, para monitorar os visitantes. Apenas amigos e vizinhos eram autorizados. Para todos os demais bancaríamos os mortos. Tiras. Ladrões. Bombeiros. O resto vocês imaginam.

Não estávamos ali totalmente sós: Ellsworth Kelly também voltara de Paris e morava pouco acima na rua. Também outra pintora, Agnes Martin, uma geração mais velha mas ainda lutando como artista. Bob Indiana. Do outro lado do pequeno parque – devidamente batizado de Jeannette Park (que imperdoavelmente eles haviam grafado "Janet") – que fazia frente ao nosso prédio, ficava o Seamen's Church Institute, um abrigo acolhedor para marinheiros idosos ou desempregados, onde se podia ir para um jantar simples mas saboroso de vez em quando pagando praticamente nada. Caso se optasse por qualidade superior, sempre havia o Sloppy Louie alguns quarteirões rua acima. Os Youngermans tinham investido em uma Vespa, guardada sob os degraus na entrada do andar térreo, e duas vezes por semana Jeannette e Delphine subiam para a montaria verde-clara e partiam rumo ao norte até a rua do Canal para irem à mercearia, duas mocinhas bonitas parisienses, cabelos esvoaçantes ao vento, em breve a maravilha e cobiça não só dos comerciantes da Baixa Broadway mas principalmente dos sisudos homens de Wall Street que saíam para um passeio ao meio-dia, que parariam com seus ternos completos para contemplar estas duas jovens a toda a velocidade com as saias levantadas passando pelas avenidas cavernosas de seu território, como sedutoras alienígenas de um planeta distante, muito distante.

34

OS *TRÓPICOS* (SUPER) AQUECIDOS

COM *LADY Chatterley* mal saindo dos prelos e ainda cercada por inimigos, já havíamos começado a publicar o *Trópico de Câncer* de Henry Miller, proibido não só aqui mas praticamente em todos os países do mundo. Isso me parecia quase um ato de loucura, mas atenuei minha preocupação e um dia simplesmente sugeri a Barney que poderia ser prudente deixar o caso Lawrence passar um pouco antes de nos envolver com Miller. Ele fez que não com a cabeça, deu um sorriso de menino mau, que logo aprendi que significava "eu sei que isto está errado, mas não estamos nos divertindo?" e disse que a escolha no momento estava fora de seu controle. Já no final do último ano, ele vinha mantendo correspondência com meu velho amigo Maurice Girodias sobre Miller, explicou, tanto porque Girodias era um velho amigo de Miller como porque só ele sabia das complexidades de publicação relativas aos direitos para o *Trópico de Câncer*. Quando a gigante editorial francesa Hachette adquirira a problemática editora de Maurice, Les Éditions du Chêne, em 1950, automaticamente ficaram com os direitos sobre os *Trópicos*, que Maurice tinha herdado da Obelisk Press de seu pai. Sob aquele acordo, nem Miller nem a Hachette podiam vender nenhum direito relativo aos *Trópicos* sem o consentimento do outro. Isto já complicava a questão, pois Miller tinha um agente em Paris, Michael Hoffman, cuja opinião ele valorizava e que não tinha certeza nenhuma de que o momento estava maduro para que esses trabalhos explosivos fossem publicados nos Estados Unidos. E ainda outro dia, disse Barney, ele ficara sabendo de Girodias que uma cópia de *Trópico de Câncer* enviada de Paris para um professor americano tinha sido liberada pela Alfândega, o que podia sinalizar um avanço, mas, notava também Maurice, a publicidade gerada poderia encorajar outras editoras, cientes do enorme sucesso de *Lolita* de Nabokov no ano anterior, a avançarem para os *Trópicos*. Assim, não havia tempo a perder. Entretanto, no que dizia respeito ao próprio Henry Miller, não se podiam desprezar dois problemas. Primeiro, Henry estava agora alegremente instalado no sul da Califórnia, concluindo um novo *opus*, *Nexus,* mas passando a maior parte de seu tempo pintando, e sem certeza nenhuma de que desejasse ver publicados aqui seus trabalhos proibidos. Michael Hoffman concordou. Haveria rebuliço e furor se tirássemos Henry de seus bastidores cuidadosamente escolhidos de volta para o centro do palco, certamente para a controvérsia, se não para o ataque judicial: ele realmente precisava disso nesta fase final de sua vida? Em segundo lugar, Henry já tinha um editor americano, Jay Laughlin da New Directions, que lhe havia sido fiel ao longo dos anos, embora sabidamente tivesse publicado apenas os livros não censuráveis. Miller teria de oferecer *Trópico de Câncer* primeiro para a New Directions. Todavia, Barney tinha enviado um telegrama para Miller no final de março, oferecendo a publicação de *Trópico de Câncer* pela Grove, com um adiantamento de 50 mil dólares, para nós enorme.* No dia 4 de abril, Miller escreveu de volta agradecendo Barney mas, conforme se previa, mencionando sua obrigação de oferecer o livro primeiro para a New Directions, acrescentando que, em todo caso, ele achava "toda tentativa de publicar estes livros [*Câncer* e *Capricórnio*] prematura". Mas acrescentou que ele buscaria conselho adicional de Michael Hoffman quando ele, Henry, estivesse lá no dia 17.

Cinco dias depois dessa primeira carta, Miller escreveu novamente, em resposta a duas cartas mais sedutoras que Barney escreveu, uma das quais incluía um exemplar antecipado de *Lady Chatterley*.

> Com suas últimas duas cartas chegou uma de Girodias (atrasada nos correios), que me fizeram sentir que conheço você melhor. Assim, até agora não

* Enorme para qualquer um: em termos atuais, isto seria equivalente a cerca de 250 mil dólares, talvez mais.

tive notícia seja de meu agente em Paris... ou de James Laughlin, para quem escrevi sobre sua oferta. Estarei em Paris no dia 17 e verei todos...

Esta manhã chegou Lady Chatterley... Parece bom. E é, claro, um grande passo adiante. Mas como tudo segue devagar. O "Câncer" terá 25 anos de idade em setembro. Logo eu estarei morto. Vivi tanto tempo sem meus ganhos legítimos que já estou acostumado. Alguém tem que morrer primeiro, se você notar, antes que a bola comece a rolar.

Escreverei para você novamente de Paris, quando eu souber mais...

Uma semana depois Maurice escreveu uma longa carta para Barney dizendo que havia encontrado Miller e Hoffman na véspera e novamente explicado em mais detalhes a situação dos direitos de Miller-Hachette. Ele também levantava pela primeira vez a natureza problemática dos direitos autorais de Miller para esses títulos nos Estados Unidos:

Eu não sou desavisado da situação dos direitos autorais [...]. Provavelmente a melhor coisa que você tem a fazer agora, antes de vir, é escrever outra carta para a Hachette [...] descrevendo o perigo de uma edição pirateada ser publicada a qualquer momento nos Estados Unidos, agora que a publicação de livros como *Lolita* e *Lady Chatterley* mudou os padrões de censura no país. Eles certamente não estão cientes dos problemas de direitos autorais (que são muito diferentes aqui). Portanto, você deveria explicar a eles por que o perigo é real e imediato.*

Enquanto isso, em Paris, Girodias havia encontrado Miller e sua quarta esposa, Eve, na casa do tradutor francês e velho amigo de Miller, Georges Belmont. Lá ele argumentou em favor da Grove: 50 mil dólares não eram para ser desprezados, em especial quando a editora manteria Henry a salvo em caso de litígio – isto é, a Grove arcaria com todos os custos legais, indenizando Miller. Mais tarde, à noite, depois que Miller foi dormir, Maurice levou Eve para uma boate em Montparnasse, Elle et Lui, onde dan-

* *Review of Contemporary Fiction*, outono de 1990, pp. 77-78.

çaram a noite toda e, uma vez mais, ele levantou a questão da publicação americana. Ela era totalmente favorável a isto, garantiu a Girodias, mas lembrou a ele que onde eles moravam na Califórnia, Big Sur, os ricos estavam preocupados. A maioria dos residentes estava lá por causa da tranquilidade e da beleza, e se os *Trópicos* fossem publicados, sua paz se perderia para sempre. Apesar do relativo isolamento do lugar, disse ela, os fãs da obra de Henry já vinham se intrometendo – numa tal medida que Henry havia contratado um amigo, Emil White, para rechaçá-los. Eles ficariam melhor em outro local ou cidade, mas Henry adorava ficar lá e jamais pensava em partir.

Ainda outro ano se passaria até que o acordo Grove-Miller fosse finalmente consumado. Mais de uma vez nesse período, Eve insistiu no caso com Henry. O terreno ficou ainda mais favorável quando, no inverno seguinte, Miller voou novamente para Paris, onde se consultou com Hoffman antes de tomar o trem para Hamburgo para visitar seu editor alemão, Heinrich Ledig-Rowohlt, diretor da Rowohlt Verlag, um homem cordial e despreocupado a quem Miller estimava e com quem se divertia, pois ele não só era seu fiel editor como também um farrista, um homem de entusiasmo e notável bom humor, que tomava vinho e jantava com seus autores com perfeito charme e que, para coroar uma noite, nas altas horas costumava se levantar de sua cadeira, recuava uns doze metros da ponta da mesa bem cheia de copos e garrafas, corria adiante como se fosse fazer um salto com vara sem uma vara, e dava uma cambalhota sobre a prancha rangente sem quebrar um copo ou, inacreditavelmente, seu pescoço. Que outra editora alemã podia oferecer a seus bajulados autores alguma coisa parecida?

Ledig, como era conhecido, era filho ilegítimo do fundador da companhia que deliberadamente manteve o nome de sua mãe em seu sobrenome para fazer o mundo saber que ele se orgulhava de seus antecedentes maternos. Desde que assumiu o comando da editora depois da guerra, ele a alçou para novos níveis, com um olhar aguçado para jovens escritores tanto alemães como estrangeiros cujos trabalhos haviam sido ignorados ou reprimidos durante a longa noite nazista, Hemingway em primeiro lugar. Suas impecáveis credenciais antinazistas do tempo da guerra haviam-lhe granjeado o favor imediato das forças de ocupação já em 1945, com as respectivas mordomias – acesso a papel, instalações de impressão e encadernação, espaço de armazenamento – que o habilitaram a rapidamente transformar a empresa em uma potência editorial. Ele também esteve entre os primeiros a reconhecer a necessidade de livros a preços razoáveis na Alemanha e iniciou uma linha de brochuras para o mercado de massas de rara distinção, a Rororo. Miller conversou com Ledig sobre seu amigo e editor de língua inglesa estabelecido em Paris, Maurice Girodias, cuja *joie de vivre* ele promoveu, e eles decidiram convidá-lo para se juntar a eles em suas farras em Hamburgo.

Todos estavam em um humor positivo e cordial, e Girodias novamente levantou a ideia da publicação americana. Henry cedeu, chamando Hoffman a Paris, que telegrafou para Barney em Nova York, persuadindo-o a tomar um voo para Hamburgo, com uma cópia do contrato na mão e, claro, um cheque de 50 mil dólares. Para a Grove, cujos adiantamentos naquele tempo estavam nos baixos milhares, ou mais frequentemente nas altas centenas, era um poderoso salto na autoconfiança financeira. Mas Barney, ao contrário de Jay Laughlin na New Directions, estava pronto para apostar a casa em Henry Miller.

Barney levou três dias para chegar a Hamburgo, porque seu voo para Londres foi desviado para Glasgow, onde ele ficou dois dias em terra antes de voar para Londres e daí para Hamburgo. Durante suas 48 horas em Hamburgo, Barney encontrou um Miller radicalmente mudado, não mais sombrio e negativo mas alegre e cheio de vida, até desafiando Barney para uma partida de pingue-pongue. No curso de dois dias, o contrato foi assinado, o cheque entregue e o futuro da Grove garantido. Seguramente a publicação de *Trópico de Câncer* nos Estados Unidos tinha de ser um enorme sucesso.

Ou os problemas com sua publicação estavam prestes a começar?

Quando se encontraram, cerca de um ano antes, Barney e Maurice, reconhecendo uma afinidade imediata, sentiam que tinham muito em comum tanto em termos pessoais como profissionais. Mas sua amizade era frágil, nascida em um clima de celebração, e não duraria muito tempo. Entre outras coisas, o que Maurice logo perceberia era que a batalha vindoura da Grove contra a censura nos Estados Unidos iria, de modo relativamente rápido, derrubar os muros fortificados de seu pequeno reino parisiense. O sucesso da Olympia se fundava diretamente nas atitudes ainda vitorianas em relação ao sexo tanto na Inglaterra como nos Estados Unidos. Enquanto leis antiobscenidade vigorassem no mundo de fala inglesa, a crescente produção de obras publicadas da Olympia – que em vários casos eram agora reimpressas a intervalos de poucas semanas – detinham praticamente um monopólio. No entanto, naquele dia vertiginoso em Hamburgo, enquanto os vários grupos brindavam ao futuro dos *Trópicos* nos Estados Unidos, as únicas nuvens no horizonte eram aquelas, escuras e soturnas, que pairavam sobre a austera cidade às margens do Elba no norte da Alemanha.

35

FRANKFURT *BEI NACHT*

Minha lembrança da Feira do Livro de Frankfurt, que eu havia visitado pela primeira vez dois anos antes para George Braziller, era de chuva gélida, garçons inamistosos e a visão boscheana de editores presumivelmente sãos correndo de um lado para o outro loucamente pelo Halle Fünf – Salão Cinco – de um compromisso para outro como se suas próprias vidas dependessem disso, o que provavelmente era verdade. Assim, quando Barney anunciou no meio do verão que naturalmente eu iria para Frankfurt com ele, não fiquei muito contente. Naquela viagem anterior eu estava sozinho, um novato na publicação, com poucos contatos e apenas uma vaga ideia dos tipos de livros em que George poderia ficar interessado para uma editora que ainda era só um brilho em seus olhos, então me concentrei em livros que eu pensava poder trabalhar para um dos clubes, o que significava essencialmente livros de arte. Por diversão, fui conhecer algumas *Weinkellers* subterrâneas da cidade, onde por volta das dez ou onze horas da noite os nativos tomavam cerveja a rodo e irrompiam no que soava de modo perturbador como canções de marcha militar, provocando-me calafrios na espinha. Passeando pelas ruas à noite, eu havia topado com um labirinto de espeluncas de *strip-tease*, encravadas no centro da cidade, escuras e sombrias, que me ficaram como as mais tristes que eu já tinha visto.* Até os cartazes que anunciavam na rua os prazeres encontrados nas boates deixavam o passante literalmente encolhido. Meu hotel modesto próximo à esta-

* Anos depois – dez, para ser exato –, quando Jean Genet veio a Nova York, pediu a Jeannette que o acompanhasse até os salões de sexo na Times Square, que ele achou extremamente tristes.

ção de trem, cuja única virtude perceptível era a relativa limpeza, tornou-se um destino bem-vindo após minhas breves explorações noturnas.

Só em meu terceiro dia reconheci subitamente, após dobrar uma esquina, a fachada de colunas do Frankfurter Hof Hotel, pela qual eu já havia passado dez anos antes, em minha viagem com o cartunista George Booth por uma Alemanha devastada que, ambos previamos, jamais se levantaria novamente, certamente não durante o período de nossas existências. Ora, meu Deus!, em nove anos ela havia realmente se levantado, mudado tanto que, até o marco súbito, eu não havia reconhecido nada, tendo os escombros sido usados para erguer uma nova cidade inteira, pedra por pedra, embora os vestígios de sua personalidade arrasada permanecessem em toda parte para que se olhasse. Não uma bela cidade nova – na verdade, era feia – mas impressionava a velocidade de sua reconstrução. Como podia esta terra recém-arrasada ter a temeridade, o desplante, de hospedar as maiores editoras do mundo como se o Holocausto jamais tivesse ocorrido? Por que os vencedores, França ou Inglaterra, não aproveitaram a oportunidade para abrigar a feira *chez eux*? Imagine uma feira internacional de livros sob o belo firmamento de Nice. Mesmo nas nubladas Paris ou Londres. Mas, aí estava, Frankfurt tinha capturado a oportunidade, apesar da escassez de quartos de hotel, do transporte, que era uma loteria, e da comida, na melhor das hipóteses, passável, a menos que *Wurst mit Kartoffel* estivesse entre suas preferências culinárias. A explicação, segundo me disseram, era que antes da guerra – ou, mais exatamente, antes de Hitler – a mais famosa feira internacional de livros tinha sido em Leipzig, agora na separada Alemanha Oriental, e por isso Frankfurt tinha apanhado a tradição como quem desliza para dentro de novas roupas.

Ao contrário da maioria das editoras, a Grove não tinha nenhum estande na feira, mas rapidamente assumimos o papel de participantes ambulantes, visitando os estandes daquelas que conhecíamos ou em que estávamos interessados: Gallimard e Seuil na França; Rowohlt na Alemanha; Einaudi e Feltrinelli na Itália; Faber e Weidenfeld na Inglaterra; Seix Barral na Espanha. Na Faber, associei-me novamente a meu amigo Matthew Evans e trocamos anotações editoriais. Matthew, a expressão mais nova no meio editorial britânico, que viera me visitar na Grove alguns meses antes, tinha baixa tolerância aos tolos e um grande dom para fazer piada com os pomposos de sua profissão. Almoçamos juntos várias vezes, Matthew guardando agora sua veia cáustica para os alemães, perguntando-se o que nós fazíamos nesta terra cercada de neblina, chuva e escombros.

O foco da feira naquele outono de 1959 era claramente a Olympia Press de Girodias, cuja descoberta, *Lolita*, ainda estava pairando no alto das listas de *best-sellers* no mundo inteiro. Não importa que Nabokov o havia repudiado e estava recusando abertamente o apoio a seus processos contra o governo francês em seu nome, o estande de Girodias era um vespeiro de convites e intrigas. Qual é seu próximo grande livro? O que você lançará na próxima estação que poderia funcionar para os Estados Unidos? Dizia-se que tentaram subornar a fiel assistente de Maurice, Miriam Worms, para que ela apenas revelasse o que Maurice planejava para o outono e o inverno. Ela relatava devidamente tudo isso a Maurice, cujo peito consequentemente se inflava e que imediatamente se alçava pelo menos a um degrau mais alto na escada da autoestima.

Na chegada, Barney tinha alugado um carro, que ele usava após o jantar para reconhecer pontos próximos e distantes para diversão e jogos, normalmente acompanhado pelos outros dois mosqueteiros malucos, John Calder, o editor inglês, e Maurice, além de mim e um ou dois outros potenciais farristas. Apesar das obrigações incontáveis com a imprensa e livreiros alemães que limitavam suas incursões noturnas, Ledig-Rowohlt era adulado para se juntar ao grupo. Em cada espelunca, um ou dois drinques obrigatórios traziam uma garota da noite a se empoleirar à mesa de alguém, oferecendo os favores de seu ser raramente atraente, depois seguia-se em frente para o próximo ponto até as duas, três ou quatro da madrugada. Inevitavelmente, chegava um momento em que, saindo de algum antro sórdido ainda mais deprimente que o anterior, dirigíamo-nos para o carro só para descobrir que ele tinha desaparecido. "Você tem certeza de que ele estava nesta *Straße*?" "Absoluta!" "Vamos checar um pouco mais adiante." Nada de Avis. Nenhuma Europcar. Aquela Hertz! Ra-ra-ra! Aí passava-se para outra *Straße,* sem resultado. Ei, táxi! Frankfurter Hof, *bitte*! À medida que o amanhecer incidia na semiconsciência duas ou três horas depois, um café duplo – o que não era nada fácil, pois o café alemão na época estava entre os piores do mundo – não conseguia revelar o que tinha acontecido com o carro alugado, cuja cor e marca escapava de todas as nossas mentes ainda confusas. "Não importa", Barney murmuraria enquanto apanhava o telefone para informar a Hertz que seu carro tinha sido, que lástima, roubado. "Não há com que se preocupar, nós lhe enviaremos outro hoje mesmo." Assim, na noite seguinte, como era de esperar, tendo enfrentado uma dúzia de reuniões de manhã e à tarde, para discutir livros nos quais não tínhamos nenhum interesse, ou tão pouco que era difícil ficar acordado à medida que as apresentações mais sérias limpavam o que restava de nossa inteligência, partíamos, em um Opel ou Volkswagen ou Ford cuja marca anotávamos em um pedaço de papel para ter certeza de que nos lembraríamos de manhã, para repetir as dantescas rondas. Até que no terceiro dia, eu, até então de corpo são e mente relativamente incólume, estava o que comumente se chama um caco, ao passo que, para minha mal disfarçada inveja, Barney parecia estar esbanjando saúde. Notei que Calder, um tipo gnomesco cujo exterior angelical e rotundo ocultava uma mente travessa e astuciosa constantemente em ação, tinha aparência pior que a minha, se isto era possível. Para meu desânimo, Girodias parecia ter acabado de ganhar na loteria, e quando comentei com Miriam sobre sua desconcertante habilidade de recuperação de uma longa noite sem dormir, ela simplesmente disse: "Ele tem uma longa história... ", o que explicava nada e tudo. Quanto a Barney, sua irritante prontidão matinal derivava, descobri, de sua longa história de anfetaminas. No último dia da feira, quando estávamos em nossa maré mais baixa, George Weidenfeld foi prepotente e nos colocou para trabalhar às nove da manhã, zumbis, em seu estande impressionante, com uma proposta para uma história dupla, de França e Inglaterra. A ideia era – ele estava entusiasmado – que para a história da Inglaterra ele teria André Maurois, um francês notável, e para a história da França um inglês de igual prestígio. Vocês não veem, explicou ele, cada um destes países, que durante séculos um esganou o outro, será agora abordado e avaliado pelo outro lado, por assim dizer. Objetiva e preconceituosa ao mesmo tempo. Brilhante, não? Posso contar com vocês? Barney resmungou algo que julguei que queria dizer não e George supôs que era um acordo total. Ótimo!, trovejou George e estendeu a mão para apertar a pata ainda dormente de Barney. Mais tarde ele confessou que naquela manhã havia esquecido de tomar sua pílula de acordar.

Fazendo uma pausa para o café em um estande diretamente em frente ao da Weidenfeld and Nicolson, olhamos fixo para o vazio por cerca de um minuto até que Barney disse: "Qual era o projeto maluco de George?". Eu o descrevi para ele, de modo confuso mas com as linhas gerais intatas. "Puta ideia estúpida!", disse Barney. "É verdade", disse eu, "mas acho que você acabou de aceitá-la apertando a mão dele." "Minha nossa, não!", ele exclamou. "Você acha que ele vai nos obrigar a levá-la adiante?" Confirmei com a cabeça. Ele pediu outra xícara de café *dreckig*.

"A propósito", disse ele, "alguma ideia de onde deixamos o carro ontem à noite?"

"Nem a mais pálida", respondi.

"Ótimo. Vou ligar para a Hertz e pedir para enviarem outro para que possamos chegar ao aeroporto."

Houve onze Frankfurts depois disso, com um elenco variável de personagens mas armadilhas e infortúnios semelhantes, até que um dia a meio caminho da década declaramos uma lei: NÓS NÃO COMPRAMOS LIVROS NA FEIRA DO LIVRO DE FRANKFURT! Nós não assinamos isto com sangue, embora seguramente deveríamos tê-lo feito, pois inevitavelmente vinha o começo da manhã após o final da noite quando comprávamos um livro, ou, Deus nos ajude, uma série de livros que indubitavelmente deveríamos evitar como a peste. Mesmo assim, entre todos os equívocos, de Frankfurt vieram dois importantes personagens alemães – talvez mais, porém são estes os que me lembro sem recorrer aos arquivos: *Deputy* de Rolf Hochhuth e *Speculations About Jakob* de Uwe Johnson. É possível, também, que Friedrich Dürrenmatt, de quem publicamos as principais peças a partir de 1962, tenha surgido na feira, embora Dürrenmatt fosse suíço, e há uma fraca possibilidade de que ele nos tenha chegado diretamente da Suíça.

Mais importantes que quaisquer aquisições meritórias ou duvidosas, porém, eram as amizades que se faziam na feira ao longo dos anos, publicadores e editores de uma dúzia de países, embora da Inglaterra e da França tenham se originado laços muito mais duradouros que dos demais. Os cafés da manhã, almoços, jantares e, sim, as noites, finais de noites que compartilhamos com nossa lista crescente de colegas provavelmente tenham resultado em aquisição de autores que, de outra forma, jamais teríamos publicado. Com nosso manifesto para não adquirir na feira em si, fazíamos o acompanhamento depois, em momentos mais tranquilos, quando tínhamos uma chance de ler e ponderar antes de decidir.

36

ESTADOS UNIDOS VERSUS *TRÓPICO DE CÂNCER*: PRIMAVERA DE 1960

EM LUGAR de preparar o caminho, a "vitória" de *Chatterley* na verdade levantou novos problemas para o plano da Grove de publicar *Trópico de Câncer*. A liberação federal de *Lady Chatterley* havia alertado o governo de que tanto a Alfândega como o Correio não mais podiam ou deviam se envolver em censura. Tudo bem. Mas o corolário disso era que agora qualquer Estado, de fato qualquer distrito ou cidade que se ofendesse, poderia instituir um processo, e foi justamente o que aconteceu. Naquela ardente primavera de 1960, nenhum de nós tinha a menor ilusão que vencer com D. H. Lawrence significava um triunfo automático para Henry Miller. Os romances de Miller eram muito mais difíceis de defender que *Chatterley*. Além disso, embora tivesse muitos admiradores em ambos os lados do Atlântico, Miller não podia ser considerado um pilar da literatura inglesa. Por muito que se o admirasse, ele era um sujo lutador de rua comparado ao *gentleman* inglês. Todos sabíamos, então, à medida que nos preparávamos para a publicação no outono e inverno seguintes, que esta seria uma briga difícil – embora ninguém, a começar por Barney, sequer imaginasse o quanto seria demorada, difícil e financeiramente dispendiosa. Como no caso de *Chatterley*, os direitos autorais de Miller eram extremamente ambíguos. Nem Jack Kahane nem seu filho tinham pensado em proteger os direitos internacionais dos seus autores, pois seus domínios à margem do Sena eram autossuficientes e eles foram imprevidentes nesse aspecto. Tínhamos percebido isto assim que *Chatterley* foi absolvido de obscenidade; os abutres que aguardavam nos bastidores atacaram a besta, agora não mais um assunto morto, para se banquetear.

. . .

Os exemplares antecipados de *Trópico de Câncer* chegaram da gráfica conforme era esperado, vestidos em sua recatada capa azul-clara, e desta vez, após exame cuidadoso, sem nenhum erro para arruinar seu lançamento. A introdução era assinada por outro crítico eminente, Karl Shapiro, cuja linha de abertura se destinava a elevar Miller ao status de Lawrence e advertir potenciais censores: "Considero Henry Miller o maior autor vivo...". Mas muitas pessoas tinham ficado frustradas e irritadas com a decisão sobre *Chatterley* e não estavam dispostas a deixar *Trópico de Câncer* desfrutar do mesmo destino. Quase no mesmo momento em que começou a ser despachado, houve problema. Autoridades locais em dezenas de estados tomaram medidas contra o livro, raramente judiciais, pois uma visita ou telefonema para uma livraria ou atacadista geralmente era o bastante para encerrar a venda, supondo-se que ela tivesse pelo menos sido iniciada. Em Rhode Island, o promotor público pediu aos atacadistas para "voluntariamente" devolverem as caixas do livro fechadas. Deste modo, das 3.380 cópias despachadas para Rhode Island, voltaram 3.380. Em outros estados, chefes de polícia, xerifes, promotores municipais, comissões de literatura (leia-se: censores) ou vigilantes paramilitares pressionavam livrarias e bibliotecas para não colocarem o livro à venda ou para retirarem-no de suas prateleiras. Em muitos estados, no Texas logo de saída, houve ataques apopléticos, que significavam que os livros não eram devolvidos, mas destruídos. Se a publicação de *Chatterley* tinha até certo ponto reduzido o ritmo do trabalho cotidiano no escritório da Grove, *Trópico de Câncer* estava, como seu nome sugere, devorando o tutano de nossos ossos. A maior parte da energia de Barney, e grande parte da energia de Fred e da minha, se concentravam no crescimento assustador do número de casos judiciais, pois onde quer que os livreiros corajosos resistissem, prometíamos defendê-los. Frequentemente os advogados de defesa locais exigiam o testemunho de algum membro da Grove ou algum guru literário – ou ambos –, por isso às vezes ficávamos dias fora do escritório. Nosso incansável advogado, Rembar, por seu turno, não dispunha de tempo para defender sozinho mais que um par de casos de apelação, pois ele e dois colegas, Shad Polier e Steven Tulin, estavam muito ocupados preparando dúzias de defesas de uma vez, aconselhando, recomendando, contratando, escrevendo sumários, fornecendo testemunhas de costa a costa.

O primeiro caso ocorreu, talvez previsivelmente, em Boston em setembro de 1961, manejado desta vez para a Grove por Ephraim London, que foi chamado de volta ao cenário. Apesar da excelência de London e da presença de várias testemunhas marcantes, o tribunal decidiu contra nós em termos inequívocos, com o juiz do processo chamando o livro de "imundo e asqueroso", o que impeliu o caso para a corte de apelações de Massachusetts, para ser defendido por Rembar. Seu oponente era Edward J. McCormack, descendente de uma família de Boston politicamente poderosa cujo tio era um destacado congressista. Devido à reputação da corte de Massachusetts, que era em geral tida em alta estima mas também conhecida por sua posição conservadora – estava na lembrança o mote de "Proibido em Boston" de que as editoras tiravam partido para estimular as vendas –, se a Grove conseguisse vencer aqui, seria um sinal forte para o resto do país. Por outro lado, conforme afirmou Rembar no escritório um dia, poderia ser melhor não vencer na apelação, pois a opinião de um estado não transferia necessariamente peso para além de suas fronteiras. Achei a ideia assustadoramente inteligente, em especial depois que Rembar nos apresentou o número – e o custo – crescente dos litígios ainda pendentes ou decididos em todo o país. Na Filadélfia, o livro tinha sido julgado obsceno; em Chicago, vencemos; na Califórnia, houve dois processos: uma vitória e uma derrota. Em Syracuse, Nova York, três livreiros tinham sido presos e condenados por um júri, segundo se presumia, de seus pares. Na apelação, sua condenação foi mantida. E assim seguíamos, com nossos recursos limitados encolhendo dia a dia. Era imperativo, mesmo que apenas para sobrevivência, que de algum modo chegássemos à Suprema Corte. Finalmente, em julho de 1962, a corte de apelações de Massachusetts apresentou sua decisão. Por uma votação de 4 a 3, ela absolveu *Trópico de Câncer* da acusação de obscenidade. Era uma vitória importante, pois os três dissidentes haviam dito em essência que isto deveria ser decidido não em Boston mas em Washington. O promotor público de Massachusetts, McCormack, tinha noventa dias para apelar à Suprema Corte, mas ao longo daquele outono ele foi envolvido em uma batalha nas primárias para o Senado contra Teddy Kennedy, o irmão mais jovem do presidente, e por isso não estávamos muito preocupados à medida que os dias se arrastavam lentamente. Mas quando se aproximava o final dos fatídicos noventa dias, Barney ficou estressado, frenético. Consultas ao norte retornaram a notícia atordoante de que McCormack estava tão traumatizado por sua esmagadora derrota nas primárias ao Senado que ficara politicamente impotente. Assim, no fim das contas, Massachusetts não nos levaria à Suprema Corte para reverter aquela decisão!

Vitórias apertadas, ambas nas instâncias superiores, ambas por 4 a 3, a primeira em Wisconsin e depois na Califórnia, eram reconfortantes mas, outra vez, não levaram o caso para mais perto da Suprema Corte, já que não havia nada para ela decidir. Estávamos agora em 1963, dois anos depois de o livro ser publicado e, mais uma vez, como receávamos, tivemos que abandonar a edição de capa dura e rapidamente lançar um livro em edição brochura, pois os piratas, ainda mais vorazes, haviam lucrado com o não envolvimento do Correio e a dubiedade dos direitos autorais para apressar suas próprias edições em brochura. Fizemos algum esforço para impedi-los ou suborná-los, mas eles zombaram de nossas ameaças de processo, pois sabiam o quanto ficamos empobrecidos pela luta contra os censores, e qualquer dinheiro que pudéssemos oferecer era uma miséria comparado aos seus lucros em vendas de mais de 1 milhão de exemplares. Assim, qual o problema se alguns de seus livros fossem devolvidos ou destruídos? Eles não haviam indenizado os livreiros ou atacadistas, e por isso não tinham nenhuma obrigação ou custos legais, e tampouco pretendiam, é claro, pagar quaisquer direitos ao autor. Mesmo dando um desconto para o desgaste, eles eram os únicos que estavam fazendo o proverbial dinheiro rápido, enquanto a Grove estava se recuperando.

Nossa própria edição em brochura estava vendendo bem, mas não o suficiente para cobrir nossos custos legais crescentes. Além disso, muitos dos agora sessenta casos haviam sido instigados com base na edição em brochura que estava disponível a menores de idade, complicando a questão legal, pois enquanto alguns tribunais indicavam que tinham poucos escrúpulos quanto às pessoas com 7,50 dólares para gastar com o livro, não toleravam uma edição de 75 centavos, presumivelmente ponderando que a esse preço não só a elite mas pessoas "normais" poderiam ser expostas a sua sujeira. Até crianças, Deus nos livre!

Enquanto isso, ao longo desses dois anos, tínhamos coisas mais importantes, não *Tropicais*, para fazer, outros livros para editar e publicar. E fizemos, mas sempre com um olhar sobre nossos ombros para ver se as portas ainda abririam na manhã seguinte.

Por ironia, os processos de *Trópico de Câncer* não terminaram com êxito mas com choradeira. Por razões desconhecidas, já bem avançado 1963, a Suprema Corte concordou em decidir sobre um caso relativamente obscuro da Flórida em que não estavam envolvidas questões constitucionais. Por que e como a Corte o escolheu sobre dezenas de outros, o registro não indica, mas é quase certo que alguns juízes, se não todos, vinham lendo sobre os casos intermináveis do *Trópico de Câncer* durante mais de dois anos e decidiram colocar um basta. Se Rembar vinha esperando ansiosamente defender o caso perante a Suprema Corte, ficou muitíssimo desapontado. Quase ao mesmo tempo, com sua decisão de julgar o caso, a Corte derrubou a decisão negativa da Flórida por 5 a 4. Essa decisão momentosa também estava implícita, pois no mesmo dia que decidiu sobre o *Trópico*, a Corte a vinculou a outro caso, o do filme *Os amantes*, e foi sobre este último que uma verdadeira decisão sobre a obscenidade foi tomada e opiniões foram manifestadas. Foi como conseguir ver um filme entrando de fininho pela porta dos fundos, mas na Grove, onde estávamos todos exaustos em graus variados, ninguém estava disposto a reclamar.

37

TROCCHI SAI

No PRAZO marcado, Alex entregou as últimas páginas do *Cain's Book,* e eu me preparei para ver se e onde elas se encaixavam, pois alguns lotes não estavam numerados. O romance consistia em uma dúzia de seções independentes, cada uma com sua própria epígrafe, o que tornou meu trabalho mais fácil.

> Minha gabarra está atracada no canal em Flushing, NY, ao lado da plataforma de desembarque da companhia Mac Asphalt and Construction. Agora acaba de passar das cinco da tarde... E o sol, atingindo os blocos de cimento do prédio principal da fábrica, torna-os rosados. Os guindastes motorizados e os conveses das outras gabarras atracadas ao redor estão desertos.
>
> Meia hora atrás eu me apliquei uma dose.

Isto com toda certeza compunha o cenário. Remanejei alguns dos outros capítulos até que achei que tinha acertado a ordem e então mostrei para Trocchi, que tinha vindo receber seu último pagamento. Ele examinou o manuscrito, mudou dois capítulos para locais diferentes, o que parecia arbitrário mas talvez melhor, e declarou o romance pronto para impressão. Quando pretendíamos publicar? Tão logo seja possível, certamente nos próximos seis meses. Sim, eu lhe mostraria o projeto para a capa assim que o tivesse. Ambos nos levantamos, trocamos um aperto de mãos e então Trocchi me agarrou em um forte abraço.

Fiz uma cópia do manuscrito e o passei para Barney ler. Um ou dois dias depois ele parou em minha sala, lançou o manuscrito em minha mesa e disse: "Bem, você podia ter me enganado. É bom demais. Vamos lançá-lo". Perguntei se havia problema, de ordem contratual ou outra, dada a semelhança de tema, e o fato de que já tínhamos imprimido 10 mil exemplares de *Almoço nu*, que estavam mofando no depósito enquanto nos preparávamos para publicar Henry Miller, que teve de ser antecipado pois, como julgavam todos os advogados, ele seria mais fácil de defender que o desconhecido Burroughs. Barney não via problema, embora Maurice estivesse pressionando ainda mais, ameaçando vender *Almoço nu* para outra editora se demorássemos a lançar.

Quando *Cain's Book* apareceu em maio de 1960, foi amplamente saudado por resenhas delirantes, embora vários jornais conservadores o vissem como mais um exemplo flagrante dos esforços da Grove Press de destruir a estrutura moral do país. O *Kansas City Star* o chamou de "um romance espantoso", o sóbrio *New Yorker* observou que ele era "ferozmente animado de poesia", e o *Library Journal*, como se tivéssemos pagado a eles para estimular as vendas, o chamou de "apenas ligeiramente menos vívido que Henry Miller". Mas a melhor citação, a mais generosa, vinha de Norman Mailer: "É verdadeiro. Tem arte. É corajoso. Eu não me surpreenderia se ainda estiverem falando sobre ele daqui a vinte anos". Isto, de um homem que encarava seus colegas escritores como concorrentes, com os quais se engalfinharia para superá-los e provar que ele, Norman, era o mandachuva na cidade. Ou em viagem.

Eu enviava as resenhas para Alex à medida que elas iam chegando, o que o deixou muito contente. Mas a essa altura ele tinha outras questões, muito mais prementes, com as quais lidar.

Um dia, não muito depois do lançamento de *Cain's Book*, encontrei casualmente na rua Ned Polsky um amigo meu e de Alex. Suas palavras iniciais foram "Você soube o que aconteceu com Alex?".

"Então, o que aconteceu?"

"Parece que ele foi comprar droga no Harlem – ou no Bronx, não estou bem certo – em todo caso, com um velho conhecido, um traficante de heroína porto-riquenho chamado Wofie. Aparentemente, os tiras mantinham o lugar sob vigilância e, quando Alex saiu do prédio, eles o apanharam com heroína. Disseram que iriam fichá-lo com uma acusação de posse com intenção de vender, que é um delito grave nos termos das novas leis sobre drogas, você sabe, você poderia ir para a cadeira elétrica por vender drogas pesadas. Maluco, mas aí está. Alex disse: 'Ei, eu sou apenas um lamentável drogado', e os tiras disseram: 'Nós sabemos, mas queremos que você deponha contra seu contato. Se concordar, reduziremos a acusação para uma contravenção simples'. Alex se recusou a entregar seu fornecedor, que suponho a essa altura ele considerava um amigo, por isso o ficharam. Ele saiu sob fiança – acho que Plimpton depositou a fiança, bendito seja –, mas irá comparecer para julgamento e está cagando de medo de cumprir pena."

"Meu Deus!", disse eu. "E imagino que ele ainda jure que está no controle, não a droga. E quanto a Lyn?"

Barney generosamente se ofereceu para adiantar a Alex algum dinheiro dos direitos autorais, que só eram esperados vários meses adiante. Tentei contatar Alex, mas ninguém parecia saber onde ele estava. Se os pais de Lyn sabiam, não estavam dizendo, mesmo depois que expliquei que eu era seu editor e amigo. Tudo o que eles admitiram foi que Lyn e Mark tinham estado com eles mas Alex tinha fugido da prisão. Eu gostaria de encontrá-lo, disse eu, para ver se poderia ajudar, e também para informá-lo que estávamos preparados para lhe adiantar direitos autorais, se isso ajudar na causa. Mas eles estavam inflexíveis: se eu era um dos amigos de Alex, como poderiam confiar em mim? Tive a nítida impressão de que agora eles o odiavam, fariam qualquer coisa que pudessem para anular o casamento, certamente não fariam nada para ajudar.

Foi nosso amigo comum Ned que o localizou. Ele tinha acabado de saber do defensor público de Alex, que também não conseguia encontrar seu cliente e queria se certificar de que ele comparecesse à audiência no tribunal, advertindo que se não o fizesse aí sim estaria em dificuldade, um fugitivo que certamente iria cumprir pena pesada. "Ele está escondido nos fundos da livraria Phoenix", disse Ned. A livraria literária e de livros usados, na rua Cornelia, era administrada por um homem chamado Larry Wallrich, que admirava *Cain's Book* e seu autor e que dizia que Alex podia ficar no quarto nos fundos da loja, onde havia cama e banheiro, até que suas preocupações terminassem. Naquela tarde, Ned e eu fomos à rua Cornelia, depois que Larry havia esclarecido as coisas com Alex, e encontramos um homem que tinha envelhecido dez anos da noite para o dia. Seus olhos estavam injetados, a pele cinza como estanho. Ele não conseguia dormir; não se drogava havia três dias e estava desesperado para ir ao Harlem, onde poderia ser preso novamente. Este "lamentável drogado" ainda se via como o salvador de algum admirável mundo novo. E quanto ao julgamento, que deveria começar em dois dias, ele iria comparecer? Seu advogado precisava saber. Não tenho certeza, disse Trocchi. "Há outro problema que o advogado não sabe. Quando estivemos com os pais de Lyn, forjei um monte de receitas e há ordens de prisão para mim em catorze acusações diferentes de falsificação. Receitas de Demerol. Se o tribunal chegar a descobrir, tenho certeza de que cumprirei pena." Estávamos travando uma batalha perdida. Então o que ele pretendia fazer? Sair deste maldito país. Para onde? Canadá. É bem fácil de cruzar a fronteira, especialmente se ele usasse um nome falso. Devíamos informar o advogado? Pelo amor de Deus, não! Mas podíamos dizer a Plimpton que ele passaria por lá no dia seguinte? E nós ou George podíamos ligar para Leonard Cohen em Montreal para dizer que ele estaria chegando de ônibus, via Niagara Falls? Hora exata de sair. Ned se propôs a voltar na noite seguinte para lhe fazer companhia, e Alex prontamente concordou. Ned e eu insistimos para que ele comparecesse ao tribunal, caso contrário seria considerado fugitivo e nunca mais poderia voltar para os Estados Unidos. Isso pareceu impressioná-lo. Se ele fugisse, disse eu, o que seria de Lyn e Mark?

Liguei para Plimpton, sempre generoso ao extremo, que não ficou muito encantado com a ideia de vê-lo, mas seu único comentário foi "ele provavelmente vai precisar de dinheiro para o ônibus" e, depois, ironicamente, "ou dinheiro para o leite do filho". E, sim, ele ligaria para Cohen, para preveni-lo, se fosse preciso. Eu tinha certeza de que Alex estava realmente deixando o país? Eu disse que ele afirmava ainda estar considerando, mas minha impressão era que ele fugiria.

No dia seguinte, bem no horário, Alex apareceu no escritório da *Paris Review*, onde, conforme previsto, pediu dinheiro a George para a passagem de ônibus "e um pouco mais para comida na viagem". Ele disse a George que não podia levar uma mala de tamanho normal, que levantaria suspeitas; a última coisa que ele precisava era ser revistado. Além disso, ele queria parecer bem-vestido e perguntou se podia tomar emprestado um dos ternos de George – que naturalmente devolveria de Montreal assim que chegasse. George pareceu desconfiar, mas concordou e conduziu Alex até seu *closet*. Alex reapareceu quinze minutos depois, muito bem-vestido, embora parecendo um pouquinho mais robusto do que quando entrou na loja de Plimpton. Despedidas rápidas, um abraço, com Alex dizendo que tão cedo não esqueceria disto, e saiu pela porta. Verificando depois, George percebeu que não um, mas dois de seus ternos Brooks Brothers estavam faltando, tal como quatro de suas camisas e vários conjuntos de cuecas e meias. Mais robusto? Claro que ele estava mais robusto! O generoso George ficou furioso.*

No momento em que me ligou para me informar do "roubo", porém, ele havia esfriado pelo menos alguns graus. Até encontrou algum humor na fuga. "Você sabe", disse ele com uma risadinha, "eu podia ser preso como cúmplice do crime. Se você pensar bem, minhas roupas ajudaram e facilitaram sua partida clandestina dos Estados Unidos."

Quando Alex finalmente chegou a Londres, ele escreveu e se desculpou com George por ter escapulido com uma porção maior de seu guarda-roupa, prometendo devolver tudo na primeira oportunidade.

Mais de vinte anos depois, a última vez que lhe perguntei, o pacote prometido ainda não havia chegado.

* Há um relato, em uma biografia de Trocchi bem-intencionada mas com graves erros, publicada na Escócia no início dos anos 1990, *The Making of the Monster*, que afirma que Trocchi "roubou" as roupas na ausência de George, mas Plimpton refutou a afirmação.

38

ALMOÇO NU

A DECISÃO de comprar os direitos americanos de *Almoço nu* tinha exigido muita determinação, pois se defender *Chatterley* havia produzido uma sangria na Grove, o *Trópico de Câncer* de Miller nos deixou com hemorragia, já que cidade após cidade, Estado após Estado, atacavam e processavam, prestando pouca ou nenhuma atenção aos casos que já haviam sido decididos a nosso favor. Para complicar, Maurice, que havia dilapidado os consideráveis ganhos com *Lolita* na construção de um pródigo complexo de boates, o Grande Séverine, via *Almoço nu* como o próximo pote de ouro para salvar seu empreendimento quase falido e estava ameaçando romper o contrato. Os exemplares da primeira tiragem estavam apodrecendo no depósito, pois sabíamos que até que saísse uma decisão sobre *Trópico de Câncer*, publicar Burroughs poderia nos levar à bancarrota.

Existem várias versões da história de como *Almoço nu* viu a luz do dia, mas em todas uma pessoa está decisivamente envolvida: o poeta Allen Ginsberg. Na versão mais provável, Ginsberg, um dos amigos e ex-amantes de Burroughs, o visitou em Tânger, onde havia anos ele vivia e encontrou o chão forrado com folhas de todos os tipos e tamanhos, quase todas rasgadas e esfarrapadas, cobertas, como ele disse mais tarde, com sobras dos ratos. Mas mesmo nesse estado deplorável, Ginsberg soube que estava diante de algo especial.

Ele levou o "manuscrito" para Paris no outono de 1957 e o mostrou para Girodias, que o achou ilegível. "O manuscrito não fazia muito sentido", escreveu Girodias mais tarde, "devido à deliberada ausência de qualquer organização." O editor parisiense sem dúvida também ficou desanimado com o próprio aspecto do manuscrito, que, lembrou ele, "estava em tal estado de abandono, corroído pelos ratos, completamente dilapidado, colagens, pedaços e fragmentos..."

Na lembrança de Terry Southern, Gregory Corso, outro dos beatniks errantes, o abordou juntamente com Mason Hoffenberg (coautores do romance *Candy*, que a Grove provavelmente devia ter publicado mas não o fez) quando eles estavam tomando café em Saint-Germain-des-Prés certa manhã e pôs o manuscrito na mesa, anunciando que o havia ganhado de Ginsberg e pedindo que Terry e Mason o avaliassem com seu (ainda) amigo Girodias, o que eles fizeram. Examinando o manuscrito, relata Terry, Maurice viu que havia pouco ou nada de sexo nas primeiras quinze páginas; logo, o livro não era para ele. Quando eles orgulhosamente lhe mostraram um boquete na página 16, Maurice zombou dizendo não só que era muito pouco como também que demorava muito a aparecer. Além disso, opinou que o livro era disforme, movendo-se hesitantemente no tempo e no espaço, e seus leitores queriam clareza, sexo a cada página e nenhuma ambiguidade.

O próprio Corso, quando indagado sobre o envolvimento de Mason e Terry, disse que essa versão era só "besteira", que foi Allen e ele que trataram diretamente com Girodias.

Em todo caso, depois da rejeição sumária de Girodias, o indômito sr. Ginsberg a colocou à prova com seu amigo Lawrence Ferlinghetti, poeta e dono de uma livraria de primeira classe e pequena empresa editorial de risco em San Francisco, a City Lights, que absolutamente não a considerou de seu agrado – de fato, para ser franco, achou "repugnante". A essa altura, Allen enviou um lote de oitenta páginas para seu amigo Irving Rosenthal, que na época editava a *Chicago Review*, e era adjunto da Universidade de Chicago e que, para seu grande mérito, imediatamente entendeu sua importância e tomou a corajosa decisão de publicar o trecho. Entretanto, a maioria das revistas universitárias está sujeita à aprovação do corpo docente, e eles o rejeitaram sumariamente. Ato contínuo, Rosenthal, que mais tarde viria para a Grove como editor, demitiu-se e começou sua própria revista rival, com sabe Deus que dinheiro, chamada *Big Table* e, em março de 1959, exatamente quando estávamos nos preparando para lançar

Lady Chatterley, publicou dez episódios de *Almoço nu*. As sempre vigilantes autoridades postais de Chicago, alertadas por algum sexto sentido (ou um membro inamistoso do corpo docente que se ressentiu do episódio da *Chicago Review*?), prontamente apreenderam várias centenas de cópias, o que gerou um rebuliço na imprensa, de sorte que o restante da ousada tiragem de 10 mil cópias foi rapidamente levada de carro para Nova York e San Francisco, esgotando-se na chegada. Então, no final da primavera daquele ano, *Almoço nu* foi finalmente impresso. Pelo menos em parte.

Maurice Girodias era um homem capaz de mudar de ideia e sabia como aproveitar uma oportunidade quando a farejava. Com toda a publicidade americana sobre o livro, e a tentativa de proibir *Big Table*, todos começaram a achar que a revista fosse uma publicação da Olympia. Negociando de um lado para o outro por intermédio do onipresente Ginsberg, Girodias pagou a Burroughs oitocentos dólares pelos direitos mundiais – um pouquinho melhor que a tarifa padrão para DBS – sem um contrato formal, claro, e em julho o livro apareceu em toda a sua glória vestido de verde, o número 76 na série Traveller's Companion da Olympia.

Na Grove, todo o rebuliço em torno de *Almoço nu* não passou desapercebido e o discutimos em várias reuniões editoriais. Tudo o que tínhamos para continuar eram os trechos em *Big Table*, mas eles eram suficientes. Embora *Almoço nu* estivesse longe de ser uma leitura fácil, seus fragmentos chegando em rápida sucessão, nem sempre se unindo com alguma coerência ao todo, existiam cenas de autêntico brilho e humor para rivalizar com a melhor palhaçada de cinema, embora revestido de um negror fúnebre. Sabíamos que precisávamos publicar, mas também que o momento não era nada oportuno. Com toda certeza Burroughs também teria de ser defendido no tribunal.

Em Paris, *Almoço nu*, que tinha saído em julho de 1959, não obteve mais sucesso que o restante da coleção, em parte porque a imprensa literária francesa ignorava todos os livros da Olympia e, mais provável, porque o público leitor de mão única para os livros da editora não via pé nem cabeça no seu número 76. Mas Maurice, que corretamente percebeu que *Almoço nu* explodiria quando publicado nos Estados Unidos – e consequentemente renderia direitos autorais –, começou, à medida que os meses se passavam, a nos bombardear, primeiro com apelos para nos convencer, depois com ameaças cada vez mais duras. Explicamos a Maurice que jamais poderíamos publicar *Almoço nu* antes de vencermos as batalhas por Lawrence e Miller: ao contrário destes dois, Burroughs ainda era praticamente desconhecido nos Estados Unidos, o que tornava sua defesa muito mais incerta, pois com certeza seríamos acusados de nos agarrar aos dois em busca de simples notoriedade e lucro rápido. Por fim, em novembro, assinamos um contrato e, embora não soubéssemos ao certo quando realmente poderíamos publicar, imprimimos os 10 mil exemplares adornados com uma magnífica capa de Kuhlman – para aplacar Maurice, outro ato de loucura, pois tínhamos pouco dinheiro e as gráficas tinham de ser pagas dois meses após a entrega. Apesar dessa providência, começando em 1960 e se arrastando por quase dois anos, Maurice, depois de nos bajular, passou a importunar e então a ameaçar tomar o livro e vendê-lo em outro lugar se não publicássemos "imediatamente". A acrimônia culminou em uma série de conversas que deveriam ter rompido nossas relações, e quase o fizeram, até que finalmente Maurice recuou, mas só depois que Burroughs, sempre o *gentleman*, nos escreveu uma carta de apoio, pois ele sabia que estávamos no ponto crítico com Miller.

Então, milagrosamente, no verão de 1962 um golpe de sorte tornou irrelevante a disputa. O editor inglês John Calder, com quem estivéramos em contato durante o último ano ou dois porque ele tinha publicado na Inglaterra muitos autores do nosso catálogo, Beckett inclusive, e que estava profundamente envolvido com o novo Festival de Edimburgo, convidou vários escritores americanos naquele ano: Norman Mailer, Henry Miller, Mary McCarthy... e William Burroughs. Ao longo do festival, onde Alex Trocchi também se destacou, Mary McCarthy declarou que Burroughs era um grande escritor e *Almoço nu* uma obra de arte. Este elogio inesperado de uma escritora famosa, além da publicidade decorrente, foi suficiente para nos convencer que chegara o momento de publicar. Havia um novo advogado no caso, Edward de Grazia e, também encorajados por ele, marcamos uma data de lançamento: novembro de 1962. Ao contrário dos projetos de capa para Lawrence e Miller, ambos simples e suavizados para enfraquecer qualquer acusação de exploração ou oportunismo, com *Almoço nu* decidimos por um ataque frontal. Tratava-se de um livro ligado às drogas e sobre as drogas e sua cultura, explícito, embora não ostensivo, em sua abordagem do sexo, e abertamente homossexual, quando a maioria dos homossexuais ainda não tinha assumido sua condição. Assim, a capa estampava uma colher, alusão clara à heroína. Saíram resenhas imediatamente e, conforme esperado, a avaliação não era uniforme: acolhemos bem até as negativas, pois eram tão virulentas que despertariam a curiosidade dos leitores. O livro foi para a lista de *best-sellers* do *New York Times* e lá ficou por várias semanas. Nem um pio dos federais nem, mais importante, dos locais. Era como se pudéssemos até ganhar algum dinheiro sem gastar a maior parte com advogados, nem ter nossa renda beliscada pelos piratas.

Mas não seria assim. Em janeiro, Boston, aquele bastião de probidade, acusou *Almoço nu* de obscenidade, e seguiu-se uma longa batalha legal. Somente dois anos mais tarde – depois que ganhamos a causa por *Trópico de Câncer* na Suprema Corte – foi derrubada a decisão da instância judicial inferior: *Almoço nu* era obsceno. De Grazia apelou e em 1966 – após quase quatro anos! – a mais alta corte de Massachusetts finalmente deu sentença favorável ao livro.*

* Em seu fascinante livro pela Olympria Press, *Venus Bound*, John de Saint Jorre afirma que essa sentença sobre *Almoço nu* colocou efetivamente um fim à censura nos Estados Unidos. Isso é apenas em parte correto. Embora a data de 1966 esteja certa, foi também a vitória de Charles Rembar naquele mesmo ano na Suprema Corte, no caso *A Book Named "John Cleland's Memoirs of a Woman of Pleasure" v. Attorney General of Massachusetts*, que encerrou a censura literária efetivamente nos Estados Unidos. Equipe de Rembar e De Grazia, 2, Comunidade de Massachusetts, 0. Dito isto, na realidade a censura nunca morre. Uma simples mudança de regime em um país determinado pode, em um voo rasante, anular ganhos passados e restabelecer os Diáconos da Decência.

39

FORMENTOR

UMA MANHÃ, no início da primavera de 1961, Barney enfiou a cabeça para dentro de meu escritório e perguntou se eu estava livre para almoçar. Eu estava. A despeito do hábito editorial do bairro residencial de almoçar em restaurantes sofisticados ou favoritos três ou quatro vezes por semana, eu preferia comer um sanduíche em minha mesa ou apanhar um hambúrguer e cerveja lá embaixo na Cedar Tavern. Naquele dia Barney também ligou para Fred e anunciou que almoçaríamos no Gene's, um restaurante italiano modesto porém excelente ali perto, na rua Onze. O martini para Barney chegou imediatamente, para Fred uma taça de vinho e para mim uma cerveja – a receita para cada um de nós pensar com mais clareza. Barney tirou do bolso um telegrama amassado, informando que as principais editoras europeias estavam programando um prêmio literário – a Gallimard na França, Einaudi na Itália, Seix Barral na Espanha, Rowohlt na Alemanha, Weidenfeld na Inglaterra. A Grove gostaria de ser a parceira americana? Seria um grande orgulho para nós, disse eu. Barney, justamente orgulhoso com a honra, estava de pleno acordo. Como foi, ficamos imaginando, que a Knopf não tinha sido escolhida, ou a Farrar, Straus, ambas maiores e de muito mais prestígio que nós?

Para ser justo, confessou Barney, ao que parece o grupo havia primeiro abordado Kurt Wolff, o famoso editor alemão que viera para os Estados Unidos antes da Segunda Guerra Mundial e fundara a Pantheon Books. Com seus muitos laços e sucessos europeus na Pantheon, ele era a escolha óbvia. Mas o tempo o deixara para trás: sem seu conhecimento a Pantheon tinha sido vendida por seus sócios para a Random House, em uma das primeiras fusões que estavam remodelando o setor, e embora Kurt e sua esposa, Helen, continuassem a publicar nos Estados Unidos pela Harcourt, Brace, ele não tinha propriamente uma editora, e não podia como "selo" – um novo termo no vocabulário de publicação para aqueles que possuíam independência editorial dentro de uma casa mas cujas outras funções, como produção, comercialização e realização, eram controladas pela companhia matriz – falar em nome da Harcourt. Aparentemente foi Kurt quem sugeriu a Grove, pois ele tinha visto o que havíamos publicado nos últimos anos, grande parte proveniente da Europa, e também estava impressionado com as batalhas judiciais que estávamos travando.

Havia algum inconveniente em se juntar ao grupo? Eu não conseguia pensar em nenhum, Fred também não, mas tínhamos algumas perguntas. Havia dinheiro envolvido? Nesse caso, quanto cada editora deveria investir, pois, do ponto de vista financeiro estávamos debilitados, para dizer o mínimo. Também éramos bem mais jovens e menores que a maior parte dos outros candidatos potenciais. Onde o prêmio deveria ser entregue, e quando? Que tipos de escritor o grupo tinha em mente? Barney estava eufórico com a ideia de nossa inclusão – era como mostrar o dedo médio para alguns editores antigos, nenhum dos quais havia nos apoiado em nossas intermináveis batalhas judiciais – mas ao final do almoço ele concordou que precisávamos saber mais. George Weidenfeld tinha feito o convite em nome do grupo, e foi para ele que Barney escreveu, pedindo alguns esclarecimentos.

Weidenfeld respondeu rápido. Segundo o plano, disse ele, o júri, que consistiria em dois ou três escritores e críticos indicados por cada editora, decidiria por uma pequena lista, da qual um vencedor seria escolhido na própria reunião. Ou, emendou ele, *vencedores*, pois o grupo estava dividido quanto a um ponto fundamental: o prêmio deveria ser concedido a um autor ou autora consolidados, coroando seu trabalho – uma espécie de pequeno ou antecipado Nobel –, ou para um desconhecido? No primeiro caso, cada júri nacional debateria e decidiria por um finalista, cada editora com um voto. Depois da primeira rodada, quando se presumia que a lista estaria mais reduzida, haveria um debate adicional, com posterior votação, até que um vencedor tivesse sido escolhido. Nesse ponto, perguntei em voz alta, surgiria uma coluna de fumaça? No segundo caso, o prêmio deveria ir para um jovem escritor, alguém que nunca publicara antes, ou alguém com apenas um corpo breve de trabalhos escritos, em outras palavras, uma espécie de prêmio revelação? Se fosse esta a rota adotada, os próprios editores seriam o júri. Quanto ao valor do prêmio em dinheiro, deveria ser significativo, embora modesto comparado com o Nobel: algo em torno de 10 a 20 mil dólares. Dividindo rapidamente por oito, pois havia aparentemente duas ou três casas editoriais escandinavas também envolvidas, percebemos que haveria pouco risco financeiro.

Se o prêmio contemplasse autores consolidados, não estaríamos pagando um dinheirão para promover o autor de outra editora? Egoistamente, o que havia nisso para nós? Se a decisão era para chamar a atenção para um autor ou autora mais jovem, o mesmo problema não surgiria se ele ou ela já tivessem sido publicados em um dado país? Nossas preocupações, segundo nos informaram, eram compartilhadas por outros, e depois de mais conversas transatlânticas decidiu-se que, em lugar de fatiar a criança em duas partes, teríamos gêmeos. Quanto ao nome, seria chamado de Prêmio Formentor, em homenagem ao local em Maiorca onde vários editores haviam se reunido para discutir a ideia no ano anterior, e onde os primeiros prêmios seriam concedidos nesta primavera, em abril de 1961. Cada vencedor receberia 10 mil dólares.

Tínhamos uma preocupação adicional: Formentor ficava em Maiorca, que fazia parte da Espanha, que era ainda governada pelo odiado generalíssimo Franco. Como poderíamos realizar uma discussão aberta e despreocupada em um país tão repressivo? A resposta veio de Carlos Barral, chefe da editora espanhola Seix Barral e um instigador-chave do conceito do prêmio. A ideia toda era a seguinte, disse ele: reunir editores do mundo inteiro que não estivessem sujeitos à repressão da censura para discutir livremente questões literárias e, consequentemente, políticas. A reunião, ao contrário de nossos temores, destacaria problemas políticos da Espanha, talvez obrigando Franco, cada vez mais preocupado com a imagem internacional da Espanha, a realizar algumas mudanças positivas. Respostas tranquilizadoras, achamos. De qualquer maneira, colocadas essas questões incômodas, firmamos por escrito, embora ainda quase no escuro, como a coisa toda funcionaria. Para mim, um dos extraordinários benefícios laterais do prêmio era que eu poderia fazer uma escala em Paris e ver Jeannette, que estava encerrando uma turnê de três meses de concertos na Europa. Por sorte, seu concerto final seria em Paris no dia 21 de abril, um evento deslumbrante na Salle Gaveau. Sua excursão estava indo às mil maravilhas, mas a cada carta ou telefonema eu percebia uma crescente nostalgia, um anseio de rever a família. Contratei uma segunda babá e chamei vários amigos para rendê-las nos fins de semana. No entanto, eu tinha que dar uma notícia para as crianças, uma tarefa que continuei adiando por receio de que elas fizessem uma revolução infantil. Então percebi como fazer o anúncio: eu ia para Paris buscar a mamãe! Viva o Papai!

Com essa batalha vencida, meu dilema agora era: eu deveria surpreender Jeannette ou avisar que eu estava chegando? Anunciar minha chegada dias antes de seu concerto poderia abalá-la e deixá-la contrariada. Seria possível chegar no *dia* do concerto, assistir ao concerto incógnito, depois surpreendê-la na sala verde?, perguntou sua mãe. Ou talvez bem mais tarde? Haveria, fiquei sabendo, uma recepção de gala posteriormente no Maxim's. Aterrissei em Orly no início da manhã de 21 de abril, apanhei um táxi e dirigi-me para a praça Port Royal, ao encontro de nossos amigos, os Manchons. A cidade, envolta na neblina, estava acordando, os cafés já lotados de trabalhadores vestidos de azul tomando seu estimulante vermelho e executivos de terno e gravata bebericando seu café da manhã, as calçadas cheias de mulheres bem-vestidas a caminho do trabalho ou escoltando os filhos para a escola, todos empacotados em casacos e cachecóis, pois apesar do calendário atestar a chegada da primavera o tempo ainda estava cinza e tempestuoso. Cada padaria por que passávamos exalava o irresistível odor de pão e croissants recém-assados. Ah, as visões e cheiros da cidade que eu amava; mesmo os sons estridentes dos ônibus fumacentos de tetos verdes e, ao longe, os gemidos queixosos de duas notas, *bop-ba, bop-ba*, de um carro de polícia ou ambulância traziam rapidamente de volta mil lembranças. Por que um dia deixei este lugar mágico? A uma luz vermelha olhei para um quiosque próximo, e ali, estampado em vermelho e preto, estava um enorme cartaz anunciando o concerto de Jeannette: "*Sous La Présidence de Monsieur André Malraux, Ministre d'État Chargé des Affaires Culturelles*", nada menos. Jeannette me havia contado de sua decisão de doar toda a renda do concerto para vítimas da pólio, o que havia resultado no patrocínio de Malraux.

Enquanto cruzávamos a cidade, vi o mesmo cartaz de Jeannette em praticamente todos os quiosques, o que me fez sentir, por um dia pelo menos, como se eu fosse o dono do pedaço. E pensar que eu poderia ter perdido isto! Por reflexo, cruzei os dedos, pois eu sabia que, por mais preparada que ela estivesse, os nervos estavam sempre prontos para nos trair. Lembrei-me de ter lido em algum lugar que Arthur Rubinstein, embora tivesse realizado concertos durante décadas com total serenidade, dizia que mesmo quando já era idoso, no carro que o transportava para as salas de concerto, era sempre invadido pela certeza de que seus dedos de repente virariam espaguete.

Saí passeando por Paris, até o cais, onde as atrações irresistíveis das bancas de livros me retiveram por uma hora, talvez mais. Fazia tempo que eu havia frequentado os *bouquinistes*, sempre certo de poder encontrar alguma preciosidade negligenciada, alguma primeira edição de um autor favorito, e muitas vezes encontrei recompensa suficiente para manter o hábito. Aquela manhã, quando a névoa matinal se elevou e o sol brilhou radiante sobre o turvo Sena e os antigos palácios da realeza, senti que em diversos sentidos seria meu dia de sorte. Então, em vez de ficar olhando a esmo para as mercadorias por que estava passando, comecei a perscrutar cada exposição de livros, tanto que o vendedor, que normalmente ficava sentado em sua cadeira dobrável lendo seu jornal pela enésima vez, um *mégot* pendente de seu lábio, aparentemente inconsciente de seus clientes potenciais, podia ficar desconfiado e se aproximar devagar: "*Vous cherchez quelque chose particulier?*". Procurando alguma coisa especial? Ao que eu responderia: "*Une première édition de Proust, par exemple?*". Talvez uma primeira edição de Proust? O que geralmente provocava uma explosão de riso descontrolado, seguida por "*Mais vous êtes fou, non?*". Você está louco? Mas aquele dia eu não estava tão louco, pois, de repente, na quarta ou quinta banca, o azul apareceu, um azul que eu conhecera e desejara durante anos, um azul distinto, como nenhum outro: um exemplar da edição da Shakespeare and Company de *Ulisses*! Com a mão trêmula, apanhei-o. É mesmo! Folheei as primeiras páginas. Vi que não era a primeira edição mas a quarta. Quem se importava? Ele vinha da mão da abençoada Sylvia Beach! Aparentando indiferença, virei-o, vi que a capa estava ligeiramente rasgada e recoloquei-o delicadamente entre os outros, banais. Apanhei ao acaso outro livro do monte. Fiz o mesmo com mais três ou quatro, parte de meu inteligente estratagema, um deles era *La Nausée* de Sartre. Perguntei quanto era e o vendedor enunciou um preço mais que razoável, mais ou menos metade do preço de capa. Eu disse que iria levá-lo e então deixei minha mão pairar sobre vários outros livros danificados antes de retornar ao azul, *mon trésor*. *"Et ceci?"* E este aqui? *"Ah"*, disse ele, *"c'est spécial."* Esse é especial. *"C'est de Joyce, vous savez."* Esse é de Joyce, o senhor sabe. E citou um preço bem além de meu orçamento, quinze dólares ao câmbio vigente (o que hoje se traduziria em cerca de cem dólares). *"Ein?"*, disse eu, como se ignorasse o irlandês, fingindo colocá-lo de volta, minha mente acelerada. *"Dommage que la couverture est déchirée au dos."* Pena que há um rasgão atrás. Ele o apanhou, virou-o, tirou uma baforada final de seu *mégot* – mais uma teria chamuscado seu lábio inferior –, meneou a cabeça e reduziu o preço em um terço. Eu ofereci metade. Concordamos em 27,50 francos novos, aproximadamente 5,50 dólares, trocamos um aperto de mãos e despedimo-nos, cada um certo de ter ganho seu dia.

Almocei em meu velho bar favorito, o Raffy, onde fui saudado como o filho pródigo, embora eu não tivesse estado lá havia anos. *Steak frites*, com o tradicional vinho da casa. Para meu desânimo notei que os preços haviam subido sensivelmente. Com queijo e sobremesa, a conta que nos bons tempos teria sido de um dólar agora chegava a alarmantes três! Depois do almoço, uma rápida virada na esquina para ver Jérôme Lindon, afável como sempre, ainda vestido em seu terno escuro e impecável camisa branca e gravata de bom gosto, a fala em *staccato*, um riacho gaulês descendo apressado a montanha, atualizando-me sobre Beckett. Em seguida me agradeceu por tê-lo envolvido na publicação americana de *Question* de

Henri Alleg e me pôs a par de todos os processos – literalmente – por que ele havia passado por causa daquele livro: proibição, interrogatórios policiais, telefonemas ameaçadores tarde da noite, até tentativas de fechar suas portas. Ele disse que queria me apresentar a seu editor, que era ninguém menos que nosso autor Alain Robbe-Grillet, com quem havia me encontrado em Nova York no ano anterior. De algum modo, Alain deixara de mencionar seu emprego diurno – ou seria noturno? – na Minuit. Já havíamos publicado dois de seus romances, *Jealousy* e *In the Labyrinth*, os quais achei inquietantes e extraordinários. Depois de alguns minutos em seu minúsculo escritório, Alain sugeriu que fôssemos tomar um *pot* no Deux Magots, onde mais tarde ele expôs melhor o conceito de *nouveau roman*, um termo imposto a ele, disse, e a vários outros jovens romancistas, embora ele insistisse que eles eram todos bastante diferentes e realmente não havia uma "escola". "Os críticos", disse ele, "simplesmente adoram colocar rótulos em obras que eles não gostam ou não entendem."

Subitamente percebi que já passava das cinco e eu era esperado na casa dos Manchons. "Se eu soubesse", disse Alain. "Catarina e eu teríamos gostado de ir ao concerto." Ele tinha um convite da NYU para ir aos Estados Unidos durante um semestre do ano seguinte e pretendia aceitar. Eu achava que era uma boa ideia? Com certeza, desde que não prejudique sua escrita. Não prejudicaria, garantiu-me. "E este Richard Howard", perguntou, "ele é bom? Ele parece traduzir meus livros quase antes de eu terminar. Ele é tão rápido!" Garanti a ele que Richard era realmente o melhor. Um de meus primeiros trabalhos na Grove tinha sido editar a tradução de Richard de *Jealousy*, e eu a achei excelente. Além disso, garanti a Alain, quando eu tinha uma dúvida ou discordava, Richard era sempre rápido em responder ou aceitar. Não, pode acreditar, garanti, você está bem servido.

Às sete em ponto, Jeanne, Frank e eu tomamos um táxi para a Salle Gaveau, onde nos encontramos com os pais de Jeannette. Já havia uma multidão desordenada lá fora, em trajes de gala. Era uma grande noite para ela, em sua jovem carreira, talvez sua maior noite. Quando as luzes se apagavam, meu coração batia tão alto que receei que não iria ouvir a música. Então ela chegou ao palco, sob um aplauso caloroso, minha querida adorável em seu longo vestido rosa-claro. Ela parecia totalmente calma. Então por que eu estava nervoso? Ela se curvou, acomodou o violino entre o pescoço e o ombro, acenou discretamente para sua acompanhante, Thérèse, e após as primeiras notas relaxei. Ela estava realmente no comando, seu tom magnífico rico e puro, a plateia encantada. Após as últimas notas houve um longo momento de silêncio, seguido por estrondoso aplauso.

No intervalo, espião furtivo, inclinei a orelha para entreouvir os comentários, que iam do alto elogio ao absoluto encantamento. Quem é esta jovem? Onde ela estava se escondendo? Na América, suponho. Mas que som! Bach... Esbarrei em várias pessoas que eu conhecia, que não tinham a menor ideia de que eu viria, e receei que a notícia se espalhasse pelos bastidores, estragando a surpresa, mas aparentemente isso não aconteceu. Houve quatro bis até que Jeannette fizesse sua mesura final. Meia dúzia de buquês foram entregues – a mim – por desconhecidos. Voltei-me e abracei sua mãe, que abraçou Jeanne, que abraçou Frank, que me abraçou. Atordoados, abrimos caminho para os bastidores, onde uma pequena multidão já estava se formando. Eu era o último na fila. Então ela me viu, incrédula. "Você estava *aqui*!" E se apressou para os meus braços abertos. "Claro, madame. Eu não teria perdido isto por nada no mundo!" "Por que você não me avisou? Por que não..." "Explicarei tudo mais tarde. E bravo, *mon amour*." "Mas quem está cuidando das *crianças*?" "Catarina, nossa *fille au pair,* tem tudo sob controle, não se preocupe", tranquilizei-a, mas antes que eu pudesse dizer mais, outros se intrometiam, adiando as explicações.

O dono do Maxim's, monsieur Vaudable, tinha fechado o lendário restaurante às dez horas para "uma festa particular". Em meu terno azul-escuro e gravata sóbria, senti-me depreciado. Rosas brancas em cada mesa, champanhe rolando, finalmente nos sentamos para uma ceia quase meia-noite. O Maxim's foi onde Roszi havia consolidado sua carreira, por muitos anos a principal atração de lá. Originalmente formada como violinista clássica, a mãe de Jeannette tinha evoluído até ser a primeira mulher violinista cigana, que se apresentava com grande sucesso em boates. No final dos anos 1930, ela abriu sua própria boate no Champs-Elysées. Vaudable era um de seus maiores e mais antigos admiradores, e esta era uma chance de mostrar a ela o quanto a estimava.

Passava das duas quando finalmente fomos para a cama, eufóricos. De repente me lembrei de que tínhamos de apanhar um avião para a Espanha na manhã seguinte.

No desjejum, informei Jeannette sobre o Prêmio Formentor, para onde estávamos nos dirigindo. Depois que a lembrei do conceito, ela quis saber como oito ou dez editores, todos de países diferentes, poderiam chegar a um acordo sobre alguma coisa. Eu estava no júri americano. Era por causa de Beckett, disse eu: Barney desejava muito que Beckett ganhasse o prêmio e sabia que eu faria uma defesa vigorosa. Informei a composição dos diversos júris: para os italianos, Alberto Moravia, Italo Calvino, Elio Vittorini, e um de seus mais importantes críticos literários. Da Weidenfeld, Mary McCarthy e Iris Murdoch; da Alemanha, o jovem porém renomado poeta e romancista Hans Magnus Enzensberger. Para nosso júri, na Costa Oeste Don Allen tinha sugerido Herbert Gold, que imediatamente concordou. Que tal Henry Miller? Convidado, Henry polidamente recusou, mas prometeu que consideraria participar no ano seguinte se a sua agenda permitisse.

Cada editora precisava indicar dois candidatos para o Grande Prêmio, como logo apelidamos este aspirante a Nobel. Assim, tínhamos começado com uma pequena lista de cerca de uma dúzia, cujos nomes mais proeminentes, pelo menos em nossa opinião, eram os de Samuel Beckett e Jorge Luis Borges.

Jeannette e eu chegamos a Formentor tarde da noite. Após uma bebida quente com os demais editores, que lá estavam pelo menos um dia antes neste maravilhoso *resort* cinco estrelas, fomos para o nosso quarto. Depois de acordar cedo e ainda eufórico, desci para o térreo e perambulei sob o sol lá fora. Os degraus para o Mediterrâneo eram flanqueados de ambos os lados por brotos de gerânios rosa e vermelho com sua proverbial abundância de cor. Voltei correndo e tirei Jeannette da cama; ela tinha que partilhar da beleza e de um mergulho matinal, o céu acima sem nuvens, azul profundo. Mágico.

Passamos o primeiro dia filtrando a pequena lista até restarem dois candidatos. Os discursos de apoio a cada um eram persuasivos e apaixonados, mas logo se evidenciou que o prêmio tinha um defeito, talvez não fatal, mas sério. Para ambos os prêmios havia uma divisão clara entre norte e sul, as línguas germânicas de um lado e as românicas do outro. Com o júri dividido ao meio, sem nenhum toma lá, dá cá aparente, fiz um forte apelo em favor da candidatura de Beckett, conferindo a Borges o seu mérito mas sugerindo que Beckett era o maior escritor vivo da língua inglesa, talvez do mundo, comparando-o a Joyce mas acrescentando (num salto maior que a perna, eu sabia) que em minha humilde opinião ele um dia iria não só estar ao lado mas provavelmente *acima* de Joyce pela profundidade e diversidade de sua obra. Premiando Beckett, insisti, enviaríamos ao mundo literário uma forte mensagem sobre este prêmio.

Os rostos dos italianos, espanhóis e franceses mostravam que minhas palavras, como as de outros membros ingleses e americanos do júri, tinham produzido pouco ou nenhum impacto. A votação – a segunda rodada – terminou novamente em um empate. Grupos misturados e confabulações não resultaram em um acordo. Por fim, relutantemente, os seis concordaram na discórdia: dividiríamos o prêmio entre Beckett e Borges. Não era uma conclusão feliz, mas ambos eram escritores de importância mundial, e as escolhas ainda diriam ao mundo que este era um prêmio sério, digno de atenção.

Quase como uma reparação tardia, o Pequeno Prêmio foi concedido a Juan Garcia Hortelano, o candidato espanhol, sem dissensão e, como se concluiu mais tarde, sem repercussão.

Apesar do cisma norte-sul, e da incapacidade pouco gloriosa de decidir por um único vencedor, a impressão geral foi que a semana tinha valido a pena para todas as partes. Para a Grove, da noite para o dia nos alçou a um nível de importância internacional, e tanto Barney como eu sentimos que doravante seria mais fácil fazer negócios com nossos colegas estrangeiros. Quanto ao dinheiro, calculamos que a ocasião como um todo, incluindo passagens aéreas, hotel, refeições para sete – nós mesmos e o júri americano – mais nossa parte do dinheiro do prêmio, somava não mais que 10 mil dólares. Para uma empresa agora acostumada a pagar esse montante para um único caso judicial de Henry Miller, isso foi para nós uma verdadeira pechincha.

40

CITY OF NIGHT

FOI DON ALLEN que nos indicou John Rechy, a julgar por sua foto um jovem bonito e musculoso, cabelos escuros, de Los Angeles, cujo primeiro romance, *City of Night,* iria, já por seu tema, segundo Don nos garantiu, trazer mais fama e glória para a Grove. Desconfiávamos que também nos traria mais casos judiciais, e já estávamos repletos de fama, a maior parte dela ruim. Mas confiamos em Don, que tinha cuidado do manuscrito por muito tempo, desde seu início como um conto. Como muitos trabalhos da Grove, *City of Night* tinha tido seu início na *Evergreen Review,* começando com "Mardi Gras" no número cinco. Rechy tinha levado uma vida itinerante por anos, mudando-se de sua nativa El Paso para meia dúzia de cidades na Califórnia, Dallas, Houston, Nova York e New Orleans, onde morou durante o que ele chamou "uma eternidade" – várias semanas – antes de retornar a El Paso. Como Rechy escreveu em sua introdução para uma reedição de *City of Night*, um dia depois de sua saída de New Orleans, na Quarta-feira de Cinzas, ele escreveu uma longa carta para um amigo em Illinois descrevendo sua vida nestes anos passados, "viajando de um lado para o outro em todo o país – carregando todos os meus pertences em um saco de lona do Exército; entrando e saindo de vidas, às vezes brevemente vislumbradas mas sempre intensamente sentidas" e detalhando suas memórias da temporada de Mardi Gras recentemente encerrada.

> Naquela cidade de Carnaval de velhos cemitérios e sinos de igreja dobrando, eu dormia apenas quando a fadiga exigia, movido a "bennies" e em ondas dissonantes de vozes, música, risadas tristes e felizes. O súbito silêncio da Quar-

ta-feira de Cinzas, o luto da Quaresma, chacoalhou-me como se um grito a que eu me acostumara tivesse sido estrangulado. Fui acordado pelo *silêncio*, um silêncio inquisitivo de que eu tinha que fugir.

Rechy nunca enviou esta carta, e uma semana depois a encontrou amarrotada em um dos bolsos. Decidiu transformar suas fortes memórias de New Orleans em um conto intitulado "Mardi Gras" e o enviou para a *Evergreen*. Don Allen o leu, gostou e escreveu para Rechy em El Paso dizendo que o conto estava em consideração para publicação na revista e perguntando se por acaso era parte de um romance. Não era – Rechy não chegara a considerar escrever um romance. John relata que ele ainda não tinha nenhuma intenção de escrever um romance, mas continuou a enviar histórias para *Evergreen*, que fielmente as publicou, começando com o número do verão de 1958, seis meses antes de eu chegar. Mas a publicação de novos autores na *Evergreen*, à qual agentes e editoras estavam começando a prestar atenção, era uma faca de dois gumes: outros editores começaram a se interessar por esse jovem autor sério, e pelo menos dois fizeram uma oferta concreta. John, decidindo que queria ser publicado apenas pela Grove, escreveu para Don informando-o das outras ofertas. Depois de uma precipitada reunião editorial, soubemos que nossos sentimentos eram, como dizem, mútuos, e Don foi enviado até John com um contrato e um cheque de adiantamento. Com isto acertado, John ainda achava impossível se concentrar, escrever um romance completo, preferindo, admitiu ele, mergulhar de novo em seu "mundo da rua". Finalmente, encorajado por um amigo íntimo que pelo menos em parte pode ser visto no livro como Jeremy, John voltou para El Paso e começou a escrever diariamente, como se tivesse febre, em uma máquina de escrever Underwood alugada. Toda noite John, que era metade mexicano, traduzia passagens "apropriadas" em espanhol e as lia em voz alta para sua mãe, que não sabia inglês. Ela escutava cuidadosamente e, quando ele terminava, elogiava-o pelo ótimo livro que ele estava escrevendo. Finalmente, quatro anos depois da carta pós-New Orleans, o romance foi concluído e enviado. Don fez uma ligeira edição, pois o original parecia especialmente refinado e compacto, e o incluímos no catálogo. Por causa do título, sugerimos que nossa capa fosse uma tomada noturna misteriosa de uma rua da cidade. Nada do que Kuhlman apresentava parecia certo, então carreguei minha máquina fotográfica 35 milímetros, que já tinha conhecido dias melhores, até a rua 42 e, perambulando pela rua vindo da Sexta Avenida oeste, comecei a tirar fotos, duas ou três dúzias ao todo. Uns dois dias depois, quando foram reveladas, eu as trouxe para o escritório e as mostrei. Sim, elas captavam o espírito do romance: cenário urbano escuro, sombras furtivas. Vendidas. Na hora certa para o catálogo.

Quando John recebeu as provas de composição, porém, tudo parecia "diferente". Ele tinha achado ótimo o original, mas quando foi composto tudo o que ele conseguia ver eram erros: palavras erradas, sentenças canhestras, parágrafos antiquados. Ele começou a corrigir, a princípio ligeiramente, depois cada vez com mais rigor. Ele deveria devolver as provas duas semanas depois de recebê-las, e quando elas não vieram, sua resposta foi "estou fazendo algumas ligeiras correções". Mais duas semanas, um mês. O livro teria que ser adiado. Em San Francisco, Don entrou na história e informou que, aparentemente, as correções seriam mais severas do que John advertira. Droga! Finalmente elas chegaram para Don: no texto, nas margens, em páginas recém-datilografadas, John praticamente havia reescrito o livro.

Don ligou para dizer que havia checado cada mudança cuidadosamente, até meticulosamente, pronto para cancelar qualquer coisa arbitrária, e achou que as mudanças de John eram sempre para melhor. Eu imagino, disse, que teremos que compor tudo de novo. O "Hmmm" de Don era polidamente ambíguo, mas quando as provas chegaram fizemos uma recomposição total. John, desgostoso e sem querer que sua relação com a Grove ficasse desgastada logo de saída, escreveu dizendo que ficaria contente em pagar pelas alterações, descontando de seus direitos, como rezava o contrato. Um gesto que educadamente recusamos.

Antes mesmo de ser publicado no final da primavera de 1963, *City of Night* foi para a lista dos mais vendidos do *New York Times*, em oitavo lugar. Uma das primeiras resenhas, também antes da publicação, era da *New York*

Review of Books de agosto, que o atacou duramente. A resenha da *The New Republic* era igualmente negativa, mas a afronta de ambos pode ter ajudado mais que prejudicado, pois o livro logo ganhou posições em várias listas de *best-sellers* e permaneceu durante vários meses. Um escândalo, com certeza! Esses pervertidos da Grove não têm limites? Como se *Chatterley* e os *Trópicos* não bastassem, agora *Almoço nu* e *City of Night*!

Realmente!

41

FILME

Em 1963, dado o sucesso crescente de vários dramaturgos da Grove – Beckett, Harold Pinter, Ionesco, Genet, Brendan Behan (sim, o querido Brendan estava de volta a minha vida!) – uma produtora de TV, a Four Star, procurou-nos com uma ideia intrigante: por que não pedir a quatro de seus maravilhosos autores para escrever roteiros televisivos? E, a propósito, temos aqui 80 mil dólares para começar. A primeira pessoa abordada foi Jean Genet, que disse um estrito não. Mas Beckett, Pinter, Ionesco, Marguerite Duras e Robbe-Grillet – que haviam todos recentemente se voltado à escrita de roteiros para filmes – disseram sim. O primeiro a entregar foi o próprio Beckett, que enviou um trabalho curto, complexo, mas brilhante que, como era de prever, ele chamou de *Filme*.

Barney estava em êxtase; a ideia de se aproximar de novo da produção de filmes o encantou. E mais, Beckett respondeu positivamente ao nosso convite para que ele viesse aos Estados Unidos supervisionar a filmagem, ou pelo menos para estar presente, o que foi marcado para o verão de 1964. Todos concordaram com a escolha do diretor, Alan Schneider, que vinha trabalhando nos últimos anos com Beckett, a partir de sua direção de *Esperando Godot*. Era um filme de uma só pessoa, e a primeira e óbvia escolha era Charlie Chaplin, cujos primeiros filmes Beckett admirava muito. Quando consultado, o escritório de Chaplin respondeu que o sr. Chaplin não lia roteiros. Zero Mostel, outro candidato, não estava disponível, como tampouco o amigo e artista favorito de Beckett, o ator irlandês Jack MacGowran, envolvido com outro filme. Assim, o ator escolhido, já longe de sua melhor forma, foi Buster Keaton, cujos filmes mudos Beckett também admirava quando jovem. A pedido de Beckett, Barney e Alan o procuraram no Canadá, onde ele estava fazendo um comercial de TV, e o contrataram, e ele deveria chegar em breve a Nova York, pouco antes das filmagens. Não se sabia ao certo se ele tinha lido o roteiro ou não; se o fez, é duvidoso que o tenha entendido: era um roteiro extremamente simples envolvendo dois aspectos do mesmo protagonista: um, o que percebia, o outro, o percebido, o primeiro insistentemente procurando, o segundo tentando desesperadamente se esconder.

Beckett chegou a Nova York em 10 de julho e foi recebido no aeroporto por Judith, que o escoltou até um avião monomotor particular que lhe propiciou um voo turbulento mas feliz de quarenta minutos até East Hampton na ponta de Long Island, a cabana-residência de verão de Barney em Quonset. Mais cedo, Barney havia pedido a Milton Perlman – velho amigo e a essa altura um dos diretores da Grove, cuja tarefa era administrar nossas práticas empresariais quase sempre demasiado erráticas ou antiquadas –, para ser o produtor, e me nomeou produtor-associado, um título pomposo para um trabalho que consistia em garantir que Beckett estava feliz e bem cuidado. Perlman tinha alguma experiência com cinema, mas eu não tinha nenhuma, afora minhas noites intermináveis na Cinémathèque em Paris, onde ao longo dos anos provavelmente vi a maioria dos clássicos, incluindo todos os de Chaplin e Keaton.

O fim de semana no East Hampton, ao qual Alan Schneider também tinha sido convidado, foi passado em grande parte discutindo o filme, mas o tempo estava magnífico e foi possível nadar, refestelar-se na piscina e jogar tênis. Beckett, que confessou que havia anos não empunhava uma raquete, ficou todavia tentado a entrar na quadra para "levar algumas cortadas", primeiro com Barney, depois comigo. Dava para ver que ele sabia jogar; sua forma era boa, ainda que enferrujada, e quando a bola voltava, era objetiva e na maioria das vezes precisa – ou seja, bem dentro das linhas. Mas para o crescente desânimo de Beckett, ele errava totalmente a cada terceira ou quarta bola. A cada erro ele meneava a cabeça e finalmente, indignado, abandonou a quadra Har-Tru, muito mais lenta que a grama na qual ele jogara antigamente, onde o pique da bola é bem diferente. Resmungou sobre sua forma precária, mas Barney e eu sabíamos que o problema em grande parte eram seus olhos, pois ele estava sofrendo de redução da acuidade visual e receava ficar cego.

Barney marcou um ponto importante ao contratar o cinegrafista Boris Kaufman, uma lenda no ofício, que já possuía uma longa carreira e tinha trabalhado com Jean Vigo na França no início dos anos 1930. O operador de câmera era Joe Coffey, um sujeito parrudo também dono de altas credenciais e que, no curso da filmagem, sempre transpirava confiança e bom humor à medida que, um após outro, surgiam os inconvenientes. De volta à cidade, Alan e Beckett caminhavam sem parar, em busca de locações. Embora visivelmente afetado pelo calor e umidade, pois nunca havia experimentado nada parecido com o verão de Nova York, Beckett jamais reclamou. Um dia, na baixa Manhattan, os olhos de Beckett se iluminaram quando surgiu em nosso campo visual uma antiga parede dilapidada bem junto à ponte do Brooklyn. Ele agitou positivamente a cabeça e indicou que era ali que a sequência de abertura deveria ser filmada, sem nenhuma dúvida. A parede, parte de um edifício que seria demolido, era puro Beckett: decadente, irregular, o cimento descascado e se esboroando.

Keaton estava na cidade, e Beckett e Alan fizeram-lhe uma visita em sua suíte no hotel. Beckett, que havia sugerido Keaton, esperava ansiosamente o encontro, confessou, com uma dose de nervosismo. Eles chegaram, como Alan registrou na versão publicada de *Film*, e encontraram Keaton assistindo a uma partida de beisebol na televisão e tomando cerveja, apenas acenando com a cabeça a seus dois convidados distintos, cujos esforços para conversar produziam pouca ou nenhuma resposta. Por fim, eles saíram da suíte, mas não antes de Beckett, que não perdia nada, observar que tinha visto um pouco do jogo, que o lembrava do jogo de críquete, embora obviamente bem diferente. A qual time Keaton estava assistindo?, quis ele saber. Os Mets, disse eu. Um time bem jovem, falei, ainda me contorcendo. O time realmente bom em Nova York são os Yankees. Dominantes. Haveria tempo para assistir a uma partida?, ele perguntou. Um "game". Ah, sim, claro. Eu disse que não sabia, por causa da programação das filmagens, mas verificaria.

As filmagens começaram em uma segunda-feira, no local ao ar livre que Beckett escolhera sob a ponte do Brooklyn. Apesar de seu ar de autoridade, Alan estava mais que um pouco nervoso, porque apesar de toda sua experiência teatral ele nunca dirigira um filme antes. A manhã também estava muito quente. A cena retratava Keaton, apesar do calor vestido com um sobretudo e chapéu esfarrapado de onde pendia um lenço, para melhor esconder-se do olho percebedor, rodeando a parede para escapar do perseguidor, finalmente fugindo para a entrada de um edifício de apartamentos. Tomada após tomada, com o comportamento imperturbável de Keaton impressionando Beckett cada vez mais à medida que o dia passava com lentidão. Entrando e saindo da fuga de Keaton ao longo da parede vários figurantes passavam, aos quais Coffey, segundo ordens de Alan, perseguia com a câmera para registrá-los. À noite, quando os fragmentos do primeiro dia foram vistos, o resultado foi um desastre total. Uma coisa chamada efeito estroboscópico, resultado das panorâmicas, tornava a cena inutilizável, dolorosa de assistir. Alan ficou imensamente contrito, resmungando desculpas. Beckett assistia impassível; se estava decepcionado, não demonstrava. Meneando a cabeça, Alan declarou que a cena teria que ser refeita. Barney ou Perlman, provavelmente o segundo, imediatamente contestou: o orçamento rígido simplesmente não permitia. O dia, que começara com tão elevadas esperanças e empolgação, estava acabando mal, as recriminações se alternando com as desculpas. Foi Beckett que, saindo do silêncio, salvou a situação. Ele disse com tranquilidade que eliminaríamos a cena, que se destinava a definir os dois elementos do protagonista, e manteríamos apenas a imagem de Keaton ao longo da parede, sem os figurantes.

Se a melancolia e a dúvida perpassaram aquela primeira noite, a filmagem dos dias seguintes correu quase sem nenhum problema, especialmente assim que saímos da rua e entramos para o estúdio no Upper East Side de Manhattan, onde o cômodo interior havia sido montado segundo as especificações de Beckett. Keaton agora estava mais em seu elemento e, por sugestão de Milton, talvez estivesse até começando a entender sobre o que era o filme. Pelo menos formara uma vaga ideia. Keaton, em uma cadeira de balanço, tinha que contracenar com um gato e um cachorro, cujo aparecimento exigiu múltiplas tomadas à medida que ele lidava com seus intrusos indesejados. Depois disso, ele ardilosamente cobriu outros elementos intrusos que percebia que ameaçavam seu ser: um aquário redondo com um peixe dourado, a gaiola do papagaio, o próprio espelho que perigosamente refletia sua imagem. Depois ele eliminou da parede a imagem divina, de olhar fixo.

No segundo dia de filmagens internas, Jeannette juntou-se a nós, e em uma sacada acima do set flanqueamos Beckett, que assistia a cada tomada com total isenção, silenciosamente encantado com a compreensão intuitiva de Keaton do que precisava ser feito, melhorando a cada tomada, Beckett visivelmente anuindo com a cabeça a cada vez que uma delas em especial o satisfazia, os braços apoiados na grade, uma mão em cada bochecha. Em dado momento, olhando fixo para o set enquanto uma nova tomada era preparada, voltou-se para Jeannette e, mais sério que brincalhão, disse com um suspiro: "Aquele quarto lá embaixo. Sabe, eu poderia viver nele muito feliz". Conhecendo Beckett, você sabia que ele falava sério: se fosse eliminada a decoração – o papagaio e o peixe-dourado, o gato e o cachorro –, aquele quarto simples, decente lá embaixo não era muito diferente dos aposentos tão simples de Beckett em Ussy.

Um dia, quando as filmagens prosseguiram até tarde da noite, acabamos em algum restaurante próximo da casa de Barney na rua Houston, depois seguimos para o andar de cima onde havia três ou quatro quartos extras. Jeannette e as crianças tinham regressado a East Hampton para o verão, por isso fiquei grato por não ter que ir de táxi para casa. Com a manhã não muito longe mas a casa ainda às escuras, vi minha porta se abrir e uma visão espectral emoldurada na entrada, hesitante e manca, procurando algo ou alguém. Sonambulismo talvez. A visão deu um passo hesitante, depois dois, para dentro do quarto, e percebi que era Beckett, totalmente nu. "Sam", disse eu, indeciso. "Dick", disse ele, "é você?" Confirmei, lisonjeado por ser escolhido, e perguntei se podia ajudar. "Você pode", disse ele. "Eu achei que aqui fosse o banheiro. Se você pudesse me fazer a gentileza de me mostrar onde é." Vacilante, porque eram quatro da manhã, saí da cama, segurei seu cotovelo direito e o guiei até a porta ao lado da minha. O banheiro.

. . .

Eu não esquecera minha promessa de levar Beckett a uma partida de beisebol. Embora meu coração estivesse com os Mets, eu esperava poder mostrar a ele o melhor do esporte levando-o ao Yankee Stadium. Mas os Yankees estavam na estrada, por isso os desventurados Mets eram tudo o que eu tinha. Reservei duas boas cadeiras para 31 de julho, o mais perto que consegui da "home plate", logo adiante da linha do "left-field". Era uma jornada dupla, a primeira partida começando às quatro, em plena luz do dia. O tempo havia favorecido e, assim, dessa vez Beckett conseguiu provar uma tarde como as de Dublin, fresca e com brisa. Em todo o caminho até o Shea Stadium, desculpei-me pelo time que iríamos ver, que tinha muito empenho mas quase sempre em vão. Era preciso ser um torcedor fanático para não desistir deles, disse eu enquanto tentava explicar os rudimentos do jogo. Eu só havia visto críquete duas vezes em minha vida, ambas com Matthew Evans, que havia paciente mas infrutiferamente tentado revelar para mim os mistérios do esporte; a única semelhança que consegui descobrir era que havia um jogador que lançava a bola, de forma muito canhestra, pensei, e um rebatedor. Beckett escutava atentamente enquanto eu falava sem parar. Em dado momento, ele disse que achava que havia entendido a ideia geral, e enquanto tomávamos assento em nossas cadeiras ele me felicitou pela escolha, tão perto do campo, pois se fosse muito atrás, explicou, ele teria tido dificuldade para enxergar. À medida que a partida avançou, ele fez perguntas-chave, querendo saber por que, por exemplo, quando um rebatedor acertava a bola com tão pouca força mesmo assim ele corria como se sua vida dependesse disso. E por que cargas-d'água no que se chamava uma "passed ball" o rebatedor não corria, apenas ficava ali parado. "Balls" e "strikes" ele entendeu de imediato, e ficou muito impressionado com os árbitros vestidos de azul, que atuavam com enorme e histriônica autoridade. Surpreendentemente, e desafiando todos os meus sombrios prognósticos, os Mets não apenas jogaram bem como venceram a primeira partida.

Quase de modo reprovador, ele se voltou para mim e perguntou se eles eram realmente tão ruins quanto eu os havia pintado. A maioria das vezes, disse eu, envergonhado. E em seguida: "Você gostaria de ir agora?". "Acabou, então?", perguntou ele. O primeiro jogo sim, expliquei, mas tem outro em seguida. É a chamada partida dupla. Isto é incomum? Bastante, disse eu, geralmente porque em algum momento na temporada uma ou várias partidas tiveram que ser adiadas devido à chuva e precisaram ser remarcadas. "Então há uma outra partida inteira?" Confirmei com a cabeça. "Então devemos ficar. Não queremos partir até que esteja terminada, não é?" E foi o que fizemos, durante mais três horas, a segunda metade das quais foi passada sob as luzes, onde Beckett, mesmo perto assim, teve dificuldades para enxergar. Agora, a cada vez que uma bola era rebatida para a parte mais externa do campo, ele se erguia, empurrava os óculos para trás em sua massa espessa de cabelos, e apertava os olhos para dentro da noite, na tentativa de ver se era uma rebatida ou se, como ele reiterava, infelizmente não deu em nada. Contrariando-me mais uma vez, os Mets venceram a segunda partida também. Quando nos levantávamos para ir embora, Beckett disse com um sorriso matreiro: "Talvez eu devesse vir ver os Mets mais vezes. Parece que dou sorte para eles".

Na última semana de sua estada, Beckett trabalhou em estreita proximidade com o editor do filme, Sidney Meyers, outro veterano que, praticamente da mesma idade que o escritor, compartilhava com ele o conhecimento e o amor pela música. Meyers, que também era um *connoisseur* de pintura, um dia levou Beckett até o Met para ver a coleção holandesa. Mas o principal prazer da última semana de Beckett foi observar Sidney e Alan editarem o filme, dando a ele a forma que o escritor desejava. No dia 6 de agosto, quatro semanas depois que chegou a este país estranho porém interessante, ele embarcou em um avião em Idlewild e foi para casa, ansioso para retornar à tranquilidade de Ussy, onde, ele jurou, ficaria o máximo de tempo que pudesse.

42

DRAMAS E DRAMATURGOS

QUASE DESDE seu começo, a Grove tinha publicado peças como parte essencial de seu projeto, seja porque um autor da casa tinha escrito uma peça ou porque, talvez pela primeira vez, uma editora via o teatro como parte da literatura. No outro extremo, algumas editoras americanas, especialmente a Dodd, Mead, tinham adquirido o hábito de publicar sucessos da Broadway, aproveitar o momento e, com sorte, também o frequentador de teatros. Depois que as peças saíam de cartaz, os livros passavam a vender pouco ou paravam totalmente.

Claro que Beckett era o alicerce no qual se assentava o catálogo de peças teatrais. E duas outras descobertas da *Merlin*, Genet e Ionesco, haviam igualmente atravessado o Atlântico e aterrissado na Grove. *O balcão* de Genet tinha sido traduzida pelo bom e velho Bernard Frechtman, que veio com o pacote, e dois volumes das melhores peças curtas de Ionesco, uma brilhantemente traduzida por Don Allen, surgiram no ano anterior à minha chegada.

Em 1959, um francês, russo de nascimento, Arthur Adamov, que também publicamos na *Merlin*, foi adicionado ao catálogo com seu drama *Ping-Pong*. Juntando-se a ele veio o jovem desatinado irlandês que eu havia conhecido – suportado? – em meus tempos de Paris, que passou uma semana memorável sob o meu teto na rue du Sabot, Brendan Behan, cuja peça *The Hostage* havia causado uma tempestade em Londres no ano anterior. Naquele mesmo ano publicamos *A Taste of Honey*, novamente de uma jovem autora irlandesa, Shelagh Delaney. Segundo a versão oriunda da Inglaterra, miss Delaney tinha ido certa noite a uma peça de um dramaturgo consolidado e achou tão medíocre que anunciou que conseguiria fazer muito melhor. Foi para casa, sentou-se e escreveu *A Taste of Honey*.

No ano seguinte acrescentamos várias outras à lista crescente de peças: *Blacks* de Genet; mais dois volumes de Ionesco, cujas peças estavam começando a ser encenadas aqui; e uma peça de um espanhol, Fernando Arrabal, chamada *Cemitério de automóveis*, que continha vários ecos de Beckett mas ainda havia chocado Paris, onde Arrabal morava.

Talvez o "achado" mais interessante de 1960 tenha sido um jovem americano, Jack Gelber. Sua peça *The Connection* não teve, por apenas um triz, uma morte rápida depois das primeiras críticas. Mas o trabalho hesitante, que, como seu nome sugeria, era sobre drogas – não tão assombroso assim, dados os costumes dos anos 1960 –, teve uma nova chance quando Kenneth Tynan em *The New Yorker* a saudou como importante e, até mesmo, seminal. Da noite para o dia a peça foi salva, à medida que as pessoas agora brigavam por ingressos e viajavam até o Living Theater na rua 14 Oeste, no centro da cidade, para ser "injetadas".

Jeannette e eu vimos a peça bem no início, e ambos a achamos, a despeito de sua dívida não tão oculta para com *Godot* – "Esperando meu *avião*" –, um primor. A Grove a contratara antes da resenha de Tynan, um sinal de confiança, e me tornei editor de Jack e, logo, seu amigo íntimo. Ele e sua esposa, Carol, como nós, tinham dois filhos e, graças ao sucesso de *The Connection*, estavam agora comendo regularmente.

Muitas das novas peças estavam começando a ser encenadas, frequentemente recebendo resenhas elogiosas, o que estimulava jovens professores universitários a adotá-las em seus cursos de arte dramática. Nenhuma se tornou um *best-seller*, nem mesmo *Godot*,* mas com frequência cada vez maior quando Barney e eu nos reuníamos para estudar reedições, o que fazíamos todo mês, decidíamos que voltariam ao prelo. Também nos ocorreu, como gênios editoriais que éramos, começar a enviar a professores uni-

* Pela constatação estrita de que ela nunca chegou a essa augusta lista. Mas por suas vendas constantes ao longo dos anos no catálogo de obras publicadas, *Godot* era, segundo qualquer definição, um *best-seller*.

versitários exemplares de estudo de nossas mercadorias, o que resultou em reimpressões ainda mais frequentes de muitos dos títulos.

Vários anos mais tarde, um colega do meio editorial nos felicitou por nossa "excelente estratégia" de publicar teatro e descobrir um mercado antes inexistente. Como a maior parte do que fazíamos, porém, não havia nenhuma estratégia. No entanto, tínhamos praticamente açambarcado aquele mercado, um veio rico, pois agora novos dramaturgos não precisavam ser procurados; eles vinham até nós.

O tradutor de Arrabal, Richard Howard, foi uma das primeiras pessoas que eu conheci na Grove. Ele já havia traduzido *Voyeur*, de Alain Robbe-Grillet. Eu editava todas as traduções de Richard, geralmente com a mão muito leve, pois logo descobri que apesar de trabalhar muito rápido – ele frequentemente precisava de apenas um mês ou seis semanas – elas eram trabalho de um escritor. Também nos tornamos amigos inseparáveis, além de nos admirarmos mutuamente. Richard, gay assumido em uma época em que a maioria não assumia sua homossexualidade por medo de arruinar suas vidas ou perder seus empregos, estava vivendo com um jovem romancista, Sandy Friedman, um homem encantador, sempre eufórico, ainda que estressado ou irritado. Richard também era um poeta sério, e embora ganhasse a vida com traduções, passava a maior parte de seu tempo escrevendo e lendo poesia.

Recebi um telefonema no final de 1960 de Robert Hughes, um cineasta documentarista. Ele tinha uma ideia que envolvia uma de nossas autoras, Marguerite Duras, de quem havíamos publicado dois romances. Quando nos encontramos alguns dias depois, este jovem, sob seu sedoso cabelo ruivo e rosto liso, impressionou-me pela profundidade de seu conhecimento sobre filmes estrangeiros. O roteiro de Duras para o magnífico filme de Alain Resnais *Hiroshima mon amour* era, declarou ele, uma obra-prima. O que ele tinha em mente era selecionar *stills* do filme – não as tomadas de publicidade feitas no set – e integrá-los ao texto exatamente onde entravam. Existem mais e mais cursos de cinema sendo ministrados, insistiu ele, e há um mercado substancial e em crescimento para tais livros. Ótimo, disse eu. Mas e quanto ao custo das fotos – talvez cem seriam necessárias, calculou ele, para ilustrar cada volume. Nós o faríamos como um original Evergreen, provavelmente a 1,95 dólar. Quando chegaram os custos, não eram exorbitantes. Barney foi totalmente favorável, e se funcionasse, tínhamos alguns outros filmes de arte para o futuro que poderiam vir na sequência. Fizemos um acordo segundo o qual dividiríamos o modesto adiantamento entre Hughes e a autora. Decidimos publicar *Hiroshima* o mais breve possível, de modo que no fim de semana eu começaria a traduzir o roteiro. Em uma mesa de edição assistimos a uma projeção, Hughes pausando a cada poucos segundos para marcar em um pedaço de papel uma foto potencial. Duas semanas depois, quando concluí a tradução, ele apresentou cerca de 130 fotos em branco e preto, com as quais cobrimos a mesa de reuniões. Foram necessárias várias horas, mas às oito tínhamos montado o livro.

Olhando o relógio na parede, de repente percebi que não tinha ligado para Jeannette para dizer que me atrasaria. Imaginei-a: cuidadosamente vestida e maquiada – pois o jantar era um ritual noturno para nós –, velas acesas, vinho aberto... e nenhum namorado à vista. Estava longe de ser a primeira vez que isso acontecia e, ai de mim, longe de ser a última: o trabalho na Grove parecia estar me devorando, Jeannette havia comentado mais de uma vez, mais como uma constatação do que como queixa. Embora no final eu fosse perdoado, ela normalmente lembrava que tudo o que eu tinha a fazer era ligar e explicar. E mais uma vez eu não tinha feito isso. Melhor saltar para dentro de um táxi e encarar a bronca. A saudação foi fria, mas quando em meu entusiasmo contei a ela o que tinha feito naquele dia, ela imediatamente – bem, quase imediatamente – me perdoou. No entanto, eu sabia que seria melhor eu começar a inverter a proporção. Horas extras na Grove significavam tempo tirado não só dela mas também das crianças, que quase sempre nesses dias estavam na cama quando eu chegava.

Publicado, *Hiroshima* teve vendas moderadas nas lojas, impulsionadas, como era natural, pelo filme, mas como tínhamos feito com nossas peças, enviamos cópias a cada departamento de cinema no país, e, pouco a pouco, nossa pedra preciosa começou a ser adotada.

Com essa experiência atrás de nós, continuamos a publicar vários outros, entre eles *O ano passado em Marienbad* de Alain Robbe-Grillet, novamente dirigido por Alain Resnais e estrelado pela esposa de Jack Youngerman, Delphine Seyrig; a obra-prima de François Truffaut *Os incompreendidos,* estrelado pelo jovem e desconhecido Jean-Pierre Léaud, que descobri ser o filho do casal parisiense com quem viajei pela Espanha uma década antes. Provavelmente teríamos feito muitos outros, mas no meio de tudo isso, em 1963 Hughes foi indicado para um Oscar por um documentário sobre Robert Frost, do qual ele era o produtor. Conquanto essa honra promovesse sua carreira no cinema, tornou-o menos disponível para futuros projetos editoriais, embora ainda tenhamos conseguido mais alguns: *Tom Jones*, de John Osborne, em 1964, e *A guerra acabou*, de Jorge Semprun, em 1967, para citar apenas dois.

43

RETORNO A PARIS, POR JEANNETTE E GENET

NA PRIMAVERA de 1963, Jeannette foi convidada para uma turnê na Europa, começando na França, seguindo para várias cidades alemãs – Munique, Frankfurt, Berlim – e terminando em Londres. Era uma oportunidade única para ela, pois embora sua carreira estivesse começando a florescer nos EUA, ela tinha, devido a suas origens e formação, reconhecimento muito maior na Europa. O empresário de Paris que a havia patrocinado na Salle Gaveau dois anos antes tinha planejado uma excursão atraente para ela, que duraria de três a quatro meses. Mesmo sabendo quão importante seria, ela hesitou, quis recusar por causa das crianças e também por minha causa. Nathalie estava com quase cinco anos e em seu primeiro ano no Lycée Française de Nova York. Alex acabava de completar três. A mãe de Jeannette propôs que as crianças – e Jeannette – ficassem com ela em Paris. "O que você acha?", ela perguntou. Eu disse que a questão estava agora acertada e seria melhor ela começar a se preparar para sua viagem.

Reservei passagem para eles no SS *America*, mas meu coração estava pesado quando deixei o escritório da United States Lines com passagens na mão, como a comprovar que eu ficaria longe das três pessoas mais importantes da minha vida por vários meses. No entanto, eu ainda era todo sorrisos e encorajamento quando os levei de carro até o cais no Hudson, onde o navio estava atracado, cuidei para que chegassem bem a sua pequena e alinhada cabina com dois beliches duplos, esmaguei as crianças em meus braços e dei um longo beijo de despedida em Jeannette. Do atracadouro abaixo, à medida que os apitos do navio anunciavam a partida iminente do leviatã e eu via os três no convés principal lá em cima, acenando seus lenços brancos, tentei sorrir entre as lágrimas, que felizmente não eram visíveis na grande distância entre nós.

Desde que entrei para a Grove, vínhamos publicando oitenta ou noventa livros por ano, mais os quatro números da *Evergreen Review,* que considerávamos livros também, pois tinham o mesmo formato que nossos livros em brochura, basicamente antologias de novos trabalhos, e eram numerados na série Evergreen. Tirando a *Evergreen Review*, uma mistura irregular de livros de capa dura e livros em brochura tinha de seguir o processo normal de publicação do original até o livro encadernado. Tal processo, que na maioria das editoras levava aproximadamente o tempo necessário para a gestação de um bebê, na Grove demorava metade, às vezes menos. Estávamos a pleno vapor, trabalhávamos dez a doze horas por dia. Quando Jeannette e as crianças estavam em Paris, minha jornada se estendeu muito mais, e eu não estava sozinho, pois, frequentemente, quando deixava o escritório às nove ou dez horas Marilynn ou Fred ainda ficavam.

No ano anterior, 1962, tínhamos publicado oitenta títulos, que incluíram não apenas o demorado *Almoço nu* mas também um romance de um novo jovem autor, Robert Gover, *One Hundred Dollar Misunderstanding*, revelado para Barney por Henry Miller, e um volume importante de contos de Jorge Luis Borges, que dividiu com Beckett o prêmio Formentor. Aquele ano também assistiu ao aparecimento de nossa obra mais controversa (embora dessa vez sem problemas judiciais), *Hitler's Secret Book,* para o qual Telford Taylor, famoso pelos julgamentos de Nuremberg, escreveu a introdução, conferindo grande credibilidade.

Entre as peças teatrais que publicamos, *Screens*, de Genet, e *The Visit*, de um suíço relativamente desconhecido, Friedrich Dürrenmatt, traduzido por meu velho amigo Patrick Bowles, somou-se ao catálogo de peças em rápida expansão. Mais um volume de três novas peças – *A Slight Ache, The Collection* e *The Dwarfs* – de Harold Pinter, que havíamos começado a publicar no ano anterior; a última de Tom Stoppard, *The Real Inspector Hound*; *Three Plays: The Dock Brief, What Shall We Tell Caroline!*, *I Spy*, de John Mortimer; *Serjeant Musgrave's Dance* de John Arden; e um trabalho americano, *Red Eye of Love* de Arnold Weinstein, que, como *The Connection,* Jeannette e eu fomos ver e ficamos tão arrebatados que eu disse a Barney que devíamos publicar. Ele foi conferir, voltou, no mínimo mais entusiasmado que nós, e semanas depois surgia a versão em livro.

Posso dizer com segurança que até meados dos anos 1960 tínhamos praticamente açambarcado o mercado literário contemporâneo de peças teatrais, não porque nos pusemos a fazer isso com algum plano grandioso, mas porque, tendo visto nossa publicação de Beckett, Genet e Ionesco, a geração seguinte de dramaturgos – os Pinters, Stoppards e Gelbers desse mundo – sabia que sua melhor chance de publicação era com a Grove.

Uma noite, cerca de dois meses e meio depois da partida de Jeannette e das crianças, Barney entrou em meu escritório. "Você parece cansado", disse ele.

"Provavelmente estou."

"A turnê de Jeannette está indo bem?"

"Acabando. Ela tem mais um concerto na Alemanha, depois um grande em Viena."

"Acho que é hora de publicarmos Genet."

"Você quer dizer outra peça?"

"Não, o grandão. *Nossa Senhora das Flores*."

Olhei fixo para Barney com um misto de admiração e pena. Ainda havia múltiplos casos judiciais nos acossando, que deviam estar pesando tanto em sua mente como em seu bolso. Mesmo assim aqui estava ele sugerindo que seguíssemos adiante com o romance de Genet que quase com certeza traria mais problemas legais. Era como se a casa já estivesse pegando fogo e Barney me pedisse para acender mais um fósforo. Mas naquele ponto eu não havia percebido sua real estratégia, incrivelmente altruísta.

"O problema é que", disse eu, esquecendo as considerações acima, "a tradução de Frechtman é sofrível, e Frechtman ainda tem Jean sob seu feitiço."

"Você conhece Genet. Não poderia falar com ele? Diplomaticamente, claro."

"Não será fácil. Esses romances são salva-vidas de Frechtman..."

"O motivo de estar sugerindo isto – um dos motivos – é que me ocorreu que você poderia matar dois coelhos com uma paulada só: refazer a tradução com Frechtman, e ver sua esposa e filhos em Paris. Faria bem a você e a nós."

Finalmente, a ficha caía, e fiquei profundamente tocado. Era verdade, ele – nós – queríamos muito publicar os romances de Genet, mas o senso de oportunidade de Barney tinha muito mais a ver com a recuperação de meu casamento e minha família que qualquer outra coisa. A vida sem aqueles três havia finalmente me afetado, e isto devia estar transparecendo.

"Deixe-me escrever para Frechtman primeiro", disse eu. "Ele já sabe que um dos motivos pelos quais não fomos adiante é a tradução. E ele sabe que eu editarei seu texto assim que estiver concluída. Direi a ele que trabalhando juntos – do modo como Beckett fez comigo – agilizaremos o processo."

Barney assentiu, disse-me para ir para casa, e desapareci na noite.

No dia seguinte mandei uma carta por via aérea para Frechtman, dizendo-lhe que agora pretendíamos seguir com *Our Lady* e que, para cumprir nosso prazo final, eu precisaria trabalhar com ele durante pelo menos duas semanas – diariamente – para editar a tradução. A palavra "editar" era fundamental. Não "retraduzir", "editar". Barney tinha sugerido certa vez que eu retraduzisse o livro, mas eu sabia que jamais conseguiria. Bernie respondeu imediatamente que gostava da ideia, estava livre e desimpedido para o próximo mês, bastava apenas lhe dizer a data. Verifiquei a disponibilidade e reservei uma passagem para Paris para a semana seguinte. Então liguei. "Querida, tenho notícias maravilhosas. Estou chegando na próxima quinta-feira. Sim, em Paris. Não, estarei completamente independente, trabalhando com Bernard Frechtman durante o dia. Seu de noite. Não diga nada às crianças. Quero fazer uma surpresa."

Foi um presente de Barney que jamais esquecerei. Eu poderia ter "editado" a tradução de Frechtman em Nova York, mas ele percebeu que minha disposição estava se esgotando. Este foi um dos frequentes surtos imprevisíveis de generosidade de Barney.

Superexcitado, não preguei o olho no voo, sentindo-me maravilhosamente bem na chegada a Orly. Tomei um táxi, e cheguei uma hora depois que as crianças tinham saído para a escola. Assim, a surpresa ficaria para mais tarde. A mãe de Jeannette, a quem eu adorava, levou-me para o lado e disse que, por mais bem-sucedida e gratificante que a turnê tivesse sido, ela sentia que Jeannette precisava mais que nunca de mim, e minha chegada não podia ter sido mais propícia. Quando as crianças voltaram da escola e me encontraram sentado na sala de estar, "despreocupadamente" lendo o *Herald Tribune* pela terceira vez, houve gritos de "Papai! Papai! Papai!" que apenas um pai pode apreciar, enquanto duas crianças se atiravam pela sala em meus braços. Abraços, beijos, mais abraços, depois hora de relatórios: "Você sabe o que eles mandam a gente fazer na escola?". A indignação de Nathalie era sincera, e Alex confirmava com a cabeça antes mesmo que ela esboçasse a queixa. "Eles *amarram* a gente na cama depois do almoço! *Amarram*! É terrível!" Eu ouvi, senti pena, abracei, depois tentei explicar que podia ter havido um propósito nessa loucura da escola francesa. Algumas crianças – não eles, é claro – eram hiperativas e precisavam especialmente de um momento tranquilo depois do almoço. Se elas não fossem imobilizadas, correriam e pulariam pela sala de forma que as boas crianças – como elas próprias – não conseguiriram descansar. Expressões de dúvida a princípio, seguidas por olhares ligeiramente inquisitivos, como se estivessem ponderando aquela possibilidade improvável. Além disso, continuei, sua mãe tinha me enviado cópias das lições de casa e amostras da caligrafia deles e eu não consegui acreditar no seu progresso. Estavam excelentes! Tem certeza? Absoluta! Lá em casa, na pré-escola ou no jardim da infância, vocês nem estavam fazendo letras de forma. Aqui vocês não só estão escrevendo frases, mas em *letra cursiva*! O que é letra cursiva?, quis saber Alex. "Você quer dizer assim?", disse a irmã sabichona, tirando de sua mochila uma folha de papel pautado em que, realmente, havia frases em caligrafia insegura mas legível. Hmmm. Talvez *l'école maternelle* não fosse tão ruim quanto tinham pensado.

Toda manhã às nove eu tomava o metrô para Saint Germain, onde Bernie e eu nos encontrávamos em um café ou outro e passávamos as próximas quatro ou cinco horas examinando cuidadosamente linha por linha do texto. Estar lá de volta ao meu velho território me fazia sentir como se nunca tivesse saído. Em meus lugares mais familiares, os garçons se lembravam de mim, davam-se as boas-vindas de volta ao "lar", e se eu não tivesse conscientemente percebido isto antes, eu sabia que este era, se não meu primeiro, eternamente meu segundo lar. Avançávamos aproximadamente quinze a vinte páginas por dia, um processo acelerado pelo fato de que eu tinha preparado uma lista de mudanças propostas antes de nos encontrarmos. Em dado ponto, quando estávamos aproximadamente na metade, Bernie, que até agora estava dócil como um cordeiro, de fato me agradecendo ao fim de várias sessões por minha ajuda para melhorar o texto de Jean, ergueu os olhos através das grossas lentes dos óculos e disse: "Suponho que você desejará ser creditado como cotradutor comigo". Acusação ou declaração de fato? Meneei a cabeça. "Bernie, eu sou o editor deste livro. Meu trabalho é assegurar que o texto de Jean esteja tão bom quanto você e eu possamos deixá-lo. Este é um livro para a eternidade, e sua tradução deve refletir isto. Não tenho nenhum desejo ou projeto de ter meu nome adicionado ao seu." Foi como se um grande fardo tivesse sido tirado de seus ombros de ex-soldado americano, e sem mais seguimos arando.

Após nossa primeira semana juntos, liguei para Barney para relatar o andamento. "Tudo calmo no *front* parisiense. Levarei de volta um original pronto para edição. Você pode programar o livro para o próximo ano." E novamente: "Obrigado por idealizar isto".

Aquela quinzena em Paris também me deu a chance de ver Jérôme Lindon novamente, o editor que eu admirava acima de todos os outros, não só na França. Almoçamos juntos em um pequeno restaurante familiar perto da esquina da Minuit, não mais que a três portas do número 8 da rue du Sabot (onde, como um sinal dos tempos, o empório de arte primitiva Oscar tinha sido substituído por um restaurante japonês). Estávamos não só publicando seu favorito, Samuel Beckett, mas também três ou quatro de seus outros escritores importantes, entre eles Alain Robbe-Grillet e Marguerite Duras. Duras morava a apenas algumas quadras dali, na rue Saint Benoît, e a visitei após uma de minhas sessões com Frechtman. Uma mulher minúscula cujo apogeu tinha passado, a julgar pelas fotos exibidas em destaque em volta da sala de estar, a maioria feita na Indochina, onde nasceu e se criou, era sincera e afetuosa mas passou quase uma hora reforçando a imagem que eu tinha dela: brilhante, dedicada, engajada e autocentrada. Eu havia traduzido dois de seus livros, e ela me agradeceu pelas traduções, um cumprimento que eu teria saboreado mais se ela conhecesse mesmo que um mínimo de inglês com que julgar.

Robbe-Grillet era totalmente diferente. Quando nos encontramos pela primeira vez, eu o achei ao mesmo tempo encantador e espirituoso, com uma pitada de malícia espreitando não muito longe da superfície. Ao contrário de Jérôme, que parecia ser só trabalho, Alain sempre tinha um piscar de olhos, como se não se devesse levar muito a sério nada do que ele dissesse ou fizesse. Ele adorava provocar, desarmar algum acadêmico com uma declaração extravagante, muitas vezes sobre seu próprio trabalho, simplesmente para ver como a outra pessoa reagiria. Sempre senti que havia muito mais em Alain do que se podia ver. Um de seus romances favoritos, ele admitiu logo de início, era o infame *A história de O*, insinuando que o masoquismo tão meticulosamente explorado nesse misterioso romance – cujo autor, dez anos depois de sua publicação, era ainda desconhecido, embora proliferassem teorias – era uma área que muito intrigava tanto ele como sua esposa, Catherine, uma mulher pequena, bonita, de cabelos escuros e cheia de vida, também ela um total mistério, por quem, correu o boato, Vladimir Nabokov ficara muito apaixonado quando se conheceram. Muito se apregoou também que ela era "Jean de Berg", a autora de *L'Image*, um romance publicado, estranhamente, pela Minuit; "estranhamente" porque a Minuit nunca havia, antes ou depois, que eu saiba, publicado livros eróticos. *L'Image* devia muito às práticas e princípios da *História de O*, mas sem a paixão, pureza estilística ou convicção.

Em todo caso, colocar-me em dia com velhos amigos e conhecer novos aumentou o encanto e a beleza do retorno a meu habitat quase nativo.

44

DEIXANDO COENTIES SLIP

O IDÍLIO em Coenties Slip terminou tristemente menos de dois anos depois de nos mudarmos para lá. A maioria de nós, se não todos, na área de South Street Seaport estávamos morando ilegalmente, tolerados por alguns funcionários que sabiam que os ocupantes desses velhos e desgastados edifícios eram apenas artistas, portanto substituíveis, ignorados por outros que, se tentassem nos expulsar, corriam o risco de ir à justiça. Tínhamos contratado um jovem advogado agressivo, Seymour "Si" Litvinoff, que estava tratando de questões legais e tributárias para uns vinte artistas e escritores por uma relativa ninharia, seja por benevolência inata ou pela convicção de que um dia estes jovens criadores ficariam famosos e lhe pagariam o que ele merecia. Ellsworth Kelly e Jack Youngerman estavam entre seus clientes, tal como Terry Southern.

Como tínhamos aguda consciência das muitas violações de nosso edifício e a preocupação cotidiana de que poderíamos ser desapropriados, os Seavers e os Youngermans contrataram um arquiteto para nos dizer como legalizar o edifício. Adorávamos tanto este lugar e área singulares que decidimos que devíamos tentar adquiri-lo. Nosso arquiteto nos deu uma estimativa aproximada do valor da casa, 12 a 15 mil dólares, incluindo o custo dos reparos necessários. O dono pedia 20 mil, depois rapidamente baixou para 18 mil. O que estava pegando era: quem pagaria a regularização, sem a qual a venda não seria autorizada? Finalmente, concordamos em pagar, dizendo ao proprietário que ela nos custaria 3 mil dólares, o que para nós significava que seu preço de venda deveria baixar para 15 mil. Ele reivindicou "16 mil dólares", e fizemos um contrato de intenções.

Litvinoff começou a solicitar os documentos e autorizações necessários, e tudo parecia estar se encaminhando mais ou menos normalmente (a burocracia alguma vez tem norma?) quando Jack e eu nos chocamos contra um novo obstáculo: os bancos. O quê? Uma hipoteca para um velho edifício decrépito lá na South Street? Ninguém em seu juízo perfeito moraria lá (nós não podíamos admitir que morávamos). Não só estaríamos mantendo nosso amado edifício, como ajudaríamos a preservar uma parcela da velha Nova York. Uma semana mais tarde recebemos um envelope do Chase Bank, que levei para o último andar, brandindo-o em triunfo. "Prezados senhores", começava a carta, "lamentamos informá-los que, após uma avaliação cuidadosa de sua solicitação para uma hipoteca de edifício em Coenties Slip, ela foi recusada." Recusada? Si poderia descobrir quem era o novo comprador? Aparentemente, a mesma pessoa ou empresa que adquirira nosso edifício vinha comprando em silêncio dezenas de outros edifícios na área, a maioria tão velhos quanto o nosso, alguns bem mais velhos. Gemas históricas. E, acrescentou Si, a intenção era derrubar todos eles.

De repente precisávamos nos mudar imediatamente. Vasculhamos as entranhas do centro da cidade, em vão. No West Village tudo estava muito além de nossas possibilidades. Youngerman encontrou outro *loft*, com metade do tamanho de Coenties Slip. Assim, uma manhã no trabalho um amigo me ligou e disse que tinha ouvido falar de um apartamento recém-colocado no mercado por 154 dólares por mês, o máximo que podíamos pagar. Onde ficava? West Side de cima, rua 93. Puta merda! Veio-me à lembrança a frequente declaração de Jeannette de que jamais moraria naquela "zona de combate". Sem dizer a ela, tomei o metrô para ver o apartamento. Uma sala de estar de bom tamanho, sala de jantar separada, três quartos, banheiro antiquado decente. Eu sabia que não encontraria nada que se aproximasse, muito menos melhor, por aquele preço. Único senão: ficava no térreo, e mesmo no começo da tarde o barulho da rua era ensurdecedor, rádios estourando de uma dúzia de janelas, gritos e sussurros de outros tantos edifícios vizinhos, em inglês e espanhol. Uma distância imensa do sagrado silêncio do entardecer e noite do centro da cidade, quebrado apenas pelo ronco reconfortante dos rebocadores. Mas a vida tinha que seguir adiante. Contei a Jeannette. Onde fica?, insistiu ela. Bem perto do Central Park, arrisquei. *Onde*, perto do Central Park? West Side de cima, confessei finalmente. O contrato era só por um ano, não tínhamos escolha. Quando ela o viu, ficou apaziguada, mas só um pouco. "Você jura que não ficaremos mais de um ano?"

Seis meses depois, Si Litvinoff nos ligou. "Você não vai acreditar", disse ele. "Os Rockefellers em pessoa! Eles vão fazer a sede mundial do Chase Bank lá, por isso é que estavam comprando todos os imóveis da área. Assim que isso vier a público, você pode imaginar quanto valerá cada uma daquelas propriedades? Dez vezes o que pagaram por elas!" E depois falam em conservar os marcos históricos de Nova York!

45

LAST EXIT TO BROOKLYN

Minha rota para a Grove quase inevitavelmente me levava à livraria Eighth Street, uma das melhores de Nova York, administrada por dois irmãos, Eli e Ted Wilentz. Eli era o mais visível dos dois, geralmente o porta-voz de seu irmão tímido e reservado, e a essa altura, em 1964, eu o considerava um amigo. Ele era um apoiador incondicional, embora preocupado, da Grove, ficando ao nosso lado à medida que publicávamos livro após livro polêmico, que ele empilhava desafiadoramente ao lado da caixa registradora ou em algum outro lugar proeminente para chamar a atenção dos clientes para Lawrence e Miller e Burroughs e Rechy.

Assim, fiquei admirado certa manhã, pouco antes das nove, enquanto passava apressado pela loja, ao ouvir a voz de Eli saudando-me da entrada: "Agora vocês conseguiram! Agora vocês vão para a cadeia!". Eu mal tinha tomado meu café e eu já estava sendo mandado para a prisão antes de tirar a carta "Vá para a cadeia"?

"Bom dia, Eli", disse eu, desviando-me de meu caminho para encará-lo. "O que nós fizemos agora?"

"Last Exit to Brooklyn. O romance de Selby. É realmente inadmissível." Mais do que os *Trópicos*?, perguntei. Com certeza, declarou ele. Você quer dizer que seremos processados novamente? Ele garantiu que sim. Isto significava que ele não estocaria o livro? Claro que ele o estocaria. Eles seriam indenizados, não é? Claro que seriam. Perguntei a ele o que achava de tão ofensivo no livro. Certamente, não é a linguagem. Não... tudo. "É o livro mais chocante que já li", concluiu, e decidi tomar aquilo como um elogio.

Chegando ao escritório, achei que devia relatar minha conversa com Eli para Barney, que a ouviu com calma: "Eles vão exibir o livro, não?". Tínhamos publicado várias seções do romance na *Evergreen Review*, e o retorno foi quase totalmente positivo. Congratulações por descobrir uma nova dicção. Chocante mas convincente. Lendo novamente um conjunto de páginas naquela manhã, para refrescar a memória, como havia aprendido a dizer no tribunal, achei difícil de acreditar que teríamos problemas judiciais. É verdade que havia outro processo por obscenidade tramitando nos tribunais, o de *Fanny Hill*, publicado pela editora de *Lolita*, a Putnam, sendo defendido por nosso velho amigo Charles Rembar. Na ocasião, 1964, não estava indo bem. Uma derrota no processo contra *Fanny Hill* poderia levar a liberdade editorial um gigantesco passo atrás em relação às vitórias de *Chatterley*, Miller e Burroughs, mas por nada nesse mundo eu conseguia prever alguma consequência negativa para Selby. A linguagem era crua, mas muito menos que a de Henry Miller: gíria de rua, a do submundo do Brooklyn, mas de uma autenticidade que nenhum promotor poderia negar. O que, então, suscitou a explosão súbita de Eli? Passando por todas as páginas, topei com "Tralala" e percorri as linhas de abertura:

> Tralala tinha quinze anos a primeira vez que transou... Transar era transar. Por que toda a besteirada?... Tralala não ficava fodendo com todo mundo. Ninguém gosta de quem só fica provocando. Ou você trepa ou não trepa. Isso é tudo. E ela tinha peitos grandes.

Talvez fosse isso. Talvez o choque viesse menos das palavras em si que da atitude cínica, insensível de muitos dos personagens, a começar por Tralala: você transou com um menino com o mesmo desinteresse que demonstrou ao tomar de manhã uma xícara de café ou escovar os dentes. Sim, era a atitude dessas crianças que chocava. E claro que sua idade: não se supunha que crianças pensassem e agissem dessa maneira. Não havia dúvida de que a sociedade não iria tolerar esta. Mas relendo passagens ao acaso naquela manhã, eu sabia que este era um livro que tinha de ser publicado e era indiscutivelmente defensável, custasse o que custasse. O custo... para mim era fácil dizer, quando sabia muito bem que as contas continuavam a chegar. No entanto, eu tinha certeza de que este era um trabalho seminal, tanto em sentido literal como figurado, um livro que duraria muito tempo depois que a avalanche de *best-sellers* da temporada tivesse desaparecido da face da Terra.

Hubert Selby Jr. era um jovem pálido do Brooklyn que usava óculos e parecia mais um bibliotecário que um escritor selvagem derrubando ainda mais barreiras literárias. Tímido ao extremo, ele preferia os obscuros corredores dos fundos da literatura, aparentemente na tentativa de evitar a notoriedade a todo custo. Ele descrevia tal como achava conveniente a vida triste e marginal do Brooklyn, de onde ele vinha, e não se preocupava com a recepção ou repercussões. Tornei-me editor e amigo de Selby. Trabalhamos em estreita proximidade, passando longas horas com seu manuscrito. Também recebi a incumbência de fazer a foto que foi usada na capa de *Last Exit to Brooklyn*.

O romance em si era na verdade uma seleção de histórias sobrepostas, vários personagens reaparecendo em papéis secundários depois que fizeram seu número breve no palco de sua ficção. O título fora retirado de uma simples placa à margem da rodovia mas, por inferência, era um dos mais evocativos da literatura moderna.

É possível, de fato provável, que de todos os livros publicados naquele ano, *Last Exit to Brooklyn* será o que melhor resistirá ao tempo. Mas para aqueles de nós que estávamos nas trincheiras, havia pelo menos meia dúzia de outros em que teríamos investido nosso dinheiro, supondo (erroneamente) que tivéssemos algum. Naquele ano, 1964, publicamos bem menos livros do que estávamos habituados, ou porque nossas finanças estavam muito frágeis para pagar adiantamentos a todos os projetos apresentados ou porque, ainda com um quadro de pessoal de quinze pessoas, havíamos cedido ao cansaço e ao excesso de trabalho. Mesmo assim, foi o ano em que publicamos *How It Is*, de Beckett, um importante exemplar novo de prosa; mais duas peças de Bertolt Brecht; *Nova Express* de William

Burroughs; escritos de Eugène Ionesco sobre teatro intitulado *Notes and Counter Notes*; um volume de poemas, *The Dead Lecturer,* de LeRoi Jones, também conhecido como Amiri Baraka; um novo volume em nossa série de roteiros de filmes, *Tom Jones* de John Osborne; um terceiro romance de Robbe-Grillet, *The Erasers*; um volume de poemas do poeta soviético Andrei Voznesensky; e o romance do jovem Jorge Semprun, *The Long Voyage,* oriundo do segundo ano do Formentor, que ao contrário do primeiro propiciou uma safra mais rica de nova ficção, oferecendo às editoras internacionais um belo retorno de seu investimento. Não incluída na lista acima estava *Eros Denied: Sex in Western Society* de Wayland Young, um trabalho de erudição e paixão que atualizou o mundo na realidade das relações sexuais.

Foi o ano, também, em que, tendo publicado *Nossa Senhora das Flores* sem incidentes (legais), demos uma segunda rajada do canhão de Jean Genet com seu igualmente brilhante, igualmente provocativo *Diário de um ladrão.* Tal como em *Nossa Senhora,* repassei a tradução de Bernie com um pente fino, mas a essa altura pudemos trabalhar via correio, e ele aceitou a maioria de minhas sugestões. Se isso soa como autoelogio, permitam-me logo acrescentar que quaisquer créditos são de Frechtman, pois na situação inversa não tenho certeza de que eu teria sido tão magnânimo.

Não sei ao certo se eu tinha consciência na época, mas uma das vantagens de trabalhar na Grove nos anos 1960 era o prazer – o privilégio, realmente – de estar envolvido com tantos autores relevantes, pessoas cujo trabalho você admirava e que, em muitos casos, tinham – ou um dia teriam – importância mundial.

46

O MÉTODO DA GROVE: UMA PRÁTICA EDITORIAL DE ALTO NÍVEL

RARAMENTE fazíamos reuniões editoriais na Grove, e nos anos em que lá estive nunca fizemos uma P&L – um demonstrativo de lucros e perdas – que mostrasse de que modo um livro ganharia dinheiro, se ganhasse. Isso surpreendia vários de meus colegas de outras editoras, que eram obrigados a mostrar seus "números" para serem avaliados em reuniões editoriais semanais. Se os números não funcionassem, eles desistiriam do livro ainda que, como muitos afirmavam, eles adorassem o original, jurassem pela alma de suas mães que o livro era brilhante, maravilhoso, único. Para editores colocados nessa posição desagradável, as únicas opções eram morrer ou mentir, o que me pareciam escolhas inaceitáveis: ou você tinha que escapulir de volta a seu escritório, derrotado, resmungando sobre os tontos que tomavam decisões e que haviam matado sua suposta obra-prima, ou você puxava a planilha na qual se baseava o P&L, manipulava os números até que eles funcionassem, depois reapresentasse seu caso para o César reinante, que antes lhe havia sinalizado negativamente. Um caso clássico de jogo que as pessoas fazem e, para mim e o restante de nós na Grove, um jogo perigoso de começar: a mente criativa contra o burocrata, e nessa batalha você sabe quem sempre ganha.

Na Grove, se o original era bom, o autor sério, a escrita (para não ficção) pelo menos aceitável, você o contratava, em especial se a premissa era provocativa e polêmica. Num retrospecto do ponto de vista de meados dos anos 1960, considerando os livros que tínhamos publicado desde minha chegada, seis anos antes, eu podia ver várias categorias que imediatamente emergiam, como se tivessem sido planejadas, o que a maior parte deles absolutamente não tinha: livros de controvérsia em primeiro lugar e acima de tudo, onde seriam incluídos *Chatterley*, todos os Henry Miller, William Burroughs, Jean Genet, Sade certamente, *História de O*, John Rechy, *The Deputy*. Em seguida, psicologia e psiquiatria. Em terceiro, livros de descoberta, isto é, ficção, teatro e poesia por novos autores, uma lista que incluiria Shelagh Delaney, Marguerite Duras, Jack Gelber, Eugène Ionesco, Jack Kerouac, Kenneth Koch, Michael McClure, Frank O'Hara, Octavio Paz, André Pieyre de Mandiargues, Harold Pinter, Alain Robbe-Grillet, Tom Stoppard, Alex Trocchi, Arnold Weinstein, Douglas Woolf... Como a maioria destes autores era fiel a sua editora, e a editora fiel a eles, todo ano antes de começarmos, tínhamos talvez metade da lista esboçada: novos trabalhos dos autores "da casa". Introduza na lista trabalhos em psiquiatria e psicologia, e meia dúzia habitual relativa ao Extremo Oriente, e pronto: cerca de três quartos da lista estava predeterminada. O que deixava apenas o espaço suficiente para novas descobertas sem recurso a reuniões enfadonhas. Essas descobertas procediam de duas fontes, nossos próprios cérebros editoriais efervescentes e nossos estimados autores, que frequentemente escreviam sugerindo escritores que eles haviam "descoberto". Em 1961 ou início de 1962, Henry Miller escreveu a Barney elogiando um romance chamado *One Hundred Dollar Misunderstanding* de um jovem autor ainda inédito. O original chegou e era realmente engraçado, irreverente, novo. Imediatamente o publicamos com sucesso considerável, e o autor, Robert Gover, posteriormente produziu dois outros romances, não iguais ao primeiro, mas cheios de engenho e humor. Samuel Beckett sugeriu um francês que ele muito admirava, Robert Pinget, e ele também entrou na lista seguinte. Não que automaticamente publicássemos sugestões de nossos autores, mas havia um fluxo constante a que prestávamos muita atenção.

Para tomar um bom exemplo de nosso processo de decisão, um dia em 1963 ou 1964 li um livro francês publicado por François Maspero, a quem havia conhecido um ano ou dois antes, intitulado *Les Damnés de la terre* – *Os condenados da terra*. O autor era um psiquiatra negro nascido no Caribe, Frantz Fanon, que me impactou por apresentar novos *insights* sobre o corpo e a alma daquela considerável fração da humanidade que havia sido destituída, normalmente ao nascer, dos direitos básicos, a começar por alimentação e moradia. Discuti o livro com Harry Braverman, que entrou para a Grove em 1960. Ele conhecia Fanon e concordava com sua importância. "Você e eu, Dick, talvez sejamos as duas únicas pessoas nos Estados Unidos que ouviram falar deste sujeito. Claro que devemos publicá-lo."

Fui até o escritório de Barney, sentei-me, uma cópia da edição francesa nas mãos, e argumentei calorosamente durante mais ou menos três minutos sobre os méritos do livro e do autor. Você acha que ele é importante assim? Completamente. Alguém mais o leu? Não, mas conversei com Harry, que sabe de Fanon e concorda. Então contrate-o. Nós o contratamos, publicamos em 1965, e ele recebeu resenhas importantes, e quase de imediato o volume posterior em brochura se tornou um item básico do catálogo. Dois anos depois publicamos outro trabalho igualmente provocativo, *Pele negra, máscaras brancas*, no qual ele identificava os males que afligiam o mundo pós-colonial e sugeria os remédios necessários para saná-los.

Não cheguei a conhecer o homem, pois ele morreu jovem, em 1961, mas eu o admirava muito, e depois de nossa publicação de *Os condenados da terra* sua viúva veio me ver em Nova York e disse o quanto seu marido teria ficado satisfeito por saber que seus trabalhos estavam sendo publicados em inglês.

O único livro no qual nenhum de nós teria investido nosso dinheiro em meados dos anos 1960 foi um original de um médico canadense de nascimento da Universidade de McGill, Eric Berne, chamado *Os jogos da vida* (*Games People Play*), que tinha por subtítulo *Análise transacional e as relações entre as pessoas* (*The Psychology of Human Relationships*). Três anos antes havíamos publicado o livro anterior do bom médico, *Análise transacional em psicoterapia*, um trabalho especializado que, apesar de seu título intimidador, vendeu razoavelmente bem. Eu tinha avaliado Berne como um autor tranquilo, aberto a sugestões. Eu achava que publicávamos livros demais sobre psicologia e psiquiatria e que eles não vendiam tão bem. Apesar de minhas reservas, notei que, cada vez mais, esse segmento estava proporcionando um fluxo lento porém constante de lucro, à medida que muitos dos títulos eram reimpressos e se tornavam parte do crescente catálogo.

Com *Os jogos da vida,* porém, o médico estava quase com certeza sofrendo de ilusões de grandeza, pois com seu manuscrito veio uma carta declarando inequivocamente que este trabalho venderia mais de 100 mil cópias, e um pedido de impressão dessa magnitude era fortemente recomendado. Ao ler o manuscrito, tive que admitir que ele estava claramente muito mais voltado a um público geral que o primeiro livro, mas as expectativas do autor pareciam tão absurdas que eu não sabia muito bem como responder, em especial depois que havíamos mais ou menos decidido por uma primeira impressão de 5 mil exemplares, com base nas vendas do primeiro ano de *Análise transacional.* Claro que as editoras em geral não estão obrigadas a informar os autores sobre o tamanho exato de quaisquer tiragens, informações que eles receberão quando seus relatórios semestrais de direitos autorais forem enviados. Respondi dirigindo a Berne uma série de questões editoriais e dando a ele uma ideia geral da programação do livro. Em troca veio a resposta a minhas questões editoriais, acompanhada da pergunta insistente sobre o número de exemplares que imprimiríamos. O último parágrafo da carta, porém, me deu motivo para pensar, pois Berne se oferecia para comprar 2.500 cópias da primeira tiragem para seu uso pessoal. Como os autores geralmente têm o direito de comprar cópias de seu próprio trabalho com quarenta por cento de desconto, e como *Os jogos da vida* estava programado para ter um preço de capa – o que se paga na livraria – de cinco dólares, fiz uma aritmética simples e calculei que a um custo de pouco mais de um dólar cada, nossa conta de impressão total de 7.500 cópias seria praticamente coberta se ele nos pagasse três dólares por livro. Mostrei os números a Barney e sua resposta foi perguntar-se em voz alta se o doutor era bom pagador para a quantia prometida. "Eu pedirei que ele pague metade adiantada e a segunda metade quando receber os livros. O que significa que teremos o dinheiro na mão antes de termos que pagar a gráfica."

Parecia que a contribuição de Berne para a estabilidade fiscal, embora modesta, era um passo na direção certa. Quando o livro saiu do prelo, para nossa agradável surpresa, as primeiras 5 mil cópias saíram aceleradas de nosso estoque. "Tudo bem", disse Barney, "fora de *nossa* porta, mas e quanto às livrarias?" O gerente de vendas, Nat Sobel, verificou vários pontos de varejo tanto em Nova York como em meia dúzia de outras cidades da Costa Leste e informou que aparentemente o livro não só estava vendendo como vendendo muito bem. "Que diabo é 'muito bem'?", quis saber Barney. "Você não tem alguns números *concretos*?" Nat tinha. Tirando uma folha de papel do bolso, ele começou a ticar as lojas: quatro de cinco aqui, dois de três ali, um de três em outro lugar... etc. etc. Barney escutou, impassível, depois disse: "Isso é como convocar uma eleição quando cinco por cento dos votos já foram dados". "Mesmo assim", lembrei a ele, "a contribuição de Eric para a primeira impressão pagou pelo custo inteiro. Assim, neste momento estamos bem adiantados na partida." Ele assentiu com a cabeça e nervosamente solicitou uma segunda impressão, modesta, de 3 mil. Quando essa impressão chegou algumas semanas depois, mais de 3 mil pedidos tinham sido anotados pelo ábaco ou o que quer que o tenha substituído como nossa ferramenta de contagem, em cujo ponto não tínhamos escolha, ao que parecia, senão ordenar uma terceira impressão igualmente modesta. Quando esta também se foi antes da nova impressão sair do prelo, reunimo-nos e solicitamos uma quarta impressão de – atrevo-me a dizê-lo? – 7.500 cópias! Nat fez uma pesquisa geograficamente mais ampla e, para onde quer que ele ligasse, as notícias eram boas. O livro ainda estava vendendo "muito bem", um termo que irritou Barney tanto quanto da primeira vez, embora ele agora estivesse menos pessimista, pois as vendas já estavam nas sólidas cinco cifras.

Durante as semanas seguintes, novas tiragens mal acompanhavam a demanda e logo o livro pulava para a lista de *best-sellers* do *New York Times*, onde permaneceu por um recorde de 102 semanas. Até o fim do ano tínhamos vendido centenas de milhares de cópias, o livro tinha ido para o primeiro lugar e continuava pregado ali.

Agitando o jornal em minha mão no dia em que o livro apareceu no topo, eu disse a Barney que eu tinha uma notícia boa e outra ruim: a boa era que o livro estava em primeiro lugar no país; a ruim era que o dr.

Berne desde o início estava certo. Barney riu. "Não, não estava. Ele predisse que o livro venderia 100 mil cópias. Você vê o quanto ele *sub*estimava seu potencial."

Poucas de nossas ofertas ao longo dos anos pareciam recomendar-se por si mesmas para o Book of the Month Club (BOM), pois nossa linha editorial e nosso público eram mundos à parte. No entanto, com as listas de *best-sellers* para me respaldar, enviei exemplares com uma carta sugerindo que o livro de Berne poderia ser uma escolha ideal para o BOM. Algumas semanas mais tarde recebi uma resposta agradecendo minha proposta mas, utilizando a frase de recusa padrão, "o livro não é adequado para nós". No primeiro aniversário de sua chegada à lista de *best-sellers* do *New York Times*, porém, armei-me de coragem – uma frase estranha, agora que a considero – e enviei outro exemplar, com o aniversário circulado em vermelho. Após a demora, normal porém irritante, veio a resposta de "obrigado novamente, mas não, obrigado". BOM 2, Grove 0.

Um ano inteiro depois, quando o livro chegou ao seu segundo aniversário como *best-seller*, fiquei tentado a experimentar novamente mas pensei melhor. Quem precisava de outro tapa na cara? Em todo caso, a essa altura estávamos preparando uma edição barata do livro em brochura, o que imaginei que eliminava qualquer chance de um livro tardio de capa dura de clube. Errado. Uma manhã recebi um telefonema do BOM: os direitos para clube do livro ainda estavam disponíveis? Estavam, concedi, mas receio que você esteja atrasado demais, estamos para lançar nossa edição em brochura. "Tudo bem", entonou o sr. BOM, "nosso público não se importa." Relatei a conversa a Barney, que a princípio achou que era uma piada. Então, irritado pela lembrança de suas rejeições, ele respondeu com uma dupla expletiva, que deixo para vocês imaginarem. "Barney", lembrei-lhe, "eles estão pagando um adiantamento substancial, que indubitavelmente, dado o momento, jamais recuperarão." Nesse ponto ele consentiu e a Grove teve sua primeira seleção do BOM. E mais uma vez eu estava enganado: apesar da concorrência da edição barata em brochura, o clube não só recuperou seu adiantamento como continuou enviando pagamento de direitos durante meses a fio.

Os jogos da vida foi um livro que salvou nossa pele naquele momento e também demonstrou o quanto é preciso ser inteligente para se tornar um editor de livros. Livros que você jura que irão bater recordes de vendas tropeçam e caem, para nunca mais se ouvir falar neles novamente; livros sobre os quais você tem sérias dúvidas, questionando se você sequer devia tê-los contratado, vendem além de toda expectativa. É isso que torna a vida editorial tão divertida, mas que, com igual frequência, nos faz perder o sono.

47

A AUTOBIOGRAFIA DE MALCOLM X

AQUELA MANHÃ de segunda-feira foi um desastre.

Para muitos a segunda-feira era depressiva, o primeiro dia de uma longa semana em um trabalho que a maioria detestava ou tolerava. Honestamente posso dizer que esses últimos seis anos na Grove haviam sido infinitamente empolgantes. Não havia, muito simplesmente, nenhuma semana enfadonha. Desafiadora, sim, mas todo dia parecia trazer uma surpresa, uma revelação, um obstáculo a ser superado, uma acusação a ser contra-atacada, um drama financeiro com que lidar. Isso significava tensão automática? Provavelmente. Mas éramos jovens e seguros de que estávamos fazendo algo que produzia impacto, que poderia até mudar o mundo, ainda que apenas um pouquinho.

Naquela segunda-feira, às seis e meia, minha hora habitual, abaixei-me para apanhar o *Times* do lado de fora de minha porta e parei lá estarrecido. No centro da primeira página, a manchete dizia, em corpo 24: MALCOLM X ASSASSINADO EM MANIFESTAÇÃO. Abaixo da manchete estava um retrato de quatro colunas de Malcolm, cercado por assessores, empurrado em uma maca sobre rodas para a Vanderbilt Clinic a uma quadra de distância do Audubon Ballroom entre a rua 166 e a Broadway, onde Malcolm havia falado às três horas da tarde como parte do encontro habitual de domingo de sua recém-fundada Organização da Unidade Afro-americana. Antes mesmo de ler o artigo, murmurei comigo mesmo, "Desgraçados!", pois eu tinha certeza de que os assassinos eram membros da Nação do Islã de Elijah Muhammad, da qual Malcolm por muito tempo tinha sido o mais brilhante ministro e porta-voz até que, um ano antes, ele havia rompido com ela, sincera e amargamente. O rompimento, eu sabia por meu amigo Benjamin Goodman, um dos assistentes mais próximos de Malcolm, em parte se originara do discurso feito cerca de quinze meses antes, conhecido como o caso "As galinhas voltam para o galinheiro", em que Malcolm, comentando o assassinato do presidente Kennedy, havia sugerido – não propriamente no discurso, que tinha sido discutido com Elijah Muhammad, mas na sessão de perguntas e respostas que se seguiu – que a morte de Kennedy era decorrente do clima de ódio e violência que vigorava no país. Isso poderia ter passado despercebido se ele não tivesse continuado dizendo: "Sendo eu mesmo um velho garoto de fazenda, as galinhas voltando para o galinheiro nunca me deixavam triste, elas sempre me deixavam contente".

Esta era a observação que os jornais aproveitavam, e Malcolm recebera ordens de Elijah Muhammad para se apresentar imediatamente à sede em Chicago, onde foi informado de que seria suspenso por noventa dias. Malcolm poderia continuar a supervisionar a administração diária de sua mesquita, a Mesquita nº 7 do Harlem, mas não poderia fazer nenhum discurso ou dar entrevistas durante três meses. Malcolm aceitou a ordem com a consciência tranquila e mais tarde contou a Benjamin que era quase certo que o Mensageiro lhe havia salvado a vida, pois a afronta ocasionada por seus comentários fazia dele um alvo provável para aqueles – e eram uma legião – que temiam e odiavam a Nação do Islã em geral e Malcolm em particular.

Mas eu também sabia que os comentários de Malcolm naquele dia finalmente haviam dado a Elijah Muhammad a desculpa que ele precisava para derrubar Malcolm. Para sempre. Pois após doze anos de aparente deferência e devoção ao Mensageiro, Malcolm havia se tornado muito presunçoso aos olhos de Chicago. Era Malcolm que mais frequentemente aparecia na televisão e era solicitado para entrevistas no rádio e páginas duplas das revistas; foi ele e não Elijah que assinou um contrato com a prestigiosa editora Doubleday para escrever sua autobiografia, e Malcolm pode bem ter percebido um ciúme crescente.

Além disso, uma das doutrinas básicas da Nação do Islã era a fidelidade conjugal, e circulavam histórias desconcertantes de Chicago sobre o Mensageiro divertir-se com várias secretárias da Nação, das quais haveria algumas misteriosamente grávidas que foram então expulsas do movimento. A princípio, Malcolm se recusou a acreditar nessas extravagantes histórias, certamente obra de demônios brancos, mas por fim ele confrontou o Mensageiro em Chicago. Ao que parece Elijah o havia levado para um passeio em particular e citado extensamente a Bíblia, referindo-se a passagens em que gigantes do Velho Testamento como Lot e Moisés eram acusados de sucumbir às tentações da carne. Se a intenção de Elijah com essas observações era uma resposta às falsas acusações, Malcolm as tomou como admissões de culpa. De volta a Nova York, ele dividiu sua crescente desilusão com vários de seus colegas ministros, pelo menos um dos quais levou o informe para Chicago. Enquanto isso, Malcolm pedia reiteradamente para ser reabilitado no cargo, mas ao final de fevereiro, quando sua suspensão deveria terminar mas foi mantida, ele soube que seus doze anos de filiação à Nação do Islã estavam encerrados. Foi o mais amargo dos remédios, mas sendo um homem de ação, e seguro de sua importância para a causa de 22 milhões de negros do país, no início de março ele iniciou seu próprio movimento, Muslim Mosque Inc., sediado no Harlem. Declarou peremptoriamente que a cisão entre ele e Elijah Muhammad, por quem ele reiterava seu respeito e devoção, fora arquitetada por seguidores ciumentos que se ressentiam de sua proximidade pai-filho e envenenaram a mente do Mensageiro.

A maior parte disso eu soube por Benjamin, que como muitos outros da Mesquita nº 7 do Harlem, havia aderido sem vacilar à nova iniciativa de Malcolm. Tinham plena consciência de que o caminho seria pedregoso e perigoso, tendo a sustentá-los apenas a energia, força de vontade e inteligência de Malcolm. O que eles não sabiam, ou só vagamente suspeitavam, era que naquele dia fatal de 8 de março de 1964, ao proclamar sua independência, Malcolm havia efetivamente assinado sua própria sentença de morte.

Cheguei ao trabalho bem antes de nove e fui direto para o escritório de Barney. Ele estava com o *Times* estendido na mesa de reuniões e um rádio ligado. Às nove juntaram-se a nós Fred, Harry, Nat Sobel, o vice-presidente e mediador-geral, Jules Geller, e o diretor de publicidade, Morrie Goldfischer.

Com o rádio vociferando em segundo plano, gritei: "Só pode ter sido gente de Elijah Muhammad".

Barney, lendo o *Times*, meneou a cabeça. "James X, porta-voz de Nova York dos muçulmanos negros, negou que sua organização teve algo a ver com o assassinato."

"Claro que estão negando", disse Harry. "Eles têm que negar. Mas eu concordo com Dick: frequentemente a solução óbvia é a correta."

Barney e Jules não tinham tanta certeza. Eles achavam que o assassinato poderia bem ter sido orquestrado por uma agência do governo, a CIA ou o FBI para começar, pois Malcolm era visto pela maioria dos políticos brancos – na verdade pela maioria dos brancos em geral – como defensor da violência, um perigo para a sociedade, um demagogo tão carismático e persuasivo aos negros do país que seria muito melhor ele ser morto que lido.

"Eu liguei para Haley duas vezes esta manhã. Nenhuma resposta."

"Para mim", disse Harry, "o que é ainda pior é que agora jamais chegaremos a ler sua autobiografia."

Sabíamos que durante o último ano, talvez até antes, mas em especial após cortar suas relações com a Nação, Malcolm vinha trabalhando em sua autobiografia com um homem chamado Alex Haley. Ainda na semana passada Malcolm adiara uma viagem para se encontrar com Haley no norte do estado de Nova York, onde tinha a intenção de dedicar dois dias inteiros ao livro. Evidentemente ele estava muito mobilizado pelo ataque incendiário a sua casa para se concentrar em qualquer outra coisa.

"Vejam isso", disse Jules, lendo o *Times*. "Aparentemente, o homem que apresentou Malcolm ontem encerrou dizendo: 'Malcolm é um homem que daria sua vida por você'. Não é uma nota e tanto?"

No dia seguinte, finalmente consegui falar com Benjamin Goodman, segundo no comando. Normalmente aberto e amistoso, Benjamin agora parecia distante. Assustado talvez. Este homem muito próximo de Malcolm durante sete anos, que rompeu relações com a Nação no mesmo instante que o amigo, tinha de estar preocupado com sua própria segurança.

"Ben, deixa eu te perguntar: como, em nome de Deus aquelas pessoas entraram no auditório sem serem revistadas? Quer dizer, uma espingarda de doze milímetros!"

Um longo suspiro na outra ponta da linha. "Dick, antes de eu prosseguir, Malcolm estava em um estado de nervos que eu nunca tinha visto. Em dado momento, quando o auditório estava sendo ocupado, ele virou para mim e disse: 'Tem algo errado lá fora'. Acho que ele sabia que algo iria acontecer – talvez não especificamente, mas qualquer coisa. Alguns dos irmãos haviam rogado a ele que registrasse todos que estavam entrando, mas ele se recusou. 'Estou aqui entre minha gente', disse. 'Não tenho nada com que me preocupar'".

Eu tinha ouvido Malcolm falar apenas uma vez – quando Benjamin havia me convidado e dado fé por mim – e ele havia me seduzido e ao mesmo tempo me assustado. Mas intuitivamente eu sabia que na tarde de domingo os Estados Unidos haviam perdido um homem capaz de levar o país adiante, de tratar como nunca antes os problemas raciais.

Três dias depois Barney convocou uma reunião às 9h01. "Eu tenho algumas notícias interessantes."

Todos entramos arrastando os pés, o mesmo grupo que havia se reunido para refletir sobre o assassinato de Malcolm. Barney, com um leve sorriso de triunfo, disse dramaticamente: "A Doubleday renunciou a seus direitos para publicar a autobiografia de Malcolm. Parece que estão preocupados com a segurança de seus empregados. O que impediria quem matou Malcolm, estão dizendo, de usar de violência contra seus editores? O livro parece atacar furiosamente a Nação do Islã".

"Então devemos publicá-lo", disse eu.

"Com certeza", disse Harry.

Morrie levantou a mão. "Eu apoio a moção."

"Não devíamos primeiro lê-lo?", perguntou Fred – uma pergunta razoável, já que três dias antes tínhamos dúvidas de que o manuscrito estivesse concluído.

"Quem é o agente?", perguntou Harry.

"Malcolm Reiss na Paul Reynolds", disse Barney. Em seguida: "Vocês entendem, claro, que se formos em frente, correremos o mesmo risco de retaliação".

Um dar de ombros coletivo. "Se perdermos uma oportunidade como esta", disse Harry, "não deveríamos estar neste ramo."

Dias depois estávamos com o livro.

Uma reunião foi marcada com Alex Haley, que era um negro amável, inteligente, ligeiramente obeso que servira na Marinha dos Estados Unidos durante vinte anos, ascendera à patente de primeiro-sargento, e aposentou-se com o objetivo de se tornar escritor e com o luxo de uma pensão do governo que lhe permitia viver frugalmente e se entregar a sua fantasia, por anos, se necessário. Eu tinha ouvido Benjamin mencionar seu nome, mas nunca em um contexto que me permitisse imaginá-lo. Quando o encontrei, fiquei impressionado. Não, o original não estava pronto, disse ele, mas estava bem adiantado, sua reunião marcada para o fim de semana de seu assassinato seria essencialmente para amarrar as pontas soltas.

Assinamos o contrato sem ler o original, um ato de fé. Um ou dois dias mais tarde, Malcolm Reiss enviou duas cópias em carbono, com a advertência de que era apenas um rascunho. Imediatamente o lemos e ficamos arrebatados. Surpreendente. Sumamente inteligente. Isento de quaisquer floreios. Por certo, precisaria ser trabalhado, mas o essencial estava lá. A trajetória de vida de Malcolm era tão dramática, tão ímpar e mesmo assim tão "normal" para muitos negros americanos, desde o nascimento privados de qualquer chance de uma existência normal, muito menos capaz de realizar o sonho americano. Para mim, o momento mais surpreendente em sua extraordinária jornada ocorreu quando, após mais de duzentas páginas de aventuras e confissões de parar o coração, mais que suficiente para encher uma vida inteira, li: "Amanhã completarei dezessete anos!".

Decidimos que era preciso acelerar o livro, reduzir o tempo normal entre o original e o livro pela metade, talvez a dois terços. No entanto, o original precisava de trabalho. Quem o editaria?

Discutimos se devíamos publicar como um original em brochura ou em capa dura, no primeiro caso para torná-lo o mais amplamente disponível a seu mercado básico, que víamos como essencialmente negro; no segundo para garantir que o livro fosse correta e amplamente resenhado. O eleitorado da capa dura venceu, mas os adeptos do livro em brochura foram tranquilizados de que faríamos rapidamente uma edição barata. Finalmente, exemplares antecipados do livro acabado, a um preço de capa de 7,50 dólares, o mais baixo que podíamos fazer sem perder dinheiro,* chegavam ao escritório, um pacote impressionante trazendo na capa uma bela foto de Malcolm, o profeta barbado. Nossa primeira tiragem foi de 10 mil cópias – embora esse número pareça cauteloso, muitas lojas se recusaram a estocá-lo – e nos sentamos para aguardar as resenhas.

Indiscutivelmente, a maior realização da Grove naquele ano, 1965, foi nossa publicação da *Autobiografia de Malcolm X*.

* Um ano depois publicamos realmente uma brochura a 1,25 dólar.

48

A HISTÓRIA DE O

Se já houve alguém nascido para ser editor foi Jean-Jacques Pauvert. Atraído pelos livros desde criança, o jovem francês começou a publicar ainda adolescente. Aos quinze anos, no fatídico 1941, quando os nazistas deram uma abrupta meia-volta e atacaram a União Soviética e o Japão bombardeou Pearl Harbour, ele foi apresentado ao lendário Gaston Gallimard, fundador da editora Gallimard, e ganhou um emprego em sua livraria no bulevar Raspail. Durante os últimos anos da guerra, seu conhecimento cada vez mais sofisticado do mercado de livros raros – como muitos na França ocupada, com dinheiro e sem lugar seguro para investi-lo, procurou refúgio financeiro nas primeiras edições e edições limitadas – possibilitou que ele primeiro duplicasse, e depois quadruplicasse, seu salário de oitocentos francos por mês na Gallimard. Entre os tesouros bibliográficos que caíram em suas mãos nesse período conturbado estava uma edição em três volumes, publicada por Stendhal et Compagnie nos anos 1930, de *Les 120 journées de Sodome* (*Os 120 dias de Sodoma*), do Marquês de Sade. Diligentemente tentou ler, mas, confessou mais tarde, não conseguia entender não só o livro em si mas também por que deveria estar lendo "esta voz que ressoava, às vezes como um trovão, outras vezes suave como seda, com uma contracorrente de enorme humor". Se este mais ultrajante dos trabalhos malditos de Sade o confundia, deve-se lembrar que ele tinha apenas dezesseis anos de idade. "Até onde eu sabia", relatou ele, "não havia nenhum outro exemplo na história da literatura – ou da escrita – dessas gigantescas indecências, essas obscenidades ultrajantes, esses múltiplos, metódicos, atrozes detalhes." Qualquer outra reação teria sido sem dúvida desconcertante. No entanto, a memória desse encontro juvenil implantou-se em seu cérebro, onde ficou adormecida pelos seis anos seguintes.

Na livraria ele conheceu inúmeros autores, a maioria publicada pela Gallimard: Raymond Queneau, Marcel Aymé, Henry de Montherlant, Jean-Paul Sartre e – mais importante, embora obviamente ele não soubesse na época – Jean Paulhan, a eminência parda da Gallimard. Paulhan se sentiu muito atraído pelo entusiasmo, conhecimento precoce de livros e disposição de seu jovem colega, e durante os anos seguintes acolheu Jean-Jacques em suas reuniões "editoriais" abertas na revista literária da Gallimard, *La Nouvelle Revue Française*, ou NRF, onde a situação da literatura e da política – na França elas estão indissoluvelmente ligadas – era examinada e dissecada.

Intrigado por sua leitura precoce de Sade, mas sabendo pouco sobre ele, Jean-Jacques procurou aprender mais, descobrir textos menos conhecidos dele e sobre ele, começando com o de Eugen Dühren, *Der Marquis de Sade und seine Zeit*, os escritos escolhidos editados por Maurice Heine, a *Correspondance inédite du marquis de Sade, de ses proches et de ses familiers* de Paul Bourdin, e acima de tudo *L'Oeuvre du marquis de Sade: Pages choisies*, de Guillaume Apollinaire, em cujo prefácio o poeta declarava:

> Parece-me que chegou o momento em que estas ideias, que vêm amadurecendo na atmosfera indizível das seções restritas das bibliotecas, e este homem, que esteve completamente esquecido ao longo do século XIX, bem poderiam assumir uma posição dominante no curso do século XX.
>
> O marquês de Sade, o espírito mais livre que já viveu, também tinha ideias muito especiais sobre as mulheres, a quem ele desejava ver tão livres quanto os homens.

Ideias que produziram um efeito profundo no editor principiante. Quem era este homem cuja simples menção provocava por um lado paroxismos de ira nas pessoas e por outro suscitava tamanho louvor enlevado? Rebelde? Revolucionário? Visionário? Louco? Talvez tudo isso. Quanto mais ele lia e quanto mais aprendeu sobre este "autor monstro", mais ficava cativado. Não seria esta uma oportunidade para um jovem editor? Se, como proclamava Apollinaire, ele era o espírito mais livre que já vivera, não deveria ser desacorrentado para o mundo julgar? Em 1948, tendo lido tudo que havia para ler de e sobre o homem, Pauvert tomou sua jovem decisão: ele se dedicaria a ressuscitar Sade, publicaria toda a sua obra, não importa quanto tempo levasse ou quais fossem os obstáculos, inclusive a ameaça de confisco e até a prisão. E, o mais ousado de tudo, ele pretendia publicar Sade não clandestinamente, como outros o fizeram antes dele, mas com seu selo editorial e endereço aberta e orgulhosamente estampados na capa. Quando tomou esta decisão que redefiniria sua vida, Jean-Jacques Pauvert estava com 22 anos.

Seis anos se passam. A amizade de mais de uma década entre Jean-Jacques Pauvert e Jean Paulhan não só perdurava como florescia. Pauvert ainda comparecia com frequência às reuniões semanais de quarta-feira na Gallimard, e Paulhan, ciente do envolvimento de Pauvert com Sade – que já havia resultado em sua publicação de vários volumes, cada um deles objeto de medidas judiciais – admirava cada vez mais a coragem obstinada do jovem. Os dois frequentemente almoçavam juntos e, em mais de uma ocasião, Paulhan aludiu a um manuscrito misterioso que havia encontrado em sua mesa, que ele achou "bem extraordinário", um termo que raramente empregava. Um tanto irritante, na ausência do original em si, era a declaração reiterada de Paulhan de que Jean-Jacques seria o mais provável editor para ele – de fato, o único ousado o bastante para assumi-lo. Sua própria editora, a Gallimard, confessou Paulhan, o havia descoberto primeiro, hesitou durante um ano e meio apesar de seu entusiasmo claramente manifesto e finalmente desistiu, tendo Gaston Gallimard dado voto negativo decisivo depois que um membro do conselho editorial lhe disse: "Gaston, a essa altura de sua vida você não precisa publicar *pornografia!*". Tudo o que mais aguçava o afiado apetite literário de Jean-Jacques. A repetição é a mãe da preguiça e, assim, Jean-Jacques parou de dizer quanto ficaria feliz se pudesse lê-lo. Até que, em uma noite glacialmente chuvosa em dezembro de 1953, ou janeiro de 1954, como relata Pauvert, ele estava caminhando ao longo da rue Jacob quando deparou com Paulhan, que de repente anunciou: "Sabe aquele manuscrito sobre o qual tenho falado, bem, estou com ele aqui!". Jean-Jacques demonstrou pouco entusiasmo, mas Paulhan literalmente empurrou o envelope ensopado para os seus braços e lhe garantiu que ele valeria o seu tempo.

Em casa, depois do jantar, Jean-Jacques abriu o pacote e encontrou uma pequena anotação de Paulhan dizendo que a menos que ele estivesse muito equivocado, este era um trabalho que teria um papel importante na história da literatura, acrescentando que, apesar das poucas correções feitas à margem com sua letra, o livro não era de modo algum seu mas produto de uma mulher muito talentosa, especial, que estava optando por permanecer anônima e publicar sob o pseudônimo de Pauline Réage. Jean-Jacques notou o título intrigante, *História de O*, e começou a ler. Ao terminar, a uma da manhã, ele acordou sua esposa. "Incrível", disse ele. "É MEU livro. O livro que tenho procurado todos esses anos. É verdade que sou o editor de Sade. Mas é com *História de O* que vou deixar minha marca literária."

Cedo – muito cedo – na manhã seguinte ele ligou para Paulhan, desculpou-se por acordá-lo e anunciou que estava pronto para fazer um contrato. Quando podia encontrar a autora? Algumas tosses ofegantes pré--café na outra ponta da linha, e a *éminence grise* da Gallimard foi forçada a confessar que a autora já tinha assinado um contrato com outra editora. O quê? Isso não era *possível*! Então por que Paulhan lhe dera o manuscrito? Era *seu* livro. Como descreve Jean-Jacques, visões de canhões e facas flutuavam em sua cabeça, de venenos que, gota a gota fatal, faria ingerir esse intruso, cujo nome ele finalmente arrancou de seu até agora amigo completamente acovardado. Paulhan tentou explicar que havia dado o manuscrito a Pauvert porque ele achava que o homem que o havia contratado poderia estar com dúvidas. O editor em questão era o muito idôneo monsieur René Defez, dono das Éditions des Deux Rives. "Esse cavalheiro atualmente está com alguns problemas sérios com o governo", explicou Paulhan, "e pode não querer aumentá-los com *História de O*. Talvez você possa resolver algo com ele."

O problema de Defez era um livro explosivo que ele recentemente publicara, *Le Trafic des piastres*, expondo a corrupção não só nos escalões mais altos do governo e do Exército francês na Indochina mas atingindo também o parlamento de Paris e, aparentemente, até o círculo íntimo do presidente. A casa e o escritório de Defez haviam sido arrombados, e no momento ele era alvo de várias acusações. Às urgentes indagações de Jean-Jacques, monsieur Defez respondia: "Ah, sim, você se refere a Madame O, o pequeno romance pornô que Paulhan deixou para mim. Você realmente o quer? Eu paguei 100 mil francos por ele. Pague-me a mesma quantia e o contrato é seu". Felizmente, Jean-Jacques havia trazido seu talão de cheque e concordou sem hesitação. Mais tarde, ele ficou em dúvida: por que tão precipitado? O homem perdera completamente o interesse no projeto e, se ele, Jean-Jacques, pechinchasse um pouco mais, Defez provavelmente o teria entregue a troco de nada. Ah, a visão em retrospectiva...

Agora sua única preocupação era como cobrir o cheque, pois ao preenchê-lo ele sabia que a conta estava praticamente sem fundos. E daí? De algum jeito ele encontraria os recursos. Enquanto isso, ele tinha seu livro. Nada mais importava.

Maurice Girodias entra (mais uma vez!) em cena. Na primavera de 1954, tendo tanto o escritório de Jean-Jacques na rue des Ciseaux como o subarrendado de Maurice na rue Jacob se tornado pequenos demais para eles, decidiram juntar forças e dividir um grande escritório no número 8 da rue de Nesle, próximo à rue Dauphine. Dada sua nova proximidade, era apenas normal que Jean-Jacques contasse a Maurice sobre sua emocionante descoberta. Girodias pediu para ler o manuscrito e concluiu que se ajustaria muito bem à Olympia. Nunca houve um contrato formal entre eles para a versão inglesa – Girodias receava que documentos pudessem ser usados como provas contra ele –, mas acordou-se verbalmente que a Olympia não poderia imprimir mais de 3 mil exemplares e que a tradução seria empreendida pelo irmão de Girodias, Eric, um excelente tradutor. Para capitalizar o alvoroço que Maurice supunha que saudaria a publicação de O em francês, ele decidiu que sua versão em inglês tinha de aparecer ao mesmo tempo. Mas Eric estava ocupado com outro projeto, e todos os membros com experiência comprovada no estábulo de tradução de Maurice – Trocchi, Wainhouse, Logue – estavam envolvidos em outros trabalhos, então ele recorreu àquele merlinita relativamente novo em Paris, Baird Bryant, que jurou que podia cumprir o prazo final. Mas ele não contou que seu francês era, para ser generoso, limitado. Quando Baird entregou o manuscrito e recebeu seus honorários padrão de seiscentos dólares, Maurice pode ou não tê-lo lido. Se o fez, deixou de corrigir até os erros mais notórios, pois a data da publicação francesa em junho estava rapidamente se aproximando, deixando-o, em seu entender, sem escolha.

O livro francês, vestido em sua capa amarela recatada e portando orgulhosamente o nome e o endereço de seu editor (qualquer um que queira me procurar sabe onde me encontrar)

A SCEAUX
CHEZ JEAN-JACQUES PAUVERT
MCMLIV

chegou da gráfica quase sem nenhum pedido das livrarias. Sem problema: espere até as resenhas, a favor ou contra, pouco importa, começarem a aparecer. Espere o alvoroço. Uma semana, duas semanas, três semanas, quatro. Sem falar em cinco, seis e sete. A única resenha a aparecer foi um anúncio em *Dimanche-matin* no dia 29 de agosto que, embora positivo, comparava *O* ao *Cântico dos cânticos*, o que era apenas um pouco melhor do que se a comparação fosse com *Tristão e Isolda*. Não ia disparar as vendas, além disso ninguém mais lê *Dimanche-matin*. A única pessoa regularmente esvaziando o estoque era o próprio Jean Paulhan, que escrevia pedindo "dez cópias, por favor"; "mais seis se não se importa"; "posso receber mais algumas? Garanto que terão bom uso". Em resumo, nenhum movimento. Nenhum alvoroço. Nenhuma venda.

Parte do problema foi que alguns meses antes da publicação de *O*, outro romance surgiu, escrito por uma adolescente desconhecida chamada Françoise Sagan, que cativou Paris – e mais tarde o mundo: *Bom dia, tristeza*. Era chocante de uma maneira não ousada, um livro que você podia discutir abertamente sem medo de reprovação. No fim do ano tinha vendido mais de 1 milhão de cópias. Contando os pedidos de Jean-Jacques talvez tenham sido despachadas mil cópias de *O*, provavelmente incluindo os exemplares promocionais de Jean Paulhan.

O fracasso comercial e de crítica, porém, não demoveu o judiciário, pois alguém nos altos escalões ou tinha lido o livro e ficou chocado ou foi informado de que era verdadeiramente escandaloso. Além disso, este exemplar feminino de Sade tinha que ser descoberto e punido antes que comprometesse a fibra moral da nação. Tanto Pauvert como Paulhan foram chamados em separado pela Brigade Mondaine. O editor, para quem tais inquéritos a essa altura não eram novidade por causa do Divino Marquês, admitiu que realmente conhecia o autor. Sim, ela era uma mulher, embora usasse um pseudônimo. Sim, ele tinha um bom e válido contrato. Não, a polícia não podia vê-la. Sua defesa, em suma, era que essas informações entre editora e autor são privilegiadas, como aquelas entre um advogado e um cliente. Frustrado, o inspetor se levantou, encolheu os ombros e os dois apertaram as mãos. Pauvert 1, Brigada Mondaine 0.

Jean Paulhan, cortês e imponente, assumiu um enfoque diferente. Sim, ele estava bem seguro de que sabia quem era a autora e, sim, estava preparado para revelar sua identidade. Ótimo! Agora estamos chegando a algum lugar! Uma pessoa frequentemente mencionada, declarou Paulhan: era Lucie Faure, a esposa do destacado político Edgar Faure. Outro nome alardeado, ele tinha que confessar, era o de Louise de Vilmorin, uma dama bem conhecida na alta roda, uma mulher de considerável riqueza e prestígio. Ele podia continuar, disse ele, mas não viam eles o problema? Sujar o nome de senhoras que bem poderiam ser inocentes? Todas elas muito bem relacionadas? Que cavalheiro se rebaixaria tanto? O(s) inspetor(es) balançava(m) a cabeça concordando. É mesmo. Muito obrigado, monsieur Paulhan, por toda sua ajuda...

Um frágil raio de luz na escuridão de *O* surgia já em 1955, quando o romance ganhou o Prix des Deux Magots, um prêmio literário iniciado antes da guerra que contava entre seus laureados o altamente considerado Raymond Queneau, autor de *Zazie dans le métro*. Não era, como notou Pauvert, o Goncourt, o prêmio literário mais prestigioso da França, mas divulgaria a existência do livro. Outro impulso ocorreu cerca de um ano depois da publicação, quando duas resenhas extremamente elogiosas finalmente surgiram, uma em *Critique* por André Pieyre de Mandiargues, e outra por Georges Bataille em *La Nouvelle Revue Française*. Ambos os críticos eram amigos de Pauvert e Paulhan, por isso havia um toque de *copinage* – compadrio – em seus elogios, mas mesmo assim levaram o livro à atenção de um público mais amplo. No entanto, seriam necessários anos até que o boca a boca, assistido e instigado pela contínua curiosidade e controvérsia sobre quem realmente era Pauline Réage, tornasse a predição profética de Jean-Jacques uma realidade. Em cada exemplar da edição original ele havia inserido um cartão que dizia: "*História de O*, garantimos a você, é um livro que deixará sua marca na história da literatura mundial".

Hoje, mais de cinquenta anos depois de sua publicação, essa garantia ao leitor foi confirmada. Muito mais cópias de *História de O* foram vendidas no mundo que, com todo o devido respeito, *Bom dia, tristeza* de Françoise Sagan.

Só encontrei Jean-Jacques Pauvert no início dos anos 1960, mas eu havia notado sua corajosa dedicação a Sade ao longo dos anos e acompanhado as vicissitudes da *História de O*, no último ano em que vivi em Paris, 1954. De um escândalo praticamente ignorado a princípio, *A história de O*, de modo lento e gradual, principalmente graças ao boca a boca e depois cada vez mais pela candente controvérsia tornou-se sucesso mundial. O movimento feminista dos anos 1960 o brandia como apelativo às fantasias masculinas, e não foram poucos os que atacaram o livro, que detalha a entrega total e voluntária de uma bela mulher a homens sádicos, afirmando que teria sido escrito por um homem. O fato de O ter sido (pretensamente) escrito por uma mulher sem dúvida contribuiu para seu triunfo final. Mas, indiscutivelmente, dois outros elementos ajudaram: o prefácio feito pelo ícone literário Jean Paulhan, que nem os mais veementes detratores podiam ignorar; e, até mais importante, a qualidade da própria escrita, pois a prosa do romance era crivada de imagens impactantes, ainda que frequentemente dolorosas, que após o choque inicial a embebia com uma aura mística – até religiosa, pois no sofrimento e na submissão de O alguns encontraram paralelos com os mártires santificados, até com Cristo.

Ouvi falar do romance pela primeira vez não de Pauvert, mas da edição de Girodias em língua inglesa, que surgiu no mesmo ano que o original francês. Lendo-o, perguntei-me por que todo o rebuliço, por que os críticos – mesmo os que condenavam seu teor – exaltavam entusiasmados sua prosa, sua pureza de estilo, pois na versão da Olympia a prosa era tão rebuscada e canhestra que a desprezei como o lixo que de fato não era.

Barney e eu discutimos o livro brevemente em meu primeiro ou segundo ano na Grove, e fui desdenhoso, zombando dos intelectuais franceses que ainda clamavam que era um clássico. Só quando finalmente li em francês entendi que o problema não estava em Pauline Réage mas no tradutor anônimo da Olympia. Não só ele (ela?) havia massacrado o estilo como também os erros de tradução, os disparates na edição da Olympia, eram tão frequentes quanto notórios. Depois que revi meu julgamento, abordamos Girodias sobre os direitos em língua inglesa, que ele disse que teria muito prazer em nos vender desde que, naturalmente, o preço estivesse certo. Para fazer um contrato, porém, precisávamos de prova que ele, não o editor francês Pauvert, possuía os direitos em língua estrangeira. Ah, como são desconfiados esses americanos! Minha palavra não bastará? Não, meu caro Maurice, não bastará. Uma cópia simples de seu próprio contrato estará ótimo. Arfadas, silvos, mexe e remexe. Vocês devem entender que na França um simples aperto de mão sela um negócio. Mas aqui é a América, meu caro amigo, onde caneta e tinta estão mais em voga. Mais esforços de contornar o problema. Ocorreu-nos finalmente o que devia ter nos ocorrido de imediato, ou seja, que o sujeito não tinha nenhum direito estrangeiro e talvez nenhum direito mesmo. Uma carta a monsieur Pauvert confirmou que a Olympia nunca teve um contrato, estando seus "direitos" restritos a uma única impressão modesta de 3 mil exemplares, que Maurice, claro, imediatamente violara imprimindo quase duas vezes esse número. Quando recebeu notificação para não imprimir mais, ele simplesmente mudou o título para *The Whip and the Lash* e voltou a imprimir. Além disso, a autora – isto segundo Jean-Jacques – que era crítica e tradutora altamente respeitada, ficara tão horrorizada com a versão da Olympia que escreveu uma carta de protesto para Jean-Jacques:

Prezado amigo:

Você sabe tanto quanto eu que se concordamos em autorizar uma impressão de apenas 3 mil exemplares (nem uma cópia mais!) da tradução de O *por Girodias, isto foi antes de termos chance de ver a tradução. Fiquei horrorizada. Ela é extremamente vulgar e deturpa totalmente a personagem do livro. Sob nenhuma circunstância ele pode continuar a ser vendido e por este meio autorizo você a tomar todas as medidas necessárias para interromper sua venda.*

Com a questão assim esclarecida, contratamos com Pauvert os direitos em língua inglesa. Para ser justo, depois da carta de protesto de madame Réage, Maurice contratou alguém para corrigir a tradução, e a versão resultante ficou muito melhor. Mas dado o rompimento entre Maurice e Jean-Jacques, não havia como nos recusar a tratar com Girodias em termos contratuais e ao mesmo tempo pedir para usar sua nova tradução. De fato, uma condição básica imposta por Jean-Jacques para a aquisição dos direitos em língua inglesa era a de que encomendássemos uma nova tradução. A essa altura, ele e Maurice estavam em guerra declarada.

Tínhamos conversado sobre O com Pauvert, primeiro em Paris na primavera de 1963 e novamente na Feira do Livro de Frankfurt no outono daquele ano. De nosso primeiro encontro, achei Jean-Jacques um encanto, um espírito totalmente positivo, cujo bigode quase em forma de guidão estremecia de prazer sempre que sorria ou gargalhava, o que era frequente. Seu colega imediato Jean Castelli, que administrava a empresa e lidava com direitos estrangeiros, era quase tão encantador e animado quanto seu chefe.

"O... Ah, O... " Então, o sorriso. Claro que ele gostaria que nós o tivéssemos, mas havia um problema: "Monsieur Girodias. Olympia e Grove. Não estávamos na cama juntos? Afinal, Casement, Burroughs, Miller... ".

Jean-Jacques tinha razão, a começar pelos diários de Casement.*

Henry Miller, por outra parte, para não falar de *The Olympia Reader*, que estava enriquecendo Girodias mais uma vez (os frutos de *Lolita* agora dilapidados). Tudo o que fizéssemos juntos, insistimos, seria em uma base livro por livro.

A verdade é que Maurice estava furioso conosco por negociarmos com Jean-Jacques e não com ele os direitos em língua inglesa para O. "Lá se vai, debaixo de meu nariz, outro livro pelo qual lutei como o diabo", escreveria ele a seu advogado de Nova York. "Claro, Jean-Jacques precisava dos 2 mil dólares que Barney presumivelmente pagou pelo contrato, e ele simplesmente me descartou como algo desprezível." Nos últimos dois anos, as relações entre a Grove e a Olympia de fato vinham rapidamente se deteriorando, pela simples razão de que cada caso judicial que vencíamos, derrubando os muros da censura, tornava-nos – e a todo o mundo – mais livre

* Cujo título completo era *The Black Diaries of Roger Casement*. Casement, nascido em 1864 na Irlanda do Norte ingressara no serviço público britânico e atuara com distinção como cônsul em vários países africanos, onde descobriu e expôs as lamentáveis condições impostas pelo trabalho praticamente escravo nas minas e fazendas de monocultura do Congo belga, pelo que foi nomeado cavaleiro. Quando eclodiu a Primeira Guerra Mundial, ele aderiu ao movimento de independência da Irlanda, consequentemente aliando-se à Alemanha, para onde se mudou. Na primavera de 1916 ele aportou na costa irlandesa em um submarino alemão, foi capturado e enviado para Londres, onde foi julgado por alta traição, condenado à morte, e – apesar dos sérios esforços diplomáticos, não só de sua Irlanda natal como da Inglaterra e dos Estados Unidos, para salvá-lo – se enforcou no verão daquele mesmo ano. A partir daí, houve uma profusão de indagações sobre os diários mantidos por Casement, alguns questionando sua autenticidade e alegando que eles tinham sido forjados para ajudar a acusação, pois Casement era homossexual e os diários continham descrições sexuais explícitas em uma era em que a homossexualidade ainda era em grande parte anátema. Ao contrário de tantos outros de seus livros, que muitas vezes ele enviava para impressão sem sequer um exame superficial, para os diários Girodias atuou como editor e, junto com sua secretária, Miriam Worms, criou um sólido volume a partir da matéria-prima. Nós – a Grove – o publicamos no ano em que cheguei. Barney – ele mesmo metade irlandês – adorava o livro quase tanto como Maurice, pois, como ambos os cavalheiros admitiram, em Casement eles viam muitos traços de personalidade que reconheciam em si mesmos. Comercialmente, o livro foi um insucesso em ambos os lados do Atlântico.

para publicar sem restrições, o que significava que o pequeno império de livros proibidos de Maurice estava dia a dia se encolhendo.

Em termos contratuais, teríamos que fazer uma nova tradução. Considerei se Richard Howard poderia assumir a tradução, mas ele estava ocupado com outro trabalho. Barney sugeriu Patsy Southgate, pois ele achava que o romance devia ser traduzido por uma mulher. Patsy, uma bela jovem que havia conhecido brevemente em Paris quando ela era casada com Peter Matthiessen e se tornara uma amiga, educadamente recusou, não por razões morais, embora ela achasse o livro perturbador, mas porque, disse, ela estava no momento se concentrando em sua própria escrita, tendo recentemente publicado um conto maravilhoso na *Evergreen*. E então, uma noite, quase amanhecendo, ocorreu-me como se num sonho: eu sabia de onde a autora tinha tirado aquele nome. E, quase ao mesmo tempo, eu havia decifrado o codinome do tradutor.

Barney me pediu para traduzir *O*, e aceitei. Eu me tornei "Sabine D'Estrée".

Como o nome da autora incluía pistas codificadas para a identidade da verdadeira autora, senti que era imperativo entrar no jogo e criar um código também para o nome do tradutor. Era igualmente importante que o tradutor fosse uma mulher. Eu tinha me divertido muito procurando um nome quando topei por acaso com "Sabine", o nome do meio de Jeannette. Quanto a D'Estrée, "Sabine astrayed" ["Sabine desviada"]... evoluiu para "D'Estrée".

Todos juramos guardar segredo, inclusive Pauvert e Jeannette, e assim permaneceu durante várias décadas. Enquanto isso, o mundo literário entrava em contorções e especulações para tentar decifrar o código e expor o nome do tradutor, a todo momento me fazendo sorrir.*

* Em seu bem fundamentado livro *Venus Bound*, John de St. Jorre indica meu nome como o tradutor de O. Embora ele não esteja totalmente seguro, diz que se "fosse para apostar dinheiro eu colocaria o meu inequivocamente nos Seavers [querendo dizer eu e Jeannette]". Eu digo: John, se você conseguir decifrar o código do nome do autor e o do tradutor você saberá com certeza a identidade de ambos.

Será que mais uma vez, perguntamo-nos, os censores entrariam com os caninos expostos, pois embora as barreiras estivessem se esboroando este livro bem podia ser visto como até mais chocante que Miller. Sadomasoquista, para dizer o mínimo, ainda que se pudesse argumentar que O, em todas as suas tribulações, era quase santa em sua resposta a seus torturadores, comparável aos primeiros mártires cristãos. Certa manhã, sugeri esta defesa potencial a Barney e Fred. Um duplo menear de cabeça. Então o que devíamos fazer era veicular a seção de abertura na revista e ver a resposta. Duplo menear de cabeça. Uma breve introdução a essa cena foi adicionada, que veiculamos com a tradução parcial na *Evergreen Review* número 31, no outono de 1963, e aguardamos. Se estávamos esperando uivos de raiva ou repulsa, ficamos desapontados. No entanto, talvez estes viessem quando se tivesse o livro inteiro. A censura podia ter ficado nas cordas, mas estava longe de nocauteada. Sabíamos, também, que O tinha sido censurado na França – exemplares da edição da Olympia tinham sido apreendidas logo depois da publicação, e tanto Girodias como Pauvert tinham sido interrogados pela Brigade Mondaine, tal como vários dos supostos autores. Quando, porém, se revelou que alguns dos suspeitos eram mulheres proeminentes, a investigação logo foi relaxada. Alguém do alto escalão do governo, corria o boato, dera a ordem de parar e desistir. No entanto, Paulhan teve de contratar um advogado para defender a si mesmo e ao livro, e quando mais tarde ele era indicado para uma cadeira na Académie Française, aqueles que se opunham a sua inclusão entre os "imortais" da França colocaram sub-repticiamente uma cópia de O em cada uma das cadeiras dos acadêmicos, para influenciar a votação. A tática saiu pela culatra e Paulhan foi eleito sem mais incidentes.

O romance iria chocar, sabíamos (ou esperávamos), mas estávamos cansados de processos e discutimos como poderíamos evitá-los neste caso. A Alfândega não tinha mais poder de censura, mas, lembramos, era a Alfândega de Nova York, na pessoa do subcoletor Irving Fishman, que tinha inocentado *Lolita* da acusação de obscenidade quando um exemplar da Olympia caíra em suas mãos. Por que não tentar essa rota novamente? Pedimos a Pauvert para nos enviar várias cópias, que previsivelmente foram apreendidas na fronteira. Com a apelação, esse mesmo sr. Fishman inocentou o livro e liberou as cópias. Até agora, tudo bem. Todavia, como medida de segurança, decidimos adicionar à introdução de monsieur Paulhan outro ensaio escrito por um de nossos autores, André Pieyre de Mandiargues, que era basicamente uma resenha elogiosa que ele havia escrito sobre o livro na França. Novamente, para evitar toda aparência de apelo à lascívia, demos ao romance uma capa branca imaculada, com o título composto em um corpo moderadamente pequeno emoldurado por um fio discreto, o título repetido no verso, mas afora isso livre de qualquer texto, exceto, na parte inferior, uma frase tirada da indústria cinematográfica – "Este livro só pode ser vendido para adultos" – e o enviamos ao mundo. A essa altura, as livrarias, tendo se acostumado ao sensacional romance anual da Grove Press, ficavam em geral impressionadas pelo modo como os defendíamos, e estavam menos propensas a não ficar com nenhum ou esconder nossa mercadoria duvidosa debaixo do balcão. Alguns dias depois de O chegar às lojas, visitei meia dúzia na área de Nova York e vi, na maioria dos casos, o romance abertamente – ou devo dizer orgulhosamente? – exposto. Outro pequeno passo para os dois gêneros da humanidade.

Para nossa grande surpresa, as resenhas foram em sua maioria favoráveis. Para resenhar O, a bíblia dos livros, *New York Times Book Review*, designou Albert Goldman, um professor de inglês de Colúmbia, que escreveu:

> *A história de O* – notório como romance *underground*, notável como um caso raro de pornografia sublimada na mais pura arte – apareceu originalmente sob circunstâncias misteriosas em Paris em 1954. Trazendo o nome de uma autora desconhecida, provavelmente um pseudônimo, Pauline Réage, e o endosso de um crítico eminente, agora membro da Académie Française, o livro foi saudado com uma mistura de respeito e perplexidade...
>
> *A história de O* não é nem uma fantasia nem uma anamnese. Com seus inícios e finais alternados; seu estilo simples, direto (como o de uma fábula); seu ar curioso de abstração, de independência de tempo, espaço e personalidade, ele se assemelha mais a uma lenda – a história espiritual de uma santa e mártir...

> Apesar de sua ação sensacional, a história de O mantém o tom docemente solene de um martirológio feminino. Este paradoxo é representativo da tessitura imaginativa do livro, um tecido de ironias intricadamente entrelaçadas cujo tema consolidador – insinuado pelo simbolismo religioso do convento como escolas, o elo de ferro, as flagelações – é uma perversão do mistério cristão da exaltação pela humilhação, do extremo do sofrimento transformado em uma vitória final sobre as limitações do ser...
>
> O passa a encarnar os três aspectos do feminino sendo simbolizados pela tríade – a modesta donzela (Diana), a mulher tentadora (Luna) e a velha sinistra (Hécate).

De uma só vez o professor Goldman, em nosso periódico impresso mais importante, havia superado messieurs Paulhan e Pieyre de Mandiargues em dotar O de uma respeitabilidade quase mitológica. Como era de prever, o livro foi para a lista de *best-sellers* do *New York Times Book Review* e lá ficou durante várias semanas.

49

A GROVE SE TORNA PÚBLICA

Como disse alguém, "eu fui pobre e fui rico, e garanto a você, rico é melhor". Ou algo parecido. Na Grove todos ganhávamos um pouco mais do que um salário que garantia a sobrevivência, mas se éramos alguma vez convidados para trabalhar em editora maior por um bom dinheiro a mais, a resposta quase inevitável era "estamos nos divertindo demais aqui". É verdade que Barney muitas vezes era irascível, um controlador alucinado, a maior parte do tempo maníaco, propenso a ataques de pânico, divertindo-se em atiçar sem motivo um executivo contra outro. Era o seu método, imaginamos, de testar nossa integridade ou ver até que ponto podíamos ser impelidos, pois havia um elemento sádico em seu modo de ser, em contraste total com sua generosidade inata. Para falar a verdade, o ímpeto de nossas tensões financeiras recaía em suas costas não muito largas, pois ele e sua mãe possuíam todas as ações da Grove, e quando ocorriam perdas, como era frequente, eram os bolsos deles que tinham que compensar o déficit.

Entre 1962 e 1964 tínhamos passado por um lamaçal financeiro, com vendas estagnadas e lucros, quando vinham, mínimos. Em 1962 tínhamos perdido cerca de 400 mil dólares sobre vendas de pouco mais de 2 milhões de dólares, em grande parte devido aos custos dos processos.* Lembro-me de um dia naquele ano quando Barney desapareceu no final da manhã e reapareceu pouco antes das cinco, dizendo que tinha passado o dia com algumas pessoas em Wall Street. "Para levantar dinheiro?", perguntei. Ele assentiu com a cabeça, disse "nenhum interessado", encolheu os ombros e

* Em termos de hoje, seriam cinco ou seis vezes maiores.

desapareceu para dentro de seu escritório. Sempre ouvi dizer que a extensão de sua herança era exagerada, embora ela o mantivesse em boa posição para obter empréstimos de bancos e crédito das gráficas, mas naquele dia tive o primeiro pressentimento de que os bolsos realmente não eram tão abastados assim. Mais tarde descobri que ele se aventurara até o Distrito Financeiro não para levantar dinheiro mas para tentar vender a editora. Em todo caso, os dois anos seguintes, embora nossas vendas estivessem praticamente paralisadas – caindo um pouco em 1963, subindo um pouco em 1964 – conseguimos obter lucro, ligeiro mas tranquilizador. No ano seguinte, graças em parte a vários *best-sellers*, entre os quais o incontrolável *Os jogos da vida,* nossas vendas subiram rapidamente em quase cinquenta por cento, com um lucro significativo. O ano de 1966 assistiu a outros vinte por cento de aumento nas vendas, à medida que o catálogo de obras voltadas a escolas e faculdades – com Jules Geller bombardeando o mundo acadêmico, em especial os professores mais jovens, com material de leitura e manuais do professor – entrou em cena respondendo por cerca de trinta por cento dos negócios, e outro lucro considerável. Também iniciamos um clube do livro, que ao fim do primeiro ano tinha 75 mil membros, enquanto a circulação da *Evergreen Review* em formato grande (do tamanho da *Playboy*!) subia rapidamente de 35 mil em 1965 para 120 mil exemplares. Acrescente-se a Cinema 16, adquirida de Amos Vogel em fins de 1966, uma biblioteca especializada em filmes de arte, documentários e filmes clássicos voltados principalmente a escolas e universidades, e a aquisição de três filmes de longa-metragem – inclusive *Finnegans Wake* – e começamos a parecer uma empresa de multimídia, atraente o bastante para chamar a atenção de Wall Street.

"O que vocês acham de a gente entrar na bolsa?" Barney lançou um dia por volta do início de 1967. "Eles estão falando em fazer uma oferta pública em junho ou julho de 240 mil ações com valor entre seis e dez dólares a ação. Isso nos renderia bem mais de 1 milhão de dólares líquidos no mínimo e aliviaria todas as pressões financeiras que sempre tivemos. Dinheiro para expandir. Comprar mais e melhores livros. Alguns filmes de longa-metragem. Outro clube do livro?"

Quem poderia dizer não, principalmente quando soubemos que todos os membros do comitê executivo receberiam ações. Não opções: ações. Se havia uma pegadinha, não conseguimos vê-la.

Não posso dizer que o lugar fervilhasse de bisbilhoteiros usando a devida diligência, mas nosso contador Joe Warren disponibilizava ao subscritor os resultados da companhia dos últimos cinco anos e uma justa estimativa para 1967, que parecia – para tomar de empréstimo uma palavra do grande e falecido Terry Southern – fabulosa. Os documentos adequados foram redigidos e devidamente registrados. Estávamos felizes por ver que vários de nossos forncedores, incluindo tipógrafos e comerciantes de papel, que não havia muito tempo nos pediam para pagar uma parcela de nossas contas antecipadamente, tinham embarcado no trem da alegria. Finalmente, em 7 de julho de 1967, cada um de nós recebeu 4 mil ações ao preço de oferta de sete dólares por ação. Isso não queria dizer que de repente éramos ricos, mas, com a gasolina a cerca de trinta centavos o galão, o leite a alguns centavos o litro, e meu aluguel no Central Park oeste a 354 dólares mensais, nos fez parecer menos pobres. Apesar de nós mesmos, checávamos os números da NASDAQ todo dia à medida que o preço de nossa ação subia rapidamente, primeiro para dez, depois para quinze, então para vinte, e bem acima. Morrie Goldfischer, cujo senso de humor era contagiante, fazia quase diariamente uma piada de nossa súbita riqueza. Segurando *The Wall Street Journal* aberto na página da NASDAQ, ele se aproximava furtivamente e sussurrava: "Viu a cotação de hoje? Mais 2 mil em nossos bolsos. Nada mal, hein?". De repente éramos ricos, não super-ricos, mas aparentemente recompensados por nossos vários anos de patrimônio líquido de suor. Só que...

Só que descobrimos, mais tarde em lugar de mais cedo, que as nossas ações eram "ações não vendáveis ao público" e não podiam ser negociadas por um longo período. Enquanto muitos de nossos investidores resgatavam, duplicando, triplicando e em alguns casos quintuplicando seu investimento, podíamos apenas assistir e esperar. Barney nunca nos havia falado dessa restrição, e a desilusão era visível no escritório, principalmente quando vimos as ações frenéticas se elevarem tão depressa e até a quarenta em dado momento, dando a cada um de nós o equivalente a cerca de 160 mil dólares – no papel –, dez a quinze vezes os nossos salários anuais. Se tivéssemos um bebedouro, as ações da Grove, e não empolgantes manuscritos novos, teriam sido o assunto constante de nossas conversas. Aumentando nossa preocupação, soubemos por nossos números internos que as ações estavam claramente superprecificadas, e realmente logo começaram a flutuar para baixo. Ao final do ano elas haviam parado de flutuar e despencaram para nove, em cujo ponto vários corretores a recomendavam como uma "compra" para desmiolados.* Enquanto observávamos sua espiral descendente, tudo o que podíamos fazer era sentar nas laterais do campo e aguardar. Para os crentes, rezar. Ei, às nove, ainda estava 8 mil dólares mais que nosso preço de compra. O plano original era você vender suas ações por algum preço vertiginoso, saldar o empréstimo e embolsar os rendimentos. Em meu caso, eu havia tomado emprestado os 28 mil dólares de um banco de Connecticut, o empréstimo coassinado por meu pai, que à medida que as ações subiam de valor me elogiava por minha compra astuciosa. Mas até isso era relativo. "Eu não sabia que você tinha algum tino para os negócios", diria ele. "Acho que eu estava enganado." Mas aí também ele notou a flutuação e interrompeu seus encômios, com sua expressão, se não suas palavras, indicando: "Bem, acho que minha primeira impressão estava correta". No entanto, o banco de Connecticut até agora não mostrava nenhum sinal de preocupação. Mas se as ações flutuassem muito mais...

Quando finalmente estávamos livres para vender, as ações tinham alcançado um ponto em algum lugar abaixo de um dólar cada. Devíamos nos agarrar a elas, na esperança de que reagissem? O que tínhamos a perder neste momento? Outros 4 mil dólares, concluiu-se. Quando finalmente vendi – a paciência do banco não era ilimitada – a perda foi praticamente todo o "investimento". Foi uma introdução rude nos caprichos da bolsa de valores, bem como um exemplo concreto da lei da gravidade.

* Por "desmiolados" refiro-me ao conteúdo dos crânios desses corretores que, sem fazer sua lição de casa, ainda estavam recomendando as ações naquele ponto.

Assim, fui pobre e (no papel) rico, e, acreditem-me, pobre é melhor. Bem menos suores noturnos. Bem menos desilusões. Bem menos caras amarradas.

50

GENET VEM PARA OS ESTADOS UNIDOS

O ANO DE 1968, novamente sem nenhuma alternativa, amanheceu com uma nota mista de esperança e desespero. Os turbulentos anos 1960 estavam chegando ao fim – ou assim parecia. De fato, o pior – ou melhor, dependendo do ponto de vista e inclinação política – ainda estava por vir.

Os Estados Unidos ainda estavam atolados no Vietnã. O que antes era chamado de guerra de JFK era agora a de Lyndon Johnson, e aquele apuro estava pesando ainda mais em volta de seu grosso pescoço texano. Ao atoleiro no exterior correspondia um crescimento da resistência interna a essa guerra "sem sentido nem esperança". E os negativistas e contestadores não podiam mais ser rotulados pela administração como *hippies* e drogados (afinal, não eram os mesmos?), comunas e vermelhos, *beats* e boêmios. Os americanos de classe média estavam aderindo às marchas e endossando os abaixo-assinados, e até as corporações americanas – mesmo que por razões venais – estavam alertando Washington para o fato de que o apoio ostensivo e incondicional da guerra não estava assegurado.

Era um ano eleitoral e o humor do país não parecia ser de bom agouro para o presidente em exercício. Tirando vantagem política do crescente inverno de descontentamento do país, vozes de oposição estavam acumulando força política quando começaram as primárias. Um homem em particular, senador por Minnesota, Eugene McCarthy, rodeado por um bando de jovens e exuberantes seguidores, estava se concentrando na loucura da Guerra do Vietnã e, a julgar pelas pesquisas de opinião, ganhando popularidade semana após semana. O maior enigma político do momento era o aventureiro senador de Nova York, Robert Kennedy. Como ele se posicionava nas questões-chave? Ele iria ou não desafiar um presidente que ele claramente abominava mas até agora havia apoiado para um segundo mandato? Quanto ao próprio Lyndon Baines Johnson: ele iria ou não concorrer novamente? Se o fizesse, a indicação dos democratas era sua. Mas nos últimos meses de 1967 e primeiros meses do novo ano, ele tinha ficado intencionalmente, e eloquentemente, mudo sobre o assunto.

De sua parte, os republicanos pareciam decididos a indicar aquele perdedor de sempre, Richard Milhous Nixon, o homem que tinha perdido a presidência por um fio – não, por uma sombra – para JFK em 1960, depois somou a essa perda dolorosa o fracasso em sua tentativa de desbancar Pat Brown dois anos depois no governo da Califórnia. No início de 1968, uma primária em New Hampshire chocou o país – e os políticos. Gene McCarthy e a votação total inesperada de sua brigada da juventude nas primárias democráticas levaram Johnson a se retirar da corrida. A mensagem era clara: em 1968, a política usual era uma espécie em extinção. Mas antes mesmo que McCarthy, o Bom, tivesse uma chance de saborear sua vitória, Robert Kennedy, o Grande Vacilão, tomou uma decisão: estava na hora de entrar na corrida. O detestado LBJ era de fato vulnerável. McCarthy tinha mostrado o caminho, mas ele, embora merecedor, também era vulnerável. Assim que a alardeada máquina Kennedy acelerou, os *guys and dolls* de Gene se revelariam como os amadores absolutos que indubitavelmente eram. Desordeiros, os brados de jogo sujo. Desgraçados, as acusações de oportunismo inexperiente. Havia uma dinastia a ser protegida e prolongada. Camelot não estava morta, no fim das contas.

Em um golpe jornalístico brilhante – maluco? – a revista *Esquire*, sentindo que a convenção do Partido Democrata em Chicago poderia bem ser um evento histórico, convidou três escritores de fama mundial, todos publicados ou associados à Grove, para cobrir a convenção: o escritor satírico Terry Southern, autor de *The Magic Christian*, "o autor mais capaz de manipular o frenesi" (*Esquire*); William Burroughs, autor de *Almoço nu,* o livro de pesadelos que o propeliu do cenário drogado de expatriado norte-africano para a seção de *best-sellers* do *New York Times*; e Jean Genet, dramaturgo, romancista, ex-presidiário e homossexual, autor de dois longos livros proibidos que recentemente havíamos publicado nos Estados Unidos, *Nossa Senhora das Flores* e *Diário de um ladrão,* um homem apodado pelo Departamento de Estado como "indesejável" e, como vimos, pelo filósofo francês Jean-Paul Sartre como "Saint Genet" (faça sua escolha). E para completar a destemida trindade, a *Esquire* designava o jornalista John Sack para cobrir a convenção do ponto de vista da polícia. Não exatamente sincronizados, mas mesmo assim... Quer tenha sido o gerente editorial Arnold Gingrich ou o editor Harold Hayes que concebeu a ideia, era um ato de loucura inspirada. Pois mesmo a *Esquire*, que logo de início proclamou modestamente que "não era preciso nenhuma sabedoria especial para prever que a Convenção do Partido Democrata em Chicago provavelmente transcenderia os limites da política comum", podia saber que aqueles cinco dias na Cidade Ventania se transformariam em uma mistura distorcida de teatro do absurdo, Grand Guignol e tragédia pura, em um evento que o respeitado jornalista Eric Sevareid depois chamaria de "o espetáculo mais infame na história da política americana".

Às sete horas da manhã de domingo, 18 de agosto, o telefone tocou em nosso periclitante mas amado ex-celeiro de cavalos em Lond Island oriental, onde passávamos a maioria dos fins de semana. Levantei o receptor, perguntando-me quem poderia estar chamando nesta hora infame.

"*Allo*. Dick *Sivère*?"

Meu nome, sim, mas com uma inclinação decididamente francesa.

"Aqui Jean. Jean Genet."

"Jean! De onde você está chamando, Paris?"

"Não, Canadá. Estou a caminho de Nova York."

"Ótimo. Então você afinal conseguiu seu visto."

"Não exatamente. Explicarei tudo quando o encontrar. Devo chegar aí em um dia ou dois."

"Devemos reservar um hotel para você?"

"Sim, eu agradeceria." Pausa. "Ahh..., Dick. Nada muito luxuoso. Mas o mais próximo possível da rua 42."

"Certo. Eu ligo de volta para lhe informar onde você vai ficar."

Houve uma pausa. "Você não pode", disse ele. "Não tenho telefone aqui. Quando eu chegar, vou direto para a Grove, e de lá você me encaminha."

Eu sabia que Genet não tinha residência fixa, que para onde quer que fosse ele preferia hotéis, e quanto mais frugal melhor. A prisão sem dúvida o havia ensinado a valorizar a austeridade. Ele havia eloquentemente escrito sobre os terrores dos condenados de longa data saindo da prisão para a "liberdade", descrevendo o quanto era difícil adaptar-se ao mundo a que você imaginara se reincorporar, e tinha a teoria de que os ex-condenados somente se sentiam à vontade em ambientes parecidos com a prisão. Daí sua propensão a quartos de hotel parecidos com celas.

Liguei para Barney em East Hampton para informá-lo da iminente chegada de Jean e para decidir sobre um hotel.

O comentário enigmático de Jean sobre seu visto me lembrou da história que ele me contou sobre seu encontro com a burocracia americana quatro anos antes.

No início dos anos 1960, várias peças de Genet, entre elas *As criadas, O balcão* e *Os negros,* tinham sido apresentadas em Nova York com grande sucesso, e as publicamos como brochuras Evergreen. Em 1964, duas peças tinham sido apresentadas mil vezes, e para comemorar esse evento gêmeo, os produtores e a Grove convidaram Jean para ir a Nova York. Genet foi para o consulado americano na rue Saint Florentin e preencheu devidamente os formulários necessários. Ele foi então chamado ao escritório do vice-cônsul, onde lhe fizeram várias perguntas pesadas, sendo a mais importante: "Você é hoje ou já foi comunista?". Ao que Genet respondeu sinceramente: "Não". De fato ele tinha sido por pouco tempo um trotskista, mas certamente isso não contava, contava? (Mais tarde perguntei a Jean o que ele teria respondido se o sujeito lhe perguntasse se ele era homossexual, esperando plenamente que iria me dizer que teria mentido. Mas Jean raramente lhe respondia o esperado. Ele simplesmente disse: "Mas ele não me perguntou".) O vice-cônsul carimbou seu passaporte com o visto americano e Jean voltou a seu alojamento, um hotel distante em Paris.

Algumas horas depois a senhoria gritou lá de cima: "Monsieur Jean, telefonema para o senhor!".

A maioria dos hotéis sem estrelas de Paris naquele tempo tinha somente um telefone, embaixo, no escritório do proprietário. Jean não recebia tantos telefonemas assim e se perguntou quem poderia ser.

"Monsieur Genet", começou a voz na outra ponta, "aqui é do consulado americano."

Não era a voz do sujeito que tinha carimbado seu passaporte. Genet supôs que era o superior do sujeito, provavelmente o próprio cônsul.

"Eu gostaria de saber se o senhor poderia passar aqui no consulado", continuou o sujeito.

"Claro", respondeu Genet. "Posso saber por quê?"

"Receio que cometemos um engano em lhe dar um visto. O senhor poderia fazer a gentileza de trazer de volta seu passaporte para que possamos corrigir o erro?"

Genet se lembra de ter pensado que o pobre vice-cônsul, sem dúvida um semialfabetizado que nunca havia lido seu trabalho e não tinha a menor ideia da ameaça que ele representava para a estrutura da sociedade americana, provavelmente estaria logo a caminho do equivalente americano da Sibéria diplomática. Visivelmente, o homem ao telefone era mais letrado.

"Monsieur", disse Genet, "quando precisei de um visto, fui até sua embaixada para obtê-lo. Se o senhor o quiser de volta, pode vir aqui pegá-lo."

Houve uma pausa.

"O senhor deve saber que mesmo com esse visto em seu passaporte eles o deterão na fronteira", disse o cônsul. E com isso desligou.

Após essa conversa, Genet resolveu que não queria ir aos Estados Unidos. Jean nunca soube por que o visto foi retirado, mas supôs que era por causa de sua homossexualidade, de sua condição de ex-condenado ou, mais provavelmente, pelo fato de que a Grove na época estava sendo assediada por toda uma pletora de pretensos censores por suas publicações escandalosas, de D. H. Lawrence a Henry Miller, William Burroughs a, sim, o próprio Jean Genet.

Desta vez, a Grove decidiu tomar a questão em suas próprias mãos em lugar de deixá-la para os burocratas de Paris. Barney tinha um amigo em um cargo relativamente elevado em Washington para quem ele escreveu várias cartas. As respostas, quando vieram, foram polidamente evasivas. Ele examinaria a questão. Veria o que podia fazer. Ele entendia que o sr. Genet era um escritor de estatura mundial. Havia canais adequados, porém, como ele tinha certeza de que Barney entenderia. A *Esquire*, tendo composto o triunvirato, parecia indecisa sobre a questão. Se o trio se reduzisse a um duo, que assim fosse. Talvez ela estivesse se sentindo ofuscada por seu próprio brilho e abrigando dúvidas. Sem nos importar com Chicago, nós na Grove queríamos muito que Genet viesse por nossas próprias razões egoístas. Seus trabalhos, tanto de ficção como de teatro, tinham sido bem recebidos e altamente elogiados. E desta vez, a despeito dos alarmes habituais, nenhum de seus romances tinha sido atacado pelos censores. Com Genet, não houve nenhum caso judicial para devorar os rendimentos.

À medida que julho terminava, tivemos de admitir a derrota e informar Genet que havíamos fracassado em Washington.

"Não se preocupem", disse ele. "Eu mesmo cuidarei disso."

Eu fiquei curioso para saber como ele cuidaria disso.

Na manhã seguinte, Jeannette e eu tomamos um táxi de nosso apartamento no Central Park oeste para o Biltmore.

A única bagagem do menino angelical malcomportado (aos 57) era uma minúscula valise que mal podia guardar produtos de toucador, muito menos uma muda de roupa. Sei de meus encontros anteriores com Genet em Paris, e de conversar com Bernie Frechtmanm, que ele geralmente viajava com pouca bagagem. Mas pouca *assim*?

"Você deixou o resto de sua bagagem na estação?", perguntei, hesitante. Genet olhou para mim como se eu estivesse maluco.

"Esta *é* a minha bagagem", disse ele com um vestígio de sorriso, apontando para sua valise. E de fato, nos dez dias seguintes, quando ficamos em estreita proximidade e – como se verá – praticamente em intimidade, Jean não precisou de mais do que o conteúdo de sua malinha.

Eu havia me esquecido de sua aparência angelical. Lembrava um duende. Tinha 1,65 metro ou pouco mais. Sua calva era tudo menos calva, com uma pequena faixa de cabelo branco-neve logo acima das orelhas ligeiramente proeminentes. E seus olhos: claros, azul-claros. Entretanto, não era a cor que os tornava distintos, mas a intensidade com que se fixavam em você. Quando falava com você, você era a única pessoa no universo. Poucas pessoas em minha vida me fizeram sentir assim – Beckett foi uma delas –, é uma qualidade rara.

Depois do almoço, em nosso caminho de volta para o Biltmore, perguntei a Jean por que ele tinha ido primeiro para o Canadá em vez de diretamente para Nova York. Eu queria ter a baixa no visto. Jean respondeu lembrando-me do fiasco no consulado americano, dizendo que havia decidido nunca mais cometer aquele erro.

"Vou lhe contar a história toda", disse ele. "Mas você tem que prometer não contar para a *Esquire*. Caso contrário podem ficar nervosos e decidir não me mandar para Chicago."

Jurei solenemente.

"Nós franceses não precisamos de um visto para o Canadá", disse ele. "E como eu sei que a fronteira entre o Canadá e os Estados Unidos é relaxada, imaginei que se fosse para o Canadá primeiro encontraria uma passagem pela fronteira."

"E como você fez?"

"No segundo dia depois que cheguei a Montreal, eu estava andando pela rua quando um jovem se dirigiu a mim e perguntou muito timidamente se por acaso eu era Jean Genet. Quando admiti que era, ele disse que tinha lido minha obra e assistido a duas de minhas peças e se ele podia ter a honra de me mostrar a cidade. Foi o que fiz nos dois dias seguintes. Eu contei a ele que estava indo para Nova York e não tinha um visto. 'Isto não é problema', disse ele. 'Eu atravesso você de carro pela fronteira para Buffalo.

De lá você poderá tomar o trem.' Se os guardas da fronteira perguntarem, ele me passaria como seu tio. Mas na fronteira eles simplesmente nos fizeram um sinal para passar. E", disse ele, triunfante, "aqui estou eu!" Seu prazer em enganar a Alfândega americana era quase pueril.

"Mas, Jean", disse eu, sempre o mais preocupado, "tudo isso está bem para Nova York. Em Chicago, porém, haverá muita verificação de documentos. E o boato é que o prefeito Daley está com a polícia de Chicago em alerta máximo. E se você for detido?"

Ele encolheu os ombros, e percebi que para Genet a ameaça de prisão não era uma grande preocupação. No entanto, isso me preocupava, pois eu sabia que Jean tinha uma longa ficha de antecedentes, remontando a antes da guerra, por roubo, deserção, desfalque, sem falar em "atentado ao pudor". Mas essas pequenas prisões empalideciam diante do ultraje que seus romances abertamente eróticos, homossexuais, haviam provocado na França, a começar por *Querelle de Brest*, e, mais tarde, com *Nossa Senhora das Flores* e *Diário de um ladrão*. Anos antes, em Paris, Jean também havia confiado a Jeannette e a mim, em uma noite com nossos amigos íntimos Monique Lange – que talvez fosse a pessoa que conhecia Jean melhor e há mais tempo – e o romancista espanhol Juan Goytisolo, que em 1938 ele havia sido membro da Quarta Internacional Trotskista. Ainda que seu envolvimento tenha sido breve e superficial, isso lhe conferia o rótulo adicional de "comuna".

Dado o incidente na embaixada americana em Paris, eu tinha que acreditar que alguma agência digna do governo em Washington – provavelmente o FBI – tinha conhecimento dessas informações.* Assim que chegássemos a Chicago a presença de Jean lá estava fadada a ser notada imediatamente, se não mais cedo, por pelo menos um membro do contingente de 50 mil entre polícia, infantaria americana, Guarda Nacional, FBI e agentes do Serviço Secreto mobilizados para manter a desordem.

...

* Na verdade, quando finalmente liberado, o arquivo do FBI sobre Genet se estendia por mais de quinhentas páginas.

Fomos almoçar no dia seguinte e, por insistência de Jean, sentamo-nos ao ar livre em um café no passeio sob um sol ardente de agosto. Lá dentro, eu sabia, o lugar tinha a clemência de um ar-condicionado, mas Jean não se deixaria influenciar. "Aqui fazemos parte da cidade." Apesar do calor, Jean vestia as mesmas roupas ao longo de toda a sua estada: calças de algodão, uma camisa leve de algodão aberta no pescoço e um paletó de camurça de origens refinadas mas que já não estava em seus melhores dias. Negros passeavam por ali vestindo calças justas. Jean olhou para eles com evidente prazer.

"*Les fesses américaines*", murmurou ele, meneando a cabeça. "Tem uma coisa diferente, *muito* diferente, nas bundas americanas." Ele seguiu suas ondulações pela rua até que desapareceram na esquina. "Nova York", disse ele, "lembra-me uma cidade colonial. Ela *é* uma cidade colonial!" Neste exato momento passava um caminhão de lixo, parando bem defronte no outro lado da rua para recolher seu despojo. Os três garis eram negros, bem musculosos, e dois deles estavam com o peito desnudo. Jean não conseguiu se conter e gritou para os homens em francês, elogiando-os por seus esforços rítmicos e peitos reluzentes.

"Jean", disse eu, "eu não faria isso. Quer dizer, eles podem não entender..."

"Não se preocupe", disse ele com um sorriso irresistível. "Eles entendem."

E de fato, os três acenaram de volta para nós e riram à larga enquanto o caminhão se afastava. Eu estava começando a crer que o encanto inato e a abertura de Jean eram como uma invisível parede protetora ao seu redor, guardando-o de todo mal. Esse pensamento voltou a me ocorrer alguns dias depois em meio à loucura de Chicago.

A pedido de Genet, a *Esquire* tinha contratado Jeannette e eu para escoltá-lo por Nova York e Chicago e como seus tradutores oficiais. Na sexta-feira, véspera de nosso voo para Chicago, Jean pediu a Jeannette que o levasse a um passeio turístico pela rua 42. Ele tinha ouvido um bocado sobre os cinemas e *peep shows* da área e ficou curioso para compará-los com os franceses. Durante umas duas horas, Jean explorou o submundo "pornô" de Manhattan com Jeannette a tiracolo, saindo cada vez mais triste de cada lugar visitado. Ele balançava a cabeça em desaprovação.

"Estes lugares são deprimentes", disse ele a Jeannette. "Não há absolutamente nada de erótico em nenhum deles. Não que os franceses sejam muito melhores, mas pelo menos os artistas têm alguma perspicácia. Aqui todos parecem autômatos, deprimidos. Esses lugares são tão sombrios. O sexo não deve ser aborrecido, deve ser divertido. Não vejo nenhum traço de alegria aqui. Vamos voltar para o hotel."

Naquela tarde fizemos a obrigatória visita de cortesia à *Esquire* no 488 da avenida Madison. Harold Hayes transpirava simpatia sulista, perguntando a Jean com um sorriso amplo o que ele achava da América. Como eu sabia muito bem a resposta, pois as noções preconcebidas de Jean sobre este país eram famosas – ele a achava racista, autoritária, um perigo potencial para o mundo por sua arrogância e poder militar, associados a uma ingenuidade que lhe permitia envolver-se em guerras estúpidas, perdidas, como por exemplo a do Vietnã – eu temia que ele pudesse detonar o contrato ali mesmo, pois a sinceridade era uma de suas muitas perigosas virtudes. Jeannette e eu fomos mais uma vez enganados por ele, ficamos perplexos quando ele declinou de responder, dizendo meramente que como hóspede da América preferia não abusar de sua hospitalidade, que ele sem dúvida teria uma impressão mais imparcial pós-Chicago. Um dos editores, cujo nome não entendi, assegurou a Genet que ele estava entre amigos e deveria ficar à vontade para falar abertamente. O fato de a revista o haver escolhido para cobrir a convenção não sinalizava sua abertura à controvérsia? Jean, mudando de humor, disse: "Ah, não, vocês me escolheram por causa de meu nome. Puro esnobismo!". O que desencadeou um arrepio imediato por toda a sala já com ar-condicionado.

O jovem e simpático editor John Berendt era o membro do quadro da *Esquire* destacado como nosso escudeiro pelos perigos das águas agitadas de Chicago. Afável, atraente e eficiente, ele nos entregou as credenciais de imprensa e passagens de avião. Ele iria num voo um dia antes. Conosco no voo estava meu velho amigo Terry Southern. Bill Burroughs, vindo de

Londres e o experiente jornalista John Sack, vindo sabe Deus de onde, se juntariam a nós mais tarde no mesmo dia.

No voo para Chicago, tentamos colocar Jean a par do estado corrente da política americana, lembrando a ele a diferença entre republicanos e democratas (Genet: "Não há muita, certo?"), o descontentamento entre os jovens, os azarões entre os democratas que podiam ter uma chance de abalar Hubert Humphrey. Genet nos interrompeu.

"Com o jovem Kennedy morto, o único com chance é McCarthy, não?", perguntou. "E tal como entendo, ele não tem muita chance. O partido não gosta dele. Isto é verdade?"

"E como esse sujeito, Nixon, conseguiu a indicação? Ele é uma pessoa ruim. Os Estados Unidos gostam de maus políticos? Na França, todos os políticos são ruins. Mas eu achava que aqui vocês tinham alguns bons."

Não muitos, admitimos, mas Gene McCarthy era claramente superior aos demais.

"Vocês parecem matar todos os bons. McCarthy estará em Chicago? Ele não vencerá, mas eu gostaria de conhecê-lo."

Sim, McCarthy devia chegar no domingo, e pretendíamos vê-lo.

"Seja como for", disse Jean, "não importa muito. Pretendo escrever uma peça na visão de alguém entre as pernas de um policial de Chicago."

Eu não sabia se tinha entendido muito bem.

"Vai haver muitos policiais em Chicago, certo? Talvez milhares? Os policiais estarão entre nós e os políticos. Assim, se você quiser escrever sobre os políticos, só poderá vê-los *por trás* de um policial de Chicago. Talvez por entre suas pernas."

Hummm, pensei. Isto poderia ser realmente interessante...

Na sexta-feira, a Grove ofereceu um almoço para Genet no escritório de Barney acima do Evergreen Theater na rua 11. A maior parte da conversa se concentrou nos futuros eventos em Chicago. Durante dias, os jornais – e particularmente a TV – vinham enumerando os vários fatores perturbadores "externos" (leia-se: extraoficiais) que ameaçavam converter a cidade anfitriã num circo romano. Muitas organizações contraculturais haviam convocado seus membros para ir a Chicago ser vistos e ouvidos: jovens "paz e amor", pacifistas, *hippies*, *yippies*. Dave Dellinger, editor do *Liberation*, uma figura importante no movimento pelo fim da guerra no Vietnã, que no outono anterior havia liderado a extremamente bem-sucedida e politicamente eficaz marcha do Pentágono, estaria coordenando passeatas similares em Chicago, segundo se informava. A SDS – *Students for a Democratic Society* (Estudantes por uma Sociedade Democrática) – era esperada em grande número. Dizia-se que os *yippies*, liderados pelos irredutíveis Jerry Rubin, Abbie Hoffman e Ed Sanders, trariam um porco para o "matador de porcos para o mundo", em referência ao poema "Chicago" de Carl Sandburg, não para ser abatido, mas para ser indicado como candidato à eleição. A seus olhos, indicar um porco de setenta quilos para presidente fazia tanto sentido quanto indicar Humphrey, que tinha mais ou menos o mesmo peso, para candidato.

O país ainda estava em choque pelo assassinato, dois meses antes, de um segundo Kennedy: Bobby, ainda que controvertido e detestado por alguns, havia adquirido popularidade imediata com o martírio, e sua sombra pairava ampla sobre os acontecimentos da semana seguinte. Após sua vitória nas primárias da Califórnia, Bobby se tornara uma alternativa viável a Hubert Humphrey. Grande parte do protesto em Chicago se voltava contra a ideia de uma convenção fechada, para a qual Humphrey, escolhido a dedo, não era só um favorito mas, simbolicamente, representava a garantia de que a guerra no Vietnã continuaria e provavelmente seria intensificada. Gene McCarthy estaria lá, mas Bobby Kennedy havia efetivamente travado sua candidatura, e o senador sequer se aproximou dos votos necessários para concorrer.

Todo o oba-oba da mídia prevendo a ruptura da lei e da ordem levou o prefeito Richard Daley a tranquilizar seus colegas democratas garantindo que seu local de convenção estaria seguro e protegido. A força policial parruda e azul de 12 mil homens de Chicago estava em alerta total e preparada para lidar com qualquer problema que pudesse surgir. Além disso, como reserva, havia sempre 5 mil membros da Guarda Nacional, 4 mil soldados estaduais de Illinois, 6 mil soldados americanos em uniforme de batalha, sem falar nas multidões de agentes do FBI e do Serviço Secreto. Tudo isso deve ter sido muito tranquilizador para os delegados.

Dadas as sutilezas e idiossincrasias do processo eleitoral americano, além dos elementos bizarros, contraditórios da convenção deste ano, eu presumi, enquanto traduzia a essência das falas para Genet, que a maior parte delas estava acima de sua compreensão. Mais uma vez eu havia subestimado o bom cavalheiro.

"As crianças estão de saco cheio com os velhos ranhetas no poder", concluiu ele. "O seu Vietnã é a nossa Argélia. Para mim, tudo isso soa como Primavera em Paris."

Ele estava se referindo não à canção romântica mas aos acontecimentos de quatro meses antes que haviam levado a França praticamente a um impasse e obrigado um governo entrincheirado a deixar o poder. Genet, pelo que se via, entendia muito mais de política, principalmente de seu funcionamento interno, do que a *Esquire* ou qualquer um de nós jamais havia suspeitado.

O dramaturgo reiterou a todos ao redor o que ele havia me confiado na véspera – ele pretendia escrever sua peça observando os acontecimentos através do V invertido das coxas de um tira de Chicago!

"Mas na noite passada", disse ele, "assisti à televisão de vocês, e ela mostrava alguns desses tiras. As coxas ainda são importantes, mas também fiquei impressionado com suas barrigas – eles usam os cintos e os revólveres *abaixo* da barriga. E as viseiras: todos usam viseiras que cobrem e protegem seus rostos. Não se consegue ver seus olhos, mas eles podem ver você. Assim, talvez eu devesse escrever cada dia não só através das coxas mas também do ponto de vista das barrigas, das viseiras e do revólver."

De algum modo, Genet soube que Barney era de Chicago e lhe havia perguntado no almoço na sexta-feira se ele também iria. Barney respondera que, ao contrário de Jean, ele não tinha um propósito específico que justificasse sua ida.

"O propósito", disse Genet, "é estar lá, não?"

Barney disse que precisava ir para o campo – East Hampton – naquela tarde mas que bem poderia voar de volta no sábado ou domingo.

51

A CONVENÇÃO DE 1968

CHEGANDO DE carro do Aeroporto O'Hare no dia seguinte, ficamos todos espantados com a periferia desolada, vazia. Uma visão de extrema pobreza, negligência, desamparo.

"Onde estão todos os negros?", quis saber Genet. "Se é aqui que eles vivem, não consigo entender por que não há ninguém nas ruas."

De vez em quando, em uma mercearia de esquina, víamos alguns negros reunidos, mas Jean tinha razão: onde *estavam* todos? Talvez, imaginei, a presença maciça da política em toda a cidade fosse uma motivação para ficarem dentro das casas. Mas Jean não se convenceu.

Hospedamo-nos no Chicago Sheraton na avenida Michigan norte e combinamos de nos encontrar às seis horas no saguão do térreo para traçar os planos para os próximos cinco dias. Naquela noite tínhamos programado encontrar Dave Dellinger e ouvir o que ele tinha a dizer. Depois, após o jantar, ir para o Lincoln Park, onde a maioria dos manifestantes estava reunida. A essa altura havia vários milhares deles e sem um quarto de hotel disponível na cidade, a maioria viera preparada para acampar no Lincoln Park em toda a sua estada. Mas naquela tarde o escritório do prefeito Daley havia lançado o desafio anunciando que o parque seria fechado às 23 horas. Todos teriam de sair ao toque de recolher ou arcar com as consequências.

Burroughs, que havia chegado num voo de Londres naquela tarde, juntou-se a nós no bar, vestido, como sempre, mais como um banqueiro do Meio-Oeste do que como o verdadeiro revolucionário que era. Alto, magro e com um rosto inexpressivo que teria feito Buster Keaton ter de suar mais por seu emprego, Burroughs era a autêntica ovelha negra da famosa família que dava seu nome à companhia de calculadoras e computadores. Fazia agora vários anos que eu era seu editor na Grove e tínhamos nos tornado bons amigos. Eu gostava dele, o admirava imensamente e achava – como acho hoje – que ele era um escritor maior, ainda que muito mal compreendido, um dos grandes experimentalistas de nosso tempo. No entanto, ele continuava um enigma para mim: o exterior era impecável em aspecto, modo de vestir e maneiras; o homem interior era um feixe de alta subversão. Depois de Sade, em minha opinião, nenhum escritor havia usado com mais eficácia e contundência um vício, uma obsessão, como trampolim criativo para invectivar contra o mundo surrado dos insípidos, hipócritas e pretensiosos.

Ele e Genet nunca haviam se encontrado, mas cada um conhecia – e admirava – o trabalho do outro. Como parecia óbvio, selaram um laço imediato e durante as duas horas seguintes trocamos ideias e formulamos planos, alguns sérios, outros malucos, todos inviáveis, já que não fazíamos ideia do que nos aguardava nas ruas. Se Berendt estava nervoso com disparatadas fantasias para suas charges, ele não o demonstrava, mesmo quando os drinques corriam soltos e as conversas se tornavam cada vez menos coerentes.

Burroughs anunciou que Allen Ginsberg estava em Chicago para os "eventos" e queria muito conhecer Genet. Allen viera convencido de que, usando um método de entoar que ele havia aprendido na Índia havia pouco tempo, poderia acalmar as águas turbulentas e ajudar a prevenir a violência.

Um pouco antes das oito, Jeannette, Genet e eu pegamos um carro até o Quartel-General de Paz de Dave Dellinger. Sua "sala de paz" era um lugar quase vazio, pouco iluminado com janelas sem vidraças cobertas com plástico rasgado que ondulava ao vento noturno.

"Não estamos procurando um confronto", disse Dellinger antes que alguém sequer tivesse chance de fazer uma pergunta. Um homem delicado mas imponente de cabelos grisalhos, ele parecia ter mais cepa presidencial que qualquer dos candidatos de ambos os partidos, com a possível exceção de Gene McCarthy. Seu *staff* parecia consistir principalmente – ou talvez exclusivamente – em seu filho Ray, vestido em uniforme cáqui e usando uma boina azul, que pairava de modo protetor acima de seu pai. "Estamos aqui simplesmente para protestar contra o resultado inevitável de que não existe alternativa a Humphrey. E, claro, para expressar nossa oposição permanente à guerra no Vietnã." Ele achava que haveria violência?, perguntou Genet. A polícia de Chicago atacaria os jovens – os que Genet chamava de "crianças delicadas" – no parque? "Só posso esperar que o escritório do prefeito reconsidere sua posição", replicou Dellinger. "Talvez o prefeito Daley perceba que a melhor maneira de lidar com uma situação como esta é acomodá-la, não desafiá-la", disse ele.

Em seguida fomos convidados a nos juntar a Dellinger na marcha de protesto programada para quarta-feira. Traduzi o convite para Genet, dizendo-lhe que, apesar de ser uma iniciativa pacífica, poderia haver violência, talvez prisões e lembrando-lhe que ele não tinha visto.

"Claro", disse ele. "Claro que marcharemos."

Allen Ginsberg estava hospedado no Lincoln Park Hotel, bem defronte ao próprio parque, o que era nosso próximo objetivo não militar. Por isso decidimos ir de carro até lá, conferir o clima do parque e ver se podíamos encontrar Allen. Fui eleito por unanimidade para dirigir, sem dúvida com base em minha longa experiência em manejar carros de fuga. Allen não estava no quarto, disseram-nos, mas poderia estar no parque. Ele tinha sido visto saindo, carregando seu instrumento. Quando traduzi isto para Genet, ele sorriu maliciosamente e disse: "Certamente é o que espero".

"Espera o quê?", perguntei.

"Que ele tenha levado seu instrumento com ele", disse ele.

"O cara está se referindo a um instrumento *musical*", disse eu.

"Ah!", disse Jean. "Achei que ele quis dizer *o* instrumento."

Chegamos lá por volta das dez da noite e era uma cena ameaçadora: centenas de policiais de azul equipados com cassetetes, gás lacrimogêneo, máscaras contra gases e armas antidistúrbios, alinhados na calçada que circundava o parque, que estava escuro como breu exceto por um pequeno número de fogueiras aqui e ali. Os policiais, como Genet havia imaginado, eram parrudos e belicosos, os termos não são muito fortes, e parado no meio deles, como um animal enorme, quieto, pré-histórico, saído de um filme B, estava um veículo blindado no alto do qual estava instalado uma bateria de holofotes. Próximo ao veículo estava um tira com um megafone: "Este é o aviso final. Saiam do parque. O parque será fechado às onze horas. Quem permanecer estará sujeito a detenção".

Na distância, localizamos Ed Sanders, escritor e membro do grupo de rock The Fugs, insinuando-se pela margem do parque logo adiante do alcance do policial de azul.

Terry, sempre o espirituoso, gritou para ele: "Ei, Ed! Onde está aquela fruta maluca do Al Ginsberg?".

Ed parou bruscamente, voltou-se e franziu o cenho na direção da voz ofensiva, pronto a brigar ou fugir, conforme ditasse a razão. Então viu que era apenas nosso excêntrico grupo.

"Ele está fazendo o lance dele", disse-nos Ed, "lá perto daquela fogueira."

Seu "lance" era entoar a palavra "om" incessantemente no escuro, acompanhando o canto com um harmônio portátil (seu instrumento). Os "oms" variavam em tom, intensidade, timbre; alguns eram *staccato* breve, outros se arrastavam por vários segundos. Sentadas ao redor dele estavam umas duzentas pessoas, a maioria fazendo coro a seu canto, outros imersos em pensamento presumivelmente pacífico. Ali perto, um grupo de negros tocava flauta e bongôs. Pouco antes, disseram-nos, à medida que as ameaças pelo megafone ficavam mais estridentes, começaram a circular rumores de que a polícia estava invadindo e algumas pessoas haviam entrado em pânico. O "om" de Allen, porém, tinha produzido um efeito calmante e, de um círculo muito pequeno de trinta ou quarenta, seus discípulos haviam crescido de modo impressionante.

Enquanto nos aproximávamos, Allen viu que Saint Genet estava entre nós. Interrompeu seu canto, veio até nós e se prostrou diante do mestre Jean, sem aparentar surpresa nem constrangimento, meramente sorriu, de fato, desconfio que o mundo totalmente surrealista no qual ele havia entrado a essa altura o havia deixado praticamente imune a qualquer surpresa. Sentamo-nos com os manifestantes – que agora eram mais de mil, calculei – e começamos a entoar o canto com o melhor deles. Genet parecia particularmente encantado com a aglomeração noturna e meteu sua colher no canto em timbre perfeito.

Agora passava das onze e embora as advertências por megafone prosseguissem sem trégua a intervalos de poucos minutos, havíamos começado a tomá-las por ameaças ociosas. Talvez o prefeito Daley tivesse sido finalmente tocado pela graça.

Mas não.

Terry Southern descreveu os acontecimentos da meia hora seguinte com sua habitual perspicácia comedida:

> Burroughs olhou para o seu relógio e, com aquela consciência infalível de que ele é capaz, murmurou: "Estão chegando". Nesse instante, as baterias de holofotes arderam na van blindada que já se movia em nossa direção. Abrindo-se em leque a cada um dos lados da van havia cerca de mil policiais.
>
> "Bem, Bill, acho que é melhor adotarmos outra tática", sugeri, levantando-me. Que diabo, devíamos estar aqui como *observadores*, não como participantes de nenhum dos esquemas descabelados de Allen. Era inadmissível que a equipe inteira de reportagem fosse em cana na primeira vez que saía. Genet foi o mais difícil de persuadir mas, finalmente, por insistência de Ginsberg, subimos todos para seu quarto no hotel.

Lá, encerradas todas as inibições (se é que havia alguma), Allen ajoelhou-se defronte a Jean e beijou seus pés. "Li *Nossa Senhora das Flores*", disse ele, ainda curvado nos joelhos, "uma das grandes obras do século. E você, monsieur, é um grande santo."

Naquela noite, na TV, o país viu seus filhos tomando cacetadas, espancados, chutados, atacados com spray de pimenta e gás lacrimogêneo à medida que os tiras de Chicago avançavam, fechando o cerço em pinça, de ambos os lados dos holofotes da van blindada. Para americanos não habituados à violência civil, que acreditavam que tais confrontos entre policiais e civis fossem um mal estrangeiro, foi uma visão chocante. Mas, como sempre, a TV é tanto um filtro quanto um gravador; na maior parte do tempo ela cria uma distância entre espectador e acontecimento. Tendo vivido aquele evento – e as noites ainda mais violentas que se seguiram – posso atestar a diferença. Um ponto, entre muitos outros, que a televisão não conseguiu captar aquela noite foi o fato de que ao empregar um movimento de cerco os policiais de Chicago não tinham intenção nenhuma de esvaziar o parque. Eles queriam espancar os garotos. Pois à medida que a multidão se dispersava e se dirigia para as margens do parque, presumivelmente deixando os tiras para trás, ela se viu diante de outra falange azul igualmente ameaçadora na saída do parque. Graças à perspicácia de Terry e à generosa hospitalidade de Allen, estávamos a umas poucas dezenas de passos à frente da multidão e alcançamos a beirada do Parque Lincoln antes que o movimento de cerco cobrasse seu tributo. Mais uma vez, nas palavras de Terry Southern:

> Próximo da rua, dei uma olhada para trás a tempo de ver [os tiras] alcançarem o lugar em que estivéramos, e onde uns doze ou mais ainda estavam sentados. Eles não os prenderam, pelo menos não de imediato; eles os espancaram para valer – com porretes e, pelo menos em um caso, com a coronha de uma escopeta. Eles os espancaram até que se levantassem e corressem, ou até que começassem a se arrastar para longe (os que foram capazes) e depois continuaram a bater neles por todo o tempo que puderam. Os que realmente foram presos pareciam ter sido apanhados entre os policiais, sendo empurrados e surrados de um lado para o outro, de um tira para o próximo, com o que era obviamente uma fúria crescente. E este foi um fenômeno um tanto inesperado, que iríamos constantemente observar ao longo dos dias de violência – que a raiva parecia engendrar raiva; quanto mais sanguinolentos e brutais eram os tiras, mais sua fúria aumentava.

Domingo, 25 de agosto. Manhã.
Por volta das oito, acordados mas antes de sairmos da cama, uma batida na porta. É Jean, pedindo para entrar. Abro. O gnomo travesso, cujo quarto fica algumas portas adiante, está vestindo um quimono estilo japonês e carregando na mão um maço de papel. Jeannette puxa as cobertas um pouco mais para cima enquanto gaguejo desculpas por me retardar na cama. A fala de Jean um pouco mais que arrastada – não de muita bebida, mas de Nembutal, segundo me disse Rosica,* que Jean toma para dormir. Ele quer ler para nós a reportagem de seu primeiro dia. Aceno para que entre, com um gesto solene, principesco. Jean não se dirige para a cadeira mas direto para a cama e se arrasta para o lado de Jeannette, dando um tapinha no lençol ao lado dele, um convite claro para eu fazer o mesmo. Tum-tum-tum. Entro na cama. Jean começa a ler:

O PRIMEIRO DIA: O DIA DAS COXAS

As coxas são muito bonitas sob o tecido azul, grossas e musculosas. Tudo deve ser duro. Este policial é também um pugilista, um lutador, um lutador. Suas pernas são compridas e, talvez, quando você se aproximar de seu membro, descobrirá um ninho cabeludo de pelos longos, cerrados encaracolados... Algumas horas depois, por volta de meia-noite, junto-me a Allen Ginsberg em uma manifestação de *hippies* e estudantes no parque Lincoln: sua determinação de dormir no parque é sua resposta muito delicada, ainda por demais delicada, mas certamente poética, ao espetáculo nauseante da convenção. Subitamente a polícia começa sua investida, com as máscaras distorcidas na intenção de aterrorizar; e, de fato, todos se voltam e correm. Mas estou bem ciente de que esses brutos têm outros métodos, e máscaras muito mais aterrorizantes, quando saem caçando negros nos guetos, como fizeram nos últimos 150 anos. Há

* Rosica Colin, eterna agente literária de Jean.

algo de bom, saudável e, em última análise, moral no fato de que esses *hippies* gentis de cabelos claros sejam atacados por esses palermas engalanados nessa espantosa tromba que os protege dos efeitos do gás que eles emitiram... A pessoa que abre sua porta para nos acolher quando tentamos escapar desses brutos de azul é uma jovem e lindíssima negra. Mais tarde, quando as ruas finalmente voltaram a ficar calmas, ela se ofereceu para nos deixar sair pelos fundos, que dá para outra rua: sem que a polícia desconfiasse, fizeram-nos desaparecer e fomos escondidos por uma casa de mágicas...

Tarde de domingo.
Fomos de carro até o aeroporto de Midway para cobrir a chegada de Gene McCarthy. Jean está particularmente intrigado para ver esse "forasteiro", a alternativa decente à fraudulenta convenção. Milhares de pessoas se aglomeraram – mesmo assim, uma decepção numérica, eu diria –, mas seus cartazes coloridos, adornados de flores, WE WANT GENE, são agitados ritmicamente, como um oceano de flores sopradas pelo vendo. Três palanques – na verdade as carrocerias vazias de caminhão – são montados em um semicírculo. Em uma delas, um grupo de rock; em outra, uma banda de metais. O voo de McCarthy está com cerca de meia hora de atraso. Finalmente ele chega. Gene, com amplos sorrisos, desce e sobe com dificuldade para a plataforma vazia. Jean observa como é pequena a proteção policial para ele. Praticamente nenhuma, de fato. McCarthy começa a falar, mas não há som no microfone. Mudo. Tapinhas de leve não conseguem ressuscitá-lo. Jean murmura: "Sabotagem?". Percebendo a frequência com que ele é, com uma simples palavra ou pensamento, profético, pergunto-me se ele não tem razão. McCarthy salta para a plataforma do grupo de rock – ali também não há energia elétrica. Idem com a banda de metais. Ele retorna ao palco central e, ali, milagrosamente, o som foi restabelecido. Ele é alto, com uma mata generosa de cabelos grisalhos e um sorriso que deveria conquistar milhões de pessoas e, mais importante, votos. Traduzo para Genet à medida que ele fala. Ele está aqui não como azarão mas como um ven-

cedor. Não lhe negarão seu esforço final de reverter a convenção. Foram oito meses longos e difíceis, mas ele expressou uma opinião alternativa e foi ouvido. A convenção não pode ignorar suas – ele está se referindo à multidão – demandas.

GENET FALA DE GENE:

Quando McCarthy deixa o palanque do orador, parece que ninguém o está protegendo, exceto pelo mar de flores pintadas pelos homens e mulheres cheios de esperança... Para McCarthy despertar tamanho entusiasmo, que concessões ele tem feito? Em que sentidos sua retidão moral se enfraqueceu? E, no entanto, fica o fato de que todos os seus discursos, todas as suas declarações revelam inteligência e generosidade. Este é o truque?...

Percebo que em sua mente, como em sua escrita, Genet está incessantemente sondando. Ele já viu e viveu muita coisa e é brilhante demais para aceitar qualquer coisa por aquilo que ela aparenta ser. Principalmente em política. Mas também na maioria das outras situações de vida. Sua atitude não deve ser confundida com cinismo, uma postura totalmente diferente. Não: instintivamente, ele gosta de McCarthy; mas automaticamente está buscando a falha, frágil ou fatal, a motivação secreta, a pessoa por trás da máscara.

Seduzido pelo homem e esperando aprender mais sobre este "forasteiro", Genet perguntou se poderíamos entrevistar McCarthy, cujo comitê, segundo descobrimos, ficava no hotel Conrad Hilton. Quando chegamos ao décimo quinto andar, o senador não estava – tratando de outra coisa, informaram-nos – mas estaria disponível mais tarde. Ele seria informado de nossa visita. Mais uma vez, Jean, impressionado com a juventude dos seguidores mais diretos de McCarthy, puxou minha manga e disse: "Eu achava que todos os candidatos presidenciais tivessem proteção policial. Nem um à vista, não é?". E de fato não havia nenhum.

Segunda-feira, 26 de agosto. Manhã.
Oito horas. Batida na porta. Desta vez estamos preparados. Mais uma vez, vestido num quimono Jean se arrasta para a cama, desdobra suas folhas de papel pautado de linhas azuis e começa a ler.

O SEGUNDO DIA: O DIA DA VISEIRA

A verdade da questão é que estamos de azul de Mallarmé. Este segundo dia impõe os capacetes de cor azul-celeste da polícia de Chicago. A viseira de couro preto de um policial se imiscui entre mim e o mundo... Sustentando esta viseira está o quepe azul – Chicago quer que pensemos que toda a força policial e este policial parado diante de mim desceram do céu – feito de um tecido de primeira em azul-celeste. Mas quem é este tira azul na minha frente? Olho dentro de seus olhos e não consigo ver nada mais ali que o azul do quepe. O que diz seu olhar? Nada. Os policiais de Chicago estão e não estão. Não passarei...

Escuto atentamente a leitura de Jean. A polícia de Chicago como azul de Mallarmé? Como será que a *Esquire* entenderá essa proposta? Tenho de supor, porém, que, se uma revista comete o erro de convidar gênios para honrar suas páginas, ela não pode ficar irritada ou chocada demais com os resultados. E me encanta o modo como Jean, conforme ele advertira, escreverá seu artigo da perspectiva das várias partes do corpo e uniforme do policial. Embora nunca tivesse colocado os pés em Chicago, nem visto um policial de Chicago em carne e osso, desconfiei que antes de vir ele sabia exatamente como – e provavelmente o que – escreveria.

A música, sabíamos, era uma das paixões permanentes de Genet. Seu conhecimento de música é enciclopédico e profundo, seus *insights* originais. Em meio à voragem política Jean e Jeannette se abandonam ao assunto que ambos amam. Escuto com um misto de admiração e humildade. Onde Genet teria adquirido seu grande conhecimento musical? Jeannette lhe fala de seus planos para um recital em Nova York no outono. Embora ela tenha se formado como violinista clássica, o jazz sempre havia participado de seu panorama musical. Durante os últimos meses ela e vários músicos talentosos do jazz vinham fazendo *jams* juntos. O baterista era Jack DeJohnette, os pianistas Keith Jarrett e Chick Corea, com três outros músicos de jazz. Quando Jeannette mencionou a Genet seu projeto – na época inovador – de dividir seu próximo concerto entre o repertório clássico e o jazzístico com a devida troca de indumentária, Jean ficou muito entusiasmado e na mesma hora se nomeou como seu gerente de produção e palco. Sabíamos do envolvimento de Jean com o teatro, mas sua erudição musical foi uma revelação para nós dois.

No fim da manhã, vamos todos para o Lincoln Park. Os *yippies* estão ali, em grande número e inalterados pelas cacetadas e gases da véspera. De fato, os acontecimentos – talvez devido à cobertura televisiva – galvanizaram outras forças a se unirem a eles, entre elas o clero, que promete vir em grande número da próxima vez. Os *yippies* orgulhosamente apresentam seu candidato, o Porco Rosa, que eles mantêm em um saco de aniagem. Burroughs, acreditando em imparcialidade e igualdade de tempo, registra os grunhidos e roncos do porco, que ele sem dúvida montará mais tarde em algum tipo de obra-prima a decupagem com as ameaças dos tiras, os discursos dos delegados, a música estridente.

Segunda-feira de tarde.
Jean, Burroughs, Terry, Allen, Berendt, Jeannette e eu – além de um novo membro de nosso septeto sexy, o fotógrafo dos Beatles Michael Cooper – saímos em dois carros para o salão da convenção. Dificuldade para estacionar, já que proliferam proibições e os bons moradores da área, acometidos de um caso severo de fobia a *hippies*, gritam para nós: "Não parem na frente de minha casa! Eu chamo a polícia!". Não posso dizer que os culpe dada a nossa aparência, sem falar no tumulto *hippie* que eles testemunharam na televisão na noite passada *que estava chegando perto demais de seus lares santificados, meu Deus!* Quanto às aparências: Genet tal como já descrito. Allen desgrenhado. Terry desleixado, apesar de seus protestos em contrário. Eu mesmo tampouco um exemplo de figurino. E coroando tudo o pesadelo da elegância, Michael Cooper estava engalanado em um traje basicamente púrpura – incluindo

o chapéu – com uma das pernas da calça azul com listras brancas, a outra vermelha com bolinhas brancas. E para completar, descalço. Apenas Jeannette, Burroughs e Berendt conferiam um mínimo de decoro. Não o bastante, receio, para compensar os outros aos olhos do enxame de policiais ao redor do Salão da Convenção. Circulando para aterrissar nossos veículos siderais ("Por que", cogitava Genet em voz alta em dado momento de nossas viagens, notando o nome do modelo de nosso Ford alugado, "alguém chamaria um carro de 'Galaxie'?"), achamos que a área da convenção se parece mais uma instalação militar, um acampamento armado, do que o centro do processo democrático. Três círculos de arame farpado, o mais distante a uns bons trezentos metros da entrada e, em cada barreira, um ponto de checagem operado por uma falange da força pública de Chicago. Jean alterou minha óptica, não consigo mais deixar de inspecionar as barrigas e coxas dos tiras. Exatamente como descritas, sem exceção. Enquanto isso, "campo de concentração", continua Jean a murmurar, assustado com o ambiente quase militar. Temores por meu protegido. Não há como Genet conseguir passar ileso pelos três pontos de controle. Eu o imagino algemado e acorrentado. "Policial, o senhor não entende. Este é um dos grandes escritores de nosso tempo. A identidade dele ficou no hotel. O senhor não pode prendê-lo." Burroughs, ao contrário, estava feliz como um polichinelo, deliciava-se com o momento. Seu rosto normalmente inexpressivo enrugou-se com um sorriso visível – sim, visível. Munido de seu onipresente gravador, Bill o mantém ligado a todo vapor em cada ponto de controle, enquanto os tiras nos fazem perguntas detalhadas sobre nossa raça, religião, objetivo profissional e planeta de origem. Burroughs, partidário ferrenho do método de colagem na escrita, sem dúvida colhendo material para trabalho futuro e ao mesmo tempo registrando o momento histórico. Azar em dobro, ou Como Transformar o Desastre Iminente em Deleite Criativo.

Miraculosamente, depois de verificar que todas as nossas credenciais estão em ordem, passamos pelos dois primeiros pontos de controle. Mas no terceiro percebemos que os Rapazes de Azul mais distantes estavam simplesmente passando a bola. O verdadeiro teste estava prestes a se abater sobre nós. No círculo interior, um tenente extraordinariamente corpulento nos paralisou. Berendt, o Normal, se ergueu em toda a sua altura. "Estes são jornalistas idôneos credenciados pela *Esquire*", diz ele com firmeza. Ligeiro tremor. Esperem aqui. O tenente desaparece e logo volta com um humano em terno de flanela cinzenta, indelevelmente estampado Segurança Nacional, Divisão do Serviço Secreto. Cuidadosamente verifica todas as nossas credenciais de imprensa. Depois as identidades, uma por uma. Prendo o fôlego. Pronto: a condição ilegal de Genet será inevitavelmente revelada. Sem visto, sem textinho. *Juzgado,* querido Jean. Mas quando o Serviço Secreto vem até Genet, em lugar de pedir sua identidade, o flanela cinza faz uma pausa, sorri, depois estende a mão e aperta vigorosamente a de Jean. Por acaso ele o reconheceu? Duvido. No entanto, não há outra explicação. Quanto a Jean, ele parece desapontado. Em todo caso, sua mágica mais uma vez funcionou. O agente do Serviço Secreto diz ao tenente: "Tudo OK com eles. Deixe-os passar". Incredulidade do Azul, mas apenas um leve meneio da cabeça como se dizendo: "A responsabilidade é sua, chefão".

Lá dentro, subimos até as vigas do teto. Alto-falantes zumbindo. Bandeiras agitadas. Música estridente. Vaivém de delegados com chapéus do partido. Burroughs gravando loucamente. Jean mais agitado a cada minuto. Aguentamos por uma hora, talvez uma hora e meia. Terry: "O acerto está definido. Vamos dar o fora daqui". Acordo unânime. Nosso retorno ao hotel calados e deprimidos, como se um novo ponto baixo da viagem acabasse de ser testemunhado. O que estivera acontecendo nas ruas não teve nenhuma consequência para as pessoas no Salão da Convenção. Esta poderia ser qualquer convenção, em qualquer ano.

Terça-feira, 27 de agosto. Manhã.
Toc-toc.

"Quem está aí?"

"Jean."

"Que Jean?"

"Jean Genet."

"*Ne vous gênez pas*. Entre logo!"*

Nosso diário matinal agora rotineiro. A voz de Jean mais grossa esta manhã – uma pílula para dormir foi demais? – mas sua prosa lúcida como sempre.

O TERCEIRO DIA: O DIA DA BARRIGA

A bela barriga de um policial tem de ser vista de perfil: a que barra meu caminho é uma barriga de tamanho médio (por esse critério, De Gaulle poderia ter sido tira em Chicago). Ela é de tamanho médio, mas está a caminho da perfeição. Seu dono a adula, a acaricia com ambas as belas porém pesadas mãos. De onde vêm todas elas? Subitamente estamos cercados por um mar de barrigas de policiais barrando nosso acesso à convenção democrática. Quando finalmente me permitirem entrar, entenderei mais claramente a harmonia existente entre essa barriga e os peitos das promotoras do partido conservador na convenção – há harmonia mas também rivalidade: os braços das primeiras-damas dos cavalheiros que governam o país têm a circunferência das coxas dos policiais...

Pergunto-me se Jean apresentará, em seu primeiro informe matinal, sua reação à quase saudade da prisão de ontem na convenção. Ele prontamente o faz:

> O chefe de polícia – usando roupas civis e sua barriga – chega. Ele examina nossos passes, nossa identificação, mas, obviamente uma pessoa experiente e discreta, não pede para ver os meus. Ele me oferece a mão. Eu a aperto. Seu sacana...

Genet dá como certa sua Proteção Miraculosa.

* Um péssimo trocadilho, mas que encantou Genet. Por causa de suas batidas matinais diárias na porta, dissemos que ele nos lembrava de uma (péssima) série de piadas americanas, a saber, as antigas piadas de "knock, knock". O trocadilho aqui está no nome de Genet e no verbo francês de som parecido, *gêner*, literalmente, embaraçar ou apoquentar. Assim, "*Ne vous gênez pas*", que em tradução livre quer dizer "Não faça cerimônia" ou, neste caso, "Entre logo".

Terça-feira. Tarde.

De volta à convenção. Sem problema de segurança, o acesso do dia anterior garantindo nossa entrada novamente sem nenhuma pergunta. O fotógrafo *free-lance* designado pela *Esquire*, Jack Wright, tendo sido convocado para o leste em outra atribuição (mais importante?), Berendt perguntou se algum de nós, robustos, tinha conhecimento ou experiência em fotografia. Silêncio geral. Estupidamente, admiti que em meus tempos de Paris tinha aceitado dois encargos de revista na África Setentrional, que incluíam fazer as fotos. A tarefa, ai de mim, ficou comigo. Ele me passou a Leica, que magnanimamente Wright havia deixado para trás. Durante os três dias seguintes bati oito rolos de filme, concentrando-me em nosso grupo resistente em situações perigosas (no anfiteatro, nas ruas, no Coliseu, nos parques Grant e Lincoln). Tudo de primeira, tenho certeza, exceto por um ligeiro contratempo, que será conhecido mais adiante.

A convenção continuou o mesmo aborrecimento que prevíramos e permanecemos apenas uma hora. Depois saímos para a Festa de Desaniversário de Lyndon Johnson no Coliseu de Chicago, organizado por Jerry Rubin e os *yippies*. "Ah", inalou Jean, "o ar aqui está muito melhor." Talvez um contraste político, mas o mais provável é que se referisse ao ranço ao redor do centro de convenções, que ficava muito perto do prédio de vários andares do abatedouro de Chicago. Mais tarde, Jean descreveria a ocasião no Coliseu: "Parte do país se desligou da pátria americana e permanece suspensa entre a terra e o céu".

Terça-feira. Noite.

De volta ao parque Lincoln perto das onze da noite. Sensação diferente no ar. Quase o dobro das pessoas do domingo, calculamos, e duas ou três vezes mais fogueiras na noite. Sacerdotes e ministros, fiéis ao que prometeram. Uma grande cruz de madeira tinha sido erigida no meio do parque. Um bom número de homens usando bonés de jóquei e capacetes; várias dezenas de médicos de branco, com braçadeiras da Cruz Vermelha. Allen está preocupado: nenhuma quantidade de cânticos evitará a violência esta noite. Tensão palpável no ar, que não senti domingo. E esta noite, muito mais tiras presentes. É minha imaginação ou todos eles parecem maiores? Mais altos? Mais fortes? Outra diferença desta noite: jornalistas por toda parte. Figuras conhecidas da mídia se aglomerando por ali. Distingo, entre outros, a impressionante silhueta de Clive Barnes do *New York Times* sentado na grama não muito distante. Sem dúvida enviado para cobrir o Living Theater. Não: o teatro do absurdo. Conseguirão eles – a mídia – impedir a violência? Espancar garotos é uma coisa; espancar jornalistas outra muito diferente. No entanto, o que se diz é que o prefeito Daley não mudou de posição. Ao contrário.

Mais uma vez os repetidos avisos por megafone, por bem mais de uma hora. Pouco depois da meia-noite, os tiras começam a entrar, ombro a ombro, armas antidistúrbios preparadas, máscaras contra gases afiveladas, precedidos por um carro com quatro tiras empunhando escopetas. Alguém atira uma pedra, ou um tijolo, no carro da frente, quebrando o para-brisa. A desordem toma conta. Gás lacrimogêneo, dez vezes pior que antes. Os tiras atacaram, tanto para aliviar seus colegas no carro, que foram cercados por um grupo de vinte ou trinta furiosos manifestantes, agora balançando o veículo de um lado para o outro numa clara tentativa de virá-lo, e de ir atrás e bater nos inoportunos intrusos.

Na primeira noite Terry havia sugerido um recuo tático supondo que seria inadmissível um time de reportagem de tamanho prestígio ser expulso logo no início do jogo. Esta noite, quando vimos o tijolo atravessar o para-brisa, mais uma vez ele usa o bom-senso tático sugerindo que a valentia será mais bem servida pela rápida retirada estratégica. Abrimos caminho abanando o gás lacrimogêneo, tossindo e tropeçando, mas finalmente alcançamos a suposta segurança da rua atrás do parque. Centenas de manifestantes trombam contra nós seguindo a direção oposta. "Corram!", grita uma garota ao passar. "Eles estão vindo daquela direção!" e aponta para adiante do parque, no rumo para onde íamos buscando a segurança. E, de fato, movendo-se pesadamente em nossa direção vinha outra parede azul.

"Putz", sibila Terry.

"Hummm", observa Burroughs.

"*Qu'est-ce qu'il y a*?", indaga Jean. O que está acontecendo?

Começamos a recuar na rua, mas percebemos que não havia saída.

"Aqui dentro", eu grito, e todos nos amontoamos na entrada de uma casa, indo o mais para os fundos que conseguimos e nos agachamos.

Jeannette, que quando garotinha havia passado pela ocupação alemã de Paris, bombardeios diários e várias vezes viu soldados alemães correndo pelas ruas no encalço de sua vítima, tem um *déjà vu*. Tremor, tremor incontrolável. Envolvo-a com meus braços, mas o tremor só aumenta.

Pela porta de vidro da entrada vemos os tiras passarem gritando e por um momento pensamos estar em segurança. Mas então os ouvimos na porta vizinha e percebemos que estão fazendo sair os recalcitrantes e também espancando-os cruelmente. Momentos depois, entram correndo quatro tiras, os cassetetes erguidos. Jean estava mais perto da porta da rua, portanto o primeiro da fila para ser espancado. Quando o tira ergueu seu porrete para atingi-lo, Jean simplesmente olhou para o sujeito – ouso dizer que direto nos olhos – e por vários segundos o porrete permaneceu parado acima de sua cabeça. Então, lentamente, ele o baixou, como se o seu braço tivesse sido arrastado para baixo por alguma força invisível, onipotente, sem dúvida inspirada por Genet.* "Tudo bem, seus comunistas desgraçados", disse outro tira, "caiam fora daqui." E com isso nos empurraram para a rua, de volta ao Coliseu, onde nos sentimos como os cristãos primitivos – entendendo pela primeira vez porque o homem que estávamos escoltando tinha sido chamado de Saint Genet. Por um labirinto de ruas laterais, tomamos nosso caminho – não orgulhosamente – de volta ao hotel.

* John Berendt tem uma lembrança bem diferente do momento e, ai de mim, muito menos romântica. Ele se lembra de ter empurrado Genet contra a parede e gritado para o tira: "Pare! Ele é um velho! Não faça isto!". E ele não fez.

Quarta-feira, 28 de agosto.

A Marcha da Paz de Dave Dellinger tinha evoluído para uma manifestação no parque Grant, pois o prefeito Daley não só havia se recusado a conceder uma autorização como enviara a Guarda Nacional para apoiar a polícia acossada. É a Guarda que bloqueia nosso caminho, perfilando-se através da linha proposta da passeata. Ao contrário dos Barrigas Azuis do prefeito, esses jovens, com metade da idade da polícia e, em muitos casos, metade da obesidade, parecem ligeiramente incomodados, como se preferissem estar em outro lugar nesta tarde sufocante de agosto. Nosso grupo de grande peso literário e visivelmente poucos músculos foi convidado a ficar na frente, entre os líderes da marcha. Enlaçamos os braços e lentamente avançamos, notando com mal-estar as baionetas brilhando ao sol a nossa frente e ao nosso lado. Arrastamos os pés, marcamos tempo, paramos imóveis. Finalmente, após uma longa espera, tomamos o rumo do parque Grant, onde havia sido montado um palco. Cantores arranham violões e cantam falando de paz e fraternidade. Balões de cores vivas sobem para o céu sem nuvens. Discursos enchem o ar da tarde, distorcidos por equipamentos de som de segunda. Mas conhecemos a mensagem. Ataques estridentes à violência desnecessária. Ressoando denúncias ao prefeito Daley. Ataques igualmente ferozes à convenção oficial e ao Partido Democrata, supostamente o partido do povo, mas obviamente surdo ao clamor da juventude do país. Humphrey ridicularizava. A vergonha e o estigma do Vietnã.

Ambulantes vendem cachorros-quentes e hambúrgueres, Coca e Pepsi. Se fechar os olhos, a tarde odorífera faz pensar que se está em um piquenique de Quatro de Julho, ou em um jogo de beisebol, e não em uma apresentação do teatro da alta política. Um grupo decide partir para uma marcha simbólica até o matadouro de Chicago. Como fizemos anteriormente, eles trançam os braços, oito na frente, e começam sua caminhada pacífica, desta vez a linha de frente composta de um grupo de negros. Como nós, eles são bloqueados desta vez pelos azuis. Diferente de nós, continuam caminhando, diretamente rumo à linha azul, que se posta firme. Depois, novamente o gás lacrimogêneo e a linha azul avança, os porretes malhando. Não é nenhum Quatro de Julho. Nem partida de beisebol. É fim de agosto em Chicago, 1968.

Quinta-feira, 29 de agosto.
Um candidato presidencial não foi convidado para a convenção: o comediante Dick Gregory, que em Chicago está muito sério. Enraivecido e frustrado diante da recusa do município de conceder autorizações para a marcha, Gregory tem uma ideia brilhante. "Venham até minha casa. Ninguém pode me impedir de convidar vocês para uma festa." Genet ficou encantado com o estratagema. Ele também um homem de grande sagacidade e humor, respondeu imediatamente, como os demais. Eis como Jean descreve este convite do último dia para o gueto:

Dick Gregory está convidando seus amigos – há 4 ou 5 mil deles no parque Grant – para irem para sua casa com ele. Eles não nos deixarão marchar para o anfiteatro, declara, mas não há lei que diga que vocês não podem vir até minha casa para uma festa. Mas primeiro, diz ele, os quatro ou cinco policiais que estupidamente se deixaram encurralar pela multidão de manifestantes devem ser liberados... Gregory explica como os manifestantes devem marchar, não mais de três ou quatro na frente, mantendo-se no passeio e obedecendo os semáforos. A marcha pode ser longa e difícil, diz ele, pois ele reside no gueto negro de South Chicago. Ele convida os dois ou três que anteriormente haviam sido espancados pelos tiras para encabeçarem a marcha, pois supõe que a polícia, cujo trabalho é impedir a marcha, pode ser menos brutal com eles.

Caminhamos ao longo da proteção de soldados armados.

Finalmente, o país está se movendo.

Quem quer que duvide da clarividência de Jean Genet deve ler a abertura do seu relato do último dia:

É necessário escrever que tudo acabou? Com Humphrey candidato, Nixon será senhor do mundo?

Voamos de volta a Nova York na tarde de quinta-feira. No aeroporto, uma limusine da *Esquire* aguardava para nos levar a um local no Bronx onde iria ser feita a foto da matéria de capa. Ninguém tinha a mais pálida ideia do que seria o flagrante de capa, exceto que os Quatro de Chicago da *Esquire* estariam nela. Chegamos a uma rua desolada, deserta, pavimentada com blocos, onde um fotógrafo estava à espera, juntamente com um jovem modelo que parecia ter sido arrastado pelas ruas de Laredo por um pelotão de bandidos do Oeste até ser deixado no Bronx. O fotógrafo estava empoleirado em um andar acima da rua. O modelo estendido com o rosto apoiado na sarjeta, o tronco na rua, as pernas no passeio, seu corpo e o pavimento circundante devidamente encharcados de ketchup, que a lente do fotógrafo captaria como sangue. Genet, Burroughs, Southern e John Sack circundaram o pseudo-*hippie* – ele estava morto ou apenas gravemente ferido, vítima da violência insensata de Chicago? – olhando para cima, com ares de acusação, para o agressor, presumivelmente o prefeito Daley. Ou Hubert Humphrey.

Após a sessão de fotos, o carro nos levou de volta a Manhattan. Genet estava passado de indignação.

"Eu detesto farsa", disse ele, meneando a cabeça. "Chicago foi uma coisa. Lá, pelo menos você era um participante real. Mas isto..." Transmiti a impressão de Genet a Berendt, que, como sempre, foi compreensivo, uma influência tranquilizadora. Pediu-me que eu tentasse explicar a Jean que não havia como, na loucura de Chicago, fazer uma foto capaz de transmitir corretamente o cenário como, ele esperava, esta versão simulada o faria. Jean, insatisfeito, simplesmente meneou a cabeça.

A palavra "foto" me deu um estalo. Pois na correria e tropeços de Chicago, em algum ponto a câmara de Jack Wright e meus oito rolos de filme se perderam. Será que todos poderiam, por favor, verificar suas bolsas e ver se por acaso elas continham esse material precioso – não, insubstituível... Nada. Eu sabia que Jack Wright estava longe de ser endinheirado e jurei fazer a *Esquire* reembolsá-lo.

52

E AGORA, QUANTO AOS MEUS HONORÁRIOS

Jean concordara em escrever dois artigos para a *Esquire*, e havia terminado o primeiro, "Os membros da plateia" antes de partir de Chicago. O outro, intitulado "Uma saudação a 100 mil astros", estava em rascunho e Genet disse que o terminaria naquela tarde, já que desejava partir de Nova York no sábado. Eu tinha traduzido o primeiro artigo em Chicago, porque a *Esquire* estava com um prazo apertado, e prometido a Harold Hayes que traduziria o segundo no fim de semana se Jean o entregasse na sexta-feira. Acordos financeiros pela jornada de Jean em Chicago haviam sido feitos entre a *Esquire* e a agente Rosica Colin. Jean receberia em dólares, em dinheiro vivo. Entreguei o primeiro artigo naquela mesma tarde, depois liguei para Hayes para dizer que Genet estava partindo na manhã seguinte e gostaria de receber.

"Ele será pago quando ambos os artigos forem entregues", disse Hayes.

"Você já tem um em seu poder", disse eu.

"E o outro?"

"Pelo amor de Deus, Harold, acabamos de voltar de cinco dias terríveis, devo acrescentar." Tive vontade de lhe perguntar como ele havia passado a última semana – nada perigoso, por certo –, mas me contive. "Jean está terminando o segundo artigo enquanto conversamos aqui, e prometi a Berendt que teria a tradução na manhã de domingo. Eu diria que isso é bem rápido."

"Eu repito: ele receberá o pagamento completo quando tivermos seus artigos completos. Como temos só um, ele pode apanhar metade de seus honorários esta tarde."

Fiquei furioso. E envergonhado, pois fomos nós na Grove que havíamos encorajado tanto Genet como Burroughs a aceitarem o trabalho. Mas eu estava lidando com uma parede. Ou com alguém com uma cabeça um pouco lerda. Ou alguém cujo epíteto rimava com lerda. Fiz um pedido final, humilhante.

"Harold, acho que você não me ouviu. Jean está partindo amanhã para a Europa" – deixei de dizer que ele estaria partindo, precariamente, via Canadá, supondo que ele conseguisse cruzar a fronteira sem ser detido – "e o combinado era que ele seria pago em dinheiro, acredito."

"Se Genet quiser a primeira metade de seus honorários, pode apanhá-la no escritório esta tarde." Clique.

Por um momento, tornei-me um tira de Chicago, empatia cega, com um anseio assassino de usar meu porrete. Mas concluí que era inútil poupar Genet da solene verdade. A visão do gênio trabalhando sem parar em seu quarto de hotel em um artigo pelo qual provavelmente não seria pago me assolou como o máximo do absurdo. Tomei um táxi para o Delmonico e corri para o quarto 911. Lá estava ele, sentado a uma mesa minúscula, sua limpa caligrafia em tinta azul enchendo as folhas brancas pautadas de um escolar.

"Acabo de terminar", disse ele, claramente satisfeito com o que havia escrito. "Posso ler para você?"

"Leia, por favor... Mas primeiro devo lhe dizer... Acabo de falar ao telefone com Harold Hayes..."

"Eu nunca gostei daquele sujeito", disse ele. "Assim que pus os olhos nele em Paris, não gostei dele. Você disse a ele que eu precisava de meus honorários hoje?"

"Sim, podemos ir receber agora mesmo. O único problema é que" – vi Genet travar seus olhos azuis em meu embaraço como se soubesse de antemão o que eu iria dizer – "eles só irão lhe pagar agora metade de seus honorários."

"Você disse a eles que estou partindo amanhã?"

"Sim, é claro. Ele não voltou atrás. Eles dizem que só estão com um dos dois artigos."

"Aqui está o outro", disse Genet. "Eu o darei a ele quando chegarmos lá."

No escritório da *Esquire* havia um envelope para Jean. Ele o abriu e contou o dinheiro. Mil e novecentos dólares.

"Isto é só a metade", disse ele à recepcionista em francês. Ela sorriu para o gracioso sujeito, mas o gracioso sujeito não estava sorrindo de volta.

"Quero falar com Hayes", disse ele. Passei a mensagem adiante.

"Lamento, o sr. Hayes já foi embora."

Passei a mensagem.

Genet, sem se alterar, estendeu a mão e apanhou o envelope contendo "Uma saudação a 100 mil astros" e o enfiou em seu bolso. "Diga ao sr. Hayes que quando eu receber meu pagamento integral ele receberá o segundo artigo", retrucou. Passei a mensagem adiante.

De volta ao seu quarto de hotel, Jean apanhou as páginas e lenta e metodicamente as rasgou em doze pedaços, lançando as tiras no cesto de lixo.

Observei, sentindo-me cada vez pior à medida que o manuscrito despedaçado desaparecia.

"Por que diabo você fez isso?", perguntei em tom queixoso.

"Eles nunca me pagarão", disse Jean. Fez uma pausa. "Você já notou", disse ele, "que quando há uma diferença entre as pessoas que têm e as que não têm dinheiro, são sempre as primeiras que vencem? Nunca falha."

Noite de sexta-feira, 30 de agosto.

Jeannette estava preparando um jantar de despedida em nossa casa para Jean, Barney e alguns outros colegas da Grove. Eu não estava muito animado, já que o péssimo humor de Jean certamente contaminaria a comemoração. Mas novamente eu estava errado. Se ele estava transtornado ou furioso – e eu sabia que ele estava – não deixou transparecer e a noitada foi um sucesso retumbante. De fato, jamais tinha visto Jean em melhor forma, regalando-nos com os casos da última semana.

Qual foi o ponto alto de Chicago?

"Meu encontro com os Panteras Negras", disse ele, quase de supetão.

"Na terça – não, quarta – fomos a uma manifestação pela libertação de Huey no parque Grant, onde encontrei Bobby Seale, David Hilliard e um terceiro líder dos Panteras Negras cujo nome não peguei..."

"Wendell Hilliard", complementei.

"Isso mesmo. Enfim, Seale fez um discurso apaixonado no qual, se entendi a tradução de Dick, sugeria que a Casa Branca fosse pintada de negro. Que ideia magnífica!"

Risos gerais.

"Mas apertei a mão dos três e disse a eles que estava com eles em sua luta... E se um dia precisassem de mim, eu voltaria."*

O resto da noite se concentrou no futuro, a corrida vindoura Humphrey-Nixon, sobre a qual Genet opinava que na verdade não importava quem venceria. "Eles eram ambos *connards* (panacas), não eram?"

Em dado momento, ele se voltou para Barney e disse, bem delicadamente, achei, "Você perdeu um grande evento em sua cidade natal. Achei que você viria no sábado", seus olhos azuis fixando os de Barney.

"Eu sei, eu sei", disse Barney. "Na verdade, teve um momento no sábado de manhã que entrei no carro em East Hampton e toquei para o aeroporto. Mas após alguns quilômetros, dei meia-volta. Não sei por quê." Foi uma das poucas vezes em meu longo relacionamento com Barney que o vi realmente contrito.

"Uma pena", disse Genet. Barney, para quem "contrito" era uma palavra desconhecida, abaixou a cabeça. "Você perdeu um grande evento."

Isto encerrou a noite.

Antes de sair do hotel de Jean naquela tarde, eu decidira não deixar para trás o descartado manuscrito. A pretexto de que eu havia deixado algo no quarto, subi e recuperei os restos.

* Fiel a sua palavra, Jean realmente voltou um ano e meio depois, em março de 1970, e se envolveu profundamente com o movimento dos Panteras Negras.

Na noite do mesmo dia, Jeannette e eu levamos Jean de carro ao LaGuardia, onde, sem mais incidentes, ele embarcou em um voo para Montreal. Ele tinha ficado menos de dois meses nos Estados Unidos, mas quando saímos do aeroporto para casa, ambos tivemos a sensação de que tínhamos acabado de viver uma miniexistência.

"Por que 'mini'?", disse Jeannette, rindo. "Pareceu bem 'maxi' para mim."

Naquele domingo, consegui emendar os pedaços com durex, traduzi-os e enviei o artigo para Harold Hayes com um bilhete. Como era de esperar, jamais recebi uma resposta.*

Durante várias semanas persegui a causa perdida de Jean e também tentei fazer Hayes reembolsar Jack Wright por sua câmera perdida. Jack era amigo de Terry Southern, que também enviou um ou dois telegramas acerbos em nome de Wright. Finalmente, com o contínuo silêncio de Hayes zumbindo em meus ouvidos, escrevi ao editor Arnold Gingrich, em 27 de dezembro, em um espírito pós-natalino de mau humor dickensiano. No dia 30 de dezembro, Gingrich respondeu:

Na ausência de Harold... posso apenas dar minha impressão do motivo pelo qual você não consegue resposta dele.

Tenho a impressão de que Harold estava por aqui (!) com tudo relacionado a Genet, após pagar as contas terríveis acarretadas por sua presença. Isto envolveu, como você sabe, não só despesas com Genet, você e sua esposa, mas também um pagamento substancial por um artigo adicional, que se revelou tamanha peça calculada de desfaçatez que Harold só poderia imaginar que tinha sido escrito como um deliberado desdém.

Harold pagou e pagou e pagou até chegar um ponto no qual – tomo a liberdade de conjeturar – ele teria rechaçado o próprio Jesus Cristo se este lhe tivesse pedido uma ajuda para carregar aquela pesada cruz até o monte Gólgota.

* Posteriormente a agente de Genet, Rosica Colin, me contou, porém, que ela havia recebido, em nome de Jean, uma parcela dos honorários combinados pelo segundo artigo, juntamente com uma carta de recusa padrão.

Se minha impressão estiver errada, tenho certeza de que Harold a corrigirá ao retornar.

Sempre ao seu dispor, sinceramente
Arnold Gingrich
Editor

No dia 15 de janeiro, ainda sem notícia de Hayes, que, segundo se supunha, havia retornado de sua "ausência", presumivelmente autoimposta, escrevi novamente a Gingrich. Primeiro, lembrei a ele que Genet, um espírito espartano, incorrera em custos em Nova York, antes e depois da convenção, que totalizavam trezentos dólares. Se isto era excessivo, ele e eu deveríamos nos sentar e redefinir o termo. Quanto aos honorários, haviam sido acordados entre Hayes e Rosica Colin, portanto nenhuma surpresa nisso e nem em nossos honorários de tradução, que haviam sido propostos por Hayes. Minha forte suspeita era que a raiva da revista não era contra as despesas de Genet – que segundo qualquer cálculo tinham de ser chamadas modestas – mas contra sua postura política. Encerrei assim:

> Tenho certeza de que Genet nunca fez segredo sobre suas opiniões acerca da Guerra do Vietnã antes de chegar aqui, e embora a *Esquire* tenha todo direito de não gostar do artigo que ele escreveu, com toda certeza não era uma peça calculada de desfaçatez, e sei que Genet levou o artigo muito a sério. Eu soube, de fato, que ele está sendo publicado em duas ou três importantes publicações europeias.
>
> O que efetivamente estou dizendo é que, se Harold "pagou e pagou e pagou", até onde estou sabendo ele não pagou nada, ou, pelo menos, nada que ele não tivesse contratado.

Na noite de nosso jantar de despedida para Jean, eu tinha chamado Barney de lado e lhe contado a história do descumprimento da *Esquire*. Ele ficou tão consternado quanto eu, desgostoso por Jean e impressionado com sua compostura ao longo da noite. Ele também tinha uma solução imediata e generosa. Se a *Esquire* recusasse o artigo, nós o publicaríamos na *Evergreen Review* e pagaríamos a Jean o preço da *Esquire* – que era cinco ou seis vezes o nosso. No devido tempo, o artigo apareceu na *Evergreen Review*, o que agradou Jean infinitamente quando lhe enviei a edição.

Por estranho que pareça, ele nunca perguntou como "Uma saudação a 100 mil astros" saiu do cesto de lixo de seu quarto de hotel para as páginas da *Evergreen Review*.

53

VEM ANTES DE UMA QUEDA

Em 1968, a Grove entrara de mansinho no ramo do cinema, tendo adquirido, além do Cinema 16 de Amos Vogel, algumas noções de cinema de longa-metragem, bem como a produção de *Film*, de Beckett. Era uma parte secundária das atividades da Grove, mas ocupava um lugar especial no coração de Barney.

Flashback para a Feira do Livro de Frankfurt de 1967. Na feira daquele ano havia um curioso casal, Eberhard e Phyllis Kronhausen, cujo livro *The Sexually Responsive Woman* (*A mulher sexualmente sensível*) tínhamos publicado alguns anos antes. Os Kronhausens, segundo rumores que corriam, aconselhavam vários astros de Hollywood sobre como ampliar, e presumivelmente enriquecer, sua vida sexual. Não me recordo por que estavam na feira, mas imagino que para vender sua obra mais recente a países estrangeiros.

No segundo dia da feira, Barney me mostrou um artigo em *The Manchester Guardian* que chamara sua atenção para um filme sueco recentemente lançado, *I Am Curious* (*Yellow*), tema de enorme controvérsia devido, dizia o artigo, a sua ostensiva sexualidade. Sem perder tempo, Barney procurou o diretor da importante editora sueca Bonniers, que sabia tudo sobre *Yellow*, ligou para a fundação que o havia realizado – pois tratava-se de uma iniciativa não voltada a lucros – e agendou uma exibição. Como tínhamos reuniões pré-agendadas com meses de antecedência, não havia como Barney ir pessoalmente para Estocolmo senão depois da feira. Espere um pouco: e quanto aos Kronehausens? Excelente ideia – com uma exceção. Antes de o casal K empreender a onerosa missão, fizeram Barney assinar uma carta especificando que se ficássemos com o filme, eles ficariam com dez por cento dos lucros. Eu sabia que Barney era às vezes excessivamente generoso, mas bota generosidade nisso. Dez por cento para *assistir* a um filme, mais todas as despesas pagas? Eles retornaram dizendo que o filme era "muito bom", o que não chegava a ser uma recomendação calorosa, mas Barney, agora convencido de que isto tinha a cara da Grove, tomou um voo para Estocolmo assim que a feira terminou, assistiu ao filme com sua esposa, Cristine, e o comprou no ato por 100 mil dólares (bem mais de meio milhão em dólares atuais).

Em primeiro lugar, não era, de modo algum, pornografia; na verdade, era um trabalho sério sobre luta de classes, sobre uma jovem sendo explorada por seu namorado, sobre direitos das mulheres. Mas *era* excitante, provavelmente o que hoje seria rotulado de *soft porn*, e vinha com uma aura enorme de polêmica. De volta ao escritório, quando Barney informou a aquisição, houve um considerável menear de cabeças, pois estávamos ainda muito desorientados e desgastados financeiramente. Se o filme bombasse, ainda haveria uma Grove? Do ponto de vista legal, era como se um *déjà vu* de Henry Miller fosse se repetir desde o começo, pois desta vez, supondo que conseguíssemos passar o diabo do filme pela alfândega, teríamos de oferecer indenização a todos os cinemas que o programassem. Algumas cópias tinham sido contrabandeadas pelo Canadá, mas embora fossem úteis para exibições domésticas nenhuma exploração comercial poderia ocorrer até que a alfândega o liberasse oficialmente. O filme foi apreendido na entrada, no caso Nova York, e trancado a chave e cadeado na sede da alfândega na esquina das ruas Houston e Varick. Vários de nós fizemos a peregrinação para visitar nosso prisioneiro e defender sua causa, até que ele finalmente foi liberado sob ameaça de ação legal. Uma vitória vazia, pois a diversão legal estava prestes a começar. Não foi senão em março de 1969, um ano e meio após seu lançamento sueco, que o filme finalmente foi lançado nos Estados Unidos. Como se previa, muitos cinemas se recusaram a programá-lo, mesmo com a promessa de indenização, de sorte que em dezenas de cidades alugamos cinemas vazios e contratamos pessoal local para exibi-lo. Diversas vezes fomos detidos e os cinemas fechados, até que um dia Ed de Grazia, que estava lidando com o aspecto legal do projeto, teve a brilhante ideia de contratar advogados locais *antes* da estreia do filme, a honorários de dez por cento da bilheteria. Onde quer que essa oferta tentadora foi aceita, não houve ações penais, mas ainda havia muitas abrindo caminho dispendiosamente pelos tribunais. Para compensar, onde o filme era exibido, as filas eram longas, à medida que cinema após cinema informava sessões lotadas o dia inteiro. Os cofres da Grove Press todo dia se enchiam até transbordar, uma experiência nova. Mesmo assim, havia muitas mãos no jarro de biscoitos sueco. Ao contrário dos maiores distribuidores de filme, não tínhamos como examinar as receitas brutas de um cinema para determinado dia ou semana, por isso dependíamos da honestidade, integridade e idoneidade moral dos cinemas de todo o país.

Onde quer que perdêssemos no tribunal, apelávamos, pois precisávamos de uma sentença final, o que somente podia vir da Suprema Corte. A primeira a chegar lá foi uma ação judicial de Maryland, onde perdemos duas vezes, no tribunal inferior e na apelação. Na Suprema Corte, porém, julgávamos boas as nossas chances, tanto porque o tribunal era positivamente liberal como porque um dos juízes, William O. Douglas, tinha sido publicado na *Evergreen*. Seu livro *Points of Rebellion*, do qual havíamos reproduzido um excerto, tinha uma proposição surpreendente, ou seja, asseverava o direito do cidadão de protestar, ou mesmo revoltar-se, contra um governo que não o represente positiva ou corretamente. Muito ousado, em meio à Guerra do Vietnã. Na verdade, tão ousado que havia um movimento em preparação para um *impeachment* de Douglas. Como parte desse processo, o congressista Gerald Ford havia brandido na plenária do Congresso o exemplar da *Evergreen Review* contendo o artigo de Douglas – uma revista que ele rotulou de "pornográfica" – e declamou: "Este é o tipo de revista que publica o juiz Douglas!".

Quando o caso de *I Am Curious (Yellow)* finalmente foi a julgamento, o juiz Douglas se retirou por causa de sua associação com a *Evergreen Review*, em consequência do quê a decisão ficou em 4 a 4. Em outras palavras, perdemos. Mas na ocasião o filme havia mais ou menos seguido seu curso, tendo sido exibido em toda cidade importante do país, e contribuído com muitos (segundo nossos padrões) dólares para nossa querida e não mais (pelo menos no momento) financeiramente frágil companhia. Mas cuidado com sucessos inesperados pois, estávamos aprendendo, eles são o solo fértil para futuros fracassos.

Se 1968 foi o ano da revolta e revolução em muitos países do mundo ocidental, para nós na Grove 1969 foi o ano em que, com nossos cofres finalmente cheios, publicamos um número recorde de títulos, tanto de autores da casa quanto uma safra inteira de novos. Em especial graças a *I Am Curious (Yellow)* e em uma medida bem menor, *I Am Curious (Blue)*, a companhia tinha crescido de forma exponencial, não racional, mas mais ou menos sem que ninguém se desse conta. Dos cerca de vinte empregados seis anos antes, nossa folha de pagamento semanal agora chegava perto de 150, alojados em nosso novíssimo prédio na esquina das ruas Bleecker e Houston, além de nosso depósito e instalações do clube do livro a oeste na rua Hudson. Um sonho tornado realidade, não é? Quando se sabe a verdade, um pesadelo em gestação. Em nosso novo escritório reluzente, onde se entrava por um arco gigante na forma de um G maiúsculo, o último andar executivo tinha sido projetado tendo em mente Hollywood: luxo por toda parte. Barney não havia poupado despesas, contratando arquitetos e decoradores de interiores – todos amigos, por isso ele podia sentir em seu mais íntimo que não estava somente construindo um edifício comercial digno de nossa velha riqueza e status mas também ajudando nossos amigos do peito. Os escritórios executivos eram espaçosos, ocupados com mobília ultramoderna que indicava não *noveau-riche* mas rico nojento (segundo nossos detratores, que eram muitos), ao passo que nos andares abaixo e na rua Hudson, a plebe recebia mobília de depósito. Para tornar tudo ainda mais motivo de divisão, ao equipar o novo prédio, Barney tinha decretado que o elevador executivo era acessível apenas ao pessoal do último andar. Os empregados do clube do livro trabalhavam por somas que iam de 75 a 85 dólares por semana em cubículos abarrotados, gestando ressentimento e mal-estar. O cúmulo da ironia: a Grove, uma instituição liberal propensa a abalar o *establishment*, em sua ânsia de crescer, estava em risco de se converter no próprio *establishment*.

Bobagem, continuávamos a dizer a nós mesmos, ainda estávamos publicando bons livros (embora talvez não tão oportunos e provocadores quanto em anos anteriores). Ou não estávamos? Entre outras coisas, parecíamos estar cada vez mais contaminados com um caso grave de Anonimato, à medida que livro após livro da reserva de material erótico antigo de Barney saía de sua biblioteca particular para nossos catálogos bem públicos. De qualidade variável, alguns eram bem simpáticos, datando da era vitoriana ou da primeira parte do século XX, quando costumes superficiais de extrema probidade cediam lugar ao desejo humano aparentemente insaciável de documentar e expressar fantasias sexuais reprimidas. Nada menos que dez dessas pérolas excitantes pareciam o último alento dos anos 1960, desde *Miss Salto Alto* (*Miss High-Heels*) no catálogo Zebra a 1,75 dólar até *Mestra-Escola de Vênus* (*Venus School-Mistress*), um capa dura da Grove a cinco dólares. Nada de que se orgulhar, certamente, mas quem poderia contestar Barney quando, lápis e papel na mão, ele mostrava que o ponto de empate era de apenas algumas centenas de exemplares ("Olhem, nenhum direito autoral") e as atraentes margens de lucro. Após mais de uma década de apresentação de novas dicções ao mundo, incluindo dezenas de poetas em uma época em que a maioria das editoras os descartavam como indignas de seu investimento, quem poderia condenar um punhado de literatura erótica antiga?

Para compensar, ou contrabalançar, a literatura erótica vitoriana, havia uma safra relativamente rica dos autores importantes de nosso catálogo: novos trabalhos de Beckett, Burroughs, Ionesco, Pinter, Julius Lester, Jack Gelber, Rechy, Pablo Neruda, o romancista polonês Witold Gombrowicz e três volumes adicionais em nossa série filme-livro, *Rashomon*, de Kurosawa, *Os incompreendidos*, de Truffaut, e *A aventura*, de Antonioni – trabalhos bons o bastante para nos tranquilizar de que não estávamos deslizando na ladeira derrapante da exploração.

Um dos títulos de que particularmente nos orgulhávamos era o de Jim Haskins, *Diary of a Harlem Schoolteacher* (*Diário de um professor do Har-*

lem). Este era importante, revelando em primeira mão os problemas do ensino em escolas do centro da cidade nos anos 1960, espelhando o desespero de uma grande parcela da população do Harlem. O livro foi objeto de boas resenhas, as vendas eram modestas mas constantes e no ano seguinte se tornaria uma brochura Evergreen, onde se presumia que seu preço mais modesto encontraria o público para o qual se destinava. Pelos padrões da Grove, sem polêmicas.

Na última semana de março, abri uma carta cujo endereço do remetente era Coca-Cola USA, em Atlanta, Geórgia. Perfeitamente datilografada, certamente por uma secretária executiva de credenciais impecáveis, a carta dizia:

Prezado Sr. Seaver:

Várias pessoas chamaram nossa atenção para o seu anúncio de Diário de um professor do Harlem, *de Jim Haskins, que foi publicado no* New York Times *em 3 de março de 1970. O tema do anúncio é "Este livro é como uma arma... é isso aí [it's the real thing]".*

Como nossa empresa faz uso de "é isso aí" para anunciar a Coca-Cola muito antes da publicação do livro, estamos escrevendo para lhe pedir que pare de usar este tema ou slogan.

Acreditamos que o senhor concordará que é indesejável para nossas empresas fazer uso simultâneo de "é isso aí" para nossos respectivos produtos. Sempre haverá probabilidade de confusão quanto à fonte ou patrocínio dos produtos e o uso por companhias tão destacadas diluiria a distinção do slogan comercial e reduziria sua eficácia e valor como ferramenta de propaganda e comercialização.

"É isso aí" foi usado pela primeira vez em anúncio para a Coca-Cola há mais de 27 anos para se referir ao nosso produto. Nós o usamos pela primeira vez em propaganda impressa em 1942 e a estendemos à propaganda em outdoors, inclusive paredes pintadas – alguns dos quais são exibidos em todo o país. A frase tem aparecido em propaganda para a Coca-Cola durante anos sucessivos. Por exemplo, em 1954 usamos "Coca-Cola: não se pode ir contra o que está aí" em propaganda nacional. Retomamos o uso nacional de "é isso aí" no verão de 1969 e é nossa principal investida para 1970.

Desculpe-me por favor eu escrever tão extensamente, mas eu queria explicar por que julgamos necessário pedir ao senhor e a seus sócios para usarem uma outra frase para anunciar o livro do sr. Haskin [sic].

Agradecemos sua cooperação e sua garantia de que descontinuarão o uso de "It's the real thing".

Sinceramente,
Ira C. Herbert

Convencido de que o sr. Herbert, ou a Coca-Cola, havia enlouquecido, levei a carta para Barney. "O que há de errado com você?", perguntou ele, antes que minha gargalhada o tranquilizasse. Entreguei-lhe a carta, que ele leu com tanto cuidado como se ela contivesse mais outra ameaça de ação judicial, e então também desatou a rir. "Imagino que você não vai deixar isto passar", disse ele. "Eu lhe mostrarei minha resposta", disse eu.

Na manhã seguinte sentei-me diante de minha fiel máquina de escrever manual – eu ainda não havia dominado a complexa tecnologia da IBM Selectric – e respondi assim:

Sr. Ira C. Herbert
Coca-Cola USA
P.O. Drawer 1734
Atlanta, Georgia 30301

Prezado Sr. Herbert:

Obrigado por sua carta de 25 de março, que só agora recebi, sem dúvida devido à greve dos correios.

Notamos com solidariedade sua impressão de que tem um interesse proprietário na frase "É isso aí", e posso entender plenamente que o público poderia ser confundido por nosso uso da expressão e tomar um livro escrito por um professor do Harlem como uma embalagem de meia dúzia de Coca-Colas. Consequentemente, instruímos todos os nossos vendedores para que avisem as livrarias que sempre que um cliente entrar e pedir um exemplar de Diário de um professor do Harlem *devem solicitar ao pessoal de vendas que se certifi-*

quem de que o que o cliente quer é o livro, e não uma Coca-Cola. Achamos que isso protegerá seu interesse e de forma alguma prejudicará o nosso.

Certamente não desejaríamos diluir a distinção de seu slogan comercial nem reduzir sua eficácia como ferramenta de propaganda e comercialização, mas não nos ocorreu que como o slogan está tão intimamente identificado com seu produto, aqueles que lerem nosso anúncio bem podem tender a sair e comprar uma Coca-Cola e não nosso livro. Discutimos esse problema em uma reunião do conselho executivo e, por uma votação de sete a seis, decidimos que, ainda que fosse este o caso, ficaríamos contentes em dar à Coca-Cola o benefício residual de nossa propaganda.

Problemas não diferentes dos que o senhor levanta em sua carta já nos ocorreram no passado. O senhor deve se lembrar que publicamos Os jogos da vida, *que se tornou um de nossos maiores* best-sellers *não ficcionais de todos os tempos e gerou imitações intencionais (Os jogos infantis, Os jogos psiquiátricos, Os jogos políticos etc.). Estou certo de que o senhor concordará que isto colocava uma ameaça muito mais direta e mortal tanto ao autor como a nós mesmos do que nosso uso de "é isso aí". Além disso,* Os jogos da vida *se tornou parte de nossa linguagem e ele é constantemente visto na propaganda, como manchete de um jornal etc. O mesmo é verdade para outro livro que publicamos seis ou sete anos atrás,* One Hundred Dollar Misunderstanding.

Dadas nossas fortes opiniões concernentes à Primeira Emenda, defenderemos até a morte seu direito de usar "é isso aí" em toda propaganda que o senhor quiser. Esperamos que o senhor faça o mesmo por nós, principalmente quando ninguém aqui em nossa agência de propaganda, lamento dizer, percebeu que o senhor era dono da frase. Estamos meramente citando em nossos anúncios a resenha de Peter S. Prescott de Diário de um professor do Harlem *na* Look, *que começa afirmando que "Diário de um professor do Harlem é isso, um livro curto, conciso e honesto que tenho a impressão de que será lido na próxima geração como um clássico...".*

Com todos os melhores votos,
Atenciosamente,
Richard Seaver

Eu esperava uma resposta azeda do sr. Herbert ou, Deus me livre, um executivo mais graduado da Coca-Cola me ameaçando, ou à Grove, ou a ambos, com uma ação judicial milionária, ou mesmo dano corporal. Afinal, a mera afixação do cartaz de Che Guevara em toda Nova York, para avisar seus moradores da iminente chegada de trechos de seus diários na próxima edição da *Evergreen Review*, havia levado cubanos anticastristas a lançar uma bomba em nossas instalações na University Place 64. Imaginem, pensamos, o que uma organização ainda mais poderosa como a Coca-Cola poderia tentar como retaliação por havermos tomado de empréstimo – não, usurpado – seu precioso slogan. Colocamos o pessoal em alerta vermelho, uma medida que talvez salvasse a situação, pois se a sede de Atlanta tivesse planejado um ataque, seu conhecimento de que estávamos todos em nossos postos de batalha (pois seus espiões, geralmente disfarçados de motoristas de caminhão ou entregadores da Coca-Cola, estavam em toda parte) sem dúvida os conteria.

Em todo caso, na alvorada dos anos 1970, tínhamos problemas muito mais sérios a enfrentar.

O número de abril de 1970 da *Evergreen* tinha na capa um homem futurista totalmente vestido, olhando para o mundo inteiro como um astronauta-jogador de hóquei, equipado com ombreiras, capacete, uniforme dos Rangers, luvas e uma pistola no coldre da cintura. Em seus braços – uma luva de hóquei agarrando a cintura, a outra o pulso – o sr. Freedom (pois esse era o nome de nosso herói) prendia uma ruiva sumariamente vestida, adornada de lantejoulas vermelhas, brancas e azuis, cuja boca aberta podia ser tanto um grito de socorro como um gemido de êxtase. O espectador que decida.

A capa da revista, em si mesma intrigante para a maioria, era também um exemplo perfeito da nova sinergia (uma palavra que efetivamente empregávamos em nossas discussões sobre o futuro da Grove, Deus nos ajude a todos!) interna da Grove. Não só jogava lenha na fogueira da *Evergreen* como também servia como cartaz para o lançamento nos Estados Unidos do filme da Grove, *Mr. Freedom*, uma sátira não muito sutil sobre o país em sua saída dos turbulentos anos 1960. Uma crítica ferrenha à política externa americana, em especial a seu envolvimento "vulgar e grotesco" no Vietnã e à ideia do dr. Fantástico de que a democracia tinha de ser levada ao resto do mundo, mesmo ao custo de destruí-lo, o filme de realização francesa foi escrito e dirigido pelo ex-patriota (*sic*) William Klein. Era estrelado por John Abbey como o sr. Freedom; Delphine Seyrig (que tinha sido alçada ao estrelato cinematográfico por seu papel principal em *O ano passado em Marienbad* de Alain Resnais) como Marie-Madaleine, organizadora da rede Prostitutas-pela-Liberdade; Donald Pleasence (cuja voz e sotaque portavam uma extraordinária semelhança com os de Lyndon Johnson) como dr. Freedom, a mentalidade insana por trás do movimento para salvar o mundo da infiltração antiliberdade; e Philippe Noiret como o Mujique, a resposta da Rússia a mr. Freedom.

Na superfície era um veículo perfeito para a Máquina de Cinema da Grove: irreverente, sexy, escandaloso, politicamente mordaz, uma crítica irreprimida ao *establishment*. Infelizmente, seu roteiro, diálogos e direção, ai de nós, foram suficientemente amadores para dar aos críticos do filme uma oportunidade de ouro para fustigá-lo.

O resto da edição de número 77 eram clássicos da Grove. Além de uma entrevista vinculada à capa com William Klein sobre a realização e significado de *Mr. Freedom*, havia uma sequência em *storyboard* usando *stills* do filme. O artigo principal era escrito pelo escritor negro e ativista Julius Lester, cujo *Look Out, Whitey!* havíamos reimpresso. Intitulado "O autor negro e a nova censura" ("The Black Writer and the New Censorship"), criticava a indústria da publicação de livros dominada por brancos por seu lamentável histórico de não publicar autores negros e, ainda mais notório, sua aparente recusa em contratar editores negros. Embora a Grove tivesse publicado vários autores negros – Frantz Fanon, Malcolm X, LeRoi Jones, vulgo Amiri Baraka, o próprio Julius Lester – como uma porcentagem de nossos catálogos, os negros estavam sub-representados pois, com efeito, o artigo de Julius era tanto um ataque à Grove como à indústria como um todo. Achei o trabalho importante e apropriado, mas como editor de Julius achei que deveria discuti-lo com Barney. Ele o leu com um franzido cada vez mais negro (sem trocadilho) em seu cenho, depois disse: "Você realmente acha que devemos publicar isto?". "Com certeza", disse eu. Ele assentiu com a cabeça. "Está bem. Vamos fazer dele o artigo principal." Era por isso que eu gostava da Grove, lembrei a mim mesmo. Que outra editora abriria suas páginas editoriais para uma voz cujas setas e pedras estavam voltadas diretamente para o seu coração? A edição continha também "Repressão e rebelião" ("Repression and Rebellion") de Tom Hayden, sua resposta à condenação emitida em fevereiro por um júri de Chicago "por ter atravessado as fronteiras estaduais para incitar a rebelião" durante a Convenção Nacional Democrática de 1968; "Mantendo viva a ecologia" ("Keeping Ecology Alive") de Nat Hentoff, um chamado às armas para salvar o planeta muito antes de a causa se tornar moda; e, mais importante, o capítulo já mencionado do livro do juiz Douglas, então no prelo, *Pontos de rebelião* (*Points of Rebellion*), intitulado "Reforma e revolução" ["Redress and Revolution"], que fazia eco a temas *antiestablishment* de Hayden e Hentoff, comparando o clima político de Washington na virada da década ao do rei George da Inglaterra na época da Revolução Americana. Criticando o Pentágono, o *lobby* rodoviário e a CIA, o juiz Douglas chegou bem perto de conclamar uma nova Revolução Americana. Matéria muito instigante, pensamos, vinda de um membro da Suprema Corte, embora suas opiniões claramente não constituíssem uma opinião majoritária.

Entrávamos nos anos 1970 e ainda mantínhamos a mesma combinação de provocação, consciência social e sexo (de bom gosto?) que tanto havia nos servido durante a década anterior. Zombar do *establishment* (Klein) e ao mesmo tempo ridicularizar os censores (Freed) e fazer proselitismo (Douglas, Hentoff) não era tarefa simples. Mas, de algum modo, a Grove e a *Evergreen* a haviam dominado, e a combinação ainda estava funcionando a pleno vapor.

Ou não estava?

54

TRABALHADORES DO CURTUME E DAS INDÚSTRIAS MECÂNICAS, DE PÉ!

UM DIA NO começo de abril de 1970, quando Mr. Freedom estava chegando às livrarias e bancas de jornais, Barney e eu estávamos de volta à Grove após o almoço e vimos dois jovens desleixados – mal saídos da adolescência a julgar por seus rostos com marcas de espinhas – entrando no prédio. Estavam vestidos, se esse é o termo correto, em jeans e jaquetas tão esfarrapados que automaticamente olhamos para baixo em busca do copo de papel do mendicante. Mas se eram vagabundos juvenis, por que desapareceram pelo G mágico para dentro do edifício?

"Quem são esses caras?", grunhiu Barney.

"Eles trabalham aqui", disse eu, lembrando-me vagamente deles.

"Para quem?", quis ele saber, com razão.

"Para Myron. No clube do livro."

"Você sabe o nome deles?", insistiu Barney. Eu receava que ele fosse perguntar isso. "Como número dois nesta companhia, você não devia saber os nomes de todas as pessoas que trabalham aqui?" Antes que eu pudesse responder, ele acrescentou: "O fato é que *eu* não sei mais os nomes de metade dos condenados que trabalham aqui".

"Nem eu", confessei.

"Bem, essa não é uma boa situação", murmurou Barney.

Felizmente para nosso humor, a sempre animada Frieda, empoleirada no topo de seu tamborete giratório atrás do novo painel telefônico gigante, parecendo cada vez mais uma bonequinha cadete espacial em *Star Trek*, saudou-nos com um afetuoso "Oi, Barney. Oi, Dick. Tenho uma pilha de recados para vocês dois". Mas quando entramos no elevador executivo, ambos sentíamos uma pontada de dor ao lembrar dos dois maltrapilhos que nos haviam precedido pelo grande G. A Grove estava mudando – havia mudado nos últimos três ou quatro anos; isto era inegável. Teríamos crescido depressa demais? E este prédio, fruto de nossa única decisão conservadora de canalizar nossos milhões imprevistos de *I Am Curious* não para a especulação de novos títulos de livros mas de imóveis ("vocês nunca perderão investindo seu dinheiro em imóveis", havia nos assegurado um consultor), teria se tornado um elemento perigosamente provocador de divisões? Embora estivesse calado, eu imaginava que as mesmas perguntas também estavam passando pela cabeça de Barney.

Na quarta-feira, 8 de abril de 1970, uma jovem que trabalhava em atendimento de pedidos para o clube do livro encontrou casualmente com Martin Quayle, o contador da Grove, no corredor do térreo.

"Ó, Marty", arfou ela, "acabamos de ter a maior reunião de organização!"

Sem saber bem se havia ouvido direito, Quayle, simulando satisfação com a notícia, sondou um pouco mais. "É mesmo, onde foi isso?"

"Na sede do sindicato na rua 26, claro. Onde você acha?"

Sede do sindicato, era a da Confederação Norte-Americana dos Trabalhadores em Abatedouros e Açougues (Amalgamated Meat Cutters and Butcher Workmen of North America) – à primeira vista, ou mesmo à segunda, uma parceria totalmente improvável para uma editora de vanguarda, ou nesse sentido qualquer editora. O depósito da Grove já havia sido organizado dois ou três anos antes sem nenhuma oposição ou problemas subsequentes. Mas a ideia de sindicalizar a redação ou mesmo os ramos de vendas e marketing das editoras de livros sempre tinha sido vista como absurda pelos executivos da indústria. Liberdade absoluta em termos editoriais – para escolher e publicar os livros que se quisesse – era condição *sine qua non* da atividade. Como uma equipe editorial sindicalizada lidaria com um original que atacasse o movimento trabalhista? Ou um livro apoiando um candidato político odiado pela Federação Americana do Trabalho e Congresso de Organizações Industriais (AFL-CIO), da qual os trabalhadores do curtume e das indústrias mecânicas – o sindicato que havia assumido a Grove – faziam parte? Ou, Deus nos livre, um livro de receitas vegetarianas?

Se as informações de Quayle se mostrassem corretas, de que a Grove estava sob ameaça de uma tentativa de sindicalização, por que diabos os rapazes do curtume? Teriam eles ficado sem açougues, açougueiros de porcos para o mundo, ovelhas e bois? Quaisquer que fossem as razões de suas ambições expansionistas, investigações adicionais revelaram que eles haviam formado dentro de seu sindicato um Comitê de Organização de Empregados em Publicações. Um pequeno salto através de um prado de ovelhas ou vacas e, *voilà*, pousava-se diretamente na Livrolândia. Fazia muito sentido, se você não pensasse a respeito.

Mas por que nós? Porque éramos conhecidos como liberais, portanto pró-sindicato, portanto não inclinados a resistir a suas campanhas? Porque tínhamos crescido tão rápido que o sindicato sabia que tínhamos montes de empregados novos e mal pagos, sempre um terreno fértil? Porque, deduzia o mais paranoico dentre nós, o governo, cansado de nos ver aparando golpes e atacando ao longo dos anos, havia cooptado o sindicato a dar seu ataque frontal, todas as despesas pagas por alguma organização sombria de Washington? Esta era a firme convicção de Barney: durante anos ele tinha certeza de que havia um espião entre nós, reportando-se ao FBI ou CIA ou qualquer outra agência antissubversiva a qual ele (ela?) se reportasse. Se a maioria de nós dos antigos tendia a colocar a convicção de Barney na conta da paranoia, também tínhamos de lembrar que éramos a única editora americana na história a ter sido vítima de atentado a bomba. Além disso, as mesmas pessoas anticastristas que haviam lançado uma granada de fragmentação em nossa janela do segundo andar dois anos antes, destruindo o departamento de produção, tinham lançado bombas naquela mesma noite à meia dúzia de outros estabelecimentos na cidade, embora quando detidas e levadas a julgamento tivessem sido liberadas, uma conduta bizarra de impunidade suficiente para deixar paranoica a mente mais saudável.

Em todo caso, o rumor sobre a reunião do sindicato logo se confirmou: não só os rapazes do curtume tinham formado um comitê de publicações, como vários empregados descontentes da Grove já haviam se apressado a aderir. Barney ficou furioso. "Já não temos problemas suficientes por aqui!?", grunhiu ele. Ele tinha razão. Após três ou quatro anos de vitória após vitória, algumas de Pirro, outras reais, tanto nos tribunais como no mercado, havia sinais crescentes de tensão dentro da empresa. A enxurrada aparentemente interminável de dinheiro de *I Am Curious (Yellow)* e *(Blue)* por fim estava se reduzindo a um estreito regato. Os custos excedentes sobre o novo edifício da Mercer Street vinham se tornando vertiginosos. Nossas três linhas para o mercado de massas – Black Cat, Zebra e Venus – não estavam vendendo tão bem quanto havíamos planejado e as devoluções estavam rapidamente consumindo os recebíveis. E mais, a chamada sinergia entre o clube do livro e o setor editorial era cada vez mais tênue.

Mas, sem dúvida, nosso maior pecado tinha sido expandir depressa demais. Ainda minúscula pelos padrões empresariais americanos, mesmo assim tínhamos mais que quadruplicado as vendas nos últimos três ou quatro anos. Estimulados pelo fato de que éramos uma companhia por ações comercializadas na bolsa NASDAQ, pela primeira vez sentimos a necessidade de crescer, no mínimo para manter nossa imagem de "uma pequena empresa inteligente que não poderia fazer mal nenhum", como nos alcunhara um corretor equivocado, seja porque ele realmente acreditava nisso ou, mais provável, porque ele estava nos revendendo a seus clientes como a mais nova maneira de ficar rico da noite para o dia. Em todo caso, nesse mês cruel de abril de 1970, nosso novo edifício de quase 3 mil metros quadrados abrigava apenas metade do quadro total de pessoal. O departamento editorial, que durante anos tivera duas vezes e meio mais pessoal, agora contava com doze empregados mais ou menos em tempo integral.*

* "Mais ou menos" porque na Grove alguns editores que eram considerados tempo integral trabalhavam a seu pedido em meio período, e alguns trabalhavam meio período em casa devido a necessidades domésticas. Em suma, ao manter suas práticas liberais do passado em sua encarnação nova e

Ao longo da maior parte de sua existência, consciente e deliberadamente a Grove havia optado por ignorar organogramas detalhando linhas de autoridade. Como durante anos muitos de nós haviam ocupado diversas funções, muitas vezes até seis ou sete, era inútil tentar desenhar tais diagramas, muito menos implementá-los. Quando surgia uma necessidade urgente, alguém qualificado, mesmo perifericamente, entrava para tapar o buraco. Embora contratado como gerente editorial, cargo que na maioria das editoras significava acompanhar de perto os originais, logo me tornei coeditor com Barney da *Evergreen Review*; editor-chefe da divisão de livros; diretor de produção durante vários meses após a saída de Richard Brodney; representante de vendas para parte do território do Nordeste quando nosso representante encarregado daquele território subitamente se demitiu; encarregado do controle de estoque, garantindo que nosso catálogo de obras publicadas nunca se esgotasse; e consultor de projetos com Barney para nossas capas e sobrecapas, servindo durante anos como elemento de ligação com Roy Kuhlman. Isso para começar.

Planos estratégicos e previsões quinquenais, sobre os quais ouvi alguns de meus colegas do distrito residencial falarem com grande entusiasmo, pareciam-nos inúteis, se não ridículos. Como poderíamos nós ou alguém, em boa-fé, fazer tais predições futuristas para 1972 ou 1973, muito menos 1975, quando não tínhamos a mais pálida noção do que estaríamos publicando nesses anos? Reconhecíamos que a publicação de livros é, por sua própria natureza, uma atividade de improvisação, onde devem reinar o faro e a intuição. Ao contrário das editoras maiores, várias das quais eram propriedade de mestres corporativos, não tínhamos nenhuma missão imposta de crescer cinco ou dez ou quinze por cento ao ano. Se sobrevivêssemos e pagássemos nossas contas e com sorte fizéssemos o certo pelos autores fiéis e antigos de nosso catálogo e apresentássemos novas vozes ao mundo, isso era bastante. Essa filosofia nos havia servido bem no passado e, acreditávamos firmemente, também funcionaria na nova década.

maior ela fez o máximo para acomodar os horários pessoais de seus funcionários. Outro erro tático, pois esse esforço de acomodação, em retrospecto, quase não foi reconhecido ou compreendido.

Mas a dura realidade era que a Grove *tinha* mudado. Quando éramos pequenos e passávamos dificuldades, era um por todos e todos por um. Ninguém estava ganhando muito dinheiro, por isso a quem se podia invejar? Estávamos todos ganhando um salário decente, mas o sentido todo de estar na Grove era porque aquilo era empolgante. E despreocupado. Bombas distantes e riso constante... Ao longo dos anos 1960, tínhamos a sensação de estar abalando o *establishment* do uniforme cinza executivo e entrando em sintonia com membros da geração mais jovem, muitos dos quais, a julgar por suas cartas, estavam nos dizendo que havíamos mudado suas vidas.

O mundo também havia mudado, mais do que percebíamos. Nossas batalhas contra a censura, nossa adesão a autores que o *establishment* até então havia desdenhado, tinham aberto as portas, se não a cabeça, de outras editoras, muito mais dispostas agora a assumir autores e assuntos que antes haviam sido tabu. Nossos adiantamentos insignificantes nos anos 1960 a autores que ficavam contentes demais só por serem publicados agora começavam a parecer como o que eram – insignificantes – com as editoras maiores prontas a oferecer muito mais do que poderíamos ou estávamos dispostos. Da mesma forma, a emancipação das mulheres estava passando para a linha de frente da consciência das pessoas, e nós que nos julgávamos libertadores estávamos agora sendo encarados – por uma minoria, talvez, mas uma minoria que sabia se fazer ouvir – como repressores. Ou pior: exploradores de mulheres. Mas à medida que a notícia daquele dia, da tentativa de sindicalização, nos alcançou, estávamos, quando muito, apenas vagamente conscientes dessas mudanças de maré.

Barney abriu nossa reunião do comitê executivo convocada às pressas com uma observação inusitadamente tranquila: "Que droga estão tentando fazer os Trabalhadores do Curtume e das Malditas Indústrias Mecânicas para organizar a Grove? Isto não faz sentido nenhum!".

De fato não fazia. Por que não as editoras maiores? A Random House? Simon and Schuster? Doubleday? Dez vezes mais empregados que a Grove. A Harper tinha um sindicato interno, lembrou alguém, mas era um grupo bem benevolente, inofensivo, cujo objetivo principal era garantir que os empregados de nível médio e superior recebessem sua cota justa de benefícios.

"Ainda não sabemos se isto é algo além de uma sondagem", disse Jules Geller, a autoridade entre nós, pois nos anos 1930 ele tinha sido um organizador sindical no Meio-Oeste. "Só porque o sindicato se reuniu com alguns empregados não quer dizer que farão uma tentativa geral."

"Sabemos quem foi à reunião?", queria saber Barney.

"Vários do departamento editorial, lamento informar." Eu havia indagado assim que soube da notícia. "Robin Morgan, para começar. Cicely Nichols. E acho que Mary Heathcote..."

Ao ouvir o último nome, Barney teve um sobressalto, pois ela era uma amiga a quem ele havia insistido comigo que contratasse. "Nunca gostei dessa Robin Morgan", disse ele. "Ela sempre me pareceu uma encrenqueira. Mas Mary..."

"Ward Damio estava presente", interpôs Fred.

"Meu Deus, *ele*!", sibilou Barney.

Damio era um jovem com uma grande motocicleta. Em qualquer outra empresa, ele não teria se adaptado. Na Grove era apenas outro empregado um pouco diferente dos outros empregados diferentes. Bem, não exatamente. Ele trabalhava para Myron Shapiro no clube do livro, mas seu desempenho no cargo, segundo Myron, ia do negligente ao quase nulo. Casaco de couro, adornado de correntes, Damio gastava a maior parte de seu tempo e amor em sua moto, restando pouco tempo ou energia para o trabalho. Ninguém precisava registrar a hora que entrava ou saía do escritório: o ronco e o chiado dos pneus de sua moto marcavam indelevelmente suas chegadas e partidas.

"Que diabo Damio estava fazendo lá?", perguntou Marty. "Ou ele achou que o 'Mecânicas' no nome do sindicato tinha a ver com sua moto?"

"Isso lhe deu uma desculpa para ir de moto até a rua Vinte e Seis?", sugeriu Morrie.

"Também o tirou do trabalho por umas duas horas", grunhiu Barney.

"Você não pode controlar seus funcionários, Myron?", perguntou Jules, meio brincando, pois eu sabia que os dois se gostavam.

"Cuide dos seus, Jules", respondeu Myron em tom glacial, o cavanhaque de Trótski se agitando furiosamente.

Se há problema na base, lembro-me de ter pensado, o comitê executivo tampouco é exatamente um reino pacífico.

O máximo que conseguimos descobrir foi que a maioria do pessoal que havia comparecido à reunião do sindicato o havia feito em apoio aos peões do térreo e da rua Hudson. Conversas com vários deles confirmaram que se foram foi para ajudar a corrigir um erro detectado, ou seja, para elevar os salários dos escravos de Myron de 75 para 85 dólares semanais. Pensando bem, eles estavam agindo na verdadeira tradição da Grove. Mas a mensagem recebida era totalmente diferente. Fosse qual fosse o motivo, essas pessoas, na opinião de Barney, eram traidoras. Para ele, a Grove não era apenas um local de emprego, era uma *causa*, e aqueles que a traíssem deveriam ser enforcados na verga do mastro.

"Bem, eu posso dizer a vocês uma coisa", disse ele, grave. "Pretendo combater isto até a morte. Se algum dia a Grove for sindicalizada, isso anunciará o fim da companhia."

"Cuidado", advertiu Jules. "Você não pode tomar nenhuma medida contra as pessoas que você sabe que são pró-sindicato, ou que compareceram às reuniões do sindicato. Nós seremos monitorados."

"Mas isso é verdade só quando há uma campanha oficial de organização em curso, certo?", disse Barney.

"Sim", disse Jules, "isto é verdade."

"Logo, se quiséssemos demitir pessoas, agora seria o momento, certo? Do modo como vejo, temos uma janela muito estreita de oportunidade."

Jules meneou a cabeça. "Eles ainda tentarão mostrar que há uma ligação entre nosso conhecimento das atividades do sindicato e as demissões. Provavelmente nos levarão a arbitragem."

"Mas eles não poderiam *provar* que havia uma ligação, poderiam?"

Lancei um olhar para Barney. Sua testa estava com um vinco profundo e seus lábios comprimidos pareciam a proverbial cicatriz inconsútil. Ele estava pálido como eu nunca o havia visto. Este era, eu sabia, o Barney pré-explosivo.

"Por que não tentamos descobrir mais antes de nos atirar no fundo do poço?", arrisquei, vendo subitamente metade de meu pessoal editorial escorrendo pelo ralo.

Barney ergueu os olhos para mim como se eu tivesse perdido a cabeça. O fato era que eu realmente não acreditava em minhas próprias palavras. Tive a sensação deprimente de que já estávamos bem no fundo do poço.

Naquela noite, quando cheguei em casa – tarde, como sempre – fazia muito que as crianças estavam na cama e Jeannette parecia que cortaria minha cabeça se conseguisse lembrar onde havia colocado o machado. Mas quando viu meu rosto, ela subitamente amoleceu. "Problema no paraíso?", perguntou.

Confirmei com a cabeça, depois contei a ela os acontecimentos do dia.

"E qual é a solução?", perguntou ela. Contei a ela o plano de Barney de demitir várias pessoas imediatamente, antes que começasse a campanha de organização. "Mas isso não seria óbvio?", insistiu ela. Assenti. "Não seria melhor simplesmente passar pelo processo? Há pessoas sãs o bastante na Grove para votar contra isso, não há?" Concordei e disse que havia feito essa sugestão na reunião de hoje, mas em vão. "Quanto tempo levará o processo inteiro de sindicalização?", continuou ela.

"Duas ou três semanas, talvez um mês."

"Então vocês deveriam ir até o fim com ele", concluiu ela. "Espere e verá, se vocês demitirem toda essa gente, vai ser um inferno. E mais, já estou vendo você chegando em casa duas ou três horas mais tarde toda noite, com mais trabalho do que nunca e três editores a menos para fazê-lo. Do jeito que está, você já não vê seus filhos nem a metade do necessário. Sem falar em mim... Sabe, querido, tenho certeza de que você ama a Grove mais do que a mim."

Inapelavelmente batido.

. . .

Na manhã seguinte a tensão na Grove era palpável e aumentava. O pessoal pró-sindicato sabia que sabíamos e recebemos olhares fatais de desdém ao entrar no elevador do sexto andar. Outra reunião apressada foi convocada. Reforçado pelos argumentos convincentes de Jeannette da noite passada, fiz um apelo desesperado em favor de não demitir pessoas até que tivéssemos passado pelo processo de sindicalização, que proclamei que certamente venceríamos.

"E se perdermos?", disse Barney.

"Dick tem razão", disse Jules. "Eu verifiquei e estará tudo encerrado em cerca de duas semanas. Talvez mais cedo. Se demitirmos essas pessoas agora, só Deus sabe o preço que poderemos pagar."

"E se perdermos?", perguntou Barney novamente.

"Jules e Dick estão certos", disse Morrie. "Demitir pessoas agora trará mais votos para o sindicato, com certeza."

"E se perdermos?", insistiu Barney. A essa altura sabíamos que nosso parecer era irrelevante. O garoto que era dono da bola de futebol ditava como e onde a partida seria jogada.

Discussões adicionais sobre quem tinha de sair oscilaram entre oito e quinze, até que decidimos por nove.

"Imagino que devemos informá-los na sexta-feira", sugeriu Jules.

"Sexta-feira uma pinoia!", objetou Barney. "*Hoje à noite*!"

"E se quando lhes dissermos, eles se recusarem a deixar o recinto?", perguntou Morrie.

"Esta é uma possibilidade clara", disse Jules. "Uma paralisação pode receber o apoio de muitos outros."

"Vamos fazer isso pela Western Union", disse Barney. "Um telegrama informando-os de que estão despedidos e não devem colocar os pés aqui novamente. Mas pelo menos três, a começar por Robin, eu quero fora daqui hoje."

Houve discussão acalorada tanto sobre a ocasião como sobre o método draconiano do telegrama, mas novamente Barney foi irredutível. Naquele dia, 9 de abril, e no dia seguinte, tiras cor-de-rosa no formulário dos telegramas amarelos da Western Union chegavam aos lares dos nove funcionários. Talvez fosse uma maneira desnecessariamente cruel de fazê-lo, mas Fred e Barney tinham viagem marcada para a Dinamarca naquele final de semana para assistirem a mais algumas obras-primas para os já sobrecarregados arquivos de filmes da Grove e queriam tudo aquilo fora do caminho antes de sua partida. Nós que fomos deixados para trás tínhamos a missão de lidar com as repercussões. Eu tinha sentimentos confusos tanto acerca das demissões quanto sobre o modo como foram tratadas. Também me lembrava da clarividência de Jeannette de que, com quatro das nove decapitações do departamento editorial – pois além de Robin, Cicely e Mary tínhamos deixado partir uma jovem assistente editorial de alto nível, Beverly Ravitch –, minha vida passaria a ser um inferno total. Eu sentia também que haveria sérias consequências para os telegramas noturnos. Durante o fim de semana construí em minha cabeça vários cenários, mas nenhum sequer chegou perto do que realmente veio a ocorrer.

Na manhã de segunda-feira, após uma segunda noite de insônia, cheguei ao escritório bem antes das nove e encontrei o lugar fervilhando. Mais de vinte pessoas – principalmente funcionários da Grove, a julgar por um exame superficial ao redor – estavam aglomeradas do lado de fora do prédio, conversando, discutindo, várias passando volantes. Alguém empurrou um para a minha mão quando eu passava. Era uma folha mimeografada cuja manchete dizia: MULHERES OCUPARAM OS ESCRITÓRIOS EXECUTIVOS DA GROVE PRESS. Lancei um olhar para o sexto andar: uma bandeira vermelha e branca ondulava de uma das janelas. Dentro do prédio encontrei uma repetição ampliada do cenário externo: funcionários discutindo nos corredores, gritando, gesticulando furiosos, ameaçando. Pelo que consegui entender, cerca de meia hora antes várias mulheres, desfilando sob a bandeira da Frente de Libertação das Mulheres, tinham chegado, tomado o elevador executivo para o último andar e se trancado no escritório de Barney. Elas haviam bloqueado o acesso ao último andar arrastando mesas e cadeiras e arquivos contra todas as portas. No andar de baixo, encontrei Myron esfregando as mãos. Jules, Morrie e Nat estavam amontoados junto a uma janela próxima, falando em tons sussurrados.

"Elas querem se reunir com Barney e não sairão até que ele as atenda", disse Myron.

"Você não disse a elas que ele está fora do país?"

"Elas não quiseram falar comigo. Assim que eu disse quem era, desligaram."

"Merda! Alguém sabe onde Barney está hospedado em Copenhague? Onde está Judith?"

O triunvirato ao lado da janela se juntou a nós. "Alguém sabe onde Barney está?", repeti, e todos agitaram negativamente a cabeça. Judith ainda não havia chegado e só ela sabia qual era o seu hotel. Enquanto isso, imaginei que seria melhor eu subir até o último andar e arrombar. Jules fez que não com a cabeça. "Nós já tentamos. Elas estão com o último andar muito bem bloqueado. Seja como for, eu disse a elas que Barney estava na Europa. Elas me disseram que neste caso falarão apenas com você."

"Alguma sugestão tática?", perguntei.

"Tente descobrir o que elas querem."

"Eu sei o que elas querem. Você viu o boletim? Elas querem controle editorial de todas as publicações da Grove, alguns milhões de dólares por causas diversas, uma creche para crianças. Só Deus sabe mais o quê."

Havia um lance de escadas do quinto para o sexto andar, que subimos para descobrir, conforme esperado, que a porta também estava obstruída. Três de nós tentamos forçá-la, mas ela nem se mexeu. "Provavelmente aparafusada por dentro", disse Jules, e um exame da porta de segurança um lance abaixo evidenciou que se poderia travá-la por dentro.

"Sabemos quem está lá dentro?", perguntei.

"A única que conhecemos é Robin Morgan", disse Morrie.

"Alguma outra funcionária da Grove?"

"Nenhuma que eu conheça".

"Quantas ao todo?"

"Umas dez", disse Jules, "segundo os que estavam aqui quando elas chegaram."

Tornamos a subir e gritei pela barreira de metal. "Robin, aqui é Dick. Diga-nos o que vocês querem." Silêncio. Tentei novamente, ainda mais alto. Ainda um silêncio maior.

"Acho que elas não podem ouvi-lo", disse Jules. "Por que não tentamos chamá-las pelo interfone?"

De volta ao térreo, disquei o número de Barney e uma voz melodiosa respondeu: "Forças de Ocupação das Mulheres. Quem é?".

"Dick Seaver." Pausa. "Robin está aí?"

"Só um minuto." Alguns segundos depois, Robin atendia.

"Que diabo vocês pensam que estão fazendo, Robin?" Do outro lado da sala vi Jules gesticulando para eu amenizar a abordagem.

"Estamos exigindo que a Grove nos dê controle editorial. Vocês todos ganharam milhões explorando as mulheres. Está na hora de nos restituir. Todos os seus filmes e livros pornográficos nos degradando..."

"Ora, Robin", tentei. "Sejamos razoáveis. Dê-nos uma lista de suas reivindicações e veremos se podemos atender algumas."

"Antes de tudo, todos os que foram demitidos devem ser readmitidos."

"Quantos funcionários da Grove estão aí em cima com você, Robin?"

"Não é da sua conta, Dick. Além disso, se vocês não atenderem nossas reivindicações, destruiremos todos os arquivos da Grove Press."

De repente, uma visão da preciosa correspondência – de Beckett, Genet, Pinter, Burroughs, Ionesco, Miller – consumindo-se em chamas de tipo nazista quase me embrulhou o estômago.

Robin deve ter lido minha mente, pois continuou: "E estamos falando sério. Leia cuidadosamente o boletim. Está tudo explicado lá".

Baixei os olhos para o papel que eu havia agarrado sem realmente lê-lo. Mesmo em uma passada rápida consegui ver o absurdo das demandas, que o boletim rotulava de "condições justas", a primeira das quais era que a Grove interrompesse toda a publicação de livros e revistas e a distribuição de filmes que degradam as mulheres. Em outras palavras, censura novamente, desta vez não da alfândega ou de autoridades postais, mas de um bando de mulheres talvez bem-intencionadas mas infelizmente mal orientadas. Assim que o pensamento passou pela minha cabeça, lamentei dar a elas o benefício da dúvida. Bem-intencionadas, nem pensar!"

"Eu chamo você de volta em alguns minutos", disse a Robin.

Olhei ao redor para meus estimados colegas, que tinham ouvido a conversa. Todos tínhamos cópias do boletim. Éramos culpados de "práticas opressivas e exploradoras contra nossas próprias funcionárias". Absurdo! Mulheres trabalhadoras na Grove em posições-chave de editoria, produção e marketing eram uma multidão, e nosso horário de trabalho (35 horas por semana), benefícios médicos, férias e feriados estavam bem acima da média do setor e sempre haviam estado, mesmo em períodos de agrura financeira, que foram muitos. "Uma creche gratuita funcionando dia e noite controlada por mulheres"; um fundo para mulheres recém-divorciadas "para ajudá-las a se recuperar"; um fundo para criação de clínicas de aborto e controle da natalidade; "um fundo de fiança para libertar mensalmente um mínimo de cem 'prisioneiras políticas' (leia-se: prostitutas) da Casa de Detenção de Mulheres"; finalmente, "as mulheres devem controlar 51 por cento de todas as decisões, editoriais ou não".

Ergui os olhos e quase simultaneamente os outros quatro ali reunidos fizeram o mesmo gesto.

"Eu sabia que Robin era um pé no saco", propôs Jules, "mas não sabia que ela era doida varrida."

"Se meu entendimento é correto", disse eu, agitando o boletim "há mais ou menos uma dúzia de mulheres lá em cima, e a única funcionária da Grove é Robin. Assim, que merda é esta de ela estar falando por todas as funcionárias da Grove? Pelo que sei, ninguém sequer a leva a sério."

"Mais direto ao ponto", disse Jules, "você acha que elas são malucas o bastante para realmente destruir aqueles arquivos?"

Todos assentiram.

"Minha nossa!", disse eu. "Aqueles arquivos são inestimáveis. Toda a história da Grove está lá. Temos de achar um jeito de invadir."

"Como?", disse Morrie. "Elas bloquearam o elevador e nós vimos que não conseguimos nem mexer a porta de segurança."

"Pela janela?", sugeriu Myron, e eu até podia vê-lo – ou algum de nós – escalando a parede vertical como o Homem-Aranha, quebrando uma vidraça, presumivelmente com o cotovelo, passando com dificuldade pelos estilhaços e, ainda não sangrando mortalmente, dominando Robin com uma chave de pescoço. No mínimo, sete anos por agressão e violência. Sete anos?

Foi então que Judith chegou, aturdida mas ainda segura o bastante para nos dar o número do telefone de Barney em Copenhague. Enquanto Frieda fazia a chamada, perguntei a Judith o que ela sabia da programação de Barney, pois na Europa agora passava do meio da tarde. Ela achava que ele estava com a agenda cheia mas deveria voltar ao hotel antes do jantar. Por fim, consegui falar com o recepcionista, descobri que o sr. Rosset estava de fato ausente e deixei um recado para que ele chamasse de volta. Não utilizei a palavra "urgente", por receio de que ele entrasse em pânico, mas disse que era "importante".

Falei novamente com Robin ao telefone e contei a ela que não tínhamos conseguido falar com Barney, mas tínhamos deixado recado para ele ligar o mais cedo possível. Enquanto isso, sob nenhuma circunstância elas deveriam destruir propriedade; entre outras coisas, isso poderia resultar em pena grave de prisão para elas. Eu não fazia a menor ideia se isto era condizente com a legislação mas esperava que as pudesse conter, pelo menos momentaneamente.

Nesse ínterim, voltamos todos para o térreo e dissemos ao pessoal que tudo estava sob controle, por favor voltem ao trabalho, mas poucos pareciam inclinados a fazer isso.

Por volta do meio-dia em nosso horário, Barney ligou. Foi Judith quem atendeu. "Como estão as coisas?", ele indagou.

"Bem", mentiu ela, "o único problema é que não estou em meu escritório. Estou embaixo, no quinto andar."

"Por quê?", perguntou Barney.

"Porque o sexto andar está ocupado por um grupo de libertação das mulheres."

"Um o quê?", gritou ele. Neste momento ela me passou o telefone e o informei sobre os acontecimentos da manhã – agora da tarde.

"E elas estão ameaçando destruir os arquivos?", gritou ele. "Tire-as de lá!"

"O elevador está parado, e a escada dos fundos está bloqueada e travada por dentro."

"Então entrem pelas claraboias", aconselhou ele, esquecendo-se de que não havia acesso, exceto pelo último andar, para o teto. Talvez pudéssemos usar ganchos aéreos, lembro-me de pensar, uma frágil lembrança de minha verde juventude quando, aos oito anos de idade, no acampamento de verão, haviam contado, e eu acreditara piamente, que os céus eram seguros por esses mágicos ganchos aéreos.

"Algum dos outros gênios daí tem alguma ideia?", berrou ele, referindo-se ao augusto comitê executivo que pairava ao redor do telefone.

"Poderíamos chamar os tiras e desalojá-las", sugeriu Jules, o Sábio.

"Esta é a ideia mais estúpida que já ouvi!", replicou a voz do outro lado do oceano. "Quantas vezes fomos presos ao longo dos anos? Duzentas? Trezentas? A Grove chamando a polícia? Eles ririam na nossa cara!"

Empalmando o telefone com a mão, pelo qual mesmo assim ainda eram balbuciados alguns sons agudos, não diferentes dos emitidos por um porco apunhalado, perguntei ao comitê agora obstruído se era o momento de transmitir a Barney o resto das más notícias: de que, lá embaixo, o lugar estava sendo piqueteado por várias centenas de pessoas tanto empregados como simpatizantes do sindicato que, embora não tão diretamente ameaçadores quanto as mulheres lá em cima, eram um crescente pé no saco. E Barney estava esquecendo convenientemente que sua demissão em massa de nove pessoas dois dias antes de sua partida era a causa de tudo, pois tínhamos descoberto que Henry Foner, o presidente do sindicato, havia acabado de encaminhar uma queixa contra a empresa por práticas injustas de trabalho. Decidi não traçar esse nexo causal, mas o consenso foi que seria melhor contar a ele, neste drama andar superior-andar térreo, sobre os tumultos no passeio.

"Danem-se os piquetes!", disse ele. "São os arquivos da Grove que precisam ser salvos. Ligue para Rembar e depois me ligue de volta."

Rembar, a voz da calma, ouviu calado enquanto descrevíamos para ele a sequência dos acontecimentos, começando pela ameaça de sindicalização – da qual, soubemos, ele estava ciente –, o massacre noturno de quinta e sexta-feira, os piquetes na calçada, a ocupação do último andar, conjugada à séria ameaça aos arquivos da Grove Press, e a ausência de Barney, que estava em uma terra distante, muito distante.

"Chame a polícia", disse ele. "Vocês não têm escolha."

Transmitimos o conselho de Rembar a Barney, que disse, obviamente esquecendo-se de sua reação violenta a esse mesmo conselho de Jules apenas meia hora antes: "Claro que é isso que vocês devem fazer. O que mais estão esperando?".

Decidimos que a polícia precisava apenas da versão curta, não os antecedentes que supostamente haviam precipitado a ocupação. Transgressão. Arrombamento e invasão. Ameaça de destruição de propriedade da empresa. Isto era tudo que eles precisavam saber. Dentro de meia hora chegava um considerável contingente de azuis, precedidos pelo grito das sirenes, que passaram pelas zombeteiras linhas do piquete e subiram para o quinto andar prontos para o combate. Pelo interfone, ordenaram às mulheres que se rendessem. Se não o fizessem, elas seriam indiciadas não por invasão ilegal mas também por resistência à prisão. Para nossa grande surpresa, as forças de ocupação não reagiram com uma explosão mas com um gemido, destravando o elevador e rendendo-se quase docilmente, embora várias, quando chegaram embaixo, erguessem os punhos para o céu, ao que os piqueteiros responderam com gritos de encorajamento e apoio.

Entre os piqueteiros notamos mais de vinte empregados da Grove, carregando cartazes, cada um mais ridículo que o outro, fazendo exigências nas quais sem dúvida não acreditavam e sabiam que nunca poderiam ser atendidas. Quando e por que, lembro-me de ter pensado, um indivíduo abdicava da responsabilidade pessoal e juntava-se a esse rebanho irracional? Um deles, Aaron Asher, de quem eu era – ou pensei ter sido – particularmente próximo, estava recitando com os outros enquanto lentamente voltavam a circular no passeio da rua Mercer. Acerquei-me dele de mansinho e lhe perguntei que merda ele achava que estava fazendo. Ele fixou os olhos em mim e disse que apoiava plenamente a Frente de Libertação das Mulheres e soubera do modo imperdoável como havíamos demitido nossos editores. "Eu achava que nos conhecíamos bem o suficiente", disse eu, "para você me ligar e descobrir os fatos antes de fazer isso." Ele encolheu os ombros e lentamente continuou a circular e circular, e ninguém sabe onde ele poderia ter parado.

Estudioso e de óculos, John Simon, da Simon and Schuster (nenhum parentesco), também estava lá sendo entrevistado, um microfone empurrado para perto de seus lábios em rápido movimento. Do que consegui captar em meio ao barulho, ele estava nos acusando de tratar nossos funcionários como se fosse no século XVII. É mesmo? Não havia telegramas amarelos naquela época, seu cretino! Além disso, pensei, qualquer dia comparo os benefícios que pagamos ao nosso pessoal com os seus. Baixo, barrigudo, uma pequena barba, André Schiffrin, diretor da Pantheon, também estava presente, feliz demais por ser entrevistado pela sempre vigilante imprensa. O que ele estava enfatizando, se entendi corretamente, era que a Grove, que tanto havia combatido pela liberdade de discurso ao longo dos anos, estava agora negando isso a seus funcionários. André, você está absolutamente certo e pode se aliar à Frente de Libertação das Mulheres quando elas chegarem para ocupar as *suas* instalações.

Ainda mais mortificante foi a visão de vários de nossos autores, entre os quais Ed Sanders, Calvin Hernton e, para minha particular tristeza, Julius Lester, um autor que eu admirava muito. Caminhei até Lester, ignorando os insultos e comentários ofensivos de Damio e de meia dúzia de seu bando (três dos quais juro que nunca havia visto antes) e estendi minha mão. Houve uma momentânea hesitação e então ele a apertou. Preto no branco. "Julius", disse eu, "você confia em mim?" "Implicitamente", disse ele. "Então, quando lhe disser que o que Robin Morgan está fazendo é errado, terrivelmente errado, você sairá do piquete?" Ele me olhou direto nos olhos. "Desculpe, Dick", disse ele, "eu acredito na Frente de Libertação das Mulheres." "Eu também", respondi. "Mas não em Robin Morgan e no que ela está metida. Você sabe que nenhuma das mulheres lá em cima, excetuando Robin, são funcionárias da Grove?" "Verdade? Disseram-me que *todas* elas eram." "E elas estão ameaçando queimar ou destruir nossos arquivos editoriais... inclusive os seus. Isto parece a Ku Klux Klan para você? Ou a Alemanha nazista? Para mim parece." Afastamo-nos para longe da multidão e sua ladainha. "Julius, siga sua consciência, mas eu pelo menos queria que você conhecesse os fatos. Ligue para mim daqui a um dia ou dois e eu lhe darei todos os detalhes sangrentos." Me virei e fui embora. Na entrada do grande G, ainda sob controle aliado, olhei para trás e vi que Julius havia silenciosamente deixado a linha do piquete e se dirigia para o norte.

Por volta do meio-dia a multidão havia se dispersado mas toda ideia de retorno ao trabalho estava perdida. Ward Damio estava tentando organizar uma reunião com outros funcionários no primeiro andar. Myron ordenara a eles que voltassem ao trabalho, mas eles se recusaram. Após um longo telefonema para Copenhague, ele informou que Barney estaria de volta no dia seguinte e ouviria suas queixas. Barney aparentemente também havia autorizado Myron a ir até a delegacia e apresentar queixa contra as mulheres detidas. Lá ele pediu ao juiz para fixar fiança, com base na premissa de que se fossem soltas elas tentariam reocupar os escritórios da Grove. O juiz disse não e as liberou condicionalmente.

Indo para casa naquela noite, tive a deprimente impressão de que isto havia sido de longe o pior dia, talvez o mais fatídico, que eu já havia suportado na Grove. Viajando em pé no trepidante trem C para o norte, também me odiava por trazer todo esse lixo diário para dentro de nossas paredes sagradas pois, a despeito de meus esforços para separar o dia da noite, o trabalho da família, estava se tornando cada vez mais difícil fazer isso.

Durante as duas semanas e meia seguintes, a Grove chegara a uma dolorosa paralisação. Reuniões sindicais eram realizadas em toda a companhia e quando não estavam acontecendo, a maioria do pessoal discutia entre si o dia inteiro, as palavras substituindo o trabalho. Originais importantíssimos eram colocados na espera, o design e a produção simplesmente fechados, tal como todos os outros departamentos em graus variados. A batalha da sindicalização, eu receava, estava rapidamente nos levando a um final, o que os tremendos custos excedentes do novo edifício não haviam conseguido.

Se Barney havia chegado da Dinamarca em um estado quase apoplético, as veias de sua testa visivelmente latejando, apesar disso, a maioria de nós sentia que ele estava secretamente satisfeito. As crises eram o seu forte, ele parecia crescer com elas e isso era inacreditável. Com Rembar para aconselhá-lo, ele tomou a decisão de não apresentar queixas contra as invasoras. "Não há nada que elas gostariam mais do que se tornarem mártires", disse ele. Apenas Myron discordava. Ele ainda não estava contente por elas estarem livres da fiança. Entretanto, estava claro que haveria uma votação sindical, e na quarta-feira tivemos um conselho de guerra para avaliar a situação. O primeiro assunto da pauta foi tentar calcular, da lista de pessoal da Grove, quem votaria de que forma. Surpreendentemente, à medida que íamos checando a lista, a fúria inicial de Barney se atenuou e ele começou a brincar, em tom azedo, é verdade, até que chegamos a um nome que ele particularmente detestava.

Na sexta-feira, dia 17, foi realizada uma reunião no escritório de Rembar, onde se acordou que tanto uma eleição com supervisão do Conselho Nacional das Relações de Trabalho (NLRB) fosse realizada "o mais cedo possível" como que submeteríamos à arbitragem obrigatória a solicitação dos nove empregados demitidos de serem readmitidos.

Até então toda a propaganda havia sido unilateral. Agora, com Jules tendo a última palavra na maioria das vezes, iniciamos uma contraofensiva, emitindo nossos próprios boletins que detalhavam os benefícios liberais já existentes na Grove e os comparavam, ponto por ponto, com as alternativas sindicais, que pareciam bem mais restritas. Destacamos algumas verdades dolorosas: os sindicatos não eram mais o que tinham sido vinte anos antes; eles haviam constantemente apoiado a Guerra no Vietnã; haviam discriminado os negros, particularmente nos ofícios da construção civil; não apoiaram os estudantes que iam ao Mississipi para combater a segregação. Quanto aos direitos das mulheres, "quando e onde eles lutaram por direitos iguais para as mulheres?". Também perguntávamos, no impresso, o que a Confederação dos Trabalhadores em Abatedouros e Açougues – ou sua divisão de Trabalhadores do Curtume e Indústria Mecânica – sabia a respeito ou poderia contribuir para a indústria da publicação.

Finalmente, no dia 30 de abril, a votação foi realizada no segundo andar dos escritórios da Grove, das quinze às dezessete horas. Quando os votos foram contados, o sindicato, como Jules tinha previsto, foi totalmente derrotado, por uma votação de 86 a 34, com outros 29 votos descartados como nulos. Na subsequente arbitragem, fomos obrigados a recontratar os nove empregados. Sua presença, em especial a de Robin, foi venenosa mas, graças a Deus, abençoadamente breve.

55

RETIRADA PARA A RUA ONZE

Nos vários meses seguintes, com a renda caindo como uma estrela fugaz no verão, quase metade do pessoal remanescente foi dispensado e ficou cada vez mais claro que teríamos de vender nosso maravilhoso prédio novo.

Maltratados e feridos, mas ainda em pé, começamos a reembalar nossas caixas pouco mais de um ano depois de termos nos mudado para esta sede suntuosa. Em meus doze anos na Grove, tínhamos passado por momentos de desalento, perigo, desânimo, depressão. Mas todos eles – bem, a maioria – tinham sido atenuados por momentos de prazer, realização, até de triunfo quando um importante caso judicial era vencido ou um livro no qual você tinha se empenhado muito e se preocupado – você fez o seu melhor pelo autor? Os críticos gostariam dele? Venderia o bastante para compensar o esforço? – superava as expectativas. Agora, perto da falência, fazíamos poucas piadas ao juntar velhos originais, correspondência, montes de matéria morta que outrora tinham sido tão vivos, enchendo grandes sacos plásticos pretos para os homens da faxina que viriam amanhã, carregando esses tesouros de papel para dentro de seus caminhões abarrotados sem muito mais que um pensamento disparatado sobre as maravilhas que estavam levando para o esquecimento. Quantas relíquias preciosas estávamos jogando fora, que em anos futuros poderiam render milhares de dólares – dezenas de milhares? – dos negociantes de livros raros? Mas não havia outro jeito. Como Napoleão tão amargamente aprendera, quando você estava se retirando em debandada, você se desfazia do que fosse preciso não para salvar sua alma – caramba, não – mas a sua vida. Mesmo em um velório irlandês cantava-se e bebia-se. Aqui, hoje, era o silêncio que machucava. Onde estava a bonomia de outrora?

Barney tinha sido irredutível: tudo o que for supérfluo vai embora. Na rua 11, alertou ele, mal haverá espaço para se virar. Em lugar desses espaçosos escritórios de último andar, geralmente seremos dois ou três em uma sala. Era como se o relógio tivesse sido atrasado dez anos. Talvez doze. Até o University Place 64 tinha sido maior, mais iluminado. Tentei pensar em algo positivo. Nada. Não, não: tem de haver alguma coisa. Atirando uma extensa prova de composição de Anônimo, uma das pérolas vitorianas, na direção geral do lustroso saco de lixo preto (caiu fora), tive uma revelação: Beckett. Ainda havia Beckett, nossa Estrela Polar. Depois, apressadamente, uma dúzia de outros se seguiu: Henry Miller, Octavio Paz, Bill Burroughs, Jean Genet, Eugène Ionesco, Malcolm X, "Cubby" Selby, John Rechy, Harold Pinter, Tom Stoppard, Robert Coover, Frantz Fanon, Alain Robbe-Grillet, Marguerite Duras... Para levantar o moral – o meu – senti vontade de gritar seus nomes, para compartilhar a boa-nova. Mas por algum motivo não consegui.

As caixas todas embaladas, fechadas com fita adesiva e empilhadas, os vergonhosos sacos plásticos pretos encostados ao lado da porta, dei uma última olhada em meu escritório. Sentiria falta dele? Não mesmo. Você precisa ter vivido bastante tempo em um escritório, absorvido sua luz e cheiro, transmitido os seus, para realmente lamentar sua perda. Meu escritório, com sua mesa imponente, as poltronas chiques de couro, as janelas generosas voltadas para leste sobre o Village, a luz entrando à medida que o sol lentamente caía atrás dos telhados que se estendiam entre nós e o Hudson, subitamente me pareceu estrangeiro. Fechei a porta atrás de mim, segui pelo amplo corredor, olhando para a esquerda e a direita em busca de sinais de vida nos outros escritórios, mas todos os meus colegas já haviam fugido. Somente Barney ainda estava lá, olhando fixo para fora da janela. Seu rosto, quando se voltou ao ouvir meus passos, estava transtornado. De algum jeito ele articulou um sorriso, lânguido mas sincero e ergui a mão em uma breve saudação.

"Até amanhã", disse eu.

Ele acenou com a cabeça.

"A vida continua", disse eu, acreditando apenas pela metade.

Ele anuiu.

"Que tal um drinque no Cedar?", tentei.

Ele meneou a cabeça.

"Está bem. Amanhã, então." E à medida que me virava e caminhava pela última vez pelo corredor do mundo ideal até o elevador executivo, o grande divisor, pelo menos até certo ponto catalisador de todos os males que nos haviam acossado nesses últimos meses, tive uma sensação deprimente de que meus dias na Grove estavam contados. Eu não ligava a mínima de voltar para instalações apertadas, mas sabia que o baú do tesouro estava tristemente reduzido, se não vazio. Este prédio na rua Mercer havia nos custado, quando tudo foi computado, provavelmente 3 ou 4 milhões de dólares – mais 2 milhões só para as reformas – e quando a New York University respondera a nossa gentil oferta com "obrigado, mas não, obrigado", ela não estava interessada nem a um preço de liquidação, Helmsley-Spear tinha sido contratado para vendê-lo. Nenhuma proposta, mesmo quando o preço desceu bem abaixo de um milhão de dólares. Enquanto isso, estávamos atolados com as diversas hipotecas – cinco ao todo – sem a receita para cobri-las. E pensar que meses antes, a *Architectural Record* havia exibido o prédio em sua edição de janeiro, agraciando-nos com o Prêmio de Design de Interiores de 1970. *Interiors*, igualmente admirada entre os profissionais, apresentou o prédio em sua edição de novembro de 1970. Premiações tardias, consolo inútil, já que o poderoso navio estava lentamente (ou nem tanto) afundando sob os mares da Mercer.

Se em 1969, o prédio da University Place 80 – para o qual tínhamos mudado vários anos antes, quando o número 64 se tornou insuportavelmente apinhado – com seus quase mil metros quadrados tinha ficado apertado demais para nós, o prédio da rua 11 leste, com metade desse tamanho, era uma panela de pressão, com corredores convertidos em escritórios e escritórios para uma pessoa divididos entre duas ou três. Felizmente Barney era dono do prédio e, com isso, o ônus do aluguel estava suspenso, pelo menos temporariamente. Quando tínhamos mudado para a rua Mercer, o antigo Evergreen Theater no mesmo prédio fora alugado para uma distribuidora de filmes e, com isso, havia um pouco de renda vindo daí. Mas o dinheiro, ou a sua falta, era apenas parte do problema. As animosidades pessoais, acumuladas, se não enterradas, por períodos de arrebatamento, voltavam à tona. Jules Geller e Myron Shapiro, que até agora fracamente conseguiam disfarçar sua antipatia recíproca, brigavam abertamente. Barney, por mais que desdenhasse as loucas acusações e exigências do movimento liderado por Robin Morgan, estava profundamente machucado por tudo o que havia acontecido naqueles últimos meses, em especial porque sempre havia considerado as posições da Grove na libertação do país de suas atitudes ainda vitorianas e das restrições da censura, e em sua acolhida de obras ousadas como as de Malcolm X, Frantz Fanon, LeRoi Jones e de Julius Lester na área dos estudos negros, colocava-a na vanguarda da publicação inovadora de livros. Abalado até o cerne, como Bonaparte em Elba, ele ruminava e tramava, ansioso por resgatar a Grove, e a si mesmo, da derrota que se avultava. Pior ainda, sua imagem como liberal esclarecido havia sido maculada, se não despedaçada, já que os membros de nossa própria profissão, subitamente encorajados por nossa posição enfraquecida, haviam juntado forças contra nós. Agora, isolado em seu escritório no segundo andar, rondando pelas instalações em busca de algum delito interno, ele era seu próprio pior inimigo. E o nosso. Ele não estava combatendo somente os demônios recém-surgidos que haviam fomentado os conflitos desnecessários; ele estava lutando pela sobrevivência, à medida que o erro imobiliário multimilionário era composto de uma súbita baixa no próprio ramo das publicações. Mesmo muito reduzida, a empresa estava encontrando dificuldades para pagar suas contas e cobrir a folha de pagamentos. O depósito da rua Hudson tinha de ser fechado e um acordo foi feito, bem a tempo, para a Random House cuidar de nossa distribuição. Não sem dor, pois como parte do acordo tínhamos de abrir mão dos direitos sobre uma dúzia de nossos produtos de catálogo mais lucrativos, de *Os jogos da vida* a *Malcolm X*. Os dias agora eram sombrios, nada mais de festa. No entanto, após doze anos nas ameias, eu julgava minha obrigação moral amenizar a tempestade. Nat e Morrie e Jules e Fred sentiam mais ou menos o mesmo: não iríamos sair procurando outro emprego enquanto houvesse uma réstia de luz ao fim do túnel da Grove.

Então, uma noite, tudo isso mudou. Barney ligou para minha casa para dizer que pretendia demitir Nat Sobel, mas antes de fazê-lo queria nos informar e obter nossa anuência. Por quê?, perguntei. Porque ele não estava fazendo sua parte, disse Barney, o que era absurdo, pois Nat era um excelente diretor de vendas. Mais indagações resultaram no insensível "simplesmente não podemos pagá-lo". Comecei a dizer algo, mas Barney desligou sem se despedir.

"Você precisa sair de lá", disse Jeannette. "E quanto mais cedo melhor."

"Você quer dizer deixar Beckett para trás e todos aqueles autores que apresentei e amo? Não é tão fácil assim, querida." No entanto eu sabia que ela tinha razão. De fato, ela vinha me advertindo havia quase um ano. Eu estava realmente arrasado. Eu tinha amado meu trabalho a maior parte do tempo e a duras penas jamais me curvara a Barney ou a seus caprichos, tinha sempre procurado dizer a ele a verdade tal como eu a via, não importa o quanto fosse desagradável, o quanto ele pudesse esbravejar e discordar. Em última análise, eu tinha certeza de que ele me respeitava por minha franqueza.

Morrie era o próximo da velha turma a ser demitido, sendo a justificativa que grande parte de seu tempo e energia vinha sendo gasta na promoção dos filmes e agora que estes estavam – momentaneamente? – moribundos, havia pouca coisa para ele fazer. Além disso, "simplesmente não podemos pagá-lo". Enquanto isso, Jules era emprestado-alugado para a Random House, para servir de ligação e supervisionar a nova distribuição – mais exatamente, um peso a menos na folha de pagamento da Grove Press. Mesmo assim, tanto Fred como eu recebíamos consideravelmente mais que qualquer um dos três agora demitidos.

"O problema", aconselhou Jeannette, "é que Barney jamais demitirá você. Será como no filme *As oito vítimas* (*Kind Hearts and Coronets*), com vocês dois brandindo as espadas no ar enquanto lentamente o navio afunda sob as ondas..." Ela fez uma pausa. "A diferença é que *você* pode encontrar outro emprego." Mas eu podia? Toda a interminável derrocada da Grove havia me desmoralizado, enchendo-me de desconfiança de mim mesmo.

Um dia eu voltava para o escritório depois de almoçar com um agente – ainda, espasmodicamente procurando livros – e descobri que minha mesa tinha sido totalmente limpa. Sim, limpa da sujeira. Na verdade, mantendo três ou quatro cargos, incluindo editoria e produção, eu permitira que meu cubículo se degenerasse em uma bagunça, uma latrina, com correspondência, originais e provas cobrindo não só até o último centímetro do tampo da mesa como ambas as cadeiras, para completar. Aparentemente, Barney, não pela primeira vez, havia mostrado a bagunça a Fred, que sempre concordava com ele, e juntos fizeram um ataque cirúrgico enquanto eu almoçava. Olhei para a mesa limpa, comecei a me virar, certo de que havia entrado no escritório errado, percebi que não tinha, voltei e como um cego comecei a esmiuçar os cestos e depósitos de lixo arrebanhados para a ocasião, ajoelhando-me para esvaziar, primeiro um, depois outro. Sentia-me violentado. O fato de que Barney tivesse tomado este caminho me enfureceu, mas que Fred tivesse aderido me pareceu uma traição indizível.

Invadi o segundo andar e ataquei Barney com chumbo grosso. Ele tinha alguma ideia do que havia feito? Havia originais preciosos prontos para correção, provas prontas para revisão, propostas que eu havia lido e estava pronto para apresentar – havia até uma nova tradução de Beckett que só Deus sabe onde ele havia jogado. Ele ouviu, a cabeça baixa, e eu não tinha a menor ideia se ele estava se sentindo punido ou se ria em silêncio. "Você deve estar com uma puta vergonha de si mesmo", foi tudo o que consegui articular quando me voltei para deixar a sala e, então, disparei o tiro de misericórdia por sobre o ombro: "Você nunca teve um empregado mais leal. Ou amigo. E jamais terá".

Embaixo, liguei para Alan Williams, um amigo na Viking a quem eu respeitava muito, e anunciei que estava deixando a Grove. "Sério? Espere que eu ligo para você de volta." Sabendo que era um erro, decidi não esvaziar minha mesa, e usei um pincel atômico para escrever em todas as caixas e cestos de lixo um atrevido SOB PENA DE MORTE NÃO REMOVA!

Foi com o coração pesado e a boca seca do deserto que deixei o escritório já bem avançada aquela tarde. Em casa, Jeannette parecia eufórica. "Você deveria ter saído anos atrás", jactou-se. "E os garotos concordam comigo."

"Você vai encontrar algo, tenho certeza", insistiu ela. "Enfim, é um motivo para comemoração." Com isso ela foi até a cozinha e voltou com uma garrafa de champanhe.

Na manhã seguinte, quando eu estava silenciosamente devolvendo minha mesa a seu caos anterior, o telefone tocou. Alan Williams. Eu estava livre para almoçar amanhã? Claro. "Eu gostaria que você conhecesse Mort Levin", disse ele. Eu nunca tinha ouvido falar no sujeito, que descobri ser o diretor-geral da Viking, o segundo em comando de confiança do editor Tom Guinzburg, um homem me pareceu decente desde que o conheci, tranquilo porém firme e muito versado no ramo de livros. Esperava que ele fosse perguntar por que eu estava saindo, mas não o fez, passando a maior parte do tempo falando sobre a Viking, seu passado, presente e, em especial, seu futuro. Às duas e meia em ponto ele olhou para o relógio, agradeceu-me por ter vindo ao centro e disse que tinha uma reunião às três horas. Rememorando a última vez que eu havia me aventurado para fora do escritório para almoçar e as repercussões disso, fiquei plenamente preparado para tudo quando entrei de volta em meu covil na rua Onze. Ao meu olhar adestrado, nem um fio de cabelo havia sido mudado de lugar; o clipe que eu havia plantado a um ângulo preciso de 45 graus ainda estava lá, intacto e intocado.

Somente duas pessoas estavam cientes do que havia acontecido – a violação de minha mesa –, a querida Marilynn Meeker e uma relativa novata, Rusty Porter, uma jovem loura peituda que eu havia contratado como gerente de produção, não por seus belos atributos (embora, devo confessar, eles possam ter influído), mas por sua energia inesgotável, experiência passada de produção e lealdade. Ambas as mulheres, que tinham visto os tristes resultados da invasão do escritório, espontaneamente me procuraram e se solidarizaram. Marilynn, que estava na Grove havia mais tempo que eu, tentou elaborar desculpas para Barney. "Ele está sob tanta pressão", disse ela. "Mas", acrescentou, "Fred ter apoiado é imperdoável. Você conversou com ele depois?"

Neguei com a cabeça. "Eu disse a Barney o que eu achava, mas a Fred não."

"Mas, por favor, não vá embora", disse ela. "Por favor!"

Fui até ela e abracei seu frágil corpo. Ela repousou a cabeça em meu ombro e senti um tremor passar antes que ela se afastasse, os olhos brilhando de lágrimas.

Uma semana depois, Mort Levin ligou e perguntou se eu poderia ir no dia seguinte de manhã até o escritório da Viking na avenida Madison 625. Ele saiu para me encontrar e me levou até seu escritório relativamente modesto, na porta ao lado do maioral, Tom Guinzburg. Não havia nenhuma vaga editorial na Viking em si – a decepção deve ter sido visível apesar do sorriso forçado – mas o que Tom e ele estavam propondo era um selo, semelhante ao de Kurt e Helen Wolff na Harcourt, Brace. Eu teria um orçamento para aquisições a ser definido, uma retirada mensal contra lucros futuros e controle editorial pleno, a menos que uma aquisição pretendida alcançasse uma certa cifra, em cujo ponto eu teria de consultar a ele ou Tom para obter aprovação. O sorriso não era mais forçado. Para começar quando? Perguntei. Mort meneou a cabeça. "Precisaremos definir os detalhes, depois você precisará de um advogado que se reunirá com o nosso, mas isto não deve levar mais que alguns dias. O que me leva a perguntar: Quando *você* gostaria de começar?" "Deixe eu conversar com minha esposa hoje à noite e eu lhe dou um retorno amanhã." "Ótimo. Agora, quero lhe apresentar a Tom Guinzburg."

Ele me levou até a porta vizinha, um dos mais bizarros cercadinhos para adultos que eu já tinha visto. Tom, alto, anguloso e inusitadamente desajeitado, levantou-se de seu trono atrás de uma mesa dourada e apertou minha mão com firmeza. Seu sorriso era amplo mas senti que era forçado, como se fosse um dos muitos gestos faciais que sua posição o obrigava a fazer, talvez diariamente, nos quais ele realmente não acreditava. Seu pai,

Harold Guinzburg, havia fundado a Viking em 1925 e, segundo todas as versões, era um consumado diplomata, cujo encanto e carisma lhe haviam permitido construir, em apenas três décadas, uma das editoras mais destacadas de seu tempo. Seu filho Tom, usando seu nome e fortuna, após graduar-se pela Yale, tinha optado por viver a todo vapor e logo se tornou íntimo dos ricos e famosos. Entre seus amigos mais próximos estavam a jovem Jacqueline Kennedy e Grace Kelly, em cujo casamento com o príncipe Rainier de Mônaco ele estivera presente, a julgar pelas fotos ampliadas exibidas com destaque em seu escritório.

Sem dúvida preocupado com a trilha de *playboy* que a vida de seu filho estava tomando, Harold o havia levado para os negócios alguns anos antes, mas em lugar de deixar claro a todos que Tom era seu sucessor automático e passá-lo rotineiramente da sala de correspondência para executivo sênior em rápida sucessão, o roteiro nepotista habitual, Harold fez Tom conquistar seu lugar. Desse encontro inicial tive a clara impressão de que Tom não se recuperara dos ditames de seu pai. Em todo caso, ele tivera sua vingança filial, pois Harold soçobrou certo dia e de repente Tom estava no comando, preparado ou não. Ele contratou Mort Levin, um homem de fala mansa, retraído, semelhante a um rabino, de grande encanto e extremo bom-senso, por quem todos tinham a mais elevada estima, para ser seu *alter ego* na casa.

Jeannette quis saber minha opinião sincera sobre Tom pois, por mais independente que parecesse a nova organização, um chefe era um chefe, e ela se perguntava se, ao trocar Barney por Tom, eu não iria sair da frigideira para cair no fogo. "Ele foi extremamente simpático e receptivo", disse eu, "mas eu nunca encontrei ninguém que parecesse tão... incomodado. Ele não parece capaz de ficar sentado e parado, como se não estivesse no controle de seu próprio corpo." "Seu próprio catálogo, editorialmente independente mas com todo o aparato da Viking para fazê-lo funcionar? Pelo amor de Deus, *aceite*!"

Naquela noite, mudamos do espumante California para Veuve Clicquot. Quando nossos copos tilintaram, Jeannette disse simplesmente: "Eu sabia que você encontraria alguma coisa. Mas não pensei que seria tão cedo".

...

No dia seguinte, fui até o escritório de Barney e o encontrei com a barba por fazer, uma garrafa de cerveja na mão. Festa a noite inteira, sem dúvida. Ele me fez um gesto para me sentar e seu sorriso era genuíno. Tive de admitir que ainda gostava do sacana. Eu disse que estava deixando a Grove – lamentavelmente, mas eu achava melhor, tanto para ele quanto para mim. Ele ouviu, impassível. "Você realmente já decidiu?" Fiz que sim acenando com a cabeça. "Espero que não tenha sido aquele incidente no outro dia", começou ele. "Depois me senti mal..." "Isso foi uma causa", disse eu. "A mensagem era bem clara, não?" Ele não disse nada, girando o fino gargalo da garrafa semivazia entre o polegar e o indicador. "Foram dois anos difíceis", começou ele e depois sua voz foi se apagando. "Você simplesmente não pode me pagar", disse eu, "e tive a sensação que você não conseguia se dispor a me demitir. Assim, tive de resolver por mim mesmo." Isso produziu um sorriso. "Para onde você está indo?", perguntou ele. "Não sei ainda", menti, mas apenas em parte, pois nada estava acertado ainda, e eu sabia como muitas vezes as coisas podiam não dar certo no último minuto. "Não se preocupe", disse eu, "eu vou limpar aquela maldita mesa antes de sair." Neste ponto ele se levantou e, com seus sessenta quilos, me deu um abraço de urso digno de alguém com o dobro de seu tamanho e peso. Um abraço tão cordial quanto qualquer outro que eu já havia recebido.

Foi alívio que senti ao sair de seu escritório pela última vez, ou pesar? Um capítulo de minha vida havia sido encerrado, um capítulo muito importante. O novo capítulo seria tão desafiador? Tão desalentador? Tão divertido? Tão maluco? Tão debilitante? Tão gratificante? Tinha minhas dúvidas. Só o tempo diria...

EPÍLOGO

Após seus doze anos inspirados e empolgantes na Grove Press, Dick seguiu sua inestimável carreira de editor por mais de cinco décadas. Ele sempre manteve laços estreitos com a literatura francesa e com escritores europeus. Um dentre poucos editores de livros da velha guarda, Dick promoveu e trabalhou diretamente com seus autores, linha por linha, parágrafo por parágrafo; o processo de edição era algo a que ele se dedicava com paixão e muita diligência.

Em 1971, Tom Guinzburg, diretor da Viking Press, convidou Dick para criar seu próprio selo editorial, o Richard Seaver Books. Após ser instruída por ele, trabalhei no editorial. William Burroughs, Octavio Paz, Emil Cioran, Eugène Ionesco, Samuel Beckett e muitos outros o acompanharam na mudança e Dick seguiu feliz em sua tradição de procurar e apresentar novas vozes literárias, geralmente provocadoras, de diversas partes do mundo. Dick se tornou diretor da Penguin americana em 1975 e eu assumi o editorial, que se tornou apenas Seaver Books, e continuaria em sua missão original pelos catorze anos seguintes.

Em 1979, a Holt, Rinehart and Winston, uma das mais antigas editoras americanas, contratou Dick como seu presidente e editor, cargo que ele ocupou por dez anos.

Em 1989, a Little, Brown and Company, outra distinta editora, então divisão da Time, Inc., pediu a Seaver que criasse e liderasse uma nova divisão, a Arcade, cujo objetivo primordial era atrair autores internacionais para o já robusto catálogo americano da Little, Brown. Pouco depois, quando a

Time se fundiu com a Warner, e a Little, Brown se tornou parte do grupo Time Warner Book, Dick e eu iniciamos uma aquisição administrativa.

Em 1993, a Arcade Publishing se tornou nossa e no curso das duas décadas seguintes publicamos mais de quinhentos livros de mais de trinta países, prosperando como uma das últimas casas literárias independentes.

Ao longo de toda a sua vida, Dick também traduziu mais de cinquenta livros do francês (foi somente após sua morte em 2009 que oficialmente se revelou ser ele Sabine D'Estrée, a tradutora de *A história de O*). Em 1996, ambos recebemos medalhas da Ordre Chevalier des Arts et des Lettres – Cavaleiros das Artes e Letras – concedidas pelo governo francês.

JEANNETTE SEAVER

AGRADECIMENTOS

AGRADEÇO MEUS inestimáveis amigos Jill Jakes, Joanne Turnbull, Dan Okrent, Toy e Dan Talbot e Steven Lipstitz por dedicar generosamente seu tempo à leitura das mais de novecentas páginas dos originais das memórias de Dick. Seus importantes comentários me ajudaram e animaram no momento em que isto foi mais necessário. A Leon Friedman, agradeço por intervir com seus sólidos conselhos, cuidando para que os originais de Dick chegassem ao mundo editorial e astutamente os dirigisse ao editor correto. Não consigo imaginar um lugar melhor que a Farrar, Straus and Giroux para os escritos de Dick. Jonathan Galassi, seu entusiasmo, padrões elevados e dedicação converteram o sonho de Dick e o meu em realidade. Obrigada. Desfrutei muitíssimo de nossa colaboração, Sean McDonald. Sua excelente ajuda editorial fez toda a diferença no modo como o livro foi estruturado. Um grande abraço a Charlotte Strick pela felicidade na criação da capa para o livro. E a Abby Kagan, que nos primeiros dias trabalhou com Dick na Holt; esta reunião afortunada para conceber o livro de Dick converteu a experiência inteira em algo muito especial. Nathalie, Alex e Nicholas, sem seu amor e apoio incondicional – em termos editoriais e outros – a tarefa de editar o trabalho de um dos melhores editores jamais teria acontecido. Obrigada a todos vocês.

ÍNDICE

ESTE LIVRO, COMPOSTO NA FONTE FAIRFIELD, FOI IMPRESSO EM
PÓLEN SOFT 80G NA PROL EDITORA GRÁFICA. SÃO PAULO, BRASIL, NOVEMBRO DE 2013.